dtv

Noch herrscht Friede in Syrien. Die italienische Botschaft in Damaskus bekommt 2010 ein Fass mit Olivenöl geliefert, darin die Leiche eines Kardinals. Kommissar Barudi will das Verbrechen vor seinem Ruhestand aufklären; Mancini, ein Kollege aus Rom, unterstützt ihn und wird sein Freund. Auf welcher geheimen Mission war der Kardinal unterwegs? Wie stand er zu dem berühmten Bergheiligen, einem Muslim, der sich auf das Vorbild Jesu beruft? Und zu der Heilerin Dumia, aus deren Händen Öl fließt? Bei ihrer Ermittlung südlich von Aleppo fallen die beiden Kommissare in die Hände bewaffneter Islamisten, ihr Leben ist in Gefahr. Aus großen und kleinen Vorfällen, Ermittlungen, Liebesabenteuern, Tagebucheinträgen webt Schami einen kriminalistisch grundierten Gesellschaftsroman.

Rafik Schami wurde 1946 in Damaskus geboren und lebt seit 1971 in Deutschland. 1979 promovierte er im Fach Chemie. Seit 2002 ist er Mitglied der Bayerischen Akademie der schönen Künste. Sein Werk wurde in 32 Sprachen übersetzt und mit zahlreichen Preisen ausgezeichnet.

Rafik Schami

Die geheime Mission
des Kardinals

Roman

dtv

Ausführliche Informationen über
unsere Autorinnen und Autoren und ihre Bücher
finden Sie unter www.dtv.de

2021 dtv Verlagsgesellschaft mbH & Co. KG, München
Lizenzausgabe mit Genehmigung der
Carl Hanser Verlag GmbH & Co. KG, München
© 2019 Carl Hanser Verlag GmbH & Co. KG, München
Umschlaggestaltung: dtv nach einer Vorlage von
Peter-Andreas Hassiepen, München
unter Verwendung einer Illustration von Ismat Amiralai
Satz: Greiner & Reichel, Köln
Druck und Bindung: CPI books GmbH, Leck
Gedruckt auf säurefreiem, chlorfrei gebleichtem Papier
Printed in Germany · ISBN 978-3-423-14787-3

*Meiner Mutter, Hanne Joakim, gewidmet,
die mir mit ihren Geschichten
jedweden Aberglauben vertrieben hat.
Schade, dass sie diese Geschichte
nicht mehr lesen kann.*

Glaube versetzt selten Berge,
Aberglaube immer ganze Völker.

Resümee meiner bisherigen Beobachtungen

1.

Der Bergheilige

Der Regen klopfte mal schüchtern, mal aufdringlich gegen die Fensterscheiben. Kommissar Barudi schaute, wenn die Tropfen heftig trommelten, kurz von seiner Arbeit auf. Er saß in seiner Küche. Auf dem Küchentisch lagen, neben dem Laptop, der nur am Wochenende hier war, Papier, Schere, Filzstifte und eine Tube mit Klebstoff. »Ein Mistwetter«, flüsterte er und war dankbar, in seiner warmen Wohnung zu sein. Bis auf das Geschmetter des Nachbarn über ihm, der fürchterlich falsch sang, das aber mit Leidenschaft, war die Atmosphäre sehr beschaulich – wie bestellt, dachte Barudi. Sobald er im Februar in Rente gehen würde, wollte er in eine andere Wohnung umziehen. Diese hier war billig. Die Wände filterten nur Gerüche, nicht aber Geräusche.

Kommissar Barudi war Mitte sechzig, seine kräftige Gestalt und sein glattes, wenn auch ernstes Gesicht ließen ihn jedoch jünger erscheinen. Er war mittelgroß und neigte zur Fülle, sein graues Haar war schütter. Die Kurzsichtigkeit zwang ihn, da er keine Kontaktlinsen vertrug, eine immer dickere Brille zu tragen, bis seine Augen wie zwei Erbsen wirkten, die in einen Glasstrudel geraten waren.

Er hatte gerade seinen Spezialkalender zusammengeklebt, November und Dezember des aktuellen Jahres 2010, und die Monate Januar und Februar des kommenden Jahres. Darüber hatte er in großer, bunter Schrift geschrieben: *Die Tage vor der Befreiung.*

Dreizehn Tage im November waren bereits durchgestrichen, und über dem Februar stand in gelbleuchtender Schrift »Ich bin frei«.

Er nahm einen Schluck von seinem nach Kardamom duftenden Mokka und hängte den Kalender an die Wand neben dem Esstisch. Ein Kugelschreiber baumelte an einem Faden vom Nagel über dem Kalender.

In diesem Moment fiel Barudi auf, dass er zwar den gestrigen Tag, einen Samstag, ausgestrichen hatte, nicht aber den Sonntag. Und so nahm er den Kugelschreiber und schrieb ein großes X in das entsprechende Feld.

»Vom heutigen Sonntag, dem 14. November, bis zum 1. Februar 2011 sind es genau 79 Tage. Das macht immerhin …«, flüsterte er und tippte einige Zahlen in den Rechner seines Laptops: $79 \times 24 \times 60 \times 60 = 6\,825\,600$ Sekunden. Er pfiff durch die Zähne. »Fast sieben Millionen Herzschläge bis zur Rente.«

Nachdem er den Tisch freigeräumt hatte, bestellte Barudi bei einem Imbiss Köfte mit Reis und Salat und wunderte sich, wie schnell der durchnässte Bote da war. »Haben Sie einen fliegenden Teppich?«, fragte er und gab dem Mann aus Mitleid reichlich Trinkgeld.

»Danke, mein Herr, nein, keinen Teppich, sondern ein gutes Mofa.«

Der Salat war ein wenig welk, dafür war das Essen kochend heiß. Es schmeckte ihm, und er beschloss, ein Glas trockenen Rotwein dazu zu trinken.

Er schenkte sich den Rest aus der Rotweinflasche ein, warf die leere Flasche in den Mülleimer, füllte eine kleine Schale mit gesalzenen Pistazien, stellte alles auf ein kleines Tablett und trug es ins Wohnzimmer. Dort setzte er sich auf das Sofa gegenüber dem Fernseher. Er zappte eine Weile von Kanal zu Kanal. Plötzlich hielt er inne und zappte wieder zurück, denn erst in letzter Sekunde hatte er den eingeblendeten Titel der Sendung bemerkt: Heilung des Unheilbaren.

Es war eine der wenigen seriösen Talkshows, die er ab und zu sah. Er mochte den Moderator, ein bekannter, schon älterer Journalist, zu dem die Experten gerne kamen, weil er sie ernst nahm und sich exzellent vorbereitete. Nur einmal im Monat wurde seine Sendung »Unter der Lupe« im staatlichen Fernsehen ausgestrahlt.

Barudi hatte Glück. Die Sendung hatte gerade erst angefangen. Es ging um den berühmten »Bergheiligen« und seine Erfolge. Durch Handauflegen heilte dieser nicht nur »gewöhnliche« Krankheiten, es hieß, er helfe mit einer magischen Flüssigkeit sogar Krebskranken. Der Moderator hatte zwei Patienten und zwei berühmte Medizinprofessoren eingeladen. Sie hatten die Patienten lange erfolglos behandelt, bevor diese in ihrer großen Verzweiflung den Bergheiligen im Norden des Landes aufsuchten.

»Wir haben heute einen jungen Mann eingeladen, der nach einem Autounfall querschnittsgelähmt war, und eine Frau, die einen schweren Krebs hatte. Was für eine Flüssigkeit kann das sein, die solche Gesundheitsschäden heilt, bei denen die moderne Medizin scheitert?«, fragte der Moderator und gab selbst die Antwort: »Der Bergheilige residiert in einer uralten Kirche in der kleinen Stadt Derkas südwestlich von Aleppo. Hinter dem Altar liegt eine Felsenhöhle, die einst den heiligen Paulus beherbergte. Damals lag sie in einem dichten Wald. Paulus war auf einer seiner Reisen von Räubern überfallen und schwer verletzt worden. Mit letzter Kraft konnte er sich in die Höhle retten. Wasser floss dort aus einem Spalt und heilte, so will es die Legende, seine Wunden. Und es heilte Tausende von Kranken. Später hat man um die Höhle eine Kirche errichtet, die aber von Barbaren zerstört wurde. Die Anhänger des Bergheiligen haben die Kirche vor zehn Jahren wiederaufgebaut, und jetzt ist die Quelle wieder zugänglich.

Das Erstaunliche dabei ist jedoch, meine Damen und Herren, der Bergheilige ist Muslim. Viele konservative Muslime mögen ihn nicht, aber auch sie schicken ihre kranken Angehörigen – wenn auch oft heimlich – zu ihm«, erzählte der Moderator. Ein Lächeln umspielte seine klugen Augen.

Der junge Mann war nicht sonderlich gesprächig und konnte seine Freude über die Heilung nur stotternd zum Ausdruck bringen. Er ging ohne jede Hilfe durch das Studio und war fest davon überzeugt, dass der Bergheilige über göttliche Kraft verfüge. Schwarz-Weiß-Fotografien, die in die Kamera gehalten wurden, zeigten den Unfall, den Patienten im Krankenhaus und im Rollstuhl, dann ein Farbfoto nach der Begegnung mit dem Bergheiligen. Er spielte wieder Fußball. Der berühmte Orthopäde, der den jungen Mann behandelte, bestätigte diese wundersame Entwicklung.

Die Patientin neben ihm, eine vierzigjährige attraktive Frau, hatte an Darmkrebs gelitten. Nach Operation und Chemotherapie war eine geringfügige Besserung eingetreten, dann aber streute der Tumor. Ihr Arzt, der neben ihr saß, bestätigte die damals hoffnungslose Diagnose und lobte die Tapferkeit seiner Patientin. Er sagte offen, dass er lange gezögert habe, die Einladung zu dieser Sendung anzunehmen, da die Heilung, die ihn natürlich sehr freue, die Schulmedizin infrage stelle.

Sie sei im Frühjahr dieses Jahres durch eine Freundin auf den Bergheiligen aufmerksam gemacht worden, erzählte die Frau. »Was hatte ich zu befürchten! Ich hatte nichts mehr zu verlieren«, sagte sie und berichtete, wie sie dem Bergheiligen begegnet war und wie er mit ihr lange über ihren Willen zum Leben und über ihre Zukunftspläne gesprochen hatte. »Ich gebe dir Liebe und Kraft, und du wirst den Krebs besiegen«, habe er zu ihr gesagt und sie umarmt. Er habe sie mit seinen feinen Händen am Kopf, Rücken und Bauch gestreichelt und in einer fremden Sprache ein Gebet gesungen.

In drei aufeinanderfolgenden Wochen hatte sie mehrere Begegnungen mit dem Heiligen gehabt. In dieser Zeit musste sie regelmäßig fasten und durfte nur bei ihm in der Höhle einen kräftigen Schluck von seinem Elixier nehmen.

Humorvoll erzählte die Frau, wie sie an den Kebab-, Schawarma- und Falafel-Imbissständen vorbeigegangen war und den Duft gierig in sich aufgesogen hatte und wie die Lust nach deftigen Gerichten und der Hunger sie gequält hatten.

»Wenn mein Magen schon nichts bekommt, so sollen wenigstens meine Nase und meine Lunge den Duft genießen«, sagte die Frau. Das Publikum im Fernsehstudio lachte. Barudi auch.

In der vierten Woche war sie geheilt.

Der Professor bestätigte die Aussagen der Frau. Sie sei von ihm und drei Kollegen, alle bekannte Krebsexperten, zweimal gründlich untersucht worden. Es habe sich kein Tumor mehr gefunden.

»Und ich konnte mit meinem Mann und meinen drei Kindern wieder unbeschwert lachen«, erzählte die Frau und begann leise zu weinen. Ihr Nachbar, der geheilte junge Mann, strich ihr liebevoll über die Schulter.

Barudi begann ebenfalls zu weinen. Vielleicht war es dem Wein geschuldet, vielleicht seiner Einsamkeit.

»Du hättest auf mich hören sollen«, sagte er mit heiserer Stimme. Basma, seine geliebte Frau, war jung an Darmkrebs erkrankt. Als die Ärzte sie aufgaben, schlug Barudi ihr vor, zu einem berühmten Heiler im Libanon zu gehen. Es war sechzehn Jahre her. Damals war der Bergheilige noch nicht bekannt.

Sie hatte abgelehnt. »Lieber möchte ich in meinem Bett sterben als bei einem Scharlatan. Gib mir deine Hand. Sie ist mir die größte Hilfe«, hatte sie gesagt.

Barudi schaltete das Fernsehgerät aus. »Basma«, flüsterte er sehnsüchtig.

2.

Das Geschenk

Damaskus, 15. November 2010

Bereits in der Morgendämmerung sandte der Montag seine unfreundliche Botschaft: kaltes, regnerisches Wetter. Der Wind schlug die eiskalten Regentropfen in die Gesichter der Passanten und raubte ihnen die letzte Spur guter Laune.

Der Sommer hatte sich bis Ende September gedehnt, jetzt hatte der Herbst in Damaskus Einzug gehalten. Als hätte er große Achtung vor der uralten Stadt, hatte er seit vier Wochen vor ihren Toren gekauert und auf seine Gelegenheit gewartet. Nun fegte der November durch die Stadt und eroberte sie im Handumdrehen. Er zwang die Bäume, ihr grünes Sommerkleid abzulegen und die Blätter fallen zu lassen.

In der Ferne donnerte es laut. Der Donner erschütterte die Luft und die Häuser, die wie ihre Bewohner zu zittern schienen. Damaskus war nicht für den Winter gebaut.

Vor der italienischen Botschaft in der Ata-al-Ayubi-Straße, an der Ecke zur Manssur-Straße, hielt kurz vor sieben Uhr morgens ein Ape-Transporter. Der Fahrer trat – aus welchen Gründen auch immer – zweimal aufs Gaspedal, um dann scharf zu bremsen. Das Motorengeheul hallte von den kahlen Mauern wider. Dann schaltete der Mann den Motor aus, wartete eine Weile, und als ihm schien, dass der Regen nun etwas nachließ, stieg er aus. Er warf einen Blick auf die Ladefläche und auf den Zettel in seiner Hand, musterte die Gebäude auf beiden Seiten und ging, als er die italienische Fahne erkannte, leise vor sich hin fluchend auf die Tür der Botschaft zu.

Ein Polizist eilte aus seinem Wachhäuschen und fing den etwa fünfzigjährigen untersetzten Mann ab, bevor dieser die Tür erreichte.

»Ich habe ein Fass für den Herrn Fransisku Lungu.« Den Namen las der Mann von einem Zettel ab, aber der Wächter verstand, wer gemeint war: Francesco Longo, der Botschafter der Republik Italien. Er musterte den Fremden und das vorsintflutliche rote Lastendreirad, das einst die italienische Firma Piaggio produziert und das in Syrien so viele Veränderungen und bunte Reparaturen durchgemacht hatte, dass die Italiener bestimmt nichts dagegen hätten, das Endprodukt als »made in Syria« zu bezeichnen. Der Blick des Wächters fiel auf das Schild über der Fahrerkabine: *Der Neider soll erblinden*, stand darauf, und er konnte sich ein Lachen nicht verkneifen. Jedes dieser rostigen Fahrzeuge erzeugte mehr Gestank und Höllenlärm als zehn Limousinen. Aber es war beliebt, weil es wendig war und mit einem gewissen Tempo durch die engen Gassen fahren konnte, und vor allem war es billig und robust. Mehrere Tausend Transporteure verdankten der Ape ihr Brot und versahen sie mit Sprüchen, vor allem gegen Neider. Sie schmückten sie liebevoll mit Spiegeln, Kanarienvögeln aus Kunststoff und bunten Girlanden aus Draht und Blech.

»Ein Fass? Zu dieser frühen Stunde?«, fragte der Wächter fast empört und zeigte auf seine Armbanduhr. Es war ein paar Minuten nach sieben, und ohne die Antwort abzuwarten, fuhr er ungläubig fort: »Und was für ein Fass soll Seine Exzellenz der Botschafter bekommen?« Dabei warf er einen schiefen Blick auf die Ape und erkannte nun die Konturen eines großen Holzfasses unter der grauen Regenplane, die über die Ladefläche gespannt war.

»Ich weiß es nicht. Es riecht nach Olivenöl, aber es ist viel schwerer als Öl. Viel, viel schwerer«, betonte der Mann überzeugend, wie einer, der sein Leben lang nur Lastenträger gewesen war und erst vor zehn Jahren durch das Dreirad zum Transporteur geworden war.

»Olivenöl?«, fragte der Wächter ungläubig. Sein Staunen legte seine Stirn in Falten.

»Ja«, antwortete der Mann ungeduldig.

»Dann fahr um das Gebäude herum zum Lieferanteneingang«, erwiderte der Uniformierte und wies dem anderen fast gelangweilt mit der

Hand den Weg. Dann brachte er sich vor dem Gestank der grauen Wolke, die das Fahrzeug beim Start erzeugte, rasch in Sicherheit.

Der Transporteur fuhr geschickt rückwärts in die Einfahrt und hielt dicht vor der Hintertür an. Er stieg aus und sah in den Himmel. »Na endlich«, sagte er erleichtert und dankbar, dass der Regen eine Pause eingelegt hatte. Er klingelte und begann die Plane abzunehmen, die an den vier Ecken mit Haken an der Ladefläche befestigt war. Aus dem Fenster des benachbarten Hauses warf eine Frau einen prüfenden Blick auf den Mann.

Neben dem Fass lagen mehrere dicke Bretter und eine Sackkarre. Gerade hatte der Transporteur die Plane zusammengerollt, als ein beleibter Mann mit Glatze und Kochschürze die Tür öffnete und ihn misstrauisch musterte.

»Was gibt's?«

»Gesegneten Morgen, ein Ölfass für die Botschaft«, erwiderte der Mann, verwundert über die Unhöflichkeit, die an der Botschaft herrschte. Dann begann er die Bretter nebeneinanderzulegen, bis sie eine Rampe von der Ladefläche bis zur Tür bildeten.

»Öl? Zu dieser Stunde? Ich bin hier allein!«

»Ja, und? Alles ist bezahlt, und ich brauche keine Hilfe«, sagte der Transporteur. Aus Erfahrung wusste er um die Angst der Empfänger. Erst bringt man ihnen etwas, und dann folgt die Rechnung.

»Bezahlt von wem?«, fragte der Koch etwas verwundert.

»Keine Ahnung, ein Mann aus dem Norden, ein großzügiger eleganter Herr mit Mantel, Handschuhen und Schirm in einem weißen Mercedes Sprinter.« Mit diesen Worten stemmte er sich gegen das Fass und legte es behutsam auf den Bauch. Dann stieg er auf die Rampe und ließ es langsam herunterrollen. Es war nicht ganz leicht, das Fass im Rückwärtsgehen zu bremsen, damit es nicht zu schnell rollte und an der Mauer zerschellte. Der Koch machte keine Anstalten, dem Transporteur zu helfen.

»Aus dem Norden? Wie heißt denn der Herr?«

»Keine Ahnung, aber er hatte einen deutlichen Akzent, wie die Leute aus Aleppo. Ich sagte zu ihm, Sie kommen aus Aleppo, da lachte er und sagte, nein, nicht ganz, aber auch nicht weit davon. Er war bestimmt kein Damaszener, er war großzügig wie mein Schwager, der stammt auch aus Aleppo, weißt du? Jedenfalls gab mir dieser Herr doppelt so viel, wie ich verlangte, und half mir, das Fass von seinem Auto auf die Ladefläche meiner Ape zu verfrachten. Ich kenne die Menschen. Ein Damaszener hätte eine Viertelstunde gefeilscht und keinen Finger gerührt. Sie sind Damaszener, oder?«, fragte er und lachte hämisch.

Der Koch verstand die Stichelei. »Nein, ich komme aus dem Süden, aber ich habe Probleme mit dem Rücken.«

»Wohin damit?«, fragte der Transporteur, als das Fass nun auf den Boden lag.

»Hierher ins Haus«, sagte der Koch und machte Platz. Er wies auf eine Stelle hinter der großen Tür. »Hier aufstellen. Erst mal sehen, ob wir damit was anfangen können.«

Elegant rollte der Transporteur das Fass ins Haus, und mit einem geschickten, kraftvollen Handgriff richtete er es auf.

»Gut so?«, fragte er. Und um den misstrauisch dreinblickenden Mann zu beruhigen, fügte er hinzu: »Und wenn das Öl nichts taugen sollte, das Fass ist nagelneu und allein eine Stange Geld wert. Ich weiß Bescheid über Fässer.«

»Schon gut«, brummelte der Koch und schloss die Tür hinter dem redseligen Mann. Er hörte ihn noch pfeifen, bevor dieser seine Ape startete und davonfuhr.

An vier Stellen war der runde Deckel auf dem Fass festgeschraubt. Der Koch löste die Schrauben und nahm den Deckel ab. Er lehnte ihn neben dem Fass an die Wand. Ein Sack aus festem schwarzem Kunststoff kam zum Vorschein, dessen Ende mit einer blauen Schnur sorgfältig verschnürt war. Als er die Schnur mit einer Schere durchschnitt, entdeckte er einen zweiten Sack, dessen offenes Ende ebenfalls zugebunden war. Offenbar hatte man zwei Säcke genommen, um ganz sicherzugehen, dass kein Öl austrat. Der innere Sack war mit einem dünnen Ölfilm bedeckt. Als der Koch etwas Rundes unter den Fingern spürte, tastete er die Stelle ab. Etwas Hartes bewegte sich im Öl hin und her. Er dachte an eingelegten Kohl und wusste, der Botschafter würde die Augen verdrehen. Er mochte Kohlgerichte genauso wenig wie der Koch. Dann schnitt er den zweiten Knoten durch.

Sein entsetzter Schrei gellte bis zum zweiten Stock hinauf, wo die Sekretärin gerade ihren ersten Schluck Espresso nehmen wollte.

In dieser Sekunde zerriss ein Sonnenstrahl den grauen Schleier über Damaskus.

3.

Ein Kardinal in Olivenöl

Gegen acht Uhr erfuhr der italienische Botschafter Francesco Longo durch seinen Sekretär von der gelieferten Leiche. Er war auf einem Höflichkeitsbesuch in Beirut.

»Was für eine Leiche?«, fragte der Botschafter erschrocken.

»Die Leiche von Kardinal Angelo Cornaro«, antwortete der Sekretär mit brüchiger Stimme am Telefon.

»Sind Sie sicher? Das ist ja eine Katastrophe!«, rief Longo immer noch hoffend, dass sich der Sekretär irrte.

»Ja, Exzellenz. Er ist es. Ich habe die Leiche gesehen. Kein Zweifel! Er ist es.«

Der Botschafter ließ sich in einen Sessel neben dem Bett fallen. Sein Blick wanderte ziellos im Zimmer umher. Ein düster verhangener Himmel schaute durch das große Fenster herein. Eigentlich hatte Francesco Longo im Schwimmbad ein paar Runden drehen und danach prächtig frühstücken wollen. Das luxuriöse Hotel Radisson Blu Martinez war seine feste Adresse in Beirut. Das Zimmer bot einen weiten Blick über die Dächer der Stadt, aber dafür hatte der Botschafter jetzt kein Auge. Er schüttelte bedauernd und traurig den Kopf. Der Besuch dieses Kardinals hatte von Anfang an unter einem schlechten Stern gestanden. Schon bei der Ankunft hatten ihm fanatische islamistische Terroristen aufgelauert. Wie er vom vatikanischen Botschafter erfahren hatte, wollte die Gruppe, die sich »Saladins Brigaden« nannte – eine Abspaltung der Kaida –, den Kardinal nicht ermorden, sondern entführen und mit ihm die Freilassung ihrer gefangenen Kameraden erpressen. Die Entführung schlug fehl, weil der syrische Geheimdienst die Gruppe längst unterwandert hatte und seine beste Antiterrortruppe zum Flughafen schickte.

Die ganze Aktion sollte nach dem Wunsch des Geheimdienstes nicht publik werden, da dies die Terroristen aufwerten und Nachahmer auf den Plan rufen könnte. Nicht einmal die Kriminalpolizei erfuhr etwas davon. »Das ist unsere Angelegenheit«, soll der Geheimdienstchef den Gesandten des Vatikans angeherrscht haben.

Der Kardinal war von alldem wenig beeindruckt. Als der erste Schuss fiel, der zum Glück in der Wagentür stecken blieb, gab der Chauffeur der Botschaft Gas und raste davon. Die Agenten des Geheimdienstes erschossen drei der Attentäter, zwei weitere seien entkommen, hieß es in einem vertraulichen Bericht an die vatikanische Botschaft.

Auch er, der italienische Botschafter, sollte niemandem davon berichten, bat der vatikanische Kollege.

Die beiden hatten lange gerätselt: War das eine verschlüsselte Botschaft? Und wenn ja, von wem? Von den Islamisten? Warum? Vom syrischen Geheimdienst? Und wenn ja, konnte der Geheimdienst eine solche Aktion ohne Genehmigung des Präsidenten durchführen?

Den Kardinal selbst schien die ganze Sache am allerwenigsten zu interessieren. »Erstens hält der Heilige Geist seine schützende Hand über mich und meine Mission, und zweitens wird das gastliche Syrien schon dafür sorgen, dass mir nichts passiert. Hier bin ich sicherer als in Italien«, sagte er und lachte. Kardinal Cornaro war bekannt für seine kritische Haltung gegenüber der italienischen Mafia.

Weder Longo noch der Botschafter des Vatikans konnten den sturen Kardinal von seinem Vorhaben abhalten. Der alte Herr war entschlossen, seine Mission durchzuführen … Und nun das!

Eine halbe Stunde später rief der Staatsanwalt aus Damaskus an und bat um eine formelle Erlaubnis, die Spuren durch die Kriminalpolizei sichern zu lassen. Er versprach, dass seine Männer ihre Arbeit so unauffällig wie möglich verrichten würden. Die Leiche würde so schnell wie möglich ins rechtsmedizinische Institut gebracht, um die Todesursache festzustellen. Außerdem sollte die Botschaft nicht länger als nötig blockiert werden. Longo versprach, der Staatsanwalt werde umgehend ein Fax mit der offiziellen Erlaubnis erhalten.

Longo rief seinen Sekretär an und diktierte ihm den Text. Die Sache sei streng geheim. Er selber würde sofort nach dem Treffen mit dem libanesischen Präsidenten aufbrechen. Er wäre gegen vierzehn Uhr in Damaskus. Man solle das Personal anweisen, zu Hause zu bleiben. Der Sekretär beruhigte den Botschafter, das sei bereits geschehen.

Gegen neun Uhr wurde die italienische Botschaft für Besucher gesperrt. Ein kleines Schild an der Tür verkündete: *Wegen eines Wasserrohrbruchs und Reparaturen geschlossen.* Der kleine blaue VW T5 Transporter der Spurensicherung stand ein paar Meter entfernt vom hinteren Eingang. Seine Tarnung war perfekt: Sanitär- und Heizungsdienst stand darauf. Ein zweiter Wagen der Mordkommission parkte unauffällig in der nahen Al-Maari-Straße. Auf das typische Absperrband der Kriminalpolizei hatte man absichtlich verzichtet. Ein herbeieilender Journalist wurde von einem Zivilbeamten abgefangen und in den Eingang eines benachbarten Gebäudes gezogen.

Der Mann erzählte, er habe am frühen Morgen erfahren, dass irgendein wichtiger Italiener umgebracht worden sei, und hoffe auf einen guten Bericht für die staatliche Zeitung *Tischrin*. Woher er das Gerücht habe, wollte er dem Geheimdienstler nicht verraten.

Dieser beschimpfte alle Journalisten als Hurensöhne und Unruhestifter und verlangte, den Journalistenausweis zu sehen. Der Journalist, ein Damaszener, hörte am Akzent, dass der Mann wie die meisten Geheimdienstler und der Staatspräsident aus dem Küstengebiet stammte. Er bekam Angst. Der unfreundliche Herr in Zivil gab die Daten des Journalisten über Handy an die Zentrale durch und reichte dem erblassten Mann schließlich den Ausweis zurück. »Lass dich hier nicht mehr blicken!«, sagte er zum Abschied, und der Journalist zog unverrichteter Dinge ab. Erst in einigem Abstand verfluchte er den Beamten, dessen Augen ihn an den kalten toten Blick eines Krokodils erinnert hatten. Ihm waren die anderen fünf Geheimdienstler entgangen, die gut getarnt entlang der Straße darauf achteten, dass kein Neugieriger der italienischen Botschaft zu nahe kam.

Erst gegen Mittag sollte der Journalist einen Anruf von seinem Informanten Hamid bekommen, der ihm knapp mitteilte, er solle die Finger von diesem Fall lassen, sonst würde es für ihn lebensgefährlich. Der Journalist lachte zynisch. »Meine Finger! Ha, ha! Ich habe die Botschaft nicht einmal erreicht.«

Er würde nie erfahren, dass dieser Geheimdienstler, der ihn so barsch zurückgewiesen hatte, sein Schutzengel gewesen war. Er war zwar mit allen schmutzigen Wassern der Geheimdienste gewaschen, aber er hatte dem Journalisten unfreiwillig das Leben gerettet. Denn der Geheimdienst war entschlossen, jeden Journalisten zu erledigen, der auch nur ein Wort über den Fall in der italienischen Botschaft zu schreiben wagte. Die Zensoren lasen an jenem Abend die Ausgaben der Zeitungen so genau wie nie. Die Anweisung des Innenministers war deutlich gewesen.

Bei seiner Ankunft in der italienischen Botschaft im Laufe des Vormittags erklärte Kommissar Barudi dem Sekretär, einem jungen italienischen Diplomaten, dem Koch, dem Wächter vor der Tür und dem Wachmann für den Innenbereich höflich, warum eine absolute Nachrichtensperre über die Ermordung des Kardinals verhängt worden war.

Die Nachbarschaft würde später sagen, man habe nichts mitbekommen und nicht einmal geahnt, dass in unmittelbarer Nähe eine Leiche aufgetaucht war, die beinahe zu einer Staatskrise zwischen Syrien und Italien geführt hätte. Ebendeshalb waren die Syrer darauf bedacht, den Mord so geheim wie möglich zu halten.

Sicherheitshalber postierte die Kriminalpolizei nach Absprache mit der Botschaft im Eingangsbereich der Küche einen Beamten hinter der Tür. Er sollte dafür sorgen, dass keiner den Raum betreten oder verlassen konnte.

Hauptmann Schukri, der Leiter der Spurensicherung, ein großer, athletischer Mann mit einem dichten grauen Schnurrbart, beaufsichtigte die Arbeit seiner Männer, die mitten in dem breiten Gang zwischen Haustür und Küche die Leiche des alten Kardinals, die auf einer Kunststoffplane lag, untersuchten. Die Männer trugen weiße Einwegschutzanzüge mit Kapuzen und Latexhandschuhe.

Ein Fotograf machte Detail-, Groß- und Totalaufnahmen von der Leiche aus allen möglichen Perspektiven.

Noch immer und trotz jahrzehntelanger Erfahrung ging der Anblick mancher Leichen Schukri durch Mark und Bein. Der tote Kardinal sah allerdings aus, als würde er friedlich auf der Plane schlafen. Er war nackt. Das Olivenöl ließ seine Haut glänzen. Sein Körper war wohlproportioniert, er hatte graues Haar und feine Gesichtszüge. Einer der Männer schätzte sein Alter auf zwischen fünfundsechzig und siebzig.

Neben der Tür rechts vom Wachmann stand das halbvolle Fass, über dessen oberen Rand wie eine schlaffe schwarze Zunge ein Zipfel des Kunststoffsacks hing. Der Deckel war an die Wand gelehnt. Die Leiche hatte Spuren von Öl hinterlassen, als sie vom Fass auf die ausgebreitete Plane gehievt worden war.

Unmittelbar nach ihrer Ankunft hatten die Beamten das Fass und die beiden Plastiksäcke sorgfältig nach Spuren untersucht. Auf dem Fass und dem äußeren Sack fanden sie einige Fingerabdrücke. Hauptmann Schukri und seine Männer machten sich keine allzu großen Hoffnungen. Die Erfahrung lehrte, dass sich Morde, die von erfahrenen Killern verübt wurden, oft nicht oder nur schwer aufklären ließen.

Dennoch trieb Schukri seine Männer an, alles sorgfältig zu prüfen und zu notieren. »Eure Arbeit wird dieses Mal von mehr Leuten kontrolliert, als es euch und mir lieb ist.«

Dem Toten hatte man die Armbanduhr abgenommen. Seine Haut war an dieser Stelle – wie im Süden üblich – heller. Die Augenlider waren sorgfältig zugenäht. Zwei Schnitte verliefen schräg von beiden Schlüsselbeinen zur Mitte des Körpers hin und trafen sich auf dem Brustbein. Von dort setzte sich ein Schnitt gerade fort bis zum Schambein. Auch dieser Schnitt war perfekt genäht.

»Ein Y-Schnitt, wie bei einer Obduktion. Das Werk eines Profis«, sagte Hauptmann Schukri, als hätte er die Gedanken seiner drei Untergebenen gelesen.

Er zog sein Smartphone aus der Tasche und wählte eine Nummer. »Ja, mein Lieber. Wie geht's? … Bei mir das Übliche. Leichen, so weit das Auge reicht. Mein Arbeitsplatz ist sicher. Hör zu. Ich habe hier einen delikaten Fall. Die Leiche eines prominenten Ausländers«, er hielt einen Moment inne und lachte. »Nein, nein, nicht Madonna … nein, auch nicht Gaddafi, viel wichtiger … Nein, nein, hör doch auf, du Atheist, Gott ist es auch nicht, etwas tiefer in der Hierarchie. Spaß beiseite, der Staatsanwalt schickt dir noch heute die notwendigen Unterlagen. Ich habe vor einer halben Stunde mit ihm telefoniert. Wir nennen unsere Leiche vorerst Maher, ja?« Wieder hörte er einen Moment lang zu. »Warum? Darum, weil der Innenminister das so will … Ich glaube, es ist der Name seines Schwiegervaters, dem er den Tod wünscht … Also, ich bitte dich, mir schnellstmöglich einen kleinen Bericht deiner Obduktion zu geben. Es waren Profis am Werk … Nein, ich übertreibe nicht. Wenn du den Schnitt und die zugenähten Augen sehen würdest! Du kennst dich besser aus als ich, aber die Naht ist so gut wie … wie … wenn sie von einem Herrenschneider ausgeführt worden wäre … Wann darf ich deine Auskunft erwarten? … Was? Und mit Nachtschicht? … Nein, ich bin kein Sklaventreiber. Das ist der Außenminister … Er setzt den Innenminister unter Druck und dieser meinen Chef bei der Mordkommission und der mich und Kommissar Barudi … Nein, er ist noch nicht in Rente. Er vernimmt nebenan gerade den Koch … Nein, keine Ambulanz, das wäre in diesem Fall zu auffällig. Wir bringen die Leiche in einem getarnten Transporter zu dir … Was? Nein, mach dir keine Sorgen, die Leiche ist sehr frisch und das Olivenöl hat sie geschmeidig gemacht … Nein, noch keine sichtbare Verwesung, aber wenn du mich noch länger verhörst, werde ich verwesen. Lach ruhig, aber bitte schicke zwei zuverlässige Männer zum Eingang deiner heiligen Burg der Rechtsmedizin. Ja? Was? … In einer halben Stunde. Sei so lieb. Danke, grüß deine Frau von mir.«

Schukri schaltete sein Smartphone aus und steckte es wieder in die Hosentasche. »Der Kardinal muss ins rechtsmedizinische Institut. Dort werdet ihr erwartet«, sagte er zu seinen Männern. »Für den Transport packt ihr ihn in einen Leichensack. Das Ölfass nehmt ihr mit aufs Revier. Ich will alles noch einmal in Ruhe prüfen. Sollte auch nur ein Detail nach außen dringen, seid ihr alle drei entlassen«, er machte eine Pause, »und ich mit euch. Der Fall ist politisch heikel. Die Presse muss warten, bis wir den Mord aufgeklärt haben, und das wird lange dauern – wenn wir es überhaupt schaffen. Also kein Wort, zu niemandem. Haben wir uns verstanden?«, setzte er nach, und dabei fixierte er seinen Mitarbeiter Hamid, einen untersetzten Mann mit feuerroten Haaren. Er war mit mehreren Lokalreportern befreundet. Schukri vermutete, dass er sie mit Nachrichten fütterte und dafür reichlich belohnt wurde. »Der Journalist, der von dem Fall erfährt«, sagte Schukri süffisant und machte eine Pause, als suche er nach einem ausreichend bedrohlichen Szenario, während Hamid unruhig mit den Fingern knackte, »wird seinen Beruf nicht mehr lange ausüben.«

Die drei Männer hatten sehr wohl verstanden, dass es sich hier um einen raffinierten, kaltblütigen Mord handelte, womöglich ein Verbrechen der Mafia. Der Fall würde vermutlich politische Folgen haben und die Geheimdienste auf den Plan rufen. Und keiner der drei Beamten wollte seinen Job verlieren.

»Alles klar, Chef«, sagte Isam, ein dürrer Mann mit Glatze, »aber darf ich noch etwas anmerken?« Und bevor Hauptmann Schukri antworten konnte, fuhr der Mann fort. »Mir scheint, dass hier ein Fehler vorliegt«, sagte er und steckte seinen Kugelschreiber in die Brusttasche seines Hemdes.

»Ein Fehler? Was für ein Fehler?«

»Der oder die Mörder hätten die Leiche des Kardinals nicht an die italienische, sondern an die vatikanische Botschaft schicken müssen. Also vermute ich, sie sind Muslime und kennen den Unterschied nicht.«

Der Hauptmann, der der drusischen Minderheit angehörte, verstand nicht gleich. »Aber er ist doch Italiener, oder?«

»Ja, sicher. Die Botschaftsangestellten, allen voran der Koch, haben ihn auch sofort identifiziert und kannten seinen Namen, da er vor seiner Abreise hier in der Botschaft zu einem Festessen eingeladen war. Gewohnt hat er, wie mir der Koch erzählte, in der vatikanischen Botschaft. Ein Kardinal ist in erster Linie ein Bürger des Vatikans, auch wenn er ursprünglich aus Frankreich, Amerika oder wie Papst Benedikt aus Deutschland stammt.«

Hauptmann Schukri nickte schweigend. Er schätzte Isam sehr, diesen dürren, oft schweigsamen Mann, und er wusste, dass alles, was er sagte, Hand und Fuß hatte.

»Nun gut, schafft den Mann unauffällig weg. Ich gebe diese neuen Informationen an Kommissar Barudi weiter.«

»Und noch etwas, Chef«, wandte Isam fast schüchtern ein. »Der Kardinal hatte seinen Ring am falschen Finger.« Isam ging zu der Leiche. Schukri folgte ihm neugierig. »Normalerweise«, erklärte der christliche Beamte, »trägt der Kardinal seinen Ring als Symbol der Treue zur Kirche am rechten Ringfinger. Der Papst verleiht dem gewählten Kardinal in einer Zeremonie den Ring, und dieser trägt ihn sein Leben lang. Auch das Opfer trug ihn so, schaut euch die blasse Einkerbung am rechten Ringfinger an. Man hat ihm den Ring abgenommen und ihn an den viel zu dünnen linken Ringfinger gesteckt. Dort sitzt er locker, schaut her!« Isam ließ den Ring über den leblosen Finger gleiten.

»Und was bedeutet das?«, fragte Schukri.

»Keine Ahnung«, antwortete Isam und zuckte mit den Schultern.

»Nun gut, wir werden sehen«, beendete Schukri die Unterredung. »Hamid«, wandte er sich an den Rothaarigen, »du fährst. Habib fühlt sich heute nicht wohl, und ich will nicht, dass ihr drei bald im Jenseits mit dem Kardinal Karten spielt.«

»Wird gemacht, Chef«, antwortete Hamid. Habib bedankte sich leise für die Rücksicht. Er war seit zwei Tagen wie abwesend, weil seine Frau ihn verlassen hatte. Ohne Streit, ohne auch nur eine Nachricht zu hinterlassen, war sie mit den beiden Kindern einfach verschwunden, und niemand wusste wohin. Habib war nicht nur in seiner Ehre, sondern auch in seiner Eitelkeit verletzt. Zwar war er ein bekannter Schürzenjäger und Hurenbock, aber er hätte lieber selbst seine Frau verlassen. Im Amt hatten die Neider ihren Augenblick für eine gnadenlose Rache kommen sehen. Die Kollegen verspotteten ihn jetzt lauthals und rücksichtslos. Schukri verstand seinen Freund Kommissar Barudi. »Wenn ein Schaf ausrutscht, werden viele zu Metzgern«, hatte dieser voller Bitterkeit gesagt.

Schukris Blick wanderte zwischen seinen Männern hin und her. Er hatte die besten Experten an seiner Seite, aber alle drei hatten sie einen Knacks. Isam war geizig und trotz Frau und Kindern einsam. Seitdem er einen Mann überfahren hatte, wollte er nie wieder hinter dem Lenkrad sitzen. Er war der Mann für die feinen Beobachtungen.

Hamid kam mit seinem Gehalt nicht aus und hatte ständig Schulden. Die Medikamente für seinen kranken Jungen verschlangen Unsummen. Er hatte eine böse Frau und wollte abends lieber noch im Amt bleiben, als nach Hause zu gehen. Da er Chemie studiert hatte, war er der beste Experte, wenn es darum ging, die Wirkung eines Giftes zu verstehen. Habib war der Geduldigste und Hartnäckigste von allen. Aber nun hatte er, der schöne stolze Gockel, einen herben Schlag erlitten. Welche Schmach hatte seine Frau in all den Jahren ertragen müssen, in denen alle von Habibs ausschweifendem Leben wussten. Jetzt zahlte sie ihm alles auf einmal zurück.

Aber, dachte Schukri und kratzte sich am Ohr, auch er hatte ein Problem, und das war vielleicht größer als all die Probleme seiner Mitarbeiter zusammen. Er konnte mit keiner Frau mehr zusammenleben. Affären genoss er, doch sie machten ihn nur noch misstrauischer, noch einsamer. Er war einmal verlobt gewesen, aber Latifa, die immer die Unberührbare spielte, war eine Heuchlerin. Sie hatte ihm nicht mehr als einen Kuss auf die Wange erlaubt, und dann wurde sie von ihrem Nachbarn, einem jungen Apotheker, schwanger. Schwangerschaft, Verliebtheit und Kamele kann man auf Dauer schlecht verbergen, wie ein altes Sprichwort sagt. Einen Monat vor seiner Hochzeit merkte Schukri, dass Latifas Bauch und ihre Lügen dicker wurden. Sie flüchtete mit dem Apotheker und brachte fünf Monate später ein Mädchen zur Welt.

Schukri, Sohn eines bekannten und reichen Damaszener Arztes, hatte damals als Lehrer in der südlichen Stadt Suwaida gearbeitet. Er wollte die benachteiligten Provinzkinder unterstützen. Seine Eltern lebten in Damaskus, aber sie stammten aus einem drusischen Dorf nahe Suwaida. Latifa, eine Grundschullehrerin, war eine ferne Verwandte seiner Mutter.

Nun musste er Suwaida verlassen, denn er war zur allgemeinen Zielscheibe des Spotts geworden. In einer Provinzstadt kennt jeder jeden, und die gelangweilten Zungen hatten Blut geleckt. Die Lästermäuler ließen nicht mehr los, bis ihr Opfer verschwand.

Schukri kehrte nach Damaskus zurück und bewarb sich bei der Polizei. Aber insgeheim schüttelte er über sich selbst den Kopf, ja, fand es fast charakterlos, dass er selbst jetzt, dreißig Jahre später, immer noch an Latifa hing.

Hamid stieg jetzt in den kleinen Bus und fuhr ihn langsam rückwärts bis direkt an die Haustür. Die beiden anderen schoben den toten Kardinal im Leichensack auf einem Brett durch die Hecktür ins Auto, ohne dass irgendein neugieriger Nachbar aus seinem Fenster etwas bemerkte. Für das Fass aber gab es wegen der Kästen mit den Instrumenten, Pulvern und Chemikalien der Spurensicherung keinen Platz mehr. Das würden die Männer später holen.

Hauptmann Schukri beobachtete einen Spatzen, der unmittelbar neben dem Auto ängstlich ein paar Brotkrümel pickte. Sein Hunger förderte seine Dreistigkeit, die seine Angst jedoch im Zaum hielt. Als der Motor aufheulte, suchte der Spatz sein Heil wie ein Pfeil in der Ferne.

Hauptmann Schukri winkte seinen Männern noch einmal zu und kehrte ins Hausinnere zurück. »Sie bleiben da. Keiner darf den Raum ohne die Genehmigung von Kommissar Barudi betreten oder verlassen«, sagte er zu dem Wachmann.

Der Mann war seit zwanzig Jahren bei der Polizei.

»Selbstverständlich, Herr Hauptmann«, erwiderte er und setzte leise sein Gebet für seine Tochter fort, die an diesem Tag eine schwere Prüfung an der Universität hatte.

4.

Kurz vor dem Abschied

Kommissar Barudis Tagebuch

Seit Monaten leide ich unter massiven Schlafstörungen. Das laugt mich aus. Immer wieder das gleiche grausame Spiel: Ich schlafe rasch ein, aber nur für kurze Zeit, danach bin ich lange wach und todmüde, irgendwann schlafe ich wieder ein und schrecke dann aus einem Albtraum auf.

Mein Freund und Hausarzt Omar hat mir gesagt, ich müsse ein Ventil für meine Ängste, Trauer und Wut finden, und da man niemandem mehr trauen könne, solle ich all meine Gedanken einem Tagebuch anvertrauen. Wenn ich dagegen stur bliebe und alles in mich hineinfräße, könnte ich an einem Magengeschwür, Hirntumor oder Herzinfarkt krepieren.

Nicht nur meine Blutwerte, alle Untersuchungen wiesen eindeutig auf einen schlechten Gesundheitszustand hin. Omar ist Facharzt für Psychosomatik. »Du musst auf deinen Körper hören. Er kann nur so protestieren. Frei sprechen kannst du heute mit niemandem mehr, auch mit mir nicht. Ich weiß nicht, was ich unter Folter preisgebe. Nein, schreib dir alles von der Seele. Du wirst sehen, es hilft«, sagte er und schaute mich über den Rand seiner Brille hinweg an.

Als ich ihm sagte, er spinne, lachte er nur und entgegnete, ich solle trotzdem auf ihn hören, Kinder und Spinner sagten oft die Wahrheit, und er kenne mich besser als jeder andere.

Da hat er recht. Seit dreißig Jahren ist er mein Arzt und Vertrauter. Allerdings muss man zehn Jahre abziehen, die Omar im Knast verbracht hat, weil er in einem Artikel die Korruption im Gesundheitswesen angeprangert hatte. Der Bruder des Gesundheitsministers, ein bekannter brutaler Geheimdienstler, ließ die ganze Redaktion foltern, bis sie den Namen des Autors preisgab. Zehn harte Jahre wegen Rufschädigung des Vaterlandes. Omar kann auch heute noch darüber lachen. »Es stimmt«, sagte er, »die Korruption ist ihr Vaterland.«

Ich habe ihm damals beigestanden und über Umwege und Bestechung einige schöne Sachen sowie Geld ins Gefängnis bringen lassen. Er ist ein aufrechter, aber schwieriger Mann! Sehr verbittert und misstrauisch!

»Schreibst du selbst Tagebuch?«, fragte ich ironisch.

»Selbstverständlich, sonst wäre ich längst in der Psychiatrie«, antwortete er mit brüchiger Stimme. Ich schämte mich.

»Über was und wie soll ich denn jetzt mit fünfundsechzig schreiben?«

»Das Wie ist mir egal, du kannst es so kurz, lang, poetisch oder sachlich, ordentlich oder chaotisch halten, wie du willst. Du schreibst ja nicht für die anderen, sondern für dich, um dir Klarheit zu verschaffen. Denk nicht viel nach, fang einfach an! Schreib deine Seele frei. Hauptsache, du hast ein absolut sicheres Versteck für dein Tagebuch …«, er schwieg einen Moment. »Übrigens weiß ich ja, dass du schreiben kannst. Ich habe die Briefe, die du mir ins Gefängnis geschmuggelt hast, aufbewahrt. Einer hängt neben meinem Spiegel, so dass ich ihn jeden Morgen lese. *Steh auf*, steht da, und *erhebe deine Stirn. Nichts anderes ärgert unseren Feind mehr.*«

»Du übertreibst wie immer«, sagte ich leise.

Omar lachte und sagte: »Wer weiß, vielleicht baust du diese Notizen aus, wenn du Rentner bist, und machst daraus einen Roman, statt dich zu langweilen, dann will ich aber ein Freiexemplar haben, von dir im Knast signiert.«

Ich konnte nicht anders, als den Kopf zu schütteln. »Ich glaube, mein Arzt braucht einen Arzt«, sagte ich, und er lachte noch lauter.

Wie dem auch sei. Ein sicheres Versteck habe ich. Nicht einmal der Teufel kommt darauf. Dort liegt das Tagebuch neben der Schatulle mit den Goldmünzen, die ich für meine Rente aufbewahre.

Omar hat recht, seit dem Tod meiner geliebten Frau Basma habe ich keinen wirklichen Freund mehr. Ich habe gute Bekannte, gute und schlechte Kollegen. Schukri ist der beste unter ihnen, aber ein Freund? Nein, das nicht! Ihm und Omar vertraue ich nicht alles an. Was der Geheimdienst nicht auf direktem Weg erfährt, indem er Menschen verführt oder erpresst, spioniert er durch Wanzen aus. Er macht jeden gefügig.

Heute fange ich an, am Samstag, den 18. September 2010. Das heutige Datum halte ich fest … danach werde ich einfach so weiterschreiben. Jeder Tag endet mit einem Stern. So habe ich auch die Briefe an meine geliebte Frau unterschrieben. Sie nannte mich *mein Stern*.

Wissen ist Macht, sagte mein Kollege Schukri gestern, aber mich macht Wissen ohnmächtig. Vor allem wenn es um die Wahrheitsfindung in diesem Land geht.

Wenn ich zurückblicke, so ist mein Leben eine lange Kette von Niederlagen, im Privaten wie im Berufsleben.

Bevor ich Basma kennenlernte, hatte ich nur Pech mit Frauen. Schon als Jugendlicher war ich arm, kurzsichtig, unattraktiv. Auch mein Beruf war Grund für meine Einsamkeit: ein Kriminalpolizist, der nur einen Hungerlohn bekommt und einer lebensgefährlichen Tätigkeit nachgeht, die weder Ruhe noch einen geregelten Alltag erlaubt. Meine Mutter meinte, ich solle ein wenig angeben. Sie sagte: »Jeder Hahn muss seinen Misthaufen finden, auf dem er kräht.« Ich konnte dieser lieben Seele nicht die Wahrheit sagen: Wenn andere Hähne auf Misthaufen stehen, krähe ich in einem tiefen Erdloch.

Dann traf ich Basma, das Glück meines Lebens. Ihr Name war Programm, Basma, ein Lächeln, zog in mein Leben ein. Aber der Tod hat sie mir vor sechzehn Jahren geraubt. Und die Einsamkeit, nun begleitet vom Zweifel, kehrte zurück, gemeinsam zernagten sie mein Gemüt und meine Ruhe.

Ich habe in meinem Leben viele Niederlagen erlitten. Den frühen Tod meiner geliebten Frau aber kann ich bis heute nicht verwinden. Wie oft kam ich nach Hause und bildete mir ein, sie würde mir entgegenlachen. Wie oft haben Kollegen versucht, mich zu verkuppeln. Aber bei mir war nicht einmal das körperliche Verlangen wiederzuerwecken. Ich war wie eine Mauer und so kalt, dass mich ein Kollege einmal durch die Blume fragte, ob ich schwul sei. Nein, habe ich erwidert, aber ich bin für den Rest meines Lebens besetzt von Basma. Er schüttelte nur den Kopf.

Und beruflich? Wie oft träumte ich von einem Fall, den ich bis zum Ende aufklären kann, ohne dass Hunderte von Händen hineinwirken, bis die Sache in eine Sackgasse gerät und scheitert. Vielleicht wird es mir in der noch verbleibenden Zeit gelingen, meinen Dienst mit einem großen Fall zu beenden.

Ich habe keine Lust mehr, kleine Gauner zu verhaften und zu vernehmen. Die großen Verbrecher schicken solche kleinen Handlanger und Laufburschen vor. Sie lassen sie die Verantwortung für einen Mord, einen brutalen Überfall oder einen Einbruch übernehmen, zahlen ihnen Geld dafür und lassen sie, wenn es darauf ankommt, im Gefängnis umbringen. Einmal hatte ich einen bereits verurteilten Gauner beinahe zum Sprechen gebracht, indem ich immer wieder das Gespräch suchte. Er war ein armseliger Mann. Ich garantierte ihm Schutz, wenn er als Kronzeuge auftreten würde. Er sollte das, was er mir anvertraut hatte, offiziell vor dem Richter wiederholen, nämlich, dass General Nassif Barakat, ein ferner Cousin des Präsidenten und hochverschuldeter Spieler, einen Juwelier hatte entführen lassen. Er bat mich um drei Tage Bedenkzeit und wollte mit seiner Frau sprechen. Einen Tag später wurde er erhängt in seiner Zelle gefunden. Angeblich Selbstmord.

Mein damaliger Chef tadelte mich und behauptete, ich sei der Todesengel für den armen Kerl gewesen. Das hat mich über Monate gequält. Ich fühlte mich schuldig. Und ich hätte mich auch ohne seinen Tadel verantwortlich gefühlt. Der Fall erinnerte mich nämlich an eine alte Schuld, von der ich niemandem erzählt habe, auch Basma nicht. Ich hatte als naiver Junge von zehn Jahren unbedacht und arglos einem Nachbarn erzählt, dass immer ein Mann zu seiner Frau kommt, wenn er, der Ehemann, ein Lastwagenfahrer, wochenlange Transportfahrten nach Saudi-Arabien oder Kuwait unternimmt. Eine Woche später tat der Nachbar so, als würde er wegfahren, parkte den Lastwagen am Stadtrand und kam des Nachts zurück. Er erschoss seine Frau und ihren Liebhaber im Bett. Und dann richtete er die Waffe gegen sich selbst … Mein Gott, drei Tote durch mein leichtsinniges Ausplaudern. Auch heute kriege ich noch Magenkrämpfe, wenn ich daran denke.

*

Wir dürfen jeden vernehmen, der nicht zu den Großen auf den obersten Stufen der Pyramide gehört. Denen, die sich an der Spitze befinden, darf man nicht einmal eine Frage stellen. Und jeder Syrer weiß, dass sie da oben die Fäden in der Hand halten wie eine gut organisierte Mafia. Die Söhne der ersten Generation des Herrscherclans sind schlimmer als ihre Väter, denn diese Generation wuchs in den Häusern von absoluten Herrschern auf. Sie haben nie erfahren, wie man sich als Normalsterblicher verhält. Sie haben Gorillas an ihrer Seite, die jeden demütigen, der in ihre Nähe kommt. Erst in der vergangenen Woche hat ein Kollege aus der Drogenfahndung versucht, den Sohn des Generals Durani zu sprechen, der hinter einem Handel mit einer afghanischen Drogenmafia steht. Durch Zufall hat man eine große Ladung Opium entdeckt, und alles deutet auf den Sohn des Generals. Als der Kollege am Tor klingelte und um ein Gespräch bat, wurde er vor laufender Kamera geschlagen, mit Beschimpfungen gedemütigt und weggeschickt. Unser oberster Chef versprach eine Untersuchung der »Sache«, aber nichts ist passiert.

*

Seit Wochen habe ich nicht mehr geschrieben. Ich kam jeden Tag erschlagen vor Müdigkeit nach Hause und wollte nur noch schlafen.

Schukri hat manchmal witzige Ideen. Wir waren gegen Mittag in der Nähe des Gerichtshofs unterwegs. »Weißt du, warum Justitia eine Augenbinde trägt?«, fragte er.

»Ich denke, damit sie jeder Person gerecht wird, unabhängig von deren Äußerem oder Ansehen«, antwortete ich.

»Nein, mein Junge, damit sie nicht sieht, was in ihrem Namen alles begangen wird.«

»Noch eine solche Klugscheißerei und wir sitzen im Knast«, sagte ich ernst. Er lachte.

Schukri ist ein anständiger Kollege. Trotz seiner unzähligen Affären ist er ein einsamer Mann. Auch das verbindet uns auf sympathische Weise. Er gestand mir einmal bei einem Glas Wein, seine Affären seien bloß Augenblicke genussvoller Selbsttäuschung. Er sei immer einsam, und Einsamkeit sei eine nicht anerkannte Todesart.

Wir haben beide unsere Methoden zur Tarnung unserer Einsamkeit. Er durch seine Affären, die mir wie eine hoffnungslose Flucht vorkommen. Und ich? Ich bilde mir ein, ich hätte die Einsamkeit freiwillig gewählt. Aus Treue. Und wem war und bin ich treu? Einer toten Geliebten.

Manchmal liege ich wach im Bett und denke darüber nach, wie viele Paare in Damaskus wohl zu dieser Stunde dicht beieinanderliegen.

*

Vor ein paar Tagen fragte mich ein befreundeter Journalist, ob mich ein Mordfall nicht traurig macht. Mordfälle bewegen mich kaum. Alles bleibt ruhig in mir. Außer wenn das Opfer ein Kind ist. Nach vielleicht hundert Leichen stumpft man ab. Ich habe in vierzig Jahren über tausend gesehen.

*

Besuch beim Friseur. Burhan ist wahrscheinlich der schlechteste Friseur in Damaskus, in Syrien und vielleicht sogar auf der ganzen Welt, aber sein Salon ist immer proppenvoll. So voll, dass er extra einen Lehrling anstellen musste, der rund um die Uhr kostenlosen Tee für die Kunden kocht, damit alle zufrieden sind. Einzig der Kaffeehausbesitzer schräg gegenüber hasst Burhan, weil er ihm das Geschäft verdirbt. »Ich fange doch auch nicht an, meine Gäste nebenher zu rasieren«, sagt er jedem, der Ohren hat.

Doch nicht der Tee zieht die Kundschaft an, sondern Burhans Geschichten. »Bei Burhan hast du für fünfhundert Lira eine schlechte Rasur und eine gute Geschichte«, sagt mir mein Nachbar, der Postbote Elias.

Das ist wahr. Immer wenn ich traurig, frustriert, verzweifelt oder wütend bin, gehe ich zu ihm, und dann komme ich mit glattem Gesicht, mindestens einer kleinen Schnittwunde und frohen Herzens wieder nach Hause.

*

Als ich heute aus dem Friseursalon trat, war der Himmel strahlend blau, nur ein paar verstreute schneeweiße Wolkenfetzen hingen davor, als hätte Gott seine Pinsel an einem blauen Tuch gereinigt.

An der Kreuzung traf ich Georg Satur, meinen Freund aus Kindheitstagen, der wie ich nach langer Odyssee in Damaskus gelandet ist. Er hat als Beamter in einem staatlichen Export-Import-Unternehmen gearbeitet. Seit Ende Juni ist er Rentner. Nun genießt er endlich das Leben.

Unsere Mütter waren beste Freundinnen, und immer wenn wir uns sehen, tauschen wir Erinnerungen aus und lachen darüber. Wir waren sieben oder acht, als wir beide gleichzeitig erkrankten. Ich hatte eine bakterielle Augenentzündung, und er litt wochenlang unter Durchfall. Er war schon auf die Hälfte geschrumpft. Weil wir arm waren, griffen unsere Mütter zu Naturheilmitteln. Kräuter und Öle wurden uns verabreicht, in Form von Tees oder als Einreibungen. Aber die Heilung ließ auf sich warten. So kam es, dass seine sehr gläubige Mutter meine davon überzeugte, das nahe Kloster der heiligen Maria aufzusuchen. Es kostete nichts bis auf die Kerzen, die man anzündete. Dann kniete man nieder und betete und brachte seine Bitte vor. In einem großen Saal konnte man des Nachts auf dem Boden schlafen.

Georg und ich aßen unsere mitgebrachten Brote und schliefen bald auf einer kleinen Strohmatte dicht aneinandergeschmiegt ein. Es war

Sommer, und die zwei Freundinnen setzten sich auf eine steinerne Bank im Freien und lästerten vertraulich über die ganze Welt. Irgendwann machte meine Mutter einen Witz über die heilige Maria. Ihre Freundin lachte, dann sagte sie mehrmals, wie ein Papagei: »Heilige Maria, nimm meine Freundin nicht ernst. Verzeih ihr und mir.« Und schon erzählte meine Mutter den zweiten und dritten Witz über Josef und Maria. Georgs Mutter lachte Tränen und entschuldigte sich immer wieder bei der heiligen Maria.

Am nächsten Morgen waren wir nicht nur nicht geheilt. Ich hatte zu meiner Augenentzündung auch noch Durchfall, und Georgs Augen waren blutrot.

»Die heilige Maria hat sich gerächt«, sagte Georgs Mutter. Meine lachte. »Dummes Zeug. Wenn sich die heilige Maria wegen meiner harmlosen Witze nicht an mir, sondern an den zwei hilflosen Kindern rächt, dann ist sie nicht heilig, sondern ganz schön dämlich.«

Wir fuhren nach Hause und wurden von einem gutherzigen Arzt kostenlos behandelt und bald wieder gesund. Georgs Mutter erzählte Jahre später, dass meine Mutter sie in jenen Tagen von ihrem Aberglauben geheilt habe.

»Merkwürdigerweise kann ich mich nicht genau an das Gesicht meiner Mutter erinnern«, gestand mir Georg, »aber an ihren Geruch sehr wohl: Sie roch nach Brot und Jasmin.«

*

5.

Der unleserliche Brief

Kommissar Barudi war, nach über vierzig Jahren im Dienst, ein berühmter Mann in Damaskus, der einige spektakuläre Fälle hatte aufklären können. Diese Erfolge regten die Fantasie der Damaszener an, die von ihm schwärmten, als wäre er der syrische Sherlock Holmes oder Magnum oder eine Mischung aus beiden. Aber neben diesen Fällen gab es, für die Öffentlichkeit unsichtbar, unzählige Mordfälle, die er nicht hatte lösen können oder dürfen, wenn etwa der Verbrecher dem innersten Kreis der Macht angehörte.

Wer Kommissar Barudi begegnete, war enttäuscht von seiner behäbigen, ja fast stoischen Art. Aber genau die war seine beste Tarnung. Barudi versteckte seine List hinter einer gut gespielten Arglosigkeit. Die dicke Brille ließ ihn eher wie einen Antiquar wirken. Er war so gar nicht der athletische, charmante Held, den die Damaszener in ihm sehen wollten.

Barudi war einer der wenigen Kommissare alter Schule und weigerte sich, der herrschenden Partei beizutreten. Dafür nahm er in Kauf, dass er nie aufstieg. Wann immer eine Beförderung anstand, kam eine Dienstbeschwerde dazwischen oder eine kritische Äußerung Barudis, die irgendein Spitzel gehört haben wollte. Nicht selten gaben ihm Kollegen oder Bekannte den Rat, in die Partei einzutreten, er aber ließ sie ein ums andere Mal wissen, wie gleichgültig ihm jedwede Chance auf einen Führungsposten war. »Mir gefällt mein Job und ich möchte ihn behalten, bis sie mich rausschmeißen.« Nach dem Tod seiner Frau war er zum Einzelgänger geworden, und nur dank seines schüchternen Lächelns schrappte er am Ruf eines Misanthropen vorbei. Wer ihn auf seinen Gleichmut ansprach, bekam zur Antwort, er solle unter der syrischen Bürokratie und

Vetternwirtschaft erst einmal vierzig Jahre lang Mord und Totschlag aufklären, dann wisse er, warum ihn, Barudi, nichts mehr umwerfe.

Als Hauptmann Schukri die geräumige Küche der italienischen Botschaft betrat, saß Barudi mit dem Koch am Tisch und trank langsam seinen dritten Mokka. Vor ihm lagen wie immer ein Notizbuch mit wenigen Eintragungen und ein Bleistift. Schukri sah Barudi nie ohne Heft und Bleistift. Oft war er der Einzige in den Besprechungsrunden, der sich dauernd Notizen machte.

»Hauptmann Schukri«, rief Barudi und winkte den Kollegen herbei, »nimm dir einen Stuhl und trink mit uns einen Mokka. Ich bin hier gleich fertig, dann fahren wir zusammen los. Mein Wagen steht ganz in der Nähe.« Und an den unsicher dreinschauenden Koch gewandt: »Hauptmann Schukri ist einer meiner besten Kollegen. Er sagt bestimmt nicht nein.«

Der Koch hatte ein törichtes Gesicht, in dem eine rote Nase glühte. Er verstand die Aufforderung, dem müden Beamten einen Mokka zu kredenzen. Also erhob er sich, um ein Mokkatässchen aus dem Regal zu holen. Torkelnd, als wäre er betrunken, wankte er zum Herd. Schweigsam und in sich gekehrt kochte er den Mokka. Bald duftete der Raum nach Kardamom. Hauptmann Schukri nahm die dampfende Tasse dankbar entgegen. Seine Nase war vom Geruch des Olivenöls fast betäubt. Die Leiche hatte zwar nicht gestunken, sie war ja gewissermaßen einbalsamiert, doch der süßliche Geruch des Todes, vermischt mit einer unangenehmen Note von ranzigem Öl, hatte bei ihm Brechreiz erregt.

Barudi setzte sein Gespräch mit dem Koch fort. Aber dieser konnte nichts Genaueres sagen, außer dass er Kardinal Cornaro sofort erkannt habe. Hauptmann Schukri bewunderte Barudi, wie er immer wieder eine Frage stellte, die eher nebensächlich wirkte, aber den Kern der Angelegenheit traf. Er ging mit einer unbestechlichen, eigenartigen Ruhe an die Sache heran.

Seit über fünfzehn Jahren arbeiteten die beiden zusammen, und

Schukri hatte vom ersten Augenblick an eine gewisse Nähe zu dem fleißigen Einzelgänger gespürt, der immer wieder mutig das Sippenhafte
der Araber kritisierte und deshalb überall aneckte. »Mörder sind meist
Einzeltäter, aber das Sippenhafte ist eine ansteckende Krankheit«, hatte
Barudi einmal zu ihm gesagt.

Seit dem Tod seiner Frau lebte Barudi in einer kleinen Wohnung in
der Midan-Straße, nicht einmal dreihundert Meter vom Büro entfernt.
Das Gebäude, eine Bausünde der sechziger Jahre, war ein hässlicher großer Betonblock, alles Grau in Grau. Die schöne Wohnung in Bab Tuma,
die Barudi mit seiner Frau bewohnt hatte, hatte er nach deren Tod aufgegeben. »Zu viele Erinnerung wohnen da«, hatte er damals gesagt.

Der Koch wiederholte, er habe den Eindruck gehabt, dass der Transporteur nicht wusste, was er transportierte. Der redselige Mann habe
einen roten Ape gefahren. Nebenbei habe er erwähnt, dass er oft vor
dem Hijaz-Bahnhof auf Kunden warte.

»Und Sie haben nicht zufällig erfahren, wie er heißt?«

»Ja, warten Sie«, erwiderte der Koch nach kurzem Zögern, »er erwähnte, dass man ihn Abu Ali nennt, aber so heißt doch jeder zweite
Lastenträger.«

Barudi schrieb den Namen dennoch auf.

Als Schukri seinen Mokka ausgetrunken hatte, packte Barudi sein
Heft in die Tasche und gab dem Koch seine Visitenkarte. »Falls Ihnen
noch etwas einfallen sollte, lassen Sie es mich wissen. Auch Kleinigkeiten
können uns helfen.«

Der Koch nickte wie abwesend. Barudi nahm seinen Mantel vom Haken an der Wand und trat vor die Tür.

»Der arme Kerl ist völlig durch den Wind«, sagte er zu seinem Kollegen, als beide schließlich im Auto saßen. Es regnete nicht mehr, aber ein
starker Wind fegte durch die Straßen.

»Übrigens hat mich ein Mitarbeiter auf etwas aufmerksam gemacht:
Der Tote hätte nicht in die italienische, sondern in die vatikanische Bot-
schaft gebracht werden müssen. Dort ist seine Vertretung. Du bist doch
Christ, du müsstest das wissen.«

Barudi lächelte. »Mein letzter Besuch in der Kirche liegt etwa ein Vierteljahrhundert zurück.«

»Ja, aber warst du nie in der vatikanischen Botschaft? Der Botschafter ist doch auch für euch zuständig, oder?«

»Nein, er ist zuständig für ein paar Gassen in Rom, die man Vatikan nennt. Ich bin zwar katholisch, aber bitte, mein Herr, ich gehöre zur katholischen Ostkirche. Wir haben den Europäern das Christentum gebracht und nicht umgekehrt.«

»Aber habt ihr keine Kardinäle?«

»Nein, wir haben Pfarrer, Bischöfe und einen Patriarchen für den gesamten Orient.«

»Also bist du ein orthodoxer Christ?«

»Nein«, erwiderte Barudi und lachte, »bei uns ist es fast so kompliziert wie bei euch. Ich sage ja immer, die Kirchen verlängern bloß den Weg zu Gott. Ich bin katholisch, und wir erkennen den Papst an, aber wir haben unsere eigene Kirche und auch etwas andere Riten. Die Orthodoxen erkennen den Papst nicht an, genauso wenig wie die Protestanten.«

»Aber ihr seid keine Kopten?«

»Nein, das sind die ägyptischen Christen. Die haben ihren eigenen Papst, er heißt Schenuda III.«

»Gott im Himmel«, sagte Schukri, »das soll einer wie ich noch verstehen, der nicht mal eine Ahnung von seiner eigenen Religion hat!« Schukri gehörte den Drusen an. Diese religiöse Minderheit wurde jahrhundertelang verfolgt und beschuldigt, den Islam zu verfälschen. Deshalb sind viele ihrer Rituale geheim. Die meisten Drusen bleiben als »Unwissende« ohne religiöse Erziehung. Nur die wenigen »Eingeweihten« wissen Genaueres über ihre Religion. Schukri war einer der Unwissenden.

»Aber zurück zu deiner Frage«, sagte Barudi. »Ich weiß, dass wir in Damaskus zwei verschiedene Botschaften haben, eine für Italien und eine für den Vatikanstaat.«

»Das aber bedeutet, dass der Herr, der dem Transporteur Fass und Adresse gegeben hat, diesen Unterschied nicht kannte, sprich: ein Muslim war.«

»Kann schon sein«, gab Barudi zu, »aber«, fuhr er nach kurzem Nachdenken fort, »es könnte auch ein Christ, ein Druse, ein Sunnit, ein Alawit oder sonst jemand gewesen sein, der sich mit unseren Botschaften nicht auskennt.« Barudi zögerte einen Augenblick. »Oder ein raffinierter Verbrecher, der eine falsche Fährte gelegt hat.«

»Du hast recht«, sagte Schukri, etwas enttäuscht über die vielen Möglichkeiten, die seine Information nahezu wertlos machten. »Und was tun wir jetzt?«

»Ich erledige ein paar Dinge, mache den Transporteur ausfindig und warte auf deinen Bericht«, antwortete Barudi.

»Übrigens, noch ein Detail, das einer meiner Mitarbeiter bemerkt hat. Ich weiß nicht, ob es interessant für dich ist. Der Kardinal trug seinen Ring nicht am rechten, sondern am linken Ringfinger. Ich verstehe nichts davon. Hat das eine Bedeutung?«

»Oh, ja. Bitte notiere es in deinem Bericht, unbedingt!«, erwiderte Barudi. »Wer den Ring vom rechten auf den linken Ringfinger setzt, will damit seine Verachtung zum Ausdruck bringen. Das ist, als ob man einem Offizier die Rangabzeichen von der Schulterklappe reißt. Damit ergibt das Ganze ein Bild. Man hat den Kardinal verurteilt, verstoßen und degradiert. Die Leiche ist absichtlich an seine nationale und nicht an seine geistliche Heimat geschickt worden. Das bedeutet, der Täter weiß genau Bescheid über die Feinheiten der Macht in der katholischen Kirche. Gratuliere deinem Mitarbeiter, das ist eine großartige Beobachtung.«

Schukri nickte nachdenklich. Der Fall schien sich für ihn eher zu verkomplizieren, und er teilte den Optimismus seines Kollegen nicht. Als er die Arbeit der syrischen Kriminalpolizei mit dem Gang über ein Minenfeld verglich, winkte Barudi ab.

»Übertreib nicht. Wir haben es hier sehr gut. Zwar gilt es bei unserer Arbeit das eine oder andere Hindernis zu überwinden, aber dafür werden wir ja bezahlt. Und wenn ich mich umschaue, was die anderen alles tun müssen, die genauso qualifiziert sind wie wir beide, dann fühle ich mich privilegiert.«

»Na, Glückwunsch zu diesem Gefühl, das ich nie gehabt habe und auch nie haben werde«, erwiderte Schukri trotzig.

Eine nervöse Stille machte sich breit. Barudis Gewissen meldete sich. Er kam sich vor wie ein schäbiger Krämer, der das glänzende Gemüse in seiner Kiste lobt, insgeheim aber sehr genau weiß, dass verdorbene Ware darunterliegt. Wie zu Beginn eines jeden Falles fühlte sich Barudi ziemlich hilflos. Auch dem Profi blieb in diesem Stadium nichts anderes übrig, als zu mutmaßen, ohne sich festzulegen.

»Wo willst du hin? Ins Büro?«, erkundigte sich Barudi, als ihm das Schweigen auf die Nerven ging.

»Nein, ich muss ins Präsidium, lass mich bitte hier raus, dann nehme ich ein Taxi. Du kümmerst dich derweil um den Transporteur.«

»Ich bin gern dein Taxi. Macht zwanzig Lira oder ein Glas Rotwein.«

»Dann lieber den Wein«, sagte Schukri und lachte. Er freute sich über die seltenen Abende mit dem kauzigen Kollegen.

»Am Freitag?«

»Gut, das passt. Um wie viel Uhr?«

»Zwanzig Uhr. Bis dahin hast du gegessen. Ich mache zurzeit eine Diät«, sagte Barudi und schlug sich mit der rechten Hand auf den Bauch, der sich unter dem Pullover wölbte. »Ich esse nichts zu Abend. Das soll das Leben um mindestens fünf Jahre verlängern. Ohne Zigaretten habe ich mir weitere fünf und ohne Frauen noch einmal zehn Jahre gesichert«, sagte er.

»Wozu dann leben?«, erwiderte Schukri fast ein wenig zynisch. Er kochte und trank gern.

Kurz darauf bremste Barudi den Wagen vor dem Präsidium in der Khaled-bin-al-Walid-Straße. »Bis Freitag, wir bleiben in Verbindung«, sagte Barudi, als sein Kollege ausstieg. Das war nur eine Floskel. Sie arbeiteten im selben Gebäude und waren ständig in Kontakt.

Barudi fuhr weiter zum Hijaz-Bahnhof. Und als hätten sie es vereinbart, dachte Schukri noch eine ganze Weile über den Witwer Barudi nach und dieser über den ewigen Junggesellen Schukri. Und seltsamerweise ergriff beide ein gewisses Mitleid.

Nicht weit vom Bahnhof entfernt, vor dem bekannten Kaffeehaus »Coffee Hijaz« stellte Barudi seinen Wagen ab. Hier war zwar Parkverbot, aber er legte ein blaues Schild »Kriminalpolizei« unter die Windschutzscheibe. Dann schlenderte er die Straße entlang und befragte mehrere Transporteure, die dort mit ihren Kleinwagen und allerlei Karren auf Kundschaft lauerten. Es dauerte nicht lange, bis er den richtigen gefunden hatte. Abu Ali war in der Tat ein redseliger Mensch, der eine Menge Schicksalsschläge und Katastrophen hinter sich hatte. Wahrscheinlich blieb er deshalb so ruhig, als Kommissar Barudi ihm mitteilte, in dem Fass, das er transportiert hatte, sei Heroin gewesen, vier in Plastik verpackte Pakete zu je zehn Kilo, die in Olivenöl schwammen.

»Habe ich es mir doch gedacht, das Fass war schwerer, als wenn nur Öl drin gewesen wäre, und rollte so seltsam«, sagte Abu Ali nachdenklich und sah sich um. »Handelt der italienische Botschafter etwa mit dem Zeug? Mein Gott!«

»Nein, nein, der Botschafter nicht, ein kleiner Beamter der Botschaft dealt im Auftrag der Mafia«, sagte Barudi.

»Und ich sage dir, bei einer solchen Menge steckt der Botschafter dahinter. Abu Alis Auge täuscht sich nicht. Die haben in der Botschaft so getan, als wüssten sie von nichts. Ich sollte das Fass an der hinteren Tür abgeben. Ich wusste, die Sache ist nicht sauber.«

Barudi lachte und versuchte, den Transporteur an seiner Eitelkeit zu packen, um ein paar Informationen über den Mann herauszukitzeln, der ihm das Fass übergeben hatte.

»Wenn du so scharfsinnig bist, hätte ich eine Frage. Der elegante Mann, der dir das Fass übergeben hat, fuhr einen Mercedes Sprinter, nicht wahr?« Abu Ali nickte. »Hast du ihn nicht gefragt, warum er das Fass nicht selbst zur Botschaft bringt?«

»Du unterschätzt Abu Ali«, antwortete der Lastenträger, »ich habe ihn sehr wohl gefragt, aber er hat gesagt, es soll eine Überraschung für den Botschafter sein.«

»Und hast du dir mit deinen Adleraugen die Autonummer gemerkt?«

»Die Autonummer nicht, aber das Logo des Autoverleihs war nicht zu übersehen. Es ist der große Express-Verleih mit dem lachenden Gesicht einer hübschen Frau.«

Der Auftraggeber, fuhr er fort, habe Handschuhe, Mantel und Sonnenbrille getragen, obwohl weit und breit keine Sonne zu sehen war. Er sei sehr höflich gewesen und habe sogar geholfen, das Fass von seinem Transporter auf die Ladefläche zu hieven.

Das alles hatte Barudi schon vom Koch erfahren. »Erinnerst du dich an seine Stimme, seinen Dialekt? Könntest du sagen, ob er aus dem Norden oder Süden stammte?«, fragte er.

»Er sprach nicht viel«, antwortete der Lastenträger, »aber er war aus dem Norden ... oder«, er zögerte etwas, »nein, er sprach wie Sie, gepflegt, ja, er sprach eigentlich wie ein Damaszener, mit einem leichten nordischen Akzent ... Vielleicht war er aus Aleppo.«

Barudi machte sich eine Notiz.

»Aber«, sagte der Transporteur, »da war noch etwas, ich weiß nicht, ob es wichtig ist. Als er mit mir das Fass auf die Ladefläche stemmte, sah ich eine auffällige Narbe unter seinem rechten Ohrläppchen ...«

»Oh, das ist sehr wichtig. Wie sah sie denn aus? War sie groß?«

Der Transporteur dachte nach. »Sie verlief hier, schräg vom Ohrläppchen zur Wange hin«, sagte er dann und zog mit dem Zeigefinger einen Strich auf seine Wange, »und war vielleicht so lang wie mein Daumen.«

Barudi notierte: Narbe, circa fünf Zentimeter. Er trug dem Mann auf, zu seinem Kollegen Schukri zu gehen und seine Fingerabdrücke abzugeben. Er gab ihm die Adresse der Kriminalpolizei und ermahnte ihn, sich unverzüglich dort einzufinden.

»Ich fahre sofort hin. Heute ist Flaute, die Transporteure stehen einander auf den Füßen. Ich habe nichts zu tun. Bekommt man dort einen Tee?«, fragte er.

»Ja, sicher. Falls mein Kollege Schukri noch nicht da ist, sag einfach, Kommissar Barudi habe Anweisung gegeben, Tee und Kekse zu spendieren.«

Froh, einen kleinen Schritt weitergekommen zu sein, ging Barudi ins »Coffee Hijaz« und bestellte einen heißen Tee. Die eisige Kälte war ihm durch das lange Gespräch auf der Straße unter die Haut gekrochen. Hier war es angenehm warm und ruhig. Das Café schien nur von Intellektuellen besucht zu sein. Fast alle lasen Zeitungen, Zeitschriften oder Bücher. An der Wand hingen Drucke von Matisse, Picasso und Miró.

Er rief seinen Assistenten Nabil an und beauftragte ihn, den Autoverleih zu kontaktieren und die Liste der Kunden zu verlangen, die im vergangenen Monat einen weißen Sprinter gemietet hatten.

Dann hing er seinen Gedanken nach. Wer wagt es, einen Kardinal umzubringen? Und warum? Und warum hatte man ihn ausgerechnet in Olivenöl gelegt?

Die wenigen Fakten, die bislang vorlagen, deuteten auf Islamisten. Die Botschaft wiederum, die der Leiche zu entnehmen war, sprach, auch wenn Barudi sie noch nicht richtig verstand, eher für das professionelle Vorgehen der Mafia. Religiöse Fanatiker sprengten ihre Feinde in die Luft, erschossen oder erstachen sie, nie aber besaßen sie die Kaltschnäuzigkeit, die Leiche eines Ermordeten zu öffnen und wieder zuzunähen und subtile Botschaften zu hinterlassen.

Barudi sah sich vor einer großen Herausforderung und wusste, dieser Fall könnte heikel werden. Er würde es mit Geheimdienstlern, Politikern, Islamisten und Mafiosi zu tun bekommen. Vermutlich waren die Täter selbst oder ihre Hintermänner einflussreiche Personen. Sobald sie den Hauch einer Verdächtigung spürten, würden sie die Ermittlung gegen die Wand fahren lassen oder ihn sogar töten. Barudi wollte so unauffällig wie möglich ermitteln.

Und er musste Rücksprache mit seinem Chef nehmen, sich absichern, bevor es zu spät wäre. Wie damals vor fast vierzig Jahren, als er in Damaskus angefangen hatte: Der damalige Chef der Kriminalpolizei, Oberst Kuga, hatte ihn beauftragt, bei dem Mord an einem hohen Offizier zu ermitteln. Das war Barudis erster großer Fall. Aber dann entzog ihm der Geheimdienst die Befugnis und machte aus dem Kriminalfall ein Politikum, eine Carte blanche zur Hinrichtung gefährlicher Dissidenten, die mit dem Mord nichts, aber auch wirklich nichts zu tun hatten. Barudi recherchierte heimlich weiter. Er wollte den Mörder fassen. Doch sein Chef, Oberst Kuga, ließ ihn fallen, und Barudi wurde zur Strafe für seine inoffizielle Ermittlung an die jordanische Grenze versetzt. Dort blieb er fünf Jahre. Erst durch die Vermittlung seines Cousins, der, wie auch immer, zu Macht kam, konnte er nach Damaskus zurückkehren und seine Arbeit als Kriminalbeamter wieder aufnehmen.

Sein neuer Chef, der vierzigjährige Major Atif Suleiman, sah aus wie ein typischer Neureicher, falscher Haarschnitt, falscher Anzug, falsche Krawatte und falscher Humor. Bei ihm kam noch die Beleibtheit dazu. Seine Kleidung schien immer eine Nummer zu klein zu sein. Er war ein verwegener, korrupter Mann, aber er ließ seine Mitarbeiter nie im Stich. Das brachte ihm Respekt unter den Kollegen ein. Zum ersten Mal seit Jahrzehnten war das Gebäude der Kriminalpolizei am Bab-Musala-Kreisel eine Festung. Wenn der Chef ein Cousin des Präsidenten ist und auch sein Vater schon dem Vater des jetzigen Präsidenten treu gedient hat, dann ist er in Damaskus ein Garant gegen Einmischungen von außen.

Barudi wollte offen mit seinem Chef reden. Der Fall war kompliziert und wahrscheinlich lebensgefährlich, dennoch würde er ihn gern übernehmen, wenn er die Zusage bekäme, dass sich der Geheimdienst heraushielt. Er dachte an die Einwände, die sein Chef vorbringen könnte, und beschloss, eine klare Haltung einzunehmen: Niemand sollte sich einmischen, oder er würde die Sache hinschmeißen. Er stand kurz vor der Rente. Auf irgendwelche Beförderungen war er ohnehin nie scharf gewesen. Vermutlich wäre dies sein letzter Fall.

Barudi hasste den Geheimdienst mit seinen fünfzehn Abteilungen. Dieser Oktopus hatte seine Tentakel überall. Er behinderte nicht selten die Suche nach den Tätern, verbot Fragen, verweigerte die Erlaubnis, Politiker zu vernehmen, sperrte Informanten ein oder tötete sie gar, wenn sie zu viel wussten. Das Schlimmste dabei war, dass der Gegner, der einem die Arbeit verdarb, unsichtbar blieb.

Plötzlich schoss Barudi eine rettende Idee durch den Kopf. War es bei diesem Mord nicht sogar im Interesse Syriens, dass sich der Geheimdienst heraushielt? Sonst könnte der Fall leicht zu einer Verstimmung der Italiener und zur Einmischung mehrerer ausländischer Geheimdienste führen. Am besten ließ man die Politik außen vor und führte die Ermittlung behutsam und neutral, nur auf Kriminaltechnik und Indizien gestützt. Von Zeit zu Zeit könnte er einen Mitarbeiter der vatikanischen Botschaft informieren, damit sie in Rom erfuhren, dass die Kriminalpolizei in Damaskus nicht schlief.

Als er am Donnerstag in seinem Büro angekommen war, legten Ali und Nabil, seine zwei Assistenten, ihm eine kleine Mappe mit den Daten aller Mitarbeiter und Angehörigen der italienischen und vatikanischen Botschaft vor. Barudi bedankte sich, steckte die Mappe in die Schublade und rief die Sekretärin an, um einen Termin bei seinem Chef auszumachen. Major Suleiman sei nicht im Haus, hieß es. Die Sekretärin, Frau Malik, wusste aber, dass der Chef am frühen Morgen einen Anruf aus dem Präsidentenpalast erhalten hatte. Warum? Das habe ihr der Chef nicht verraten. Sie lachte. »Eine Stunde später«, fuhr sie fort, »hat unser Team durch Verwandte im Präsidentenpalast erfahren, dass Major Suleiman auf einer kurzen Geheimmission in Moskau ist.«

Barudi konnte sich einen Kommentar nicht verkneifen. »Wozu brauchen die Israelis da ein Spionagenetz, wenn die geheime Mission bereits bekannt wird, bevor unser Chef den Fuß auf russischen Boden setzt?«

Erst am Nachmittag kam er dazu, die Mappe zu studieren, wurde dabei aber immer wieder unterbrochen.

Am folgenden Tag stahl sich Barudi schon in der Morgendämmerung leise aus dem Haus. Eine innere Unruhe hatte ihn nicht mehr schlafen lassen. Draußen war es windstill und kalt, auf den Bäumen lag Raureif. Der Morgen hatte die letzten Truppen der Nacht noch nicht besiegt. Zu dieser Stunde war auf Barudis Weg zum Amt nur die kleine Bäckerei beleuchtet. Er bekam Gänsehaut bei der Vorstellung der behaglichen Wärme in der Bäckerei.

Jedes Mal wenn er in einem Mordfall ermittelte, überkam ihn dieses tiefe Gefühl der Verlorenheit. Um ihn herum herrschte absolute Leere, die Welt verschwand, und er war allein in einer hörbaren Stille. Auch jetzt war das so. Barudi quälte der Gedanke, dass er nicht die geringste Vorstellung hatte, was geschehen war. Wo, weshalb, wann und von wem war der Kardinal umgebracht worden? Nicht einmal einen Kreis von Verdächtigen gab es.

Wenig später erreichte Barudi das vierstöckige Gebäude der Kriminalpolizei. Er grüßte den müden Wachposten am Eingang. »Ich weiß, es ist Freitag.«

Der Wächter lachte, denn er hatte den übereifrigen Kommissar gerade daran erinnern wollen, dass Freitag ein freier Tag für Beamte sei. »Ich bringe Ihnen einen Mokka«, sagte der Mann und eilte in die winzige Küche. Barudi nickte dankbar. Der Gedanke an den duftenden Kaffee war ihm angenehm, damit ließ sich der Mief des Hauses überdecken, eine Mischung aus Reinigungsmitteln, Kunststoff und Schweiß.

Barudi ging in sein Büro in der ersten Etage und hoffte, die Dinge in der Mappe in Ruhe noch einmal durchgehen zu können.

Der Mokka schmeckte herrlich. Allein dafür lohnte es sich, zur Arbeit zu kommen, dachte er. Gegen neun Uhr klingelte das Telefon. Schukri war dran. »Was ist, willst du mich ausladen?«

»Nein, um Gottes willen, aber ich habe die Nacht mit dem Rechtsmediziner zugebracht und dachte, die Ergebnisse würden dich interessieren«, erwiderte er, und seine Stimme war voller Ironie.

»Wo bist du jetzt?«

»Ein Stockwerk über dir. Kommst du kurz herauf?«

»Ich bin gleich bei dir.« Barudi schob die Unterlagen wieder in die Schublade und verschloss beide Schlösser seiner Bürotür. Nachdem vor zwei Jahren Unterlagen zu den Morden an sechs Drogendealern verschwunden waren, hatte er ein teures Zusatzschloss anbringen lassen, zu dem nur er und Major Suleiman einen Schlüssel hatten.

»Der Kardinal hat offenbar keinen Widerstand gegen seine Mörder geleistet. Es wurden keine Hämatome festgestellt. Der Rechtsmediziner fand lediglich Druckstellen an beiden Armen, was darauf hindeutet, dass er lange gefesselt war. Das steht alles im Bericht. Aber nun ein paar wichtige Punkte: Der Kardinal wurde vergiftet. Als er tot war, hat man ihn ausgenommen und wieder zugenäht.« Schukri unterdrückte ein Gähnen. Er war erst um drei Uhr morgens ins Bett gekommen und schon um sieben wieder aufgewacht. »Man hat dem Kardinal ein teuflisches Gemisch gespritzt: Kaliumchlorid, Pancuronium, Thiopental. Alles in so hoher Dosierung, dass man damit zwei Elefanten hätte umbringen können. Ich erspare dir die chemischen Details. Du kannst sie im Bericht lesen. Dieses Gemisch wird in manchen Bundesstaaten der USA zu Hinrichtungen eingesetzt, seine Bestandteile sind jedem Chirurgen oder Anästhesisten zugänglich. Das lässt zwei Vermutungen zu: Entweder waren unerfahrene Leute am Werk oder aber Profis, die dem Kardinal absichtlich zu viel von einer Substanz gaben, die leicht nachweisbar ist. Der Rechtsmediziner meinte scherzhaft, dieses Gift, in einer so hohen Konzentration verabreicht, hätte genügt, den Kardinal für zehn Jahre zu konservieren, man hätte auf das Olivenöl verzichten können.«

Schukri schaute kurz auf das Blatt vor ihm. »Das steht alles in diesem Bericht ... Ach ja, die chirurgischen Schnitte und die Nähte hat ein erfahrener Chirurg vorgenommen, das war ein Profi. Alle inneren Organe wurden entnommen. An der Stelle des Herzens hat man einen schwarzen Basaltstein befestigt, so groß wie eine Faust, ansonsten war der Bauch mit Watte gefüllt, die man mit fünfzigprozentigem Arak und Formaldehyd getränkt hatte. In die Augenhöhlen haben sie dem toten Kardinal zwei Goldmünzen gelegt und die Augenlider darüber zugenäht. Wenn du mich fragst, das ist kein Mord, das ist eine Hinrichtung mit einer sehr raffiniert codierten Nachricht.«

»*Eine* Nachricht?«, rief Barudi erstaunt. »Ich habe bisher schon mindestens drei gezählt. Das Gold in den Augen, der Basaltstein in der Brust und das Olivenöl. Denn das Öl war ja kein Mordinstrument, sondern ein Teil der Mitteilung!«

»Ja, aber warum Olivenöl?«, fragte Schukri und fuhr, ohne die Antwort abzuwarten, fort: »Übrigens, der Lastenträger, den du uns geschickt hast, war sehr kooperativ. Er trank fünf Tassen Tee und vertilgte eine ganze Schachtel Kekse in einer halben Stunde, haben meine Mitarbeiter erzählt. Aber immerhin erinnerte er sich, dass der Fremde eine Narbe im Gesicht trug, unter dem rechten Ohrläppchen.«

»Das hat er mir auch erzählt«, sagte Barudi mit einem Blick in sein Notizbuch.

»Ich habe den Mann nicht gesehen, da es im Präsidium wie immer länger gedauert hat als geplant. Es ging wieder einmal um Mittelkürzungen. Aber meine Mitarbeiter waren mit ihm sehr zufrieden. Auf dem Fass fand man ausschließlich seine Fingerabdrücke. Der Auftraggeber hatte ja Handschuhe getragen. Das hat dir der Mann bestimmt auch erzählt. Kein Wunder, bei dieser Kälte, merkwürdig war allerdings die Sonnenbrille.«

Barudi nickte nachdenklich. Das hatte er nach dem Gespräch mit dem Transporteur ebenfalls notiert.

»Das Ganze ist wie ein Brief in Geheimschrift. Man weiß, es handelt sich um eine Botschaft, aber man kann die Sprache nicht entschlüsseln. Hätte man ihn einfach erschossen und am Straßenrand, in einem Auto oder auf einem Acker liegen gelassen, dann wäre es ein simpler Mord. Hier aber hat man ein schweres Fass unter großen Risiken transportiert, um den ausgenommenen und in Öl eingelegten Kardinal abzuliefern. Nicht einmal die Italiener wissen, warum der Kardinal sterben musste. Ich habe mit dem Botschafter telefoniert. Er ist entsetzt und kann sich keinen Reim darauf machen. Er stimmt übrigens mit mir überein, die Sache diskret anzugehen.«

»Das glaube ich wohl, aber nicht *er* sollte dein Gesprächspartner sein, sondern der Botschafter des Vatikans. Hast du dort schon angerufen?«

»Nein, noch nicht. Wie viele Beine habe ich denn?«

»Vier, genau wie ich. Wir beide sind Esel. Heute ist unser freier Tag, und was machen wir?«

»Wir amüsieren uns bei einer Leiche mit Goldmünzen in den Augen.«

»Ich fahr nach Hause und lege mich zwei Stunden hin, sonst hast du heute Abend die zweite Leiche. Bis dann«, sagte Schukri und gähnte herzhaft.

Gemeinsam verließen sie Schukris Büro und gingen die Treppe hinunter, aber auf dem letzten Absatz vor dem ersten Stock hielt Schukri plötzlich inne. »Da ist noch etwas. Das Fass habe ich persönlich unter die Lupe genommen, und zwar gründlich. Da war zunächst nichts Auffälliges. Billiges Olivenöl, wahrscheinlich zweite oder dritte Pressung. Bei genauerem Hinsehen gibt uns das Fass selbst jedoch einen Hinweis auf seine Herkunft. Zwar findet man im Holz kein eingebranntes Firmenzeichen, aber auf dem untersten Metallreifen ist eine schlichte Rosette eingestanzt. Ich habe mich ans Telefon geklemmt und bei den Damaszener Fassbindern nach einer Erklärung gesucht. Ein alter Fassbinder meinte, das sei mit Sicherheit ein Fass von einem gewissen Meister Sahra. Nach alter Schule versieht er seine Werke mit einem Zeichen, so wie sich die Baumeister früherer Zeiten durch ein geheimes Zeichen im Stein verewigt haben. Er gab mir auch den Namen der Manufaktur in Aleppo, bei der Meister Sahra seit über fünfzig Jahren arbeitet. Ich rief dort an, und der junge freundliche Besitzer bestätigte die Information. Die Fabrik trägt den Namen Zeno, normalerweise wird der Name ins Holz eingebrannt, aber viele Kunden wünschen neutrale Fässer. Bei Winzern und Bierbrauern sind Fässer wieder gefragt und werden auch bei der Essig- und der Ölherstellung verwendet. Leider konnte er mir nicht sagen, wer das Fass gekauft hat. Inzwischen verkauft er im Monat über zweihundert Fässer. Kaum jemand gibt für die Quittung seine Adresse an. Es tut mir leid, aber mehr war nicht herauszuholen«, sagte Schukri und klopfte Barudi tröstend auf die Schulter.

»Ich danke dir. In dieser Finsternis kann ich jede Kerze brauchen. Und jetzt erhol dich gut bei deiner Siesta.«

Zurück in seinem Büro rief Barudi in der vatikanischen Botschaft an. Nach mehreren Versuchen verband man ihn mit Seiner Exzellenz Mario Saleri, dem Botschafter. Sein offizieller Titel war »Apostolischer Nuntius des Heiligen Stuhls«, aber Barudi fand, das waren zu viele Worte für den kleinsten Staat der Welt. Der Botschafter war über den Mord bereits informiert, wollte aber am Telefon kein Wort darüber verlieren. Also bat Barudi um eine persönliche Unterredung. Der Botschafter blieb zwar sehr reserviert, aber schließlich bekam er doch einen Termin, am nächsten Tag um zehn.

Barudi legte auf und studierte das Dossier, das seine Assistenten über den päpstlichen Botschafter zusammengestellt hatten.

Er sei ein erfahrener Diplomat und spreche fünf Sprachen fließend. Allerdings sei er auch sehr zugeknöpft und misstraue den syrischen Politikern ... und er habe eine Schwäche für syrische Süßigkeiten.

Barudi warf einen Blick auf die vornehme Schachtel mit *Usch al Bulbul*, »Nachtigallennestern«, einem leckeren Pistaziengebäck, die ihm sein Assistent Nabil von der nahen Konditorei besorgt hatte. Dann wählte er die Privatnummer seines Kollegen Lutfi Maluli. Lutfi war der beste Psychologe im Amt. Was ihn aber vor allem auszeichnete, waren seine Kenntnisse über Religionen und Geschichte. Dreimal war es ihm gelungen, spektakuläre Entführungen auf friedliche Art zu einem guten Ende zu bringen. Lutfi war selbst am Apparat. »Ich weiß, ich raube dir deine verdiente Ruhe, aber in Sachen Symbole und Seelen bin ich immer noch ein Bauernbub.«

»Aha«, lachte Lutfi. »Nach dieser Demutsgeste erwarte ich eine schwere Frage. Bitte schön, mein Herr, ich langweile mich ohnehin. Meine Frau ist mit den beiden Töchtern zu ihren Eltern gefahren. Ich fahre nie mit, die Alten geizen bei mir sogar mit einem Lächeln. Ich kann sie nicht ausstehen. Aber das beruht auf Gegenseitigkeit. Also, wie kann ich diesem Schlitzohr von einem Bauernbuben helfen?«

»Wir haben es mit einer Leiche zu tun. Die Mörder haben Augen und Eingeweide entfernt. In den Augenhöhlen liegen zwei Münzen und an der Stelle des Herzens befindet sich ein schwarzer Basaltstein.«

»Lass mich gut überlegen«, sagte Lutfi. Stille trat ein, die Barudi wie eine Ewigkeit vorkam. »Mein lieber Barudi«, sagte Lutfi endlich und pfiff staunend durch die Zähne, »du hast es mit großkalibrigen, intelligenten Verbrechern zu tun. Zunächst die Münzen: Gold ist eigentlich ein Symbol für die Sonne, für Ewigkeit, für unzerstörbare Kraft, aber die Münze symbolisiert etwas anderes. In vielen alten Religionen ist sie der Lohn für den Fährmann, der die Toten ins Jenseits transportiert. Bei einem Ermordeten aber haben Münzen immer etwas mit Strafe zu tun. Sie sind ein Symbol für Gier, für Verrat, denk an die Münzen, für die Judas Jesus verraten hat. Wenn es um einen Verrat geht, legen die Mörder die Münzen in den Mund des Ermordeten. In den Augen platziert, bedeuten sie, dass sogar seine Wahrnehmung korrupt ist. Dahinter könnte die Mafia stecken, die einen bestraft, der zu viel gesehen hat, oder es waren fanatische Puristen am Werk, die sich zum Richter über einen Korrupten erhoben haben. Auf Letzteres deutet auch der Stein im Herzen hin. Basalt ist ein gelöschtes Vulkanprodukt. Statt dem reinigenden Feuer der Menschlichkeit hat der Tote also einen gefühllosen, ausgebrannten Stein im Herzen.«

»Mein Gott, das alles hast du dir in weniger als fünf Minuten zusammengereimt?«, sagte Barudi voller Bewunderung.

»Na ja, fünf Minuten sind die Spitze des Eisbergs, der aus zehn Jahren Studium und weiteren zehn Jahren Berufserfahrung besteht. Das ist aber alles noch ziemlich oberflächlich. Ich komme in den nächsten Tagen bei dir vorbei. Vielleicht fällt mir bis dahin ja noch etwas Klügeres ein«, sagte Lutfi.

Barudi bedankte sich und verabschiedete sich höflich. Sein Kopf brummte von den neuen Erkenntnissen. Er stand noch einmal auf und schaute eine Weile auf den Verkehrskreisel unter seinem Fenster. Am Freitag fuhren viele Damaszener hinaus aus der Stadt, im Sommer ins Grüne und im Winter zu Freunden und Verwandten. Es dauerte einen Moment, bis er merkte, dass viele nicht hinaus-, sondern in die Stadt hereinfuhren. Er sah auf die Uhr und erschrak, wie spät es bereits war. Er packte seine Sachen, schloss die Tür und machte sich auf den Weg.

Kurz vor acht klingelte er an der Tür seines Kollegen. Schukri wohnte in der Khalil-Gibran-Straße, nicht weit von Barudis früherer Wohnung in Bab Tuma. Als Einzelkind hatte Schukri diese Prachtwohnung von seinen Eltern geerbt.

Schukri öffnete, noch in der Kochschürze. »Ich habe ein paar Kleinigkeiten vorbereitet, damit wir beim Gespräch und Wein keinen Hunger bekommen.«

Der Tisch bog sich unter den vielen Tellern mit »Kleinigkeiten«. Barudi lächelte und freute sich, weil er den ganzen Tag nur Kaffee und Wasser zu sich genommen hatte.

Beide vermieden es, von dem ermordeten Kardinal zu sprechen, als wollten sie sich von der Anstrengung der letzten Tage erholen. Barudi genoss den Wein und die Leckereien, die sein Kollege zubereitet hatte. Seit dem Tod seiner Frau hatte er nicht ein einziges Mal gekocht. Er könne es nicht gut und er sei zu alt zum Lernen, behauptete er immer. Manchmal gab er auch vor, er esse gern im Restaurant. Das war eine Lüge. Er hasste Restaurants, weil sie so laut waren. Und abends brauchte er Ruhe.

An diesem Abend aber kam er sich auf einmal sehr jung vor. Er fragte Schukri leise wie ein schüchterner Junge: »Ist es schwer zu lernen, wie man … wie man so etwas Tolles kocht?«

»Überhaupt nicht. Wenn du willst, können wir in Zukunft gern abwechselnd bei dir und bei mir kochen. Später geben wir als Rentner dann gemeinsam ein Kochbuch mit dem Titel ›Kriminell gute Gerichte‹ heraus.«

Barudi waren Kochbücher gleichgültig, aber er wollte endlich lernen, wie man leckere Gerichte kocht.

6.

Der Preis der Wahrheit

Kommissar Barudis Tagebuch

Als ich heute das Tagebuch aus dem Versteck geholt habe, nahm ich auch wieder einmal die Schatulle mit den sechshundert Goldmünzen in die Hand. Sie sind meine Sicherheit, und ihr Anblick macht mich froh. Ich erinnere mich noch gern daran, wie ich sie erwarb. Ich fühlte mich in dem Augenblick eigenartig glücklich. In Gedanken kehrte ich zu jenen Tagen in meiner Jugend zurück, die mir damals als Katastrophe erschienen und die letztendlich meine Rettung und mein Glück waren.

Ich war als junger Kommissar noch mit großem Elan bei der Arbeit und bekam plötzlich die Chance, das Gelernte umzusetzen und einen Mörder zu fassen. Mein erster Fall war außergewöhnlich. Er bot mir die Möglichkeit, mich zu beweisen. Ein hoher muslimischer Offizier war mit gebrochenem Genick in einem Korb an der Stadtmauer gefunden worden. Er hing an der Stelle, an der – so will es die Legende – der Apostel Paulus nach seiner Bekehrung aus Damaskus geflüchtet war. Ich fand heraus, dass der Tote, bevor er zum Islam übertrat, in einem Kloster gelebt hatte. Dort trug er den Namen Paulus und gründete einen Geheimbund sowohl gegen die Klosterleitung als auch gegen die Amtskirche. Seine Sippe stand in einer Blutfehde mit einer anderen christlichen Familie. Offenbar handelte es sich also um eine blutige Abrechnung.

Der Geheimdienst aber sah in dem Fall eine willkommene Gelegenheit, mit Regimegegnern unter den hohen Offizieren aufzuräumen. Er zog den Fall an sich, und nach einem Schauprozess wurden die Offiziere hingerichtet.

Ich recherchierte in meiner Freizeit weiter, ohne zu ahnen, dass mich mein Adjutant Mansur, ein schmieriger Unteroffizier, bespitzelte und verriet. Ich werde den Tag mein Leben lang nicht vergessen. Um die Ermittlung in aller Ruhe abzuschließen, hatte ich zwei Wochen Urlaub genommen. Dann hatte ich den Fall geknackt. Ich kam mit den Dokumenten, die den Mörder eindeutig überführten, ins Büro, um sie meinem Chef mit geschwellter Brust auszuhändigen. Während er die Unterlagen kaltblütig in den Aktenvernichter schob, teilte er mir mit, der Fall sei doch längst abgeschlossen. Indem ich die Recherchen weitergetrieben hätte, habe ich gegen das Verbot des Geheimdienstes verstoßen und würde an die jordanische Grenze strafversetzt, degradiert zum Zollpolizeibeamten.

Ich bekam einen fast tödlichen Schreck. Ein neuer Kommissar saß bereits in meinem Büro. Ich weiß nicht mehr, wie ich lebend aus dem Gebäude der Kriminalpolizei gelangte. Eine kleine Hoffnung erstarb in einer fernen Ecke meines Herzens.

Zwei Tage später stand ich an der staubigen jordanischen Grenze. Mein Traum von einer Karriere als Kommissar lag in Trümmern. Zwei Wochen später geriet ich in Streit mit meinem Kollegen, Leutnant Feissal, der schamlos Bestechungsgelder von Lastwagenfahrern entgegennahm, um sie dann ohne Kontrolle passieren zu lassen. Eine Stunde später rief mich der Chef der Zollstation zu sich, ein hässlicher Oberst mit vernarbtem Gesicht und Eunuchenstimme.

Er war äußerst freundlich zu mir und verteidigte den korrupten Kollegen als anständigen, kollegialen Menschen. Der Chef erzählte mir, dass er wie ich zehn Jahren zuvor strafversetzt worden sei. »Und warum?«, fragte er. »Weil«, fuhr er fort, ohne meine Antwort abzuwarten, »weil ich den Sohn eines Ministers geohrfeigt habe, der im Begriff war, ein Mädchen zu vergewaltigen.« Seitdem habe er sein Vertrauen in Staat und Justiz verloren …

Wie ich sei er widerwillig hierhergekommen, aber siehe da, er sei in einer Goldgrube gelandet. »Also nehme ich das Geld und drücke beide Augen zu«, schloss er.

Mit freundlicher Stimme zeigte er mir zwei Möglichkeiten auf: Entweder ich machte mit und sicherte mir eine gute Rente oder ich würde nach einer angeblichen Schießerei mit Schmugglern mit einem Loch in der Schläfe am Straßenrand enden – einer Schießerei, die nicht stattfand. »Egal, ob du ein Petzer oder ein Heiliger bist. Wer das Überleben der Familien meiner Beamten infrage stellt, gehört erschossen«, sagte er ernst.

Ich dachte, ich bin im Film. Ausgerechnet der Chef der Zollbehörde zwingt mich, mein Land um den Zoll zu bringen.

Verführerisch fuhr er fort: »Ein Drittel der Beute bekomme ich, ein Drittel gehört dir und deinem Kollegen Feissal und das letzte Drittel wird unter den acht Unteroffizieren aufgeteilt.«

Ich zögerte nur eine Nacht.

Am Ende der ersten Woche hatte ich hundert Dollar. Das war fast so viel wie mein Monatsgehalt als Polizeioffizier. Mein Kollege Feissal gab mir den Rat, das Geld gegen Goldmünzen einzutauschen. Sie würden an Wert gewinnen. Woher wusste ein kleiner syrischer Leutnant Bescheid über die Entwicklung auf dem Goldmarkt? Keine Ahnung. Aber er hatte recht.

Monat für Monat kaufte ich die berühmten Krügerrand-Goldmünzen. Man bekam damals eine Münze für zwanzig Dollar. Heute, im Jahre 2010, ist dieselbe Münze tausend Dollar wert. Im Übrigen bekamen wir nicht nur Geld, sondern auch Kleider, Whiskey, Zigaretten und Schokolade. All das konnten wir an zwielichtige Händler in Daraa verkaufen. Nach fünf Jahren besaß ich an die sechshundert Goldmünzen.

Dann hat mich ein Cousin dank seiner dubiosen Beziehungen rehabilitieren lassen, und ich konnte ins Kommissariat zurückkehren, zu der Tätigkeit, die ich liebe.

Meine Rente als Kommissar wird nach vierzig Dienstjahren nicht einmal die Miete einer anständigen Wohnung decken. Die sechshundert Goldmünzen jedoch bedeuten sechshunderttausend Dollar. Meinem Gewissen habe ich damals die Zähne gezogen.

Merkwürdigerweise bin ich durch dieses finanzielle Polster in meiner Arbeit als Kommissar mutiger geworden. Ich mische mich politisch nicht ein, denn das hieße, entweder das Lied des Herrschers zu singen oder im Gefängnis zu verfaulen. Die Karriere ist mir egal, aber die tägliche Arbeit als Kommissar macht mir einen Heidenspaß. Ich arbeite gewissenhaft. Bestechungsgelder brauche ich nicht, genauer gesagt: nicht mehr.

*

Wenn ich früher mein Leben betrachtete, wirkte es wie ein Puzzle, bei dem noch viele Teile fehlten. Heute empfinde ich beim Schreiben, wie diese grauen Flächen langsam Farben und Konturen bekommen.

Seitdem ich angefangen habe, Tagebuch zu führen, stürmen die Erinnerungen oft so lebhaft auf mich ein, als verlangten sie danach, sofort festgehalten zu werden. Und aus dem grauen Gedächtnislager mit seinen rostigen Regalen und dunklen labyrinthartigen Gängen treten immer mehr Erinnerungen hervor, die plötzlich klar und bunt vor meinen Augen stehen. Man sagt mir nach, ich hätte ein Kamelgedächtnis. Durch das Aufschreiben übertreffe ich jedes Kamel. Ich mache mir im Büro, im Bus oder auf dem Parkplatz Notizen in ein kleines Heft und formuliere sie dann zu Hause aus.

*

Ich sehe meine Kindheit deutlicher denn je. Wie ich in bitterer Armut in einer Familie mit fünf Kindern und der Großmutter aufwuchs. Mein Vater war ein armer Tagelöhner. Er nahm jede Arbeit an, die er bekommen konnte, vom Straßenbau bis zur Erntehilfe. Er war ein gutmütiger, einfacher Mann. Meine Mutter muss eine Zauberin gewesen sein. Aus dem Wenigen, das sie bekam, hat sie das allerbeste Essen gekocht. Mit ihrem Lachen fühlten wir uns reich. Von ihr habe ich den Humor geerbt. Humor war ihre Tankstelle, ihr Widerstand gegen den Tod.

Mein Vater liebte sie, und manchmal brachte er ihr eine wilde Blume oder einen Apfel mit. Einmal war es ein Granatapfel. Sie genierte sich, wollte ihn teilen, aber er bestand darauf, dass sie ihn ganz allein aß, setzte sich zu ihr und verscheuchte uns, bis sie fertig war. Sie weinte vor Rührung. Und wir beneideten sie.

Von ihm lernte ich die beschützende Zuverlässigkeit.

Von uns fünf Kindern überlebten nur meine drei Jahre ältere Schwester Widad und ich. Sie heiratete später einen tüchtigen Maurer und wohnte mit ihm und den drei Kindern nach dem Tod meiner Eltern in unserem Haus. Nach einigen Jahren ist sie, wie viele Christen aus dem Süden, mit ihm und den Kindern nach Kanada ausgewandert.

Aber ich will zu meiner frühen Kindheit zurückkehren und versuchen zu verstehen, wie ich zu dem wurde, der ich bin.

Ich hatte trotz allem Glück. Wie alle Kinder besuchte ich die armselige Grundschule in unserem christlichen Dorf Saria. Einer der vier Lehrer war sehr engagiert. Er hieß – wie mein heutiger Chef – Suleiman. In seiner Freizeit betreute er eine winzige Bibliothek, für die er von Verlagen und den Kirchen Bücher erbettelte. In unserem Dorf gab es unsere katholische und die orthodoxe Kirche. Um sich gegenseitig zu überbieten, machten die Kirchen großzügige Spenden. Lehrer Suleiman war ledig, und wenn er etwas Zeit erübrigen konnte, brachte er Erwachsenen Lesen und Schreiben bei. Auch meine Eltern lernten bei ihm zweimal die Woche. Als meine Mutter ihn fragte, wann er endlich heiraten wolle, antwortete er: »Ich bin mit meiner Armut verheiratet.«

Ihm und seiner Pionierarbeit verdankt das Dorf den Ruhm, das erste Dorf in Syrien zu sein, in dem es bereits in den sechziger Jahren keine Analphabeten mehr gab.

Lehrer Suleiman nahm mich und die anderen schwachen Schüler in Schutz. Er sorgte dafür, dass ich von einem Optiker in Damaskus kostenlos eine Brille bekam. Es war ein Abenteuer für mich, als Kind nach Damaskus zu fahren. Und mit der Brille konnte ich auf einmal so gut sehen! Als mein Vater zahlen wollte, lachte der Optiker, für seinen verrückten Cousin Suleiman gebe er sie mir kostenlos, sagte er. Wegen meiner Kurzsichtigkeit und meiner mickrigen Gestalt wurde ich gehänselt. Geprügelt wurde ich selten, weil ich zu schwach war für die Grobiane, die sich durch Fäuste einen besseren Platz in der Herrschaftspyramide verschaffen wollten. Ich stand meist am Rande und interessierte niemanden. Gewalt widerte mich an, und ich fand die Welt ungerecht. Vielleicht keimte da der erste Samen für meine spätere Illusion, als Kriminalpolizist für Gerechtigkeit zu zu sorgen und Gewalt durch Aufdeckung und Strafe unattraktiv zu machen.

Fortuna hatte sich als Lehrer verkleidet. Er besuchte meinen Vater und sagte ihm vor allen Nachbarn, ich sei ein ungewöhnliches Kind und man müsse dafür sorgen, dass ich auf eine höhere Schule in der Stadt komme …

*

Gestern konnte ich nicht weiterschreiben. Mein Chef rief an, und wir sprachen fast zwei Stunden über einen komplizierten Selbstmord. Der Selbstmörder hatte sich alle Mühe gegeben, seine Frau als die Mörderin dastehen zu lassen. Ein genialer Plan mit fingierten Indizien, aber wie alles Menschliche voller Fehler. Unsere Beweise überzeugten den Staatsanwalt. Plötzlich aber zauderte mein Chef und hatte Sorge, dass die Frau doch die Mörderin sein könnte. Der Selbstmörder ist nämlich um zehn Ecken mit dem Präsidenten verwandt … Ich habe lange auf ihn eingeredet und ihn beruhigt. Erst als ich ihm sagte, ich sei auch um zwanzig Ecken mit dem Präsidenten und um dreißig mit Adam und Eva verwandt, lachte er. Danach war ich erschöpft. Was für ein Angsthase!

*

Heute musste ich im Büro plötzlich an meinen Schulkameraden Nadim denken. Ich schrieb seinen Namen auf einen Zettel, und schon hatte ich eine besondere Erinnerung aus der Grundschule wieder klar vor Augen.

Nadim war ein ewig schmutziger und hungriger Junge. Er wurde fast jeden Tag verprügelt, weil er eine messerscharfe Zunge besaß und einen unglaublichen Mut. Breitbeinig pflanzte er sich vor einem Grobian auf und machte ihn vor allen Kindern lächerlich. Dafür steckte er regelmäßig Prügel ein. Eines Tages gab uns der Lehrer die Aufgabe, einen Aufsatz über unser Leben zu schreiben. Wir durften alles schreiben, was wir wollten. Er gab uns eine Woche Zeit, und so schrieben wir unsere Hefte voll, und die meisten logen, dass sich die Balken bogen. Wir beschrieben ein Leben, von dem wir träumten. Dauernd wurden Feste gefeiert und Lämmer und Zicklein gebraten, Wein getrunken und viel Obst gegessen. Und wir wanderten alle in feierlichen bunten Kleidern umher und wurden von unseren Eltern gestreichelt und geküsst. Auch ich erzählte ein solches Lügenmärchen. Nur Nadim nicht. Er kam beim Vorlesen als Letzter an der Reihe. Er erzählte vom Elend seiner Familie und davon, wie sein Vater des Nachts hinausschlich, um etwas Essbares zu stehlen, damit seine Familie nicht hungerte. Zuerst kicherten einige Schüler verlegen oder auch weil die Szenen sehr komisch waren, aber dann trat Stille ein. Nadim beschrieb eingehend, fast wie ein Journalist, wie der verzweifelte Vater nicht nur den Kindern, sondern sich selbst ins Gesicht schlug. Und da begannen viele zu weinen. Ich auch. Nadim erzählte auch von meinem Elend, und in dem Augenblick erkannte ich, wie gütig meine Eltern waren. Sie litten schweigend und haben uns nie geprügelt.

Auch der Lehrer wischte sich heimlich eine Träne weg. Als Nadim zu Ende gelesen hatte, war er der Held der Klasse, und von nun an tat ihm keiner der Grobiane mehr etwas. Nach der fünften und letzten Klasse der Grundschule wurde er zu seinem Onkel geschickt. Er bediente lange Jahre in dessen Falafel-Imbiss. Später heiratete er die Tochter und übernahm den Imbiss.

Das Elend ernährt sich von der Genialität der armen Kinder.

Kurz vor dem Ende der Grundschule hatte ich großes Glück: Mein Vater erinnerte sich an einen Cousin, der in Aleppo lebte und sehr reich war. Durch den Handel mit Wein und Olivenöl hatte er ein Vermögen gemacht. Er half uns nie und wollte auch von unserem Dorf nichts wissen. Das hatte mein Vater auch dem Lehrer erzählt. Dieser bot ihm an, selbst an den Onkel zu schreiben. Mein Vater meinte, das sei vertane Mühe.

Der Lehrer träumte von einer Berühmtheit, die das Dorf retten würde. Er lese zu viele Romane, scherzte meine Mutter. Ein paar Tage später trug er uns einen bewegenden Brief an den Cousin meines Vaters vor. Meine Eltern weinten vor Rührung. Ich stand dabei, als wäre ich nicht beteiligt.

Hätte der reiche Onkel nicht reagiert, wäre aus mir ein Bauer geworden so wie aus all meinen anderen Klassenkameraden, mit Ausnahme von Girgi, der mit zwölf aus dem Dorf flüchtete und später Kapitän zur See wurde.

Der Cousin meines Vaters reagierte überraschend schnell und schickte Geld. Man solle mir etwas Ordentliches zum Anziehen kaufen und mich ohne Begleitung nach Aleppo schicken. Sein Mitarbeiter würde mich bei der Ankunft abholen. Das Geld reichte für Kleider, einen Koffer, eine neue Brille und die Fahrkarte (das alles hat mein Vater in Damaskus für mich besorgt), und von dem Rest konnten meine Familie und der Lehrer noch zwei Monate lang satt werden.

Mein Vater und meine Mutter segneten mich. »So viel Fleisch und Obst wie in den letzten zwei Monaten habe ich in den vergangenen dreißig Jahren nicht gegessen«, sagte meine Mutter beim Abschied.

Am Tag meiner Reise kam der Lehrer sogar mit der ganzen Klasse zum Busbahnhof. Sie sangen grässlich, und ich war froh, als der Bus endlich losfuhr.

Aleppo war für mich wie ein fremder Planet. Ich kam aus dem Staunen nicht heraus. Der Empfang bei meinem Onkel war kalt. Seine Frau mochte keine Verwandten aus dem Dorf. Vielleicht weil wir sie an ihre eigene arme Kindheit erinnerten. Vielleicht hatte sie auch Angst, wir würden all das viele Geld erben, da sie und ihr Mann kinderlos waren. Sie ignorierte mich, bis ich ins Internat kam. Mein Onkel behandelte mich gut, obwohl er mit Kindern eigentlich nichts anfangen konnte. Er redete mit mir über nichts als seine Geschäfte, und ich war froh, das Haus bald wieder verlassen zu können. Zweimal im Jahr besuchte ich sie für jeweils eine Stunde: einmal zu Weihnachten und einmal zu Ostern. Die Ferien hingegen verbrachte ich bei meinen Eltern zu Hause, und der Lehrer freute sich über meine Fortschritte.

Dann, nach dem Abitur, kamen die Katastrophen. Zuerst verunglückten meine Eltern mit zwanzig anderen Fahrgästen bei einem fürchterlichen Busunfall. Sie waren auf dem Weg zu einer Hochzeit. Merkwürdigerweise hat sich nur das Gesicht meines Vaters in mein Gedächtnis eingebrannt. Er hatte schon als Vierzigjähriger ein Gesicht voller Furchen, die der Pflug der Zeit hinterlassen hatte. In seinen Augen standen oft Tränen.

Ein Jahr später erkrankte der Lehrer an einer seltsamen Krankheit, die ihn gewissermaßen bei lebendigem Leib auffraß. Später erfuhr ich, diese Krankheit heißt Muskelschwund. Er starb mit vierzig und sah im Sarg aus wie eine Mumie, nur noch Knochen und gelbe Haut.

Ich studierte Jura. Das gefiel meinem Onkel sehr. Er versprach, mich später in seiner Firma anzustellen. Seine Frau aber hasste mich und gab mir nicht einmal die Hand. Sie hatte wohl Angst, der Onkel würde mich adoptieren.

Dann kam der Schock. Der Onkel starb plötzlich an Herzversagen. Ich trauerte sehr um ihn und hielt die Grabrede. Einen Monat später drehte seine Witwe mir den Geldhahn zu. Sie wollte mich weder sehen noch am Telefon mit mir sprechen. Die Briefe, in denen ich sie anflehte, mich noch zwei Jahre zu unterstützen, damit ich meine Prüfungen ablegen und Rechtsanwalt werden konnte, blieben unbeantwortet. Auch auf mein Angebot, nach dem Studium alles zurückzuzahlen, reagierte sie nicht, und als ich sie in ihrer Villa aufsuchte, ließ ich mich vom Pförtner beleidigen und mit einem Stock vertreiben.

Ich habe als Kriminalkommissar viele schwere Fälle gelöst und die manchmal unglaublich komplizierten Motive für Verbrechen durchschaut. Diese Frau aber habe ich nie verstanden. Sie starb elend und letztlich verarmt in einem christlichen Altersheim, aber das ist eine grausige Geschichte und gehört nicht in mein Tagebuch.

Der Hausbesitzer warf mich einen Monat später aus meinem Zimmer und so stand ich wie vor Jahren wieder am Busbahnhof, diesmal mit zwei Koffern. Im einen waren Kleider, im anderen Bücher.

Weit und breit war keine Rettung in Sicht. Ich übernahm Gelegenheitsarbeiten und wohnte in einem miserablen Zimmer, aber es war nicht daran zu denken, das Studium zu beenden. Eines Tages las ich eine Anzeige der Polizeiakademie. So wurde ich zuerst Polizist und später Kriminalpolizist. Erst in Aleppo und dann in Damaskus.

*

In den letzten Jahren vor dem Abitur hat mich meine Mutter genervt. Wenn ich aus Aleppo zu Besuch kam, war immer »zufällig« irgendein Mädchen samt Eltern zum Kaffee eingeladen. Die Mädchen ähnelten alle irgendwie meiner Mutter. Ich stellte mich dumm. Eines Tages wurde es mir zu viel. Ich drohte, nicht mehr zu Besuch zu kommen, wenn sich weitere solche Zufälle ereignen sollten. Von da an war Ruhe.

… Dann tauchte Nadia auf …

Ich war bereits auf der Polizeiakademie und besuchte meine Schwester. Eines Tages, ich glaube, es war kurz vor Ostern, kam ich wieder zu Besuch ins Dorf und trug im Gottesdienst meine Ausgehuniform. Nadia saß in der Kirche in der Bank vor mir. Sie drehte sich zu mir um und lächelte mich an. Sie war achtzehn, ich dreiundzwanzig. Kurz darauf verabredeten wir uns und gingen gemeinsam lange spazieren. Wir stellten fest, dass unsere Anschauungen in vielem übereinstimmten. Ich begann von einer gemeinsamen Zukunft zu träumen und schrieb ihr viele Briefe. Nach drei Monaten veränderte sich etwas. Meine besorgten Fragen beantwortete sie nicht, sagte nur, die Leute würden viel reden. Ich schlug ihr vor, mich offiziell mit ihr zu verloben, damit niemand mehr etwas zu lästern hätte. Sie antwortete nicht. Meine Schwester Widad lieferte eine gnadenlose Erklärung. Nadia betrüge mich mit dem charmanten neuen Lehrer der höheren Schule.

Bald wollte Nadia mich nicht mehr sehen. Eine ihrer besten Freundinnen verriet mir den Grund: Nadia sah ihre Zukunft an der Seite eines Lehrers rosiger als an der eines Polizeioffiziers. Sie heiratete ihn in Windeseile und brachte ein gesundes »Sechsmonatskind« zur Welt. Es ging das Gerücht, ihr Vater habe den Bräutigam verprügelt, als dieser die

Hochzeit verschieben wollte, und in der Kirche stand er vor aller Augen mit einer Doppelflinte hinter dem Brautpaar für den Fall, dass es sich der Bräutigam im letzten Augenblick anders überlegte. Als der Pfarrer den Bräutigam fragte, ob er Fräulein Nadia zur Ehefrau nehmen und bis zum Ende seine Tage lieben wolle, antwortete der Vater: »Ja, er will.« Die Antwort des Bräutigams ging im Gelächter der Anwesenden unter.

Auch heute noch muss ich lachen, wenn ich daran denke.

*

7.

Im Schildkrötengang

Zwei Tage später sollte Barudi am Abend seinen Lieblingsspruch wiederholen: Wenn der Morgen im Arsch ist, kann der Mittag nicht nach Rosen duften. Und er hat dabei wie immer gelacht, obwohl ihm nicht nach Lachen zumute war.

Nabil, sein eifriger Mitarbeiter, hatte für ihn herausgefunden, der Express-Verleih führe bei Privatkunden nicht Buch und gebe jedem gegen eine gewisse Summe Bargeld und das Vorlegen eines Personalausweises den Wagen, den er wünsche.

Aus Sorge, im Verkehrschaos stecken zu bleiben, war Kommissar Barudi sehr früh losgefahren. Damaskus aber war immer für eine Überraschung gut: Der Verkehr lief in geordneten Bahnen gemächlich dahin, ohne Stau. Die Ampeln funktionierten tadellos, und die Autofahrer zeigten eine fast englische Höflichkeit.

»Sind wir hier in der Schweiz!«, rief Barudi erstaunt, als er das ruhige, elegante Viertel Abu Rummaneh erreichte. Er war selbst nie bei den Eidgenossen gewesen, aber Ordnungsliebe und Korrektheit verband er immer mit der Schweiz. Seine Schweizer Uhr hatte er vom reichen Cousin seines Vaters zum Abitur geschenkt bekommen und sie funktionierte auch vierzig Jahre später noch tadellos.

Barudi war also eine Stunde früher als gewollt vor Ort. Damaszener kommen entweder zu früh oder zu spät. Es war eiskalt. Er schaute in den grauen Himmel und verfluchte seinen Leichtsinn, ohne Mantel aus dem Haus gegangen zu sein. Und so parkte er in der Nähe der Botschaft vor dem eleganten Lokal »Au Bon Café«.

Er nahm die Tüte mit dem Pistaziengebäck für den Botschafter, betrat das Café und setzte sich dankbar ins Warme. Eine fast sadistische Zufriedenheit erfüllte ihn beim Anblick der Passanten, die draußen frierend vorbeieilten.

Wie sauber die Straßen hier sind! Wie elegant und gepflegt die grünen Rasenflächen in den Vorgärten und auf den Verkehrsinseln!, staunte er. Neugierig beobachtete er die Amseln und Spatzen, die gelassen und furchtlos auf dem Boden herumpickten. In seinem lebendigen alten Wohnviertel hatten die Vögel keine Ruhe, Kinder und Erwachsene stellten ihnen nach, erschreckten sie manchmal aus Spaß. Hier gehörten anscheinend auch die Vögel der Upperclass an. Doch plötzlich sprang eine graue Katze aus dem Nichts und schnappte sich eine der Amseln. Der arme Vogel schlug noch kurz mit den Flügeln, dann hing er leblos in ihrem Maul.

Barudi bestellte, um sich dem vornehmen Viertel entsprechend zu verhalten, beim Kellner einen Cappuccino. Dann zog er die beiden gefalteten Blätter aus seiner Jackentasche und überflog noch einmal die Informationen, die seine Assistenten ihm über seinen Gesprächspartner zusammengestellt hatten: Mario Saleri, Mitte sechzig, war in einem Dorf der Provinz Verona geboren. 1980 war er Priester geworden, hatte danach in Rom Jura und Geschichte studiert. Er schrieb seine Doktorarbeit über die katholische Kirche in China. Unter seinem Förderer, Papst Johannes Paul II., bekam er die Bischofsweihe und wurde erst in Wien und dann in Afrika zu einem erstrangigen Diplomaten. 2008 bestellte ihn Papst Benedikt XVI. zum Apostolischen Nuntius, dem Botschafter des Vatikans, in Syrien. Er sprach zwar schlecht Arabisch, verstand aber alles. Saleri war ein hartgesottener konservativer Katholik. Gegenüber dem Islam zeigte er sich neutral bis positiv, nicht aber gegenüber der evangelischen oder der orthodoxen Kirche.

Barudi faltete das Blatt wieder zusammen und steckte es in die Innentasche seiner Jacke zurück. Er ließ seinen Blick über die Straße wandern, nichts als Kälte! Nach einer Dreiviertelstunde zahlte er und verfluchte den Wirt. Für das Geld hätte er in seinem Wohnviertel vier Tassen Kaffee oder ein warmes Gericht bekommen. Vielleicht ist es eine Strafe der Götter, dachte er, wegen meiner sadistischen Haltung gegenüber den Passanten.

Vor der Rente wollte Kommissar Barudi seinen Goldschatz nicht anrühren. Er verdiente wenig und doch genug, dass er, ohne sich zu verschulden, bescheiden leben konnte. Die syrische Lira hatte keine Kaufkraft mehr. Als er vor über vierzig Jahren Abitur machte, hatte man einen Dollar gegen drei Lira gewechselt. Heute war ein Dollar fünfzig Lira wert. Und die Preise galoppierten. Wer in Damaskus vom Gehalt leben und eine Familie ernähren musste, kam, wenn er zwei Jobs nicht durchhielt, zu Lebzeiten nicht von seinen Schulden herunter. Bestechlichkeit ist in diesem System mit eingebaut, egal wer regiert, dachte er. Darin liegt die Misere.

Barudi verdiente etwa so viel wie ein Professor an der Universität, aber viele Professoren arbeiteten nebenher für Firmen, als Übersetzer oder Gutachter oder unterrichteten in Privatschulen die Söhne und Töchter der Reichen. Welche Arbeit aber sollte ein Kommissar nebenberuflich verrichten? Vielleicht selbst kleine Gauner anheuern, sie verhaften, die Belohnung einheimsen und sie bald wieder freilassen?

Sein früherer Chef Kuga, der ihn vor über dreißig Jahren an die jordanische Grenze hatte strafversetzen lassen, tat später genau dies, vielleicht weniger aus Not, sondern aus Eitelkeit, weil er in seinem Spatzenhirn fürchtete, eine friedliche Gesellschaft mache die Kriminalpolizei überflüssig. In jener Phase der Geschichte waren die Damaszener sehr friedlich, schliefen bei offenen Haustüren. Das empfand Kuga, inzwischen Major und Leiter der Kriminalpolizei, als Bedrohung seines Ansehens und seiner Arbeit. Er ließ kleine Banden Einbrüche und Diebstähle begehen, Betrügereien durchführen und mit Haschisch handeln, alles sogenannte »leichte Verbrechen«. Kuga verbot den Gaunern, jemanden zu töten oder harte Drogen zu verkaufen. Nur Haschisch durften sie an den Mann bringen, denn er war überzeugt, dass Haschisch harmlos war. Er rauchte jeden Abend seine Shisha mit Haschisch nach dem Dienst.

Das Ganze war ein Theater, und er, Kuga, war der Regisseur, Drehbuchautor und Produzent in Personalunion. Er genoss es, den einen oder anderen Gauner verhaften zu lassen. In der Presse hieß es dann, er habe einen Drogen-, Einbrecher- oder Fälscherring zerschlagen. Major Kuga bekam viel Lob und vom Innenminister einen Orden.

Die Strafen fielen milde aus. Und vom Raubgut bezahlte er den Gaunern, während sie im Gefängnis waren, sogar kleine Gehälter. Das ging so lange gut, bis ein gieriger Gauner einmal mehr wollte und dafür kein Geld, sondern eine Tracht Prügel bekam. Da lief er geradewegs zu einem bekannten strengen Richter und legte dort eine lange Beichte ab. Am nächsten Tag wurde Kuga entlassen, und nach einem halben Jahr und einem zermürbenden Prozess beging er Selbstmord.

Barudi hatte keine illegalen Nebeneinkünfte. Er musste also gut haushalten, und er war Gott dankbar, dass er keine Kinder zu ernähren hatte.

»Hundertfünfzig Lira für einen Cappuccino! Das sind drei Dollar. Als ob die Gäste zu Hause eine Gelddruckmaschine besäßen«, brummte er, bevor er zu Fuß zur nahen Botschaft ging.

Dort angekommen, klingelte er. Ein Mann in dunkelblauer Uniform öffnete die Tür und musterte ihn misstrauisch.

»Guten Tag, Sie wünschen?«

»Ich habe einen Termin mit dem Botschafter. Barudi, Kommissar Barudi ist mein Name.«

»Kommissar Barudi, ja, kommen Sie herein. Seine Exzellenz der Apostolische Nuntius wartet auf Sie«, sagte der Mann und betonte den korrekten Titel seines Vorgesetzten. Ein höfliches Lächeln versuchte das strenge Gesicht für einen Moment zu überziehen, scheiterte aber kläglich.

Der Botschafter Mario Saleri saß an seinem prächtigen Schreibtisch, hinter ihm lächelte in Großformat Papst Benedikt von der Wand. Als Barudi den Raum betrat, stand der Mann mit den grauen Haaren auf und führte Barudi zu einer Sitzecke mit bequemen Sesseln und einem modernen Tisch aus dickem Glas. Barudi drückte dem Mann die Hand und übergab ihm dann etwas umständlich das Pistaziengebäck.

»Ah, Sie sind gut informiert«, sagte Saleri auf Arabisch, wobei der Akzent nicht zu überhören war.

Die Männer kamen rasch ins Gespräch. Der Botschafter war sehr höflich und entschuldigte sich dauernd für seine schlechte Aussprache, die Barudi nicht störte. Was er zu hören bekam, gefiel ihm allerdings weniger. Denn Saleri entzog sich geschickt den Fragen nach dem ermordeten Kardinal Cornaro und überging alle Schmeicheleien, die Barudi ihm auftischte. Dass er auf eine enge Zusammenarbeit mit der Botschaft setze und vom Innenminister persönlich beauftragt sei, alles dafür zu tun, diesen furchtbaren Mord aufzuklären, und dass man noch gern an den historischen Besuch des Papstes Johannes Paul II. in Damaskus im Jahre 2001 zurückdenke.

Der Botschafter blieb stumm und antwortete nur knapp. Ja, der ermordete Kardinal Cornaro habe vor seiner Reise in den Norden fast zehn Tage in der Botschaft gewohnt. Nein, er wisse nicht viel über die Mission des Kardinals, nur dass er nach Derkas, ein Städtchen oder Dorf nahe Aleppo hatte reisen wollen, um eine renovierte Kirche einzuweihen. Nein, er habe ihn nicht begleiten können, nein, nein, Kardinal Cornaro habe das nicht gewünscht.

Ja, der Kardinal habe viele Gäste empfangen, Syrer und Italiener, Franzosen, Amerikaner … Der Botschafter langweilte den Kommissar mit der peniblen Aufzählung aller Botschafter, die Seiner Exzellenz, dem Kardinal Cornaro, die Ehre erwiesen hatten.

»Und? Hat denn keiner dieser Gäste den Kardinal gefragt, was er in Damaskus zu tun hatte?«, hakte Barudi fast empört nach.

Der Botschafter tat so, als bemerkte er den strengen Ton nicht. »Schon möglich, vielleicht hat der eine oder andere danach gefragt, aber ich weiß nicht, wer das war und was Kardinal Cornaro geantwortet hat. Wir respektieren hier die Privatsphäre.«

Das war eine deutlich kritische Anmerkung zu den Zuständen in Damaskus, aber Barudi fühlte sich nicht angesprochen. Er wurde selbst von den Geheimdiensten ausspioniert. Ein blasses Lächeln blitzte kurz über sein Gesicht und verschwand dann spurlos.

»Auch Ihr Patriarch Bessra und Bischof Tabbich waren bereits da«, hörte er dann den Botschafter leise, fast ironisch sagen. Barudi nahm erstaunt zur Kenntnis, dass Saleri wusste, dass er, Barudi, der melkitisch-katholischen Kirche angehörte.

»Alle Achtung, Exzellenz«, sagte er in der Hoffnung auf ein freundlicheres und ergiebigeres Gespräch, »Ihre Informanten sind auch nicht schlecht.«

Der Botschafter zeigte keine Regung. »Man muss doch so weit wie möglich wissen, mit wem man spricht, und Sie sind in Damaskus ein berühmter Mann. Ein Mitarbeiter unserer Botschaft hat Sie sehr gelobt, weil Sie den Mord an seiner Cousine aufgeklärt haben. Er heißt Bassil Laham.«

Barudi erinnerte sich nicht an den Namen. Er nickte dankbar, doch auch dieses Gefühl erschien ihm später unangemessen, denn die Atmosphäre entspannte sich nicht. Er wurde das Gefühl nicht los, der Botschafter wisse viel mehr, als er verlauten ließ. Der Mann sprach, doch seine Worte schmeckten nach Formalin, als wären sie konserviert und würden bei Bedarf in festgelegter Reihenfolge aus dem Behälter geholt.

Enttäuscht verließ Barudi nach etwa einer Stunde die Botschaft und verfluchte den Tag. Aber nach ein paar Schritten kehrte seine innere Ruhe zurück. Nach vierzig Jahren im Dienst war er es gewohnt, sich am Anfang eines Falles verloren zu fühlen, und hatte gelernt, auch seinen Zorn in Zaum zu halten.

Im Auto fiel ihm plötzlich der katholische Patriarch Bessra ein. Barudi fuhr nur ein paar Hundert Meter, dann hielt er am Straßenrand. Er kannte Bessra seit dreißig Jahren. Damals war der Patriarch noch ein einfacher Priester gewesen. Er war ein kluger, manchmal übertrieben diplomatischer Mann. Vielleicht hätte er sonst die Interessen seiner katholischen Gemeinde nicht vertreten können, rechtfertigte Barudi den Patriarchen gegenüber seinen Kritikern. Er tippte die direkte Durchwahl in sein Handy ein. Der Patriarch war sofort am Apparat.

Nach ein paar Höflichkeitsfloskeln kam Barudi zur Sache. »Exzellenz, kann ich vertraulich mit Ihnen reden?«

Der Patriarch lachte. »Verehrter Kommissar, eine Beichte am Telefon?

Das gibt es nicht, denn da hören neben Gott auch noch einige Teufel mit. Kommen Sie zu mir. Wo sind Sie im Moment?«

»Im Abu-Rummaneh-Viertel, aber wenn Sie Zeit für mich haben, bin ich in einer Viertelstunde bei Ihnen.«

»Fahren Sie vorsichtig. Ich habe heute Zeit. Zwei Termine sind ausgefallen, also spielen Sie mit Ihrer Beichte den Pausenfüller.« Er lachte wieder.

Als Barudi eine halbe Stunde später vor dem Sitz des Patriarchen in der Saitun-Gasse eintraf, freute er sich über den großen freien Parkplatz. Bessra empfing ihn herzlich und zeigte sich schockiert über die Nachricht von der Ermordung des Kardinals. Er versicherte, mit niemandem darüber zu sprechen, und Barudi glaubte ihm vorbehaltlos. Wer mehr als einer Million Katholiken vorstand, war es gewohnt, geheime Nachrichten für sich zu behalten.

»Exzellenz, wissen Sie, warum der Kardinal nach Syrien gekommen ist?«

»Nein, wir waren leider nicht einbezogen«, sagte der Patriarch bitter. »Niemand in Rom hat sich bemüßigt gesehen, uns zu informieren, wie das bisher üblich war. Erst als die Botschaft einen Empfang für den Kardinal gab, hat man uns immerhin dazu geladen.«

»Das finde ich aber seltsam«, sagte Barudi aufrichtig. Es wollte ihm nicht in den Kopf, dass man das Oberhaupt der katholischen Kirche von Antiochien und dem ganzen Orient, von Alexandria und Jerusalem, über den Besuch eines katholischen Würdenträgers nicht informiert hatte. »Und haben Sie ihn bei dieser Gelegenheit nicht gefragt, weshalb er nach Syrien gekommen ist?«

»Das verbot mir die Höflichkeit. Ich dachte, er würde mich vielleicht noch aufsuchen und mir berichten, ich stehe in der kirchlichen Hierarchie ja über ihm. Die offizielle Erklärung, er wolle eine Kirche im Norden einweihen, ist mehr als lächerlich. Was er dort genau vorhatte, weiß niemand. Jedenfalls nicht offiziell!«, setzte der Patriarch nach und machte lächelnd eine Pause. »Aber Bischof Tabbich hat über einen Freund im Vatikan mehr erfahren.«

»Und?«

»Kardinal Cornaro sei in geheimer Mission unterwegs, um die Wundertaten eines Einsiedlers in der Nähe von Aleppo zu überprüfen. Der Bischof hat Kardinal Cornaro aufgesucht und ihn auf Dumia, die bekannte Heilerin im christlichen Viertel angesprochen. Aber der Kardinal soll ihm arrogant ausgewichen sein.«

»Kann ich selbst mit Bischof Tabbich sprechen?«

»Selbstverständlich, aber er ist gerade in Jordanien unterwegs und kommt erst in einer Woche zurück«, erwiderte Patriarch Bessra.

»Und Sie haben den Kardinal nur das eine Mal gesehen? Oder gab es mehrere Treffen?«

»Nein, ich bin ihm nur bei diesem Empfang begegnet. Ich hatte wirklich kein Interesse, ihn wiederzusehen. Die Milde der Gastfreundschaft hört dort auf, wo der Gast den Gastgeber beleidigt. Hier in Damaskus aufzutreten, ohne uns offiziell zu informieren, ist eine Beleidigung. Wir reden nicht öffentlich darüber, um uns nicht vor den Muslimen lächerlich zu machen, aber stellen Sie sich vor, ich würde nach Rom fahren und eine Kirche einweihen oder irgendwelche Wunderheiler oder Scharlatane dort kontaktieren, ohne den Papst zu informieren.«

»Scharlatane? Sie meinen den Bergheiligen in Derkas? Das ist doch kein Heiliger, sondern ein bekannter Heiler, aber er ist Muslim und hat mit unseren christlichen Heiligen nichts zu tun. Und seinetwegen soll ein Kardinal aus Rom gekommen sein? Das wäre doch Aberglaube!«

»Ja, mein Lieber, ich hätte ihm geraten, lieber ein paar freie Tage in unserer schönen Stadt zu genießen und dann nach Rom zurückzufliegen. Lieber Barudi, wir kennen uns seit Jahrzehnten, und ich verrate Ihnen nichts Neues, wenn ich Ihnen sage, dass ich genau wie mein Vorgänger Maximus V. kein Anhänger von Wundertätern bin. Auch nicht von Dumia, mögen mein Bischof und einige Pfarrer sie auch für heilig halten. Die Frau kann offenbar in der Tat heilen. So auch der sogenannte Bergheilige. Einige Menschen besitzen übernatürliche Kräfte, und ich freue mich für jeden geheilten Kranken, aber unser Christentum braucht dieses ganze Theater nicht.«

»Aber viele Pfarrer und Bischöfe glauben fest daran«, entgegnete Barudi in Erinnerung an seine Kindheit im Süden, wo es kurz nach dem Zweiten Weltkrieg von Wunderheilern und wundersamen Erscheinungen nur so gewimmelt hatte.

»Und so mancher Papst auch. Der verstorbene Papst Johannes Paul II. war ein großer Förderer von Wunderheilern. Er erhob einige zu Heiligen, die seine Vorgänger für Scharlatane hielten. Das ist ein heikles Thema. Wie dem auch sei, der Bergheilige im Norden ist ein Scharlatan, er ist eine Teufelsbrut, ob er Kranke heilt oder nicht ...« Bessra machte eine abfällige Handbewegung und schwieg, um seinen Zorn und seine Verachtung zu bremsen.

Barudi spürte die Bitterkeit in den Worten des Patriarchen. Er erklärte sich ohne jegliche Heuchelei mit ihm solidarisch und setzte mit einer Frage nach: »Wäre es denn nicht denkbar, dass der Vatikan aus Überheblichkeit die katholische Kirche im Orient verachtet?«

Der Patriarch bestätigte weder, noch dementierte er die Vermutung, und Barudi begriff, dass sich der Diplomat wieder im Griff hatte. Er erzählte von seinen Reisen nach Europa und von seiner Enttäuschung darüber, dass man ihn dort wie einen Exoten behandelt hatte. Nicht nur einmal habe ein junger europäischer Theologe ihm, dem Patriarchen des gesamten Orients, die Grundsätze des Katholizismus, wenn nicht des Christentums auseinandersetzen wollen.

Beim Abschied an der Tür legte der Patriarch seine Hand auf Barudis Arm. »Warten Sie«, sagte er, als wäre ihm gerade eben noch etwas eingefallen. »Ich erinnere mich da noch an einen seltsamen Satz, den Kardinal Cornaro zu Seiner Exzellenz Monsieur Desens, dem französischen Botschafter, gesagt hat. Ich stand nicht weit von beiden entfernt, und weil es verhältnismäßig ruhig war, konnte ich einige Gesprächsfetzen aufschnappen. Cornaro sagte zu dem Botschafter: ›Le Pape m'a chargé de cette mission très délicate; et je dois dire que j'exècre cela.‹ Also: ›Der Papst hat mich mit dieser heiklen Mission betraut; und ich muss sagen, ich hasse sie.‹

Der französische Botschafter bot ihm seine Hilfe an, aber der Kardinal lehnte ab und bedankte sich höflich. Ich weiß nicht, ob ich Ihnen damit weiterhelfen kann.«

»Vielen Dank, Exzellenz. Sie haben mir in einer Viertelstunde mehr geholfen als der vatikanische Botschafter in einer Stunde, aber das bleibt unter uns. Und danke für den Kaffee.«

Patriarch Bessra nickte lächelnd. Kommissar Barudi kam sich wie eine alte Schildkröte vor. Noch immer öffnete sich für ihn keine Tür, nicht einmal einen Spalt, um hinter die Fassade zu blicken. Er ließ sein Auto auf dem Parkplatz stehen und ging in ein kleines Restaurant in der Nähe, das ihm seit langem vertraut war. Bereits als junger Kommissar war er dort hingegangen, kannte noch den Vater des heutigen Wirts. Damals hatte er bei einer alten Witwe nur ein paar Hundert Meter entfernt gewohnt.

Der starke Kaffee brachte seinen Magen durcheinander. Er bekam Sodbrennen, und ein leichter Schwindel überfiel ihn. Plötzlich merkte er, dass er einen Bärenhunger hatte. Er bestellte einen Teller Hummus mit zwei warmen knusprigen Fladenbroten und ein Falafel-Sandwich. Das Essen brachte seinen Kreislauf wieder in Schwung, und sein Magen zeigte sich mit den deftigen Kichererbsen mehr als zufrieden.

Es war bereits später Mittag, als Barudis Handy klingelte. Ein kurzer Blick auf das Display verriet ihm, es war Frau Malik, die Sekretärin seines Chefs. Weil es im Restaurant recht lebhaft zuging, bat er sie um fünf Minuten Geduld. Er trank seinen heißen, starken, süßen Tee aus, zahlte und ging. Auf dem Weg zu seinem Wagen blieb er in der breiten, aber ruhigen Saitun-Gasse stehen und rief Frau Malik zurück. Sie teilte ihm mit, sein Chef habe sich aus Moskau gemeldet. Er habe vom Fall des Kardinals Cornaro gehört und werde in zwei Tagen wieder in Damaskus sein. Er lasse Barudi grüßen.

Barudi bedankte sich und erkundigte sich, ob sein Assistent Ali schon aus Homs zurück sei. Frau Malik lachte. »Ja, ein um zehn Jahre gealterter Mann. Was für eine Aufgabe hast du ihm gegeben?«

»Ach, liebe Aische, nur eine Kleinigkeit«, erwiderte Barudi und musste mit Frau Malik über seine flache Lüge lachen.

Ali sollte sich in Homs Gewissheit über den Fall Sabuni verschaffen. Salim Sabuni, ein bekannter Textilhändler, wurde beschuldigt, seinen Geschäftspartner erschossen zu haben, während dieser dabei war, einen großen Betrug aufzudecken. Die Witwe des Ermordeten erzählte von einem Streit beider Männer eine Woche zuvor. Sabuni wurde verhaftet. Experten der Polizei hatten den Betrug tatsächlich nachweisen können. Außerdem bezeugten Nachbarn den heftigen Streit. Der Verdächtige aber schwieg und sagte, dass er nur Kommissar Barudi die Beweise seiner Unschuld vorlegen wolle. Barudi suchte den Mann in der Untersuchungshaft auf. Sabuni erzählte ihm, er habe zwar seinen Geschäftspartner gelegentlich übers Ohr gehauen, weil dieser im gemeinsamen Textilgroßhandel nie auch einen Finger krummgemacht, vor allem aber, weil er heimlich mit Waffen gehandelt habe. Er, Sabuni, sei jedoch zur Tatzeit in Homs gewesen. Er habe dort auf der Hochzeit seines Cousins gefeiert, die drei Tage dauerte, und soweit er wisse, seien – wie üblich – viele Fotos gemacht und ein Videofilm gedreht worden. Er habe aber Angst gehabt, diese als Beweis seiner Unschuld vorzulegen, weil er fürchtete, dass korrupte Polizisten und Justizbeamte Fotos und Filme verschwinden ließen. Sabuni vermutete, dass sein Geschäftspartner von einem Kriminellen mit einem Schuss niedergestreckt worden war. Er selbst habe nie in seinem Leben eine Waffe in der Hand gehalten und würde es nie fertigbringen, einen Menschen, aus welchen Gründen auch immer, umzubringen. Sabuni weinte erbärmlich und flehte Barudi an, ihm zu helfen.

Barudi interessierte sich weder für Geschäftsbetrug noch für Waffenhandel. Sein ganzes Bestreben war, die Beweise zu sichern und den Mann, falls stimmte, was er sagte, freizubekommen. Waffenschmuggel und Betrug sollten andere aufklären. Sein Assistent Ali sollte schnell nach Homs fahren und dort sowohl die Zeugen vernehmen als auch Videomaterial und Fotos sicherstellen. Er war dafür der beste Mann.

Jetzt rief Barudi ihn an. Alis Stimme klang müde. Er sei aus Homs zurück und habe zwei Tage nicht geschlafen, aber die Beweisstücke lägen im Tresor. Der Verdächtige war auf der Hochzeit gewesen und die

Videoaufnahmen dokumentierten lückenlos, dass der Mann in der Stunde, als sein Geschäftspartner umgebracht wurde, hundertsechzig Kilometer entfernt getanzt und gesungen hat.

»Ich komme sofort«, sagte Barudi und stieg ins Auto. Dankbar dachte er, was für einen fleißigen Mitarbeiter er in Ali hatte, einen verwegenen, aber erfahrenen Unteroffizier, dessen Methoden nicht immer sauber waren und dessen Wutanfälle gefährlich werden konnten. Da er ein liebevoller Vater von drei Kindern war, erlaubte ihm Barudi nie, an einem Fall mitzuarbeiten, bei dem es um Verbrechen an Kindern ging. Denn eines war klar: Ali würde den Verbrecher bei der Verhaftung erwürgen.

Ali war fleißig, mutig, aber auch stur, ein Mensch, den die Meinung der anderen nicht interessierte. Ganz anders der zweite Assistent Nabil. Dieser war charmant, elegant und wendig wie ein Wiesel. Hatte Ali überall Kanten, so war Nabil rundum glatt. Deshalb wurden die beiden in Barudis Abteilung auch Feuer und Wasser genannt.

Nabil, ein junger Leutnant im ersten Jahr nach der Polizeiakademie, hatte zunächst Jura studiert, weil sein Vater es wollte, ein bekannter Rechtsanwalt, der mitten in einem Schlussplädoyer gestorben war. Die Richter waren damals beeindruckt von seinen Argumenten und ließen das Plädoyer von einem jungen Kollegen zu Ende lesen. Sie entsprachen dem Antrag auf Freispruch, und bald witzelte man in Damaskus, Nabils Vater sei ein so guter Anwalt gewesen, dass er sogar noch im Sterben einen Prozess gewonnen habe. Für Nabil war der Tod des Vaters eine Befreiung. Er wollte kein Anwalt werden. Er bewarb sich bei der Polizei.

In seinem Büro angekommen, rief Barudi Ali zu sich und schaute sich gemeinsam mit ihm das Material an. Unten rechts im Bild war das Datum der Videoaufnahme eingeblendet sowie die Uhrzeit. Nach zwei Stunden packte er die Beweise zusammen, diktierte den Abschlussbericht und bat Ali, das Ganze zu Frau Malik zu bringen. Sie sollte den Anwalt des Verdächtigen und den Staatsanwalt informieren. Er bat Ali, zu Salim Sabuni zu gehen und ihm unter vier Augen mitzuteilen, dass der Beweis seiner Unschuld gesichert war. Barudi stockte mitten im Satz. »Und vergiss nicht, bevor du das Ganze zu unserem Chef nach oben bringst, noch Kopien von dem Material zu machen. Wenn du das erledigt hast, kannst du heute und morgen freinehmen. Du hast genügend Überstunden gemacht.«

Ali lächelte müde. »Dir ist auch kein Trick fremd, um mich zum Kopieren zu bewegen«, sagte er und ging.

Barudi freute sich für den armen Salim Sabuni. Außerdem war er den Fall nun los. Hier zogen Kriminelle und Offiziere die Fäden, und es ging um Waffenhandel. Er war sicher, in ein paar Tagen würde der Geheimdienst die Sache an sich reißen. Ein, zwei Kriminelle, die zu viel wussten, würden mit dem Leben bezahlen, so dass die hohen Offiziere für den kriminellen Handel, ob mit Drogen oder Waffen, nur vom Geheimdienst erpressbar blieben. So war es stets, wenn hohe Offiziere in irgendetwas verwickelt waren. Aber es bedeutete nicht, dass der Geheimdienst sie immer deckte. Hin und wieder ließ er Minister oder Offiziere auch ohne Prozess hinrichten. Offiziell hieß es, XY habe Selbstmord begangen. Und der Fall wurde ad acta gelegt. Schukri, der große Zyniker, flüsterte dann: »Selbstmord mit sechs Kugeln.«

Barudi ging rasch noch einmal seine Notizen durch, bevor er seinen zweiten Assistenten anrief. Nabil war sofort am Apparat, und Barudi legte los »Der katholische Bischof Tabbich hat den Kardinal aufgesucht und mit ihm gesprochen. Er ist derzeit verreist und kommt erst in einer Woche zurück. Ruf in seinem Sekretariat an und lass dir einen Termin geben. Kennst du den Bischof persönlich?« Barudi hörte zu, was Nabil zu sagen hatte. Dann lachte er. »Wie konnte ich bloß auf den dummen Gedanken kommen, dass du irgendjemanden in dieser Stadt nicht kennst? Dann also viel Glück … Wie? Nein, das soll weder eine Vernehmung noch ein Verhör sein. Es ist ein Gespräch … Ich weiß nicht, wie sehr ihr Alawiten eure Religionsmänner schätzt, sei höflich ihm gegenüber, mein Junge. Er ist der Bischof von Damaskus … Nein, viel erwarte ich mir nicht, aber jede Information kann uns helfen.«

8.

Die missglückte Adoption

Kommissar Barudis Tagebuch

Heute habe ich frei. Ich nehme mir viel Zeit und will über die schönste Zeit meines Lebens und deren tragisches Ende schreiben: über die Jahre mit Basma. Vielleicht werden meine Trauer und meine Schuldgefühle dann etwas weniger.

Ich bin schuld an der übergroßen Enttäuschung, die meine geliebte Frau Basma zu erleiden hatte, die Enttäuschung machte sie hoffnungslos und schwach. So konnte der Krebs seinen unheilvollen Marsch durch ihren Körper antreten.

Es war ein bösartiger Darmkrebs, sehr schwer zu erkennen. Man dachte zuerst an eine Magenverstimmung, später an ein Magengeschwür oder eine Leberentzündung, beide können zu Blut im Stuhl führen. Erst ein Facharzt erkannte den Übeltäter, aber da war es bereits zu spät. Der Tod hatte es eilig mit Basma.

Der Facharzt war ihr gegenüber ganz offen. Eine Chemotherapie sei möglich, aber sehr belastend und kaum aussichtsreich. Sie nahm die Nachricht von ihrem baldigen Tod mutig auf und behielt ihre stolze Haltung. Zu einem Heiler oder einer Heilerin wollte sie, trotz meiner Bitten, nicht gehen.

Zwischen der endgültigen Diagnose und ihrem Tod lagen lediglich achtundzwanzig Novembertage.

Ich war am Boden zerstört. Nicht nur, weil ich meine große Liebe so schnell verloren hatte. Ich fühlte mich überdies auch schuldig.

Seit der ersten Begegnung mit Basma lebte ich wie im Paradies. Sie war intelligent, begabt und zärtlich. Doch ihr entscheidendes Merkmal war ihr Lachen. Sie lachte gern und laut. »Lachen ist die Musik des Herzens«, sagte sie immer, und dass sie so herzlich erst lachen konnte, seit sie sich in mich verliebt habe. Genauso war es bei mir, erst mit ihr schmeckte ich das gemeinsame Lachen der Liebenden.

Eines Tages verriet Basma mir ein Geheimnis, das sie seit langem mit sich herumtrug. Nach einer Liebesaffäre im Jahr ihres Abiturs war sie keine Jungfrau mehr. »Es war eine kurze dumme Beziehung. Seitdem wollte ich nicht mehr heiraten, weil ich mich vor dem Moment fürchtete, in dem es rauskommt. Mein ältester Bruder hätte mich umgebracht, er ist ein Idiot. Für den Ehrenmord hätte er gerade mal zwei Jahre Gefängnis gekriegt und wäre auch noch wie ein Held gefeiert worden.«

»Meine liebe Basma«, sagte ich zu ihr, »diese Rückständigkeit ist ein großes Problem. Die Männer suchen ihre Ehre nicht in der Forschung, im Philosophieren, in Kunst und Literatur, im Sport oder in der Verteidigung der Heimat, sondern sie deponieren die Ehre bei der Frau, und zwar in dem Körperteil, wo sie pinkelt. Und danach riecht diese Ehre.«

Basma lachte Tränen und küsste mich und weinte vor Freude und Erleichterung.

1980 heirateten wir. Sie war fünfundzwanzig, ich fünfunddreißig. Sie liebte mich so, wie mich kein Mensch vor oder nach ihr je geliebt hat, und sie genoss das Leben mit mir, soweit die Arbeit eines Kriminalbeamten dies erlaubte. Wenn ich nach Hause kam, wusste ich, dass Basma ein ganzes Programm für den Abend vorbereitet hatte, an dessen Ende ich glücklich und erfüllt einschlief. Sie war eine Lebenskünstlerin, von der ich viel gelernt habe. Sie hatte die Fähigkeit, wirklich abzuschalten. Kaum hatte sie die Zentrale für Telekommunikation verlassen, wo sie Abteilungsleiterin war, wurde sie zu einer Abenteurerin, zu einer lebenshungrigen Frau. Ich ging oft mit meiner Arbeit ins Bett. Manchmal wachte ich mitten in der Nacht auf, schrieb Notizen auf einen Zettel und schlief wieder ein. Heft und Kugelschreiber lagen auf dem Nachttisch. Basma beobachtete das alles ganz ruhig, und als ich eines Nachts wieder einmal aufwachte, war sie zur Stelle, umarmte mich und schleuderte Heft und Kugelschreiber in die Ecke. »Komm in meine Arme, du brauchst den Schlaf«, flüsterte sie.

Sie hat mich mit ihrem Zauber befreit. »Wenn du heimkommst, sagst du vor der Haustür dreimal: Ich pfeife auf die Kriminalpolizei, und du wirst sehen, es hilft«, riet sie mir und lächelte dabei.

Ohne ein Wort des Tadels hat sie mich dazu erzogen, mit ihr alle Hausarbeit zu teilen. Ich konnte und kann nicht kochen, aber saubermachen, spülen, einkaufen und Kleider flicken und Geräte reparieren. Das hat ihr gefallen.

Basma war ein Genie der Einfachheit, der bescheidenen Freuden. Ein Film, ein Theaterstück, ein Buch oder eine Lästerstunde bei Tee und Erdnüssen waren für sie das Glück auf Erden.

Und dann kam der Tag, an dem sie mir eröffnete, sie wolle ein Kind von mir. Ich weiß das Datum auch heute noch: Es war Samstag, der 11. Mai 1985. Im Scherz sagte sie, sie wolle es haben, bevor sie zu alt dafür sei. Sie habe mit ihrer Chefin gesprochen und könne auf einen Halbtagsjob wechseln. Eine ihrer Tanten könnte das Kind oder die Kinder betreuen. »Falls ich dreimal Zwillinge hintereinander bekomme«, fügte sie hinzu und lachte.

Aber es kam kein Kind. Es lag an mir. Bei der Untersuchung stellte der Arzt fest, dass ich wegen einer Mumpserkrankung mit neun Jahren unfruchtbar war. Die bittere Gewissheit bekamen wir im Herbst 1987.

Schuldgefühle plagten mich, da ich Basmas Wunsch nicht erfüllen konnte. Ein Kind adoptieren wollte sie nicht. Sie lebte auch weiter zufrieden an meiner Seite und schien die Sache mit den Kindern vergessen zu haben. Dann kam jener blutige Montag. Es war der 10. September 1990. Auch dieses Datum hat sich in mein Gedächtnis eingebrannt.

An diesem Tag ging bei der Kriminalpolizei ein Hinweis ein, Hani Faruki halte sich in einem Gebäude in der Amin-Straße auf. Ich hatte ihn bereits drei Jahre lang vergeblich gejagt. Hani war ein mehrfacher kaltblütiger Mörder, der am Tatort stets einen Hinweis zurückließ: Er ritzte seine Initialen mit einem scharfen Messer in die Stirn seiner Opfer. Ich fuhr mit drei meiner Kollegen in die Amin-Straße. Gerüchte machten

81

uns das Leben schwer: Hani Faruki töte im Auftrag der Regierung. Diese entledige sich ihrer Gegner und unangenehmen Partner durch solche professionellen Killer, und die Kriminalpolizei sei eingeweiht. Die Ermordeten waren wichtige Politiker oder bekannte Händler, und in zwei Fällen hatte Hani Professoren getötet, die an einer geheimen Militärforschung mitarbeiteten.

Ich hielt das alles für eine Erfindung, und wie sich später zeigen sollte, hatte ich recht. Hani Faruki war ein Psychopath, seine Opfer wählte er bei der Lektüre der Tageszeitung aus. Diese Zeitungen fand man später in seiner Wohnung, ordentlich gestapelt, der Name und manchmal sogar das Foto der prominenten Opfer waren mit rotem Filzstift umkreist.

Wir fuhren mit einem Zivilfahrzeug und ohne Blaulicht in die Amin-Straße, parkten in der Nähe und schlichen ins Haus. Doch der Mörder war bereits informiert, irgendjemand hatte den Einsatz verraten. Hani Faruki eröffnete das Feuer. Zum Entsetzen der Beamten war er mit einer Kalaschnikow, zwei Pistolen und mehreren Handgranaten bewaffnet.

Er versuchte, über das Flachdach zu entkommen. Die Feuerschutztür war verschlossen und so stürmte er in die nächste Wohnung und nahm die ganze Familie als Geisel. Die Nachbarn informierten uns: Es handelte sich um ein Ehepaar um die dreißig und ihren zehnjährigen Sohn.

Hani Faruki wollte nicht aufgeben, und so nahm die Katastrophe ihren Lauf. Ich stand mit meinen Kollegen im Treppenhaus und war dabei, die Spezialeinheiten der Polizei zu Hilfe zu rufen. Da wurde Leutnant Hassan, ein junger Polizeioffizier, am Oberarm von einer Kugel gestreift, drehte durch und rannte los. Ich konnte ihn nicht aufhalten. Schüsse fielen. Ich stürmte mit den zwei anderen Kollegen in die Wohnung. Es war gespenstisch still. Der tote Kollege lag auf dem Boden im Flur, das Ehepaar, das der Mörder als menschlichen Schutzschild missbraucht hatte, lag ein paar Meter weiter. Der Verbrecher selbst hatte sich mit dem zehnjährigen Sohn in der Küche verbarrikadiert. Durch das Küchenfenster konnte er nicht entkommen, die Wohnung lag im dritten Stock. Er blutete stark, aber er wollte weder aufgeben noch die letzte Geisel freilassen. Als die Spezialeinheiten vorrückten, das Haus weiträumig abriegelten und ein paar Scharfschützen heraufkamen, war er bereits in Ohnmacht gefallen. Der Junge hatte sich aus seiner Umklammerung befreit und kam herausgerannt. Er lief geradewegs in meine Arme, schrie und war wie von Sinnen. Ich drückte ihn fest an mich, sprach beruhigend auf ihn ein und streichelte ihm den Kopf.

Das herbeigeeilte Rettungsteam konnte nur noch den Verbrecher in Empfang nehmen.

Später hieß es im Protokoll, Leutnant Hassan sei in die Wohnung gestürmt, als der Mörder anfing, die Geiseln zu erschießen. Das stimmte nicht, aber der Ruf des toten Kollegen war gerettet, und seine Witwe bekam eine Rente.

Wenn man mich im Lauf meiner Berufstätigkeit nach Absurditäten fragte, so erzählte ich immer die Geschichte von Hani Faruki, dem mehrfachen Mörder, den man aufwendig am Leben erhielt, nur um ihn, als er sich erholt hatte und geheilt war, hinzurichten.

Der Junge wollte zu niemandem außer zu mir. Sobald ein anderer ihn anfasste, schrie er und schlug wie verrückt um sich. Er klebte geradezu an mir. Mein damaliger Chef bat mich, das Kind für ein paar Tage zu mir nach Hause zu nehmen. Nirgends konnte man Verwandte ausfindig machen.

Nie werde ich den Moment vergessen, als die Kollegen mein Büro verließen und ich mit dem Jungen allein blieb. Er klammerte sich an mich wie an einen Rettungsring. In dem Moment bemerkte ich das Klopfen unserer Herzen. Sie schlugen im gleichen Rhythmus. Seltsam. Aber ich hatte es mir nicht eingebildet. Der Junge spürte es auch, er drückte mich fester, schaute zu mir hoch und lächelte.

»Lass uns nach Hause gehen«, sagte ich.

*

Gestern konnte ich nicht mehr schreiben. Ich habe geweint, dann trank ich zu viel Wein. Heute will ich weitererzählen.

Ich nahm den hübschen Jungen mit nach Hause.

»Wie heißt du?«, fragte Basma ihn und bot ihm ein Glas Limonade an. Er lächelte blass. »Scharif«, antwortete er und blickte schüchtern zu Boden. Er ahnte nicht, dass Basmas Herz in diesem Augenblick von aller Liebe dieser Erde erfüllt war. Für sie war er ein Geschenk des Himmels.

In den nächsten Tagen war Basma wie verändert. Sie besorgte die Papiere für Scharif und meldete ihn in einer der besten Schulen an. Damals lebten Basma und ich in einer schönen großen Wohnung in Bab Tuma. Scharif war ein intelligenter Junge. Für sein Alter wusste er viel und war bei allem, was er sagte, auffallend nachdenklich und reif. Wie viele Kinder der Armen war er sehr selbständig.

Gegenüber Basma war er zärtlicher als ein Mädchen, und mir gegenüber spielte er den Kumpel. Er war stolz auf mich, weil ich Kommissar war, und fragte mich ungeniert nach Dingen, die ich gar nicht immer beantworten konnte. Ich staunte über das Wissen des Zehnjährigen, der kein Problem hatte, über Zuhälter, Drogenhandel und Selbstmord zu sprechen.

»Tja, mein Lieber. Er ist nur ein paar Jahrzehnte jünger als du, und die Welt hat sich bereits ein paarmal gedreht«, sagte Basma. Sie liebte den Jungen so sehr, dass sie eine Zeit lang keine Augen für jemand anderen hatte. Wenn Scharif krank wurde, hatte sie nicht einmal Zeit für mich. Aber genau darin lag auch Basmas Größe. Sie heuchelte nie, und in jenen Tagen füllte Scharif ihr ganzes Wesen aus.

»Ich will ihn adoptieren. Gott hat ihn uns geschickt«, sagte sie etwa einen Monat später.

»Aber Liebste, er ist ein Muslim«, gab ich zu bedenken.

»Er ist ein Kind und er kann muslimisch bleiben. Ich werde Scharif das Leben schön machen, und er wird unserem Leben ein Ziel geben«, sagte sie. Ich schaute ihr in die Augen und sah, wie sehr sie sich danach sehnte, diesen Jungen zu adoptieren. Meine Liebe zu Basma lähmte die Vernunft auf meiner Zunge. Ich schluckte meine Erwiderung hinunter und schwieg.

Für die Behörden war die Liebe jedoch kein Argument. Sie handelten nach ihren herzlosen Paragraphen, und die Adoption eines muslimischen Waisenkindes durch eine christliche Familie war verboten. Auch die Rechtsanwälte winkten resigniert ab. Es war nichts zu machen. Inzwischen ging Scharif zur Schule und fühlte sich wohl. Es schien, als hätte man ihn bei uns vergessen. Ich schlug Basma vor, einfach wie bisher mit Scharif zu leben und auf den ganzen Papierkram verzichten. Er war mittlerweile bereits zwei Jahre bei uns.

Basma aber hatte Angst, dass die Behörden eines Tages aufwachen und ihn uns wegnehmen würden. Sie hing an Scharif und lebte nur noch für ihn. Ich machte mir Sorgen um Basma, die sich so in die Fürsorge für den Jungen hineinsteigerte. Nur die beste, teuerste Kleidung war gut genug für ihn. Es sollte ihm an nichts fehlen. Und Scharif gab Basma die Liebe zurück, die sie von einem Kind erwartete. Manchmal spielte er sogar den hilflosen Buben, um sich von ihr helfen zu lassen. Scharif war nicht gemein, aber raffiniert. Gelegentlich mahnte ich den Jungen unter vier Augen, so wie er es immer wünschte, er solle es mit der Schauspielerei nicht übertreiben, aber ansonsten war das Leben mit ihm sehr angenehm.

Ein drittes Jahr verging ganz friedlich. Anfang Dezember 1993 beschloss Basma, zum Islam zu konvertieren. Ich war entsetzt. »Dann musst du dich von mir scheiden lassen, denn du darfst nicht mit einem Christen leben.«

»Ich habe alles genau durchdacht. Ja, ich lasse mich offiziell scheiden, werde Muslimin, adoptiere Scharif und miete zwei Zimmer in deiner großen Wohnung. Kein Gesetz verbietet das«, sie schwieg kurz, »und keine Macht auf Erden kann mir verbieten, dich zu lieben. Du bist mein Augenlicht«, sagte sie und begann zu weinen.

»Nein, ich will dich keine Sekunde allein lassen. Ich trete mit dir zum Islam über. Die Religion ist mir gleichgültig, aber deine Liebe nicht«, sagte ich.

So intensiv wie in jener Nacht habe ich die Liebe nie wieder empfunden.

Zwei Tage danach kam das abrupte Ende. Scharifs Onkel reiste aus Saudi-Arabien an und wollte, ausgerüstet mit allen notwendigen Dokumenten, den Jungen holen. Scharif kannte ihn überhaupt nicht. Der

Mann war ein Halbbruder seines Vaters und lebte seit zwanzig Jahren in Riad. Er war dort ein erfolgreicher Bauunternehmer, hatte drei Frauen und siebenundzwanzig Kinder. Aber er ließ nicht mit sich reden. Er verachtete Christen, und unser Angebot, zum Islam überzutreten, quittierte er nur mit dem Satz: »Ich hasse Konvertiten.« Weder mir noch Basma gab er die Hand, weil wir nach der strengen Auffassung der Wahhabiten unrein waren.

Scharif wehrte sich. Er hasste diesen hässlichen bärtigen Mann, der nach Schweiß und Rosenwasser stank. Aber es war nichts zu machen, zwei Tage vor Weihnachten 1993 brachten ihn zwei Polizisten resolut, um nicht zu sagen gewaltsam, zum Flughafen. Lediglich aus Respekt vor mir blieben sie geduldig mit dem Jungen, als er wild um sich schlug. Jahre noch hörte ich Scharifs Schreie im Schlaf, und nie wieder konnte ich das Bild der weinenden Basma vergessen. Sie schaukelte mit dem Oberkörper hin und her wie Elefanten in Gefangenschaft. Im November 1994, nicht einmal ein Jahr später, starb sie.

Und ich hasste mich dafür, dass ich Scharif nach der Schießerei in der Amin-Straße mit nach Hause gebracht hatte.

Ihr Tod war der härteste Schlag, der mir je zugefügt wurde. Die Musik meines Herzens verstummte.

*

Vier Stunden später.

Ich war nicht mehr fähig weiterzuschreiben. Mir war so elend, ich musste hinaus, und wie von selbst trugen mich meine Füße zum Friseur.

»Du siehst aber schlecht aus«, sagte Burhan leise zu mir, drückte mir die Hand und trug dem Lehrling auf, mir einen Tee zu servieren.

Wie immer erzählte er seine Geschichten, und die Kunden lachten. Auch ich vergaß bald meinen Kummer und lachte herzhaft mit, als der Friseur die Haare eines Kunden so fürchterlich schlecht schnitt, dass dieser zornig wurde und befahl, man solle ihm den Kopf gleich kahl rasieren. Aber irgendwann lachte sogar er.

Dann war ich an der Reihe. Ich wollte, dass er mir lediglich die Haare in Ordnung brachte und meinen Fünftagebart rasierte. Gerade als er mein Gesicht einseifte, näherte sich ein kleiner Mann. Er trat vor mich hin, mit dem Rücken zum Spiegel. »Ich habe viel über Sie in der Zeitung gelesen«, sagte der Mann.

»Hoffentlich nichts Schlechtes«, sagte ich, Sorge um meinen Ruf heuchelnd.

»Nein, nein, man lobt Sie als eine lebende Legende.«

»Das ist ein Widerspruch in sich. Helden der Legende sind immer tot. Wie Sie sehen, bin ich noch am Leben, aber wenn Sie hier weiter den Friseur ablenken, könnte er mich tödlich verletzen, und dann werde ich zur Legende«, sagte ich. Der Mann schaute verlegen um sich, nickte beschämt und ging davon.

Der Friseur lachte, und beim Lachen schnitt er mich ins Kinn. Schnell drückte er seinen blutstillenden Alaunstift darauf. Es tat weh, aber ich musste ebenfalls lachen.

»Woher hast du all deine Geschichten?«, fragte ich Burhan.

»Von meinen Kunden. Auch die Geschichten, die du erzählst, sind nicht schlecht.«

»Das sind keine Geschichten. Das sind Kriminalfälle, die ich selbst erlebt habe«, sagte ich.

»Gut, aber mit ein wenig Würze werden sie besser als jeder Film.«

»Ich habe nie gehört, dass du sie erzählt hättest.«

»Stimmt, weil ich immer aufpasse, dass derjenige, der mir die Geschichte zugetragen hat, gerade nicht da ist.«

»Und du kannst dich immer daran erinnern, wer dir eine Geschichte erzählt hat?«, fragte ich.

»Nicht immer, aber eigentlich tut das nicht viel zur Sache. Niemand wird seine Geschichte, wenn ich sie gewürzt habe, wiedererkennen.«

*

9.

Operation Olivenöl

Barudi studierte sorgfältig und konzentriert alle Informationen, die seine Mitarbeiter für ihn zusammengestellt hatten, machte Notizen am Rand, notierte da und dort ein Fragezeichen. Danach ließ er das Blatt mit den mageren Personalien des toten Kardinals, das er vom Vatikanbotschafter bekommen hatte, in den Papierkorb gleiten, denn jetzt wusste er mehr über den Toten: Kardinal Angelo Cornaro, siebzig Jahre alt, stammte aus einer mächtigen venezianischen Adelsfamilie. Er war ein selbstbewusster Mann und in Rom als großer Gegner der Mafia bekannt. Angelo war zehn, als Mafiosi seinen Vater, einen aufrechten und mutigen Richter, vor den Augen der Familie erschossen hatten. Der Kardinal galt als ein Mann des Dialogs mit anderen Kulturen und als Islamexperte. Deshalb war er auch einer der wenigen, der es wagte, Papst Benedikt XVI. wegen seiner Kritik am Judentum, Islam und Protestantismus scharf zu kritisieren.

»Und ausgerechnet dieser Mann wird hier umgebracht!«, sagte Kommissar Barudi zu Nabil. Er beauftragte ihn, Kontakt mit dem Personal in der italienischen und der vatikanischen Botschaft aufzunehmen und herauszufinden, was genau der Grund für die Reise des Kardinals gewesen war, warum sie angeblich heikel und gefährlich war. Er verriet Nabil nichts von seinem Gespräch mit dem katholischen Patriarchen und sagte nur, er sei sicher, der Kardinal habe seine Pläne sogar vor der katholischen Kirche in Syrien geheim gehalten. Nabil solle recherchieren, ohne viel Staub aufzuwirbeln. Sollte er dabei anecken, würde Barudi zu ihm stehen und die Schuld auf sich nehmen. Nabil wusste, dass Barudi einen Mitarbeiter nie im Stich ließ. Als Ali einmal den Vergewaltiger eines sechzehnjährigen Mädchens fast zu Tode geprügelt hatte, nahm

Barudi die Sache auf seine Kappe und steckte auch die Rüge des Innenministers ein.

Drei Tage später kam Nabil in Barudis Büro und berichtete. Barudi habe mit seiner Vermutung richtiggelegen. Der Kardinal sei auf einer Geheimmission gewesen, es sei um religiöse Fragen gegangen, aber was der Kardinal genau wollte, wisse niemand. Farid, Programmierer und Ehemann einer Sekretärin in der vatikanischen Botschaft, wisse wohl so einiges, habe aber nicht sprechen wollen, obwohl er mit Nabils Bruder eng befreundet war. Er war sich bewusst, dass der Mordfall geheim bleiben sollte und seine Frau ihre lukrative Stelle verlieren würde, wenn herauskam, dass sie geplaudert hatte. Aber im vertraulichen Gespräch sei Farid die Bemerkung herausgerutscht, die Mission des Kardinals im Norden sei von Anfang an zum Scheitern verurteilt gewesen. »Was für eine Mission?«, habe Nabil gefragt. Der Mann habe schweigsam zum Himmel gedeutet. »Das weiß nur der Herr im Himmel.«

»Leider ist der Herr der Welten verschwiegen, und man darf ihn nicht verhören. Kannst du nicht in seine Computerzentrale eindringen?«, hatte Nabil Farid gefragt. Es war eine Andeutung in doppelter Hinsicht, denn zum einen ließ sie erkennen, dass er von Farids heimlicher Leidenschaft als Hacker wusste, und zum anderen, dass er verschwiegen war. Aber natürlich lag auch eine Spur von Erpressung darin. Das entging Farid nicht. Er jammerte, dass er nur wenig verdiene und vom Gehalt seiner Frau lebe, und er wolle kein Wort sagen, das seine Frau gefährde. Nabil ließ nicht locker und fragte, ob er ihm nicht wenigstens eine kleine Andeutung geben könne. Er solle nicht sprechen, sondern ihm nur ein stummes Zeichen geben. War es eine politische Mission? Farid schüttelte den Kopf. Eine wirtschaftliche? Wieder schüttelte er den Kopf. Eine geheimdienstliche? Auch nicht. Menschenrechte? Auch nicht ... Schließlich fragte Nabil ganz direkt: »Missbrauch? Ich meine, ging es darum, ein sexuelles Vergehen von Priestern aufzudecken?«

Farid schüttelte den Kopf. Da fiel Nabil nur noch eine Möglichkeit ein. Man munkelte, dass viele Sekten, muslimische wie christliche, ihre Fühler ausstreckten, um in Syrien Fuß zu fassen.

»Eine religiöse Mission? Ich meine, irgendetwas mit dem Glauben oder mit Sekten?«

Diesmal schüttelte Farid den Kopf nicht. Er entschuldigte sich, und weg war er.

»Und so kehre ich mit leeren Händen zurück«, sagte Nabil enttäuscht.

Barudi tröstete seinen Mitarbeiter: »Nicht ganz, mein Freund. Wir sind immerhin einen kleinen Schritt weiter. Jetzt wissen wir eines mit Sicherheit, dass nämlich Kardinal Cornaro auf einer heiklen, womöglich hoffnungslosen religiösen Mission war. Ali hat bestätigt, was ich vom Botschafter erfahren hatte. Der Kardinal ist in einen Ort nahe Aleppo, möglicherweise in die kleine Stadt Derkas gereist. Das Olivenölfass stammte aus einer Küferei in Aleppo. Der Mord stellt sich nicht mehr ganz so willkürlich und zusammenhanglos dar. Nicht wie die blinde Tat eines gestörten Fanatikers. Vielmehr steht er im Zusammenhang mit einer gefährlichen und heiklen Aufgabe, die der Ermordete zu lösen hatte. Womöglich ist der Kardinal zu weit gegangen und hat, gewollt oder ungewollt, die Gefühle der Muslime verletzt. Wir wissen es nicht.«

Erst kurz vor achtzehn Uhr kam Major Atif Suleiman ins Haus. Die Beamten waren noch da, denn sie hatten über ihre Geheimkanäle erfahren, dass Suleiman später eintreffen würde. Alle taten deshalb sehr beschäftigt, rannten mit Papieren von Zimmer zu Zimmer, kopierten, tippten und machten Notizen. Das Gebäude der Kriminalpolizei ähnelte einem Ameisenhaufen, dachte Barudi amüsiert. Früher hatte er wegen dieser schleimigen Heuchelei gegenüber dem Chef Atemnot bekommen, jetzt, ein paar Monate vor seiner Pensionierung, betrachtete er das Verhalten wie der Verlierer einer Schlacht, die seit vierzig Jahre andauert, ein Verlierer, der erschöpft zurückblickt und nichts mehr ändern kann.

Wenn der Chef verreist war, kamen viele nur am Vormittag, um Tee zu trinken, die Post zu sichten, private Telefonate zu erledigen, und verschwanden dann wieder. Manchmal traf er im Haus nur Schukri, Frau Malik und seine beiden Assistenten Ali und Nabil an.

»Bleib hier«, flüsterte Major Suleiman, als Barudi an der Reihe war, ihm die Hand zu drücken und ihn willkommen zu heißen. Die Kollegen defilierten an ihrem Chef vorbei und verschwanden wieder. Es dauerte vielleicht eine halbe Stunde.

Endlich waren sie allein. Major Suleiman rief nach Frau Malik. Als sie den Kopf durch die Tür streckte, sagte er: »Zwei Mokka, bitte, und ansonsten keinerlei Störung.« Dann bat er Barudi mit einer Geste, ihm gegenüber am Schreibtisch Platz zu nehmen. Barudi wusste, dass sein Anliegen eine schwere Hürde war, die es zu nehmen galt, und so erkundigte er sich, um die Sache leichter zu machen, zunächst nach Gesundheit und Familie.

»Gut, gut, danke der Nachfrage«, raunte Suleiman kaum hörbar. Dann zerhackte er, ohne zu atmen, den nächsten Satz in einzelne Wörter wie ein Roboter. »Was … ist … das … für … eine … gott…verdammte … Schweinerei, in die man uns hineinziehen will?«, zischte er.

Eine bleierne Stille lag auf beiden Männern.

Einen Augenblick lang dachte Barudi, der Chef meine die Sache mit dem Waffenschmuggel und dem Mord, aber Major Suleiman wusste von der neuesten Recherche noch gar nichts. Also ging es um den Kardinal.

»In der Tat«, erwiderte Barudi. »Und es ist, so wenig ich bisher auch an Informationen habe, ein sehr komplizierter Fall.«

Major Suleiman nickte nachdenklich. »Ich glaube, und bitte betrachte das nicht als Lobhudelei, wir haben es beide nicht nötig, niemand kann diese harte Nuss besser knacken als du.«

»Schön wär's, aber ich fürchte, meine Karriere als Kommissar mit einer herben Niederlage zu beenden, genau wie sie begonnen hat. Jahrzehnte ist es her und steckt mir immer noch in den Knochen. Seitdem gebe ich alle Fälle ab, die mit der Armee, mit Waffen und Offizieren zu tun haben.«

»Das verstehe ich, aber bei diesem Fall geht es um einen Mord, der uns alle angeht und das Land in Verruf bringen kann. Es geht um einen Kardinal und nicht um einen Offizier oder Waffen. Religiöse Gesinnung oder Zugehörigkeit sind mir egal, aber wenn ein Muslim in dem Fall ermittelt, wird er nie so tief in die Materie eindringen können wie du, da du Christ bist.« Er stockte, dann beugte er sich über den Tisch und schaute Barudi direkt in die Augen. »Du hast mein Wort, solange ich hier sitze und mein Cousin unser Führer und Präsident ist, wird dir keiner etwas tun oder dir in die Suppe spucken.« Damit streckte er die Hand über den Tisch. Barudi zögerte eine Sekunde vor Schreck, so entschlossen hatte er seinen Chef seit langem nicht erlebt. Dann drückte er fest zu.

»Ich habe einen Plan«, sagte Barudi, gerade als Frau Malik das Zimmer mit zwei dampfenden Mokkas auf einem Tablett betrat.

»Warte, mein Lieber, bis ich verschwinde, sonst posaune ich deinen Plan durch die ganze Stadt«, scherzte sie. Die beiden Männer lachten.

»Vor dir gibt es keine Geheimnisse, liebe Aische«, sagte Barudi.

»Und du, Zakaria, du weißt, wie sehr ich dich mag, mein Junge. Lass dich von unserem Chef nicht in irgendeine gefährliche Geschichte verwickeln. Du sollst deine Rente unversehrt genießen.« Mit diesen Worten wandte sie sich zum Gehen.

»Ist es nicht seltsam«, meinte der Major. »Außer Aische Malik nennt dich niemand Zakaria. Du bist für uns alle Barudi. Wie kommt das?«

»Ich liebte den Namen Barudi schon als Kind sehr, weil er mit Schießpulver und Gewehr zu tun hat … und irgendwie konnte ich in der Schule damit Eindruck schinden. Zakaria war für mich zu religiös, zu brav. Später, als ich bei der Polizei in Damaskus anfing, empfingen mich die Damaszener mit großer Sympathie und fragten, ob ich mit dem berühmten Fachri Barudi verwandt wäre. Du weißt, er war einer der klügsten Köpfe im Kampf gegen Frankreich und für die Unabhängigkeit. Er war Dichter, Satiriker, Musiker, ein großer Politiker und Gourmet. Sein Name öffnete mir Tür und Tor. Kennst du die Geschichte seiner Verbannung?«

»Nein«, antwortete der Major, der aus einem kleinen alawitischen Dorf an der Küste im Norden stammte.

»Als die französischen Besatzer ihn verhafteten, verurteilten sie ihn zur Verbannung nach al Hasaka im Norden. Daraufhin traten die Damaszener sechzig Tage lang in einen Generalstreik, bis die Franzosen Barudi und seine Mitkämpfer nach Damaskus zurückbrachten. Das muss man sich mal vorstellen, eine Stadt wird lahmgelegt, weil einer in die Verbannung geschickt wurde. Kannst du dir so etwas heute vorstellen?«

»Wie dem auch sei«, entgegnete Major Suleiman, der die Damaszener nicht sonderlich mochte und das indirekte Lob der Besatzer im Vergleich zur herrschenden Diktatur als unangenehm empfand. »Wie sieht dein Plan aus?«

»Wir müssen den Fall so weit wie möglich von der Politik entfernt halten. Je mehr wir uns auf die sachliche polizeiliche Ermittlung begrenzen, umso besser. Wenn wir sofort mit Kaida und Islamisten hantieren, wird aus dem Fall eine Sache für den Geheimdienst, und es wird nicht lange dauern und schon mischt sich auch die CIA ein. Wenn das geschieht, bitte ich dich, mich von dieser Aufgabe zu entbinden. Ich bin in weniger als zwei Monaten Rentner und …«

»Nein, nein, sollte der Geheimdienst auch nur versuchen, seine Nase in den Fall zu stecken, erkläre ich meinen Rücktritt. Du bist der Mann für diese Geschichte und du hast mein Wort«, sagte Major Suleiman, nahm einen kräftigen Schluck Wasser und dann einen Schluck Mokka. Der Kardamomduft schwenkte seine Fahne durch den Raum.

»Wir müssen, wenn du auf mich hören willst, die Italiener überzeugen, dass wir alles tun, um diesen barbarischen Mord aufzuklären«, sagte Barudi, »und am besten tun wir das, indem wir ihnen anbieten, mit uns zu kooperieren. Ich denke, das nimmt all denen den Wind aus den Segeln, die einen Keil zwischen Italien und Syrien treiben wollen. Sie könnten uns einen eigenen Kommissar schicken, der mich begleitet. Aber ich muss dir noch etwas anvertrauen. Ich stoße mit meinen Mitarbeitern in der vatikanischen Botschaft auf eine Mauer des Schweigens. Die vertrauen uns nicht, und ich bin sicher, so wahr ich Barudi heiße, sie wissen mehr über den Fall. Ich habe herausgefunden, dass der Kardinal auf geheimer Mission war. Welcher, wollte mir niemand sagen. Ich kann ja schließlich einen Diplomaten nicht in den Schwitzkasten nehmen oder ohrfeigen, wozu ich beim Botschafter des Vatikans große Lust gehabt hätte. Aber ein Italiener kann sie zum Reden bringen. Und er wird bezeugen, dass wir die Sache ernst nehmen. Wir haben ein Interesse, dass die Mörder gefasst werden. Damit verschaffen wir uns auch auf internationaler Ebene einen guten Ruf. Und es ist meine absolute Überzeugung, Mörder, die einen Gast umbringen, sind perfide, feige Hasser unseres Landes. Man müsste sie, wenn sie ihre Strafe in Syrien abgesessen haben, an das Land des Opfers ausliefern.«

»Das ist gut«, sagte Major Suleiman und machte eifrig Notizen in ein kleines Heft. »Habe ich übertrieben? Du bist wirklich der Beste! Nein, einen Makel hast du. Du bist nicht in unserer Partei«, fügte er grinsend hinzu.

»Ich bin nicht für Parteien geeignet.«

Nun tat Major Suleiman etwas, was den nervenstarken Barudi in Staunen versetzte. Er fuhr noch eine Weile mit seiner Lobhudelei fort und schrieb dabei auf ein Blatt Papier, das er aus dem Heft gerissen hatte: *Mein Büro wird seit drei Wochen rund um die Uhr abgehört, dahinter stecken meine Feinde im Innenministerium. Ich tue so, als wüsste ich es nicht. Deshalb habe ich mit dir über den Fall Cornaro offen gesprochen, damit meine Feinde meine Entschlossenheit spüren. Du darfst es eigentlich nicht wissen, aber ich sage dir im Vertrauen, ich treffe den Präsidenten heute um 23 Uhr. Ich werde ihm von Moskau berichten und ihn als obersten Chef aller Geheimdienste davon überzeugen, den Befehl zu geben, dass wir bei der »Operation Olivenöl« – so nenne ich den Fall und dessen Ermittlung ab heute – freie Hand haben, sonst kann er sich jemand anderen suchen. Verstehst du?*

Barudi nickte und spürte seine raue, trockene Kehle. *Du wirst abgehört?*, schrieb er auf den Zettel vor dem Major, während er auf die Lobhudelei reagierte. »Danke, ich tue nur meine Pflicht.«

Major Suleiman nickte. Er drehte den Zettel um und machte laut seinem Ärger darüber Luft, dass die Finanzmittel der Kriminalpolizei um zwanzig Prozent gekürzt werden sollten. Gleichzeitig schrieb er auf den Zettel: *Ich rufe dich nach dem Treffen an.*

Kommissar Barudi nahm den Bleistift aus der Hand seines Chefs und schrieb darunter, während er über die Kürzung jammerte: *Was, wenn mein Handy auch abgehört wird?*

Keine Angst!, schrieb der Major. *Wenn ich dir sage, dass du zu meinem kleinen Fest am Wochenende kommen sollst, dann hat es geklappt.*

Draußen war es bereits dunkel, als Barudi das Kommissariat verließ. Der Himmel klarte auf, aber die Luft war eisig und feucht. Er rieb sich die Hände und ging nach Hause. Den ganzen Weg bis zu seiner Wohnung dachte er an seinen Chef. Dass ein Cousin des Präsidenten abgehört wurde, war kaum zu glauben, aber Barudi lebte seit vierzig Jahren unter diesem Regime. Er wusste, das Allerschlimmste, was die Diktatur angerichtet hatte, war, dass sie die Angst vor allem und jedem geschürt und sorgfältig darauf geachtet hatte, diejenigen barbarisch zu bestrafen, die einen Augenblick lang keine Angst zeigten. Eine eigene Meinung konnte zum teuren Luxus werden. Sie kostete selten das Leben, aber oft den Job. Die Wände bekamen Ohren und dort, wo sie fehlten, erfanden die Untertanen sie, um zu begründen, warum sie feige schwiegen.

Es war kurz nach Mitternacht, als Barudis Telefon klingelte. »Halte dir den Freitagabend frei. Ich möchte mit meiner Frau ein kleines Abendessen geben. Nur ein paar Freunde sind eingeladen. Auch Frau Malik ist dabei und vielleicht die schöne Witwe, die sich in dich verliebt hat.«

Barudi war erleichtert. Der Staatspräsident hatte seine Hand schützend über die Ermittlung gelegt.

Früh am nächsten Morgen wachte Barudi auf, trank schnell seinen Kaffee und eilte ins Amt. Gegen acht Uhr, so früh wie sonst nie, erschien Major Suleiman und teilte ihm mit, eine offizielle Einladung zur Teilnahme an der Untersuchung sei um sieben Uhr morgens nach Rom gefaxt worden. Außerdem habe er beiden Botschaftern telefonisch mitgeteilt, dass Syrien kein Interesse an einer Politisierung des Falles habe und deshalb darum bitte, schnellstmöglich einen Kommissar aus Rom zuzuziehen, der die Untersuchung von Anfang an begleite. Beide Diplomaten wären hellauf begeistert gewesen.

»Aber«, fügte er hinzu, »der Polizeipräsident will uns das alles offiziell mitteilen und deshalb sollen wir um neun Uhr bei ihm sein. Es wird keine Pressekonferenz geben. Um zehn Uhr sind wir beide zu einem vertraulichen Gespräch beim Geheimdienstchef, und um elf haben wir hier unsere Konferenz.«

»Und wann arbeiten wir?«, fragte Barudi giftig, der Konferenzen nicht sonderlich mochte.

Auf dem Weg zum Präsidium erzählte Barudi seinem Chef von den Ermittlungsergebnissen im Mordfall des Textilhändlers und dass er den Fall nun zurückgebe, weil es dabei um Waffenschmuggel ging. »Aber auf jeden Fall soll der arme Kerl, wenn möglich noch heute, aus der Untersuchungshaft freikommen«, betonte Barudi.

»Darum kümmere ich mich nach unserer Konferenz um elf Uhr. Ich muss den Staatsanwalt in einer anderen Angelegenheit sowieso treffen.«

Wie immer konnte von einem »Gespräch« oder einer »Beratung«, wie sich der Polizeipräsident gerne ausdrückte, bei dem obersten Chef nicht die Rede sein, eher handelte es sich um eine Anweisung. Barudi und Suleiman spielten die fleißigen Schüler und schrieben alles mit. Suleiman gab nur wenige Sätze von sich und tat dabei noch so, als würde er kurz überlegen und spontan reagieren. Aber Barudi wusste, dass er sich alles bereits im Büro zurechtgelegt hatte. Entsprechend unnatürlich klang er. Aber der Polizeipräsident hörte kaum zu und war ohnehin viel zu dumm, um es zu bemerken.

Es stellte sich heraus, dass Ministerpräsident Berlusconi den Wunsch geäußert hatte, einen Kommissar aus Rom nach Syrien zu entsenden.

»Ich habe die Idee aber schon vor Berlusconi gehabt«, prahlte der Polizeipräsident. Es solle als ein Ausdruck der Freundschaft verstanden werden, da Italien bisher nur sporadisch mit dem syrischen Geheimdienst zusammengearbeitet hatte. Berlusconi wisse von der guten Zusammenarbeit des syrischen Geheimdienstes mit der CIA und dem deutschen, französischen, britischen und russischen Geheimdienst. Nun wolle er die Gelegenheit nutzen und die Zusammenarbeit mit den Syrern verstärken. Der Polizeipräsident wünsche keine Schwierigkeiten mit dem Vatikan und keine Trübung des Verhältnisses zu Italien. Kommissar Barudi solle den Gast respektvoll behandeln, aber auch ein Auge auf ihn haben. Wer weiß schon, was der Italiener alles ausspionieren könnte.

Der Polizeipräsident war ein starker Raucher. Der Zigarettenrauch bildete im einfallenden Licht die Umrisse kurioser Ungeheuer, die sich wie Zauberwesen nach kurzer Zeit in nichts auflösten. Nirgends fühlte sich Barudi so unwohl wie bei diesem Mann, kaum trat er in dessen Büro, wurde sein Geist wie gefangen. Er hörte und verstand zwar alles, aber in seinem Kopf herrschte eine große Leere. Er hüllte sich in einen Kokon des Schweigens und notierte das Notwendigste.

»Barudi«, sprach der beleibte Mann ihn plötzlich an und holte hörbar Luft, »in deinen Händen liegt eine Entwicklungshilfe von sage und schreibe vierzig Millionen Dollar. Diese Summe haben die Italiener für die Modernisierung unserer Polizei zugesagt, damit verbunden sind meine und deine Rente und der Ruf Syriens.« Er lachte laut und entblößte dabei seine vom Rauchen vergilbten Zähne.

Barudi und Major Suleiman traten gemeinsam aus dem Gebäude, hielten ein vorbeifahrendes Taxi an, stiegen ein und nannten mit leiser Stimme die Adresse der Geheimdienstzentrale. Der Taxifahrer blickte ängstlich in den Rückspiegel und fuhr los.

»Einen italienischen Kommissar hinzuzuziehen war deine Idee«, sagte der Major leise, »und das habe ich ihm auch so gesagt ...und nun siehst du, was für ein Schwachkopf er ist. Er erzählt uns, es sei seine Idee ...«, und er winkte mit der Hand, als vertreibe er eine Fliege.

»Apropos Idee«, warf Barudi ein, »ich habe nachgedacht und meine, der italienische Kollege wäre wohl besser geschützt, indem er sich als Journalist ausgibt. Wenn er zum Beispiel den vatikanischen Botschafter vernimmt, kann er ruhig als Kommissar auftreten, aber bei allen anderen Recherchen wäre ein Journalist sicherer als ein fremder Polizist ...«

»Barudi, Barudi«, rief der Major, »was für eine großartige Idee. Sie bleibt aber unter uns, sonst meldet sie der Polizeipräsident als seine Erfindung zum Patent an ... Sicherheitshalber schreibst du mir heute noch einen Bericht, den ich bei mir behalte. Und ich erteile dir die schriftliche Genehmigung.«

General Imad, Geheimdienstchef der Abteilung nationale Sicherheit, war ein hagerer Mann mit düsterem Blick. Seine Worte klangen wie ein Befehl. Auch er war ein Cousin des Präsidenten. »Seine Exzellenz, unser geliebter Führer, hat mich beauftragt, euch zu sagen, dass ihr eure Arbeit ungehindert durchführen dürft. Wir wollen den Mörder finden, und wir wollen gute Beziehungen zu Italien. Aber das entlastet euch nicht von der Aufgabe, wachsam mit dem Italiener umzugehen. Du bist für ihn verantwortlich«, sagte Imad streng und sah dabei Barudi an. »Ich wiederhole, wir mischen uns nicht ein, aber du sorgst dafür, dass sich der Italiener anständig verhält.«

»Wie meinst du das? Anständig?«, hakte Barudi nach und bemühte sich, seine Wut zu verbergen.

»Du musst ihm beibringen, dass man hier – anders als in Europa – nicht allen Menschen alle Fragen stellen, alle Häuser betreten und jeden verdächtigen darf.«

Barudi wollte schon Protest anmelden, aber sein Chef trat ihm unter dem Tisch leicht gegen das Bein. Also schwieg er.

»Das werden wir machen, lieber Cousin. Würdest du im Gegenzug so freundlich sein und dafür sorgen, dass man mich in meinem Büro nicht mehr abhört?«, warf Major Suleiman äußerst freundlich ein.

»Welcher Hurensohn spioniert den Cousin des Präsidenten aus?«, rief General Imad und drückte auf einen Knopf.

Ein Mann betrat den Raum. »Mein Herr, Sie befehlen«, sagte er kaum hörbar.

»Du schickst auf der Stelle die Techniker los. Irgendein Hurensohn hat das Büro meines Cousins verwanzt. Deine Truppe soll das Büro sauber halten«, rief er. Der Mann salutierte, obwohl in Zivil, drehte sich um und ging.

»Noch ein Wunsch?«, fragte der Geheimdienstchef seine Gäste.

Draußen hielt Major Suleiman erneut ein Taxi an, schob Barudi hinein und stieg schnell hinter ihm ein.

»Dreimal darfst du raten, wer die Wanzen installieren ließ«, sagte er und verschluckte sich fast vor Lachen.

Um die Bedeutung des Vorgangs zu betonen, hatte Major Suleiman darauf bestanden, dass sich die Kollegen um halb elf in seinem geräumigen Büro am großen Tisch und nicht im Konferenzraum trafen. Er selbst saß am Kopfende des Tisches. Die Kollegen waren sehr überrascht zu hören, dass ein Italiener zu ihnen stoßen sollte. Sogar Schukri, dessen Sarkasmus sonst kaum zu bremsen war, blieb still. Er traute seinen Ohren nicht, als Major Suleiman in der Konferenz den versammelten Beamten mitteilte, der Staatspräsident habe die Sache zur Chefsache erklärt und Kommissar Barudi persönlich beauftragt, die Ermittlung zu leiten. Binnen weniger Tage werde der italienische Kollege eintreffen. Seine Identität bleibe aber – aus Sicherheitsgründen – für die Öffentlichkeit geheim. Noch nie hatte bei einer Lagebesprechung eine solche Stille geherrscht.

Barudi war der triumphale Ton seines Vorgesetzten nicht entgangen. Als wollte dieser den Horchern, seinen Feinden im Innenministerium, mitteilen, dass er den Sieg davongetragen hatte.

»Gratuliere, mein lieber Barudi! Gibt es ein Fest für diesen Aufstieg, vielleicht gebratene Gazellen, gefüllt mit Pinienkernen, Rosinen und Reis?«, fragte Schukri nach der Besprechungsrunde auf dem Gang. Er gönnte dem bescheidenen Kommissar diesen Triumph.

»Verschonen wir die Gazellen, ein Falafel-Sandwich für jeden von euch reicht auch. Los, gehen wir«, sagte Barudi, der trotz allem gerührt war und einen großen Hunger verspürte.

Als sie aus dem Gebäude traten, parkte ein weißer Ford Transporter vor dem Haus. Dass hier absolutes Halteverbot herrschte, übersah der Fahrer geflissentlich. Drei Techniker mit großen Werkzeugtaschen stiegen aus. »Wer sind die Typen?«, fragte Schukri.

»Schädlingsbekämpfung«, sagte Barudi und lachte.

10.

Was uns bewegt

Kommissar Barudis Tagebuch

Gestern war ich viel zu müde, um zu schreiben. Ich war wieder bei Burhan, dem Friseur, nur so, um mich zu amüsieren. Er erzählte eine traurige Geschichte, die mich aufgewühlt hat.

Zwei Männer erlaubten sich einen derben Scherz, der eine Frau das Leben kostete. Der arbeitslose Ehemann hatte Schulden. Er spielte jede Woche Lotto in der Hoffnung, seine Misere mit Fortunas Hilfe zu bewältigen. Seine Frau litt besonders unter der Armut. Sie arbeitete für wenig Geld als Wäscherin in einem Krankenhaus. Als ihr jüngster Bruder zu Besuch kam, verbrachten die beiden Männer den Tag mit Kartenspielen. Kurz bevor die Frau von der Arbeit kam, fiel ihnen ein Scherz ein. In den Nachrichten hatten sie gehört, auf welche Lottozahlen der Hauptgewinn, drei Millionen Dollar, gefallen war. Der Ehemann warf einen kurzen Blick auf seinen Lottoschein und zerriss ihn fluchend. »Wieder daneben«, sagte er und machte sich daran, den nächsten Schein auszufüllen. Und nun weiß niemand mehr, wer auf die teuflische Idee kam, Schwager wie Ehemann beschuldigen sich später gegenseitig. Jedenfalls schrieb einer von beiden die Gewinnnummer der gerade abgelaufenen Ziehung auf den neuen Schein und legte ihn auf Wohnzimmertisch. Der Schein war natürlich ungültig, war weder abgegeben noch bezahlt worden, und die ausgefüllten Zahlen hatten bei der nächsten Ziehung ohnehin die geringste Chance von allen, da sie ja gerade gezogen worden waren.

Es war einfach ein dummer Scherz. Später behauptete der Ehemann, sie hätten seiner Frau ein wenig Glück schenken wollen.

Als die Frau zu Hause eintraf, sagten die Männer, sie wollten kurz ins Café gehen, sie solle doch in der nächsten Nachrichtensendung die Lottozahlen vergleichen. Vielleicht hätten sie etwas gewonnen.

Als sie zurückkamen, lag die Frau tot auf dem Boden, in der Hand den falschen Lottoschein. Das Radio plärrte noch.

Das Herz der armen Frau hatte die Überraschung nicht verkraftet. In ihrer Aufregung hatte sie offenbar nicht gemerkt, dass der Schein gar nicht abgestempelt war.

Haben die zwei Idioten die Frau getötet, wenn auch unbeabsichtigt? Natürlich haben sie sich nichts weiter dabei gedacht, aber sowohl der Mann als auch der Bruder der Frau wussten vom schwachen Herzen der Frau, von ihrer Verzweiflung angesichts der Armut.

*

Meine Motivation, einen Fall zu lösen, ist jedes Mal verschieden. Am Anfang wirkt jeder Fall wie ein Geheimnis mit sieben Siegeln. Bei der Ermordung von Kindern treibt mich die Wut auf den feigen Verbrecher, der ein unschuldiges Leben brutal ausgelöscht hat. Bei der Ermordung des Kardinals ist es anders. Ich muss die Täter dingfest machen, weil sie gegen das heilige Gesetz der Gastfreundschaft verstoßen haben. Ein Gast genießt den Schutz des Gastgebers und in diesem Fall des Landes Syrien. Das nimmt mich vollkommen für die Sache ein und motiviert mich. Es ist eine Schande für uns alle, dass ein Gast umgebracht wurde. Mir ist es scheißegal, wie gut oder schlecht die Beziehungen zwischen Berlusconi und unserem Präsidenten sind, mir ist es, wenn ich ehrlich bin, völlig schnuppe, ob die Beziehungen zu Italien besser oder schlechter werden, aber mir ist es nicht gleichgültig, dass ein Gast auf so barbarische Weise umgebracht wurde. Egal, was er vorhatte. Ich wiederhole: egal, was er vorhatte. Die Mörder sind weder Muslime noch Christen oder Juden. Sie sind weder Syrer noch Fremde. Sie sind Monster.

*

Ich glaube nicht, dass unsere Justiz sauber, gerecht und frei vom Einfluss der Mächtigen in diesem Land ist. Letzteres am allerwenigsten.

Trotzdem endet meine Aufgabe dort, wo ich den Mörder samt Indizien und Beweisen an den Staatsanwalt übergebe. Doch manchmal möchte ich am liebsten Selbstjustiz üben. Einmal habe ich es sogar gemacht. Davon weiß niemand etwas. Nicht einmal Basma habe ich das anvertraut. Es war der gnadenlose Richter und Rächer in mir, der da entfesselt wurde.

Der lange gesuchte Mörder, der drei kleine Mädchen vergewaltigt und bestialisch getötet hatte, verschanzte sich im Büro der Lagerhalle einer Fabrik für Altreifenrecycling. Die Polizei hatte die Halle weiträumig abgeriegelt. Ein Hubschrauber kreiste tief über dem Ort. Es war ein Höllenlärm. Wir, Ali, Nabil und ich, gingen mit gezückten Waffen in die Halle. Es gab zwei Durchgänge zum Büro, rechts und links lagerten bis zur Decke gestapelte Reifen aller Größen. Es stank fürchterlich nach Gummi. Wir wussten nicht, wer der Mörder war. Nabil sollte mich vom linken und Ali vom rechten Gang her decken. Ich gab ihnen ein Zeichen, dass sie stehen bleiben sollten, um sicher zu sein, dass es keinen Komplizen gab, der mich von hinten angreift. Dann näherte ich mich dem Büro. Es war still. Ein letztes Mal drehte ich mich zu meinen Beschützern um. Langsam drückte ich die Türklinke und öffnete die Tür einen Spalt, da sah ich ihn auf dem Boden liegen. Er schaute mich flehend an und warf die Pistole zur Seite. Er blutete an Schulter und Bein.

Das kleine Mädchen lag tot in einer Blutlache neben ihm.

»Ich musste sie töten, weil sie dauernd geschrien hat«, rief er mit jammernder Stimme. »Ich ergebe mich. Bitte hilf mir aufzustehen. Mein Vater wird dich belohnen. Ich werde auf ihn hören und zu einem berühmten Psychiater in London gehen, der mich von meiner krankhaften Leidenschaft für Kinder heilt«, fügte er weinerlich hinzu.

Jetzt erkannte ich ihn. In den Zeitungen wurde oft über ihn und seine Partys berichtet. Der Sohn des Verteidigungsministers. Ich wusste einiges über ihn, aber nicht, dass er ein Monster war, der das Leben von Kindern zerstörte. Mir war sofort vollkommen klar, dass er nicht einmal eine Woche in einer Gefängniszelle sitzen würde, und dann würde es heißen, er sei krank und für seine Taten nicht verantwortlich. Die Eltern der Opfer würden erpresst und gezwungen werden, zu schweigen. Die Presse würde über den Fall nicht berichten.

Mir war schlecht vor Hass. Ich nahm seine rechte Hand und legte sie um seine Pistole, die ich dann an seine Schläfe drückte.

»Was machst du? Was …«, fragte er über den Hubschrauberlärm hinweg.

»Ich schicke dich zu einem besseren Psychiater, der dich und uns von dir heilt«, antwortete ich und hörte kaum meine eigene Stimme.

Dann drückte ich ab, und er fiel nach hinten.

Ich begann zu weinen, öffnete die Tür und ging hinaus. Meine Assistenten stürmten herbei. »Alles in Ordnung?«, fragte Ali besorgt.

»Ja, er hat das Mädchen getötet und Selbstmord begangen«, sagte ich.

»Und du weinst über einen Verbrecher«, fragte Nabil erstaunt.

»Ja«, sagte ich. Aber ich meinte mich selbst.

*

Gott sei Dank habe ich in Schukri einen zuverlässigen Kollegen, dem ich inzwischen fast alles erzählen kann. Lange Zeit war ich misstrauisch und habe mich ihm gegenüber zurückgehalten. Die Diktatur macht uns ängstlich. Sie lässt nicht nur Freunde und Verwandte einander bespitzeln, sie verbreitet auch Geschichten über fortwährenden Verrat, so dass das Volk überzeugt ist: Man kann heutzutage keinem mehr vertrauen.

Wir fühlen uns wie ängstliche Schafe. Und sind wir eine Herde, übernimmt uns bald ein Schäfer.

*

Ali schimpfte leise, weil der Geheimdienst den Vater seines Freundes verhaftet hatte, der selbst untergetaucht war.

»Als ob der Schmerz der Eltern über das Schicksal ihres Sohnes nicht genügt, verhaften sie auch noch einen durch Diabetes fast erblindeten

Achtzigjährigen«, sagte er mir auf dem Weg zum Mittagessen. Erst auf der Straße fühlte er sich sicher genug, von seinem Kummer zu sprechen.

Ich sagte ihm, dass diese Erpressung mit den Angehörigen keine Erfindung der modernen arabischen Diktaturen sei. Seit dem Kalifat war es ein bewährtes sadistisches Mittel, um die Oppositionellen zum Aufgeben zu zwingen.

Aber irgendetwas hatte sich verändert. Als hätte diese Angstglocke, die über uns liegt, Risse bekommen. Früher hat keiner gewagt, eine solche Nachricht weiterzugeben, geschweige denn seine Wut über sie zu zeigen.

*

Was ist mit uns passiert? Wo man hinschaut, wird alles nachgeahmt: die Mode, die Lieder, die Filme, die Fernsehprogramme, das Essen, die Feste. Alles ist Abklatsch, es gibt nichts Originelles. Das Individuum verschwindet in der Masse. Es ist nicht eine einzelne Frau, die ihre Haare blond färbt, kein einzelner Mann, der mit Jeans und Cowboystiefeln herumläuft, zwei Smartphones in den Händen, die er sich sehr effektvoll abwechselnd und manchmal sogar gleichzeitig an die Ohren hält. Nein, es ist eine ganze Herde von Männern und Frauen, die sich piercen, tätowieren, in zerrissenen Jeans herumlaufen. »Sobald einer einen Hammer in der Hand trägt, werden die anderen zu Nägeln«, giftete Schukri, als wir heute eine Gruppe junger Männer sahen, die alle den gleichen Haarschnitt, die gleichen Sportschuhe und das gleiche T-Shirt trugen.

»Und Amerika ist der Hammer«, sagte ich ironisch, weil ich Schukris Abneigung gegen Amerika kenne.

»Mensch, Barudi, ich wusste nicht, dass du im Nebenberuf Gedankenleser bist«, antwortete er und lachte laut.

*

11.

Marco Mancinis Flug

Commissario Marco Mancini war ein großer, athletischer Mann, Anfang fünfzig, mit ergrauten Schläfen. Höflich sprach er im Terminal einen grauhaarigen Araber an, der in seine Zeitung vertieft war. Ob der Sitz neben ihm noch frei sei? Der Araber sah überrascht auf und nickte. Marco Mancini nahm Platz. Nach einem Blick auf das Rollfeld des Rom-Fiumicino-Flughafens wandte er sich auf Arabisch erneut an den Mann: »Hier hat man ein schönes Panorama.« Der Araber nickte nur stumm.

Marco Mancini nahm ein Buch aus seiner Schultertasche. *Islamisten. Mit der Vergangenheit die Zukunft regieren* war ein Bestseller in den arabischen Ländern. Ein Freund hatte ihm das Buch aus Kairo mitgebracht. Mancini hatte noch nicht mit der Lektüre begonnen. Seit er vor über zwanzig Jahren sein Studium beendet hatte, las er neben der Tageszeitung nur Krimis. Er verschlang eine Unmenge davon. Es war eine Leidenschaft, die ihn anstachelte, schneller als vom Autor geplant den Täter herauszufinden. Zeitunglesen war ein Ritual, das er wie Millionen von Italienern allmorgendlich zelebrierte. Krimis dagegen las er zu jeder Tageszeit.

Mancini hatte noch über eine Stunde Wartezeit und las ein wenig. Ein starker Wind peitschte den Regen gegen die Glasfassade. »Es ist Zeit, in den Süden zu fliegen«, sagte er dann zu seinem Nachbarn. Seine Stimme klang warm, fast melancholisch.

»Na ja. Ich habe gestern mit Damaskus telefoniert. Dort regnete es bereits«, erwiderte der Araber.

»Bei welchen Temperaturen?«

»Vierzehn, fünfzehn Grad.«

»Sie sind Damaszener?«, erkundigte sich Mancini nun ganz direkt.

»Ja«, antwortete der Mann, und es blieb ihm nichts anderes übrig, als die Zeitung zusammenzufalten. »Woher können Sie so gut Arabisch?«, fragte er auf Italienisch.

»Ich habe als Kind immer davon geträumt, in der arabischen Wüste zu leben«, antwortete Mancini wiederum auf Arabisch. »Ich habe alle arabischen Märchen und Geschichten gelesen, die ich aus der Bücherei bekommen konnte. Und bei Kinderfesten trat ich als arabischer Prinz auf. Das machte großen Eindruck auf die Mädchen. Später studierte ich Islamwissenschaft, Orientalistik und Arabisch. Mein Arabisch habe ich dann in Beirut gelernt. Ich habe ein Jahr lang dort gelebt und mein Geld als Bote an der italienischen Botschaft verdient. Es war eine wunderbare Zeit.«

»Wo hast du damals gewohnt«, fragte der Araber auf Arabisch, das anders als das Italienische die Höflichkeitsform nicht kennt.

»In einem alten Haus im Al-Daura-Viertel. Die Wirtsfamilie hatte Mitleid mit mir und lud mich täglich zum Essen ein.«

»Du hast eine damaszenische Färbung in deiner Sprache. Woher kommt das?«, fragte er Mancini.

»Ich habe einige Zeit in Damaskus gelebt, in Bab Tuma. Dort habe ich einen Kurs für Fortgeschrittene gemacht.«

Der Araber freute sich. Er erzählte Mancini, das sei nicht weit von dem Haus, in dem er aufgewachsen sei, allerdings würden seine Eltern inzwischen nicht mehr dort leben. Übrigens heiße er Salman.

Und so kamen sie immer intensiver ins Gespräch. Als Marco Mancini auf seine Studien der arabischen Dichtung und Philosophie zu sprechen kam, die er begonnen habe, um die arabische Seele besser zu verstehen, wurde Salman neugierig. »Bist du ein Wissenschaftler?«, fragte er.

»Nein, leider nicht. Ich bin Kriminalbeamter geworden. Nach zwei Jahren Arbeitslosigkeit habe ich mich eher aus Jux bei der Kriminalpolizei beworben, auf eine Anzeige in der Zeitung. Man suchte junge Männer mit Abitur. Ich wurde genommen. Meinen ersten Job als Kriminalbeamter bekam ich in Rom. Ich erinnere mich noch an den ersten Fall: Ein arabischer Diplomat war in einem Edelpuff erschossen worden. Der

Mord hatte einen komplizierten Hintergrund. Sippe, Verrat, italienische Mafia, libyscher Geheimdienst, eine ägyptische Tänzerin und ein syrischer Botschaftsangehöriger. Mein Chef empfahl dem Innenminister, mich ins Ermittlungsteam aufzunehmen. Ich musste abgehörte Telefongespräche analysieren. Es war eine heikle, aber sehr spannende Arbeit. Letztendlich haben wir die Killertruppe, zwei Männer und eine Frau, gefasst. Und ich wurde befördert. Nun, da Italien immer mehr mit den arabischen Ländern zu tun hat, ist der italienischen Polizei klar geworden, dass sie mit Italienisch allein nicht weiterkommt. Also unterrichte ich einmal in der Woche junge Offiziere in arabischer Kultur und ermuntere sie, Arabisch zu lernen. Dafür durfte ich meine Kenntnisse über die arabischen Länder auf Kosten des Staates wieder auffrischen oder, wie man inzwischen so schön sagt, *updaten*.« Genüsslich betonte er das letzte Wort und lachte.

Salman hörte dem Commissario fasziniert zu. Und bald entdeckten beide, dass sie sich eigentlich schon in Rom hätten begegnen können. Marco Mancini wohnte am Rande der Stadt, in einer Dreizimmerwohnung in der Via Castani, und fuhr oft mit der Straßenbahn Nr. 5, die an der Niederlassung der arabischen Import-Export-Firma »Oasi« vorbeifuhr, die Salman gehörte. Salman war durch den Handel mit Lebensmitteln und Gewürzen wohlhabend geworden. Er fuhr ebenfalls mit der Straßenbahn Nr. 5. Ihm war der Verkehr in Rom zu dicht, zu nervenaufreibend.

Salman und Commissario Mancini stellten außerdem fest, dass sie fast die gleichen Lokale und Bars besucht hatten. Marco Mancini kannte sogar ein paar Freunde von Salman. Einer von ihnen, Giuseppe, hatte mit ihm die Grundschule besucht. Und so sprachen sie von Minute zu Minute vertrauter miteinander.

»Er ist wie ich nach zehn Jahren Ehe geschieden worden«, erzählte Mancini. Salman hatte davon erfahren, denn seine Frau Stella war mit Giuseppes Frau Francesca befreundet.

Es heißt ja, jeder Mensch kenne über sieben Bekannte jeden anderen Menschen auf dieser Erde. Das hört sich wundersam an, aber viele Experimente haben es bewiesen. Die Römer sind darin Weltmeister. Sie kennen einander über höchsten vier Ecken.

Marco Mancini hatte mit seiner Exfrau Alessia von Mai 2005 bis Januar 2009 in der Via Filipo Casini gewohnt, nicht weit vom Kennedy-Gymnasium. Alessia unterrichtete dort Mathematik. Bis zu ihrer Trennung lebten sie zusammen in der bescheidenen Wohnung. 2009 schmiss ihn Alessia hinaus. Im Januar 2010 waren sie bereits geschieden. Seit der Trennung wohnte Marco Mancini in der Via Castani, die, wie er ironisch beschrieb, außerhalb der tourtstischen Stadtpläne von Rom liege.

»Und du? Wie ist es um dein Privatleben bestellt?«, fragte Mancini.

»Ich bin immer noch verheiratet, aber manchmal wünsche ich mir, wieder verliebt zu sein. Ich hege meiner Frau gegenüber eher geschwisterliche Gefühle«, antwortete der Syrer.

Beide schwiegen und beobachteten ein Mädchen, das Gespräche mit ihrer Puppe führte. Die Eltern stritten leise.

»Man sagt: Die Liebe verzehrt die Zeit«, sagte Mancini, »aber bei uns hat die Zeit die Liebe verzehrt. Ich habe für Alessia nichts mehr empfunden, ich wollte nur noch Sex mit ihr, weil sie sehr attraktiv war. Das aber wollte sie nicht mehr ... Wir hatten Gott sei Dank keine Kinder. Das machte die Trennung etwas leichter.«

»Mir geht es mit meiner Frau ähnlich. Aber wir haben einen gemeinsamen Sohn, und eine Trennung wird ihn sehr traurig machen«, erwiderte Salman und wunderte sich, wie schnell er mit dem Italiener vertraut geworden war.

Salman wohnte mit seiner Frau und dem fünfzehnjährigen Sohn Paolo im schönen alten Viertel Trastevere. Seine Wohnung lag direkt an der breiten Viale di Trastevere, nicht weit von Mancinis früherer Wohnung entfernt.

»Und du fliegst jetzt bei diesem miesen Wetter nach Damaskus? Gibt es einen familiärer Anlass?«, erkundigte sich Mancini vorsichtig, in der Hoffnung, dass es kein trauriger Anlass war.

»Kann man so sagen. Ich lebe seit vierzig Jahren im Exil, und nun hat der Präsident eine Amnestie für alle Exilanten erlassen. Ich will erst mal allein hinfahren und die Lage prüfen, und wenn alles in Ordnung ist, fahre ich nächsten Sommer noch einmal mit meiner Familie.«

»Eine Amnestie? Hast du denn Vertrauen zu diesem Regime?«

»Vertrauen nicht, aber ich habe meine Akten überprüfen lassen. Ein Cousin von mir ist bei der Polizei, und er hat mir bestätigt, dass nichts gegen mich vorliegt.« Salman genierte sich, offen zu erzählen, dass sein Cousin Elias ein großes Tier beim Geheimdienst war. Er schämte sich dafür, mit einem solchen Mann verwandt zu sein.

»Ich hoffe das Beste für dich«, sagte der Commissario aufrichtig. Er konnte sich kaum vorstellen, wie es ist, vierzig Jahre lang im Exil zu leben. Aber er wusste von seinen Eltern und anderen älteren Menschen, dass viele Exilanten verbittert waren. Und er wusste, dass es in allen arabischen Ländern Menschen gab, die wegen ihrer Meinung im Gefängnis saßen, gefoltert und exiliert wurden. »Exil ist Scheiße!«, fügte er hinzu.

Salman war anderer Meinung. Das Exil habe ihn gerettet, sagte er, und einen anderen Menschen aus ihm gemacht. Seine Flucht sei eine Chance gewesen, das Leben anders zu begreifen und mit diesen Kenntnissen neu zu beginnen. »Und du? Was führt dich nach Damaskus?«, fragte er arglos, um das Thema zu wechseln.

»Ach, ein trauriger Fall. Ein Kardinal wurde ermordet, und nun soll ein italienischer Kommissar aus diplomatischen Gründen die Ermittlungen begleiten. Der Vorschlag kam aus Syrien, als Zeichen des Entgegenkommens. Ich wurde dafür ausgewählt, aber ich erwarte mir nicht viel. Immerhin kann ich mein Arabisch auffrischen.«

Salman hatte von dem Mord weder gehört noch gelesen. Es kam ihm merkwürdig vor, dass die Nachricht unter Verschluss gehalten wurde.

»Ja, so lange, bis der Fall abgeschlossen ist«, erklärte ihm der Commissario.

»Und was glaubst du? Wer ist der Täter?«, fragte Salman, dessen Vermutungen sich in seinem Kopf längst zu einer Meinung verdichtet hatten.

»Keine Ahnung. Kommissare sollen nicht glauben. Das trifft sich bei mir gut, ich bin Atheist«, antwortete der Commissario lächelnd und zuckte mit den Schultern.

»Ich denke«, erwiderte Salman, »dahinter stecken die Islamisten, die Muslimbrüder oder eine der ihnen nahestehenden Terrorgruppen.«

»Natürlich, man denkt sofort an die Islamisten. Aber dieser Kardinal ist einer der wenigen Islamexperten im Vatikan, und er hat viel Gutes über den Propheten Muhammad geschrieben. Er war übrigens der einzige, der Papst Benedikt XVI. in Rom kritisiert hat, als dieser im September 2006 in Regensburg seine bedenkliche Rede gegen den Propheten Muhammad gehalten hat – eine interne Kritik, aber hörbar genug. Ein für seine guten Kontakte beim Vatikan bekannter Journalist berichtete, Kardinal Cornaro habe in einer Sitzung dem Papst wegen dieser Rede höflich widersprochen. Als der Papst ihn zu einem Gespräch unter vier Augen geladen habe, habe er seiner Heiligkeit zweiundsiebzig Stellen in der Bibel genannt, die explizit die Vernichtung des Feindes verlangen und Mord und Totschlag verherrlichen: ›Dagegen‹, soll er zu ihm gesagt haben, ›ist der Koran ein freundliches Erziehungsbuch, eine süße Limonade.‹ Der Papst sei daraufhin sehr zornig gewesen. Zornig gegen den Kardinal, gegen sich selbst und vor allem gegen Kardinal Buri, diesen angeblichen Islamexperten, der ihm die Rede geschrieben hatte.«

»Ja, der Kardinal hat recht, zweihundert Jahre lang sind christliche Mörderhorden auf Kreuzzügen mit dem Segen der Päpste über die arabischen Länder hergefallen«, sagte Salman und erschrak über seine laute Stimme und die radikalen Worte.

»Genau«, bestätigte Mancini. »Und deshalb kann ich mir schwer vorstellen, dass die Mörder Islamisten waren.«

»Ich mir schon, und weißt du warum?«

Mancini schüttelte den Kopf, wartete gespannt auf Salmans These.

»Weil diese Idioten nicht lesen, um zu erfahren, wer ihr Feind und wer ihr Freund ist. Der Ägypter Farag Fuda hat bis zu seiner Ermordung 1992 Hunderte von Artikeln und mehrere Bücher geschrieben. Im Grunde war er ein liberaler Aufklärer. Als der Richter den Mörder fragte: ›Warum hast du ihn umgebracht?‹, antwortete dieser: ›Weil er abtrünnig und ungläubig war.‹ ›Und aus welchem seiner Bücher hast du das herausgelesen, dass er ungläubig oder abtrünnig ist?‹, fragte der Richter weiter.

›Ich habe keines seiner Bücher und keinen seiner Artikel gelesen‹, antwortete der junge Mann. ›Wie denn das?‹, staunte der Richter. ›Ich bin Analphabet und kann weder schreiben noch lesen, aber das hat unser Scheich gesagt‹, erklärte der Mörder. Sie schicken Kinder und Analphabeten los, um kluge Denker zu töten, und andere ziehen im Hintergrund die Fäden und kommen ungestraft davon. Wer weiß, vielleicht musste der Kardinal sterben, weil man dem Papst einen Denkzettel verpassen wollte«, sagte Salman.

Commissario Mancini hob überrascht die Augenbrauen. Sein Chef hatte genau dieselbe Vermutung angestellt. Angriffe auf christliche Geistliche gab es in arabischen Ländern immer wieder, wenn der Mob von einem fanatischen Scheich aufgehetzt wurde. Aber der Kardinal war, nach den spärlichen Informationen, die sein Chef aus Damaskus bekommen hatte, nicht vom aufgebrachten Pöbel, sondern von Profikillern kaltblütig umgebracht worden. Das war nicht Hass. Das war moderne Propaganda.

»Dennoch hat der Vatikan zurzeit großes Interesse«, erläuterte Mancini, »an einem ausgewogenen freundschaftlichen Verhältnis zu den arabischen Ländern, vor allem zu Syrien und dem Libanon. Papst Benedikt hat unseren Innenminister Roberto Maroni zu einem Gespräch unter vier Augen empfangen. Danach bekam mein Chef grünes Licht, ich darf fahren und brauche keine Kosten zu scheuen.«

»Aber was hatte der Kardinal verdammt noch mal so ungeschützt in Syrien zu suchen?«, fragte Salman eher empört als neugierig.

Commissario Mancini schwieg eine Weile. Als er merkte, dass sein Schweigen Salman noch neugieriger machte, sagte er: »Keine Ahnung. Vielleicht sollte er alle Vatikanbotschaften in den arabischen Ländern besuchen, weil man in Rom plant, sie zusammenzuziehen, um Kosten zu sparen.«

Wie Mancini war auch Salman nicht sonderlich interessiert, das Gespräch zu vertiefen. Er wollte den Commissario nicht zu nahe an sich herankommen lassen.

Bei der Landung gegen achtzehn Uhr tauschten sie ihre Adressen und Telefonnummern in Rom.

Als der Commissario zum Abschied schüchtern sagte: »Hoffentlich sehen wir uns in Damaskus«, überging Salman die Andeutung geflissentlich. Bei seinem ersten Besuch in Damaskus nach vierzig Jahren wollte er kein Risiko eingehen. Ein Treffen mit einem italienischen Polizisten hätte Folgen gehabt. Mancini verstand das Schweigen des Syrers als das, was es war, als Angst, und schwieg eine Weile.

»Es war unvernünftig von mir«, sagte er dann in die Stille hinein. »Ich weiß, in einer Diktatur soll man keine Kontakte zu Ausländern aufnehmen.«

Dann verabschiedeten sie sich mit einem kurzen Händedruck und gingen auseinander. Salman sah sich aus der Ferne noch einmal um, und so entging ihm nicht, dass Commissario Mancini von einem grauhaarigen stämmigen Mann in Zivil abgeholt wurde. Ein junger Polizist in Uniform trug den Koffer des italienischen Gastes.

Als hätte Salmans Blick den Italiener gekitzelt, drehte auch dieser sich noch einmal um und winkte. »Oh, là, là, du bist ein VIP und ich bin ein armer Mann«, signalisierte Salman mit den Händen. Mancini blieb stehen, lächelte verlegen und sagte etwas zu dem Grauhaarigen. Dieser warf einen verstohlenen Blick auf Salman, der sich in diesem Moment in die Warteschlange einreihte, und schüttelte den Kopf. Salman verstand sofort, dass Mancinis Vermittlungsversuch keine Früchte getragen hatte. Er winkte, und Mancini gab ihm mimisch zu verstehen, dass er ihm zu seinem Leidwesen das Warten nicht ersparen konnte. Und so machte Salman eine letzte Geste, als würde er Dreck hinter sich werfen, um zu zeigen, es war ihm egal.

12.

Sprachbegabungen

Mancini war angetan von der Freundlichkeit, der Pünktlichkeit und der Leichtigkeit, der er am Flughafen in Damaskus begegnete. Der Flughafen war supermodern, von bürokratischen Hürden war für ihn nichts zu spüren, weit und breit kein arroganter Carabinieri, kein unfreundlicher Angehöriger der Guardia di Finanza wie in Italien. Nur lächelnde Menschen, wo er hinsah. Am Ausgang nahm ihn dann Kommissar Barudi in Empfang. Er hielt ein Schild vor sich, auf dem auf Italienisch stand: *Benvenuti a Damasco, Commissario Mancini.* Wann hat sich je ein italienisches Amt so viel Mühe damit gegeben, einen kleinen arabischen Kriminalbeamten zu empfangen?

Die luxuriöse Dreizimmerwohnung in der Midan-Straße gegenüber dem Postamt war nicht einmal zweihundert Meter von den Büros der Kriminalpolizei entfernt. Barudi erklärte seinem italienischen Kollegen, dass er in dieser Wohnung im zweiten Stock, zwischen all den anderen Mietern, besser geschützt sei als in jedem Hotel.

Er, Barudi, lebte in derselben Straße in einer bescheidenen Wohnung, und Mancini könne ihn jederzeit aufsuchen. Er würde niemanden stören außer den zahlreichen Spinnen in ihren Netzen.

Mancini war von dieser Herzlichkeit geradezu gerührt. Sogar an eine Espressomaschine hatten seine Gastgeber gedacht.

Dann schlug Barudi seinem Kollegen vor, gemeinsam Essen zu gehen. Er hatte ein vornehmes Restaurant ausgesucht und rief ein Taxi. Als die beiden Männer aus dem Haus traten, stand das Taxi bereits mit laufendem Motor vor der Tür.

»Du möchtest bestimmt nicht italienisch essen, oder?«

»Ich bin bis unter die Schädeldeckel voll davon. Hier in Damaskus will ich nur syrisch essen.« Barudi nannte dem Taxifahrer eine Adresse im Bab-Scharki-Viertel.

»Kannst du denn italienisch kochen?«, fragte Barudi neugierig, als sie nach der kurzen Fahrt Platz nahmen in dem vornehmen Restaurant, das in einem schönen alten arabischen Haus untergebracht war. Sie saßen an einem Fenster zum beleuchteten Innenhof. Die Kälte erlaubte es nicht, draußen zu sitzen, aber Mancini genoss das wohlgestaltete Innere, die arabische Wohnkunst, den Sinn für die Ästhetik von Raum und Farbe. Der achteckige Springbrunnen in der Mitte des Restaurants war ein arabisches Kunstwerk, auch der Boden glich einem Gemälde, jede einzelne Fliese war mit Bedacht platziert, jeder Bogen perfektionierte das Bild vom Paradies. Der Saal war groß, drei arabische Bögen und eine bunte Kuppel gaben ihm das Aussehen eines Audienzsaales. Eine Treppe führte zu einer Galerie mit wenigen Tischen. Mancini kam sich vor wie in einem Traum.

Erst jetzt nahm er wahr, dass Barudi seine Frage wiederholt hatte.

»Selbstverständlich«, antwortete er. »Und du? Kannst du Hummus und Falafel, Kebbeh und Tabbuleh zubereiten?«

»Nicht wirklich«, wich Barudi verlegen aus. Er wollte nicht zugeben, dass er überhaupt nicht kochen konnte und sich erst vor kurzem vorgenommen hatte, es von seinem Kollegen Schukri zu lernen. »Aber dafür kenne ich ein günstiges Restaurant, das so leckere Falafel und Hummus anbietet, dass man bis zum Abwinken essen möchte.«

»Und warum essen wir nicht dort?«, fragte Mancini nach einem Kennerblick auf die Speisekarte. Das Restaurant war eines der elegantesten und teuersten in Damaskus. Allein diese Kellner, die in Rom nicht eleganter und vornehmer hätten sein können! Einer von ihnen trat gerade mit einer Verbeugung an den Tisch, brachte Erfrischungsgetränke und nahm Barudis Bestellung entgegen.

»Weil das hier vom Chef, ich meine, vom Amt, bezahlt wird. Du sollst morgen früh in sein Büro kommen und er wird dich bei einem Kaffee willkommen heißen. Die Arbeit mit dir überlässt er mir«, sagte Barudi ironisch.

Mancini lachte herzlich. »Du Armer! Aber sag, wie ist er so?«

»Wie ein Chef eben«, antwortete Barudi giftig. »Aber er gibt uns gute Rückendeckung, und er ist mit dem Präsidenten verwandt. Das ist mehr wert als jede Qualifikation.« Barudi wurde ernst. Er erläuterte seinem Gast die Verhältnisse im Innenministerium und den Aufbau des Polizeiapparats, erwähnte nur so nebenbei auch die fünfzehn Geheimdienste, wobei er sich einen gehässigen Unterton nicht verkneifen konnte, und erkundigte sich dann nach den Verhältnissen bei der italienischen Polizei.

Nun berichtete Mancini, und Barudi staunte nicht schlecht, wie ähnlich sich Armee und Polizei hier wie dort waren. Als Mancini mit einer giftigen Bemerkung über die Feigheit der herrschenden Parteien in Italien endete, die nach fünfundsechzig Jahren immer noch nicht mit der Mafia fertig wurden und die Polizei immer wieder im Stich ließen, erzählte Barudi seinerseits voller Bitterkeit von seinen Erfahrungen mit der syrischen Mafia. Er unterbrach seine Ausführung, als die Bedienung mit zwanzig kleinen Tellern in Form länglicher Schiffchen an den Tisch trat, auf denen die berühmten »Mezze« platziert waren. Mancini kannte diese Speisen. Man bestellte sie, wenn man sich lange unterhalten und dabei immer wieder etwas naschen wollte.

»Und vergiss bitte nicht«, sagte Barudi und beugte sich vertraulich über den Tisch, »das Wort Mafia kommt aus dem Arabischen und bedeutet schattiges oder sicheres Versteck.«

»Ach, das habe ich nicht gewusst«, sagte Mancini und nahm ein Falafel, tunkte es in ein Dipschälchen und biss hinein. Er schloss die Augen und stöhnte genüsslich. »Ya Aini!«, rief er ganz wie die alten Damaszener, wenn sie begeistert sind.

»Wie kommt es, dass die Italiener so gut Arabisch sprechen?«, fragte Barudi.

»Die Italiener?«, fragte Mancini erstaunt zurück, lachte und häufte einen Löffel Tabbulehsalat auf seinen Teller.

»Ja«, sagte Barudi ernst, »vor drei Jahren habe ich einen Monat in einem Kloster verbracht, dessen Gründer und Leiter ein italienischer Jesuit namens Paolo Siriano war. Auch er sprach perfekt Arabisch.«

»Du warst im Kloster?«, wunderte sich Mancini.

»Ja, ich hatte eine schwere Krise und brauchte Ruhe. Es war Mitte Juni, und dort in den Bergen ist es frisch. Ich hielt es nicht aus, hier in der Bratpfanne Damaskus zu schmoren, also nahm ich mir Urlaub, um mich in dieser schönen Gegend zu erholen. Kennst du sie?«

»Nein, leider nicht«, antwortete Mancini.

»Das Kloster des heiligen Moses, des Äthiopiers, auf Arabisch Musa al Habaschi, wurde mehrmals zerstört. Paolo Siriano aber fand seine Ruhe in den Ruinen des Klosters und beschloss, es zu renovieren. Zunächst wurde er ausgelacht, aber bald begeisterte sein Mut viele junge Männer und Frauen, und so bauten sie das Kloster wieder auf. Siriano erklärte das Kloster zum Ort des Dialogs aller Kinder Abrahams, der Juden, der Christen und der Muslime. Heute lebt dort eine große Gemeinschaft.

Es war eine einmalige Erfahrung. Ich hatte nur Gutes über Paolo Siriano gehört und über die Kraft der Ruhe, die das Kloster seinen Bewohnern schenkt. Aber es übertraf all das noch.

Den ersten Tag werde ich niemals vergessen. Ich kam unten im Tal an. Das Kloster liegt auf einem Berg. Man muss über dreihundertdreißig Stufen hinaufsteigen. Ich verfluchte meinen Leichtsinn. Nach fünfzig Stufen war ich kurz davor kehrtzumachen, als eine alte Frau mich überholte, oberhalb von mir einen Moment stehen blieb und sich zu mir umdrehte. »Junger Mann, wir machen hier doch nicht schlapp, oder? Es lohnt sich, oben anzukommen«, sagte sie und stieg scheinbar mühelos weiter. Mich packte die Wut auf die Frau, auf die Faulheit der Städter und auf den Erbauer des Klosters. Aber sie hatte nicht übertrieben, ein Mönch empfing uns mit kühlem Wasser, ein zweiter kam mit Tee. Und ich stand oben wie ein Adler. Die weite Landschaft lag vor meinen Augen.

Doch vor allem beeindruckt der Geist, der an diesem Ort herrscht. Einem Menschen wie dem Jesuiten Paolo begegnet man nur einmal im Jahrhundert. Ich hatte das Glück, über drei Stunden mit ihm zu sprechen. Meine Arbeit interessierte ihn, und er fragte mich, ob ich als Christ keine Schwierigkeit hätte, in einem muslimischen Land als Kommissar zu arbeiten. Ich war ehrlich und sagte, manchmal sei es natürlich sehr schwierig, wenn ein Mord zum Beispiel in einem konservativen muslimischen Haus passiert. Aber mit Anstand und Höflichkeit könne ich meine Arbeit immer bewältigen. Er fragte, was das Schwierigste sei. Ich sagte: Dass man den Glauben an die Menschen täglich mehr verliert. Jeden Abend muss ich mir sagen, es gibt noch Menschen, für die es sich zu kämpfen lohnt. Sonst müsste ich ja den Dienst quittieren oder mir die Kugel geben. Wäre er an meiner Stelle, würde er erleben, was ich erlebe, er würde auch an der Menschheit verzweifeln. Väter vergewaltigen ihre eigenen Kinder, Mütter töten ihre Babys, Brüder bringen wegen einer lächerlichen Erbschaft ihre Geschwister um. Auf der einen Seite hat man Verbrecher, die in ihrem Tun immer perfekter werden, und auf der anderen Seite Polizeibeamte, die bis auf die Knochen korrupt sind. Betrüger, Lügner, Heuchler und Dummköpfe füllen den Polizeiapparat und das Innenministerium. Am liebsten würde ich sie alle erst verhaften lassen, bevor ich mit einer Ermittlung beginne. All das erzählte ich dem Jesuiten. Er hörte still zu und sah mich durch seine Brille groß an.

›Das ist wahrlich schwer‹, sagte er leise.

Wir sprachen täglich miteinander. Ich blieb einen Monat im Kloster. Mein Chef kannte den Mönch. Als ich den Urlaub beantragte, sagte er, er gönne mir die Zeit dort nur unter der Bedingung, dass ich nicht zum Mönch würde, denn sonst müsste er Paolo zum Kommissar machen. Als ich das Paolo erzählte, lachte er darüber.

Die Tage vergingen wie im Flug. Es ist eine andere Welt. Das Kloster ist eine Oase der Menschlichkeit. Ich musste täglich arbeiten, dazu beitragen, dass das Leben im Kloster funktioniert. Mit diesen Maßnahmen und der absoluten Ruhe hält das Kloster die Touristen auf Abstand.

Der Abschied fiel mir schwer. Paolo umarmte mich herzlich und nannte mich seinen Freund. Ich musste wie ein Kind weinen. So erholt war ich noch nie. Nach so vielen Jahren der Konfrontation mit dem Abschaum braucht man eine Zeit der Ruhe und Besinnung, um seinen Glauben an die Menschen zurückzugewinnen.«

»Das klingt gut, ich könnte das auch gebrauchen.«

»Ja, aber entschuldige, ich bin abgeschweift. Ich war nur darauf gekommen, weil ich mich wundere, dass du, genau wie Paolo damals, so gut Arabisch sprichst, ohne Akzent. Was seid ihr bloß für ein kluges Volk? Ich kann leidlich Englisch, weil ich ein Jahr in London bei New Scotland Yard war. Mein Chef spricht ein Englisch, dass man Mitleid mit den Briten bekommt.«

»Wir sind gar nicht so klug, wie du meinst, auf jeden Fall nicht dümmer oder klüger als Syrer, Südafrikaner oder Chinesen. Die meisten Italiener können nicht einmal richtig Italienisch. Sie lesen wenig außer ihrer Sportzeitung und sprechen ihre Dialekte. Die Dialekte in Italien haben historische Wurzeln, und manche gelten als eigenständige Sprachen. Vielleicht ist es ein Zufall, dass du ausgerechnet mit zwei Italienern zu tun hast, die Arabisch mögen und es gut gelernt haben. Du hast zweimal das Gewinnerlos gezogen, aber es gibt weltweit siebzig Millionen Italiener, bei denen du immer wieder eine Niete ziehen würdest.«

Barudi lachte. »Ich ziehe, seit ich auf der Welt bin, immer nur Nieten. Nicht einmal ein langes Leben mit einer guten Frau hat mir Gott gegönnt.«

»Wie das?«, erkundigte sich Mancini.

»Ich war so glücklich mit Basma, aber plötzlich begann sie, sich unwohl zu fühlen. Wir dachten, sie hätte eine Darmentzündung und könne deshalb nichts mehr essen. Aber dann war es bösartiger Darmkrebs mit Metastasen. Sie starb vier Wochen später. Das war der Schock meines Lebens. Verstehst du?«

»Natürlich, natürlich«, sagte Mancini.

»Bist du verheiratet?«

»Dreimal gewesen, und jetzt hoffe ich, endlich die Richtige zu finden«, sagte Mancini und lachte. Aber Barudi ahnte, dass sein Kollege mit dem Lachen eine Tarndecke über seine Trauer ziehen wollte.

»Vielleicht liegt es an unserem Beruf. Wir machen viele Verbrecher unglücklich. Sie verfluchen uns, und der Himmel erhört ihre Bitten und macht uns unglücklich. Warum aber ist ein hochgebildeter Mensch wie du zur Polizei gegangen? Ich habe in den Unterlagen gelesen, dass du

Jura und Orientalistik studiert hast, mit Abschluss. Warum also zur Polizei?«

»Ich war ein braver Streber und habe eine Prüfung nach der anderen erfolgreich, aber gelangweilt abgelegt. Aber die arabische Sprache zu lernen, das langweilte mich nicht. Sie wurde zu meiner Leidenschaft. Ich achtete auf die Aussprache der Wörter und übte wie verrückt, die schwierigsten Buchstaben auszusprechen, zum Beispiel غ, ض, ح, ص, ظ, خ, ق, ع, ذ, manchmal wurde mir der Hals dabei wund. Ich bat syrische und libanesische Freunde, mir Wörter und Sätze vorzusprechen, und nahm sie auf. Die Kassette spielte ich Tag und Nacht auf einem alten Rekorder ab, bis eines Tages mein Nachbar, ein englischer Student, bei mir klopfte und sich höflich erkundigte, ob ich irgendjemand erwürge oder medizinische Hilfe brauche. Er studiere Medizin. Von da an übte ich leiser.

Den ersten Kurs außerhalb Italiens habe ich in Beirut besucht. Am Ende des ersten Monats war ich sehr unzufrieden. Ich hatte mich in meine libanesische Lehrerin verliebt und war eher bemüht, ihr den Hof zu machen, als die Passivformen zu lernen. Aber die Liebe brachte meine Zunge in Schwung. Abends formulierte ich für mich Sätze, die ich der schönen Frau sagen wollte. Am nächsten Tag, wenn wir uns in einem Café am Meer trafen, wurde ich nicht einmal ein Viertel davon los. Sie brachte immer irgendwelche Männer mit, mal Verwandte, mal Bekannte. Allein wollte sie mich nie treffen. So war ich zwar ein Profi in allen Redewendungen, mit denen man einer arabischen Frau den Hof macht, aber darüber hinaus blieb die arabische Sprache für mich ein schönes, verschlossenes Haus.

Als ich kurz vor dem Abschied einem libanesischen Bekannten vorjammerte, ich hätte nicht genug Arabisch gelernt, gab er mir den Hinweis, die Kurse in Damaskus seien besonders gut. Damaskus war damals sehr billig. Also reiste ich im Jahr darauf nach Damaskus und schwor mir, mich nicht zu verlieben, sondern stattdessen die Verben zu konjugieren. Ich wohnte in Bab Tuma bei einer redseligen Familie, und nach einem Monat verlängerte ich um einen weiteren. Es war eine der schönsten Zeiten meines Lebens. Ich betrat das Haus der arabischen Sprache.

Mein Arabisch wurde immer besser, und ich fuhr auch in Rom fort, den Umgang mit der Sprache zu pflegen. Ich hörte täglich arabische Sender, surfte durch die arabischen Homepages und hörte und sah auf YouTube Theaterstücke und Lieder. Dadurch lernte ich auch, die Dialekte zu verstehen. Das wurde im Ministerium bekannt, weil mein Chef mit mir angegeben hat, und so bekam ich jeden Auftrag, der mit den arabischen Ländern zu tun hatte. Ich bin in Tunesien, Beirut, Kairo, Algier, Dubai und Bagdad gewesen.«

»Aber du hast meine Frage nicht beantwortet«, wandte Barudi ein. »Warum bist du mit dieser ausgezeichneten Ausbildung zur Polizei gegangen?«

»Entschuldige, ja, ich war schon als Kind ein Gerechtigkeitsfanatiker. Auch deswegen habe ich Jura studiert, um die Entrechteten zu verteidigen, ein juristischer Robin Hood. Aber um in Italien Rechtsanwalt zu werden, brauchst du Beziehungen, und ich komme aus einer kleinbürgerlichen Familie … Orientalistik war damals eine brotlose Wissenschaft. Also bewarb ich mich, als es bei der Polizei eine Ausschreibung für die Polizeihochschule gab. Es ist ein Wettbewerb wie bei einem …«

»Eine Ausschreibung? Ein Wettbewerb?«, warf Barudi ein, »du meinst eine Bewerbung bei einem Amt, oder?«

»Nein, es ist eine Ausschreibung, eine Art Wettbewerb um die Aufnahme.«

Barudi lachte. »Wettbewerb! Das hört sich an wie eine Kampfveranstaltung, und der Sieger darf Bulle werden.«

»Es ist aber so, und für uns Italiener hat dieser Begriff *concorso* gar nichts Lächerliches. Der Andrang der Bewerber mit Diplom ist manchmal so groß, dass die Prüfungskommission eine Art Vorprüfung mit Multiple-Choice-Fragen durchführt. Jedenfalls habe ich alle Prüfungen, auch die körperlichen und psychologischen Eignungstests, bestanden. Danach habe ich zwei Jahre an der Polizeifachhochschule »Scuola Superiore di Polizia« in Rom studiert und ein Praktikum in verschiedenen Abteilungen der Polizei absolviert. Danach wurde ich Commissario Capo. Und jetzt wirst du über mich lachen. Ich war versessen darauf, die Mafia zu bekämpfen. An der Uni habe ich mit zwei Freunden sogar ernsthaft überlegt, eine Untergrundorganisation zu gründen, deren Aufgabe einzig und allein darin bestehen sollte, Mafiosi zu verfolgen, zu verhaften, an den Pranger zu stellen oder gar zu töten. Eine Art Robin Hood für erwachsene Illusionisten. Als Student und später als Kommissar trug ich das Foto von Falcone und Borsellino mit mir wie ein Amulett.«

»Wer ist das denn? Kommissare, die vom Vatikan für heilig erklärt wurden?«, fragte Barudi voller Ironie. Der Rotwein hatte die letzte Fremdheit zwischen ihm und dem sympathischen Italiener getilgt.

»Nein, das sind zwei sehr berühmte Mafiajäger. Beide wurden vom Staat im Stich gelassen, verraten. Sie hatten große Erfolge und wurden dann von der Mafia getötet, der Staat schaute zu. Jedenfalls, ich war die ganze Zeit bei der Kriminalpolizei und tat meine Arbeit sehr gerne, aber dann ergab sich die Möglichkeit, für ein Jahr in der Behörde zu arbeiten, die gegen die Mafia ermittelt. Sie heißt DIA, Direzione Investigativa Antimafia. Den Grundstein haben diese beiden Helden, Falcone und Borsellino, gelegt. Nach ihrer Ermordung wurde übrigens der Flughafen von Palermo nach ihnen benannt.

Meine Arbeit dort aber war langweilig und lebensgefährlich. Ich hatte sie mir ganz anders vorgestellt. Vielleicht hatten Filme und Romane das Bild romantisch-heldenhaft verklärt. Es gab viel mühsame, zähe Recherchearbeit, vor allem am Computer. Wir mussten abhören, auswerten, ausspionieren, verfolgen, mit dubiosen zwielichtigen Informanten zusammenarbeiten. Auf diese Weise, hofften wir, zum Kern der Mafia vorzudringen.

In den Neunzigern war ich vor allem in Kalabrien tätig, wo wir es mit der Ndrangheta, der kalabrischen Mafia, zu tun hatten. Immerhin war ich bei der Verhaftung des Mammoliti-Clans dabei. Es ging um den Mord an Antonio Cordopatri dei Capece am 10. Juli 1991 vor seinem Haus, der sich geweigert hatte, den Verbrechern seine Olivenhaine zu verkaufen.

Ohne unsere Kontakte zum mafiosen Untergrund hätten wir die Clanführung nie gefasst, aber jeder Termin mit einem solchen Typen konnte eine Falle sein und tödlich enden. Der Fall hat mich und meine Instinkte fürs Leben geschult. Von Borsellino stammt übrigens der Satz, der über meinem Schreibtisch an der Wand hängt: *Wer Angst hat, stirbt jeden Tag, wer keine Angst hat, stirbt nur einmal.*

»Wie recht er hat. Das gilt für uns hier in Damaskus auch, denn die syrische Mafia schaufelt mithilfe mächtiger Politiker Milliarden aus dem Land, und wehe, sie erkennen in dir eine Gefahr«, stimmte Barudi zu.

Als der Kellner die vielen kleinen, inzwischen blank geputzten Teller abräumte, fragte er höflich, ob die Herren noch etwas wünschten. Mancini schlug sich auf den Bauch. »Das reicht mir für eine Woche«, sagte er.

»Nein, nein, ohne Nachtisch und einen kräftigen Mokka ist das Essen in Damaskus nicht zu Ende«, widersprach Barudi, wandte sich an den Kellner und bestellte ein paar edle Sorten der berühmten Damaszener Süßigkeiten.

Im Lokal wurde es ruhiger, nur ein Drittel der Tische war noch besetzt. Nach dem ersten Schluck Kaffee nahm Mancini das Gespräch wieder auf. Er wollte genauer wissen, wer dieser Barudi war.

»Was denkst du über unsere Aufgabe? Was wollen sie von uns?«, fragte er.

Barudi dachte eine Zeit lang nach, zögerte, wusste nicht recht, wie er bei aller Vertrautheit mit diesem ihm eigentlich völlig fremden Menschen umgehen sollte. Nach ein paar Minuten, die Mancini wie Jahre vorkamen, sagte er: »Hör gut zu, Kollege«, und dann erzählte er dem italienischen Kollegen von seiner ersten großen Niederlage. Wie er an die jordanische Grenze versetzt wurde, nur weil er auf der Suche nach der Wahrheit war. Mancini hörte gespannt zu.

Als er fast zum Ende gekommen war, machte Barudi eine kleine Pause, nahm einen Schluck Rotwein und schaute Mancini fest an. »Heute«, fuhr er dann fort, »stehe ich kurz vor der Pensionierung. Ich möchte mir alle Mühe geben, um die ekelhaften Verbrecher, die einen Gast meines Landes feige ermordet haben, vor Gericht zu bringen, und danach in Frieden aus dem Dienst scheiden. Keine Strafversetzung mehr, verstehst du?«

Mancini nickte. Auch er war von einem Kollegen verraten worden. Dabei griet er in eine Falle, die ihn das Leben hätte kosten können. Er wurde angeschossen, konnte sich aber mit einem Sprung aus dem Fenster im ersten Stock retten. Die Narbe an seinem Bauch erinnerte ihn immer wieder daran.

»Trotzdem will ich auch bei diesem letzten Fall sauber bleiben«, erklärte Barudi. »Meine Aufgabe ist schnell erklärt: Mein Chef erwartet von mir, dass ich einen Islamisten als Täter fasse, davon geht er zumindest aus, und dich dabei im Übrigen bestens behandele, damit du mit der Zusammenarbeit zufrieden bist und nach deiner Rückkehr in Rom nur das Beste über uns erzählst. Das ist, nebenbei, auch die Erwartung des Innenministers und auch, so munkelt man hinter vorgehaltener Hand, die des Staatspräsidenten. Er ist durch Gaddafis Vermittlung in näheren Kontakt mit Berlusconi gekommen, in der Hoffnung, so wenigstens einen westeuropäischen Partner zu finden. Berlusconi, so korrupt er ist, hat daran aber kein besonderes Interesse, da Syrien kaum Erdöl besitzt und unser Präsident enge Beziehungen zur Hisbollah pflegt. Vor zwei Monaten begann Gaddafis Fürsprache Früchte zu tragen, vielleicht waren es auch seine Milliarden. Hochrangige italienische Politiker haben sich im letzten Jahr hier die Klinke in die Hand gegeben. Da kam die Ermordung des Kardinals ungelegen. So ist auch diese ungewöhnliche Offenheit zu erklären, dass meine Regierung einen italienischen Kommissar einlädt, an der Ermittlung teilzunehmen. Sie fürchtet nämlich, dass der Anschlag die Beziehung zu Italien stark belasten könnte.

Ich habe nichts dagegen. Der Präsident hat persönlich sein Wort gegeben, dass wir ungestört ermitteln können und der Geheimdienst sich raushält. Alle sind überzeugt, dass nur Islamisten als Täter infrage kommen. Das käme ihnen zumindest gelegen. Der Präsident gewährt also unserem Amt völlige Freiheit und ist auf einmal sehr großzügig, was die Finanzierung der Ermittlungen angeht. Ich freue mich auf jeden Fall, dass du gekommen bist und an der Aufklärung mitwirkst«, schloss Barudi und fühlte eine seltsame Erleichterung, denn er wusste, nach diesen Ausführungen würde er sich nicht mehr verstellen müssen.

»Lieber Kollege, danke für deine Offenheit. Meine Anweisung unterscheidet sich nicht von deiner. Mein Chef betrachtet eure Einladung als freundliches Entgegenkommen. Er war im Vatikan und wünscht eine schnelle Aufklärung des Falles. Auch er vermutet, dass die Islamisten hinter dem Mord stecken, aber wer auch immer der Mörder war, Hauptsache, es war keine politisch motivierte Tat. Mein Wunsch ist zu sehen, wie ihr arbeitet. Ich verstehe mich als dein Gesprächspartner. Es liegt weder mir noch meinem Chef daran, irgendetwas zu kontrollieren. Das wäre Kolonialismus. Dafür hätte ich mich nicht zur Verfügung gestellt, weil ich Syrien und die arabische Kultur achte und liebe. Ich will meine Kenntnisse über Land und Sprache vertiefen, einen schönen Urlaub machen und natürlich dabei gut verdienen.«

»Ach ja, wegen der Zuschüsse für Auslandseinsätze!«, warf Barudi ein.

»Ja. Genau. Mein Einkommen verdoppelt sich von vier- auf achttausend Euro«, sagte Mancini und bestellte beim Kellner noch einen Kaffee. Barudi folgte seinem Bespiel.

»Also gut, dann wäre ja alles geklärt. Nun noch etwas anderes«, sagte Barudi, und Mancini richtete sich auf. »Wir haben für dich die Rolle eines Journalisten vorgesehen. Du bist Korrespondent einer italienischen Zeitung und begleitest mich, um eine Reportage über mich oder was auch immer zu schreiben. So kannst du dich sicherer bewegen, als wenn du als westlicher Polizist auftrittst. Der Kolonialismus hat Spuren hinterlassen, und wir können fremde Militärs nicht ausstehen. Man hat uns immer betrogen und verraten. Hunderttausende Araber haben ihr Leben auf dem Schlachtfeld gelassen, um sich von den Osmanen zu befreien. Sie ahnten damals nicht, dass ihr Land bereits zwischen den französischen und englischen Kolonialisten aufgeteilt wurde. Auch der erste Putsch in Syrien gegen eine demokratisch gewählte Regierung im Jahr 1949 wurde von der CIA und der amerikanischen Botschaft geplant, und, und, und … Die Liste ist lang, ich will dich nicht langweilen. Der einfache Mann kann nicht so ohne weiteres zwischen einem Kommissar und einem Offizier der italienischen Armee unterscheiden. Und das könnte dir gefährlich werden.

Ausnahmen machen die vatikanische und die italienische Botschaft. Die Mitarbeiter sind eingeweiht und wissen, dass du hier bist. Vom vatikanischen Botschafter könntest du sogar Informationen bekommen, die er mir verweigert. An allen anderen Orten ist es besser, dass du als Journalist auftrittst. Uns geht es vor allem darum, dass du sicher bist. Morgen kannst du im Amt den Presseausweis ganz nach deinem Wunsch ausfüllen lassen. Wir haben die besten Fälscher in Syrien. Wenn du möchtest, kannst du einen anderen Namen eintragen lassen, um jede Spur deiner Identität zu verwischen.«

»Das ist gut, das ist wirklich gut durchdacht«, sagte Mancini bewundernd. Dann lächelte er. »Ich spiele also die Rolle eines Journalisten. Endlich kann ich meine Lieblingsnamen annehmen. Mastroianni. Seit meiner Kindheit liebe ich Marcello Mastroianni, und als Vornamen nehme ich Roberto. Ich finde Roberto Benigni großartig. Außerdem heißt einer der tapfersten Kämpfer gegen die Mafia so. Roberto Saviano.«

»Ich habe die arabische Ausgabe seines Buches *Gomorrha* gelesen«, sagte Barudi. »In zwei Nächten war ich durch. Furchtbar, seitdem geht mir das Bild nicht aus dem Kopf, wie im italienischen Hafen ein Container aufbricht und chinesische Leichen herausfallen.«

»Aber jetzt zittert nicht die Mafia, sondern der mutige Saviano um sein Leben«, sagte Mancini bitter. »Nicht dem Verbrecher wird misstraut, sondern demjenigen, der gegen ihn kämpft. So wie du hier vom Staat beäugt, behindert und ausgebremst wurdest, so wird Saviano argwöhnisch beobachtet, weil er die Täter beim Namen nennt und damit vielen ein schlechtes Gewissen macht, die – aus ihrer Position heraus – selbst so hätten handeln können.«

»Wie dem auch sei, du bist für mich ab jetzt Roberto«, sagte Barudi.

»Und du? Wie heißt du mit Vornamen?«, fragte Mancini.

»Zakaria.«

»Nein, Barudi ist schöner, dann rufe ich dich nach wie vor Barudi«, erklärte Mancini.

»Ist mir sehr recht«, erwiderte Barudi und gab dem Kellner ein Zeichen, dass er zahlen wollte.

»Und morgen, was wollen wir morgen tun, nach dem Empfang bei deinem Chef?«

»Ich glaube, am besten nimmst du den vatikanischen Botschafter in die Mangel. Er weiß viel, aber er hat mir gegenüber so gut wie nichts gesagt.«

Einen Augenblick lang schwebte Stille über den beiden Kommissaren, als plötzlich die Tür aufgerissen wurde und vier Männer das Restaurant betraten, die Anwesenden misstrauisch beäugten, um dann an der Bar Platz zu nehmen. Einer von ihnen zückte sein Smartphone und telefonierte.

»Bestimmt kommt gleich ein hohes Tier«, sagte Barudi leise. Mancini schaute zur Tür. Tatsächlich traten in diesem Moment drei Personen ein. Zwei massige Leibwächter begleiteten einen kleinen blassen Mann zu einem Tisch ein wenig abseits. Mehrere Kellner beeilten sich, ihre Dienste anzubieten.

»Das ist Malfuf«, sagte Barudi, und da Mancini nicht wusste, wer das war, fügte Barudi hinzu, was jeder Syrer wusste: »Ein Cousin des Präsidenten. Sein Bruder ist der Chef des Geheimdienstes. Dieser hier ist der Milliardär.«

Barudi zahlte und stieg mit seinem Gast in ein Taxi. Einen Moment lang dachte er, den Kommissar noch auf ein Glas Rotwein zu bitten, aber dann erinnerte er sich daran, dass es in seiner Wohnung wie auf einer Müllhalde aussah. Er nahm sich vor, endlich mal wieder zu putzen, damit er seinen Kollegen einladen könnte.

13.

Die Überraschung

Kommissar Barudis Tagebuch

Ich habe lange nicht mehr geschrieben. Es ist viel passiert, und ich schlafe schlecht. Wirre Träume haben mich aufgeweckt, und die ohnehin lauten Nachbarn nebenan feiern schon wieder. Die Wände sind so dünn, dass ich sogar ihre dummen Gespräche mithören muss. Sie sprechen nicht, sie schreien. Sobald ich in Pension bin, ziehe ich hier aus. Ich möchte zurück in das schöne christliche Viertel Bab Tuma.

*

Vielleicht bin ich auch unruhig, weil ich mich wieder einmal übernommen habe. So einen komplizierten Fall wie den Mord an dem Kardinal kurz vor der Rente anzunehmen grenzt an Leichtsinn. Aber es beschämt mich zutiefst, dass man einen Gast ermordet hat. Ich muss die Mörder fassen, koste es, was es wolle.

*

Ich mache mir Sorgen um den italienischen Kommissar, der an der Aufklärung des Mordes teilnehmen soll. Was, wenn ihm etwas zustößt?
Schukri ist der Einzige, der mich versteht. »Du Armer«, sagte er und klopfte mir auf die Schulter. Ich bin wirklich froh um Schukri.

*

Heute habe ich Schukri zum Gewürzmarkt nahe der Omaijaden-Moschee begleitet. Der Tag war kalt, aber sonnig, und die Leute auf der Straße hatten viel bessere Laune als in den vergangenen Tagen. Das war eine kleine Entspannung für mich. Schukri hat eine Menge Koriander, Kardamom, Pfeffer und Muskatnuss gekauft. Er scherzte mit dem Händler. Mir fiel auf, dass der junge Mann ein hellblaues und ein schwarzes Auge hat. Seltsam sah er aus.

Als ich Schukri darauf ansprach, grinste er. »Der Mann kommt aus dem Dorf Ain Lilsama, dort sind alle so.«

Allein der Ortsname, Ein Auge für den Himmel, schien mir kurios, aber die Behauptung, alle Einwohner besäßen Augen mit unterschiedlichen Farben, hielt ich für einen Scherz. »Nein, das ist kein Scherz«, sagte Schukri. Und dann begann er von seinem Vater zu erzählen. Er sei in den letzten Jahren seines Lebens ein sehr wohlhabender und berühmter Arzt gewesen. Aber als junger Mediziner wollte er in den zwanziger Jahren nicht, wie der Großvater es wünschte, eine Praxis im reichen Viertel von Damaskus eröffnen, sondern kaufte von seinen Ersparnissen Medikamente, Verbandszeug, Desinfektionsmittel, Vitamine und chirurgische Instrumente und reiste mit einem kleinen Wagen Richtung Süden.

Fünf Jahre fuhr er durch die ärmsten Gebiete Syriens. Wo er überall gewesen war, wusste Schukri nicht genau, aber was der Vater in den späteren Jahren seines Lebens erzählte, grenzte an Märchen. Er berichtete von der bitteren Armut im Süden. Der osmanische Sultan war nur daran interessiert, die Menschen auszubeuten, als wären sie seine Sklaven. Im Ersten Weltkrieg wüteten seine Soldaten als barbarische Räuber, die alles aus Mensch und Tier herauspressten und den Boden auslaugten. 1918 war der Erste Weltkrieg zu Ende, aber nicht das Elend. Für den sensiblen Mediziner war es traurig mit anzusehen, wie sich diese Menschen, Nachfahren der griechischen, römischen und arabischen Zivilisationen, nach mehreren Jahrhunderten osmanischer Herrschaft zu armseligen, vor sich hin vegetierenden Menschen degradiert hatten, die durch Aberglauben noch tiefer in die Dunkelheit gerieten. Dennoch konnte der junge Arzt Erfahrungen mit einigen uralten Heilmitteln sammeln, die die Bauern kannten und die besser als alle neueren Medikamente wirkten.

Eines Tages stieß Schukris Vater auf ein Dorf, das einsam in einer malerischen und fruchtbaren Hügellandschaft lag. Der Ortsname erschien ihm geheimnisvoll. Ain Lilsama.

Als er den Dorfplatz erreichte, versammelten sich die Neugierigen um sein Auto. Es waren Menschen aller Altersstufen, Frauen und Männer. Erstaunlicherweise sahen sie sich alle, ob jung oder alt, erschreckend ähnlich. Und alle hatten ein schwarzes und ein blaues Auge.

Schukris Vater wurde zum Dorfältesten eingeladen und bewohnte dort ein schönes Zimmer, das bald zu seiner Arztpraxis wurde. Die Menschen waren freundlich und sanft. Er behandelte ihre Krankheiten gewissenhaft, lehnte Geld und Geschenke ab und wurde von der Familie des Dorfältesten wie ein Prinz behandelt.

Einmal im Monat besuchte er seine Eltern in Damaskus, die ihn als Idealisten belächelten, aber großzügig mit Geld unterstützten, so dass er sich dort wieder mit allem, was ein Mediziner brauchte, eindecken konnte.

Als er sich bei einem Tee nach dem frappierenden Phänomen der zwei verschiedenfarbigen Augen erkundigte, erzählte ihm der Dorfälteste eine unglaubliche Geschichte.

Vor etwa vierzig Jahren sei ein Zauberer gekommen, der die Welt und deren Bewohner von innen und außen kannte. Er kam im Sommer und schlug sein Zelt in einer kleinen römischen Ruine auf, die den großen Hügel am südlichen Dorfausgang krönte.

Durch bloßes Handauflegen konnte er Kranke heilen. Bald kursierte das Gerücht, der Fremde sei kein Heiler, sondern ein Heiliger, der direkt mit dem Himmel in Kontakt stehe, mit seinem blauen Auge sehe er bis zum siebten Himmel hinauf und mit seinem schwarzen Auge bis ins tiefste Verlies der Hölle.

Bald scharten sich die Menschen um ihn. Aber er lehnte alle Einladungen ab. Die Engel hätten ihm befohlen, hier in den Ruinen zu wohnen. Sie seien die Boten, die ihm von Himmel und Hölle berichteten. Es vergingen keine drei Monate, und Hunderte von Männern und Frauen hatten aus den Ruinen wieder ein prächtiges Haus aufgebaut, damit der Heilige im Winter nicht unter der Kälte leiden musste.

Eines Nachts beobachteten die Bauern in ihren dunklen Häusern eine leuchtende Gestalt auf dem flachen Hausdach des Heiligen. Sie glühte weiß wie das Licht der Sonne. Die Gestalt tänzelte ein paar Minuten lang, dann wurde sie von der Dunkelheit verschlungen.

»Das ist ein Engel mit einer himmlischen Botschaft. Durch mich soll eine Frau schwanger werden und euch den Erlöser bringen. Ich werde sein Vater und sein Sklave sein. Auch wenn ich eure Krankheiten heile, so wird doch er es sein, der euch im zwanzigsten Jahr nach seiner Geburt reich und glücklich macht.«

Zuerst kamen die Frauen heimlich. Jede wollte die Mutter dieses Erlösers werden. Dann brachten Männer ihre Frauen, Töchter und Tanten. Sie waren stolz darauf, mit dem Heiligen zu schlafen.

Als sich eines Nachts ein Neugieriger dem Haus des Heiligen näherte, schlug ihn in der Dunkelheit am Gartenzaun eine unsichtbare Kraft zurück. Er erschrak fast zu Tode. Es fühlte sich teuflisch an, wie ein Schlangenbiss. Als würden Tausende von Nägeln in seine Adern stechen.

Von da an wagte niemand mehr, das Haus des Heiligen auszuspionieren. Immer wieder aber tanzten leuchtende Engel auf seinem Flachdach.

Binnen zwei Jahren wurden an die vierhundert Frauen schwanger und gebaren Kinder, die dem Heiligen ähnelten. Er selbst erlag einem Schlaganfall. Die vierhundert Kinder hatten alle seine Augen, viele ihrer späteren Kinder und Enkelkinder auch.

Sein Grab glich einem kleinen Tempel.

In einer Kammer seines Hauses fand man mehrere schwere, schwarze Boxen, eine Menge Draht und zur Überraschung aller einen Mantel mit angenähten kleinen Lämpchen.

Ein Lastwagenfahrer, der durch Zufall ein paar Monate später vorbeikam, erklärte den Versammelten, das seien Batterien, die Licht erzeugen können, und er ließ vor den ungläubig starrenden Menschen den Mantel hell aufleuchten.

Das Geheimnis vom grausamen Schlangenbiss am Gartenzaun fand auch eine Erklärung. Ein dünner, nackter Draht, an die Batterie angeschlossen, verpasste jedem einen Stromschlag, der den Draht berührte. Auch das konnten die Leute erst glauben, als man ihnen zeigte, wie es funktionierte.

Der Lastwagenfahrer riet ihnen, das große Gatter der Schafweide mit diesem Elektrozaun zu schützen. Er selbst würde immer wieder vorbeischauen und ihnen die Batterien aufladen. So zog die Elektrizität ins Dorf ein. Und die Wölfe blieben weg.

*

Vergangene Nacht hörte ich den verärgerten Nachbarn laut über seine Schwiegermutter fluchen. Er wünschte ihr alle möglichen Krankheiten an den Hals, und als ob das nicht reichte, bestellte er ihr einen grausamen Tod, und als ob auch das noch nicht genug wäre, wünschte er ihr im Jenseits ein ewiges Braten in den Feuern der Teufel.

Ich musste lachen. Doch plötzlich kam mir der Gedanke, dass jeder Fluch auf dem Aberglauben beruht, Worte hätten eine direkte Wirkung. Wenn wir einem verhassten Menschen nur den Tod wünschen, dann wird dieser auch schnell und möglichst qualvoll sterben. Unser Vorbild bei diesem Aberglauben ist kein Geringerer als Gott, der sowohl in der Bibel wie auch im Koran ganze Volksgruppen mit seinem Donnerwort verflucht hat.

*

Bin heute durch die Marktgassen gegangen, dort, wo keine Touristen hinkommen. Irgendetwas ist in uns kaputtgegangen. Wie traurig mich der Anblick der Menschen und Städte macht! Lustlosigkeit ist das Wort, das mir in den Sinn kommt, wenn ich sie sehe. Die Leute schleppen sich durch die Straßen, lümmeln sich auf wackligen Stühlen vor ihren Läden im Dreck, vernachlässigen sich selbst, ihre Häuser und Straßen. Man merkt ihnen an, dass sie sowohl ihren Körper als auch ihre Städte verachten. Es fehlt ihnen nicht an Wasser, Seife, Kamm und Rasierzeug, auch nicht an Waschmittel und schon gar nicht an Besen oder an ein paar Eimern Farbe für die Fassaden. Es fehlt die Lebenslust. Wenn dies etwas zeigt, so ist es unsere andauernde Niederlage. Und unsere Körper, unsere Städte sind der Spiegel dafür.

*

Mit der vollkommenen Verschleierung der Frauen, die keine Religion vorschreibt, erreichen wir die tiefste Stufe dieser Niederlage. Wir lassen die Frauen verschwinden. So sind auf unseren hässlichen Straßen nur noch hässliche Männer und gesichtslose Frauen zu sehen.

*

Heute las ich in der Zeitung einen Bericht über mehrere Personen, die durch einen Betrüger ruiniert wurden. Er verkaufte ihnen Gold oder Juwelen – angeblich aus Afrika – für ein Vermögen, und die armen Trottel dachten, sie würden ihr Geld verzehnfachen. Von der Zehn aber blieb nur die Null übrig.

Alle wollen möglichst schnell reich werden, wie die Machthaber, die erst gestern bettelarm aus ihren Dörfern kamen und heute mit dreißig Jahren, nach russischem Vorbild, Milliardäre sind. Wer soll da noch acht Stunden als Bäcker für einen niedrigen Lohn arbeiten, der nicht einmal für die Miete reicht? Bäcker braucht man gar nicht mehr. Wir kriegen das ungenießbare Brot in Plastiktüten aus der Fabrik. Die Korruption ist weit gediehen. In jeder Familie gibt es ein Beispiel, das den Nachwuchs verdirbt.

*

Stumpfen wir ab angesichts der Bilder des Elends, die man uns permanent vorsetzt? Früher habe ich beim Anblick der hungernden Kinder in Afrika geweint. Diese große Augen, die verzweifelt um Hilfe bitten.

Heute schüttle ich nur den Kopf und blättere weiter oder schalte auf einen anderen Sender.

*

Aber nun ist der Italiener gekommen. Er heißt Marco Mancini. Ich habe Glück!!! Commissario Mancini ist sympathisch und witzig und kann tatsächlich sehr gut Arabisch. Er spricht den Damaszener Dialekt ohne Akzent, als wäre er Damaszener. SAGENHAFT!

Wir haben uns auf Anhieb verstanden. Spontan habe ich im Restaurant beschlossen, alles offenzulegen und mit ihm zu besprechen. Es war, als würden wir uns seit einer Ewigkeit kennen. Wir waren uns sofort einig. Ich bin gespannt, wie die weitere Zusammenarbeit wird und ob sie für die Ermittlung hilfreich ist.

*

Als Kommissar Mamluki, nicht gerade die hellste Birne in unserem Amt, in der Morgenbesprechung Schukri kritisierte, er sei ein Zyniker, antwortete dieser gelassen: »Ja, du hast recht. Ich bin ekelhaft zynisch. Aber ich bin nur ein Spiegel, die Welt ist der größte Zyniker, und du bist Teil dieser Welt.«

Ich bewundere den Kerl. Mamluki ist ein mieser Petzer. Ich meide ihn, und Gott sei Dank habe ich selten mit ihm zu tun.

*

Gestern ging ich im alten christlichen Viertel ein wenig spazieren, nostalgisch schaute ich an dem Haus empor, in dem ich als junger Kommissar ein Zimmer gemietet hatte. Ich kam an einer Kirche vorbei, in der ein Gottesdienst (ein merkwürdiges Wort, als ob Gott in unserem grässlichen Gesang, der bei jedem Raben Mitleid erregt, einen guten Dienst sähe) gefeiert wurde. Jedenfalls sehnte ich mich nach dem Geruch von Kerzenwachs und Weihrauch. Mein Genuss hielt fünf Minuten an, dann kam die Predigt. Der Pfarrer hetzte gegen die »voreheliche Liebe«, nannte sie eine Todsünde. Er hörte gar nicht mehr auf zu geifern und zu drohen und zählte die ewigen Qualen der Hölle auf, die auf die Sünder warteten.

Fluchtartig verließ ich die Kirche. Draußen atmete ich tief durch. Was ist das für ein Gott, der uns armseligen Geschöpfen für ein paar Sünden in einem begrenzten Leben eine ewige Strafe aufbrummt! Das hört sich an, als wäre Gott wie unsere arabischen Diktatoren: ungnädig und unmenschlich. Nein, das ist nicht Gott. Das sind seine irdischen Angestellten.

*

Basmas Tod hat mir meine Hoffnungen genommen. Alles andere wurde klein, auch mein Leben. Wahrscheinlich bin ich auch deshalb in den Augen vieler »mutiger« geworden, mein Chef lobt oft meine Waghalsigkeit. Er findet es vorbildlich, dass ich mein Leben für den Beruf riskiere. Ich riskiere gar nichts. Ich suche den Tod, aber dieser Feigling verkriecht sich vor mir.

*

Heute hat Ali gesagt: »Wer gegen das Unrecht kämpft, wird sich nie langweilen.« Er hat recht. Ich fühle Enttäuschung, Freude, Befriedigung, Genugtuung, Müdigkeit, Niedergeschlagenheit und vieles andere mehr, aber Langeweile kenne ich nicht.

*

Schukri hat mir folgende Geschichte erzählt, ich weiß nicht, ob sie stimmt. Sein Cousin arbeitet als Fahrer eines Rettungswagens und erlebt Tragödien und Komödien am laufenden Band.

Zur Lachnummer wurde das Liebesspiel eines Apothekers. Der Fünfzigjährige hatte heimlich zu viele Pornos gesehen. Irgendwo hatte er gelesen, es fördere die Sexualität sehr, wenn man sie abenteuerlich gestaltet. Nun wollte er nicht mehr wie ein Normalsterblicher mit seiner Frau ins Bett gehen. Als Wüstenritter verkleidet wollte er von einem kleinen Schrank auf seine ans Bett gefesselte Frau springen, um sie aus den Fängen eines fiktiven bösen Ölscheichs zu retten. Doch der liebestolle Apotheker verfehlte das Bett, brach sich beim Aufprall auf die eiserne Metallkante das Bein, fiel zu Boden und wurde ohnmächtig. Die gefesselte nackte Frau konnte nichts sehen, da ihr Mann ihr die Augen verbunden hatte, sie hörte nur einen dumpfen Schlag und seinen Schrei. Sie konnte nichts anderes tun, als so lange um Hilfe zu schreien, bis die Nachbarn kamen.

Ich habe so gelacht, dass der »Sindbad«-Imbissbesitzer, mit dem wir befreundet sind, mich leise fragte, ob er einen Arzt rufen solle. »Nicht für mich, nicht für mich, sondern für den Apotheker«, sagte ich, und Schukri und ich lachten so laut, dass die Gäste im Imbiss mitlachen mussten.

Der Imbissbesitzer rief den anderen Gästen zu: »Die Bullen haben heute eine Haschischzigarette zu viel geraucht.«

*

14.

Marco Mancinis Wut

Der Empfang war überwältigend. Alle Beamten schienen auf ihn gewartet zu haben. Mancini war beeindruckt. Barudi scherzte, nicht einmal für einen arabischen König würden die Kollegen so pünktlich und vor allem freiwillig erscheinen. Die Syrer mochten die Italiener einfach. Es war nichts Sentimentales dabei, sondern hatte mit dem guten Gedächtnis der Araber zu tun. Syrien hatte immer besonders gute Beziehungen zu Venedig gehabt, und Italien hatte Syrien nie besetzt. Die Kreuzzüge kreideten die Syrer dem Vatikan an, nicht aber den Italienern.

Major Atif Suleiman hielt eine kurze Rede, in der er die gute Zusammenarbeit mit Italien hervorhob, und lobte den »Selfmademan« Berlusconi. Er hieß den tüchtigen Commissario Mancini willkommen. »Signore Mancini, wir haben Ihnen Kommissar Barudi an die Seite gestellt. Er ist nicht nur einer der erfahrensten Kommissare, sondern auch ein großer Italien-Fan. Dreimal in der Woche lässt er sich eine Pizza bringen«, fügte er hinzu und alle lachten, am lautesten Barudi selbst, weil er und seine Kollegen tatsächlich nicht selten vom nahe gelegenen »Sindbad«-Imbiss Falafel, Hummus oder eben Pizza bestellten, wenn die Arbeit zu lange dauerte. Atif Suleiman warnte seine Untergebenen scherzhaft vor dem Gast, der dem Vernehmen nach vor Jahren in Damaskus Arabisch gelernt und in Bab Tuma gewohnt hatte, wo man Schimpfwörter ohne Ende hören konnte. Sie sollten vorsichtig sein, wenn er in der Nähe sei. Mancini lachte, und beinahe wäre ihm ein deftiges Schimpfwort gegen diesen Schleimer und gegen Berlusconi herausgerutscht, aber er schluckte es hinunter und fuhr sich mit der Zunge über die Lippen.

Es gab Kaffee und Erfrischungsgetränke und dazu kleine Häppchen. Mancini war gerührt von so viel Herzlichkeit. Dann wollten die Kollegen hören, welche Schimpfwörter er tatsächlich kannte, was Mancini wiederum zu der Erkenntnis brachte, dass er bei den komplizierten Flüchen noch einiges zu lernen hatte. Barudi verhielt sich vorbildlich. Mancini merkte, dass er die Seele des Hauses war. Gleichzeitig erfuhr er, dass Barudi längst die Leitung des Amtes innehätte, wenn ihm nicht der Parteiausweis fehlte und … die verwandtschaftliche Nähe zum Präsidenten.

Mancini gewann den Eindruck, dass besonders zwei Menschen in diesem Amt Barudi nahestanden, Frau Malik und der Chef der Spurensicherung, Schukri. Und obwohl Frau Malik nur die Chefsekretärin war, hatte Mancini das Gefühl, alle Mitarbeiter achteten sie wie ihre Mutter. Schukri war witzig, neigte zum Sarkasmus, und als er erfuhr, dass Mancini gern kochte, schlug er vor, einen arabisch-italienischen Kochabend bei sich zu Hause zu veranstalten, zu dem er auch Barudi einladen wollte. Mancini müsse allerdings an der Türschwelle zu seiner Wohnung schwören, dass beim Essen weder über Zahnoperationen noch über Leichen gesprochen würde. Mancini lachte, das mit den Zähnen könne er sofort akzeptieren, aber ohne Leichen komme bei ihm kein Abend und kein Essen aus.

Zwei weitere Beamte fielen Mancini auf. Sie schwirrten um Barudi herum und erledigten, was er ihnen auftrug. Auf Mancini wirkten sie wie Laufburschen. Das waren Barudis Assistenten. Zum einen der Unteroffizier Ali, ein Mann in den Fünfzigern, klein, dürr, mit grauen Haaren und Boxergesicht. Er wirkte auf Mancini eher einfältig. Und zum anderen der junge Kommissar Nabil, ein charmanter großer Mann, Mitte zwanzig, der fließend Englisch sprach. Die beiden schienen sich nicht sonderlich gut zu verstehen. In ihrem Zimmer saßen sie mit dem Rücken zueinander. Als sie nach der Feier, auf der Fahrt zur vatikanischen Botschaft darüber sprachen, meinte Barudi, Mancini sei ein guter Beobachter. »Mit Ausnahme von Ali stimmt alles, was du gesagt hast. Ali ist ein kluger, hartnäckiger und zuverlässiger Rechercheur. Wenn er sich in eine Sache vertieft, holt er immer das Wichtigste heraus. Sein einfältig wirkendes Gesicht ist seine beste Maske. Leider hat er auch eine große Schwäche: Er ist sehr impulsiv und neigt zu Gewalt. Deshalb wurde er schon mehrmals bestraft. Er ist die härteste Bremse für seine eigene Karriere. Vor einem Jahr wäre er fast entlassen worden. Ich habe den Chef gebeten, sich für ihn einzusetzen. Letztendlich hat er nachgegeben, um mir einen Gefallen zu tun. Es war nicht einfach.«

»Was ist damals passiert?«

»Ali war im Einsatz mit Blaulicht und Martinshorn. Da bildete sich ein verzogener junger Mann ein, ihm den Weg versperren zu müssen. Immer wieder versuchte Ali auszuweichen, aber der andere fuhr ja einen teuren Sportwagen, wie all diese Schnösel der Schickeria. Er ließ ihn einfach nicht vorbei. An einer roten Ampel war es dann so weit. Ali stieg aus, zerrte den Mann aus seiner edlen Karosse und prügelte ihn auf der Straße windelweich. Leider aber war er der Sohn des Universitätspräsidenten.«

Mancini lachte. »Ein guter Mann, dieser Ali, ich könnte ihn in Rom gebrauchen«, sagte er.

Als sie die Botschaft erreichten, verabschiedete sich Barudi.

»Wie? Willst du nicht mit hineinkommen?«, fragte Mancini etwas überrascht.

»Nein, ihr sollt euch die Freiheit nehmen, auf Italienisch offen miteinander zu reden. Mich interessiert, was genau der Botschafter weiß. Was wollte der Kardinal in Syrien? Was für eine Mission hatte er? Ich ahne, dass der Botschafter darüber eine ganze Menge zu sagen hätte. Aber wie ich dir schon erzählt habe, weigert er sich, mit mir zu reden. Er hat sich hinter seiner diplomatischen Zurückhaltung verschanzt ... Es kommt viel Arbeit auf dich zu, mein Lieber.« Mit diesen Worten streckte Barudi seinem Kollegen die Hand entgegen.

»Feigling, wenn es langweilig wird, lässt du mich im Stich, was?«, sagte Mancini lachend und erwiderte den Händedruck.

Mancini stieg aus und schlug die Wagentür zu. Da ließ Barudi das Beifahrerfenster herunter. »Ruf mich auf dem Handy an, sobald du fertig bist. Ich bin hier in der Nähe. Ali und Nabil untersuchen eine Routineangelegenheit. Ein junger Mann hat beim Herumhantieren mit Leitungen einen tödlichen Stromschlag erlitten. Einen Monat zuvor erst hatte er eine dicke Lebensversicherung abgeschlossen.«

»Der Fall ist klar. Das war die Schwiegermutter. Sie wollte ihre Tochter absichern«, gab Mancini zurück und ging davon. Barudi lachte, er spürte, wenn er in sich hineinhorchte, langsam so etwas wie Glück aufsteigen. Der Italiener gab seinem Leben eine gute Würze.

Mancini hatte schon eine Wut im Bauch, als er vor dem Gebäude der vatikanischen Botschaft stand. Dass man sich Barudi gegenüber so verschlossen zeigte, war nur ein Grund. Der zweite Grund war, dass er sich an die unverschämte Kälte des ersten Botschaftssekretärs am Telefon erinnerte. Der hatte ihm, Mancini, zunächst keinen Termin geben wollen. Mancini blieb höflich, aber der Sekretär setzte noch einen drauf. Mancini solle am nächsten Tag noch einmal anrufen, vielleicht ließe sich in ein paar Tagen eine Möglichkeit finden. Der Terminkalender Seiner Exzellenz sei übervoll.

Da wurde Mancinis Kragen sehr eng: »Hören Sie gut zu, was ich Ihnen jetzt sage. Ich bin in einer Stunde bei Seiner Exzellenz und wehe Ihnen, Sie verhindern das Treffen. Dieses Verhalten werde ich in Rom melden. Ich bin hier nicht zum Vergnügen, sondern im Auftrag sowohl des Innen- als auch des Außenministeriums. Haben Sie verstanden?« Ohne die Antwort abzuwarten, fügte er eine zweite Frage hinzu, die den Ersten Botschaftssekretär auf die Größe einer Erbse schrumpfen ließ: »Haben Sie von der italienischen Botschaft erfahren, dass ich komme oder nicht? Wenn nicht, rufe ich den Botschafter an, denn dann hat er mich belogen, wenn doch, heißt das, Sie wollen einen Mord vertuschen?«

»Um Gottes willen, ich doch nicht, aber …«

»Kein Aber, ich habe es eilig, und jeder verlorene Tag macht die Aufklärung des Falls schwieriger. Wir wollen den Mörder fassen, wenn Sie erlauben. Arrivederci, Signore«, und damit legte er auf.

Barudi hatte neben ihm im Büro gestanden, außer »arrivederci« hatte er kein Wort verstanden, aber er war mehr als zufrieden, als Mancini ihm den Wortwechsel wiedergab. »Du wirst noch exkommuniziert«, scherzte er.

Eine junge Frau öffnete die Tür und grüßte höflich. »Buongiorno, Signore Commissario Mancini?«

»Ja, guten Tag.«

»Seine Exzellenz wartet bereits auf Sie«, sagte sie und ging auf das Zimmer des Botschafters zu. Sie klopfte an und öffnete die Tür. Der Botschafter schrieb gerade etwas. Strahlend richtete er sich auf. »Signore Mancini, wie war die Reise?«

Dreieinhalb Stunden später läutete Barudis Handy. Er ging sofort dran. »Wo bist du? Ich hätte beinahe eine Vermisstenanzeige aufgegeben … Wo?« Barudi bedeutete seinen Assistenten mit einer Geste, leise zu sein. Die beiden debattierten gerade heftig über den Fall. Augenblicklich verstummten sie. »Ich bin sofort bei dir. Warte neben dem Eingang zum ›Au Bon Café‹. Dort gibt es einen exzellenten Espresso, aber zehn davon, und du musst den Rest des Monats trockenes Brot essen.«

»Eine Weile hat sich das Gespräch im Kreis gedreht«, begann Mancini zu erzählen. Die beiden Männer saßen jetzt in Barudis Büro. Ein kleiner Digitalrekorder zeichnete Mancinis Bericht auf. Barudi saß ihm gegenüber. »Ich weiß nicht warum, aber zunächst hatte ich den Eindruck, der Botschafter wollte nicht reden. Ich kann es mir zwar nicht erklären, aber ich denke, er hatte Angst, dass der Fall die vatikanische Botschaft und ihre Arbeit in Mitleidenschaft zieht. Vielleicht glaubt er, die Sache ist umso schneller vorüber, je weniger er sagt. Ich habe ihm höflich erklärt, dass seine Zurückhaltung die Sache nur verlängern würde. Dann ging ich zum Angriff über und fragte, ob er wisse, dass der ermordete Kardinal Angelo Cornaro ein Kritiker des Papstes gewesen sei und dass diese tödliche Mission auch einen Schatten auf Seine Heiligkeit werfe? Der Botschafter versuchte, meine Behauptung zu relativieren. Kardinal Cornaro sei kein Kritiker des Papstes. Cornaro habe dem Papst in vielen Debatten beigestanden, er habe lediglich einige Mitarbeiter des Papstes scharf kritisiert, weil sie dem Papst schadeten, indem sie ihn über den Islam falsch informierten.

Ob er sich denn mit Kardinal Cornaro bei dessen Aufenthalt hier gut verstanden habe, fragte ich weiter. Der Botschafter kannte, meinen Recherchen zufolge, den Kardinal seit vielen Jahren, und damit bestimmt auch einen Teil seiner privaten Gedanken. Er fühle sich wie ein Schüler dieses großartigen Mannes, antwortete der Botschafter, er habe ihn geradezu liebgewonnen und sei stolz, dass der Kardinal sich von ihm mit den Worten ›Gottes Segen für dich, meinen Freund‹ verabschiedet habe.«

Mancini räusperte sich, bevor er fortfuhr: »Ich flehte ihn an: ›Dann legen Sie endlich Ihre Zurückhaltung ab und helfen Sie mir als Freund dieses edlen Mannes seinen gemeinen Mörder zu fassen.‹

Ich betonte, dass Kardinal Cornaro, wie er und ich, Italiener war, und ich wies ihn darauf hin, dass der Vatikan des Öfteren Verbrechen und Skandale nicht aufgedeckt, sondern vertuscht habe. Ich erinnerte an den Direktor der Vatikanbank in den achtziger Jahren, der wegen Geldwäsche und anderer Mafia-Geschäfte per Haftbefehl von der italienischen Polizei gesucht wurde, und an den dreifachen Mord in der Wohnung des Kommandanten der Schweizergarde. Bis heute ist dieser furchtbare Mord nicht aufgeklärt.

Der Botschafter schwieg eine Weile und schien mit sich zu kämpfen. ›Also gut‹, sagte er schließlich, er sei bereit, bei der Aufklärung mitzuhelfen. Er habe mit dir nicht offen reden können, weil er den syrischen Behörden nicht vertraue. Das schien mir eine sehr laue Erklärung. Ich machte mehr Druck: Sein Beschluss, offen mit mir zu reden, sei eine gute Entscheidung, sonst werde sicher irgendein Journalist in Rom schreiben, die vatikanische Botschaft habe den Mord vertuscht.

Erst jetzt begann er auszupacken. Ich kam trotz meiner Ausbildung als Stenograf kaum hinterher. Meine Erfahrung riet mir, sicherheitshalber alles mit dem Smartphone aufzunehmen. Ich wollte nicht riskieren, etwas falsch zu verstehen. Es soll ja später nicht heißen, Seine Exzellenz habe das eine oder andere nicht gesagt. Eine wichtige Stelle muss ich mir tatsächlich noch einmal in aller Ruhe anhören, vielleicht ist mir da etwas entgangen.«

»Was für eine Stelle?«

»Die Stelle, an der der Botschafter über die Enttäuschung des Kardinals sprach. Es war fast eine Stunde vergangen, bis er mir das geheime Ziel der Mission verraten hat.«

»Was? Wirklich?«, fragte Barudi.

»Ja, aber lass mich erst weiter berichten, was der Botschafter erzählte. Ich komme später darauf zurück«, bat Mancini mit einem Blick auf seine Aufzeichnungen. »Der Kardinal blieb also Gast der Botschaft und bewohnte, um so wenig Aufsehen wie möglich zu erregen, eine kleine Einliegerwohnung im ersten Stock. Er blieb dort bis zu seiner Abreise am fünften November. Dann reiste er in den Norden. In einen Ort namens Deirkas oder Derkas, vierzig Kilometer südwestlich von Aleppo. Die Bewohner sind zur Hälfte katholische Christen und zu einem Viertel Sunniten. Drusen und Schiiten teilen sich das letzte Viertel.

Wie du weißt, ist die Leiche am fünfzehnten November in einem Olivenölfass nicht an die vatikanische, sondern an die italienische Botschaft geliefert worden. Aber es gibt noch einen weiteren interessanten Hinweis. Der Kardinal telefonierte täglich mit dem Botschafter, der letzte Anruf erfolgte am zehnten November. Danach rief er nicht mehr an, und sein Handy reagierte nicht mehr. Auch von dem Jesuiten, der ihn begleitet hat, fehlt jede Spur.«

»Wie? Es gibt auch noch einen Jesuiten, der verschwunden ist? Warum wissen wir das nicht?«

»Ich weiß nicht warum, aber der Kardinal verließ die Botschaft in Begleitung eines Jesuiten, dazu später mehr. Der Kardinal konnte kein Arabisch. Er sprach fünf Sprachen, aber kein Wort Arabisch, also brauchte er einen zuverlässigen Dolmetscher. Wenn ich den Botschafter richtig verstanden habe, hat er sich deswegen mit dem Jesuitenzentrum in Damaskus in Verbindung gesetzt. Man war bereit, einen erfahrenen Mann als Begleiter zu schicken. Da der Kardinal für die schwierige Mission sechs bis acht Wochen angesetzt und absolute Diskretion verlangt hat, weiß im Jesuitenzentrum womöglich bis heute niemand vom Tod des Kardinals, sonst hätte man in der Botschaft nachgefragt. Der Begleiter, der sicher zu viel gesehen hatte und zu viel wusste, hat wahrscheinlich auch sterben müssen.«

»Warte einen Augenblick«, bat Barudi und rief per Telefon seinen Assistenten Ali. Mancini schaltete den Digitalrekorder aus und studierte seine Notizen. Bald erschien Ali in der Tür.

»Wir sind einen kleinen Schritt weitergekommen«, erklärte Barudi. »Ein Jesuit hat den Kardinal begleitet. Er ist verschwunden, womöglich ebenfalls ermordet. Geh bitte ins Jesuitenzentrum und hole Informationen über ihn ein. Aber sei nett und rücksichtvoll gegenüber dem Generalsekretär. Niemand weiß, was dem Mann zugestoßen ist. Sie erwarten ihn erst kurz vor Weihnachten zurück. Sag ihm, die Untersuchung läuft unter strengster Geheimhaltung. Wir sind dabei, die Sache aufzuklären, und wir werden ihn zu gegebener Zeit informieren.«

Ali nickte nachdenklich und ging leise davon.

»Willst du einen Kaffee?«, fragte Barudi, weil ihm auch danach war.

»Oh ja, mit viel Kardamom«, erwiderte Mancini.

Barudi tippte eine Nummer in sein Tischtelefon, »Eine große Kanne Mokka, bitte, mit viel, viel Kardamom!«

Er legte auf und grinste Mancini an. »Ich höre«, sagte er dann, und Mancini drückte wieder auf den Aufnahmeknopf des Rekorders.

»Nun, ein paar Sätze zu Kardinal Cornaro und danach über diese merkwürdige Freundschaft zwischen dem Kardinal und dem Botschafter. Diese Informationen offenbaren einiges über die starke Persönlichkeit des Kardinals und erklären auch, warum der Botschafter nicht gern über seinen Tod spricht.

Der ermordete Kardinal stammte aus der mächtigen venezianischen Familie Cornaro. Er wurde Priester und beschäftigte sich lange mit dem Mittelalter. Schließlich erhielt er die Bischofsweihe und wurde Bischof von Verona. Mario Saleri, geboren 1954, zehn Jahre jünger, empfing am fünften Juli 1980 durch Cornaro das Sakrament der Priesterweihe. Beide verstanden sich auf Anhieb, und der junge Priester war von der Gradlinigkeit des Bischofs fasziniert. Bald wurde er, vom Bischof empfohlen, nach Rom geschickt. Dort trafen sich die beiden Jahre später wieder in der Kirche Santa Maria della Vittoria im Norden der Altstadt. Mario Saleri war dort Priester, und Cornaro, inzwischen einflussreicher Kardinal, kam jeden Sonntag zum Gottesdienst. Ein Vorfahre des ermordeten Kardinals hat im linken Querschiff der Barockkirche eine Kapelle erbaut, die bis heute den Namen Cornaro trägt. Der berühmte Bildhauer Bernini schuf für diese Kapelle seine schönste Skulptur: *Die Verzückung der heiligen Theresa.* An den Seitenwänden sieht man Mitglieder der Familie Cornaro, die wie in Theaterlogen die Szene der heiligen Theresa betrachten.«

Mancini machte eine Pause, als ein junger Beamter den Mokka samt Tassen sowie zwei Gläser Wasser brachte. Barudi schenkte ein. Mancini nahm einen kräftigen Schluck. »Also, der Kardinal pflegte jeden Sonntag, wenn er in Rom weilte, eine Stunde lang kniend vor der Skulptur zu beten. Danach trank er seinen Kaffee und unterhielt sich eine Weile mit Saleri. Er erkannte die Begabung des jungen Priesters und empfahl ihm, Jura zu studieren, insbesondere Völkerrecht. Das tat Mario Saleri mit großem Enthusiasmus. Er studierte Jura und Geschichte und schloss sein Studium mit einer beeindruckenden Doktorarbeit ab. Er schrieb über China als zukünftige Supermacht, mit der auch der Vatikan rechnen sollte. Die alten Kardinäle lachten ihn aus und ließen sich sogar dazu hinreißen, ihn als Maoisten zu beschimpfen. Aber Johannes Paul II., der geniale Diplomat, erkannte die Klugheit des jungen Mario Saleri und ernannte ihn 1994 zum Ständigen Beobachter des Heiligen Stuhls im Büro der UNO in Wien. Dort war er auch mit Fragen der industriellen Entwicklung und der Atomenergie beschäftigt. Danach berief Papst Benedikt XVI. ihn, nach langen Jahren in mehreren afrikanischen Ländern, zum Botschafter in Damaskus.«

»Apostolischer Nuntius!«, korrigierte Barudi ihn amüsiert.

»Ach, lass mich mit diesen aufgeblasenen Formalitäten in Ruhe. Er ist für mich ein Botschafter des kleinsten Staates der Welt mit nicht einmal tausend Einwohnern. Das sind weniger, als in ein Hochhaus in New York passen. Aber hör zu. Ich wollte weiter von der besonderen Freundschaft zwischen Mario Saleri und Angelo Cornaro berichten. Das wird dir erklären, warum Mario Saleri nicht gern über den Kardinal redet. Mit mir zu Beginn auch nicht. Er fühlt sich nämlich mitschuldig an dessen Tod.«

»Wie denn das?«, staunte Barudi.

»Das hat er mir fast weinend erklärt. Saleri war seit seiner Priesterweihe ein Bewunderer und Schüler des klugen Cornaro und folgte dessen Ratschlägen. Cornaro seinerseits mochte Saleri, und so entstand eine Freundschaft beziehungsweise eine Brieffreundschaft. Die beiden sahen sich kaum, schrieben einander aber lange Briefe, fast wöchentlich. Mir zeigte der Botschafter einen von insgesamt zwölf Ordnern voller Briefe. Sie besprachen darin alles: Politik, Theologie, Kunst, Literatur, Gott, seine Propheten und den Teufel. Das Wichtigste an diesen Briefen war ihre Offenheit. Und dann kam Anfang Januar dieses Jahres jener Brief, in dem Cornaro seinem Freund Saleri vertraulich berichtete: Papst Benedikt befinde sich in der Klemme, weil seine konservativen Freunde, angeführt von einem deutschen Kardinal syrischer Herkunft, Theophil Buri, für mehrere Wundertäter aus Syrien eine Anerkennung vom Vatikan bekommen wollten, quasi ein Gütesiegel. Der Papst aber war auf der Hut vor Kardinal Buri, denn dieser hatte ihn mit einer Rede gegen Muhammad, die der Papst 2006 in Regensburg gehalten hatte, in Schwierigkeiten gebracht. Diese Rede hatte Kardinal Buri geschrieben. Darin hatte er seinen Hass gegen den Islam und dessen Propheten Muhammad zum Ausdruck gebracht. Papst Benedikt kennt sich sehr gut mit Jesus aus, aber von Muhammad versteht er nicht mehr als jeder europäische Abiturient. Er verließ sich auf Kardinal Buri und hatte das Nachsehen. Und nun sieht der Kreis um diesen Kardinal Buri in den Wundern in Syrien eine Möglichkeit, den katholischen Glauben im ganzen Orient zu festigen. Papst Benedikt konnte aus Angst vor der mächtigen Buri-Gruppe nicht ablehnen, wollte aber auch nicht zustimmen, ohne die Angelegenheit gründlich überprüft zu haben. Dazu kommt, dass der Vatikan seit Jahrtausenden nichts für Heilige aus Asien, Afrika oder Lateinamerika übrig hat. Heilige sind ein Monopol der Europäer.«

»Das alles hat der Botschafter gesagt?«, hakte Barudi ungläubig nach.

»Nein, der letzte Punkt ist meine Meinung. Das ist mir schon als Abiturient aufgefallen«, antwortete Mancini und lachte. »Nun aber zurück zu Papst Benedikt. Mit Bedacht hat er Cornaro für diese heikle Aufgabe ausgewählt. Er sollte unter einem Vorwand nach Syrien fahren und die Wahrhaftigkeit dieser Wunder vor Ort überprüfen. Cornaro aber wollte nicht. Seiner Meinung nach war die Mission zum Scheitern verurteilt. Egal, welches Urteil er über die Wundertäter fällen würde, es würde Streit geben.«

»Aber warum wählte Papst Benedikt ausgerechnet Kardinal Cornaro?«

»Sein starker Charakter, seine Sorgfalt, sein tiefer Glaube, sein Mut und sein Fleiß waren auch von seinen Gegnern anerkannt. Der Papst wusste, dass Cornaro Wundertäter verachtete und sinngemäß gesagt hatte, Jesus in seiner Erhabenheit brauche diese Scharlatane und ihre idiotischen Anhänger nicht. Und genau hier kam Saleri ins Spiel. Er schrieb seinem Freund, der Besuch in Syrien sei ein Geschenk des Himmels, so könne Cornaro ein paar Tage in Damaskus verweilen und ihm die Ehre geben. Gleichzeitig könne er diesen Scharlatanen, die in Syrien wie Pilze aus dem Boden schossen, den Garaus machen.

Auf den Einwand des Kardinals, seine Recherchen hätten ergeben, dass der wichtigste Wundertäter ein Muslim sei, ein Bergheiliger, der in Derkas lebe …«

»Dieser Bergheilige ist wirklich ganz anders«, warf Barudi ein. »Ich habe im Fernsehen eine Sendung über ihn und seine heilenden Hände gesehen.«

»Jedenfalls, die Gegend, in der dieser Heilige lebt, sei vollkommen sicher, beschwichtigte der Botschafter und sandte dem Kardinal Fotos von seinem Ausflug zu der kleinen historischen Kirche in Derkas, wo der muslimische Wunderheiler in einer Felshöhle hinter dem Altar lebt. Er selbst, Saleri, sei dermaßen fasziniert gewesen, dass er sich bemüht habe, die Höhle so schnell wie möglich wieder zu verlassen, um nicht selbst zum Anhänger des Heiligen zu werden. Auch wenn das Ganze ein Spektakel eines Scharlatans wäre, würde es sich doch lohnen, einmal im

Leben dort gewesen zu sein. All das schrieb er seinem Freund Cornaro. Und genau diese Beschwichtigung lastet nun wie eine Schuld auf ihm.

Kardinal Cornaro wiederum schrieb an Saleri zurück, dass er sich seiner Feigheit schäme und dem Botschafter für die aufrichtige Einladung danke. Vor einer Stunde habe er dem Papst seine Zustimmung überbringen lassen und würde in den drei Monaten bis zu seiner Abreise die Unterlagen der vier »Fälle« studieren. An erster Stelle stand seiner Meinung nach der Wunderheiler von Derkas, über den er viel gehört und gelesen hatte. Der Mann sei ihm auch deshalb sympathisch, weil er auf all den Humbug mit Öl und Stigmata verzichte, massenweise Kranke heile und sich als Muslim Jesus zum Vorbild nehme. Das sei spannend genug. Der im Vatikan bekannteste Fall sei aber der einer Frau in Damaskus (Stigmata an Handflächen und Stirn, Absonderung von Olivenöl und Gespräche mit der Heiligen Maria). Kardinal Buri sei von dieser Frau vollkommen überzeugt und lege seine Hand für sie ins Feuer. Cornaro habe die Unterlagen gelesen und hoffe, die Hand des konservativen Kardinals Buri werde nicht verbrennen. Die Frau sei seiner Meinung nach eine dubiose Person, die von noch dubioseren Kreisen gestützt werde.«

»Wer hat das gesagt? Der Botschafter? Oder schon wieder du?«, fragte Barudi und lächelte.

»Weder noch. Das war Kardinal Cornaro.«

»Das hat er so gesagt?«, vergewisserte sich Barudi.

»Ja, wirklich, und der Botschafter hat bitter und resigniert geklungen, als er das erzählte. Dann fuhr er fort, dass der Kardinal die Reise nach Syrien im Oktober genau geplant hatte. Offizieller Reisegrund: Er war beauftragt, die vatikanischen Botschaften in Syrien, Libanon, Jordanien und Ägypten enger zusammenzubringen und die neu renovierte Kirche in Derkas einzuweihen.

Eine Kopie der letzten Briefe und E-Mails werde ich dem Protokoll beilegen. Der Botschafter bittet darum, die Dokumente vertraulich zu behandeln.

Botschafter Saleri fühlt sich verantwortlich für den Tod des Kardinals. Natürlich ist das nicht rational, aber Gewissensbisse haben noch nie die Vernunft um Erlaubnis gebeten.«

Mancini hielt inne, als wäre ihm gerade noch etwas eingefallen. Die Denkpause kam Barudi sehr lang vor, aber er ließ dem Kollegen Zeit. »Ich habe«, fuhr Mancini schließlich fort, »den Eindruck, der Kardinal ist nicht nur wegen einer Kirche oder eines Heiligen in den Norden des Landes gefahren, sondern auch, um die Machenschaften des einflussreichen Kardinals Buri zu durchleuchten. Die Familie Buri sei mächtig in Derkas, wo der Bergheilige residiert, hat der Botschafter so nebenbei bemerkt. Ich hakte nach, aber er konnte darüber nicht viel mehr sagen. Er wisse nichts Näheres über die Familie Buri. Ein italienischer Journalist hatte angeblich über die Beziehung der italienischen Mafia mit syrischen Drogenbaronen aus der Familie des Kardinals Buri berichten wollen, aber er wurde entlassen und beging wenig später Selbstmord.

Saleri meinte, die zehn Tage, die der Kardinal in der Botschaft verbracht hat, gehörten für ihn zu den schönsten seines Lebens. Er ließ seinen Freund wie einen Prinzen verwöhnen. Kardinal Cornaro war von dem pompösen Empfang durch die Botschaft zwar nicht begeistert, aber er war viel zu höflich, die Bemühungen seines Gastgebers infrage zu stellen. In seiner Begrüßungsrede erläuterte Saleri vor den Anwesenden die angeblichen Pläne des Kardinals, um die Arbeit des Vatikans effektiver zu machen. Natürlich wolle er sich auch ein Bild der Lage der Christen in dieser unruhigen Zeit machen.«

»Stopp«, rief Barudi dazwischen. »Das geht mir zu schnell. Warum wollte der Vatikan denn die eigentliche Mission des Kardinals unbedingt geheim halten?«

»Soweit ich verstanden habe, gab es zwei Gründe: Einmal, weil der Vatikan keine schlafende Hunde wecken wollte, stell dir vor, was passiert, wenn bekannt wird, dass der Vatikan einen hohen Vertreter schickt, um solche – sagen wir – unnatürlichen Erscheinungen zu überprüfen. Da kannst du sicher sein, dass Olivenöl, Wein und Blut nur so aus den Poren von Tausenden spritzen, damit sie einmal in den Genuss kommen, vom Vatikan überprüft zu werden. Der zweite Grund war die Sicherheit des

Kardinals, die unter allen Umständen gewahrt bleiben sollte. Der Bergheilige ist ein Muslim, der Jesus verehrt … Wie würden die Muslime das auffassen? Stellt es nicht eine Einmischung des Vatikans dar, ausgerechnet einen Mann aufzuwerten, der Jesus verehrt und den Propheten Muhammad mit keinem Wort erwähnt? Deshalb wird der Besuch bei einem abtrünnigen Heiler oder Heiligen geheim gehalten. Deshalb auch war der Kardinal beim Verlassen der Botschaft verkleidet und gab sich als Philosoph und reicher, gläubiger Tourist aus.«

»Wie? Reiste er nicht als Kardinal von Damaskus?«

»Nein, seine Soutane und sein Hut, der sogenannte Pileolus, liegen bis heute in der Botschaft. Ich bat den Botschafter, sie sicher aufzubewahren, falls wir sie irgendwann brauchen. Aber zurück zu deiner Frage. Die Geheimhaltung war eine Farce. Einer der vier Kardinäle, die diese Mission gemeinsam mit dem Papst beschlossen hatten, hat sie und Kardinal Cornaro verraten. Die katholische Kirche in Damaskus wusste Bescheid. Und das ist die Stelle, die ich noch einmal hören möchte. Soweit ich verstanden habe, wussten mindestens zwei Personen des katholischen Klerus in Damaskus von der Mission, noch bevor Kardinal Cornaro am fünfundzwanzigsten Oktober syrischen Boden betrat.«

Mit diesen Worten begann Mancini die Wiedergabe-Funktion in seinem Handy zu suchen. Barudi nutzte die Gelegenheit, um zur Toilette zu gehen. Draußen auf dem Korridor war es inzwischen still.

Nur Nabil saß noch am Schreibtisch. Er hob den Blick. »Mach dir keine Sorgen, ich spiele nur«, sagte er rasch, weil Barudi ihn oft gemahnt hatte, nicht zu eifrig zu sein und dem »Überführungswahn« zu verfallen, einer Krankheit, die vor allem junge Kommissare heimsuchte. Barudi lachte.

Als er von der Toilette zurückkehrte, stand Mancini vor dem Fenster und machte gymnastische Übungen. »Ich habe mich nicht geirrt. Genau so hat es der Kardinal gesagt. Aber jetzt habe ich Hunger. Gibt es hier in der Nähe ein Lokal, in dem man Falafel, Tabbuleh und Hummus bekommt?«

»Eines? Es sind deren hundert.«

Draußen auf dem Korridor lud Barudi seinen Assistenten Nabil ein mitzukommen, dieser schnappte seine Jacke und lief hinter den beiden Männern her.

»Das Lokal wirkt ärmlich, und der Wirt sieht aus wie ein Pirat«, warnte Barudi seinen Gast, »aber seine Sachen schmecken am besten im ganzen Midan-Viertel.« Der Wirt war ein Koloss, »zwei mal ein Meter mit Narbe«, wie sich die Kollegen ausdrückten. Eine grässliche Narbe begann in der Mitte seiner Stirn und reichte schräg über das linke Auge und die Wange bis zum Ohrläppchen.

Aber Barudi mochte den Mann, und dieser war stolz darauf, dass der berühmte Kommissar bei ihm aß.

»Erzähl mir bitte, bis unser Essen kommt, was das für eine Information war, die du überprüfen wolltest«, sagte Barudi leise. Nabil fühlte sich sehr geehrt, zusammen mit einem ausländischen Kollegen beim Essen zu sitzen.

»Also, ich fragte den Botschafter, ob das Geheimnis der Mission geheim geblieben sei. Darauf antwortete er, dass mindestens drei Personen in Damaskus von der Mission wussten. Zunächst ein Bischof und ein Pfarrer. Die Namen habe ich im Büro notiert. Sie sprachen mehrmals beim Kardinal vor, und beim dritten Besuch hat er die Geduld verloren, weil sie sich in seine Mission einmischen und sein Interesse auf ihre Lokalheilige, die Wunderfrau, lenken wollten. Er nannte die beiden Männer ›die Paten der Heilerin Dumia‹. Habe ich den Namen richtig ausgesprochen?«

»Perfekt«, sagte Nabil.

Barudi warf ihm einen mahnenden Blick zu, was so viel bedeutete wie: Schweig! »Dann hat mich der Patriarch also belogen«, sagte er voller Bitterkeit.

»Warum?«, fragte Mancini. Nabil schluckte ebendiese Frage hinunter, die gerade auf seiner Zunge tanzte.

»Weil er mir erzählt hat, dass er den Kardinal nur einmal gesehen habe.«

»Nein, nein, er hat nicht gelogen«, widersprach Mancini, der bemerkte, dass Barudis Gedanken abschweiften und er nicht genau zuhörte, »er war in der Tat nur beim besagten offiziellen Empfang, aber ein Bischof und ein Pfarrer kamen später noch zweimal und waren lästig.«

»Nabil war auch bei Bischof Tabbich«, wandte Barudi ein, »aber er hat nichts von einem Streit erzählt, oder?«, fragte Barudi nun seinen Assistenten. Dieser nickte. »Nein, im Gegenteil, der Bischof sprach mit großer Zuneigung von dem ehrenhaften Kardinal, den er bewunderte. Man könne zwar anderer Meinung sein als er, aber das trübe nicht den Respekt vor seiner großen Persönlichkeit. Das steht alles in meinem Bericht«, Nabil nickte noch einmal bekräftigend, »aber wenn dieser Umstand so wichtig ist, gehe ich gern noch einmal zu ihm und hake nach.«

»Nein, nein«, sagte Barudi leicht verstimmt, »wir wollen erst einmal das ganze Umfeld in Augenschein nehmen. Wir ermitteln erst in alle Richtungen, bevor wir weitere Schritte unternehmen. Es ist ein Minenfeld. Aber was ist mit der dritten Person? Du sprachst von drei Besuchern. Wer war der dritte?«

»Das war die große Überraschung für mich«, sagte Mancini. »Der Kardinal hat auch Besuch von einem Scheich bekommen, den Namen habe ich mir gemerkt, er hieß Ahmad Farcha.«

»Das überrascht mich nicht«, erwiderte Barudi. »Er ist der bekannteste Prediger der Omaijaden-Moschee und ein Scharia-Professor. Er war jahrzehntelang Berater des Präsidenten, weil er ihn in einer Rede ›die Gnade Gottes für unser Land‹ genannt hat. Und das aus dem Mund eines sunnitischen Gelehrten für einen Alawiten, der gerade in der Stadt Hama dreißigtausend Sunniten umgebracht hatte. Es war ein Geschenk des Himmels für den Diktator. Wie dem auch sei. Ich finde aber, es ist nichts dabei, wenn der bekannteste Kopf der Muslime in der Stadt den großen Gast willkommen heißt.«

»Ja, die Liste der Gäste ist lang, und da stehen alle möglichen Würdenträger drauf. Das ist für uns nicht von Interesse. Aber ich erfuhr, dass auch der Scharia-Professor noch ein zweites Mal gekommen ist und sich mit dem Kardinal gestritten hat. Und das überrascht mich sehr. Der vatikanische Botschafter schwor, dass er nicht wisse, worum es bei dem

Streit ging. Er bedauerte sehr, dass er die beiden allein gelassen hatte, weil er an dem Tag andere wichtige Termine wahrnehmen musste. Es war am sechsten oder siebten Tag nach der Ankunft des Kardinals. Die Sekretärin, die ihnen Kaffee brachte, hat ihm später erzählt, die beiden hätten sich angeschrien, und zwar auf Französisch, so dass sie kein Wort verstand. Und sie hätten lange gestritten. Als der Scheich die Botschaft verließ, sei er außer sich vor Wut gewesen, aber der Kardinal wollte mit niemandem über den Vorfall sprechen. Er deutete nur an, der Scheich fürchte sich vor seiner Mission. Das Verrückte ist doch, dass auch der Scheich von der Mission wusste. Aber sag mir eins, wie erfährt ein Scheich in Damaskus von der geheimen Mission eines Kardinals, von der die Mehrheit der Kardinäle im Vatikan nichts wusste?«

Barudi dachte nach. Dann sagte er: »Bitte, vergiss später im Büro nicht, das Ganze noch einmal für den Rekorder zu wiederholen, damit dein Rapport auch komplett ist. Außerdem wäre es wichtig zu wissen, wann genau das zweite Treffen zwischen dem Scheich und dem Kardinal stattfand. Und drittens: Um zu erfahren, wie er an die Information über die geheime Mission des Kardinals kam, müssen wir herausfinden, mit wem er sonst noch Kontakte pflegte. Für all diese Fragen ist Nabil der beste Mann.« Barudi wandte sich an seinen Assistenten. »Du holst mir alle Informationen über den Scheich ein … Auch mit der Hilfe deines Cousins.«

»Gern«, sagte Nabil und strahlte vor Glück über den wichtigen Auftrag. Bald aßen sie zusammen, und Mancini genoss seine Lieblingsgerichte: Hummus und Falafel. Barudi amüsierte sich über seinen italienischen Kollegen, der bei jedem Bissen vor Genuss stöhnte wie bei einem Orgasmus.

Als sie den Tee serviert bekamen, klingelte das Handy in Barudis Tasche. Er stellte sein Teeglas auf den Tisch und schaute aufs Display.

»Ja?«, meldete er sich dann. »Ali, bist du schon zurück? Alles in Ordnung? … Ja, hier im Imbiss »Sindbad«. Hast du Hunger? … Dann komm rüber.« Barudi steckte das Handy wieder in die Tasche.

»Ali hat ganze Arbeit geleistet«, sagte er zu Mancini, der ihn fragend anschaute. Nabil stierte auf seinen Teller und pickte mit der Gabel den letzten Rest auf.

»Vielleicht«, setzte Mancini das Gespräch fort, »sollte ich selbst die lästigen Besucher des Kardinals aufsuchen, wie geplant als Journalist, und zwar alle, den Bischof, den Pfarrer und auch den Scheich. Vielleicht bekommen wir so ein paar weitere Informationen über den Kardinal, die der Botschafter – verblendet durch seine Verehrung – nicht sehen konnte. Vielleicht war der Kardinal in seinem Umgang schroff, direkt und manchmal abweisend gewesen, was viele für Arroganz hielten. Aber er war nicht arrogant. Kardinal Cornaro hasste Smalltalk und Zeitverschwendung. Er schien es im Leben immer eilig zu haben, wie ich in Rom gehört habe. Das ließ ihn ungeduldig, ja hochnäsig erscheinen, und vielleicht hat er als nüchterner Islamexperte den Propheten Muhammad zwar respektiert, aber nicht vergöttert, was für Islamisten bereits eine Todsünde ist und ohne weiteres einen Mord zur Folge haben kann. Sie sollen ihm ja schon in der Nähe des Flughafens aufgelauert haben, wie du mir erzählt hast.«

»Meinetwegen kannst du als Journalist jeden aufsuchen, aber den Scheich Farcha überlässt du bitte mir. Sobald ich die notwendigen Informationen habe, gehe ich zu ihm. Ich weiß, wie ich ihn erpressen kann«, sagte Barudi, der den opportunistischen Scharia-Professor nicht ausstehen konnte. »Noch einmal zurück zu deiner These. Auch ich hätte Islamisten für die Täter gehalten, wenn der Kardinal, sagen wir, erschossen oder erdolcht oder sein Wagen in die Luft gesprengt worden wäre. Hier aber wurde eiskalt agiert, mit der Professionalität einer modernen Killergruppe, die sogar über einen Chirurgen verfügt«, wandte Barudi ein.

»Unterschätze die Islamisten nicht«, mahnte Mancini.

»Nein, ich unterschätze sie überhaupt nicht. Ich habe ein Buch über die Arbeitsmethoden der Kaida gelesen. Du denkst, du liest einen Science-Fiction-Roman. Sie sind in ihren Höhlen in Afghanistan auf dem neuesten Stand der Computertechnik gewesen, mit der sie sogar die Amerikaner täuschen und überlisten konnten. Aber hier in Syrien hatten sie nie eine starke Basis.«

Ali kam eiligen Schrittes durch die Tür, als würde er verfolgt, bestellte, als er den Tresen passierte, beim Wirt ein Falafel-Sandwich und ein Glas Tee und schnappte sich, sobald er ihren Tisch erreicht hatte, einen Stuhl.

»Der Begleiter von Kardinal Cornaro war Pater José Camillieros«, begann er sofort zu erzählen und warf immer wieder einen Blick in sein kleines Notizheft, »ein syrisch-spanischer Jesuit. Er ist zweisprachig aufgewachsen und spricht neben Arabisch und Spanisch drei Sprachen fließend. Französisch, Englisch und Persisch. Er hatte in einigen Eliteschulen in Damaskus Arabisch und Französisch unterrichtet. Dann hat er sich ein Jahr vom Schuldienst beurlauben lassen, weil er ein Buch über die semitischen Sprachen schreiben wollte. Zuvor aber wollte er einen Monat im Kloster Musa al Habaschi meditieren, um seine Seele zu reinigen. Dort hatte er einen sehr guten Freund, Pater Jack heißt er. Ich stutzte und fragte, was mit der Seele des Paters passiert sei, dass er sie reinigen musste. Und der Generalsekretär erzählte mir, Pater José sei müde, ausgelaugt und verzweifelt gewesen, nur Söhne und Töchter der Reichen zu unterrichten. Darüber sei er in einen seelischen Konflikt geraten. Er wollte beinahe den Orden verlassen. Deshalb war die Reinigung seiner Seele wichtig. Da bekam Pater José die Aufgabe, sich als Begleiter in den Dienst des Kardinals zu stellen. Pater José gehorchte nicht nur, er war begeistert.«

»Wie hat der Generalsekretär auf die Nachricht von seinem Verschwinden reagiert?«, fragte Barudi.

»Total schockiert. Der Stellvertreter des Direktors im Jesuitenzentrum weinte wie ein Kind. Auch dem Generalsekretär stockte die Sprache. Er sagte mir sogar wörtlich: ›Sie können sich unseren Verlust gar nicht vorstellen, unser Bruder José war die Seele dieses Hauses.‹

Ich habe den Eindruck, sie liebten ihn alle und standen unter Schock, deshalb habe ich ihnen meine Karte gegeben. Sie sollen mich anrufen, falls ihnen noch etwas einfällt, das für unsere Ermittlung von Bedeutung ist.«

Schwere Stille herrschte am Tisch.

Als der Wirt das Sandwich und den Tee brachte, schaute er in die Runde. »Ist euch mein Essen nicht bekommen?«, scherzte er. Mancini lächelte. »Doch, doch, es schmeckt exzellent, aber wir haben eine traurige Nachricht bekommen.«

»Oh«, sagte der Wirt, »wird es hier bald eine Schießerei geben?«

»Junge, Junge, du sollst nicht so viele amerikanische Krimis sehen«, erwiderte Barudi giftig. Der Wirt entfernte sich leise.

»Das reicht für heute.« Nach einer Weile brach Barudi als Erster das Schweigen. Ali kaute still vor sich hin. »Wir gehen zu mir. Ich habe zwei Flaschen Wein und Pistazien, und das Wichtigste: Ich habe meine Wohnung geputzt und aufgeräumt. Sie sieht grässlicher aus als vorher«, sagte er und ging zum Tresen, um die Rechnung zu bezahlen.

Ali nahm den letzten Schluck Tee und stand auf. In dem Augenblick klingelte sein Handy. Er machte den anderen ein Zeichen, auf ihn zu warten, und konzentrierte sich auf das Gespräch.

»In welcher Gefahr war er?«, fragte er mit besorgtem Gesicht.

»Und das hat er so gesagt? … Auch über den Kardinal? … Und was haben Sie ihm empfohlen? … Ja, ja, ich verstehe … Nein, Sie trifft keine Schuld. Nein, wirklich nicht … Das war richtig, ja, was Sie ihm empfohlen haben, war richtig. Man kann nicht ewig weglaufen. Man muss sich stellen … Nichts zu danken, ich habe mich bei Ihnen für diese wichtige Information zu bedanken … Doch, doch sie ist wichtig.«

Barudi war noch einmal zurückgekehrt und wartete geduldig. »Was ist passiert?«, fragte er. Mancini und Nabil gesellten sich zu ihnen. »Der Stellvertreter des Direktors hat sich beruhigt und mir nun erzählt, dass Pater José ihn drei oder vier Tage nach seiner Ankunft im Norden angerufen habe. Er habe eine Art Beichte abgelegt: Er fühle sich schwach und seine Seele sei in Gefahr. Der Stellvertreter in Damaskus dachte, sein Freund meine, sein Leben sei in Gefahr. Nein, sagte Pater José, nicht sein Leben, sondern seine Seele sei durch die Begegnung mit diesem Bergheiligen in Gefahr. Der Mann vollbringe die erstaunlichsten Wunder. Nach einer einzigen Berührung durch den Heiligen spreche der Kardinal Arabisch und fühle sich dort sehr wohl. Pater José habe gefragt, ob er nicht ins Kloster zurückkehren könne, der Kardinal habe ihn von jedweder Verpflichtung befreit. Da bat ihn sein Freund, der Stellvertreter, beim Kardinal zu bleiben und durchzuhalten. Er solle den Kardinal in dieser fremden Gegend keine Sekunde allein lassen. Nun fühle er sich schuldig am Tod seines Freundes José. Ich habe ihn beruhigt.«

»Ich habe deine Worte gehört. Du hast richtig gehandelt. Diese Information wirft allerdings ein ganz besonderes Licht auf die Sache«, sagte Barudi. Ali verstand nicht, von welchem Licht sein Chef sprach. »Aber für heute ist Schluss. Unser Arbeitstag ist beendet.«

Die anderen drei lachten, und gemeinsam verließen sie das Restaurant. Draußen fegte ein eiskalter Wind über die Straße, und Barudi band sein Halstuch fester.

15.

Bewegte Tage

Kommissar Barudis Tagebuch

Mancini ist ein Segen. Was er an einem einzigen Tag vom vatikanischen Botschafter erfahren hat, hätten wir in einem halben Jahr nicht herausgekriegt. Einen zehnseitigen Bericht hat er über das Gespräch mit dem Botschafter geschrieben. Er ist wahnsinnig diszipliniert. Ich bin bei meinem Besuch gescheitert. Schade um die erstklassigen Süßigkeiten, die ich dem Botschafter geschenkt habe. Mancini hat den Botschafter geknackt und ist an alle wichtigen Informationen gekommen. Sein Bericht hat mir ein wenig Orientierung geschenkt.

Der Kardinal war auf einer geheimen Mission, deren Inhalt und Ziel keinem, mich eingeschlossen, ganz klar ist. Es war die Rede von einer Intensivierung der Zusammenarbeit der vatikanischen Botschaften, einer Überprüfung der Wunder (weniger dieser Humbug mit Öl, Stigmata und Wein als vielmehr die Wunder des Bergheiligen), der Einweihung der Kirche und nicht zuletzt einer eingehenden Überprüfung der Machenschaften der mächtigen Buri-Sippe, die offenbar mit der italienischen Mafia zusammenarbeitet. Letzteres würde mich nicht wundern, da auch viele Angehörige des Herrscherclans mit der Mafia sowie mit Waffen- und Drogenhändlern zusammenarbeiten. Auch wenn uns das Ziel der Reise bis heute noch nicht wirklich klar ist, die Reise des Kardinals nach Syrien wurde durch eine undichte Stelle im Vatikan an mehrere Personen verraten.

Merkwürdigerweise hat auch die Kaida davon gewusst. Sie hat ja versucht, den Kardinal in der Nähe des Flughafens zu entführen. Die Gruppe nennt sich »Saladins Brigaden«. Eine Abspaltung der Kaida, heißt es bei uns intern. Sie wollen alle Europäer aus den arabischen und islamischen Ländern vertreiben. Auf ihr Verbrecherkonto gehen zwei Morde an amerikanischen Diplomaten sowie die Entführung einer französischen Ethnologin, die durch Vermittlung Saudi-Arabiens gegen die Freilassung von drei Mitgliedern dieser Gruppe, die in französischen Gefängnissen saßen, frei kam.

Schukri und ich waren damals gegen den Austausch. Aber wir standen allein mit dieser Haltung. Wir fürchteten, der Hunger der Erpresser würde nie gestillt.

Woher aber hat die Terrorgruppe von der Ankunft des Kardinals erfahren? Das ist mir rätselhaft.

Gab es eine Informationsbrücke zwischen Scheich Farcha, der von der Ankunft des Kardinals wusste, und der Kaida? Oder war es wieder ein Zusammenspiel von Geheimdiensten und Terrororganisationen?

*

Wir müssen unsere Fühler in alle Richtungen ausstrecken. Vier Richtungen scheinen mir vielversprechend:

der Bergprediger, die Islamisten (vor allem deren Terrorgruppen), der Buri-Clan, mehrere enttäuschte Wunderheiler.

Ob unser Geheimdienst seine Finger im Spiel hat? Ich denke viel darüber nach und mache mir Sorgen. Vielleicht ist das eine ganz üble Geschichte, eine vorbereitete Verschwörung, um in Europa irgendetwas zu erreichen. Es ist nicht das erste Mal, dass arabische Herrscher und ihre Geheimdienste ihre Gäste, die sie offiziell eingeladen oder denen sie Asyl gewährt haben, demütigen, erpressen, ausliefern oder sogar wie unter Gaddafi verschwinden lassen.

Aber doch nicht einen Kardinal! Nein, das ist unmöglich. Ich muss mir diese Gedanken der politischen Verschwörung aus dem Kopf schlagen und zu meinen erprobten Methoden zurückkehren.

*

Gestern hat mich ein Anruf unterbrochen. Ich konnte nicht mehr schreiben. Ali rief mich an. Er war betrunken und traurig. Ich versuchte ihn zu trösten, aber ein Ertrinkender kann nur schwer einen anderen Schiffbrüchigen retten …

Zurück zu Mancini. Er hat mir eine interessante Information gegeben, die mich fasziniert. Kardinal Cornaro hat eine kluge Haltung zu den Wundern eingenommen. Zu den Männern, die ihn in Damaskus besuchen kamen, hat er klipp und klar gesagt, dass er derlei wunderhafte Auftritte nicht ausstehen könne. Warum? Weil sie das Christentum auf das Jahrmarktsniveau von Scharlatanen und Taschentricksern, von Quacksalbern und Gauklern auf einem Jahrmarkt stellen. Kluge Christen hätten derlei Hokuspokus nicht nötig. Sie haben Jesus Christus, den Gottessohn.

*

Nach einem langen Spaziergang:

Die Erkenntnisse, die ein Kommissar über ein Verbrechen sammelt, sind wie Puzzleteile. Jedes für sich mag bedeutungslos scheinen, aber wenn man sie nebeneinanderlegt, wird das ganze Bild klar, und der Fall ist gelöst.

Wir sind am Anfang, aber ein paar Puzzleteile haben wir bereits. Und dazu haben wir alle beigetragen: Mancini, ich, Nabil, Ali und in gewisser Weise auch der Chef, der uns freie Hand lässt. Der Kommissar als Einzelgänger ist eine Erfindung billiger Krimis. Ich weiß nicht, wie ich ohne den ganzen Apparat, ohne die Helfer, die Techniker, die Kollegen von der Spurensicherung, die Rechtsmediziner und Assistenten auch nur einen Schritt in die richtige Richtung hätte machen können.

*

Die Ermordung des Kardinals zeigt es noch einmal deutlich: Nicht das Geschick des Täters, sondern die Dummheit oder Naivität des Opfers ist der Grund, weshalb das Verbrechen so raffiniert erscheint. Der Kardinal hätte ohne schützende Begleiter in einer fremden Gegend keinen Schritt tun dürfen. Er war zu stolz und zu sehr davon überzeugt, dass sein Status als Kardinal, seine adlige Herkunft oder der Heilige Geist ihn schützen würde, nicht ahnend, dass die Leute, die ihm aufgelauert und ihn am Ende ermordet haben, vielleicht nicht einmal wussten, was ein Kardinal ist (sofern sie Islamisten waren). Wer war für diesen idiotischen Leichtsinn verantwortlich?

*

Zwei Tage später.

Wir studieren zu viert jeden Schritt, der uns notwendig erscheint, aber wir kommen nicht weiter.

*

Gestern konnte ich nicht weiterschreiben. Ich habe die Rotweinflasche geleert, danach war ich reif fürs Bett.

Schukri lebt in einer sorgfältig getarnten Einsamkeit. Er erzählte mir heute ehrlich und stolz, was für raffinierte Methoden er als Verführer anwendet, um eine Frau ins Bett zu kriegen. Aber all diese Mühe zeigt doch, dass er nicht frei ist. Er ist ein Prachtkerl, aber irgendetwas hindert ihn, eine Frau zu lieben. Mich lähmt die Trauer, er aber liefert immer nur dieselbe selbstironische Erklärung: »Mir fehlt das Gen zur Liebe«, sagt er, »dafür habe ich doppelt so viele Gene für Sex.« Und er lacht auch noch dazu. Der arme Mann.

*

Ali hat mir heute leise, aber zugleich merkwürdig stolz und fast heiter erzählt, dass sein Nachbar verhaftet wurde.

Der Schriftsteller Mahmud Scharif wurde verhaftet. Warum? Weil er so klug wie keiner vor ihm einen Zensor bloßgestellt und das System der Zensur entlarvt hat. Dieser Zensor hatte fast zwei Drittel seines eingereichten Manuskripts gekürzt und viele satirische Formulierungen gestrichen.

Nachdem er die Genehmigung zur Veröffentlichung bekommen hatte, brachte Scharif das Manuskript zur Druckerei. Über dem Titel stand sein Name und daneben Abdoh Murtasek. Der einfältige Besitzer der kleinen Druckerei fragte: Auch die schwarzen Balken? Ja, sagte der Schriftsteller. Also wurden die geschwärzten Seiten, Zeilen und Wörter mitgedruckt.

Im Verhör gab Scharif zu Protokoll, er habe aus reinem Gerechtigkeitssinn so gehandelt. Der Zensor habe den Roman so radikal verändert, dass die neue mit der ursprünglichen Geschichte nicht mehr viel zu tun habe. Deshalb musste der Zensor – gerechterweise – als Mitautor der neuen Fassung genannt werden.

Der Richter lachte zwar und bewunderte den klugen Autor, aber wegen Beleidigung der Zensurbehörde brummte er ihm sechs Monate Gefängnis auf.

Man stampfte alle Bücher ein, die man noch finden konnte. Die Auflage aber war, bis der Zensor die Beleidigung bemerkte, schon fast ausverkauft. Ali zog ein Exemplar aus einer Tüte. Tatsächlich!

»Das ist für dich als Erinnerung. Man kann es schnell lesen, da über siebzig Prozent der Geschichte aus schwarzen Balken bestehen. Ich habe meines zu Hause«, sagte er.

»Wenn dein Nachbar aus dem Knast kommt«, erwiderte ich, »möchte ich ihn hundert Prozent zensurfrei zum Essen bei ›Sindbad‹ einladen.«

*

Ist das nicht verrückt? Ich habe mit Basma viele glückliche Augenblicke erlebt, und nicht nur im Liebesspiel. Auch manche unserer Spaziergänge haben sich Schritt für Schritt in mein Gedächtnis eingebrannt. Wie blass sind dagegen Fotografien! Ich sehe Basma vor mir, wie sie an meiner Seite lacht und mit ihrer Hand (im Winter immer eiskalt) nach meiner Hand sucht, sie umschließt, an die Lippen führt und küsst. Sie schaut mich an, und in ihren Augen liegt alle Freude der Welt. Bei einer so schönen Erinnerung drücke ich in meiner Verzweiflung immer wieder auf die Wiederholungstaste, um die Szene noch einmal zu sehen.

*

16.

Mancinis neue Identität

Barudi trank schnell seinen Mokka. Die Nacht war kurz gewesen, um sechs Uhr war er aus einem Albtraum aufgeschreckt. Um sieben saß er bereits im Büro, ordnete seine Unterlagen und genoss die Stille. Der Pförtner war – wie immer – gnädig und kochte ihm einen Kaffee mit Kardamom. Zu dieser Stunde war das Amt fast menschenleer, nur Frau Malik, die Sekretärin des Chefs, kam früh, um sich dem Chaos im Amt gut gerüstet zu stellen. So pflegte sie zu sagen.

Barudi mochte die kluge Dame sehr und versicherte ihr oft, sie sei ein Grund dafür gewesen, dass er in diesem blöden Job ausgeharrt habe. Und sie erwiderte fast immer, sie sei stolz darauf, wenn sie auf diese Weise dazu beigetragen habe, ein paar Mörder mehr hinter Gitter zu bringen.

Er rief sie kurz vor acht an, wie immer mit einem Scherz auf den Lippen. Frau Malik war ungewöhnlich schweigsam und erklärte nur, der Chef habe anscheinend Kummer, er sei schon lange da. Barudi eilte zu Major Suleiman, um ihm Bericht über den letzten Stand der Ermittlungen zu erstatten. Der Aufzug war seit einer Ewigkeit außer Betrieb. Das Büro lag im vierten Stock. Im Treppenhaus traf er auf Kollegen aus der Computer- und Elektronikabteilung im dritten Stock, die hechelnd und fluchend die Stufen hinaufstiegen, und auf Isam, die rechte Hand seines Kollegen Schukri von der Spurensicherung im zweiten Stock.

Als Barudi ins Vorzimmer trat, strahlte Frau Malik ihn an. »Gesegneten guten Morgen«, sagte sie. »Deine Nacht war wohl recht kurz.«

»Vor meiner Frau konnte ich meine Müdigkeit verheimlichen«, erwiderte Barudi und lachte, »aber dir bin ich ausgeliefert. Du hast einen Röntgenblick.«

»Er hat großen Kummer«, flüsterte Frau Malik dann.

»Wieso? Er hat mir doch gestern erst gesagt, der Präsident persönlich habe veranlasst, dass er nicht mehr abgehört werden darf.«

»Das schon«, unterbrach Frau Malik ihn und winkte ab. »Die Experten waren auch schon da und haben diese Aushorch-Viecher aus seinem Büro entfernt, aber darum geht es nicht. Sein Bruder in Kairo hat wieder Mist gebaut«, fügte sie hinzu und verdrehte die Augen.

»Oh Gott«, stöhnte Barudi und klopfte bei seinem Chef an. Als er dessen »Herein« vernommen hatte, trat er ein. Major Suleiman unterschrieb gerade einen ganzen Stapel Akten, wie es schien, ohne sie zu lesen. »Kommissar Barudi! Gibt es was Neues?«, fragte er routiniert, ohne den Kopf zu heben. Das war seine übliche Begrüßung, wenn es ihm nicht gut ging.

»Ja, wir können die Vorgeschichte der Reise und die Mission des Kardinals inzwischen ziemlich gut rekonstruieren.«

»Fakten!«, forderte Suleiman schlecht gelaunt.

»Wenn du willst, komme ich später noch einmal. Vielleicht passt es im Moment nicht«, erwiderte Barudi sanft. Er wollte rücksichtsvoll wirken, denn es war nicht zu übersehen, dass es dem Chef schlecht ging.

»Lieber Zakaria, es wird nie den passenden Zeitpunkt geben, lieber nehmen wir die Arbeit auf und du sagst mir, wo ihr mit den Ermittlungen steht. Das wird mir helfen zu vergessen, wie beschissen diese Welt ist. Manches Unglück bricht völlig unvorhergesehen über einen herein, und man kann nichts dagegen tun.«

»Ja, das gibt es, und du weißt, dass ich alle Katastrophen erwartet hatte, nur nicht den schnellen, grausamen Tod meiner Frau. Damals hat es mir sehr geholfen, mit jemandem zu sprechen, und du hast mir immer freundlich zugehört. Erinnerst du dich nicht mehr daran?«

»Doch, doch«, sagte Atif Suleiman leise, fast schüchtern, »es war eine Katastrophe. Ich habe mir wirklich Sorgen um dich gemacht. Nun, wie dem auch sei. Warum ist der Kardinal …«

»Lass den Kardinal … Was ist passiert? Ich möchte dir zuhören. Vom Kardinal wirst du später noch genug erfahren«, unterbrach Barudi ihn und verhielt sich in diesem Moment eher wie ein älterer Verwandter und nicht wie der untergebene Mitarbeiter.

Major Suleiman zögerte einen Augenblick und warf dann seinen Kugelschreiber auf den Tisch. »Kannst du dir vorstellen, ich lasse meinen Bruder aus dem Dorf hierherholen und auf meine Kosten studieren. Und dann sagt der Herr, er würde lieber Medizin in Kairo statt Jura in Damaskus studieren. Also habe ich ihn nach Kairo geschickt, um meiner Mutter einen Gefallen zu tun, erneut alle Kosten für das Studium dort getragen, ihm monatlich Geld überwiesen. Vier Jahre lang hat er mich belogen. Erst schrieb er mir Briefe und später E-Mails, in denen er Geschichten von seinem Studium erzählte. Mir und unserer Mutter schickte er Fotos von sich aus dem Krankenhaus, im weißen Kittel und mit Stethoskop. Angeblich durfte er seiner hervorragenden Noten wegen bereits als Assistent arbeiten. Alles Lug und Trug. Man hat ihn beim Handel mit Drogen erwischt. Die Uni hat er seit drei Jahren nicht mehr betreten. Und nun versucht er, unseren Botschafter in Kairo, Dr. Schaffat, in die Sache hineinzuziehen, indem er der Polizei gegenüber behauptet, Schaffat sei der Kopf der Drogenmafia. Der Botschafter hat sich direkt bei unserem Präsidenten beschwert. Er ist genau wie ich sein Cousin. Dreimal darfst du raten, wer das alles nun ausbaden darf. Er hat mich für heute zehn Uhr einbestellt.«

»Willst du den Rat eines alten Mannes hören?«

»Ja, gern«, erwiderte Atif Suleiman gespannt.

»Auch wenn er dich schockieren sollte?«, vergewisserte sich Barudi. Der Major nickte.

»Du brauchst dich für gar nichts zu entschuldigen. Geh zum Präsidenten und sag ihm geradeheraus, du bist nicht verantwortlich für diesen fünfundzwanzigjährigen Trottel, und er soll seine Strafe wie jeder Bürger in Ägypten absitzen. Du erbittest keine Gnade für ihn. Damit befreist du dich von jedweder Schuld, die dich nur immer tiefer in den Sumpf der Rechtfertigungen hineinzieht. Verstoße deinen Bruder, so direkt du kannst, erzähl dem Präsidenten von der Täuschung, die er dir und deiner Mutter zugemutet hat. Sag ihm, in jeder Familie gibt es ein Klo. Der Präsident ist klug genug und wird dich verstehen.«

»Meinst du?«, fragte der Major unsicher.

»Ich bin sicher, der Präsident hat genug Erfahrung mit den Missetätern und Gaunern in seiner eigenen Familie«, antwortete Barudi. In Suleimans Gesicht zeigte sich Erleichterung. Er kannte die Herrschersippe, der ja auch er angehörte. Er lächelte und bestellte bei Frau Malik zwei Tassen Kaffee und lauschte nun ganz entspannt dem Rapport seines erfahrenen Kommissars. Und er machte sich Notizen, damit er beim Gespräch mit dem Innenminister am Nachmittag keine wichtigen Details vergaß.

Als Barudi eine Weile später aus dem Büro kam, lächelte ihn Frau Malik an. »Großer Hypnotiseur, die zwei Tassen Kaffee waren eindeutig. Er ist wie ein glückliches Kind. Was hast du mit ihm gemacht?« Und bevor Barudi mit den Schultern zucken und seine Wirkung herunterspielen konnte, fügte Frau Malik hinzu: »Mancini hat angerufen. Er muss noch ein wichtiges Telefonat mit Rom führen, das kann dauern. Aber dann kommt er.«

Auch gut, dachte Barudi und stieg die Treppe wieder hinunter. Im ersten Stock angekommen, klopfte er bei seinen beiden Assistenten und öffnete die Tür, gerade als sie »Ja, bitte!« riefen.

»Nabil, du besorgst mir alle Unterlagen über Wundertäter, die du damals beim Fall der Ermordung der jungen Nonne für mich gesammelt hast. Insbesondere möchte ich alles über Stigmata wissen und über Öl und Wein, die aus Statuen und Bildern fließen. Vergiss bitte nicht das Büchlein über die Wunderheilerin Dumia und deinen Rapport über die beiden Scharlatane, die eine Mischung aus Honig und Rote Bete als Blut Jesu verkauft haben. Und mach von allem auch eine Kopie für Mancini.«

Dann wandte sich Barudi an seinen zweiten Assistenten. »Ali, sei so nett und lass mir von Hussein, dem großen Fälscher unseres Amtes, einen perfekten Presseausweis auf den Namen Roberto Mastroianni anfertigen. Er hat vor Jahren einen solchen Ausweis für einen Kollegen aus Frankreich gemacht, als es um den Kopf einer Drogenmafia ging. Sag ihm, ich brauche wie beim letzten Mal eine ›International Press Card‹, diesmal in Italien ausgestellt.«

»In der Regel steht EU drauf«, erwiderte Nabil. Ali verdrehte die Augen. Er notierte alles.

Barudi wollte schon gehen, da fiel ihm noch etwas ein. »Fotos habt ihr ja gestern gemacht, oder?«

»Sie sind leider nichts geworden, weil Mancini nur Grimassen geschnitten hat. Ich brauche übrigens noch seine Heimatadresse. Sie steht immer auf solchen Ausweisen.«

»Gut, ich trete ihm in den Hintern, sobald er kommt, dann grinst er nie wieder. Und du erkundigst dich bei Hussein, was alles auf dem Presseausweis stehen muss. Aber lass dich von dem faulen Sack nicht hinhalten. Ich brauche den Ausweis umgehend. Erst dann kann ich zum Botschafter gehen und ihn um Kooperation bitten.«

»Du hast ihn in einer guten Stunde«, versprach Ali stolz. Ein von Zynismus entstelltes Lächeln zog sich über Nabils Gesicht.

Barudi bedankte sich bei beiden. Er wusste, dass er sich zu den glücklichsten Kommissaren aller Zeiten zählen konnte, aber er wusste auch, dass dieses Gefühl nicht lange andauern würde. Und so beschloss er, den Augenblick zu genießen.

Als er in sein Zimmer zurückkehrte, klingelte sein Telefon.

»Hallo, wo warst du?«, fragte Schukri ohne Umschweife.

»Beim Chef zum Rapport und bei meinen Mitarbeitern, um ihnen etwas Arbeit aufzuhalsen, sonst streiten sie aus purer Langeweile.«

»Kann ich vorbeikommen?«

»Jederzeit«, erwiderte Barudi.

Fünf Minuten später war Schukri bei ihm. Er erzählte, dass er Mancini für abends zum Essen eingeladen habe und ihn, Barudi, dazubitten wolle. Barudi bedankte sich und freute sich schon auf die Gerichte, die Schukri dem italienischen Kollegen vorsetzen würde.

Dann aber stockte Schukri und schien nach passenden Worten zu suchen. »Ich dachte«, sagte er, »ich könnte den tüchtigen Ali auch einladen«, sagte er.

Barudi begriff sofort, warum es Schukri schwerfiel, diese Einladung auszusprechen. »Und Nabil?«

»Der wird meine Wohnung niemals betreten, solange ich lebe. Ich mag ihn nicht«, erwiderte Schukri leise, aber ungewöhnlich aggressiv. In diesem Augenblick ging die Tür auf. Barudi konnte auch später nicht sagen, ob er ein Klopfen gehört hatte oder nicht. Mancini streckte lächelnd den Kopf herein. »Störe ich?«, sagte er, als er die angespannten Gesichter sah.

»Nein, nein«, wiegelte Barudi ab, »aber Ali braucht neue Fotos von dir für den Presseausweis. Du hättest Grimassen geschnitten. Er wartet auf dich … Er braucht, glaube ich, auch deine Adresse in Rom«, sagte er.

Mancini zog ab mit dem sicheren Gefühl, in eine heikle Situation hineingeplatzt zu sein.

Sowohl Schukri als auch Barudi mussten davon ausgehen, dass ihre Räume möglicherweise abgehört wurden, deshalb ließen sie unausgesprochen, was hinter Schukris Abneigung stand.

Barudi wusste, dass Schukri Nabil insgeheim verdächtigte, ein Spitzel des Geheimdienstes zu sein. Bei einem vertraulichen Gespräch am Rande einer Feier hatte Schukri einige kritische Bemerkungen über den korrupten Cousin des Präsidenten, Rami Malfuf, fallenlassen, den man Mister-zwanzig-Prozent nannte, weil er bei jedem Import oder Export und bei jeder Firmengründung mitkassierte, so dass er mit knapp dreißig Jahren bereits Milliardär war. Anwesend war bei dem Gespräch außer Barudi nur Nabil. Wenig später wurde der Antrag des Polizeipräsidenten abgelehnt, Schukri für seine exzellente Arbeit öffentlich auszuzeichnen. Und als Major Suleiman einen Antrag zu Beförderung seines tüchtigen Leiters der Spurensicherung stellte, kam erneut eine Absage. Dabei war der Polizeipräsident der Meinung, diese Abteilung sei bei der Kriminalpolizei eher vernachlässigt. Die Spurensicherung arbeitete leise und blieb immer im Schatten der anderen, aber ohne sie war jede Aufklärung eines Mordes, jede Ermittlung fast unmöglich.

Barudi wusste, es war der Geheimdienst, der Schukris Auszeichnung und Beförderung stoppte, aber er war nicht sicher, dass der charmante Nabil dahintersteckte. Klar hatte er Verwandte beim Geheimdienst, aber das war für ihn, Barudi, nie ein Grund, Nabil zu verdammen, manchmal waren sie vielmehr sogar eine Hilfe. Nicht selten brachte Nabil durch seine Verwandten eine ins Stocken geratene Ermittlung wieder in Schwung. Schukri verdächtigte jeden Alawiten, ein Agent des Regimes zu sein. Das fand Barudi ungerecht. Denn nicht nur Alawiten, auch viele Christen, Drusen und Sunniten arbeiteten mit der Regierung Hand in Hand. Barudis Onkel hatte ein Jahr im Gefängnis gesessen, weil sein Schwiegersohn ihn beim Geheimdienst angezeigt hatte. Und dieser Kerl war ein religiöser Katholik, der ihn immer mit dem Spruch »Liebet eure Feinde« traktiert hatte. Als er bei einem der nächsten Familientreffen wieder seinen Spruch von sich gab, erwiderte Barudi gehässig: »Aber wohl den Schwiegervater nicht.«

Der Mann zog den Schwanz ein, er wagte nicht, Barudi anzuzeigen. Auch das lernen die Spitzel: wen sie anzeigen können und wen nicht. Sie entwickeln einen Riecher dafür. Barudis Gleichgültigkeit gegenüber jeder Beförderung hatte ihm den Geruch einer Macht gegeben, die er nicht besaß.

Barudi wollte nicht zulassen, dass der eine Mitarbeiter bei Schukri eingeladen wurde, der andere nicht. »Das vergiftet die Atmosphäre, die zwischen den beiden ohnehin immer angespannt ist. Und wer badet das aus? Dreimal darfst du raten«, erwiderte Barudi ungewöhnlich streng. Er mochte Schukri sehr, aber das ging zu weit.

Am Ende einigten sie sich darauf, weder Ali noch Nabil einzuladen und einen ruhigen friedlichen Abend zu dritt zu verbringen.

Als Mancini zurückkam, war Schukri bereits weg.

»Was war da vorhin los?«, fragte er.

»Nichts, ein kleines privates Missverständnis. Und bei dir?«

»Heute Morgen kam ich drauf. Wie du weißt, erhoffe ich mir noch mehr Aufschluss über den Kardinal, wenn ich mit diesen Besuchern spreche, die ihn belästigt haben. Du wolltest Scheich Farcha übernehmen, und ich übernehme die Katholiken. Letzten Endes hat sich der Kardinal geweigert, diese Wunderheilerin Dumia zu treffen, die Bischof Tabbich und Pfarrer Gabriel betreuten und die der syrische Kardinal Buri favorisierte. Es muss etwas zwischen den Paten der Frau, wie man sie nannte, und dem Kardinal vorgefallen sein. Wenn ich jetzt, und sei es als Journalist, plötzlich auftauche, werden sie bestimmt misstrauisch und holen Erkundigungen über mich ein. Das geht heutzutage verdammt schnell. Aber ich habe einen sehr guten Freund, Giuliano Conte, um einen Gefallen gebeten. Wir sind zusammen in die Schule gegangen und kickten jahrelang im selben Fußballverein. Er ist ein Freund und wichtiger Mitarbeiter von Paolo, dem Bruder von Silvio Berlusconi und Besitzer der Zeitung *Il Giornale*. Giuliano ist inzwischen ein einflussreicher Redakteur. Er hat mir den Gefallen getan, schon aus Abneigung gegen den Vatikan. Sein Vater war Kommunist. Der Vatikan hat ihn in den fünfziger Jahren exkommuniziert und aus der Kirche verstoßen. Das war für seine katholische Familie eine Katastrophe. Mein Freund ist Antikommunist und Anhänger von Silvio Berlusconi, aber die Abneigung gegen den Vatikan hat er zu hundert Prozent vom Vater übernommen.

Giuliano hat dafür gesorgt, dass mein Pseudonym als Journalist, Roberto Mastroianni, im Impressum der Zeitung, sowohl in der Print- als auch in der elektronischen Ausgabe, als Mitglied der Redaktion für den Nahen Osten auftaucht. Es gab zwar früher einen Korrespondenten, aber fast alle Redaktionen haben ihre Auslandsreporter reduziert. Die offizielle Bestätigung, vom Chefredakteur und Herausgeber unterschrieben, ging als E-Mail-Anhang bei mir ein. Giuliano war immer zuverlässig.

Diese Bestätigung dient als Beweis, dass ich Journalist bei *Il Giornale* bin, und muss nun nur noch vom syrischen Informationsministerium abgesegnet werden«, schloss Mancini seinen Bericht.

»Das leiten wir schnell in die Wege. Und den italienischen Botschafter weihen wir in die Sache ein, natürlich mit der Bitte um absolute Diskretion. So liegt der Nachweis für deine Journalistentätigkeit auch offiziell in der Botschaft, falls irgendwelche Schnüffler dort wühlen sollten. Es ist ja nur fair, den italienischen Botschafter genau zu informieren, nicht dass er sich von uns hinters Licht geführt fühlt. Außerdem liegt es in unserem Interesse, dass die Pressestelle der Botschaft jede Anfrage, ob ein gewisser Roberto Mastroianni ein der Botschaft bekannter italienischer Journalist sei, mit einem überzeugenden Ja beantwortet«, führte Barudi aus.

»Ja, das meint auch mein Freund Giuliano. Ich habe dir das Dokument hier auf diesem USB-Stick gespeichert«, sagte Mancini und übergab Barudi den kleinen Datenspeicher. »Mein Freund will auch unsere Untersuchung hier unterstützen«, fuhr er fort. »Ich habe ihn gebeten, Kardinal Buri anzurufen und ihm eine kleine Geschichte zu erzählen von seiner Tante, die in Beirut gelebt hat und bis zu ihrem Tod vor ein paar Monaten von der Wunderheilerin in Damaskus schwärmte – tote Zeugen stehen immer zur Verfügung, sagt man. In dankbarer Erinnerung an sie würde er nun gern einen Bericht über die Wunderheiler im Libanon und Syrien schreiben. Interviews mit dort lebenden Wunderheilern durch einen Korrespondenten von *Il Giornale* könnten den Bericht zusammen mit einer Fotostrecke wunderbar ergänzen. In Italien würden derlei Artikel dringend gebraucht, weil die neue Generation an gar nichts mehr glaube. Wenn der Kardinal anbeißt, wird er in Damaskus und Beirut dafür sorgen, dass der *Il Giornale*-Reporter freundlich empfangen wird.

Sobald mir mein Freund heute oder morgen Bescheid gibt, dass er mit Buri gesprochen hat, rufe ich Pfarrer Gabriel an, der diese Frau betreut, und mache einen Termin aus, um etwas über seinen Streit mit dem Kardinal herauszufinden. Ich bin für jedes Detail dankbar, bevor wir nach Derkas aufbrechen.«

»Klasse gedacht und gemacht«, sagte Barudi begeistert. Er nahm sein Notizheft zur Hand, blätterte darin und wählte dann die Nummer der italienischen Botschaft. Mancini beobachtete ihn. Barudi ließ sich direkt mit dem Botschafter verbinden. Er erklärte ihm in bestem Englisch, dass er ihn kurz sehen wolle, um ihm die bisherigen Ergebnisse mitzuteilen. Außerdem wolle er ihm einige Dokumente übergeben, um »in einer bestimmten Angelegenheit mit ihm zu kooperieren«, wie er in vagen Worten andeutete. Mancini verstand sofort, dass sein syrischer Kollege davon ausging, abgehört zu werden. Wie es schien, war der Botschafter sehr entgegenkommend. Barudi bedankte sich und legte auf.

»Er macht mit«, sagte er.

»Sehr gut«, sagte Mancini.

»In einer halben Stunde ist dein Presseausweis fertig. Warte einen Augenblick …«, sagte Barudi und unterbrach sich selbst. Wieder wählte er eine Nummer. »Ich bin es, wer sonst? Warst du bei Hussein? … Umso besser. Ich weiß nicht, ob er das wirklich benötigt. Aber schreib auf: Der Journalist Roberto Mastroianni arbeitet bei der Zeitung *Il Giornale*. Auf Arabisch schreibst du ›Al Gurnali‹, ja?« Barudi verstummte und hörte seinem Gesprächspartner zu. »Wozu der Aufwand? Ich denke, die Identität soll dicht sein. Du kannst ein Schreiben aufsetzen. Der Journalist Roberto Mastroianni beabsichtigt für *Il Giornale* eine Reportage über Wunderheiler zu schreiben. Lass es vom Chef abzeichnen und bring es dann zum Informationsministerium.«

Barudi hörte wieder eine Weile lächelnd zu. »Nichts zu danken. Ich bemühe mich immer, dir die Langeweile zu vertreiben.« Dann legte er auf. »Jetzt ist deine Identität dicht«, sagte er zu Mancini.

»Du sprichst ja sehr gut Englisch. Wo hast du das her?«

»Mein Englisch war miserabel, bis ich vor Jahren einmal ein paar Erpresser gefasst und die zehnjährige Tochter des englischen Kulturattachés unversehrt gerettet habe. Dafür hat London mir ein Jahr als Gast bei New Scotland Yard geschenkt. Eine Art Fortbildung. Als Vorbereitung für diese Reise habe ich zwei Intensivkurse Englisch hier in Damaskus belegt, aber das meiste habe ich natürlich in London gelernt. Es war ein sehr arbeitsames Jahr, aber ich war jung, und London ist eine großartige Stadt. Bei meiner Rückkehr habe ich am Flughafen Basma, meine Frau, kennengelernt«, Barudi unterbrach sich selbst. »Lassen wir diese alten Geschichten. Der Botschafter ist wirklich hilfsbereit. Ich habe noch nie zuvor mit ihm zu tun gehabt. Er ist erst seit wenigen Jahren hier. Wir sind um vierzehn Uhr verabredet. Bis dahin habe ich den Ausweis und ein Blatt mit deinen Daten.«

»Sehr gut, sehr gut«, sagte Mancini beeindruckt.

Um zwölf Uhr brachte Nabil zwei kleine Mappen mit Informationen über die Wundertäter. In jeder Mappe lag auch ein kleines Büchlein mit der Geschichte und den Erlebnissen von Dumia, die angeblich mit der heiligen Maria sprach und Stigmata bekam. Barudi schob seine Mappe beiseite, während Mancini neugierig blätterte. »Da habe ich eine Weile genug zu lesen«, sagte er dankbar.

Barudi bestellte für ihn ein Kännchen Mokka mit viel Kardamom und wollte gerade seinen Assistenten aufsuchen, als das Telefon klingelte. Aische Malik war am Apparat. »Unser Chef hat einen neuen Heiligen«, sagte sie mit scherzhaftem Unterton. »Er ist überaus erfreut und möchte dich sofort sehen. Kommst du bitte gleich herauf? Er muss in einer halben Stunde ins Präsidium.«

»Aber gern«, sagte Barudi.

Frau Malik hatte nicht übertrieben, Major Suleiman war außer sich vor Freude. »Dein Rat war genial. Der Präsident hat mich sogar noch getröstet, auch in seiner Familie gebe es Kerle, die hinter Schloss und Riegel gehörten. Er hat mir mindestens fünf Minuten lang gut zugeredet. Stell dir vor, der mächtigste Mann im Land tröstet mich. Barudi, du bist genial. Es hat genau so funktioniert, wie du es vorausgesagt hast. Wie kann ich dir meine Dankbarkeit erweisen?«

»Indem du dich freust und entspannst. Es ist mir eine Ehre, dir beizustehen. Du bist ein anständiger Kerl.«

»Wenn du irgendetwas brauchst, lass es mich wissen. Übrigens, ich wollte dir nicht zu früh die Zähne lang machen. Der Polizeipräsident will zu deinem Abschied ein großes Fest ausrichten, zu deiner Ehrung versteht sich. Es soll im Festsaal des Präsidiums stattfinden, und du wirst den Palmzweig-Orden in Gold bekommen. Das ist, wie du vielleicht weißt, die höchste Auszeichnung, die ein Beamter bekommen kann. Aber behalte es noch für dich, bis der Fall geklärt und dein Dienst zu Ende ist. Du bist der erste Kommissar, der diesen Orden bekommt. Das erhöht deine Rente immerhin um dreihundert Lira.«

Barudi war gerührt. Er trank den Mokka, den Frau Malik hereingebracht hatte, mit Bedacht und besprach dann mit seinem Chef die

Frage der Sicherheit von Mancini. Major Suleiman stimmte den Maßnahmen zu. Dem Kollegen aus Italien durfte unter keinen Umständen etwas zustoßen.

»Mach, was du für richtig hältst. Das Ministerium ist großzügig in allen Dingen, die den Italiener betreffen.«

Barudi bedankte sich für die Unterstützung und wandte sich zum Gehen. Er hatte alle Mühe, sich zusammenzureißen, und schwebte fast die Treppe hinunter. In seinem Gesicht stand ein breites Lächeln, als stünde er unter Drogen. Der eine oder andere, der ihm begegnete, mochte sich wundern.

Zurück in seinem Büro sah Barudi auf die Uhr. Es war kurz vor halb eins. Mancini studierte noch immer die Unterlagen und schrieb Notizen in ein kleines Heft. Barudi öffnete einen Umschlag, der auf seinem Schreibtisch lag, und zog den Obduktionsbericht heraus. Außerdem fand er den Presseausweis zusammen mit einem Schreiben, in dem auf Englisch und Arabisch alles Wissenswerte über den Journalisten Roberto Mastroianni stand.

Barudi nahm Platz und las den Obduktionsbericht sorgfältig. Als er fertig war, lud er Mancini zu einem kleinen »Sindbad«-Imbiss ein.

»Aber heute zahle ich«, sagte Mancini entschlossen und schob sein Notizheft, den Stift und die Unterlagen ordentlich zusammen. »Ab sofort bin ich ein aktiver Mitarbeiter der syrischen Kriminalpolizei und kein Gast mehr.«

»Dein Ausweis ist perfekt«, stimmte Barudi zu, während die beiden sich auf den Weg machten. »Aber zu deiner eigenen Sicherheit solltest du in den nächsten Tagen nicht mehr ins Amt kommen. Niemand in Damaskus soll deine wahre Identität aufdecken. Von jetzt an bist du Roberto, der Journalist. Wir werden nur noch ein paar Tage hier in Damaskus zu tun haben, dann brechen wir nach Derkas auf. Bleib in deiner Wohnung oder geh meinetwegen spazieren, aber hier im Amt bist du gefährdet. Wir bleiben über dein Handy in Kontakt und solltest du ganz dringend zu uns kommen müssen, schicke ich dir Ali. Er ist der Beste, wenn es darum geht, Verfolger abzuhängen. Er wird dich in die Tiefgarage fahren und von dort nimmst du den Aufzug zu mir. Wenn er denn funktioniert.«

»Du hast wirklich an alles gedacht«, staunte Mancini. »Aber ist das tatsächlich nötig? Macht ihr euch nicht zu viel Arbeit, was mich angeht? Ich soll doch vielmehr euch ein wenig Arbeit abnehmen.«

»Den Gast zu schützen ist eine Selbstverständlichkeit. Außerdem hat der Chef es angeordnet. Nein, mach dir keine Sorgen. Wir werden dich noch genug ausbeuten«, erwiderte Barudi und lachte. »Ein einziges Foto von uns gemeinsam hier könnte dich enttarnen, und das wollen wir nicht. Der Meinung ist auch der Chef. Deshalb hat er untersagt, dass mit dem Bericht über die italienisch-syrische Zusammenarbeit auch ein Foto von dir veröffentlicht wird.«

Mancini kam aus dem Staunen nicht heraus. »Auch dein Chef denkt an mich? Was haltet ihr davon, wenn ich in Rom kündige und bei euch einsteige?«

»Würde ich dir nicht empfehlen«, sagte Barudi und winkte ab. »Wir sind freundlich, solange du unser Gast bist. Sobald du einer von uns wirst, fallen wir über dich her.« Er lachte laut.

Wie klein und bescheiden der Imbiss war, fiel Mancini erst diesmal so richtig auf. Über dem Eingang hing ein Schild mit dem Spruch, den die Damaszener gern an ihrem Besitztum anbringen, um den bösen Blick abzuwehren: *Das Neidauge soll erblinden.*

Der Wirt kannte seinen Stammkunden Barudi gut und begrüßte ihn mit den Worten: »Pizza Salami, wie immer?«

»Nein, heute will ich ein Festessen. Kebbeh mit Salat. Der Italiener zahlt! Aber sag später nicht, ich hätte dich nicht gewarnt. Er ist Journalist und arbeitet mit der Mafia zusammen. Er besitzt nur Falschgeld.«

»Bruder, glaub ihm kein Wort«, widersprach Mancini in breitem Damaszener Dialekt.

»Der soll Italiener sein?«, wunderte sich der Wirt. »Er sieht nicht italienisch aus, und so wie er spricht, müsste er aus dem alten Schagur-Viertel stammen.«

»Ganz richtig«, bestätigte Mancini. »Du hast gute Augen und super-
gute Ohren. Mein Kollege Barudi isst zu viel Pizza und sieht in jedem
Passanten einen Mafioso. Für mich bitte auch Kebbeh, aber mit Gurken-
Joghurt-Salat.«

Die beiden nahmen in einer Ecke des zu dieser Stunde noch fast leeren Imbisses Platz. »Ich will dir erzählen«, fing Barudi an, »worum es
heute Morgen bei meinem Gespräch mit Schukri ging. Im Amt kann ich
das nicht. Wir, die Kriminalpolizisten, stehen sehr tief in der Pyramide
der Macht, unter uns kommen nur noch die Verkehrspolizisten und die
Nachtwächter. Die Kriminalpolizei hat bei uns gewisse Ähnlichkeiten
mit der Müllabfuhr. Sie reinigt die Gesellschaft von Kriminellen, damit
die Bürger – vor allem die wohlhabenden – besser schlafen können. Darüber hinaus aber sind wir machtlos, und niemand interessiert sich für
uns. Es gibt auf der Welt kaum ein raffinierteres System als den syrischen Geheimdienst. Fünfzehn Abteilungen, und jede Abteilung kümmert sich nur um einen ganz genau definierten Sektor. Militär, Universitäten, Kulturinstitutionen und Künstler, Moscheen, Gewerkschaften,
Parteien, Prostitution und alle, die in irgendeiner Weise die Herrschaft
gefährden könnten. Von uns Kriminalpolizisten geht keine Gefahr aus,
aber es ist besser, sich im Amt nicht politisch zu äußern. Wir werden
vielleicht nicht abgehört, aber unter den Mitarbeitern könnten durchaus
einige Spitzel sein. Deshalb habe ich dich zur Vorsicht gemahnt.« Barudi
hielt inne, als der Wirt zwei Gläser Tee servierte. »Ein Willkommens-
gruß für den Schagur-Italiener«, scherzte dieser und stellte die Gläser
auf den Tisch.

»Schukri verdächtigt meinen Mitarbeiter Nabil«, fuhr Barudi fort,
nachdem der Wirt sich entfernt hatte, »ein Spitzel des Geheimdienstes zu sein. Er sei schuld daran, dass die bereits zugesagte Beförderung
und eine Würdigung Schukris vom Geheimdienst blockiert wurden. Ich
habe es in meinen Dienstjahren drei-, viermal am eigenen Leib erfahren: Wenn der Geheimdienst irgendetwas blockiert, kuscht der Innenminister und zieht die Zusage zurück. Schukri sagte mir nun, er wolle
Nabil nicht einladen. Und das nicht, weil er ein Spitzel sei, sondern weil

er ihn nicht möge. Und dagegen hat weder der Geheimdienst noch Gott etwas einzuwenden: dass du irgendjemanden nicht ausstehen kannst, auch ohne Begründung. Aber er wollte Ali einladen. Und das kann ich nicht zulassen, denn dann schaukelt sich die Feindseligkeit zwischen den beiden Assistenten weiter hoch. Das möchte ich unter allen Umständen verhindern.«

»Verstehe«, sagte Mancini.

»Deshalb haben wir, als gute Kollegen, einen Kompromiss gefunden. Keiner der beiden wird eingeladen. Du musst dich also heute Abend mit mir und Schukri zufriedengeben.«

»Gern, und ich danke dir für das große Vertrauen«, erwiderte Mancini.

»Wir haben eine gefährliche Ermittlung vor uns. Wer auch immer den Kardinal umgebracht hat, ist ein Profi, und er wird alles tun, um nicht entlarvt zu werden. Das Einfachste wäre, uns beide zu erledigen, deshalb dürfen wir keinen Fehler machen. Wir dürfen dem Täter zum Beispiel nicht zu früh zeigen, dass wir ihm auf die Schliche gekommen sind. Und außerdem müssen wir uns absolut aufeinander verlassen können. Das setzt großes Vertrauen voraus. Ich habe dieses Vertrauen zu dir.«

Mancini streckte die Hand aus. »Und ich zu dir.«

Die beiden Männer drückten einander kräftig die Hand.

»Was ist passiert? Habt ihr euch darauf geeinigt, mir Falschgeld zu geben?«, sagte der Wirt in diesem Moment und stellte ein großes Tablett auf den freien Tisch neben den beiden. Er reichte Mancini und Barudi je eine große Portion Kebbeh und dann den gemischten Salat für Barudi und eine Schale mit Gurken-Joghurt-Salat für Mancini.

»Ya salam, das duftet herrlich«, rief Mancini begeistert.

Und Barudi rieb sich die Hände. »Ich habe keinen Hunger, ich bin der Hunger in Person«, rief er. Er schob gerade ein Salatblatt in den Mund, als Mancinis Smartphone läutete.

»Pronto«, sagte dieser, als er auf dem Display sah, wer der Anrufer war. Er sprach lange auf Italienisch und lachte immer wieder. Barudi bedeutete ihm mit Gestik und Mimik, dass er essen solle, bevor die Kebbeh kalt würde. Mancini nickte, sprach aber unbeeindruckt weiter.

Der Wirt näherte sich erstaunt. »Er ist also doch ein Italiener. Er hat *salute, ciao, grazie* und *amico* gesagt, das ist Italienisch. Er kommt also doch nicht aus dem Schagur-Viertel.«

»Habe ich dich jemals belogen?«, erwiderte Barudi leise. Der Wirt schüttelte den Kopf. Er mochte Barudi für seine Bescheidenheit, obwohl er wie ein Volksheld verehrt wurde.

Mancini sagte noch etliche Male *ciao,* dann wieder *si, grazie* und erneut, *ciao, ciao,* bevor er das Smartphone tatsächlich neben seinen Teller legte.

»Perfekt. Auf Giuliano ist Verlass«, rief er begeistert, schnitt ein Stück Kebbeh ab und schob es sich in den Mund. »Giuliano hat Kardinal Buri überzeugt. Er wird noch heute Abend bei Pfarrer Gabriel und bei Bischof Tabbich anrufen und ein Wort dafür einlegen, dass sie mir vertrauensvoll und offen von der Wunderheilerin erzählen. Kardinal Buri feiert bereits jetzt die angekündigte Reportage in *Il Giornale* als Sieg über die Gegner seiner Wunderheilerin. Sobald du von der Botschaft zurück bist«, fuhr Mancini fort, »rufe ich ihn an und vereinbare einen Termin für morgen. Du weißt, ein Journalist wie ich kann keine Zeit verstreichen lassen.« Er lachte und schob sich wieder eine Gabel Kebbeh in den Mund.

»Und wenn es rauskommt, dass dein Freund Kardinal Buri getäuscht hat, wird das nicht gefährlich für ihn? Gefährdet er nicht seine Stelle, wenn kein Bericht und keine Interviews erscheinen?«

»Nein, aus zwei Gründen nicht. Erstens kann er der Redaktion guten Gewissens mitteilen, die ganze Story habe sich als Fake, als Gaunerei, erwiesen, und dem Kardinal gegenüber höflich behaupten, *Il Giornale* habe die Sache gnädigerweise unter den Tisch fallen lassen. Wir Italiener sind solche Wunder, die keine sind, inzwischen gewöhnt. Je rauer die Zeiten, umso größer ist das Bedürfnis der Menschen nach Übersinnlichem. Und Italien erlebt seit dem Zweiten Weltkrieg nur raue Zeiten. Für das Thema ist normalerweise die Boulevardpresse zuständig, nicht die seriösen Blätter. In der kleinen Hafenstadt Civitavecchia, nicht einmal sechzig Kilometer von Rom entfernt, weinte unlängst eine Statue Blut, und schon strömten die Menschen in die Stadt, und der Bürgermeister war begeistert. Bald darauf weinten zwanzig Madonnen von Norditalien bis Sizilien. Obwohl ein Labortest bewies, dass das Blut von einem Mann stammte. Der Besitzer der Statue weigerte sich, eine DNA-Analyse seines eigenen Blutes durchführen zu lassen. Kaum ist eine blutende Statue als Täuschung entlarvt, weint eine andere. Und die verzweifelte Masse rennt – begleitet von der Regenbogenpresse – kopflos von Ort zu Ort wie eine aufgescheuchte Schafsherde. Auch das Blutwunder von Neapel ist Humbug, und trotzdem pilgern Tausende dorthin.«

»Was für ein Blutwunder?«, fragte Barudi.

»Im Dom von Neapel gibt es eine gläserne Phiole, eine Ampulle aus dem vierzehnten Jahrhundert, die angeblich das getrocknete Blut des Schutzpatrons Sankt Gennaro, auch Januarius genannt, beinhaltet. An drei Tagen im Jahr verflüssigt sich das Blut vor den Augen der ekstatischen Gläubigen.«

»Wirklich?«, hakte Barudi ungläubig nach.

»Ja, aber das Phänomen ist nicht in der Theologie, sondern in der Chemie begründet. Und nicht erst heute, sondern schon seit dem vierzehnten Jahrhundert weiß man, dass sich in der Phiole kein Tropfen Blut des Märtyrers befindet, der bereits im Jahre 305 umgebracht wurde, sondern ein Gemisch aus mehreren Substanzen, die, solange sie in der Kälte ruhen, fest bleiben, sich aber, sobald sie bei einer Temperatur von neunundzwanzig Grad die geringste Erschütterung erfahren, verflüssigen. Du kannst dir vorstellen, wie heiß es im Dom manchmal ist, bei den Temperaturen in Italien, mit Hunderten von brennenden Kerzen und Tausenden von Menschen, deren Herz im Aberglauben entflammt. All die Menschen, die den Dom betreten, bewirken eine feine Erschütterung, und das Gemisch verflüssigt sich.«

»Was sind das für Substanzen?«

»Ich habe die genaue Zusammensetzung vergessen, aber es sind ganz primitive Salze, die man sogar im vierzehnten Jahrhundert schon kannte. Ich werde das noch einmal recherchieren und dir Bescheid geben. Ich erinnere mich deshalb so genau daran, weil ich damals beim Lesen sehr gestaunt habe, dass Ketchup zu dieser Gruppe von Substanzgemischen gehört. Man muss schütteln, damit es flüssiger wird. Im Kühlschrank ist es dickflüssig, fast wie Gelee.«

»Ich staune«, wandte Barudi ein, »über den Wankelmut der Kirche gegenüber solch dubiosen Wundertätern. Hier in Syrien sind, abgesehen vom Bischof und ein paar wenigen Priestern, sowohl die Führung der orthodoxen als auch der katholischen Kirche gegen Dumia. Ist das in Italien bei den Wundern nicht so?«

»Doch, doch, und wie! Der Vatikan hegt inzwischen allergrößte Zweifel.«

»Der Vatikan?«

»Ja, weil die klügeren Kardinäle diese Scharlatane und ihren negativen Einfluss fürchten. Am Ende kommt die Kirche in Verruf, und andere machen das Geschäft. Es gibt inzwischen Madonnen, die per Fernbedienung weinen. Aber hinter der strengen Haltung des Vatikans steht noch etwas anderes: Diese Scharlatane drängen durch ihre Popularität die zentralen Figuren der Kirche in den Hintergrund. In Italien, das weiß jeder, steht Padre Pio, auch so eine dubiose Person mit Stigmata und Heilung, an erster Stelle der Beliebtheit, dann erst folgt die heilige Maria. Jesus ist bei den Italienern inzwischen auf Platz drei der Beliebtheitsskala gerutscht. Die aufgeklärten Kardinäle, die Kardinäle Cornaro und Levada, machen sich große Sorgen.«

»Du hast vorhin gesagt«, unterbrach Barudi seinen Kollegen, »dein Freund würde sich aus zwei Gründen nicht davor fürchten, wenn Kardinal Buri entdeckt, dass ihr ihn getäuschte habt. Bisher hast du aber nur einen Grund genannt.«

»Meine Güte, du bist wirklich ein exzellenter Zuhörer. Es stimmt, weder mein Freund noch ich fürchten den Kardinal Buri. Er besitzt vielleicht im inneren Zirkel um den deutschen Papst einige Macht, aber in der Presse hat er weder Freunde noch Einfluss. Das ist der zweite Grund.«

17.

Die Zunge
der einsamen Männer

Kommissar Barudis Tagebuch

Morgens um 6 Uhr. Ich bin wie aufgekratzt, aufgewacht nach nur fünf Stunden Schlaf. Ich hatte einen seltsamen Traum: Ich ging durch einen Park mit vielen Grabsteinen, umgefallenen Stelen und rostigen Kreuzen. Als ich an einem Busch vorbeikam, entdeckte ich dahinter zu meinem Schrecken Mancini im Maul einer monströsen Riesenschlange. Er hockte darin im Schneidersitz, mit dem Laptop auf dem Schoß. Fröhlich pfiff er vor sich hin und tippte irgendetwas. Die Schlange konnte ihr Maul nicht schließen, weil Mancini im Rachen des Monsters einen Wanderstab aufgestellt hatte. Als bildete er sich ein, in einem Zelt zu sitzen. Die Schlange versuchte mit aller Kraft, das Maul zu schließen. Der Stab bog sich elastisch fast zu einem Halbkreis, richtete sich aber wieder auf, sobald die Schlange ein wenig nachgab. Mancini bemerkte von alldem nichts und hörte auch meine Rufe nicht. Irgendetwas lenkte meinen Blick für eine Sekunde ab, dann hörte ich den Stab auseinanderbrechen. Erschrocken wachte ich auf.

Vielleicht ist es der Vollmond. Ich schaue aus dem Fenster. Groß und etwas blass schwebt er am Himmel, Wolken schenken ihm in der Morgendämmerung einen dünnen Schleier.

Wir, Mancini und ich, haben lange über den Aberglauben gesprochen, der in Italien so verbreitet zu sein scheint wie in Syrien. Er hat laut gelacht, als ich ihm von meinem Aberglauben als Kind erzählt habe.

Damals hatte ich gehört, dass die Heiligen die Wünsche der Frommen erfüllen, und so begann ich, dem heiligen Georgios, dem Drachentöter, meine bescheidenen Wünsche vorzutragen: Ich wollte einmal einen Hundertlira-Schein finden. Nichts geschah, auch die heilige Barbara, Johannes der Täufer und viele andere erfüllten mir den Wunsch nicht. Selbst die weichherzige Maria erhörte meine bescheidene Bitte nicht. Ich reduzierte die Summe bis auf eine Lira, was damals sogar noch für eine Tafel Schokolade reichte. Nichts. Da sagte mir mein Nachbar Faris, manch ein Heiliger verstehe nur harte Worte. Ich solle jeden einzeln beschimpfen und bedrohen, dann würden sie Angst bekommen und mir den Wunsch erfüllen. Also beschimpfte ich einen nach dem anderen, doch nichts passierte. Wütend vor Enttäuschung stellte ich mich vor das Bild der heiligen Maria, wollte auch sie tadeln und beschimpfen. Aber ich kam nicht weit, denn kaum hatte ich den ersten Satz gesagt: »Maria, du bist keine Heilige, sondern eine ziemlich blöde Tante«, traf mich ein so harter Schlag auf den Hinterkopf, dass ich vornüberfiel. Mir war nicht nur schwindlig, sondern auch bange, woher der Schlag gekommen war. Ganz langsam drehte ich mich um und sah in das leicht debile Gesicht von Jusuf, dem Kirchendiener, einem Koloss von Mann. Er grinste mich diabolisch an. »Heilige Maria wird bös, du, du nix schimpfen, verstanden?«

Ich rappelte mich hoch und lief nach Hause.

*

Schukri hat mir heute eine sehr traurige Geschichte erzählt, die seine Nachbarn durchlitten haben. Schukri wohnt seit dem Tod seiner Eltern in deren Haus. Es ist sehr vornehm, und die Nachbarn dort kennen sich untereinander.

Die Eheleute Haddad sind über achtzig. Ihr Sohn Elias ist in Kanada ein berühmter Schriftsteller. Er hat in seinen Romanen kritisch über die Diktatur und die Macht der Sippe geschrieben und fiel hier in Ungnade. Wir wissen nicht genau, was er geschrieben hat, da man in unserem Land lieber unbekannte seichte ausländische Autoren übersetzt als oppositionelle Landsleute. Als wäre es nicht schon schlimm genug, dass die

Eltern ihren einzigen Sohn nicht mehr sehen können – sie dürfen auch nicht fliegen, weil beide an Herzschwäche leiden (wen wundert's?) –, schneiden alle Verwandten und Nachbarn das Ehepaar. Nur Schukri nicht. Er besucht sie einmal in der Woche und kauft für sie ein, wenn sie etwas brauchen.

»Als ob wir die Pest oder Cholera hätten, meiden die Leute unser Haus«, hat der alte Haddad unter Tränen zu ihm gesagt.

*

Heute habe ich eine merkwürdige Eigenschaft an mir beobachtet. Seltsam, dass mir erst jetzt auffällt, wie sehr mir der jeweilige Fall zusetzt, mit dem ich mich gerade beschäftige. Als ich einmal einen Mörder stellen musste, der Kinder verführt und vergewaltigt hatte, konnte ich es kaum ertragen zu sehen, wie kleine Kinder auf der Straße von Verwandten oder Bekannten geküsst oder geherzt werden, was doch bei uns alltäglich ist.

Ein andermal wurde ich fast hysterisch, wenn ich einen Mann mit Sturmhaube sah. Ein mit einer Sturmhaube getarnter Verbrecher hatte damals einen Bankangestellten erschossen, bevor wir ihn festnehmen konnten. Als ich ein ganzes Jahr lang nichts mehr aß, was nach Mandeln duftete, hat Schukri mich ausgelacht. Zuvor hatte ich einen Mord aufgeklärt, bei dem Blausäure eine Rolle spielte. Schukri und einige Kollegen nehmen bei Blausäure allenfalls einen dumpfen Geruch wahr, während ich den Duft von bitteren Mandeln rieche. Ich habe mich noch bei keinem Mord mit Blausäure geirrt.

Und heute? Seitdem ich mich mit dem Fall des ermordeten Kardinals beschäftige, begegnen mir überall Scharlatane, Quacksalber und Leichtgläubige. Sprüche und Amulette gegen den Neid findet man allerorten, obwohl Neid das einzige Verbrechen ist, das dem Täter mehr als dem Opfer schadet. Dauernd hört man, vor allem beim Friseur, Geschichten über böse Geister, die eine Ehe zerstören, ein schönes Kind krankmachen oder einen Reichen über Nacht verarmen lassen.

War das immer so, oder ist unsere Gesellschaft durch die Krisen offener für Aberglauben geworden? Keine Ahnung!

*

Heute haben wir uns eine Verschnaufpause gegönnt, Mancini liebt die Damaszener Kaffeehäuser. Wir saßen in einem modernen Café in der neuen Stadt am Fenster, unweit einer Bushaltestelle.

Eine riesige Traube Menschen wartete auf den Bus, fast sah es nach einer Demonstration aus. Der Bus kam aber nicht. Eine alltägliche Enttäuschung.

»Schau dir das an«, sagte ich und zeigte auf die Straße. Mancini hatte die Szene längst erfasst: Ein Taxifahrer fuhr langsam an der Bushaltestelle vorbei, aber er hielt nicht an. Etwa zehn Männer und Frauen rannten hinter ihm her. Nach einigen Metern waren es noch sieben, dann fünf. Der Taxifahrer bremste noch immer nicht. Er schien Gefallen an diesem Wettlauf zu finden. Die Zurückgefallenen gaben auf, schleuderten ihm ihre Verwünschungen hinterher und kehrten zur Haltestelle zurück. Nur zwei Männer hielten durch: ein kleiner, dürrer, bebrillter Mann im Anzug mit einer Aktentasche und ein kräftiger, großer Handwerker im blauen Overall mit einem mächtigen kahlrasierten Schädel. Der drahtige Mann war etwas schneller. Er erreichte das Taxi vielleicht zehn Sekunden vor seinem Kontrahenten. Das Taxi hielt an. Mit vor Neid verzerrten Gesichtern beobachteten die Wartenden an der Haltestelle die Szene.

Als der kleine Mann die Wagentür aufmachen wollte, war der Vorsprung dahin. Der große Mann packte ihn an der Schulter und verpasste ihm einen kräftigen Stoß. Er fiel zu Boden, versuchte sich aufzurappeln, aber der Taxifahrer war bereits mit dem Sieger davongerauscht.

*

Ich habe Major Suleiman noch nie so entgegenkommend erlebt wie jetzt, im Zusammenhang mit Mancini. Ich weiß nicht, ob diese Freundlichkeit von oben verordnet ist oder ob sie seinem eigenen Wunsch entspricht, ein guter Gastgeber zu sein. Ich kann ihn schlecht danach fragen. Fakt ist, dass er ohne Wenn und Aber zustimmt, egal, was ich für Mancini erbitte.

Heute hat er zum Abschied scherzhaft gefragt, ob ich bereits einen Verdächtigen habe. »Zwei sogar«, sagte ich, »dich und mich.«

*

Als ich mit dem italienischen Botschafter telefonierte, hat Mancini mein Englisch bewundert, das ich vor allem in London gelernt habe. Ich bin fest davon überzeugt, dass das Ohr beim Spracherwerb wichtiger ist als das Auge. Das Ohr schult die Zunge.

Ich begann, Mancini davon zu erzählen, aber ich unterbrach die Geschichte an der Stelle, als ich nach Damaskus zurückkehrte und am Flughafen Basma kennenlernte.

Ich hatte in London zwei Affären, eine rein erotische mit Daisy, der Nachbarin, die mit einem Piloten verheiratet war, der selten zu Hause und sehr kalt zu ihr war. Da kam ich gerade recht. Es war ein nüchternes Tauschgeschäft, Erotik mit einem Araber gegen Geborgenheit in der Fremde.

Mit Alice, der Sekretärin meines damaligen Chefs, war es anders. Ihr war es ernst, aber meine Angst vor dem Scheitern bremste mich, sie zu lieben. Mir blieben nur noch drei Monate in London, und ich wusste genau, dass Alice, Tochter eines Professors und einer sehr bekannten Geigerin, ein Leben in Damaskus nicht ertragen würde. Sie war ein wenig hochnäsig und führte sich im Amt auf, als wäre sie die wahre Chefin. Ihr gefiel nicht einmal London. Ich weiß nicht, warum sie sich ausgerechnet in mich verliebt hat. Ich habe alles versucht, ihr keine falschen Hoffnungen zu machen, und kam mir feige vor. An solchen Tagen wunderte sich Daisy über meine Wildheit im Liebesspiel. Natürlich konnte ich ihr den Grund nicht erklären.

Irgendwann nahm ich meinen Mut zusammen und lud Alice zu einem langen Spaziergang im St. James's Park ein. Ich sprach alles offen an, und sie gestand mir ihre Liebe. Aber auch sie war überzeugt, dass sie es in Syrien nicht aushalten würde. Sie hoffte, ich würde in London bleiben, und sagte, der Chef sei von mir begeistert. Als ich beschloss, nach Damaskus zurückzukehren, war sie entsetzt.

Wir blieben Freunde und schrieben uns noch über ein Jahr. Dann heiratete sie einen reichen alten Richter, der sehr eifersüchtig war und ihr bei jedem Brief Szenen machte. Da hörte sie auf, mir zu schreiben.

Ich war inzwischen mit Basma zusammen, und sie war überhaupt nicht eifersüchtig. Wer sich selbst achtet, braucht nicht eifersüchtig zu sein, sagte sie.

*

Basma war eine der ersten Frauen, die in der Zentrale des Telefon- und Telegrafenamts, wie es damals hieß, nicht weit vom Hijaz-Bahnhof, eine leitende Stelle erhielt. Sie war gerade von einer Ausbildung in Frankreich zurückgekehrt, und ich traf sie zufällig, als sie bei der Passkontrolle am Flughafen hinter mir in der Warteschlange stand. Wir kamen ins Gespräch und tauschten uns über die weltberühmte syrische Bürokratie aus. Dabei lachten wir viel. Meine Wut auf meinen damaligen Chef war wie weggefegt. Er hatte mir am Telefon versichert, am Flughafen würde ein Chauffeur warten, um mich an der Passkontrolle vorbeizuschleusen. Immerhin sei ich der ganze Stolz seiner Kriminalpolizei.

Niemand war da. Wir standen fast eine Stunde und warteten. Die Beamten hinter den Schaltern schienen wie in Trance und vermieden jeden Blickkontakt mit uns Reisenden. Sie arbeiteten alles andere als effektiv. Mein Gott, dachte ich, das allein wäre für Alice ein Grund, die Scheidung einzureichen. Ich, der Fremde, brauchte in London nicht länger als fünf Minuten, bis mir der Beamte höflich einen schönen Aufenthalt wünschte. Und draußen in der Halle wartete schon der Chauffeur, der mich abholen sollte. Aber in meinem eigenen Land ließ man

mich als Syrer, als Kommissar, also als Staatsbeamten, seit einer Stunde
warten.

Dann rief plötzlich ein Mann in Uniform: »Oberleutnant Barudi.«

»Ach, du bist gerettet«, meinte Basma.

»Ich will aber unser Gespräch nicht beenden«, erwiderte ich, und
mein Herz klopfte wie verrückt. Sie errötete.

»Du musst nicht mehr warten«, sagte der Chauffeur arrogant und laut
und baute sich breitbeinig vor mir auf. Als hätte er etwas zu befehlen.

»Du bist eine Stunde zu spät gekommen. Deshalb fährst du jetzt allein in die Stadt zurück«, sagte ich schroff, kehrte zu Basma zurück und
sah aus dem Augenwinkel, dass der Chauffeur einen Moment lang wie
eine Gipsfigur fassungslos dastand, bevor er verschwand.

»Das war gut«, sagte sie und strich mir über die Hand.

Nachdem die Formalitäten endlich erledigt waren, setzten wir uns in
ein Restaurant am Flughafen und aßen, lachten und sprachen bis nach
Mitternacht. Dann nahmen wir ein Taxi, das erst sie und dann mich
nach Hause brachte.

Es war um uns beide geschehen. Und mit jedem weiteren Treffen ver-
wandelte sich die Verliebtheit in eine große Liebe, getragen von der tiefen Überzeugung, dass wir einander gefunden hatten.

*

Bevor ich nach London ging, war ich ein einsamer Mensch gewesen.
Die Einsamkeit ist eine sadistische Bestie. Sie tötete mich nicht, sondern
machte mir die Zeit quälend lang. Ich las Bücher, ging ins Kino, schaute
fern, doch immer allein. Feste und Treffen mit glücklichen Paaren mied
ich, weil ich das Mitleid in den Augen der Freunde und Bekannten nicht
ertragen konnte. Mich zu fragen, ob ich denn gar nicht zu heiraten ge-
dachte, mochte lieb gemeint sein, aber es führte mir schmerzlich vor Augen, dass ich bisher gescheitert war, eine Partnerin zu finden. Und dann
kam ich eines Abends zufällig in ein Lokal, um einen Wein zu trinken,
und fand da genau die Menschen, die dann »meine Runde« wurden. Es

war eine volkstümliche alte Kneipe, nicht eine von diesen Bars, in denen Animiermädchen vornehm taten und dabei doch nur arme Prostituierte waren.

In Kneipen und Bars galten andere Regeln und Moralvorstellungen als in den Ämtern, Fabriken, Familien, Schulen oder auf den Straßen. Anfangs hatte ich in Bars keinen Hehl daraus gemacht, dass ich Kommissar war, aber dann wurden die Leute stumm und schauten mich ängstlich an. Meine Versuche, abzuwiegeln, scheiterten kläglich, denn wenn ich sagte, ich sei nicht für Steuerhinterziehung, Drogenschmuggel oder Politik zuständig, sondern nur für Mord und Totschlag, wurden sie noch ängstlicher. »Warum bist du denn heute hier? Hat dich eine Spur hierhergeführt? Verdächtigst du einen von uns? Sei ehrlich, du suchst jemanden hier.«

So beschloss ich irgendwann, mich als Beamten im Einwohnermeldeamt oder Vermessungsamt auszugeben.

Und es funktionierte prima. Die Leute wurden mir gegenüber schnell zutraulich.

In dieser volkstümlichen Kneipe also trafen sich Abend für Abend: der Lehrer Ismail, ein rechter Angeber, Georg, der Bodybuilder, ein schüchterner Schwuler mit Herkulesmuskeln und der Stimme und Seele einer zarten Frau, und Abdo, der alte Zuhälter, der keine »Mitarbeiterinnen« mehr hatte. Vier alte Huren, die sich gerade noch über Wasser halten konnten, spendeten ihm aus Mitleid Arak und Zigaretten. Er wohnte bei seiner blinden Schwester, die die Wohnung der Eltern geerbt hatte und ihm ein kleines Zimmer überließ. Gegen Kost und Logis musste er für sie im Gegenzug alle Botengänge erledigen, kochen und Wäsche waschen. Oft erzählte er von seinen abenteuerlichen Erfahrungen mit den Reichen und Mächtigen, die er mit jungen Huren versorgt hatte. Ob erfunden oder wahr, seine Geschichten waren spannender als die unserer Autoren mit ihren geschlechtslosen Helden. Und dann war da noch Daniel, der ewige Pechvogel. Es hieß, er habe mindestens zehn Pleiten hinter sich. Wovon er lebte, wusste niemand zu sagen, noch nicht einmal er selbst. »Gott allein weiß das«, sagen Damaszener, wenn ihre Geldquellen illegal sind. Der Jüngste in der Runde war Samuel, ein Möchtegern-Casanova. Er erzählte von all den Frauen, die ihn umschwärmten, wo auch immer er war. Seine Einsamkeit strafte ihn Lügen. Aber mit seinen Geschichten erotisierte er die Luft, weil er gut erzählen konnte, oft verschwörerisch leise.

Was uns verband, was uns einander näherbrachte, war die Einsamkeit. Und in der Tat vergaß ich meine Misere gewöhnlich für ein paar Stunden, wenn ich mit diesen komischen Vögeln zusammen war. Wir lachten, und jeder bemühte sich, einen Witz in die Runde zu werfen. Ich wurde ehrgeizig und sammelte im Amt und beim Friseur Anekdoten, Witze und Geschichten. Eines Tages ließ ich mich über einen Beamten aus, der nichts zu tun hatte. Ich weiß nicht, wie der Satz auf meine Zunge kam: »Er hat so wenig Arbeit wie ein Zuhälter im Altersheim«, sagte ich. Das Erstaunliche war, dass Zuhälter Abdo von da an immer lachte, wenn er mich sah. »Das war gut, ein Zuhälter im Altersheim«, wiederholte er amüsiert.

An manchen Abenden wurden die Zungen der Männer zu Penissen, die die Mäuler verließen wie hungrige Schlangen, Frauen suchten, Kinder zeugten. Nach dem vierten Glas Arak begatteten sie Schauspielerinnen und Weltstars und kehrten schließlich lallend vor Müdigkeit und Alkohol in die Mäuler zurück, die nur noch Zigarettenrauch und Alkoholfahnen ausstießen.

Erst nach meiner Rückkehr aus London, als ich mich in Basma verliebt hatte, verabschiedete ich mich von den Kumpeln meiner Einsamkeit. Ich schmiss eine letzte Runde Arak. Und merkwürdigerweise weinten einige beim Abschied. Ich war ebenfalls gerührt.

»Ich werde dich vermissen, wie der Zuhälter die Freier im Altersheim«, schniefte Abdo an meiner Schulter. Ich klopfte ihm tröstend auf den Rücken.

Nur Samuel, der Möchtegern-Casanova, lächelte wie ein Sieger und drückte mir zum Abschied kräftig die Hand. »Du brauchst dich meinetwegen nicht um deine Geliebte zu sorgen, Frauen von Freunden sind für mich wie Geschwister: tabu«, prahlte er.

Ich aber antwortete: »Du würdest auch deine Schwester bespringen.«
Alle außer ihm lachten.

*

Ich werde diesen Scharia-Professor so bald wie möglich ausquetschen.
Mir kommt das sehr merkwürdig vor, dass er von der Ankunft des Kardinals wusste. Vielleicht gibt es doch eine Verbindung zu den Terroristen, die den Kardinal am Flughafen entführen wollten.

*

Ich höre beim Schreiben den Nachbarn furzen. Demnächst werde ich
Schlaf- und Wohnzimmer tauschen. Das Wohnzimmer liegt zwar zur
Straße hin, aber so viel Autolärm dringt da nicht herauf. Hier kriege ich
jede Regung im Schlafzimmer der Nachbarn zwangsläufig mit. Und das
meiste ist unappetitlich.

Ich werde wütend, wenn der Mann seine Frau misshandelt, was nicht
selten geschieht.

*

Auf dem Weg zum Imbiss mit Mancini sah ich diesen Verrückten wieder, den die Damaszener »den verlorenen Prinzen« nennen. Er ist klein
und dürr und trägt einen weißen Anzug, auf dem sich die Zeit schon
lange niedergelassen hat. Im Knopfloch seines Revers steckt immer eine
frische Nelke. Seine Haare, billig gefärbt, glänzen. Die Damaszener hänseln ihn, aber manche geben ihm aus Mitleid auch Geld und Essen, wofür er sich mit einer übertriebenen Verbeugung bedankt.

Er spricht oft über seinen Vater, der ein gestürzter König sei, und
verkündet, er wolle eine große Armee ausrüsten, um den Thron seines
Vaters zu besteigen. Er ist so verrückt, dass nicht einmal die Spitzel der
diversen Geheimdienste ihn ernst nehmen. Nie wurde er verhaftet. Er

ist äußerst höflich. Vor Frauen verneigt er sich und sagt immer denselben Satz: »Chère madame, quand je vous vois, c'est un plaisir pour moi.«

Hin und wieder geht er langsam die Straße entlang und wedelt mit seinen Armen, als würde er fliegen oder schwimmen oder gar mit unsichtbaren Feinden kämpfen. Dazu spricht er laut irgendein Kauderwelsch, das kein Mensch versteht. An solchen Tagen grüßt er niemanden, und seine Augen weiten sich, als sehe er große Gefahren kommen.

Ich kenne den Verrückten schon lange und habe ihm oft Geld geschenkt. Aber immer wenn er ausrastete, sprach ich ihn nicht an. Heute trug er Piloten-Headset, das Kabelende hüpfte hinter ihm auf der Straße. Mancini blieb fasziniert mitten auf dem Bürgersteig stehen.

»Komm weiter, er hat gerade eine Krise«, sagte ich voller Mitleid. Die Passanten lachten über den Verrückten.

»Was für ein idiotisches Kauderwelsch«, sagte eine junge Frau hämisch zu ihrer Freundin.

»Das ist kein Kauderwelsch«, berichtigte Mancini die Frau und stellte sich ihr in den Weg.

»So, du verstehst das?«, erwiderte die ältere der beiden Frauen, die selbst kaum älter als zwanzig war.

»Nein, aber ich verstehe auch kein Chinesisch und kein Russisch, was nicht bedeutet, dass Chinesen und Russen verrückt sind.«

»Russisch und Chinesisch sind richtige Sprachen, aber was der verlorene Prinz da spricht, ist keine Sprache, das sind tierische Laute«, widersprach die Jüngere und kicherte.

»Kannst du dir vorstellen, dass er in seiner Fantasie auf einem fliegenden Teppich steht und über verschiedene Länder hinwegschwebt? Er begrüßt die Bewohner in ihrer eigenen Sprache, zwei Sätze auf Persisch, drei auf Hebräisch und vier auf Japanisch, gefolgt von einer Begrüßung auf Finnisch.«

»Komm, Magda«, rief die Ältere, »lass uns weitergehen, das ist der Bruder vom verlorenen Prinzen.« Und beide kicherten und gingen davon.

»Lass uns endlich essen, sonst breche ich vor Hunger zusammen, und dann kommt nur noch Teufelskauderwelsch aus mir heraus«, sagte ich und zerrte Mancini am Ärmel.

»Aber die ältere der beiden ist sehr attraktiv«, sagte er und ging nur unwillig hinter mir her.

»Heilige Maria, schütze diesen frechen Italiener«, stöhnte ich. Mancini lachte nur.

*

18.

Barudis neuer Verbündeter

Ein merkwürdiges Gefühl überwältigte Barudi vor dem Eingang der italienischen Botschaft. Der Wächter salutierte, weil er den Kommissar kannte, und wunderte sich, dass Barudi nicht weiterging, sondern innehielt. Sein Blick war auf den Hintereingang der Botschaft gerichtet. In diesem Moment sah er vor seinem inneren Auge noch einmal die Leiche des Kardinals auf dem Boden liegen, und ihm war zum Weinen zumute.

Er schüttelte die Bilder aus dem Kopf und klingelte.

Der Botschafter überraschte Barudi. Im Grunde hatte der erfahrene Kommissar nur gehofft, dass dieser seine Ermittlung unterstützen und Mancini in seiner Rolle als Journalist decken würde, damit er ungestört arbeiten konnte. Anders aber als der Botschafter des Vatikans war Francesco Longo vom ersten Augenblick an entgegenkommend und offen. Beide Männer verstanden sich auf Anhieb. Vielleicht waren ihre Liebe zu London und einige Dinge, die sie an Großbritannien schätzten, der Grund dafür, dass das Eis zwischen ihnen schnell schmolz, vielleicht verband sie auch ihr Hang zur Selbstironie.

Der Botschafter beauftragte die Pressestelle, Roberto Mastroianni umgehend als Journalisten zu registrieren. Eher aus Verlegenheit sagte Barudi, dass ihn die Ermordung des Kardinals beschäme und er den Vorfall außerordentlich bedaure. Und dass er nicht verstehe, warum der Vatikan bloß wegen ein paar gaunerischer Wundertäter eine solche Persönlichkeit nach Syrien geschickt habe. Barudi gestand dem Botschafter offen, er als Katholik verabscheue solche angeblichen Wunder. Allein die Tatsache, dass ein Mensch sich für auserwählt halte, mit Jesus oder Maria zu sprechen, sei eine Ohrfeige für die Millionen anderen, die gläubig, ehrenhaft und reinen Herzens sind.

»Sie sprechen mir aus der Seele, Herr Kommissar«, sagte der Botschafter und lachte. Er vertraute Barudi an, er glaube, dass es einen Schöpfer allen Lebens gebe, und er könne sich auch vorstellen, dass es einen Jesus gegeben habe, der mutig einen Aufstand gegen die Römer in einer staubigen Provinz namens Palästina führte. »Seine geniale Strategie lautete: Umarme deinen Feind so innig, dass er nicht mehr in der Lage ist zu kämpfen. Pontius Pilatus, der brutale und korrupte Statthalter des römischen Kaisers Tiberius, erkannte die Gefahr und verurteilte den Revolutionär Jesus in einem Schnellprozess zum Tode. Er war bekannt für seine Prozesse. Später wurde ihm das zum Verhängnis. Er wurde wegen seiner Brutalität und Korruption abgesetzt. Wenn später behauptet wurde, er habe es den Juden überlassen, ob Jesus verurteilt werden sollte oder nicht, so ist das ein Ammenmärchen. Pilatus verachtete die Juden. Und wo gab es einen Kolonialherrn, der einen Rebellen nicht selbst hinrichtete, sondern das Urteil dem versklavten Volk überließ?«

»Aber Jesu geniale Strategie ging auf«, schloss der Botschafter. »Es brauchte dreihundert Jahre, um das Römische Reich friedlich zu erobern. Die Liebe besiegt kampflos jeden Feind. Das ist die geniale Idee, und für diese Idee wurde er von Pilatus gekreuzigt.«

Der Botschafter schwieg eine Weile. Barudi ließ ihm Zeit. Die Jahre hatten ihn gelehrt, die inneren Prozesse eines Gegenübers nicht übereilt zu unterbrechen.

»Kann ich vertraulich mit Ihnen sprechen?«, fragte Botschafter Longo schließlich leise.

»Aber selbstverständlich, Exzellenz«, erwiderte Barudi, und sein Herz klopfte, weil es schneller als sein Kopf ahnte, dass nun etwas Wichtiges kommen würde.

»Wir haben den Kardinal hier zu Gast gehabt. Zu seinen Ehren wollten wir ein Festessen geben. Er jedoch wollte nicht so viele Leute sehen, deshalb lud man nur den vatikanischen Botschafter, seinen ersten Sekretär und unsere wichtigsten Beamten im Haus ein. Er war damit zufrieden. Wir erkundigten uns heimlich nach seinen Lieblingsgerichten. Er stammte, wie Sie wissen, aus Venedig. Unser Koch hat sein Bestes gegeben, und Kardinal Cornaro war gerührt. Es war ein heiterer Abend. Wir sprachen offen über Glaube und Aberglaube, und er war sehr angetan, dass sich ein Politiker, der eher in der harten Realität beheimatet ist, überhaupt mit dem Aberglauben beschäftigt. Ich erzählte ihm von meinem Bruder, der sich einer Sekte in Amerika angeschlossen und sein Leben zerstört hat. Er endete in der Irrenanstalt. Ich war damals sechzehn. Ich habe mich kundig gemacht, um meiner Mutter zu erklären, wie es dazu kommen konnte. Seither habe ich eine große innere Abneigung gegen jede Art von Aberglauben.

Das Festessen endete in heiterer Stimmung. Wir verabschiedeten uns, und der Kardinal wurde zur vatikanischen Botschaft zurückgefahren. Am nächsten Morgen kam die Überraschung. Kardinal Cornaro war am Telefon. Erst bedankte er sich bei mir für den schönen Abend und das intensive Gespräch, dann sagte er ohne Umschweife, er würde sich freuen, mich unter vier Augen zu sprechen. Ich schickte sofort unseren Fahrer, um ihn abholen zu lassen.

Er saß hier, wo Sie jetzt sitzen, und erzählte mir von seiner schier unmöglichen Mission. Nicht, dass er sich beklagt hätte, nein, er war begeistert wie ein junger Wissenschaftler, der einen schwierigen Forschungsauftrag bekommen hat, darauf brennt, ihn zu erfüllen. Ich fragte aus Neugier, warum seine Mission unmöglich sei. Er lächelte und sagte, der Papst habe ihm diese Aufgabe übertragen, weil nur zwei Kardinäle so skeptisch gegenüber Wunderheilern seien: Kardinal Levada und er. In der Tat erinnere ich mich an einen Zeitungsbericht über eine heftige Debatte im Vatikan zwischen Befürwortern und Kritikern der Wunderheiler. Selten dringt ein solcher Wortwechsel an die Öffentlichkeit. Ein Kardinal, ich habe seinen Namen vergessen, meinte, die Italiener bräuchten die Wunder, um ihren schwach gewordenen Glauben zu festigen. Da soll Kardinal Cornaro erwidert haben: Die Italiener sind wunderbar genug, aber Ihr Hirn, Bruder, braucht dringend ein Wunder. Ich fragte den Kardinal, ob ich das richtig in Erinnerung hätte. Er genierte sich ein wenig, die Presse habe übertrieben, aber im Zorn seien ihm ähnliche Worte tatsächlich über die Lippen gekommen.

Er habe also vom Papst diesen Auftrag erhalten. Benedikt sei zwar eher ein Freund von Levada, der seit 2006 die Glaubenskongregation leite, aber da der älter und gebrechlicher sei, blieb nur er, Kardinal Cornaro. Unmöglich sei die Aufgabe deshalb, weil zu viele Syrer und ein paar Kardinäle Interesse an einem positiven Bericht hätten. Sie machten sich große Hoffnungen, dass die syrischen Wunderheiler anerkannt würden. Dann aber wären Ägypter, Libanesen, Jordanier, Palästinenser und Iraker beleidigt, bei denen es auch Wunderheiler gibt. Auch sie haben Marienerscheinungen und lassen Olivenöl und Wein aus allen möglichen Löchern fließen.«

Barudi lachte herzhaft, und auch der Botschafter lachte über seine eigene Formulierung.

»Cornaro fuhr fort und erklärte, Papst Benedikt sei selbst eher skeptisch gegenüber Wunderheilern, aber er habe Freunde in beiden Lagern und wolle keine Seite verärgern, deshalb habe er ihn, Kardinal Cornaro, mit der Untersuchung beauftragt.

Nach eingehendem Studium habe er die anderen Fälle in Syrien, dem Libanon und Jordanien fallen gelassen. Das seien überwiegend Gauner und Taschenspieler, die mit ihren Manipulationen nicht einmal einen Auftritt in einem kleinen Zirkus durchstehen könnten, sagte er. Dieser eine Fall in Derkas jedoch habe ihn von Anfang an fasziniert. Die Berichte überschlugen sich vor Begeisterung. Auch Skeptiker legten die Waffen nieder, nachdem sie dem Mann begegnet waren. Sogar Monsignore Saleri, der Nuntius des Vatikans in Damaskus, sei inkognito in Derkas gewesen und vollkommen überzeugt. Er kenne Saleri seit Jahrzehnten. Dieser sei ein großer Rationalist.«

Der Botschafter hielt inne. Sein Blick wanderte durch den prachtvoll möblierten Raum, als suchte er die passenden Worte. Die Stille wurde nur vom leisen Ticken einer Wanduhr durchbrochen. »Das Problem besteht darin«, fuhr er schließlich fort und richtete seinen Blick wieder auf Barudi, »wie mir Kardinal Cornaro erklärt hat, dass der Wunderheiler im Norden Muslim ist. Keiner weiß genau, ob Sunnit oder Schiit oder Alawit, aber ein Muslim ist er mit Sicherheit. Ein Muslim … ohne die

Stigmata Jesu … aber er stellt Jesus höher als Muhammad und residiert in einer Kirche. Diese Worte sprach der Kardinal ganz langsam, und mir blieb die Spucke weg. Erst jetzt begriff ich, weshalb er mit mir hatten reden wollen. Der Kardinal fuhr in aller Ruhe fort: Dieser Wunderheiler, der weder Olivenöl absondere noch Stigmata trage, scheine ihm der wichtigste Fall nicht nur in Syrien, sondern auf der ganzen Welt zu sein. Apropos Stigmata, selbst belesene und von kirchlichen Betreuern beratene Wundergauner trügen die Wunden in der Handfläche, und das sei nachgewiesenermaßen falsch. Jesus wurde hier ans Kreuz genagelt, sagte er und zeigte auf sein Handgelenk.«

Barudi wunderte sich. »Aber auf allen Gemälden, bei allen Skulpturen befinden sich die Wunden in der Handfläche.«

Der Botschafter lächelte und sagte, genau das habe er auch eingewendet. »Inzwischen weiß ich«, fuhr er fort, »dass das in Wirklichkeit nicht möglich wäre, weil die Handfläche das Gewicht des Gekreuzigten nicht hält. Die Hand wäre gerissen. Abgesehen davon stirbt der Gekreuzigte nicht an den Wunden oder am Blutverlust, der Tod tritt durch Ersticken ein. Durch die ausgestreckten Arme lässt sich der Kopf nicht lange aufrecht halten und fällt dem Gekreuzigten auf die Brust. Dadurch schnürt es ihm die Luftröhre zu und er erstickt grausam langsam. In vielen Fällen führen auch Kreislaufzusammenbruch und Herzversagen zum Tod. Die Maler fanden es jedoch ästhetischer, die Handflächen mit Nägeln zu durchbohren.«

Barudi nickte nachdenklich und staunte nicht schlecht, dass er sich darüber als Christ noch nie Gedanken gemacht hatte.

»Aber zurück zum eigentlichen Problem«, fuhr der Botschafter fort. »Wie würden die Muslime reagieren, wenn der Kardinal feststellte, dass der Heiler von Derkas tatsächlich ein Wunderheiler war? Der Kardinal breitete eine Palette von möglichen Reaktionen vor mir aus, und ich merkte, wie intensiv er sich damit beschäftigt hatte.«

»Welche Palette?«, fragte Barudi.

»Kardinal Cornaro hat mir erklärt, wie jede einzelne Religionsgemeinschaft reagieren würde. Er hatte sich im Vorfeld wirklich keine

Mühe erspart. Ich habe vieles vergessen, aber nehmen wir an, der Mann von Derkas wäre tatsächlich ein Wunderheiler, ein Heiliger, wie es seine Anhänger behaupteten, dann würden viele Christen beleidigt reagieren, sich in ihrem Glauben verletzt fühlen. Hatte Gott keinen einzigen anständigen Christen gefunden, um der Menschheit seine Botschaft zu vermitteln? Und wie wiederum würden es die Muslime finden, wenn einer von ihnen plötzlich ein Bote christlicher Wundertaten wäre? Sollte der Mann hingegen kein Wunderheiler sein, gäbe es genauso viele, die sich beleidigt fühlen könnten. Warum aber, fragte ich ihn, hat man ausgerechnet einen der wichtigsten Kardinäle des Vatikans geschickt, der, nebenbei bemerkt, siebzig Jahre alt ist? Warum hatte er den Auftrag nicht delegiert?«

»Ja, genau! Das will ich hören«, unterbrach Barudi die Rede seines Gastgebers.

»Ich ging sogar noch weiter und sprach direkt von den Gefahren, die dem Kardinal drohten, weil die Region viele Unruhen und Aufstände erlebt hat. Die Mission könne lebensgefährlich werden, habe ich ihm gesagt.«

»Alle Achtung, die Hälfte der Syrer hat keine Ahnung, was in diesem Gebiet los ist, aber Sie wissen das!«, staunte Barudi.

»Nicht nur ich. Der Vatikan hat sich beim italienischen Geheimdienst informiert und Cornaro davor gewarnt, in die nördlichen Regionen des Landes zu reisen, das hat er mir selbst gesagt. Als ich ihn fragte, warum er sich dieser Warnung widersetzen wolle, senkte er den Blick und saß eine ganze Weile still da. Dann fing er leise, fast zu sich selbst gewandt, zu sprechen an. Dass diese Reise ihm persönlich und seinem Glauben diene. Er habe zu lange alles abgelehnt, was mit Wunderheilern zu tun habe. Bereits als Theologie- und Philosophiestudent habe er sich mit historischen Wundertaten beschäftigt und sei in diesem Zusammenhang auf viel Lächerliches und bisweilen sogar Kriminelles gestoßen. Allmählich aber sei er dahintergekommen, dass es über die Jahre hinweg unter den Kardinälen immer zwei Fraktionen gegeben hatte. Auch heute wollen die einen ein offenes, aufgeklärtes Christentum, das ohne irgendwelchen

Aberglauben auskommt und sich allein auf die Lehre Christi stützt. Die anderen, unter Führung des Kardinals Buri, betrachten das Christentum als eine Religion der Wundertäter. Für sie ist die Gottesschöpfung selbst das erste Wunder, und Jesus, Gottes Sohn, hat auf Schritt und Tritt Wunder vollbracht und Kranke geheilt. Und sie gehen noch weiter: Wer Wunder ablehne, wolle aus der katholischen eine evangelischen Kirche machen. Deshalb soll der Weg bis zur Ewigkeit mit Heiligen gepflastert sein. Diese hitzige Auseinandersetzung dauert bis heute an.«

Der Botschafter schwieg einen Moment lang. »Kardinal Cornaro selbst«, flüsterte er dann kaum noch hörbar, »ist, wenn Sie so wollen, in eine Glaubenskrise geraten. Natürlich hätte er in Rom bleiben und die Untersuchung in Syrien an einen jungen Mitarbeiter delegieren können, aber er wollte sich selbst und nicht die Meinung der Experten auf die Probe stellen. Das ist jedenfalls meine Erklärung. Sein Glaube war erschüttert, und er machte sich schwerwiegende Gedanken, ob er in der Diskussion um diese Wunderheiler eigenen Vorurteilen aufgesessen war. Deshalb wollte er sich selbst auf den Weg machen und Informationen aus erster Hand einholen.«

»Hat er Ihnen von den christlichen und muslimischen Religionshütern erzählt, die ihm hier mit ihren Besuchen auf die Pelle rückten?«

»Nein, anscheinend haben sie keinen großen Eindruck hinterlassen. Mich aber fragte er um Rat. Vom Nuntius der vatikanischen Botschaft hatte er erfahren, dass ich nicht nur ein normales Geschichtsstudium absolviert habe, sondern ein paar Jahre meines Lebens insbesondere dem Studium historischer Schlachten und den dahinterstehenden Strategien gewidmet habe. Er erkundigte sich nach dem besten taktischen Vorgehen, und wie er sich nach Beendigung seiner Untersuchungen zurückziehen könne, ohne für böses Blut zu sorgen. Ich empfahl ihm erstens, sich nie in die Auseinandersetzung zwischen den muslimischen Fraktionen einzumischen, da sie genau wie unsere diversen Konfessionen verfeindet sind. Zweitens, wie ein Feldherr zu handeln, je weniger der Feind von dem Vorhaben erfährt, umso besser. Das bedeutet, keine Erkenntnisse preiszugeben oder auch nur anzudeuten und keine Einschätzung, in welche Richtung auch immer, zu äußern. Drittens riet ich ihm, die ganze Sache abrupt abzuschließen, ohne dass viel Staub aufgewirbelt wird, und heimlich abzureisen. Das überzeugte ihn. Er bedankte sich für das Gespräch. Doch halt, beinahe hätte ich es vergessen. Er wollte sich schon erheben, da fragte er mich noch, ob ich etwas über den Buri-Clan wisse. Das hat mich ein wenig irritiert.«

»Warum?«, fragte Barudi.

»Ich weiß nicht genau. Ich bot an, Erkundigungen einzuholen, aber er winkte ab. Mein erster Sekretär hat später in Rom in Erfahrung gebracht, dass Kardinal Cornaro für seine Bemühungen bekannt war, den Vatikan aus den Krallen der italienischen Mafia zu befreien. Und es gibt Gerüchte, dass die italienische Mafia mit dem Buri-Clan zusammenarbeitet, der den Drogen- und Waffenhandel im Norden beherrscht.«

»Und so ein aufrechter und engagierter Mann wird umgebracht«, erwiderte Barudi empört.

Der Botschafter nickte traurig. Barudi stand auf. Es war bereits nach fünf. »Sie haben uns einen guten Schritt vorangebracht. Für mich ist die Sache nun klarer. Der Kardinal war leidenschaftlich auf der Suche nach der Wahrheit, auch für sich selbst, und ließ sich weder vom Drängen der Damaszener Fürsprecher der Wunderheilerin noch von der Wut des Scheichs beeinflussen. Er wollte in den Norden fahren und sich selbst ein Bild machen.«

»Genauso ist es«, sagte der Botschafter und drückte Barudi zum Abschied kräftig die Hand. Barudi wusste, er hatte einen Verbündeten gewonnen.

An der Tür fasste der Botschafter den Kommissar kurz am Arm. »Haben Sie irgendeinen Verdacht, wer der Mörder sein könnte? Ich will wirklich nicht neugierig erscheinen, aber ich wünschte, Sie hätten jemanden im Visier.«

»Einen?«, rief Barudi und lachte. »Es sind fast zu viele Verdächtige. Meine Arbeit besteht darin, wie mit einem Meißel an die Sache heranzugehen, um alles wegzuschlagen, was den Kern verdeckt. Und ich bin sicher, dass wir es nicht mit einem Einzeltäter zu tun haben.«

Der Botschafter hätte gerne gewusst, wie der Kommissar darauf kam, von mehreren Mördern auszugehen, aber er verkniff sich die Frage und sagte nur: »Ich freue mich sehr auf die Fortsetzung unseres Gesprächs.«

19.

Ein Bekennerschreiben

Mancini klingelte kurz vor zwanzig Uhr. Die Tür ging augenblicklich auf, als hätte Barudi direkt dahinter gestanden. »Sir Schukri ist in der Küche«, sagte er und lachte den Gast an. »Er mag keinen Besuch in seinem Königreich, wenn er kocht, deshalb bin ich zum Pförtner geworden. Komm herein.« Barudi machte eine Verbeugung, als wäre er der Butler des Hauses.

Mancini trat ein. »Merci, Monsieur«, sagte er mit dünner Stimme, ganz so, wie man sich die übertriebene höfische Aussprache in französischen Palästen vorstellt.

Schukri lachte, als er Mancini mit der Geschenketüte sah. Dieser war sehr erfreut gewesen, als er den Delikatessenladen, den er kannte, wiedergefunden hatte. Dort hatte er vor Jahren italienische Lebensmittel und Wein gekauft, um ein Abschiedsessen für seine Hauswirtin zuzubereiten, die ihn während seines Aufenthalts wie ihren eigenen Sohn behandelt hatte. Mancini übergab Schukri die Tüte mit zwei Flaschen Wein: einem würzigen Primitivo di Manduria aus Apulien und einem Pinot Grigio aus dem Friaul.

»Das war aber wirklich nicht nötig«, sagte Schukri, während er die Flaschen auf den Tisch stellte. Für das Essen hatte er zwei nicht minder edle Rotweine aus Daraia und Malula vorgesehen. Weißwein konnte Schukri nicht trinken, da er davon Sodbrennen bekam und außerdem nicht gut schlief. Das erzählte er Mancini aber nicht. Er würde den Weißwein aus dem Friaul weiterschenken.

Der tüchtige Hobbykoch hatte verschiedene Gerichte zubereitet: mit Hackfleisch gefüllte Weinblätter und andere mit vegetarischer Füllung, Kebbeh, Hummus, Mutabbal, Tabbuleh, gebratenes Gemüse und drei

Schälchen mit Dips. Dazu knuspriges Fladenbrot, das nach Erde duftete. Zwischen all diese Herrlichkeiten stellte Schukri weitere kleine Teller mit Oliven, Erdnüssen und Pistazien, sauren Gurken, gefüllten Miniauberginen und anderen eingelegten Spezialitäten.

»Hast du das ganze Amt eingeladen?«, fragte Mancini beim Anblick des vollen Tisches. Schukri hatte sich zwar schon mittags aus dem Büro verabschiedet, aber er verschwieg, dass drei der zeitaufwendigsten Gerichte von seiner Geliebten Faride zubereitet worden waren. Sie wohnte zwei Häuser weiter. Farides Ehemann war Transportunternehmer, ein reicher Grobian, und Faride liebte den charmanten Schukri, der keine großen Ansprüche stellte und sie verwöhnte. Er war nicht nur im Bett eine Freude für sie. Er war der erste Mann in ihrem Leben, der sie auf Augenhöhe behandelte und für sie kochte. Was sie aber nicht wusste und erst zehn Jahre später erfuhr, war, dass ihr Mann sowohl in Jordanien wie in Kuweit eine Frau und mehrere Kinder hatte. Die drei Frauen erfuhren erst bei seinem Begräbnis voneinander, aber das ist eine andere Geschichte.

Faride konnte Schukri helfen, weil ihr Mann für eine Woche auf Geschäftsreise in den Golfstaaten war. Sie verschwand kurz vor Barudis Ankunft.

Bevor die drei Männer sich zum Essen niederließen, sah Mancini sich ein wenig in der Wohnung um. Sie war elegant und gepflegt. Mancini erfuhr von Barudi, dass Schukri mit niemandem zusammenleben wollte. Es war nicht zu übersehen, dass Schukri gerne las, seine Bibliothek füllte eine große Wand von etwa sechs Meter Länge. Ausgesuchte Übersetzungen der Weltliteratur, alte Werke der früheren arabischen Dichter, in Leder gebunden.

Und dann aßen sie mit großer Freude all die Köstlichkeiten, die Schukri zubereitet hatte.

»Wo hast du kochen gelernt?«, erkundigte sich Mancini voller Bewunderung und strich sich über den Bauch.

»Bei meiner Mutter«, antwortete Schukri. »Als Kind war ich oft krank, und meine Mutter lenkte mich ab, indem sie mir von leckeren

Speisen vorschwärmte. Sie beschrieb ihre Rezepte bis in alle Einzelheiten und ließ mich manchmal beim Kochen zuschauen. Hin und wieder überprüfte sie, ob ich auch gut zugehört hatte, und fragte mich nach irgendeinem Rezept. Erst stotterte ich herum und hatte die Hälfte vergessen. Irgendwann beschloss ich, mir alles zu merken und so lange zu wiederholen, bis ich es wirklich im Kopf hatte. Es gab damals keine Kochbücher, und meine Mutter war eine Fundgrube für all die Tricks, wie man aus einfachen Zutaten das exotischste Essen zubereitet und wie man Gerichte retten kann, wenn etwas schiefgegangen ist. Bald wusste ich mehr Rezepte auswendig als patriotische Gedichte. Meine Mutter war stolz auf mich. Wenn wir Besuch hatten, ließ sie mich vor Tanten und Nachbarinnen mein auswendig gelerntes Wissen vortragen. Die Frauen lachten. Mein Vater warnte oft im Scherz, sie mache noch ein Mädchen aus mir.«

Der Wein schmeckte köstlich, aber Mancini trank langsam. Er wollte nüchtern bleiben und einige Fragen klären, die ihn beschäftigten.

Das Gespräch sprang, wie bei solchen Einladungen häufig der Fall, von Thema zu Thema. Immer wieder verglichen die drei die Verhältnisse in Italien mit denen in Syrien. Als Barudi und Schukri über einige Politiker und Kollegen im Amt sprachen, musste Mancini sich richtiggehend konzentrieren. Laufend ging es um Sunniten, Schiiten, Drusen, Alawiten, Christen und Juden. Seit seiner Ankunft war das so, auf der Straße, in den Geschäften, im Bus und im Amt. Was war passiert?, fragte er sich. Als er fünf Jahre zuvor in Syrien gewesen war, um Arabisch zu lernen, hatte man höchstens einmal an einem ganzen Abend erwähnt, dass jemand einer bestimmten Religion oder Nationalität angehörte.

Er folgte dem Gespräch zwischen Barudi und Schukri nicht weiter, in dem es inzwischen um irgendeine Liebesaffäre ging, die nicht akzeptabel war, weil die Frau einer anderen Religion angehörte als der Mann. Mancini kehrte in Gedanken zurück zu seinem spätnachmittäglichen Spaziergang durch die Stadt. Vieles war ihm seltsam vorgekommen. So viele verschleierte Frauen und so viele Geschäfte, die Schleier anboten. Das hatte er in Damaskus, der offenen Metropole, nicht erwartet. Absurd fand er ein Schaufenster im Suk al Hamidije, wo »modische Schleier« ausgestellt waren, bunte, mit Strass und Klunkern verkitschte Tücher.

»Wir langweilen unseren Gast«, sagte Schukri in diesem Moment und riss Mancini aus seinen Gedanken.

»Nein, überhaupt nicht«, erwiderte dieser. »Ich dachte nur kurz über die Veränderungen nach, die ich täglich beobachte, wenn ich durch die Straßen gehe.« Er hielt kurz inne, dann wandte er sich an Barudi. »Übrigens, vielen Dank für die ausführlichen Unterlagen. Die Analyse ist glaubwürdig und informativ. Hast du sie vorgenommen?«

»Nein, ich habe sie vor einiger Zeit gelesen, aber ich muss das eine oder andere Kapitel noch einmal durchgehen.«

»Welche Analyse?«, warf Schukri ein.

»Es geht um die Einschätzung von Aberglauben, Wundertätern und ihren Tricks«, erwiderte Barudi. »Du erinnerst dich doch bestimmt noch an die Ermordung der jungen Nonne vor etwa sechs Jahren?«

»Die in der Sakristei gekreuzigt wurde?«

»Ja, genau die. Damals standen wir vor einem Rätsel. Wer hatte diese liebenswürdige junge Nonne so gehasst, dass er sie bei lebendigem Leib kreuzigte?«

»Ist das wahr, mein Gott, wie entsetzlich«, flüsterte Mancini und fasste sich mit beiden Händen an den Kopf.

»Ja, leider. Die Nonne hatte Jesus-Stigmata, ihre Hände heilten angeblich Kranke. Einer ihrer fanatischen Anhänger war, wie sich herausstellte, zutiefst enttäuscht, dass die Nonne seine schwerkranke Mutter nicht heilen konnte, und wollte verhindern, dass sie andere Menschen heilte. Wir tappten lange im Dunkeln. Mein damaliger Assistent Elias Barkil war ein gläubiger Katholik. Er mochte die Wundertäter nicht und stand mir während der Untersuchung dauernd im Weg. Weil ich wusste, dass er Psychologie und Geschichte studiert hatte, bevor er zur Polizei kam, habe ich ihn beauftragt, eine Analyse der bekanntesten Wundertäter vorzunehmen. Er machte seine Arbeit gründlich, und als ich sie gelesen hatte, ahnte ich, dass der Täter aus den Reihen der Anhänger dieser Nonne und nicht ihrer Feinde stammt. Es war der erste entscheidende

Schritt bei der Ermittlung. Und bald hatten wir in etwa sein Profil: ein Einzelgänger, fanatisch, bitter enttäuscht von der Nonne. Das Kloster hatte zum Glück Buch geführt über alle Menschen, die zu der Nonne kamen. Aus diesen Namen haben wir diejenigen herausgefiltert, bei denen sich keine Heilung eingestellt hatte. Mit Pressemitteilungen versuchten wir, den Täter in Sicherheit zu wiegen. Wir gaben vor, in den Kreisen von Atheisten und Islamisten zu ermitteln. Gleichzeitig engten wir durch Ausschlussverfahren den Kreis der Verdächtigen immer weiter ein. Bald konnten wir den Täter fassen. Und du«, wandte sich Barudi erneut an Schukri, »hast uns mit deiner hervorragenden Arbeit genau diesen einen Fingerabdruck von ihm zur Verfügung gestellt, der ihn eindeutig überführte. Er musste alles zugeben.«

»Mach nicht schon wieder andere für deinen Erfolg verantwortlich. Deine Fähigkeit, jeden kleinsten Verdacht ernst zu nehmen und diese Ansätze zu kombinieren, ist inzwischen legendär.«

Barudi winkte ab, und um das Thema zu wechseln, fragte er Mancini: »Was hat dir an der Analyse am besten gefallen?«

»Zwei, drei Dinge sind wirklich herausragend, aber erzähl mir zuerst: Wo arbeitet dieser Assistent heute? Wir könnten seine Unterstützung gebrauchen.«

Die Frage löste Schweigen aus. Barudi und Schukri schauten sich an. »Elias«, hob Schukri dann mit belegter Stimme an, »ist leider vor drei Jahren bei einer Verfolgungsjagd verunglückt. Er war einem Bandenchef auf der Spur, der mehrere Menschen ermordet und noch weitere auf seiner Liste hatte. Unglückseligerweise fuhr Elias zu schnell, verlor in einer Kurve die Kontrolle über seinen Wagen, überschlug sich und krachte gegen einen Betonpfeiler.«

»Es war meine Schuld«, sagte Barudi. Seine Stimme brach, und er musste sich räuspern. »Ich hätte ihm nicht erlauben dürfen, an der Verfolgung teilzunehmen.«

»Hör bitte damit auf«, flehte Schukri. »Jedem von uns kann das passieren. Hast du ihm etwa gesagt, er soll die Schleudergefahr missachten?«

»Nein, aber ich habe einen der besten Männer verloren, mit dem ich in dreißig Jahren zusammengearbeitet habe. So eine Leidenschaft für Gerechtigkeit hat man selten gesehen«, sagte Barudi traurig.

»Das tut mir leid zu hören«, sagte Mancini. »Seine Studie über Wundertäter und Aberglaube ist wirklich sehr gut. Ich war überrascht zu lesen, dass schon die alten Ägypter und Griechen Tricks beherrschten, wie man Statuen und Bilder Blut weinen ließ. Aber dein Assistent hatte auch den Mut zuzugeben, dass es Fälle gibt, bei denen tatsächlich etwas Übernatürliches im Spiel sein muss.«

»Wie bitte, die alten Griechen?«, warf Schukri verwundert ein.

»Ja, und zwar bis zur Perfektion. Allein, was Heron von Alexandria geleistet hat, war unglaublich«, antwortet Mancini.

»Heron von Alexandria? Nie gehört«, murmelte Schukri.

»Ich bis zu meinen letzten Recherchen auch nicht«, gab Mancini zu, »aber Mathematiker kennen den Mann, der wahrscheinlich im ersten Jahrhundert nach Christus in Ägypten gelebt und geforscht hat. Dreizehn Bücher hat er geschrieben, über Mathematik, Optik, Automaten, Hydraulik, Waffentechnik und Erdmessungen. Er hat Automaten erfunden, die Türen, ›durch die unsichtbare Hand der Götter‹ öffneten, sobald man ein Feuer für die Götter entzündete, das dann in einem versteckten Kessel ausreichend Dampf und damit Druck erzeugte. Er war der Erfinder der ersten Dampfmaschine der Menschheit, die damals allerdings nur als kurioses Spielzeug betrachtet wurde. Die Industrie war noch nicht so weit, Dampf für den Antrieb von Maschinen einzusetzen. Er jedoch hat die erste Windmaschine, die eine Orgel betätigte, entwickelt. Und zur Erheiterung der Zuschauer eben auch weinende Statuen, die salzige, blutfarbene Tränen weinten. Über ein einfaches System versteckter kleiner Kanülen wurde Druck aufgebaut und die Flüssigkeit in Bewegung gebracht.«

»Und hast du auch nach dem Wunder im Dom von Neapel gegoogelt?«, fragte Barudi seinen italienischen Kollegen.

»Nein, das habe ich vergessen. Aber vielleicht kann ich es jetzt nachholen«, schlug Mancini vor.

»Klar, komm mit. Der Computer steht im Arbeitszimmer«, erwiderte Schukri. Mancini folgte ihm.

Als Schukri zurückkam, fragte er Barudi, was es mit diesem Wunder in Neapel auf sich habe, und Barudi erzählte ihm von dem angeblich erstarrten Blut in der geschlossenen Ampulle, das sich vor den Augen der Gläubigen verflüssigte. Schukri schüttelte den Kopf.

Keine fünf Minuten später kehrte Mancini mit einem Zettel in der Hand zurück. »Die Mischung in der Ampulle«, sagte er noch im Stehen, »besteht aus Eisen(III)-chlorid, das als Mineral Molysit in der Natur vorkommt, dazu nimmt man Kalziumcarbonat, das ist Marmorpulver, oder Eierschalen und etwas Tafelsalz und noch ein paar Tropfen Wasser. Fertig ist die Suppe! Solange es kalt ist, sieht es wie getrocknetes Blut aus, ab neunundzwanzig Grad jedoch verflüssigt sich das Pulver zu einer dicken roten Flüssigkeit. Simpler geht ein Betrug kaum.«

Mancini nahm einen Schluck Wein, aber noch bevor er sich setzen konnte, fragte Barudi: »Und hast du auch das kleine blaue Büchlein über die Wunderheilerin Dumia gelesen?« Als er Schukris Miene sah, fuhr er fort: »Vor einigen Jahren hat einer unserer Mitarbeiter ein paar Exemplare angeschleppt. Er ist bis heute absolut überzeugt von ihr.«

»Ja, ein absurdes, aber aufschlussreiches Buch. Es half mir, einige Fragen zu formulieren. Hast du es denn auch gelesen?«, fragte Mancini zurück.

»Ja, und ich musste viel lachen, als ich über diese mediengeile Dumia gelesen habe«, antwortete Barudi. »Sie ist für mich eine Karikatur des Glaubens. Sie selbst ist ziemlich primitiv, hat aber im Bischof und im Pfarrer zwei beredte Fürsprecher gefunden oder Paten, wie die Leute respektvoll sagen. Für mich sind sie Paten nach sizilianischer Art. Sie wollen die Leute mit allerlei Tricks und angeblichen Gesprächen mit der heiligen Maria einlullen, als hätte die heilige Maria nichts anderes zu tun, als ausgerechnet mit dieser Dumia zu reden. Aber wie dem auch sei. Jahrzehntelang war Damaskus im Aufschwung und hatte solche Taschenspielertricks nicht nötig. Erst die Krise vor dreißig Jahren belebte das Geschäft neu.

Auf dem Land gibt es solche Gauner seit über fünfzig Jahren. Bittere Armut und Analphabetismus machen die Leute abergläubisch. Sie suchten Halt. Ich habe selbst als Kind von zehn, elf Jahren in unserem armseligen christlichen Dorf im Süden solche Scharlatane erlebt. Nie werde ich vergessen, wie meine Tante für viel Geld das heilige Öl gekauft hat. Ein kleines Fläschchen mit einem in Olivenöl getränkten Wattebausch für drei Lira. Sie war so arm wie wir. Drei Lira! Das war damals der Tageslohn ihres Mannes, aber sie erhoffte sich von dem Öl alles. Es sollte Krankheiten heilen, Unheil abwenden und magische Kraft verleihen. Meine Mutter lachte sie aus.

Ich war sehr gläubig und betete zur heiligen Maria. Und eines Tages ging ich zu meiner Tante und bat sie, meine Hände mit dem heiligen Öl zu betupfen, damit sie Kraft bekämen. Einmal, nur einmal wollte ich meinen Rivalen Butros zu Boden werfen. Butros schlug mich, wann immer er konnte. Er war gleich alt, aber zweimal so groß wie ich. Ich hatte immer fürchterliche Angst, aus dem Haus zu gehen, weil ich fürchtete, dass er mir auflauerte.

An jenem Tag aber steuerte ich erhobenen Hauptes auf Butros zu, packte ihn mit beiden Händen am Kragen und rief: ›O heilige Maria steh mir bei‹. Ich wollte Butros zu Boden werfen und ihm meinen lange vorbereiteten Satz zurufen: ›Jetzt kannst du Staub fressen‹, doch Butros war ein Berg aus Fleisch und ließ sich überhaupt nicht einschüchtern. Er schüttelte sich vor Lachen, hob mich mit einer Hand hoch, bis ich in seinen Auge die roten Äderchen sah, und dann stieß er mit seinem großen Kopf so heftig gegen meine Stirn, dass ich mehrere Meter rückwärtsflog und für einen Augenblick wie benommen war. Als ich schmerzhaft auf dem Hintern landete, kam ich wieder zu mir. Ich taumelte benommen nach Hause. Und er lachte mir laut hinterher.

Zu Hause konnte ich die Beule auf meiner Stirn nicht verbergen. Bis dahin hatte ich meine Angst vor Butros stets verheimlicht und gelogen, wenn man mich fragte, woher ich meine Schürfwunden hatte. An dem Tag aber kam mein Cousin Girgi aus der Stadt zu Besuch. Er war bereits sechzehn und arbeitete bei einem Automechaniker. Er liebte meine

Mutter sehr. Girgi sah meine Beule und fragte mich unter vier Augen: ›Was ist los? Deiner Mutter hast du erzählt, du bist gestolpert und mit der Stirn gegen einen Baumstamm geprallt. Mir erzählst du jetzt die Wahrheit.‹

Ich weinte vor Scham, aber ich erzählte ihm alles, auch vom ranzigen Öl der Tante. Er küsste mich, gab mir zehn Piaster und sagte, ich solle zum Krämer gehen und Kürbiskerne kaufen und danach Butros rufen, er solle mal rauskommen. ›Dann lehnst du dich an unsere Mauer und knackst genüsslich deine Nüsse. Alles andere überlässt du mir.‹

Ich rannte zum Krämer. Auf dem Rückweg stand Butros zwei Häuser weiter an die Mauer seines Elternhauses gelehnt. ›Na, bringst du mir Kürbiskerne? Nur zu, ich habe Lust darauf.‹

Ich warf einen Blick auf unsere halb geöffnete Haustür und sah meinen Cousin mit einem Stock in der Hand in ihrem Schatten stehen. Butros aber konnte ihn nicht sehen. Girgi bedeutete mir, das Monster herzurufen.

›Wenn du eine Tracht Prügel haben willst, dann komm doch her. Und von den Kernen bekommst du nur die Schalen‹, erwiderte ich heiser vor Aufregung. Noch heute weiß ich nicht, wie mein zittriger Mund diese Worte hervorgebracht hat.

Butros kam tatsächlich. Als er unser Haus erreichte, ging die Tür vollends auf, und mein Cousin Girgi, so groß wie Butros, aber athletischer gebaut, sprang ihn an wie ein Panther. Erbarmungslos schlug er auf ihn ein. Kurz darauf lag Butros auf dem Boden und jammerte wie ein Baby. Girgi hielt inne. ›Hör mir jetzt gut zu: Du wirst doppelt so viele Prügel bekommen wie heute, wenn dein Schatten Zakarias Füße auch nur berührt. Verstanden? Wenn dein Schatten seine Füße auch nur berührt.‹

›Bitte nicht mehr schlagen‹, winselte Butros, dass ich beinahe Mitleid mit ihm bekam. ›Ja. Ich habe verstanden.‹

Das war's. Wann immer wir uns sahen, flüchtete er aus Angst, sein Schatten könnte mich berühren. Vor allem in den Abendstunden, wenn die Schatten länger wurden. Ich aber hatte jedweden Glauben an irgendwelche Öle, die Tränen und das Blut der heiligen Bilder verloren. Jahre später jedoch, ich war bereits in der Polizeiakademie, floss das Öl wieder aus heiligen Bildern in Malula, und heute tauchen in Damaskus und überall Gesprächspartner der heiligen Maria auf und heilen Kranke, mal mit, mal ohne Öl. Wie der Bergheilige in Derkas, zu dem unser Kardinal gefahren ist.«

»Moment«, meldete sich jetzt Mancini zu Wort, und in seiner Stimme lag Widerspruch, »der Fall der Wunderheilerin Dumia und der des Bergheiligen sind, jedenfalls nach den Unterlagen, eine Stufe seriöser einzuordnen, oder«, er zögerte, »wie sagt man auf Arabisch? Ach ja … raffinierter. Hier in Damaskus stellt sich die katholische Kirche samt ihrem Bischof und dem merkwürdigen Pfarrer vor die Wunderheiler. Nur Patriarch Bessra hält sich bedeckt. Bischof Tabbich und Pfarrer Gabriel dagegen betreiben die Sache mit großem Einsatz. Mit CDs, DVDs und Büchern machen sie Werbung. Es gibt sogar ein Gerücht, dass Verteidigungsminister Ballas zusammen mit führenden Offizieren des Geheimdienstes und der Armee bei der Frau war, um sich segnen und salben zu lassen. Die Sache mit dem Bergheiligen ist dagegen etwas komplizierter. Der Mann ist Muslim …«

In diesem Moment klingelte Barudis Handy. Er warf einen Blick auf das Display. »Ja, Ali, guten Abend, was gibt's?«, sagte er dann. Eine Weile hörte er schweigend zu. »Ach Gott, nein«, sagte er schließlich. »Bist du sicher? … Danke, nein, bleib zu Hause, das hat Zeit bis morgen. Wir können zu dieser Stunde ohnehin nichts machen … Ich weiß, ich weiß, ich danke dir, aber es ist nicht nötig … Gut, wir sehen uns morgen. Salam.«

Barudi beendete das Gespräch mit einem Knopfdruck, legte sein Handy auf den Tisch. »Es ist eine Katastrophe«, sagte er.

»Was ist passiert?«, fragten seine Kollegen wie im Chor.

»Im Fernsehen wurde gerade ein Bekennerschreiben verlesen. Eine islamistische Gruppe, die sich ›Kampf gegen die Kreuzzügler‹ nennt, hat sich zum Mord an dem Kardinal bekannt. Das ist echt scheiße. Wir lassen keine Silbe über den Fall verlauten, nicht einmal unseren Kollegen gegenüber, sprechen statt vom toten Kardinal nur von ›Maher‹, um die Sache diskret zu behandeln, und jetzt das. Ich war dabei, als der Innenminister alle Verantwortlichen der Zeitungen, Radiosender und Fernsehanstalten, auch der Privaten, anwies, kein Wort in dieser Sache zu veröffentlichen, bis wir, Mancini und ich, mit unserer Untersuchung fertig sind.«

»Das bedeutet, dass der Geheimdienst dahintersteckt. Niemand sonst würde es wagen, den Innenminister zu übergehen. Armer Barudi«, sagte Schukri leise und strich Barudi liebevoll über die Schulter.

»Als ob wir nicht schon genügend Probleme hätten, wirft man uns nun dieses Bekennerschreiben wie eine Bombe zwischen die Beine«, sagte Barudi und spürte, wie sich sein Magen zusammenzog.

»Lasst uns aufbrechen!«, schlug Mancini vor.

»Nein, ihr bleibt sitzen. Das Essen ist erst abgeschlossen, wenn man den Kaffee getrunken hat. Wir können uns dann noch gemeinsam die Nachrichten um dreiundzwanzig Uhr anhören«, rief Schukri und eilte in die Küche. Barudis Protest bekam er nicht mehr mit.

Es war kurz vor Mitternacht, als Barudi und Mancini das Haus verließen. Das Taxi wartete schon. Barudi nahm neben seinem Kollegen auf dem Rücksitz Platz und nannte dem Fahrer Mancinis Adresse in der Midan-Straße.

»Hast du schon einen Termin bei der Wunderheilerin?«

»Ja, morgen um fünfzehn Uhr. Zuvor muss ich zu Pfarrer Gabriel gehen. Ohne dessen Zustimmung redet sie mit keinem Journalisten, hat mir ihr Mann am Telefon gesagt. Ich hoffe, das Gespräch wird uns weiterbringen.«

»Wenn die Frau Ihnen nicht helfen kann«, mischte sich der Taxifahrer ein, »ich kenne da einen Scheich, der hat drei Teufel aus einer Cousine von mir herausgeholt. Sie war blind, taub und verrückt dazu. Drei Sitzungen hat der Scheich gebraucht, und jetzt kann sie wieder sehen und hören und ist ganz vernünftig.«

Die beiden Kommissare waren sprachlos.

»Hast du sie etwa geheiratet?«, fragte Barudi giftig.

»Nein, aber ein Freund von mir hat sie geheiratet«, antwortete der Schwätzer hinter dem Lenkrad.

»Dann warte mal ab. Dein Freund wird bald blind, taub und reif sein für die Irrenanstalt. Aber ich habe Beziehungen dort und kann ein Wort für ihn einlegen.«

Eingeschüchtert sah der Taxifahrer Barudi im Rückspiegel an. Schnell und ohne noch ein Wort zu sagen, fuhr er Richtung Midan-Straße, überzeugt, die Herren seien Geheimdienstler.

Es hatte zu regnen begonnen und Barudi genoss die Lichter der Stadt. Als sie an der bunten Neonschrift des Restaurants »Ali Baba« vorbeikamen, wurde Barudi melancholisch. Dort hatte er Basma zum ersten Mal leidenschaftlich geküsst. Sie hatten zusammen gegessen und viel gelacht. Als er ihr schließlich an der Garderobe in den Mantel half, konnte er ihrem Duft nicht widerstehen. Obwohl er Sorge hatte, Basma zu erschrecken, küsste er sie. Und Basma küsste ihn ebenso leidenschaftlich, bis sich eine Frau hinter ihnen räusperte. »Dürfte ich zu meinem Mantel, bitte. Das Taxi wartet.« Damals hatte er verlegen gelächelt.

Kurz vor der Midan-Straße fragte Mancini Barudi leise, ob er noch auf ein Glas Wein zu ihm kommen wolle.

»Gern«, sagte Barudi.

Bald erreichten sie das Gebäude. Barudi zahlte und stieg nach Mancini aus.

»Der italienische Botschafter hat mich mit seiner Offenheit überrascht«, begann Barudi, als sie an dem kleinen Tisch in Mancinis Küche Platz genommen hatten. Sein italienischer Kollege hatte ihm einen trockenen Cabernet Sauvignon serviert.

Lange sprachen sie über den Kardinal und über das Bekennerschreiben. Die Spätnachrichten zeigten das Papier. Wie jedes Schreiben islamistischer Terroristen begann der Text mit den Worten: bism Allah alruhman alrahim. Die Nachrichtensprecherin verlas einige Details, die inzwischen bekannt geworden waren. Das Schreiben sei auf dem Computer geschrieben, ausgedruckt und der Nachrichtenagentur SANA per Post übermittelt worden. Aber, so die Nachrichtensprecherin, im Internet tauche das Schreiben nirgendwo auf.

»Das sagt etwas über den Absender. Er ist bestimmt in fortgeschrittenem Alter«, murmelte Mancini, als spreche er zu sich selbst.

»Wie kommst du darauf?«

»Weil er Angst davor hat, im Internet zu schnell ausfindig gemacht zu werden«, erwiderte Mancini.

»Aber dann kämen doch fünfzehn Millionen Syrer infrage. Auch ich vertraue dem Internet nicht«, wandte Barudi ein.

Als Barudi eine ganze Weile später Mancinis Wohnung verließ, stellte er den Mantelkragen auf, band sich den warmen Schal um den Hals, um die Kälte nicht in sich eindringen zu lassen, und beeilte sich, nach Hause zu kommen.

Es war kurz nach zwei, als er schließlich im Bett lag, aber er konnte nicht einschlafen. Vielleicht war es der Wein, der ihn im Treppenhaus, kurz bevor er seine Wohnungstür aufschloss, plötzlich auf den Gedanken an Papst Benedikt gebracht hatte. An diesem Papst wurde von allen möglichen Seiten, von ganz unterschiedlichen Kardinälen gezerrt. »Ein Papst mit solchen Freunden überlebt nicht lange«, sagte sich Barudi und schüttelte dann den Kopf, wie um den Gedanken loszuwerden.

Barudi stand noch einmal auf, um sich die wichtigsten Punkte zu notieren, die er am nächsten Tag bei der Lagebesprechung nicht vergessen durfte. Doch auch danach konnte er nicht schlafen. Er setzte sich hin und schrieb auf, was ihm durch den Kopf ging.

20.

Bevor der Tag beginnt

Kommissar Barudis Tagebuch

Draußen regnet es in Strömen. Die Bauern freuen sich bestimmt. Ich nicht.

Ich muss morgen so viel erledigen. Vor allem diese unangenehme Begegnung mit Scheich Farcha. Ein widerlicher Typ. Gott sei Dank kann ihn der Chef auch nicht leiden.

Aber nicht nur diese Vernehmung liegt mir schwer im Magen, sondern auch das Gefühl, nichts verändern zu können. Ich fühle mich wie gelähmt. Wie in einem Albtraum, aus dem ich nicht erwache.

Um im Gespräch mit dem Scheich gut gewappnet zu sein, habe ich meinen Assistenten Ali zu einem von Farchas Cousins geschickt, Scheich Salim, mit dem Farcha sogar öffentlich im Streit liegt. Ich mahnte Ali, trotz des Bekennerschreibens kein Wort vom ermordeten Kardinal zu erwähnen. Ali kann das! Scheich Salim erzählte ihm viel über die Ausschweifungen Farchas und nannte die Namen von drei Frauen, die mit diesem ein Verhältnis hatten. Ali mahnte den Mann, er komme nicht von einer Boulevardzeitung, sondern von der Kriminalpolizei. Ob er von einer engen Beziehung seines Cousins zu den bewaffneten Islamisten wisse, da man bei einem verhafteten Islamisten Indizien gefunden habe, aber die reichten nicht aus für eine Verhaftung. Scheich Salim wusste angeblich nichts und wandte sich beleidigt wieder einem Stapel Papiere zu. Es waren Kopien von Zauberformeln für Amulette gegen Impotenz, auf jeder musste nur noch der Name des Bittstellers eingetragen werden. Als Ali sich darüber wunderte, erklärte ihm der Mann kaltschnäuzig, bei etwa hundert Patienten am Tag wäre seine Hand gelähmt, wenn er alles handschriftlich anfertigen müsste.

Ich muss Nabil beauftragen, mehr über Scheich Farcha herauszufinden.

Der jährliche Bericht über meine Mitarbeiter für den Chef steht an! Schon wieder! Ich weiß viel über die beiden, aber ich werde nichts schreiben, was ihnen schadet. Genau das ist eine Quälerei.

Ali: verschlossen, sehr impulsiv, hasst das Regime aus privaten Gründen. Ein betrunkener General hat seinen Bruder angefahren, der zwei Wochen später seinen Verletzungen erlag. Das Gericht sprach den General frei.

Ali neigt zu übereilten Reaktionen, behindert damit manchmal die Ermittlung. Er ist zuverlässig und wagemutig, stößt jedoch öfter einmal an die Grenze des Erlaubten bzw. Legalen. Er ist wie ein Hundertmeterläufer: stark für kurze Zeit. Dauert eine Sache länger, ist er frustriert, kurzatmig und ungeduldig. Alis größtes Problem: Er hat kein methodisches Denken und lernt nicht aus seinen Fehlern. Manchmal trifft er ins Schwarze, aber eher zufällig.

Nabil ist vorsichtig, fast feige. Langsam bis zur Behäbigkeit. Er hat den langen Atem eines Marathonläufers. Er wird das Rennen und eine beachtliche Karriere machen.

Man vermutet, er sei ein Spitzel des Geheimdienstes. Das glaube ich nicht. Seine Kontakte zu den Kreisen der Macht sind häufig nützlich. Frau Malik hat Bedenken: Er heuchle Freundlichkeit und schreibe gleichzeitig Berichte über jeden, meint sie. Ich habe Ali sicherheitshalber gewarnt. Er hat behauptet, das wisse er schon lange. Als ich nachfragte, wich er aus, duckte sich weg.

Beide, Nabil und Ali, kommen zwar halbwegs miteinander aus, sind aber neidische Konkurrenten.

Über Schukri muss ich Gott sei Dank nichts schreiben, er ist inzwischen mein einziger zuverlässiger Verbündeter und hat so großes Vertrauen zu mir, dass er ungehemmt auf das Regime schimpft. Er ist ein fantastischer Techniker mit einer sensiblen Nase für die richtige Spur. Aber er ist ein sexbesessener Mann. Ich habe erfahren, dass er vier (!) Geliebte in der Stadt hat. Gleichzeitig ist er der einsamste Mensch, den ich kenne. Außer mir, muss ich der Ehrlichkeit halber hinzufügen. Er ist über fünf Ecken mit einem hohen Tier verwandt, und deshalb wagt niemand, ihm zu nahe zu treten. Ich glaube, er würde – sollte ich in Schwierigkeit geraten– alles tun, um mir zu helfen.

*

Während ich gestern im Büro den Radiobericht über wundersame Erscheinungen hörte, kam mir ein Gedanke:

Die Frage ist nicht, ob wirklich Öl, Blut oder Wein aus den Bildern fließt. Oder ob sich eine Heilerin absichtlich Verletzungen zufügt und die Blutung mit Alaunstift stillt, den man in der Kosmetikabteilung jedes Supermarktes findet. Dann kann sie die Wunde vor den Gläubigen berühren oder reiben, bis das Blut vor den staunenden Zuschauern wieder fließt. Die Frage ist auch nicht, ob die Stigmata an der richtigen Stelle sitzen. Die Frage ist vielmehr, ob Gott, Jesus oder Maria es nötig haben, eine Frau mit schlichtem Gemüt oder einen eitlen Pfarrer sadistisch mit Schmerzen und Wunden zu quälen, um auf diese Weise ihre göttliche Botschaft zu vermitteln … Nein, das ist Humbug. Das braucht kein allmächtiger Gott, der Atome, Sterne und Planeten im Gleichgewicht hält.

Die zweite wichtige Frage ist: Welche Botschaft wird hier tatsächlich verbreitet? Man muss sich vorstellen: Angeblich bittet Gott die Wunderheilerin Dumia um Hilfe, damit die Anhänger der verschiedenen Religionen endlich aufhören zu streiten und sich vereinen. Das steht wörtlich in der Werbebroschüre. Welche Beleidigung Gottes! Was für eine Theologie haben Pfarrer, Bischof und Patriarch denn studiert!

Mein Vertrauen zu Mancini wächst von Tag zu Tag. Ein kluger, anständiger Kerl. Und dazu frech und witzig. In dieser Hinsicht erinnert er mich an meinen Kindheitsfreund Gibran.

Gibran war ein schlauer Kerl. Obwohl er nicht sonderlich gläubig war, ging er jeden Sonntag zur Kommunion, die in der katholischen Kirche der heiligen Maria aus einem besonders intensiv duftenden Brot und Rotwein bestand. Das Brot buk und spendete der katholische Bäcker des Dorfes bis zum letzten Tag seines Lebens.

Ich empfand bis zu meiner letzten Kommunion mit sechzehn Jahren immer einen Ekel, den Leib eines Menschen zu essen und sein Blut zu trinken. Ich glaubte jedes Mal, das Brot rieche nach Fleisch, nach Schweiß. Manchmal blieb es mir deshalb im Hals stecken.

»Denk nicht an das Gequassel der Pfaffen«, empfahl mir Gibran, »denk daran, es sind die geheimen Worte für den Eintritt in ein Reich der Freude. Jesus war ein Genießer. Er hat nicht das Leiden empfohlen, sondern Brot und Wein, Nahrungsmittel und Vergnügen für alle.«

Und das sagte einer mit zwölf!

*

Vor zwei Tagen war ich wieder beim Friseur. Burhan ist für mich Kaffeehauserzähler, Psychotherapeut und Gerüchtekoch in einer Person. Dreimal war er im Gefängnis, aber jeweils nur für ein paar Monate …

Einige Männer witzelten gerade über einen Frömmler, da meldete sich ein anderer zu Wort. »Apropos Frömmelei«, sagte der Mann. »Wir, meine Frau und ich, gingen neulich an einem Gebäude vorbei, über dessen Eingang der Satz *Von Gottes Gnaden erhalten* in Marmor eingraviert war. Händler hängen das ja auch gern auf.

›Wenn der Teufel das lesen würde‹, sagte meine Frau, ›er würde weinen. In den alten Büchern hieß es, dass der Teufel den Menschen für seine Dienste immer einen Preis abverlangt. Er macht den einen reich um den Preis seiner Stimme, den anderen um den Preis seiner Schönheit, seines Kindes, seines Charakters oder gar seines Schattens.‹

Heute führen die Leute alles, was sie besitzen, auf Gott zurück, als wäre Gott ein Ölscheich, der mit Geld nur so um sich wirft. Dabei arbeitet der Teufel sich hier zu Tode.«

*

Nicht weit von meiner Wohnung lag die Praxis des Hellsehers Abdullah. Man musste sich bei ihm mindestens einen Monat im Voraus anmelden, um einen Termin zu bekommen. Menschen jeder Herkunft fanden sich unter seinen Kunden. Er unterschied nicht, empfing Bettler wie Minister gleichermaßen freundlich. Vom Wunsch nach der Zukunft der Kinder, bis hin zu Chancen und Glück einer Ehe, die noch nicht geschlossen war.

Viele Klienten tröstete Abdullah, aber mitunter malte er auch düstere Bilder ihrer Zukunft … deshalb war er beliebt. Einer, der dauernd rosige Zeiten verspricht, wird langweilig.

Politisch war er äußerst vorsichtig, weigerte sich stets, irgendeine Aussage zu machen, die man falsch interpretieren könnte. Zweimal wurde er verhört und kam mit ein paar Ohrfeigen davon. Das galt in Damaskus als Glück im Unglück.

Nicht so sein Sohn Hussein. Der hasste – aus welchen Gründen auch immer – die Regierung. Der Vater, besorgt um die Sicherheit des intelligenten und sensiblen Jungen, bat die Geister Tag und Nacht um den Schutz seines Sohnes. Doch der Geheimdienst war schneller als alle guten Geister. Der Sohn verschwand mit drei seiner Kameraden bei einem Treffen im Untergrund.

Niemand wusste, wo er gefangen gehalten wurde.

Der Hellseher erntete Spott und Häme. Wenn er nicht vorhergesehen hatte, dass sein Sohn verhaftet würde und nicht einmal wusste, wo er nun gefangen gehalten war, wie sollte er die Zukunft seiner Klienten kennen? Sein Warteraum wurde leer, nur selten verirrte sich ein Fremder dorthin. Zudem hatte jeder, der von der Verhaftung des Sohnes wusste, Angst davor, mit dem Vater zu verkehren.

Ich fand den Mann sympathisch, obwohl ich Hellseher eigentlich nicht ausstehen kann, und grüßte ihn immer freundlich, aber wir kamen nie ins Gespräch.

Vier Jahre lang suchte der Hellseher nach seinem Sohn. Vergeblich! An einem kalten Februartag brachte man dem Vater die Leiche. Einen Monat lang hörte man ihn laut weinen. Als er dann aus dem Haus kam, war er blind.

Ich sah ihn mit Blindenstock und Sonnenbrille durch die Straßen gehen. Er klopfte mit dem Stock gegen die Türen und Mauern und rief: »Hussein«.

Wilde Gerüchte über die Ursache seiner Blindheit machten die Runde. Irgendwann verließ er unbemerkt die Stadt, und ich hörte nie wieder von ihm. Gestern haben Behörden sein Hab und Gut mit einem Lastwagen weggebracht.

*

21.

Das Chaos

Der Tag begann schlecht. Barudi wurde vom Klingeln seines Handys geweckt. »Hast du von dem Bekennerschreiben gehört?«, schnauzte ihm Major Suleiman mit übernächtigter Stimme ins Ohr. Noch bevor Barudi antworten konnte, fuhr sein Chef wütend fort: »Das ist eine große Scheiße. Ich erreiche niemanden, der mir sagt, wer dieses Schreiben zur Veröffentlichung freigegeben hat. Der Polizeipräsident jammert, als hätte er Zahnschmerzen, und der Innenminister lässt sich verleugnen, dabei weiß ich, dass er in seinem Büro ist.«

»Ich habe es erst kurz vor Mitternacht erfahren«, erwiderte Barudi gequält. »Und ich wollte dich nicht stören, weil wir ohnehin nichts tun können. Ich komme sofort ins Büro. Wo bist du gerade?«

»Wo soll ich denn sein?«, erwiderte Suleiman harsch. »An der Riviera oder in Sankt Moritz vielleicht? Ich bin seit halb sieben hier im Büro.«

»Ich bin gleich da, lass uns Kaffee in dein Büro bringen«, bat Barudi.

»Sieh zu, dass die Meute der Journalisten dich am Leben lässt. Sie belagern uns, stehen unten vor dem Eingang wie Demonstranten«, sagte Major Suleiman immer noch in heller Aufregung.

»Mach dir keine Sorgen um mich. Ich werde die Halunken schon los«, erwiderte Barudi und wusste, dass er damit den Mund ziemlich voll nahm.

Als Barudi das Amt erreichte, sah er, dass Major Suleiman untertrieben hatte. Der Eingang war von mindestens sechzig Journalisten umlagert. Barudi, der jeden Morgen zu Fuß ins Büro kam, ging langsam auf die Menge zu. Doch noch bevor er die Stufen erreicht hatte, schloss sich die Meute um ihn. »Lasst mich die Treppe doch vollends hinaufgehen und zu euch allen sprechen«, forderte er listig.

Dezent nickte er seinem Lieblingsjournalisten Jusuf Schalasch zu. Dieser war einmal Mönch gewesen. Als er sich in eine Frau verliebte, verließ er den Orden und wurde Journalist. Barudi scherzte oft mit ihm. Sie kannten sich seit dreißig Jahren, und Barudi gönnte diesem bescheidenen Mann manchmal einen kleinen Vorsprung. Aber an diesem Tag war nichts zu machen.

Er drängte sich weiter durch die Journalisten, bis er vor einem Klumpen bunter Mikrophone stand. Von hier aus warf einen Blick auf die gläserne Eingangstür. Zwei große Schritte und ein beleibter Journalist trennten ihn von ihr. Er würde es schaffen, dachte er und hob die Hand, um dem Stimmengewirr ein Ende zu bereiten. Die Fragen der Journalisten prasselten auf ihn ein.

»Hat die Polizei irgendwelche Anhaltspunkte, was die Mörder angeht?«

»Warum dieses Versteckspiel?«

»Fühlt sich die Polizei denn dem Volk gegenüber nicht mehr verantwortlich?«

»Wer ist diese Gruppe?«

»Sind es Salafisten? Nationalisten?«

Und dergleichen mehr.

»Verehrte Journalisten, die Ergebnisse unserer bisherigen Untersuchungen, die Indizien und Vermutungen reichen für eine klare Stellungnahme noch nicht aus. Zu dem Bekennerschreiben liegen uns noch keine weiteren Details vor. Davon habe auch ich nur aus dem Fernsehen erfahren. Ich gebe Ihnen einen Tipp – der Innenminister muss es gewusst haben … Verlieren Sie keine Zeit, hier kann Ihnen niemand mehr zu dieser Veröffentlichung sagen.«

Ein Tumult brach aus. Manche Journalisten beschimpften den Innenminister, andere mahnten, die Nerven nicht zu verlieren. Genau dieses Chaos nutzte Barudi, um die Tür zu erreichen. Die beiden Türsteher sorgten dafür, dass keiner der Journalisten ins Gebäude gelangte.

In seinem Büro legte Barudi Mantel und Tasche ab und rief seinen Chef an. »Ich glaube, du kannst den Kaffee bringen lassen. Ich bin noch am Leben«, sagte er. Atif Suleiman lachte, aber sein Lachen klang gezwungen.

Als Barudi das Zimmer betrat, lief Major Suleiman im Zimmer auf und ab. Das war ein schlechtes Zeichen. Erst als er Barudi bemerkte, blieb er abrupt stehen. Er war unrasiert und sah müde aus. Beleibte Menschen, dachte Barudi, wirken schöner und fröhlicher, wenn sie gepflegt sind, und sie verwahrlosen schneller.

»Der Innenminister ist ein Schleimer«, begann Major Suleiman mit heiserer Stimme, als wäre er erkältet. »Er versichert mir in poetischen Worten seine Freundschaft und erinnert mich daran, dass er einen meiner besten Männer bald zum Volkshelden machen möchte. Aber jetzt erfahre ich auf Nachfrage, dass er mit dem Geheimdienst ausführlich über das Bekennerschreiben diskutiert hat.«

»Wie? Was heißt ausführlich diskutiert? Wie lange kennen die denn das Schreiben schon?«, fragte Barudi empört.

»Es liegt seit einer Woche beim Innenminister und dem Chef der Abteilung Terror im Geheimdienst.«

»Das ist doch nicht möglich«, schrie Barudi, als Frau Malik mit einem Tablett hereinkam, auf dem eine große Mokkakanne und zwei Tässchen standen.

»Reg dich nicht so auf«, sagte sie besorgt zu Barudi. »Du möchtest mich doch als Rentner ab und zu zum Essen einladen, oder? Wenn du so weitermachst, hängst du demnächst an Schläuchen, und ich kann sehen, wo ich bleibe.«

Barudi lächelte. In der Tat hatte er Frau Malik versprochen, nach seiner Pensionierung hin und wieder vorbeizuschauen und sie zum Essen einzuladen.

»Vielen Dank, Frau Malik. Bitte geben Sie Barudis Truppe Bescheid, dass der Italiener, sobald er auftaucht, zu mir kommen soll«, fuhr Major Suleiman dazwischen.

Bevor Frau Malik etwas erwidern konnte, wandte sich Barudi an seinen Chef. »Der Italiener kommt nicht.«

Suleiman bemerkte seinen Irrtum.

»Ach ja, danke. Sie können gehen, Frau Malik.«

Barudi wollte, nachdem Frau Malik die Tür hinter sich geschlossen hatte, nicht auf Suleimans schlechtem Gedächtnis herumreiten.

»Ich bin wirklich durcheinander«, sagte Suleiman leise. »Ruf ihn bitte an, aber erst wenn du deinen Kaffee getrunken hast.« Damit schenkte er sich und Barudi dampfenden, nach Kardamom duftenden Kaffee ein.

Barudi wählte Mancinis Nummer. Belegt. Er trank sein Tässchen leer und schenkte sich ein zweites ein, Suleiman winkte ab. Er habe in letzter Zeit zu viel Kaffee getrunken, sagte er. Barudi versuchte es noch einmal bei Mancini. Belegt.

»Was geht dir durch den Kopf?«, fragte Barudi seinen Chef.

»Der Innenminister hat mich übergangen, und das nehme ich nicht hin. Wer nach oben kommen will, muss Kompromisse schließen und ein paar Kanten runden, aber nicht alle, sonst wird man zu einer Kugel, und Kugeln neigen immer dazu, am tiefsten Punkt zu landen. Also muss ich dem Innenminister in zwei Stunden zeigen, dass er Mist gebaut hat, aber ohne dass er sich schuldig fühlt. Bei derart eitlen Schwächlingen führen Schuldgefühle zu Aggressionen gegen den, der sie an ihre Fehler erinnert.«

Barudi hörte aus den Worten seines Chefs den puren Opportunismus heraus. Er suchte darin vergeblich nach einer starken eigenen Meinung. Und das, nachdem die Kriminalpolizei eine kräftige Ohrfeige hatte einstecken müssen.

Er versuchte noch einmal, Mancini zu erreichen, diesmal kam er durch.

»Mastroianni«, meldete sich Mancini.

»Du hast bestimmt gerade mit deiner Geliebten telefoniert«, scherzte Barudi.

Mancini lachte. Er berichtete sehr laut, als beabsichtige er, alle syrischen Lauscher zu informieren, dass er gerade fast zwei Stunden mit seinem Chef, mit dem Stellvertreter des Innenministers und mit dem Chef der Abteilung Nahost im Außenministerium telefoniert habe. Alle drei hätten gesagt, dass ein Bekennerschreiben bei der Auffindung des Mörders zwar störend sei, aber kein wirkliches Hindernis darstelle. In Italien gebe es für jede Entführung mehrere Bekennerschreiben. »Also darf ich die Ermittlungen nicht unterbrechen. Und das Außenministerium will sich in einer Stunde offiziell zu dem Vorfall äußern.«

Barudi strahlte über das ganze Gesicht. »Erzähl das bitte alles noch einmal unserem Chef. Er hat in zwei Stunden ein Gespräch mit dem Innenminister.« Ohne eine Reaktion abzuwarten, reichte er Major Suleiman sein Handy, sog genussvoll den Duft des Kaffees ein und trank ihn in langsamen Zügen.

Suleimans Gesicht schien sich in eine Maske zu verwandeln. Schweigend hörte er zu, sagte nur hin und wieder »ja, ja«. Gespannt beobachtete Barudi ihn.

Dann aber blitzten seine Augen auf, und er rief zu Barudis großer Überraschung strahlend: »Das gefällt mir, das gefällt mir, der Innenminister wird nach dieser kalten Abfuhr heute Nacht eine Wärmflasche brauchen, der Arme!« Er verabschiedete sich von Mancini und gab Barudi das Handy zurück.

»Das hat der Schleimer davon. Jetzt wird ihn unser Außenminister zurückpfeifen. Den Italienern sind Bekennerschreiben gleichgültig, sie brauchen keine Schuldigen, bevor nicht ihr Kommissar seine Arbeit zu Ende bringen konnte.«

Barudi besprach jetzt in aller Seelenruhe das weitere Vorgehen mit seinem Chef und unterbereitete Major Suleiman den Vorschlag, am nächsten Tag oder spätestens am Tag darauf in den Norden, zum Ort des Geschehens zu reisen.

»Brauchst du einen deiner Assistenten?«

»Nein, lieber nicht. Es ist besser, wir halten die Sache klein. Ein Journalist aus Italien will über syrische Heiler recherchieren, und ein christlicher Polizist begleitet ihn. Meine Assistenten sind im Moment mit zwei anderen Fällen gut beschäftigt. Zwischendurch werde ich ihnen von unterwegs Aufgaben übertragen, die mit unserer Ermittlung zu tun haben.«

»Gut, und was hast du für heute vor?«

»Jetzt, wo das Bekennerschreiben da ist, würde ich mir gerne Scheich Farcha zur Brust nehmen. Er soll sich mit dem Kardinal heftig gestritten haben, aber ich habe Zweifel, ob es gut ist, dass ausgerechnet ich dieses Gespräch führe.«

»Zweifel? Was für Zweifel?«, fragte Suleiman.

»Er ist ein konservativer Sunnit, Professor für Scharia, Freitagsredner in der großen Omaijaden-Moschee, und ich bin ein kleiner christlicher Polizist. Vergiss seine Position nicht. Er war bis vor kurzem Berater des Präsidenten«, erklärte Barudi und erwartete alles, aber nicht die Antwort, die Suleiman ihm völlig gelassen gab.

»Mein lieber Barudi, erstens bist du kein kleiner Polizist, sondern der beste Kriminalkommissar Syriens. Zweitens, du sagst es selbst, er *war* Berater des Präsidenten, das ist Vergangenheit, aus und vorbei. Er wurde vom Präsidenten aufs Abstellgleis geschoben, und weißt du, warum? Weil Scheich Farcha heimlich Gelder aus Saudi-Arabien kassiert hat. Ich versichere dir, und ich weiß es aus erster Hand, dieser alte Scheich ist nur knapp einer Verhaftung entgangen. Unser Präsident ist klug. Er wollte den Scheich nicht überbewerten. Seine Akte wiegt inzwischen mehrere Kilo. Alles Vergehen, die ihn für mindestens zehn Jahre hinter Gitter bringen können. Geh nur ruhig zu ihm und rede mit ihm, wie du willst, und sollte er bocken oder dich beleidigen, sag mir Bescheid, dann lasse ich ihn von zwei Atheisten im Streifenwagen abholen. Brauchst du sonst noch etwas?«

»Nein, aber ich danke dir sehr. Das ist mir eine große Hilfe«, erwiderte Barudi, und er meinte es ernst.

Barudi verabschiedete sich herzlich und ging zurück in sein Büro. Dort rief er seine zwei Assistenten zu sich und kündigte ihnen seine Reise in den Norden an. Dann besprach er mit ihnen die Aufgaben, die sie in seiner Abwesenheit zu erledigen hatten. Barudi beantwortete alle ihre Fragen und sagte, als sich die beiden Männer erhoben: »Übrigens, Kommissar Mancini ist für *alle* Kollegen im Haus zu Beratungen nach Italien geflogen. Ich bin mit einem Journalisten unterwegs. Das Bekennerschreiben deutet darauf hin, dass Islamisten hinter dem Mord stehen, aber sicher ist nichts. Nabil, du sorgst dafür, dass diese Informationen in die Zeitungen kommen.«

Nabil übergab Barudi einen Rapport über Scheich Farcha. »Das ist die Zusammenfassung seiner Schweinereien«, sagte er leise und lächelte vielsagend. Barudi öffnete die kleine Mappe und war beruhigt, dass Nabil auf den vielen Seiten die wichtigsten Punkte mit gelbem Filzstift markiert hatte.

»Alle Achtung, da ist ja alles vorgekaut«, sagte er. Dann erhob er sich ebenfalls und reichte den beiden zum Abschied die Hand. »Vergesst mich nicht. Ich möchte eure lieben Stimmen jeden Tag hören.« Er triefte vor Ironie. Beide salutierten übertrieben, wie Laurel und Hardy in ihren Soldatenrollen. »Jawohl Chef, zu Befehl!«

»Seltsam«, rief er ihnen nach. »Plötzlich seid ihr friedlich vereint! Bestimmt gegen mich!«

Sie drehten sich um, lachten und salutierten noch einmal. »Jawohl, Chef!«

Barudi lachte, setzte sich wieder an seinen Schreibtisch und wählte Mancinis Nummer. »Wie soll ich dir gratulieren. Du hast ganze Arbeit geleistet«, sagte er aufrichtig. Als erfahrener Kommissar wusste er, wie viel Mühe es kostete, seine Vorgesetzten zu einer derart klaren Haltung zu bewegen. Inzwischen hatte der italienische Außenminister ohne Umschweife verlangt, die Ermittlung fortzusetzen. Alles andere könne politische Konsequenzen haben und die Beziehung zwischen Syrien und Italien belasten.

Mancini berichtete ihm von seinen Gesprächen. »Ich empfinde dieses Bekennerschreiben als eine schwere Torpedierung unserer Arbeit. Wir sind erst einen kleinen Schritt vorangekommen, aber das hat genügt, um die Verbrecher zu alarmieren. Schon will man uns abwürgen. Das erinnert mich an Zauberer, die immer irgendetwas im Ärmel haben. Sobald du einen Trick durchschaust, sind sie schon beim nächsten und verwirren dich. Genau das habe ich auch meinem Chef gesagt. Er hat sofort seinen Freund, den Innenminister, alarmiert. Ich sagte ihm, wer auch immer dieses Bekennerschreiben lanciert hat – er meint es nicht gut mit uns. Mein Chef lachte. Wenn wir in Italien nach jedem Bekennerschreiben aufhören würden, nach den Mördern zu suchen, wären wir arbeitslos, sagte er, denn auf jeden Mord kämen drei bis fünf davon.

Nach einer Stunde rief er mich zurück und berichtete mir folgendes: Der Innenminister Roberto Maroni, übrigens ein ehemaliger radikaler Linker und nun ein radikaler Rechter, habe sich unverzüglich mit dem Außenminister Franco Frattini in Verbindung gesetzt. Der ist ein treuer Anhänger Berlusconis und Experte für die Geheimdienste. Frattini hat zugestimmt, dass ich hierbleibe, bis alles aufgedeckt ist. Denn eines wollen sie in Rom verhindern: Mitten in irgendeinem Wahlkampf stößt ein Journalist auf neue Erkenntnisse in diesem Mordfall und wirft der Regierung vor, sie hätte die wahren Mörder gedeckt. Der Außenminister hat sich wie gesagt mit einem Schreiben an das syrische Außenministerium gewendet, höflich, aber knochenhart, wie es Frattinis Art ist.«

»Mein lieber Mancini, wer auch immer das Schreiben lanciert hat, du hast ihm einen schweren Schlag versetzt. Und du hast uns damit von der Angst befreit, dass wir ausgebremst werden. Jetzt können wir uns auf die Suche nach den Verbrechern konzentrieren«, sagte Barudi voller Respekt.

»So schnell kriegt man mich hier nicht weg. Es ist für mich wie ein Abenteuerurlaub. Selten hat mir mein Beruf so viel Spaß gemacht wie hier in Damaskus, und vor allem mit dir.«

»Also gut, junger Mann. Dann interviewst du jetzt die Wunderheilerin und ihre beiden Paten. Ich habe inzwischen grünes Licht von Major Suleiman bekommen, Scheich Farcha in die Mangel zu nehmen. Eine Zusammenfassung seiner Heldentaten liegt vor mir.«

»Wirklich? Du darfst ihn verhören? Du oder ein sunnitischer Kollege?«, fragte Mancini erstaunt.

»Ich, Sir Barudi, werde das Vergnügen haben«, antwortete Barudi. »Du packst jetzt deine Siebensachen, nur nichts, was deine Identität verrät. Und vergiss dein Aufnahmegerät nicht. Ich werde das Gespräch mit dem Scheich ebenfalls aufzeichnen. Hinterher haben wir genug Zeit, die Gespräche in aller Ruhe zu analysieren.

Seit heute Morgen stehe ich übrigens unter ständiger Beobachtung der Journalisten und anderer Neugieriger, deshalb sollten wir Damaskus getrennt verlassen. Ich schlage vor, du nimmst den Bus nach Malula. Das liegt etwa fünfzig Kilometer nördlich von Damaskus. Wir treffen uns oben in den Bergen, im Hotelrestaurant Malula. Kennst du das?«

»Klar kenne ich es. Als ich in Damaskus Arabisch gelernt habe, war ich im Sommer mehrmals dort. Sauteuer! Das Hotel steht oben auf dem Felsplateau.«

»Ja, genau. Ich werde morgen früh um acht meinen rostigen Wagen aus der Werkstatt holen. Sie bringen ihn heute noch auf Vordermann, damit wir auf der Reise in den Norden keine Probleme bekommen. Gegen zehn fahre ich los. Damit mir niemand an der Stoßstange klebt, werde ich ein paar kleine Pausen einlegen und mich sorgfältig umschauen. Wir treffen uns gegen Mittag in Malula, essen zusammen und fahren mit meinem klapprigen Auto weiter Richtung Norden. Unterwegs werden wir beim Kloster Musa al Habaschi vorbeischauen, wo der ermordete Begleiter des Kardinals, Pater José, einen Freund hatte, Pater Jack. José soll auf der Reise fast täglich mit ihm telefoniert haben, wie Ali inzwischen herausgefunden hat. Vielleicht kann er uns mit Einzelheiten weiterhelfen. Das Kloster ist nicht weit von Malula entfernt, in der Nähe der Stadt Al Nabk. Ich habe bereits zwei Zimmer reserviert.«

»Übernachten wir im Kloster?«

»Nein, nein. Ich habe zwei Nächte in einer Pension in Al Nabk gebucht. Dort bleiben wir nach der Ankunft. Mit dem Auto bis zum Parkplatz am Fuße des Kloster ist es weniger als eine halbe Stunde, Aufstieg hinauf zum Kloster zu Fuß auch eine halbe Stunde, und nach dem Gespräch mit Pater Jack kehren wir zurück. Wir übernachten lieber noch einmal in der Pension. Klosterbrüder wollen wir erst werden, wenn wir den Fall gelöst haben. Einverstanden?«

»Klar, Chef, so machen wir's«, sagte Mancini lachend.

»Und bevor ich es vergesse. Kauf dir heute noch feste Schuhe und warme Kleidung. Das Gebiet um Derkas ist gebirgig und eiskalt. Also nichts für Italiener mit ihren dünnen Klamotten.«

»Ja, Opa, geht in Ordnung«, sagte Mancini und lachte erneut. Aber er war gerührt von der Fürsorge seines Kollegen.

»Ich nehme auf jeden Fall zwei warme Schlafsäcke mit, falls wir irgendwann im Auto übernachten müssen.«

»Ich schnarche, deshalb empfehle ich dir, den Motor anzulassen, der mein Sägen übertönt«, erwiderte Mancini.

Nun lachte Barudi. Dann legte er auf und begann, sich auf seinen Termin bei Scheich Farcha vorzubereiten. Verzweifelt suchte er sein Aufnahmegerät. Nach einer Weile rief er Ali an. »Hast du ein kleines Aufnahmegerät für mich?«

»Wozu denn? Du kannst doch alles mit deinem Smartphone aufnehmen«, erklärte ihm sein Assistent.

»Verflucht noch mal, seid ihr eigentlich alle Vertreter von Computer- und Internetfirmen? Ich will ein Aufnahmegerät!«, rief er so laut, dass Ali den Hörer ein gutes Stück von seinem Ohr entfernt hielt. Er konnte ohnehin über den Korridor hören, was sein unverbesserlich altmodischer Chef wollte. Also machte er sich auf den Weg in die Technikabteilung und kam mit einem kleinen, leicht zu bedienenden Gerät zurück.

»Vielen Dank«, sagte Barudi, etwas beschämt über sein Gebrüll. »Ich kann nun mal mit diesen neuen Dingern nicht umgehen.«

»Schon gut, Chef«, antwortete Ali und grinste so breit, dass Barudi fast schon wieder Lust bekam zu brüllen.

22.

Die Verachtung

Kurz nach seinem Telefonat mit Mancini rief Barudi bei Scheich Farcha an, um sein Kommen anzukündigen. Die Sekretärin versuchte ihn mit routinierter Gleichgültigkeit abzuwimmeln, es tue ihr leid, ein Besuch sei heute nicht möglich. Aber Barudi ließ sich nicht einschüchtern.

»Es geht um einen Mord, und Ihr Chef hatte Kontakt mit dem Opfer, einen kurzen, intensiven Kontakt, deshalb muss ich ihn sofort sprechen. Oder wollen Sie es verantworten, dass ich ihn abholen lasse?« Barudis Tonfall war mit Arroganz geladen, und die routinierte Sekretärin, die mit flinker Zunge am Tag zwischen zwanzig und dreißig Anrufer abservierte und deren »Es tut mir leid« von einem Papagei hätte gesprochen werden können, wusste, dass sie nun schnell einen Rückzieher machen musste. »Warten Sie bitte, ich frage nach. Ich bin sofort wieder da.« Dann erklang einschläfernde Musik, die die Aggressionen des Wartenden mildern sollte. Barudi dachte kurz daran aufzulegen. Doch schon war die Sekretärin wieder zurück.

»Herr Professor Farcha bittet Sie zu kommen«, sagte sie. Barudi bedankte sich tonlos wie ein schlechter Automat und legte auf.

Eine halbe Stunde später wurde er von einer etwa dreißigjährigen hübschen Frau mit strengem Kopftuch im Vorzimmer des Scheichs empfangen. Sie nickte, lächelte kalt, gab ihm aber nicht die Hand, weil sie wusste, dass er Christ war. Ihre Sekte betrachtete Christen als »unrein«. Kurz dachte er daran, die Weigerung der Sekretärin, ihm die Hand zu geben, als Beleidigung zu kritisieren, dann aber winkte er innerlich ab. Das Gespräch mit dem Scheich würde schwierig genug werden.

Die Frau öffnete die schwere dunkle Tür aus Walnussholz. Wie so oft in alten Gebäuden, hatte auch dieses Chefzimmer eine Doppeltür, die das Büro vor neugierigen Ohren schützte. Beim Bau des Hauses kannte man elektronische Wanzen und anderes Ungeziefer noch nicht. Nachdem sie angeklopft hatte, öffnete die Sekretärin auch die zweite Tür.

Hinter einem überdimensionalen Schreibtisch saß ein kleiner Mann. An der Wand hing wie in allen Amtsstuben, Schulen und Universitäten das Bild des Präsidenten.

Das erste, was Barudi auffiel, war der große braune Fleck auf der Stirn des Professors. Es war eine Mode unter den Männern, die um die Jahrtausendwende in Syrien aufgekommen war. Häufig wurde der Fleck mittels einer Bräunungscreme oder frischer Walnussschalen hergestellt. Der Fleck sollte Gebetseifer andeuten. Wenn ein Mann vor lauter Ekstase seine Stirn auf den Boden drückte, entstand angeblich über die Jahre ein brauner Fleck, »Gebetsfleck« oder »Rosine« genannt. Zwar beten Frauen viel mehr als Männer, aber keine arabische Frau trägt einen braunen Fleck auf der Stirn.

Der Scheich hatte schneeweißes Haar. Er trug einen schicken dunklen Anzug, aber keine Krawatte. Auch das war Mode unter den Islamisten. Damit zeigte man, dass man gläubiger Muslim war und die europäische Krawatte verachtete. Barudi fand diese Haltung ziemlich lächerlich, ja fast schizophren, denn alles andere an diesen Männern war europäisch, der Anzug, die Uhr, die italienischen Schuhe, das Smartphone, das Auto, die Medikamente und sogar die Spezialcreme für den dunklen Fleck auf der Stirn, eine französische Marke.

»Kommissar Barudi«, rief Scheich Farcha mit kräftiger, warmer Stimme, stand auf und trat hinter seinem Schreibtisch hervor, um Barudi die Hand zu reichen. Er zeigte auf eine Sitzecke und bat die Sekretärin, zwei Tassen Kaffee zu bringen. Ein ekelhafter Geruch hing in der Luft. Barudi wunderte sich, wie der Scheich den ganzen Tag in einem Raum arbeiten konnte, in dem es nach einer Mischung aus Mottenkugeln, ranzigem Fett und alten Socken müffelte.

Barudi nahm Platz und stellte das Aufnahmegerät auf den Tisch. »Nur als Gedächtnisstütze für mich«, erklärte er und drückte auf den Aufnahmeknopf.

Der Scheich sah ihm regungslos zu, nur die rechte Augenbraue schien mit einer winzigen Bewegung seine Verwunderung zum Ausdruck zu bringen. Sein maskenhaftes Gesicht, seine ruhige Stimme, die Hände, die regungslos auf dem Tisch lagen, verrieten nichts.

»Wie kann ich Ihnen helfen, Kommissar?«, fragte Scheich Farcha schließlich so arrogant, als würde er einem unbeholfenen Studenten zeigen, wer der Herrscher war.

»Die Frage, Scheich Farcha, muss umgekehrt lauten. Ich komme, um Ihnen zu helfen, da uns Zeugen von einem Streit zwischen Ihnen und dem Kardinal berichtet haben. Deshalb möchte ich Ihnen einige Fragen stellen. Vielleicht ist dann uns beiden geholfen. Wer weiß?«

»Schießen Sie los«, sagte der Scheich trocken und sank tiefer in seinen Sessel.

»Warum haben Sie den Kardinal aufgesucht? Und worum ging es bei Ihrem Streit? Eine Zeugin behauptet, sie habe Sie beim Hinausgehen schimpfen gehört. Stimmt es, dass Sie den Kardinal einen ›Kreuzzügler‹ genannt haben? Mit diesem Wort haben ihn auch die Islamisten beschimpft, die ihm am Flughafen auflauerten.«

»Ich fange von hinten an«, begann der Scheich mit leiser Stimme, gerade als die Sekretärin den Kaffee brachte. Der Kaffee ist nur aufgewärmt, dachte Barudi, in so kurzer Zeit kann man keinen frischen Kaffee zubereiten. Misstrauisch nahm die Sekretärin das Aufnahmegerät zur Kenntnis und tauschte einen vielsagenden Blick mit dem Scheich.

»Keine Sorge, ich nehme das Gespräch nur auf, damit ich nichts vergesse, wie ein Journalist«, erklärte Barudi erneut und lächelte. Wenn er mit dieser scherzenden Anbiederung die Atmosphäre hatte auflockern wollen, so ging das völlig schief. Der Scheich betrachtete das Gerät mit größerem Misstrauen als zuvor.

Barudi nahm den ersten Schluck Kaffee, der nach nassem Leder roch und dumpf und bitter schmeckte. Sein Verdacht war bestätigt, und er ließ es bei diesem Schluck bewenden.

»Wird das ein Verhör?«, fragte Scheich Farcha verärgert, als die Sekretärin den Raum verlassen hatte.

»Um Gottes willen, nein. Wir haben keinen Anlass, Sie zu verhören, aber wir wollen unser Bild vom Geschehen und vor allem vom Kardinal präzisieren. Es ist ein Gespräch«, erwiderte Barudi und wusste, dass er log. Der Scheich wusste es auch. »Aber lieber Herr Kommissar, Sie dringen mit Ihren Fragen in mich ein«, sagte er prompt, »es ist doch ein Verhör.«

»Scheich Farcha, bitte verschwenden Sie keine Zeit, weder Ihre noch meine. Nennen Sie unser Gespräch, wie Sie wollen. Ich muss mein Bild von Kardinal Cornaro präzisieren. Leider kann ich ihn nicht mehr fragen, also bin ich auf Personen angewiesen, die mit ihm in Kontakt waren.« Barudis Stimme war ruhig, dennoch war sein Missmut deutlich zu vernehmen.

Scheich Farcha dachte einen Moment lang nach. »Es ist richtig«, sagte er dann. »Das Wort Kreuzzügler habe ich verwendet, aber das hatte mit diesen Terroristen nichts zu tun. Wenn Sie das Wasser *Wasser* nennen und ein Terrorist nennt es genauso, macht Sie das nicht zum Terroristen, oder? Ich lehne jedwede Gewalt ab. Kennen Sie sich mit dem Sufismus aus?«

»Ja, aber auch die Sufis sind in viele Fraktionen gespalten. Das Spektrum reicht von tanzenden Derwischen über die Anhänger diverser Herrscher bis zu Revolutionären, die sich selbstlos der schlimmsten Unterdrückung stellen. Habe ich mein Wissen hinreichend unter Beweis gestellt, Herr Professor?«

»Seien Sie nicht so empfindlich. Ich wollte nur sagen, dass ich ein überzeugter Sufi bin, der jegliche Gewalt ablehnt. Ich bin bei den Salafisten verhasster als Sie. Sie können unter ihrer Herrschaft leben, solange Sie eine Kopfsteuer bezahlen, aber mit mir machen sie kurzen Prozess, denn wir Sufis gelten für sie als Verräter.«

Barudi war von Natur aus ein geduldiger Mensch, aber bei diesem Scheich bekam er Atemnot.

»Können Sie meine Fragen bitte möglichst direkt beantworten, damit ich Ihre wertvolle Zeit nicht allzu lang in Anspruch nehmen muss?«

»Ja, der Kardinal hat den Ruf eines Kreuzzüglers verdient. Wer hat ihm erlaubt, sich über unsere Christen zu stellen und einen Wunder-heiler zu überprüfen? Sollten die zwei Millionen syrische Christen nicht selbst erkennen, ob jemand ein Scharlatan oder ein Heiliger ist?«

»Was Sie sagen, hat seine Berechtigung, aber Sie haben sich doch nicht aus Sorge um die Christen mit ihm gestritten, oder?«

»Nein, aber dass immer die Europäer bestimmen wollen, wer gut und wer böse ist, das ist eine Beleidigung aller ehrenhaften Bürger die-ses Staates. Lassen Sie einen Scheich in Paris, London oder Rom be-stimmen, wer heilig ist? Mir ging es ja nicht darum, zu erfahren, ob die Christen irgendwelche Wunder erleben oder nicht. Dieser Kardi-nal wollte dem Islam eine Ohrfeige verpassen. Dieser abtrünnige Mus-lim, der sich Bergheiliger nennt und ein Verehrer des Propheten Isa ist, oder Jesus, wie Sie ihn nennen, wird vom Vatikan hochgeschätzt. Sicher haben seine Hände magische Kräfte, das wurde mehrmals nachgewie-sen. Aber er heilt die Kranken nicht in einer Moschee, sondern in einer Kirche. Dort residiert er auch. Er strebt nach Anerkennung nicht von Mekka, sondern von Rom. Können Sie sich denken, was das für uns Muslime bedeutet?«

»Was soll es bedeuten, außer dass Gott zwischen seinen Kindern kei-nen Unterschied macht?«

»Das haben Sie sehr poetisch gesagt, aber die Wirklichkeit sieht oft weniger poetisch aus. Es wird heißen, die wahre Religion, in diesem Fall das Christentum, bewirkt Wunder sogar unter den Anhängern anderer Religionen.«

»Gut, das ist Ihre Ansicht. Und das haben Sie dem Kardinal bei Ihrem Treffen gesagt?«

»Ja, auf Französisch, das er genau wie ich sehr gut beherrschte. Und noch etwas anderes habe ich ihm gesagt. Es gibt genug christliche Män-ner und Frauen, die Wunder vollbringen können, warum besteht er aus-gerechnet auf einem Muslim?«

»Und wie hat er reagiert?«

»Es sei nicht seine Aufgabe zu bestimmen, wer Wunder vollbringen kann und wer nicht. Das entscheide Gott allein, der Muslime, Christen,

Juden und auch Buddhisten gleichermaßen liebt. Allein für diese Formulierung hätte ich ihn beinahe geohrfeigt.«

»Aha, da hat ein Sufi doch etwas übrig für Gewalt«, warf Barudi ironisch ein und verlor in diesem Augenblick jeglichen Respekt vor diesem Professor.

»Was heißt hier ›Aha‹. Würden Sie als Christ auch dafür plädieren, dass Gott die Juden und die Buddhisten den Christen gleichstellt?«

»Warum nicht? Sie glauben doch wohl nicht, dass der Allmächtige so kleinkariert ist und Partei ergreift für die Sunniten oder gar für Ihre Freunde, die saudischen Wahhabiten? Oder irre ich mich? Wie aber kommt es, dass ein langjähriger liberaler Sufi sich mit den Islamisten anfreundet?«

Der Scheich schwieg. Der Vorwurf saß.

»Ich habe viele Ihrer Reden gehört«, fuhr Barudi fort, »bei denen Sie Juden, Christen und Muslime gleichstellten. Für jede dieser Reden hätten Sie nach dem Glauben der Islamisten die Todesstrafe verdient, denn all diese Religionen sind in deren Augen nichts wert. Und waren Sie nicht der Meinung, unser geliebter Präsident sei eine Gnade Gottes?«

Barudi war sicher, dass das Zimmer abgehört wurde, denn das Regime misstraute diesem Heuchler.

Der Scheich nickte, allerdings eher gezwungen als wirklich überzeugt.

»Der Präsident ist aber ein Alawit«, fuhr Barudi fort, dem es gefiel, den Scheich in die Enge zu treiben. »Alawiten und Schiiten gelten bei Ihren Freunden, den Saudis, als Abtrünnige, die ebenfalls den Tod verdienen.«

Der Scheich schwieg. Er ahnte, dass der Kriminalpolizist weit mehr wusste, als sein Job verlangte, und bekam es mit der Angst zu tun.

»Aber nun zurück zu uns. Sie pflegen heute engste Beziehungen zu Saudi-Arabien, den Saudis verdanken Sie Ihren Wohlstand«, sagte Barudi. Der Scheich besaß eine große Villa und drei wertvolle Limousinen. Es ging auch das Gerücht, der alte Herr besitze eine sehr teure Wohnung in London. Mit seinem Professorengehalt hätte er sich einen solchen Luxus nicht leisten können.

Barudi sah dem Scheich jetzt fest in die Augen. »Auch die Terroristen haben eine enge Beziehung zu den Saudis. Und nun wissen Sie, warum ich hier bin. Ich will zwei Sachen in Erfahrung bringen. Erstens, woher wussten Sie von der geheimen Mission des Kardinals? Und zweitens, worum ging es bei Ihrem Streit mit Kardinal Cornaro?«

Barudi blieb höflich und vermied jede Ironie, denn er wusste, wie wichtig die Antwort war.

»Bei meinem Streit ging es darum, dem Kardinal nahezulegen, von einem Besuch bei diesem Scharlatan, dem sogenannten Bergheiligen in Derkas, abzusehen, weil er diesen Ungläubigen damit aufwertet!«

»Diesen Ungläubigen? Er ist doch Muslim. Sie selbst haben das gerade betont«, sagte Barudi etwas erstaunt.

»Er ist offiziell Muslim. Im Grunde aber ist er ein Bastard, der Sohn einer Schiitin und eines Drusen, lauter Abtrünnige, und nun schwören seine Anhänger auf ihn, als wäre er ein Prophet. Ich wünschte, *er* wäre ermordet worden und nicht der Kardinal.«

»Noch einmal, woher wussten Sie, dass der Kardinal nach Syrien gekommen ist, wie haben Sie von seinem Vorhaben erfahren?«, setzte Barudi nach, in der Hoffnung, den Scheich endlich schachmatt zu setzen.

»Durch ein anonymes Schreiben!«

»Was Sie nicht sagen!« Barudi tarnte sich mit Ironie, dieses Mal, um seine Überraschung zu verbergen.

Wortlos stand Scheich Farcha auf und ging langsamen Schrittes zu seinem Schreibtisch. Er zog eine Schublade auf und nahm einen Briefumschlag heraus.

»Hier ist der Brief«, sagte er. Barudi reagierte sofort, zog eine Plastikhülle aus der Innentasche seiner Jacke und hielt sie dem Scheich hin. Der ließ den Briefumschlag hineingleiten.

»Vielleicht können wir einige Spuren sichern«, sagte er. Und da er keine weiteren Fragen hatte, legte er seine Visitenkarte auf den Tisch und erhob sich ebenfalls. »Rufen Sie mich an, falls Ihnen noch etwas einfällt, was uns zu den Mördern führen könnte.«

»Gott, der Allmächtige, stehe Ihnen bei!« Mit diesen Worten streckte der Scheich die Hand aus. Barudi erwiderte den Händedruck mit innerem Widerwillen. Er war überzeugt, sich von einem Lügner zu verabschieden, der zu allen Seiten Kontakte unterhielt.

Draußen atmete Barudi tief durch. Ein frischer Nordwind vertrieb den muffligen Geruch aus seinen Lungen. Aber noch bevor er in seinen alten Wagen stieg, rief er Schukri an. »Langweilst du dich, mein Junge?«, erkundigte er sich mit der hohen Stimme einer besorgten Mutter.

»Wie sollte ich mich langweilen? Deine beiden hyperaktiven Assistenten wollen, während du unterwegs bist, offenbar alle offenen Fälle lösen. Kaum schicke ich den einen weg, kommt der andere mit irgendwelchen Blutspuren und Fingerabdrücken zurück.«

»Gut so, gut so«, sagte Barudi und lachte. »Hast du trotzdem fünf Minuten Zeit für mich? Ich habe da einen Brief und möchte, dass du ihn auf Spuren und Fingerabdrücke überprüfst. Ich rufe meine Assistenten an und bitte sie darum, dich eine Viertelstunde in Ruhe zu lassen.«

Schukri lachte. »Großartig, bis gleich.«

Zurück in seinem Büro rief Barudi den italienischen Botschafter an. Er wollte wissen, ob sich jemand nach dem Journalisten Roberto Mastroianni erkundigt habe.

»Ja, das Sekretariat von Bischof Tabbich hat in unserer Presseabteilung nachgefragt, ob die Botschaft einen Journalisten namens Roberto Mastroianni kenne. Die Abteilung hat bestätigt, dass Mastroianni ein Korrespondent der Zeitung *Il Giornale* ist.«

»Vielen Dank, Exzellenz. Sie haben mir sehr geholfen«, sagte Barudi und legte auf. Dann ging er zu Schukri und gab ihm die Plastikhülle mit dem Brief.

Schukri streifte sich die dünnen bläulichen Einweghandschuhe über, zog den Brief aus dem Umschlag und faltete ihn auseinander. Der Brief selbst sowie die Beschriftung auf dem Umschlag waren mit einem Computerdrucker geschrieben. Der Text war knapp. Er enthielt die Aufforderung, den Kreuzzügler Kardinal Cornaro aufzusuchen und ihn von seinem Vorhaben abzuhalten, den Scharlatan von Derkas zu besuchen. Unterzeichnet war der Brief mit »Feinde der Kreuzzügler«.

»Mach dir keine allzu großen Hoffnungen. Papier ist zwar ein sehr gutes Material, was Fingerabdrücke angeht, aber ich vermute, wir werden neben denen des Professors eine Menge anderer Fingerabdrücke vorfinden, deren Herkunft nur Gott allein kennt.«

Barudi konnte seine Enttäuschung kaum verhehlen.

»Aber«, fuhr Schukri fort, »in diesem Fall gibt es noch eine andere Chance. Der Absender mag den Umschlag und die Briefmarken wie neunundneunzig Prozent aller Syrer mit der Zunge angefeuchtet und dann zugeklebt haben. Anhand winziger Spuren von Schleimhaut und Speichel an den Briefmarken oder auf der gummierten Klappe des Briefes können Rechtsmediziner die DNA identifizieren. Auch den Computer oder Drucker können wir bestimmen.«

»Was täte ich bloß ohne dich!«, sagte Barudi erleichtert und klopfte seinem Kollegen dankbar auf die Schulter. »Ich melde mich in den nächsten Tagen wieder bei dir, um Genaueres zu erfahren. Aber heute Abend sehen wir uns ohnehin. Du wirst mir zeigen, wie man kocht. Ich habe die Restaurants satt. Ab morgen bin ich unterwegs, deshalb muss ich heute nach dem Einkaufen noch zur Autowerkstatt.« Damit verabschiedete er sich von Schukri und machte sich auf den Weg zu seinem Chef, um ihm über das Gespräch mit dem Scheich zu berichten.

Major Suleiman tagte allerdings, wie Frau Malik ihm mitteilte, noch immer mit dem Außen- und Innenminister.

»Liebe Aische, könntest du vielleicht eine Abschrift von dem Interview mit dem Scheich anfertigen? Das wäre nett«, sagte Barudi und legte sein Aufnahmegerät auf den Tisch. »Es eilt nicht. Ich brauche die Abschrift erst morgen früh. Schick mir das Interview mit einer E-Mail. Ich bin ab morgen unterwegs.«

»Gern«, sagte Frau Malik und nahm das kleine Gerät an sich. Sie hasste das Abtippen der Berichte oder Gespräche von einem Diktaphon oder Aufnahmegerät.

Barudi beugte sich zu ihr. »Und? Was vermutest du?«, fragte er und

239

wusste, dass Frau Malik ihn verstand. Bei jedem Mord, den er aufzuklären hatte, fragte er sie, und das seit zwanzig Jahren. Sie war eine leidenschaftliche Krimileserin. Im Laufe der Jahre hatte sie ihn ein paarmal durch ihre Fragen auf ein entscheidendes Detail aufmerksam gemacht und so auf die richtige Spur gebracht.

»Es ist noch zu früh«, sagte sie, »aber ich glaube, es waren Islamisten.«

Barudi blieb noch einen Moment stehen. Er musste noch etwas loswerden. Frau Malik schaute auf. »Und? Den Mord hätte ich doch nun aufgeklärt, wie kann ich dir sonst noch helfen?«

»Ich wollte dich bitten, mir die Zutaten für eine Kebbeh aufzuschreiben. Ich werde heute mit Schukri kochen, und ich soll alles besorgen, aber ich weiß nicht genau, was man da …«

»Schon gut, schon gut. Das haben wir gleich«, sagte sie, nahm einen Zettel und schrieb ihm die wenigen Zutaten auf, die man für dieses herrliche Gericht brauchte. »Hier«, sagte sie.

Barudi nahm den Zettel dankbar entgegen und küsste charmant ihre Hand.

»Nein, nein, das reicht mir nicht«, sagte sie. »Schukri soll mir morgen ein Stück Kebbeh mitbringen. Ich will die Qualität prüfen«, fügte sie hinzu und lachte.

Barudi fuhr zur Reinigung, wo er eine Woche zuvor seine Wäsche abgegeben hatte. Er machte die Einkäufe und achtete darauf, dass das Rindfleisch mager und von bester Qualität war. Darauf hatte Frau Malik ihn extra hingewiesen. Danach fuhr er zur Autowerkstatt im Qabun-Viertel am nördlichen Rand von Damaskus. Er bat den Besitzer, einen freundlichen Mann, die Schlafsäcke im Kofferraum zu lassen.

»Außer Gold und Haschisch klauen wir nichts«, sagte dieser und lachte. »Solange es keine Leichen sind, ist alles in Ordnung.«

»Leichen? Jede Menge. Hunderte Flöhe sind in den Schlafsäcken verhungert, da ich sie seit Jahren nicht geöffnet habe.«

Ein Mitarbeiter der Werkstatt fuhr Barudi dann zu seinem Kollegen Schukri. Als er aus dem Auto stieg, winkte die Sonne noch einmal schüchtern, bevor sie hinter den Häusern unterging.

23.

Ein ungewöhnlicher Tag

Kommissar Barudis Tagebuch

Sieben Uhr morgens.

Heute verlasse ich Damaskus. Es wird eine abenteuerliche Reise. Ich hoffe sehr, dass Marco Mancini nichts passiert. Ist es nicht merkwürdig, dass einem ein Mensch so schnell ans Herz wachsen kann?

Was für ein Tag gestern. So etwas kommt in einem Jahrzehnt nur einmal vor. Erst beim Scheich. Wir waren uns beide sicher, dass sein Büro abgehört wird, deshalb hat jeder von uns seine Lobeshymne auf den Diktator gesungen.

Dann der schöne Abend bei Schukri. Er ist ein feiner Kerl. Geduldig hat er mir beigebracht, wie man Kebbeh macht. Kein einziges Mal hat er mich wegen meiner Ungeschicklichkeit ausgelacht. Und er wird Aische Malik heute eine Portion der prächtigen Kebbeh mitbringen, wie ich es ihr versprochen habe. Und dann die Gespräche. Wir kamen natürlich auf den Scheich, und ich stellte die naive Frage, warum ein Regime, das Saudi-Arabien als Hauptfeind betrachtet, solche Männer wie Scheich Farcha nicht verhaftet.

»Das Regime«, sagte Schukri, »ist raffinierter, als man glaubt. Weil man dauernd mit seinen idiotischen Handlangern konfrontiert ist, unterschätzt man das Regime selbst. Das ist völlig falsch. Die Tentakel des Kraken brauchen nicht klug zu sein, sie führen einfach genau das aus, was das kluge Hirn des Tiers befiehlt.

Bleiben wir beim Scheich. Die Zentrale, das Hirn des Systems, lässt ihn von den Saudis korrumpieren und frei herumlaufen. Damit kann das Regime ihn jederzeit erpressen. Außerdem bekommt es so die Gelegen-

241

heit, die filigranen Strukturen des saudischen Netzwerks zu durchleuchten. Wanzen, Spitzel, die scheinbar biedere Sekretärin des Scheichs, der Hausmeister oder ein Nachbar, es gibt viele Möglichkeiten. Der Mensch ist für sie gläsern und nützlich. Sobald sie ihn aber nicht mehr brauchen, zerren sie irgendeinen angeblichen Betrug, heimlich aufgenommene Sexszenen oder seinen Drogenkonsum ans Tageslicht, wovon der Arme keine Ahnung hat. Das ist viel effektiver als eine Verhaftung.«

Wie klar ist Schukri im Kopf!

Gegen zweiundzwanzig Uhr bestellte er mir ein Taxi, da es anfing zu nieseln. Der Taxifahrer raste, obwohl ich ihn bat, langsamer zu fahren, durch die Stadt. Eine Viertelstunde später war ich zu Hause.

Vorhin habe ich meinen kleinen Koffer gepackt. Neben Kleidung und Kulturbeutel habe ich ein gut gebundenes neues Heft mit dem Titel 2010/3 in den Koffer gelegt. Das fast volle zweite Tagebuch 2010 lasse ich hier im Versteck in meiner Wohnung.

Gegen Mitternacht hörte ich plötzlich Gechrei und dumpfe Schläge in der Wohnung über mir. Ich rannte die Treppe hoch, da stand bereits die freundliche Nachbarin, die mir am Eingang oder im Treppenhaus immer zulächelt. Sie wohnt zwei Stockwerke höher. »Ich habe Schreie von unten gehört und konnte es nicht mehr aushalten, aber hier vor der Tür hat mich der Mut verlassen. Gut, dass Sie kommen. Ich habe gerade überlegt, ob ich zu Ihnen gehen und Sie um Beistand bitten soll.«

Wieder schrie die Frau, und der Mann schimpfte wütend, dazu waren Schläge zu hören. Ich klingelte Sturm.

Die Tür wurde aufgerissen. Ein Zwerg von einem Mann im Pyjama warf mir eine Ladung Flüche an den Kopf und hob drohend die Hand. Ich hielt ihm meinen Dienstausweis so nah vors Gesicht, dass er fast seine Nase berührte. »Kriminalhauptkommissar Barudi«, sagte ich knapp. »Was fällt Ihnen ein, Ihre Frau zu schlagen?! Wissen Sie nicht, dass Sie dafür sechs Monate in den Knast kommen können? Wenn Sie die Hand gegen mich erheben, lasse ich Sie wegen Beamten- und Staatsbeleidigung verhaften.«

Der Mann stand mit offenem Mund da. Dann begann er zu weinen wie ein Kind, das im Basar seine Eltern verloren hat. Verblüfft sah ich die Nachbarin an.

»Ist ja gut, ist ja gut«, beschwichtigte diese den weinenden Zwerg. »Gehen Sie zu Ihrer armen Frau und seien Sie lieb zu ihr. Ich rede mit dem Herrn Kommissar.« Damit schob sie den Mann in die Wohnung zurück. »Aber schlagen Sie Ihre Frau nie wieder. Ich zeige Sie an«, riet ich ihm noch, bevor sich die Wohnungstür schloss.

Die sympathische Nachbarin umarmte mich spontan. »Das haben Sie gut gemacht«, sagte sie, und in ihren Augen glänzten Freudentränen.

Wir sprachen noch eine Weile miteinander im schwachbeleuchteten Treppenhaus. Sie lud mich zu sich ein, aber ich entschuldigte mich, dass ich früh aufstehen müsse wegen einer bevorstehenden Reise. Die Frau ließ sich jedoch nicht beirren, und wir sprachen weiter. Irgendwie wusste sie eine ganze Menge über mich.

»Alle Achtung«, sagte ich. »Ihr Geheimdienst arbeitet ja ziemlich effektiv. Ich dachte, ich lebe hier inkognito. Ich weiß nicht einmal, wie Sie heißen«, fügte ich hinzu und bemerkte ihr bezauberndes Lächeln. Und ihren Duft nach Kaffee und Jasmin.

»Nariman«, sagte sie, »ich heiße Nariman. Hören Sie, ein so netter und berühmter Polizist, der dazu noch Junggeselle ist, also das sind gleich drei Gründe dafür, dass die Drähte zwischen den Frauen hier im Haus glühen.«

»Nariman ist ein schöner Name. Kommen Sie aus dem Iran?«, fragte ich, weil ich wusste, dass in den letzten Jahren immer mehr Menschen von dort nach Damaskus gekommen waren.

»Nein, aber mein Urgroßvater. Er war Teppichhändler und hat sich in eine Damaszenerin verliebt. Und blieb hier.«

Sie wirkt noch jugendlich, aber wie sich herausstellte, ist sie fünfundvierzig. Ihre Eltern waren Apotheker und besaßen bis zu ihrer Pensionierung die größte Apotheke in Damaskus. Sie hätte Malerin werden wollen, erzählte Nariman, dann aber habe sie sich in ihren Nachbarn, einen Bauingenieur, verliebt. »Ich war gerade mal siebzehn und hatte von der

Liebe nichts als romantische Bilder im Kopf, ein Flickwerk aus all den Filmen, die Tag für Tag im Fernsehen liefen. Mein Herz aber war leer, so konnte der Mann ohne jeden Widerstand einziehen und es bewohnen.«

Fünfzehn Jahre lang reiste sie mit ihm durch alle arabischen Länder, aber irgendwann wurde sie müde, nicht vom Reisen, sondern von dem dauernden Zwang, sich anzupassen. »Und immer nach unten, immer rückwärts«, sagte sie und zeigte mit der Hand zum Boden. »Ich bin in einem bürgerlichen, liberalen Haus aufgewachsen. Mein Vater betete nie. Mit zwanzig hatte ich Abitur und Führerschein. Aber plötzlich bist du in Saudi-Arabien und hast keine Freiheiten mehr und musst verschleiert herumlaufen. Dort hatte mein Mann alle Rechte und ich alle Pflichten. Nein, das wollte ich nicht. Aber Hassan fand, ich sei hysterisch. Er fand, es sei alles in Ordnung, und lebte so, als wäre dieser Zustand eine Probe für das spätere richtige Leben, das aber nie kam. Er, der ehemalige Kommunist, ließ sich einen Bart wachsen, trug keine Krawatte mehr und färbte seine Stirn mit Bräunungscreme.«

Ich musste lachen. Der Tag hatte mit der gefärbten Stirn des Scheichs angefangen.

»Und als hätte uns das nicht schon genügend entzweit«, fuhr Nariman fort, »wollte er auch noch eine zweite Frau heiraten. Er beruhigte mich, er verdiene so viel, dass er auch vier Ehefrauen finanzieren könnte. Er brachte mir sogar eine saudische Frauenzeitschrift. Dreck auf Glanzpapier. Darin beschwichtigte man die Frauen, sie sollten sich freuen, wenn ihr Mann eine zweite Frau heiratete, es würde ihn noch sanfter, noch rücksichtsvoller machen. Das war für mich das Ende. Vor drei Monaten habe ich die Scheidung eingereicht. Es wird eine Weile dauern, bis alles geregelt ist, aber ich werde nie wieder mit ihm unter einem Dach leben. Mein Herz und mein Bett teile ich mit niemandem«, schloss sie energisch. Einen Moment lang sah sie mich schweigend an, dann strich sie mir über die Wange. »Und Sie? Was steckt hinter Ihrem Junggesellendasein und hinter ihren traurigen Augen?«

»Nicht viel. Jahrzehntelang hat mich mein Beruf ganz in Anspruch genommen. Außerdem bin ich schüchtern, was Frauen angeht. Und als

244

ich meine große Liebe gefunden hatte, war uns nur ein kurzes Glück beschieden. Basma ist viel zu früh gestorben.«

»Das tut mir leid«, sagte Nariman, »das wusste ich nicht.«

»Schon gut, schon gut. Ich habe es ja auch niemandem im Haus erzählt«, erwiderte ich und hielt einen Moment lang inne. »Außer Ihnen, jetzt«, fügte ich kaum hörbar hinzu.

Wo die Zeit im Treppenhaus blieb, weiß ich nicht. Auf jeden Fall rief Nariman plötzlich: »Um Gottes willen, es ist Viertel vor drei und Sie müssen früh aufstehen.«

»Kein Problem, ich schlafe beim Autofahren«, scherzte ich und dehnte mich. Erst jetzt spürte ich, dass es kalt geworden war.

Nariman umarmte mich. Sie war etwas kleiner als ich. Und dann küsste sie mich unvermittelt auf den Mund. Als sie sich zum Gehen wenden wollte, hielt ich sie fest und küsste sie auf die Augen und lange auf den Mund. »Ich weiß nicht, was ich dir sagen kann, außer dass ich mich in deiner Nähe sehr wohl fühle.«

Sie lachte. »Es ist, als könntest du in meinem Herzen lesen«, sagte sie und küsste mich noch einmal. Am liebsten hätte ich sie zu mir herangezogen, aber ich hatte Angst, sie zu erschrecken.

»Wann kommst du zurück?«, fragte sie.

»In einer Woche, spätestens.«

»Pass auf dich auf. Und wenn du zurückkommst, lade ich dich zu mir ein«, sagte sie.

»Gern, unter einer Bedingung: Ich helfe beim Kochen. Ich lerne es gerade«, sagte ich und stieg die Treppe hinunter, während Nariman stehen blieb und mir nachsah.

Zurück in meiner Wohnung, bedauerte ich bereits, nicht zu ihr gegangen zu sein.

Aber ich dachte nicht mehr lange darüber nach. Ich war todmüde und fiel in einen unruhigen Schlaf. Wenig später hat mich der Wecker aus dem Bett geklingelt.

*

24.

Genial und einfältig
am falschen Ort

Marco Mancinis Wohnung lag in einem verhältnismäßig neuen Gebäude. Hier lebten besser verdienende Beamte, Händler und Akademiker.
Aber die Bewohner schienen Angst zu haben, mit Mancini zu reden. Sie
grüßten höflich und gingen rasch weiter. Manchmal erfand er Gründe,
um wenigstens mit den drei Nachbarn auf seinem Stockwerk in Kontakt zu kommen. Vergeblich: Er bekam das Salz, die Nadel, das Brot und
alles, wonach er fragte, auch wenn er es in Wahrheit nicht benötigte. Bevor sich aber ein Gespräch entspinnen konnte, verabschiedeten sich die
anderen mit einem schüchternen Lächeln. Sie wussten nur, dass er ein
italienischer Journalist war, der perfekt Arabisch sprach, ein Umstand,
der sie offenbar noch ängstlicher machte.

Mancini hatte seine Unterlagen bereits intensiv studiert und im Internet über die Wunderheilerin und ihre Paten recherchiert. Allein das
Buch, das Pfarrer Gabriel herausgegeben hatte, lieferte mit seinen tausend Widersprüchen Stoff für mehrere Interviews.

Er wählte legere Kleidung: eine honigfarbene Cordhose, einen braunen Rollkragenpullover, dazu eine warme hellbraune Jacke und einen
weißen Schal. Die teure Kamera, die ihm Barudi besorgt hatte, hängte er
sich quer über die Schulter, Handy, Notizheft und mehrere Stifte steckte er in seine elegante Schultertasche. Seinen Presseausweis schließlich
klemmte er, sichtbar für alle, an das Jackenrevers.

Draußen war es etwas wärmer geworden. Um nicht in die Verlegenheit zu kommen, von Kollegen des nahe gelegenen Kriminalpolizeiamts
erkannt zu werden, ging Mancini ein paar Hundert Meter zu Fuß die
Midan-Straße entlang, geradewegs in die andere Richtung, bis zu der

großen Konditorei »Dawood-Sweets«. Dort hielt er Ausschau nach einem Taxi. In diesem Moment hielt mitten auf der Straße ein Ferrari, eine elegante junge Frau mit langen blonden Haaren stieg aus und ging in die Konditorei. Lautes Hupen von allen Seiten. Wütend fuhren die Autos vorbei, als wäre der Ferrari eine Verkehrsinsel. Der Fahrer blieb seelenruhig sitzen. Er schien geradewegs einem Modekatalog entstiegen, ein neureicher Schnösel. Nach einer Weile kehrte die junge Frau mit einer großen Schachtel Süßigkeiten zurück und stieg ein. Der Fahrer schnippte seine gerade angezündete Zigarette durch das offene Fenster. Sie landete vor den Füßen eines armen alten Mannes. Dieser griff nach der Zigarette und bedankte sich mit einer Verbeugung, dabei legte er als Geste der Unterwerfung die rechte Hand auf den Kopf. Der Ferrarifahrer und seine Begleiterin lachten und brausten davon.

Endlich fand Mancini ein Taxi. »Zum katholischen Patriarchensitz in der Saitungasse, bitte«, sagte er und fügte, als der junge Taxifahrer ihn ratlos anstarrte, hinzu: »im Bab-Scharki-Viertel.«

»Ach, ja, im christlichen Viertel«, sagte der Mann. Er schwieg nur drei Sekunden. »Haben Sie das gehört? Die Muslimbrüder haben einen italienischen Politiker umgebracht – Haben Sie davon gehört?«

»Ach, wirklich? Und ich habe von einem Mord an einem italienischen Olivenölhändler gehört. Irgendwie rächt man sich zurzeit an den Italienern«, antwortete Mancini.

»Wenn Sie mich fragen, das ist die Yakuza, die chinesische Mafia, sie wollen keine Konkurrenz.«

Mancini lachte über so viel Einfalt. »Nein, Yakuza sind japanische Mafiosi, die Chinesen nennen sich Triaden.«

»Nein, sie nennen sich *Ya Kuza*, was auf Arabisch so viel wie ›Oh, Zucchini!‹ bedeutet. Das ist ihre Tarnung, und weil die Chinesen die Japaner hassen, geben sie ihren Kriminellen japanische Namen, um den Ruf der Japaner zu zerstören, verstehen Sie? Das ist eine Verschwörung.«

Mancini merkte, dass dem Mann nicht mehr zu helfen war. »Haben Sie bei so viel Geheimwissen keine Angst um Ihr Leben?«, fragte er.

»Ach nein, die Chinesen interessieren sich nicht für Taxifahrer. Ihre Devise: Minister, Banker, Multimillionäre und aufwärts kaufen oder abmurksen. Wenn ich nur einen Tag an der Macht wäre, würde ich mit all diesem Gesindel aufräumen. Für jeden abgemurksten Syrer töte ich tausend Chinesen.«

Mancini lachte Tränen. »Und was, wenn Sie in Syrien nur neunhundert Chinesen finden?«

»Dann hole ich welche aus Jordanien. Meine Schwester in Amman sagt, dort gibt es so viele, dass sie bald Chinesisch lernen muss. Mein Herr, die Jordanier werden mir dankbar sein.«

Mancini lehnte sich zurück und schloss die Augen. Seltsam, dachte er, einem italienischen Zwillingbruder dieses syrischen Taxifahrers war er auch einmal in Rom begegnet. Der wollte auch für jeden mysteriös zu Tode gekommenen Italiener tausend Chinesen umbringen. Kein Wunder, dass er sich in Damaskus immer so schnell heimisch fühlte. Dann nickte er für einen Augenblick ein.

»Hier sind wir«, rief ihn der Taxifahrer in die Realität zurück. »Das ist der Sitz des Patriarchen. Da steht es am Eingangstor.«

Mancini zahlte und stieg aus.

»Pater Gabriel freut sich, Sie zu sehen«, empfing ihn ein alter Mann in einem blauen Anzug, der schon bessere Tage gesehen hatte. Mancini hielt ihn für den Küster oder Pförtner. Er hatte anscheinend auf ihn gewartet. Mancini machte Fotos von dem großen Anwesen, von der nahen Kirche und folgte dem Mann dann über einen Parkplatz, auf dem ein paar Straßenkreuzer und teure Sportwagen geparkt waren. Durch ein zweites Tor betraten sie die elegante Eingangshalle.

»Er ist im ersten Stock«, murmelte der Mann fast atemlos. Langsamen Schrittes stieg er die Treppe hoch, und Mancini blieb aus Rücksicht hinter ihm. An der dritten Tür links klopfte der alte Mann und öffnete die Tür vorsichtig, als er von drinnen eine Stimme hörte. »Ja, herein.«

Mancini trat über die Türschwelle in ein großes, helles Büro. Der Pfarrer, eher klein und gedrungen, mit Glatze und grauem kurzgeschnittenem Haarkranz, kam ihm entgegen. Er trug eine große Brille und eine schwarze Soutane. Sein Gesicht war von kleinen Aknenarben übersät. Er hieß Mancini willkommen und führte ihn zu einer Sitzecke. Mancini bemerkte sofort seine schöne Stimme.

Nachdem Mancini seine Kamera auf dem niedrigen Glastisch abgelegt hatte, nahm er auf dem weichen Sofa Platz.« Darf ich nach dem Interview noch ein paar Fotos von Ihnen machen? Am Schreibtisch vielleicht?«

»Selbstverständlich«, der Pfarrer hielt einen Moment inne.»Sie sprechen sehr gut Arabisch«, fuhr er dann anerkennend fort.»Haben Sie arabische Vorfahren?«

»Nein, nein. Ich habe als Kind den Orient geliebt und fühlte mich mehr von ihm angezogen als von Nordeuropa. Bei jedem Kinderfest wollte ich ein arabischer Prinz sein. Später studierte ich Islamwissenschaften und Arabisch und habe dann für die italienische Presse aus Kairo, Algier und am längsten aus Beirut berichtet. Nach dem Angriff der Israelis 2006 auf den Libanon gab es jedoch eine Auseinandersetzung mit meinem Chef. Er stand auf der Seite Israels, und ich hatte in seinen Augen zu sehr Partei für die Araber ergriffen, Deshalb wollte er mich nach Kanada schicken. Ich aber wollte den Mittelmeerraum nicht verlassen. Zufällig suchte die Zeitung *Il Giornale* gerade einen Korrespondenten für Syrien und den Libanon. Also blieb ich in Beirut und belegte zwei Intensivkurse Arabisch«, antwortete Mancini. Seine Recherche hatte ergeben, dass Gabriel ein Nationalist war und Israel hasste.

»Alle Achtung«, sagte der Pfarrer.

»Alle Achtung vor Ihnen, Monsignore. Sie waren Lehrer, dann gründeten Sie ein Theater und schrieben Stücke, dann haben Sie eine neue Jugendorganisation, ähnlich den Pfadfindern, ins Leben gerufen, und nicht zuletzt haben Sie den ›Freudenchor‹ gegründet, wofür Ihnen die Frau des Präsidenten, die syrische First Lady, einen hohen Preis verliehen hat.« Mancini zeigte auf mehrere Fotos an der Wand, auf denen der Pfarrer mit seinen Schülern und Schützlingen und mit der First Lady zu sehen war.»Und als wäre das alles noch nicht genug, begleiten Sie seit bald dreißig Jahren Frau Dumia. Bei meinen Recherchen fand ich Videoaufnahmen von Ihnen auf YouTube: Sie haben wunderbare Reden sowohl auf Französisch wie auch auf Arabisch gehalten. Großartig, großartig muss ich sagen.«

»Vielen Dank«, murmelte der Pfarrer, aber sein Blick war immer noch unruhig.

»Ich hoffe nun, Sie haben liebenswürdigerweise Zeit und Geduld, mir alles über die Wunderheilerin zu erzählen. Wissen Sie, mit einem halbherzig geschriebenen oder schlecht recherchierten Artikel komme ich nicht weit. *Il Giornale* besteht bei jeder Story auf Genauigkeit und guten Recherchen. Die Zeitung gehört der Familie Berlusconi. Jeden Fehler würde man dem Ministerpräsidenten anlasten, obwohl nicht er, sondern sein Bruder verantwortlich ist. Für den Artikel hat mir die Redaktion eine ganze Seite versprochen.«

»Legen Sie los. Ich werde mir Mühe geben«, sagte Pfarrer Gabriel verbindlich, aber Mancini spürte seinen Argwohn.

»Ist es in Ordnung, wenn ich das Gespräch mit meinem Smartphone aufnehme? Es wird mir neben meinen Notizen helfen, alles korrekt wiederzugeben.«

»Selbstverständlich«, erwiderte Gabriel.

In diesem Moment trug eine Nonne ein Tablett mit Keksen und Kaffee herein. Mancini nickte dankend, legte sich sein kleines Heft mit Fragen und den Block samt Kugelschreiber zurecht und stellte sein Gerät auf Aufnahme.

»Gegenstand meines Artikels wird ausschließlich die Wunderheilerin sein, aber ich möchte auch Sie und Ihren Hintergrund näher kennenlernen. Sie sind ihr Pate und geistiger Begleiter …«

»Ach, trinken Sie doch zuerst Ihren Kaffee«, unterbrach der Pfarrer und nahm einen kräftigen Schluck des duftenden Mokkas. »Das Interview wird ja nicht kalt«, fügte er hinzu und lächelte. Seine Augen wurden ruhiger und freundlicher.

»In einem Gespräch mit der Journalistin Anna Aziz sagten Sie, Sie seien auf der Seite der Armen. Sind Sie Sozialist?«

»Nein, aber ich stehe wie unser Herr Jesus immer auf der Seite der Benachteiligten.«

»Sie haben bereits als Student mit dem Theater zu tun gehabt und heute, vierzig Jahre danach, sind Sie immer noch als Autor tätig. Sie haben eine große fünfbändige Geschichte des Theaters aus dem Französischen übersetzt. Was fasziniert Sie am Theater?«

»Es ist ein effektives Mittel, gesellschaftliche Probleme in eine lebendige Form zu bringen, die Kopf und Herz der Menschen bewegt. Literatur wirkt langsam, Theater wirkt direkt.« Zum ersten Mal spürte Mancini etwas wie Leidenschaft in der Stimme des Pfarrers.

»Ich habe leider keines Ihrer Stücke gesehen, aber die Rezensionen im Internet gelesen. In Ihrem ersten großen Theaterstück mit dem Titel ›Feigheit der Flucht‹ geht es um die Flucht der Intellektuellen und Akademiker ins Exil. Ist dies nicht ein allgemeines Problem in allen Ländern der Dritten Welt? Spielen neben der Armut und dem Geltungswillen oder der Eitelkeit und Gier der Akademiker, die Sie ja in Ihrem Stück anklagen, nicht auch Repressionen eine Rolle, weshalb sich die Klugen aus dem Staub machen, um ihre Haut zu retten?«

»Wir haben seit vierzig Jahren keine Repressionen. Wie Sie sehen, sprechen wir beide frei und ungehindert miteinander, als säßen wir in Rom. Aber der Westen verführt unsere fähigsten Köpfe und lässt uns ausbluten«, die Stimme des Pfarrers hatte einen bitteren Ton angenommen.

Mancini merkte, dass ihm die Rolle des Journalisten nicht besonders gut gelang. Statt sein Gegenüber zu entspannen und Vertrauen zu gewinnen, um dann zu den wichtigen Fragen vorzustoßen, machte er den Pfarrer nervös. Er beschloss also, eine andere Taktik anzuwenden.

»Sie haben mit dem ›Freudenchor‹ Ihren größten öffentlichen Auftritt gehabt. Sie haben Kinder und Jugendliche zum Singen gebracht. Für dieses Projekt haben Sie viel Sympathie geerntet. Was steckt hinter der Idee?«

»Ich wollte nicht nur über Verbrüderung reden, sondern sie mit Freude realisieren, und das war und ist durch Gesang möglich. Bis dahin war der religiöse Gesang in den Kirchenmauern gefangen. Ich habe ihn nach draußen geholt und Kinder, Jugendliche und Erwachsene daran beteiligt, unabhängig von Religion, Geschlecht oder Alter. Wir fingen ganz klein an, und heute haben wir vier Chöre. Gesang geht zu Herzen, Musik verbindet ohne Worte.«

»Und wie reagierte die Kirchenführung?«

»Zunächst ablehnend und um den Ruf des kirchlichen Gesangs besorgt, aber am Ende hat die Vernunft gesiegt.«

»Merkwürdig, sobald Sie eine Herausforderung erfolgreich gemeistert haben, geben Sie das Projekt ab und widmen sich dem nächsten hoffnungslosen Fall. Was treibt Sie an?«

»Die heilige Maria. Sie gibt mir Kraft. Manchmal bin ich sterbensmüde vor Erschöpfung, sehe mich vor einem Berg ungelöster Probleme und unerledigter Aufgaben. Aber mit Marias Hilfe fühle ich mich plötzlich wieder wie ein Jugendlicher von achtzehn Jahren.« Aus der Stimme des Pfarrers klangen Stolz und Zufriedenheit.

»Mir stellt sich die Frage, wann Sie überhaupt schlafen. Neben all diesen Aktivitäten sind Sie ja auch Mitglied in vielen Organisationen. Und außerdem sind Sie seit 1982 Pate der Wunderheilerin Dumia. Sie haben sogar ein dreibändiges Werk über sie verfasst und Weltreisen mit ihr unternommen, von Norwegen über Kanada bis Südafrika. Seit fast dreißig Jahren engagieren Sie sich für dieses Projekt, ohne offizielle Anerkennung. Hat sich das gelohnt?«

Gabriel zögerte lange. Das war nicht nur Mancinis Gefühl. Später, als er das Interview abschrieb, maß er die Zeit an dieser Stelle und stellte fest, dass die Stille nach dieser Frage mehrere Minuten gedauert hatte.

»Ich weiß es nicht. Das kann am Ende meiner Tage nur Gott allein beurteilen. Aber Sie irren sich«, sagte Gabriel, und in seinem Blick lag eine Spur von verletztem Stolz. »Wir werden von Tausenden Menschen weltweit anerkannt, nur die Offiziellen haben uns die Anerkennung verweigert.«

»Ja, ich habe gelesen, wie sehr Sie sich um die Anerkennung der Wunderfrau bemüht haben: Die Führung der orthodoxen wie auch der katholischen Kirche in Syrien haben Anerkennung jedoch verweigert. Die Patriarchen der beiden größten christlichen Gemeinschaften haben sich vor Gästen sogar über die Wunderheilerin lustig gemacht. Sie, lieber Pfarrer Gabriel, haben sich tapfer bemüht, nicht nur mit weltweiten Auftritten. Sie haben Mediziner und geheilte Kranke als Zeugen gerufen und ließen das Olivenöl analysieren, das, wie Sie in Ihrem Buch beschreiben, wie aus einem Ölhahn floss. Die Wunderheilerin bekam Stigmata wie Jesus. Und sie sprach mit Maria und Jesus. Trotzdem hat der Vatikan die Frau auch nach dreißig Jahren nicht anerkannt. Es muss Sie schockiert haben, als Sie von Kardinal Buri erfuhren, dass Kardinal Cornaro nicht zu Dumia, sondern zu dem Bergheiligen im Norden fährt. Wie haben Sie die Nachricht aus Rom aufgenommen? Waren Sie überrascht?«

»Ich habe sie mit Bedauern aufgenommen, aber ich war im Gegensatz zu unserem Freund Kardinal Buri nicht überrascht. Wissen Sie, wenn es einmal im Jahrhundert einen orientalischen Heiligen gibt, so wird Rom kalt und kritisch. Der Himmel ist voller ungeprüfter Europäer. Haben Sie je die Lebensläufe europäischer Heiliger gelesen?«

Mancini schüttelte den Kopf.

»Sie haben nicht viel versäumt. Manch einer gehört wirklich nicht in den Himmel, sondern als Schwerverbrecher ins Gefängnis, manch anderer ist eine Mogelpackung, die eher mit den Machtkämpfen im Vatikan zu tun hat, und wieder andere gehören in die Psychiatrie. Manchmal reichte es, dass ein Herrscher seine Blähungen loswurde, und schon hat der Vatikan den Heiler zum Heiligen erklärt. Aber zweihundertsiebzehn nachweislich geheilte Kranke reichten nicht für einen Empfang in Rom.«

»Sie sind sehr mutig, und trotzdem immer noch katholisch?«, sagte Mancini voller Bewunderung.

»Ich bin mutig, weil ich katholisch bin und weil ich von Anfang an wusste, dass ich kämpfen muss. Wir, die orientalischen Christen, sind für den Vatikan schlimmer als die Muslime. Man bedauert dort, dass wir die Kreuzzüge überlebt haben. Die Kreuzzüge haben Konstantinopel und Jerusalem und deren Führungsanspruch zerstört. Bis dahin war Rom eine von vielen heiligen Städten, aber Jerusalem war das Herz der Christenheit. Heute ist es eine besetzte Touristenstadt.«

»Mich beschäftigt noch etwas anderes. Wie erklären Sie die Erscheinung der heiligen Maria vor den Augen einer einzigen Person, nämlich Dumia? Ihrem Buch habe ich entnommen, dass sie mit ihr zuerst Hocharabisch, dann Dialekt spricht, aber niemand ist Zeuge. Entschuldigen Sie bitte meine Frage: Spielt die heilige Maria Verstecken mit uns?«

»Sie müssen sich für Ihre klugen Fragen nicht entschuldigen. Die heilige Maria, oder besser gesagt, Gott der Allmächtige hat sich für diese einfache, bescheidene Person entschieden. Der Wille Gottes ist unergründlich. Und genau an diesem Punkt entbrannte der Streit mit der Kirchenleitung. Man wollte Maria zum Altar bitten, sie solle dort ihre Reden halten, die heilige Maria jedoch entschied sich anders.«

»Aber warum? Die italienischen Leser werden fragen: Warum erscheint sie nicht vor allen Menschen auf einem Platz oder in einer Kirche, wo sie verstanden wird und ihr Ziel erreicht?«

»Das wissen wir genauso wenig wie Sie. Wir sind allerdings zutiefst davon überzeugt, dass die übernatürlichen Ereignisse in dem kleinen Haus von Dumia kein fauler Zauber sind.«

»Wie Sie in Ihrem Buch schreiben, haben Sie in den dreißig Jahren einen Nuntius des Vatikans nach dem anderen eingeladen. Sie haben sie Gespräche mit Dumia führen lassen, manchmal floss das Öl sogar in ihrem Beisein. Einige ließen sich überzeugen, die meisten blieben jedoch zurückhaltend bis ablehnend. Nun gab es eine letzte Möglichkeit, den Vatikan zu überzeugen. Kardinal Buri, Ihr Freund und Förderer, ein enger Freund Seiner Heiligkeit Benedikt XVI., hatte erreicht, dass ein Kardinal des Vatikans im direkten Auftrag des Papstes die Sache in die Hand nahm. Aber dann weigerte sich dieser Kardinal, die Frau zu sehen. Sind Sie ihm begegnet? Wie war er? Haben Sie ihm Ihre Meinung gesagt?«

»Ich staune über Ihre genaue Recherche. Ja, das war für uns sehr bitter. Wir, Dumia, ihr Mann, ich und einige Hunderte von Gläubigen haben geweint und eine ganze Nacht lang die heilige Maria um Beistand gebeten. Dann sind wir, Bischof Tabbich und ich, voller Hoffnung zu Kardinal Cornaro gegangen. Er war zuerst sehr höflich, aber als er von unserem Anliegen erfuhr, sperrte er sich. Er sagte, er habe alle Berichte, Bücher, Videos, CDs und DVDs studiert, die ich den Vertretern des Vatikans im Laufe der Jahre in Syrien gegeben hatte.«

»Einige Botschafter des Vatikans haben Sie sogar namentlich in Ihrem Buch erwähnt: Eccoli, de Nicolo und Retunno, der die Wunderheilerin inoffiziell traf. Sie schreiben, er sei begeistert gewesen von ihr, habe Unterlagen, Fotos und Videoaufnahmen verlangt. Die schickte er 1988 an den damaligen Leiter der Glaubenskongregation, Josef Ratzinger, unseren heutigen Papst Benedikt. Auch Kardinal Buri war, wie Sie schreiben, in den letzten fünfundzwanzig Jahren mehr als dreißig Mal hier und bemühte sich, den jeweiligen Nuntius zu bewegen, beim Papst vorstellig zu werden. Warum hat das alles nichts gebracht?«

»Ich habe es vorhin bereits ausgeführt. Mehr weiß ich leider nicht.«

»Auch Dumia selbst soll dem damaligen Papst Johannes Paul II. 1993 einen sehr bewegenden Brief geschrieben und eindringlich um eine Anerkennung gebeten haben. Das steht doch alles in Ihrem Buch, oder irre ich mich?«

»Nein, Sie irren sich nicht, aber da steht auch, dass ich dagegen war, dass sie diesen Brief schrieb, weil man um eine Anerkennung nicht bettelt. Sie erfahren in meinem Buch auch, dass nur Bischof Tabbich hinter dem Brief stand …«

»Und haben Sie Kardinal Cornaro gefragt, woher im Vatikan diese Abneigung gegen die Wunderheilerin rührt?«

»Ich hätte die Frage gerne gestellt, war aber nicht mutig genug. Bischof Tabbich war mutiger. Er hielt dem Kardinal die Fehler des Vatikans gegenüber den orientalischen Kirchen vor.«

»Und wie war seine Reaktion?«

»Er reagierte mit Sarkasmus. Ihn interessiere nur das Olivenöl extra vergine aus Taggia in Ligurien. Andere Olivenöle fasse er nicht an. Das war für uns eine Beleidigung. Ich habe im Stillen gebetet, er möge weniger arrogant sein, aber unser Bischof ließ es ihm nicht durchgehen.

Die beiden stritten heftig, und ich hatte alle Mühe, dass wir uns wenigstens christlich voneinander verabschiedeten. Später trafen wir uns noch einmal, der Bischof hatte wirklich gute Absichten, sich mit dem Gast zu versöhnen. Zunächst sah es ganz gut aus, Kardinal Cornaro war bester Laune und wir tranken gemeinsam ein Gläschen Rotwein. Aber dann kam er wieder auf seinen Besuch bei diesem Scharlatan im Norden zu sprechen. Unser Bischof versuchte höflich, ihn von seiner Reise abzuhalten, weil das Gebiet von den gottlosen Anhängern des Scharlatans besetzt ist. Er bot ihm sogar einige christliche junge Männer als Leibwächter an, aber der Kardinal wollte nicht hören. Erneut kam es zum Streit, und ich bat den Bischof, nicht weiter zu insistieren.«

»Hatten Sie den Eindruck, Kardinal Cornaro hat sich wie ein Kolonialist, wie ein Kreuzzügler verhalten?«

»Nein, keine Sekunde. Es war eine harte, aber faire Auseinandersetzung. Unsere Hoffnung auf Dumias Anerkennung war nun endgültig dahin. Und der Kardinal hat sein Leben riskiert und verloren. Ein Kolonialist tritt anders auf. Kardinal Cornaro, das muss man ihm lassen, war ein sturer, waghalsiger Mann, der ohne Netz und doppelten Boden einen gefährlichen Sprung gewagt und teuer bezahlt hat.«

»Auch Scheich Farcha soll mit ihm gestritten haben. Wissen Sie warum?«

»Ich würde lügen, wenn ich es verneinte. Scheich Farcha und ich sind Freunde. Er hat mir erzählt, dass er den Kardinal für einen Hetzer hält. Er war es, der ihn einen ›Kreuzzügler‹ genannt hat, weil er hierherkommt und sich einmischt, weil er einen Ketzer aufwertet, der gegen den Islam agiert.«

In diesem Moment klingelte das Telefon. Mancini stoppte die Aufnahme. Gabriel ging an seinen Schreibtisch, nahm den Hörer ab und sprach leise. »Warum nicht? Wir könnten sofort kommen … Schade, aber wie du willst.« Er verabschiedete sich und kam ein wenig gebeugt zu Mancini zurück. »Der Herr Bischof kann Sie leider nicht empfangen. Er muss umgehend zu einer wichtigen Sitzung.«

»Oh, wie schade.«

»Wir können also gleich zum Haus der heiligen Maria gehen. Dort wohnt die Wunderheilerin.«

»Ja, aber zuerst brauche ich noch ein paar Fotos von Ihnen«, wandte Mancini ein und bat den Pfarrer, sich an seinen Schreibtisch zu setzen und so zu tun, als würde er arbeiten. Mancini machte viele Fotos und bedankte sich herzlich für das offene Gespräch und den Kaffee.

»Ich beneide Italien um solche Journalisten wie Sie«, erwiderte der Pfarrer und ging voraus.

25.

Eine einsame Heilerin

Als der Chauffeur sich erkundigte, ob er vor dem Haus warten solle, gab Pfarrer Gabriel die Frage an Mancini weiter. Nein, meinte Mancini, er wolle nach der Begegnung noch Geschenke für Freunde einkaufen. Er wunderte sich, wie leicht ihm die Lüge über die Zunge ging. Gabriel selbst wollte nach dem Gespräch eine Cousine besuchen und dann zu Fuß in sein Büro zurückgehen. Es sei ja alles keine Entfernung, meinte er.

Mancini bat Pfarrer Gabriel, schon einmal vorzugehen. Er würde gern noch ein paar Aufnahmen von der Umgebung, der Straße und dem Haus machen. Das kleine Anwesen war zu einer heiligen Stätte geworden. Man nannte es inzwischen »Haus der heiligen Maria«. Man sah ihm an, dass es aufwendig renoviert war.

Ein etwa sechzigjähriger Mann beobachtete Mancini. Er war klein und kräftig, hatte dichtes graues Haar und einen ebensolchen Schnurrbart. In seinem Gesicht lag Bitterkeit.

»Sehen Sie das Haus dort drüben?«, fragte der Mann und kam näher. Mancini schaute in die Richtung, entdeckte ein schmuckloses dreistöckiges graues Gebäude.

»Was ist damit?«, fragte er.

»Das sollten Sie fotografieren. Im zweiten Stock wohnt eine Hure. Sie ernährt ihre fünf Kinder anständig, indem sie ihren Körper verkauft. Ihr Mann hat sie mit den Kindern im Stich gelassen. Das sind die wahren Heiligen des einundzwanzigsten Jahrhunderts, und nicht solche Gauner mit ihrem Weihrauch und Öl. Zuerst haben Dumia und ihr Mann gelogen, um ihr Haus zu retten. Die Straße sollte verbreitert werden und man wollte das Haus abreißen. Und dann haben sie ihre eigenen Lügen geglaubt. So kann ein Nichtsnutz, der es trotz sieben Berufen zu nichts gebracht hat, in den Genuss von Weltreisen kommen und von Idioten reich beschenkt werden.

»Sieben Berufe?«, fragte Mancini erstaunt.

»Ja«, erwiderte der Mann, »so sagt man hier in Damaskus, wenn es um großmäulige, unstete Zeitgenossen geht, aber bei dem Typen reichen sieben Berufe nicht aus: Heute stolziert er als Begatter einer Wunderheilerin durch die Gegend, früher war er Polizist, Kioskbesitzer, Männerfriseur, Frauenfriseur, Knastbruder. Danach wanderte er nach Deutschland aus und kehrte vier Jahre später mit leeren Händen zurück. Er hat in Saudi-Arabien gearbeitet, angeblich hat er dort als Makler Millionen verdient, die aber beschlagnahmt wurden, weil er etwas gegen das saudische Königshaus gesagt haben soll, dann machte er hier mit mehreren Restaurants pleite und dann …«

Mancini entschuldigte sich, ließ den Mann mit seiner endlosen Tirade stehen und machte sich auf den Weg zum Haus der Wunderheilerin.

Erst später sollte er sich daran erinnern, dass niemand vor der Haustür stand. Die Tür war offen.

Gerade als Mancini über die Schwelle treten wollte, kam ihm ein kleiner Mann entgegen und lächelte ihn an. »Buongiorno, Signor Mastroianni, seien Sie willkommen, ich bin Salim Asmar, der Ehemann von Dumia Asmar-Sargi«, sagte er. Dann wandte er sich an seinen Nachbarn auf der Straße. »Was machst du schon wieder hier? Hat dir die Polizei nicht untersagt, unsere Gäste zu belästigen?«

»Ich wohne hier und habe das Recht, jeden, der Ohren hat, anzusprechen«, erwiderte der Mann.

»Wenn du nicht auf der Stelle verschwindest, rufe ich die Polizei«, drohte der Ehemann und wedelte dazu mit dem Zeigefinger.

Der Nachbar spuckte auf den Boden und ging wortlos davon.

»Er hat nichts zu tun«, sagte Salim Asmar zu Mancini. »Aus purem Neid beschmutzt er den Ruf der anderen. Entschuldigen Sie bitte die Belästigung.«

Mancini grinste innerlich. Asmar wusste Bescheid. Er wusste, dass Roberto Mastroianni Arabisch sprach.

Mancini folgte dem Mann ins Haus und dann in den winzigen Innenhof, der mit Bildern und Ikonen der heiligen Maria gespickt war. Dort warteten Pfarrer Gabriel und eine kleine, gedrungene Frau mit gefärbten dunklen Haaren bereits auf ihn. Das also war die berühmte Frau Dumia.

Die Wunderheilerin war etwa Ende vierzig und wie ihr Mann feierlich gekleidet, als wären sie auf dem Weg zu einer Erstkommunion. Mancini begrüßte sie mit Handschlag und nahm dann an einem kleinen Bistrotisch Platz. »Ich freue mich, die Gelegenheit zu haben, mit …«

»Lieber Herr Mastroianni, ich habe ihr bereits alles über Sie erzählt«, unterbrach ihn Pfarrer Gabriel und legte ihm väterlich die Hand auf den Arm. »Sie können gleich anfangen.«

Mancini ließ sich nicht zweimal bitten und stellte sein Smartphone auf Aufnahme. »Frau Dumia«, begann er, »meine Leserinnen und Leser wissen nichts über Sie. Wollen Sie mir von sich erzählen und was Sie erlebt haben?«

Die Wunderheilerin begann ohne Umschweife zu erzählen. Mancini merkte, wie routiniert sie ihre Geschichte herunterspulte. Sie sei eine einfache, unerfahrene Ehefrau von zwanzig Jahren gewesen, als ihr zum ersten Mal die heilige Maria begegnete. Ihr Ehemann legte ein Album mit alten Fotos aufgeschlagen auf den Tisch. Nichts an dieser Frau ist mehr natürlich, dachte Mancini. Sie ist ein Star ohne besondere Ausstrahlung, dafür mit den Allüren einer professionellen Diva. Schön war sie einmal, das zeigten die alten Bilder, auf die der Ehemann stolz hinwies. Inzwischen aber war sie doppelt so dick, und ihre Augen versanken in Tränensäcken.

Mancini schaute in sein Notizheft mit den vorbereiteten Fragen, um nichts zu vergessen. Wieder beobachtete Gabriel ihn mit misstrauischem Blick, als ahne er, dass Mancini kaum zuhörte. Der Ehemann schwieg die ganze Zeit. Er wirkte nach einer Weile unbeteiligt, fast unwillig. Als Dumia schließlich erzählte, dass man nach den ersten Tagen des wundersamen Ölfließens das Bildchen der heiligen Maria in einer Prozession zur nahen orthodoxen Kirche des heiligen Kreuzes gebracht hatte, unterbrach sie Mancini: »Soweit ich informiert bin, sind Sie katholisch. Warum wurde das Bild denn in die orthodoxe Kirche gebracht?«

Jetzt erwachte Salim Asmar aus seiner Lethargie. »Weil sie als Frau ihrem Mann folgen soll, wie es uns das Evangelium und die Bibel und alle heiligen Bücher lehren. Ich bin römisch-orthodox, also gehört das Bild dorthin.«

»Aber die heilige Maria hat ja nicht mit Ihnen gesprochen«, wandte Mancini ein.

»Na und?«, erwiderte Asmar empört. »Ich habe meiner Frau dieses kleine Bild geschenkt, aus dem später das wundersame Öl floss.«

»Wirklich?« Mancini heuchelte Verwunderung, obwohl er auch davon in der Werbebroschüre gelesen hatte.

»Ja. Und deswegen bin ich an der ganzen Sache ebenfalls beteiligt. Die heilige Maria wollte unsere Ehe segnen. Sie führte mich zu diesem einen Bild, das ich meiner Frau schenk…«

Asmar stockte mitten im Satz, als Gabriel ihm ein Zeichen gab. Mancini erkannte jetzt, wie geschickt Gabriel die Fäden zog und wie eingespielt das Team nach so vielen Auftritten und Interviews war.

»Was für ein Öl floss aus dem Bild«, fragte Mancini.

»Olivenöl«, kam es wie aus einem Mund.

»Und war es auch Olivenöl, das aus Ihren Händen floss?«, fragte Mancini.

Alle drei nickten. »Das hat uns das Labor bestätigt. Reines Olivenöl.«

»Warum gerade Olivenöl?«, fragte Mancini verwundert.

»Vielleicht weil Olivenöl im Alten Orient voller Symbolik ist: Es schenkt Licht, Nahrung, Heilung, Frieden und wird für die Salbung verwendet, und Jesus ist der vom Heiligen Geist mit Olivenöl Gesalbte, das bedeutet das Wort Messias oder im Griechischen Christos«, antwortete Pfarrer Gabriel.

In diesem Moment hörte man Lärm an der Haustür. Pfarrer Gabriel machte Asmar ein Zeichen, zur Tür zu gehen. Dieser entfernte sich. Kurz darauf hörte Mancini, wie er die Leute um Ruhe bat, da die Wunderheilerin Besuch aus Rom habe.

»Aus Rom?! Wirklich? Aus Rom?«, fragten die Stimmen durcheinander. Mancini kam sich vor wie in einem schlechten Film.

»Ruhe!«, rief Asmar, und die Leute verstummten augenblicklich. Dann kehrte er in den Innenhof zurück. »Bassil ist da, er leidet unter Epilepsie und Migräne. Er meint, er hat einen Termin bei dir. Was soll ich ihm sagen?«

Wieder gab Gabriel ein Zeichen. Er nickte leicht. »Lass ihn rein«, rief die Heilerin daraufhin, »dann kann Signor Mastroianni sich selbst überzeugen.«

Und so ging Asmar wieder zur Haustür und kehrte kurz darauf mit einem mageren alten Mann zurück, der kaum gehen konnte. Gestützt wurde er von einer beleibten jungen Frau.

»Bassil«, flüsterte Dumia, »mein armer Bassil.« Sie sprach wie zu sich selbst. Als er vor ihr stand, ließ er sich auf die Knie fallen. Dumia sah ihn mit Tränen in den Augen an. Mancini, der das Schauspiel aus ironischer Distanz betrachtete, war fasziniert. Dumia legte ihre Hände auf den Kopf des schwachen Mannes. »Heilige Maria, Mutter Gottes«, sagte sie und begann nun richtig zu weinen und seinen Kopf zu streicheln. Und auf einmal sah Mancini, dass der Kopf des Mannes ölig glänzte. Er schoss drei, vier Fotos. Dumia betete laut und bat die heilige Maria um Beistand. Nach einer Weile drohte sie vom Stuhl zu gleiten. Pfarrer Gabriel und Asmar fassten sie an den Armen.

»Es ist gut, es ist gut«, sagte Gabriel und richtete Dumia wieder auf. Der kranke Mann erhob sich und ging festen Schrittes allein zur Tür, nachdem er die Hand der Heilerin geküsst und dem Ehemann ein Bündel syrische Geldscheine überreicht hatte. Dieser zierte sich erst ein wenig, dann aber steckte er das Geld rasch in die Hosentasche.

Wieder gab es Lärm an der Haustür, wieder hörte Mancini den Ehemann, wie er die Wartenden mahnte, es sei wichtiger Besuch aus Rom da. Sie sollten sich gedulden und sich ruhig verhalten.

Nachdem Ruhe eingekehrt war, kam Asmar zurück. Er gab seiner Frau einen Wink. Sie stand auf, verschwand im Haus und trat einige Minuten später erfrischt und gekämmt in einem neuen Kleid wieder heraus.

»Nun zurück zu Ihrer Geschichte«, sagte Mancini. Auf die Szene, die sich gerade vor ihm abgespielt hatte, ging er nicht ein. »Das heilige Bild wurde also in einer Prozession zur orthodoxen Kirche getragen. Was ist danach passiert?«

Die drei schauten sich gegenseitig an. Keiner der beiden Eheleute wollte anfangen. Mancini machte eine aufmunternde Geste in Richtung Dumia.

»Das Bild hat dort von der ersten Stunde an keinen Tropfen Öl mehr gespendet. Dreiundvierzig Tage blieb es dort, dann brachte man es in einer wirklich geringschätzigen Art zurück.«

»Was soll das heißen?«, fragte Mancini. Dumia sah Gabriel flehend an.

»Weil das heilige Bild nach Ansicht der Kirchenleitung ›nicht funktionierte‹, schickten sie es zurück, allerdings nicht in einer Prozession. Ein junger Pfarrer brachte es einfach in einer Einkaufstüte.«

»In einer Einkaufstüte?«, entfuhr es Mancini. Er konnte ein Lachen nicht unterdrücken. Asmar warf ihm einen zornigen Blick zu. »Entschuldigung«, sagte Mancini sofort, bemüht, die Fassung wiederzuerlangen.

»Und deshalb haben Sie den jungen Pfarrer krankenhausreif geprügelt?«, fragte Mancini Asmar. Das hatte er nicht in den Büchern, sondern im Internet gelesen.

»Das hat er verdient, dieser …«, setzte Asmar an, stockte aber, als Pfarrer Gabriel die Hand hob.

»Das war ein Fehler, denn Gewalt ist des Teufels, und der Pfarrer handelte immerhin auf den Befehl der Kirchenleitung«, sagte Gabriel.

»Nun, das verstehe ich. Was mir aber unverständlich bleibt, ist die Beschreibung, die ich Ihrer Broschüre entnommen habe: Die heilige Maria erschien Dumia vor dem Transport ihres Bildes in die Kirche und sagte weinend *ma'lesch,* das macht nichts. Das sagen die Damaszener, wenn sie etwas Unangenehmes akzeptieren müssen. Als wollte sie eigentlich nicht, dass ihr Bild in die Kirche transportiert wird. Und dann brachte der orthodoxe Pfarrer das Bild zurück, bezog Prügel, und eine Nacht später erschien die heilige Maria erneut und sprach, wieder in breitem Damaszener Dialekt, zu Dumia, dass sie ›unter uns gesagt‹ froh sei, nach Hause zurückzukehren. Korrigieren Sie mich, wenn ich etwas missverstanden hab.«

»Nein, nein, das ist alles korrekt«, sagte Pfarrer Gabriel.

»Damit kritisierte die heilige Maria also die Kirche. Das kommt mir komisch vor, und noch komischer finde ich, dass die heilige Maria die Floskel ›unter uns gesagt‹ verwendet. Entschuldigen Sie, ich war in Beirut mit einem Damaszener befreundet, und der sagt, wenn ein Damaszener das hört, verbreitet er die Nachricht, so schnell er kann. Nichts anderes ist hier geschehen: Dieser Satz ›das macht nichts‹ steht in Ihrer Broschüre, zugänglich für alle. Wollte also die heilige Maria die orthodoxe Kirche öffentlich schlechtmachen?«

Ein Lächeln wollte dem Pfarrer nicht wirklich gelingen. Salim Asmar blickte zum Himmel, als wäre er in Gedanken ganz woanders, Dumia schloss die Augen. Ihr Gesicht glich einer Maske. Keine Antwort.

»Das sind die Worte der heiligen Maria, die wir gewissenhaft aufgeschrieben haben, ohne sie ergründen zu können«, sagte Gabriel schließlich, aber er klang müde.

Mancini schaute auf seine Notizen. Jetzt wurde es schwierig. Er musste Dumia eine peinliche Frage stellen. Er wusste, dass die orthodoxe und die katholische Kirche seit Jahrhunderten verfeindet waren. Die Orthodoxen erkannten den Papst nicht an, und zwar seit dem Jahr 1054. Bis heute feierten beide Kirchen ihre Feiertage zeitlich versetzt voneinander, die eine nach dem gregorianischen, die andere nach dem julianischen Kalender. Nur was Dumia anging, waren sich die beiden Patriarchen einig.

»Wie war das übrigens für Sie«, wandte er sich direkt an Dumia, »dass die zwei wichtigsten Patriarchen des Orients Sie nicht anerkannt haben?«

Sie weinte.

»Wie soll das gewesen sein«, rief Asmar aufgebracht. »Wir haben uns in den Dienst der heiligen Sache gestellt und ernteten nur Hohn. Deshalb sind die Worte der heiligen Maria richtig. Sie hat sie gegen die arrogante orthodoxe Kirchenleitung gerichtet. Heute stehen die Katholiken und die katholische Kirche, dank Bischof Tabbich und Pfarrer Gabriel, hinter uns, und trotzdem erkennt der Vatikan uns nicht an, aber wenn ein Europäer einmal Lavendel furzt, wird er zum Heiligen erklärt.«

Mancini wusste, dass der Ehemann bewusst den katholischen Patriarchen unerwähnt ließ.

»Aber, aber …«, mahnte Gabriel den zornigen Mann, der aber redete sich richtig in Rage.

»Ich war mit Dumia überall auf der Welt, und nur dort, wo der Vatikan intervenierte, hat man uns ausgeladen, als würden wir für eine antichristliche Religion Propaganda machen …« Gabriel erhob erneut die Hand, aber Asmar beachtete ihn nicht. »Hier in diesem Haus sind Muslime und Christen, Drusen und Buddhisten, Yeziden und Hindus niedergekniet, und alle waren beeindruckt. Sogar unser ehemaliger Verteidigungsminister Yasser Ballas kam mit der gesamte Führung der Armee und des Geheimdienstes, alle knieten wie Kinder nieder und ließen sich die Stirn mit dem heiligen Öl salben … richtige Männer, Helden der Nation, und dann kommt einer aus Rom, der es nicht für nötig hält, unser Haus auch nur zu betreten, und nennt uns Gauner …«

»Salim!«, mahnte Pfarrer Gabriel den Ehemann genervt.

»Bitte«, rief Dumia ihrem Mann nun mit brüchiger Stimme zu und unterbrach damit seinen Redefluss.

»Über die Sympathien, die Dumia entgegenschlugen, schrieben die Zeitungen weltweit«, nahm Pfarrer Gabriel mit beschwichtigender Stimme den Faden auf, bemüht, wieder eine friedliche Atmosphäre herbeizuführen. »Auch die großen italienischen Zeitungen, aber wir können niemanden zwingen. Der Glaube ist eine freie Entscheidung des Herzens.«

Mancini wusste, dass der Pfarrer übertrieb. Er hatte seinen Freund Giuliano, den Redakteur von *Il Giornale*, gebeten zu recherchieren, ob auch in der italienischen Presse etwas über Dumia und ihre Paten berichtet worden war. Die italienische Presse hatte die Wunderheilerin kaum erwähnt.

Mancini widersprach dem Pfarrer jedoch nicht. Er wollte die angespannte Atmosphäre nicht noch weiter anheizen.

»Darf ich noch ein paar Fotos machen?«, fragte er. Erst jetzt strahlte Dumia wieder, und Asmar lächelte zufrieden. Mancini wurde durch das Haus geführt und fotografierte Dumia, ihren Ehemann und Pfarrer Gabriel in verschiedenen Räumen. Überall hingen Fotos des Ehepaares, Erinnerungen an ihre Reisen rund um den Globus. Mancini fiel auf, wie schick und teuer die beiden gekleidet waren. »Elegant, elegant«, sagte er bewundernd. Das zauberte das erste zufriedene Lächeln auf Asmars Gesicht.

Schließlich verabschiedete sich Mancini von dem Ehepaar. Pfarrer Gabriel folgte ihm mit einer Tasche voller Bücher. »Das ist für Sie«, sagte er lächelnd. »Zwei Kilo Schriften zur Verteidigung einer nicht anerkannten Heiligen.«

Mancini bedankte sich, er wollte nun ein Taxi nehmen. Doch als er auf die Straße hinaustrat, empfing ihn vor der Tür eine Menschentraube mit Beifall. Es waren etwa zwanzig Männer und Frauen.

Mancini fragte Gabriel, ob er mit den Leuten sprechen dürfe.

»Selbstverständlich.«

Mancini schaltete sein Smartphone auf Aufnahme. »Warum sind Sie hier?«, fragte er eine junge Frau.

»Weil ich es leid bin, zu den Ärzten zu gehen. Sie kassieren viel Geld und verschreiben mir Medikamente, die außer Durchfall nichts bewirken.«

»Und Sie?«

»Die Heilerin ist die Einzige, die mein Herz heilt. Immer wenn ich bei ihr war, habe ich danach zwei Wochen Ruhe«, sagte ein älterer Herr.

»Und Sie?«

»Ich bin nicht krank, aber ich muss die Heilige einmal in der Woche berühren, dann geht es mir besser. Ich wäre sonst wohl vor Trauer gestorben. Erst läuft meine Frau mit ihrem Liebhaber weg, dann bringt sich mein Sohn um. Und die Ärzte? Geben mir Schlafmittel. Ich will aber nicht schlafen. Ich will, solange es geht, wach bleiben und traurig sein.«

»Und Sie?«

»Ich hoffe, sie wird mir helfen, den Einbrecher zu finden, der unsere ganzen Ersparnisse gestohlen hat«, sagte ein alter Mann. Gabriel verdrehte die Augen.

»Und Sie?«

»Ich bin hier, weil ich keine Nachricht mehr von meinem Verlobten bekommen habe. Er ist in Kanada und hat mir versprochen, jede Woche zu schreiben.«

Mancini schaltete sein Handy aus und verabschiedete sich herzlich von Gabriel. Er hatte Mitleid mit diesem Mann und seinen verzweifelten Bemühungen, noch etwas Anständiges aus diesem Sumpf zu retten. Aber je mehr er kämpfte, umso tiefer sank er. »Darf ich ehrlich zu Ihnen sein, Pfarrer Gabriel?«

»Bitte, mein Sohn«, sagte Gabriel und wirkte auf einmal sehr alt.

»Sie sind im falschen Land geboren. Einer wie Sie sollte die Christenheit führen und sich nicht hier in dieser Gasse mit solch kleinen Seelen abgeben.«

Gabriel lächelte verlegen. »Aber Jesus wurde auch in einer solchen Gegend geboren und liebte gerade die benachteiligten, hasserfüllten, sündigen kleinen Leute. Er wurde dafür gekreuzigt. Leben Sie wohl«, sagte er, und Mancini hatte das Gefühl, dass der Pfarrer seine Tränen gerade noch zurückhalten konnte.

Mancini war bewegt und gleichzeitig entsetzt, dass solch ein kluger, belesener Mann so naiv sein konnte. Sein Mitleid besiegte aber seine Verwirrung. Er drückte die Hand des Pfarrers noch einmal mit seinen beiden Händen.

Ein Taxi fuhr langsam vorbei und hielt Ausschau nach einem Fahrgast. Der Fahrer warf Mancini einen fragenden Blick zu. Mancini hob die Hand. »Midan-Straße, nahe Bab-Musala-Platz«, rief er.

»Waren Sie etwa bei der Wunderheilerin?«, fragte der Taxifahrer, als er losfuhr.

»Ja, kennen Sie sie?«, fragte Mancini aus dem Fond.

»Oh ja. Ich wohne nicht weit von hier. Inzwischen ist es etwas ruhiger um sie geworden. Seit vor einigen Jahren bekannt wurde, dass der Papst sie nicht anerkennt, meiden viele ihr Haus. Nun haben sie auf den Kardinal gehofft, erzählte mir meine Frau, aber der wurde umgebracht, bevor er den Weg zu ihr fand. Armer Salim! Der hat auch immer Pech!«

»Warum? Sie haben doch beide über ein Vierteljahrhundert gut davon gelebt, oder?«

»Ja, das schon, und die Spenden, die sie bekommen, könnten eine ganze Sippe ernähren. Aber das Glücksspiel ist ein Fass ohne Boden, verstehst du? Du kannst alles hineingießen, und bevor du dich umdrehst, ist es wieder leer. Salim Asmar hat sich auch noch verspekuliert. Das hat man mir im Vertrauen erzählt, und es muss unter uns bleiben. Deshalb hat er jede Menge Schulden.«

Mancini notierte in sein Heft: Ehemann ist hochverschuldet. »Die Wunderheilerin ist in den Pranken eines idiotischen Mannes gefangen«, fuhr der Taxifahrer fort. »Es ist doch so, irgendeiner verarscht den Ehemann am Pokertisch, und dieser verarscht die Heilerin, und sie verarscht die einfachen Leute, und das gaunerische Ehepaar verarscht den Pfarrer. Das Ganze kommt mir vor wie eine billige Komödie mit Laiendarstellern.«

Der Taxifahrer war, wie Mancini kurz vor seiner Wohnung erfuhr, arbeitsloser Literaturwissenschaftler, Atheist und Vater von fünf Kindern.

In seiner Wohnung angekommen, packte Mancini seinen Koffer und tippte dann viereinhalb Stunden lang einen Bericht. Er schickte je eine Kopie per Mail an Barudi und an den Assistenten Ali, Letzterem verbunden mit der Bitte, die zwei, drei Punkte zu klären, die er gelb markiert hatte, und den Bericht dann zur Akte des Kardinals zu legen.

Er schlenderte durch das nächtliche Wohnviertel, aß in einem kleinen Restaurant zu Abend und dachte an Barudi, von dem er wusste, dass er zu dieser Stunde seine erste Kochstunde bei Schukri hatte. Er bewunderte den alten Kommissar, der nicht aufhören wollte zu lernen.

Wieder zu Hause, wurde er nach einem Glas Rotwein hundemüde.

Die Schauspielerei ist anstrengend, dachte er und lachte amüsiert über den eitlen Ehemann, der sich beim Fotografieren in Positur gesetzt hatte. Die Frau wirkte auf den Fotos so plump wie auch in Wirklichkeit, aber der Mann hatte vor lauter Einbildung ganz glänzende Augen, die Italiener würden ihn attraktiv finden.

26.

Futterneid

Barudi wachte nach kurzem Schlaf früh auf. Die Autowerkstatt, bei der er seit über zwanzig Jahren seinen Wagen reparieren ließ, lag im Norden der Stadt, fast zehn Kilometer von seiner Wohnung entfernt. Er wollte sich weder von einem seiner Assistenten fahren lassen noch ein Taxi nehmen. Zum Glück fuhr ein Bus direkt von der Midan-Straße, in der er wohnte, zum Vorort Qabun, wo die Autowerkstatt lag. Er musste sich beeilen, es blieb nicht einmal Zeit für einen Kaffee.

Es war kalt draußen, aber der Himmel hellte auf. Barudi stieg in den Bus, der auch zu dieser frühen Morgenstunde schon fast voll war. Aber er hatte Glück und ergatterte einen Fensterplatz. Ummantelt vom lebhaften Lärm der Passagiere ließ er sich nieder und schaute zum Fenster hinaus. Der Bus schob sich langsam durch das morgendliche Verkehrschaos.

Sein Nachbar, ein dürrer, unrasierter Mann in den Vierzigern, zog aus einem Rucksack, den er auf dem Schoß platziert hatte, ein dickes Sandwich. In aller Seelenruhe wickelte er es aus dem raschelnden Papier und biss genüsslich hinein. Eine Duftwolke machte sich breit: Mutabbal, Auberginenmus. Barudi kannte jetzt die Zutaten: gebackene oder gebratene Auberginen, Sesammus, Zitrone, Kumin, Pfeffer, Knoblauch und Joghurt. Er verfluchte sich dafür, ohne Frühstück in den Bus gestiegen zu sein.

Wieder schaute er zum Fenster hinaus.

War es sein Hunger, seine Neugier auf das Kommende oder waren es seine vom kurzen Schlaf gespannten Nerven, die seinen Blick schärften? Er entdeckte Dinge, die er sonst immer übersah. Der Bus kam nur sehr langsam vorwärts. Barudi staunte über die vielen Denkmäler, die großen Reliefs an den Häuserfassaden und die gigantischen Fotos des Herrschers. Als wäre der Präsident ein Maler, Kalligraph und Bildhauer und die Stadt wäre sein Atelier. Die Gemälde und Fotos seiner Person waren manchmal bis zu sieben Stockwerke hoch. Tausende solcher Denkmäler und Plakate gab es im ganzen Land.

Es ist seltsam, dachte Barudi, man macht das Radio an und hört den Präsidenten, man macht den Fernsehen an und sieht den Präsidenten, und wenn man alles ausschaltet, um in den Himmel zu sehen, dann zieht ein kleines Flugzeug einen dreißig Meter langen Spruch des Präsidenten durch die Luft. Die Titelseiten der Zeitungen und Zeitschriften klatschen dem Leser dessen grinsendes Bild ins Gesicht, noch bevor er seinen Morgenkaffee genossen hat. Will man sich in ein Buch flüchten, versperrt der Autor gleich zu Beginn den Fluchtweg: Der erste Satz ist eine lange Widmung an den Präsidenten.

Wohin man sieht und hört: der Präsident. Wo bleibt Syrien? Wo bleibt dieses kultivierte alte Volk? Nur Ruinen und archäologische Forschungen weisen darauf hin, dass dieses Volk wunderschöne Paläste, Tempel, Amphitheater und Bäder geschaffen hat. Gibt es dieses großartige Volk heute noch? Sind das diese armseligen Menschen, die durch die Straßen rennen, als wären sie Ameisen? Aber hat man jemals Ameisen gesehen, die das Bild einer einzigen Ameise hochhalten? Gehören wir Menschen unter einer Diktatur also zu einer Gattung, die noch primitiver ist als die Ameisen?

Neben den Denkmälern standen auffällig unauffällig die Wächter, damit diese nicht besprüht oder anderweitig verunstaltet werden konnten. Barudis Cousin hatte erst kürzlich hinter vorgehaltener Hand erzählt, dass ein Betrunkener erschossen worden war, weil er nach einer Party dem Druck seiner vollen Blase ausgerechnet am Denkmal des Präsidenten nachgegeben hatte.

Barudi erinnerte sich an die Bilder, die 2003 nach dem Einmarsch der Amerikaner in Bagdad um die Welt gegangen waren. Die Denkmäler von Saddam Hussein wurden niedergerissen und die Menschen traten mit Füßen dagegen!

In diesem Moment stieg Barudi der kräftige Geruch von Falafel in die Nase. Er drehte sich zu seinem Nachbarn um. Dieser nahm einen kräftigen Schluck aus seiner Cola-Flasche, schraubte den Deckel wieder zu, bevor er sie wieder im Rucksack verschwinden ließ, und rülpste, um sich dann seinem zweiten Sandwich zu widmen. Barudi hatte den Geschmack der knusprigen Scheiben mit den leckeren Zutaten geradezu auf der Zunge.

»Mama, ich will auch einen Falafel«, hörte er ein Kind rufen.

»Wo soll ich dir hier im Bus Falafel besorgen?«, fragte die Mutter genervt zurück.

»Frag doch den Mann, der hat Falafel.«

Barudi grinste in sich hinein. Der Mann neben ihm stöhnte vor Genuss.

Die Zivilisation macht uns feige, dachte Barudi. Würde sich der Bus irgendwo im Dschungel der Gesetzlosigkeit befinden, hätte er dem Mann das Sandwich geraubt und die Hälfte dem Kind gegeben. Die Hälfte? Dem Kleinen reicht ein Viertel, drei Viertel vertilge ich selbst.

Der Bus schlängelte sich weiter, verließ endlich das Gewühl der Stadt und fuhr auf die Umgehungsstraße, wo es schneller ging. Plötzlich hörte er es wieder rascheln. Er drehte sich um, der unersättliche Nachbar hatte bereits das dritte Sandwich ausgewickelt. Dieses duftete nach Mortadella.

»Sie haben aber einen gesegneten Appetit«, sagte Barudi, zwang sich zu einem Lächeln und wünschte dem gefräßigen Nachbarn Magendrücken. Als der Mann einen Schluckauf bekam, musste er laut auflachen, davon überzeugt, die Götter hätten seinen gemeinen Wunsch in abgemilderter Form erfüllt.

Schließlich hatten sie den Vorort Qabun erreicht. Erleichtert stieg Barudi aus. Nicht einmal eine Stunde später saß er hinter dem Lenkrad seines robusten Wagens. Weil er wusste, dass es auf der kurzen Autobahnstrecke bis zur Ausfahrt nach Malula keine Möglichkeit gab, etwas Anständiges zu essen zu bekommen, kurvte er durch Qabun, einst eine kleine Stadt, bevor der Moloch Damaskus sie verschlang. Es dauerte nicht lang, da entdeckte er das Schild eines Lokals. Er parkte sein Auto, nahm an einem freien Tisch am Fenster Platz und bestellte ein üppiges Frühstück.

»Für zwei?«, scherzte der Kellner.

»Ja, für mich und meinen Hunger«, erwiderte Barudi und lachte. Eine halbe Stunde später trank er den letzten Schluck Mokka. »Welt, du kannst kommen!«, sagte er laut. Dann schaute er auf die Uhr. Er war immer noch zu früh dran, denn bis Malula würde er keine vierzig Minuten brauchen.

Barudi war der einzige Gast. Der Wirt stand an der Tür, eine Frau putzte die Theke. Ab und zu schaute sie zu ihm herüber und lächelte.

»Könnte ich noch eine Kanne Kaffee mit Kardamom bekommen?«

»Selbstverständlich«, erwiderte der Wirt freundlich.

Barudi stellte seinen Laptop auf den Tisch und schaute nach den E-Mails. Er öffnete das Dokument, das ihm Mancini geschickt hatte, und begann den Bericht über die Heilerin Dumia und ihren Paten, Pfarrer Gabriel, zu lesen.

Nach einer Weile unterbrach ihn der Wirt. »Meine Frau möchte Sie zu dem Kaffee einladen. Wir sind stolz darauf, dass Sie unser Gast sind. Entschuldigen Sie bitte, dass ich Sie nicht erkannt habe, aber meine Frau vergöttert Sie. Sie haben den Mörder ihrer Schwester hinter Gitter gebracht: lebenslänglich.«

Barudi war einen Moment lang verwirrt. Er warf einen Blick zur Theke, die Frau winkte ihm mit einem schüchternen Lächeln zu.

»Helfen Sie mir auf die Sprünge. Welcher Mord war das?«

»Es ging um einen fingierten Autounfall, bei dem das Auto in Brand geriet.«

»Ein Renault? Auf der Straße nach Beirut?«

»Ja. Aber es war ein Fiat.«

Jetzt erinnerte sich Barudi. Er nickte nachdenklich. Die Rechtsmedizin und die Spurensicherung hatten damals den Löwenanteil bei der Aufklärung des Falls geleistet. Die Presse jedoch schrieb, der Kommissar hätte den heimtückischen Mörder gestellt. Barudi hob die Hand als Zeichen seines Dankes und lächelte der Frau zu.

»Danke sehr. Das ist sehr nett«, sagte er zu dem Wirt.

Der Kaffee schmeckte außerordentlich gut. Und Barudi wandte sich wieder Mancinis spannendem Bericht zu.

Als er eine Stunde später die frische Luft draußen einatmete, dachte er zum ersten Mal wieder an Nariman.

27.

Mancinis Fahrt

Auch Marco Mancini wachte früh auf. Er trank schnell einen Espresso, aß dazu zwei Kekse und machte sich mit einem Koffer und einer Tasche auf den Weg. Handy, Kamera und Laptop hatte er dabei, aber die Pistole war im Schrank geblieben. Sie würde ihm kaum helfen und eher Verdacht erregen. Mit einem Taxi erreichte er schnell die Busstation in der Sablatani-Straße neben dem großen Zentralgemüsemarkt. Dort warteten die Sammeltaxen auf Passagiere für Fahrten über Land. Mancini mochte sie nicht. Es gab keine Billets, der Fahrer kassierte bar. Deshalb entschied Mancini sich für einen der kleinen modernen Minibusse, die mit bequemen Sitzen ausgestattet waren. Gut die Hälfte der vierzehn Plätze war noch frei. Ein Blumenverkäufer an der Bushaltestelle rief, dass Blumen schöne Geschenke seien. »Vor allem für den Frieden mit der Schwiegermutter.« Ein Ehepaar blieb vor ihm stehen, die Frau suchte in ihrem Portemonnaie nach passenden Münzen und kaufte eine Rose. »Ich hätte lieber ein großes Messer. Meine Schwiegermutter mag keine Blumen«, sagte der Ehemann lachend. Dafür handelte er sich von seiner Frau einen Rippenstoß ein.

Schließlich fuhr der Bus ab. Mancini legte seine Tasche mit der Kamera und dem Laptop auf den freien Sitz neben sich, den Koffer hatte der Busfahrer im Laderaum an der Rückseite des Busses verstaut. Auf der anderen Seite des Ganges saß ein grauhaariger Mann, der Mancini immer wieder zulächelte. Er hatte ein in Cellophan eingewickeltes Blumenbouquet in der Hand, das er fast verliebt betrachtete. Erst als der Bus losfuhr, legte der Mann den Blumenstrauß behutsam neben sich.

Der Anblick des tüchtigen Blumenverkäufers erinnerte Mancini an zu Hause, an Rom. Dort wohnte er in einer Drei-Zimmer-Wohnung in der Via dei Castani. Vom Balkon aus blickte er auf den Blumenladen mit dem schönen Namen »Il Paradiso dei Fiori«. Die Gegend war sehr lebendig und günstig dazu. Im Stadtzentrum hätte er für die gleiche Miete gerade mal ein Zimmer bekommen. Touristen verirrten sich selten in sein Viertel. Wenn er gefragt wurde, wo er wohne, scherzte Mancini immer: »In der Luft jenseits des Stadtplans.«

»Früher, als ich hier studiert habe, waren die Busse viel größer und ziemlich heruntergekommen. Die Busfahrer haben dauernd gehupt und auch unterwegs Passagiere eingesammelt. Heute fährt er pünktlich und ist halb leer«, sagte Mancini zu dem grauhaarigen Mann.

Dieser nickte. »Und wenn es nicht genug Passagiere gab, dann transportierten die Busfahrer auch Schafe und Hühner. Aber heute gibt es Gott sei Dank Kontrollen. Es kostet den Busfahrer den Führerschein und den Busunternehmer eine Stange Geld, wenn Tiere mit an Bord sind«, erzählte er und hielt kurz inne. »Vous êtes ...un ...Français?«, erkundigte er sich unsicher.

»Nein, Italiener«, antwortete Mancini auf Arabisch. »Ich bin Islamwissenschaftler, aber hier auf Urlaub. Und Malula muss man als Tourist einmal gesehen haben. Ich war das letzte Mal vor vielen Jahren da.«

»Ja, das ist ein schönes Dorf. Die Leute sprechen bis heute Aramäisch, die Sprache Jesu Christi.«

»Sie sind nicht aus dem Dorf?«, fragte Mancini.

»Nein, nein, ich bin Damaszener, aber meine Tochter lebt dort mit ihrem Mann, und sie hat gerade ein Kind bekommen«, sagte er und warf wieder einen verliebten Blick auf die Blumen.

»Schöne Blumen«, sagte Mancini.

Der Mann nickte lächelnd. Mit seinen grauen Haaren und seiner schüchternen Art erinnerte er Mancini an Alessandros Vater. Bei diesem Gedanken schloss Mancini die Augen und lehnte sich zurück. Bilder seiner frühen Kindheit tauchten vor ihm auf.

Mancini war in Mailand zur Welt gekommen, im kalten Monat Februar 1960, in der Via Ferdinando Bocconi 9, an der Ecke zur Via Salasco. Sein Vater Luigi Mancini war ein erfolgreicher Optiker. Seine Mutter Rosanna stammte aus den Abruzzen. Und sie war wie das Olivenöl, das ihre Familie seit Jahrhunderten dort produzierte, erdig, deftig und originell. Seinen Vater hatte sie anlässlich eines Besuchs bei ihrer Tante in Mailand kennengelernt.

Es gab eine bescheidene Hochzeit auf Capri. Danach schloss die Mutter ihr Pädagogikstudium ab und wurde Grundschullehrerin. Nach drei Fehlgeburten und einem Mädchen, das das erste Lebensjahr nicht überlebte, kam im siebten Jahr der Ehe Marco zur Welt. Er wuchs ohne Probleme und ohne erschütternde Ereignisse auf. Seine Mutter führte seine komplikationslose Geburt auf die magische Zahl sieben zurück. Die Ehe der Eltern war gut. Sie lachten viel miteinander, lasen und tanzten gerne.

Marco erinnerte sich gern an die schöne Wohnung im dritten Stock eines großen eleganten Hauses. Sie hatte runde Fensterbögen und einen Balkon, der in seiner Erinnerung riesig groß und immer mit Pflanzen und Blumen geschmückt war. Jeden Morgen wartete sein Freund Alessandro, der um die Ecke in der Viale Bligny wohnte, auf ihn, und gemeinsam gingen sie in die Grundschule in der Via Quadronno.

In der vierten Klasse lud ihn Alessandros Schwester Allegra zu ihrem Geburtstag ein. Es sollte ein Kostümfest geben.

Die Kinder sollten sich verkleiden, hatte Alessandros Mutter gewünscht. Seine Mutter ließ ihm bei einer ihrer Cousinen, einer Schneiderin, aus bunten Reststoffen einen orientalischen Umhang und Turban nähen, der auf der Stirnseite einen großen glitzernden grünen Stein trug.

Das Kostüm stand Marco so gut, dass Allegra meinte, er sehe nicht verkleidet aus, er sei ein echter Prinz. Sie wollte die ganze Zeit mit ihm Händchen halten, obwohl sie sonst sehr unnahbar war. Am nächsten Tag wäre Marco am liebsten in der Prinzenverkleidung zur Schule gegangen.

Mancini lächelte in Erinnerung an diesen Tag. Was ist wohl aus Allegra geworden?, fragte er sich, während er im Bus auf der Autobahn Richtung Norden unterwegs war.

Sie war das erste Mädchen, das ihn geküsst hatte. »So küssen sich Verheiratete«, meinte sie, nachdem sie lange an seiner Unterlippe gesogen hatte. Er fand es nicht sonderlich schön. Aber er liebte ihren Atem. Er duftete eigenartig nach Koriander.

Allegra hatte wohl den ersten Samen für seine besondere Liebe zum Orient in sein Herz gelegt. In der sechsten Klasse weihte sie ihn in ihre geheimen Pläne ein. Sie wolle mit ihm in den Orient flüchten und dort in einem Zelt leben. Damals begann er von einem Orient zu träumen, den es nie gab, der aber mit Sicherheit Platz genug für ein Zelt und ein Prinzenpaar bot.

Alle späteren Erklärungen waren nur der Versuch, seine Entscheidung, Islamwissenschaft zu studieren, mit vernünftigen Argumenten zu untermauern. Die Leichtigkeit, mit der er Sprachen lernte, ebnete ihm den Weg. Nach dem Abschluss seines Studiums beherrschte er Hebräisch, Arabisch und Persisch. Latein und Englisch hatte er bereits in der Schule gelernt.

Allegra, seine erste Liebe, wollte schon nach etwa zwei Jahren nicht mehr viel mit ihm zu tun haben. Sie hatte Unterricht bei einem Musiklehrer und übte fleißig Cello. Marco merkte, dass sie sich in den Lehrer verliebt hatte. Ohne es zu merken, schwärmte sie von ihm. Als Marco eifersüchtig wurde, schaute sie ihn distanziert und kühl an. »Du bist genauso ein Kindskopf wie Alessandro«, sagte sie, als ob sie eine alte Lehrerin wäre. Das war's!

Alessandros Eltern zogen nach Wien um. Der Vater hatte dort eine gute Stelle bei einer Organisation der UNO. Zehn Jahre später sah er Alessandro ein letztes Mal. Er war ein stiller junger Mann geworden. Er erzählte nur wenig über Wien und träumte davon, Flugkapitän zu werden. Mit dreiundzwanzig starb er bei einem Lawinenunglück. Von seiner Mutter erfuhr Mancini später, dass Allegra eine bekannte Cellistin geworden sei und einen japanischen Komponisten geheiratet habe.

Das eigene Studium in Rom blieb vage in seiner Erinnerung. Marcos Vater war großzügig, deshalb musste er nie arbeiten, um Geld zu verdienen. Nach dem Examen aber war er eine Zeit lang arbeitslos. Er flüchtete sich in eine überstürzte Ehe, die nicht lange hielt.

Marcos Arbeitslosigkeit und sein Scheitern in der ersten Ehe mit Carola machten seinen Eltern scheinbar nichts aus. Er aber wusste, dass er ihnen damit viel Kummer bereitete. Carola hätte am liebsten zehn Kinder bekommen. Er aber wollte frei sein, jederzeit bereit für eine ausgedehnte Reise in die arabischen Länder.

Auch auf die zweite Ehe mit Giana hatte er sich, wie er bald merkte, überstürzt eingelassen. Giana war Finanzbeamtin und gefiel seiner Mutter sehr. Bald aber verstanden sie sich körperlich nicht mehr. Ein Jahr nach der Hochzeit hatte Marco bereits mehrere flüchtige Affären. Als Giana einen dümmlichen Detektiv auf ihn ansetzte, ließ er sich scheiden.

Seine Mutter war geknickt. Sein Vater lachte ihn aus: »Ich hoffe, du weißt, dass man auch in Italien Frauen lieben und mit ihnen zusammenleben kann, ohne sie zu heiraten.«

Den ersten richtigen Krach mit seinen Eltern erlebte er, nachdem er die Aufnahmeprüfung zur Polizeiakademie bestanden hatte. Seine Mutter hatte heimlich Kerzen für die heilige Maria und für Padre Pio angezündet in der Hoffnung, dass er die Prüfung nicht schaffte. Marco aber wurde aufgenommen. Sein Vater saß zwischen den Stühlen. Er respektierte Marcos Entscheidung, Kriminalpolizist zu werden, um das Verbrechen zu bekämpfen. Aber er verstand auch seine Frau und empfand Mitleid mit ihr, weil sie Angst um den einzigen Sohn hatte. Alle wussten, was Verbrechensbekämpfung in Italien bedeutet. Die Zahl der ermordeten Richter, Staatsanwälte, Politiker, Journalisten und Polizisten war höher als die Zahl der getöteten Verbrecher.

Sie stritten lange, und als die Mutter ihn hysterisch vor die Wahl stellte: »Entweder ich oder die Polizei«, kam Marco nicht mehr nach Mailand. Es vergingen zwei Jahre, bis der Vater zu Weihnachten eine Versöhnung erreichte. Allmählich erkannte die Mutter, wie gut es ihrem Sohn ging. Und zur Belustigung des Vaters war Marco inzwischen mit der zehn Jahre jüngeren Alessia verheiratet, einer Mathematikerin, die im Gymnasium J. F. Kennedy unterrichtete.

Bald darauf besuchten die Eltern das glückliche Paar in seiner Wohnung in Rom. Marco und Alessia wohnten damals in der via Casini, nicht weit vom Gymnasium Kennedy. Das einzige Manko in den Augen der Mutter war, dass Alessia eine radikale Vegetarierin war. »Wie kann man nur? Wie kann man nur?«, sagte sie bei jeder Gelegenheit.

Als Marco und Alessia sich nach vier Jahren Ehe trennten und später scheiden ließen, behauptete die Mutter, sie habe schon lange gewusst, dass diese Ehe nichts tauge. Die Trennung hatte aber vor allem damit zu tun, dass Marco mit seinem Beruf verheiratet war und kaum noch nach Hause kam. Und Alessia? Sie war die Geduld in Person, aber sie hatte die Lust verloren, mit einem Polizisten zusammenzuleben, der nur kurz bei ihr auftauchte, um dann wieder für Wochen zu verschwinden.

Sein Vater lächelte nur.

Marco war geschickt und erzählte den Eltern von harmlosen Delikten, mit denen er angeblich beschäftigt war, während er seine Einsätze gegen die Mafia im In- und Ausland verschwieg. Die Fälle entnahm er einem Buch mit Gauner- und Mordgeschichten. Die dummen Kommissare darin brauchten hundert Seiten, um den noch dümmeren Verbrechern auf die Schliche zu kommen, während man sie als Leser bereits nach zwanzig Seiten identifiziert hatte.

Inzwischen waren seine Eltern alt und gebrechlich, aber sie lebten immer noch in ihrer Wohnung. Eine fünfzigjährige Witwe aus Paullo war bei ihnen eingezogen und kümmerte sich rund um die Uhr um sie.

Ein vergnügtes Hupen des Busfahrers, mit dem er einen Kollegen begrüßte, rief Mancini in die Gegenwart zurück, und er bemerkte, dass sie kurz vor dem Ziel waren.

Als er aus dem Bus stieg, hörte er den Muezzin zum Mittagsgebet rufen. Ein Bedürfnis zu beten hatte er nicht, wohl aber sehnte er sich nach einem deftigen Sandwich mit Falafel. Und so entschied er sich, erst noch einen Imbiss am Dorfplatz aufzusuchen, bevor er zum Hotel ging.

28.

Eine hörbare Stille

Barudi fuhr nicht schnell. Immer wieder hielt er auf Autobahnparkplätzen kurz an, um zu überprüfen, ob ihn jemand verfolgte, dann fuhr er weiter Richtung Norden.

Er kannte das Dorf Malula, wie die meisten Damaszener. Zweimal hatte er längere Sommerferien dort verbracht, einmal mit Basma allein, einmal mit ihr und Scharif, den Basma so abgöttisch geliebt hatte. Das Dorf und seine Umgebung waren fast übertrieben schön, als hätte Gott die Gegend als Kulisse für seine Filme auserwählt.

Scharif war meistens den ganzen Tag über verschwunden und spielte mit den Dorfjungen. Abends kam er erschöpft und glücklich zurück, stolz, als Städter all die Mutproben und Herausforderungen der Dorfkinder bestanden zu haben. Basma heuchelte Begeisterung, aber sie hatte große Angst um ihren Jungen, der immer wieder mit Schrammen nach Hause kam.

Eine merkwürdige Erinnerung tauchte in Barudis Gedächtnis auf. Scharif, der sich in Damaskus vor einer Fliege oder Wespe ekelte, der vor dem Essen immer freiwillig seine Hände wusch, aß nun bei den Bauern, die ihm zusammen mit ihren eigenen Kindern großzügig auftischten. Das geschah so oft, dass Basma sich revanchierte und einmal in der Woche seine Spielkameraden zum Mittagessen einlud, um ihnen Damaszener Leckereien zu servieren. Auch das machte Scharif beliebt bei den Bauernkindern.

Sagenhaft, wie schnell sich Kinder anpassen und zurechtkommen, dachte Barudi, als er die Autobahnausfahrt nach Malula nahm.

Mancini saß bereits im Restaurant des Hotels Malula. Er winkte Barudi lachend zu. »Hast du irgendeinen lästigen Schatten?«, fragte er.

»Nein, Gott sei Dank nicht«, erwiderte Barudi und bestellte etwas zu essen. Auch Mancini griff noch einmal zu.

»Ich habe den Bericht gelesen, aber ich möchte gern hören, was dein Eindruck ist«, lenkte Barudi das Gespräch auf ihre Arbeit.

»Schwer zu sagen. Diese Dumia scheint tatsächlich über heilende Kräfte zu verfügen. Irgendetwas lässt Olivenöl aus ihren Händen fließen. Sogar ihre Ärmel werden nass! Das habe ich fotografiert. Aber sie weiß, dass sie keine Heilige ist. Somit ist sie an einem Betrug beteiligt. Anständig dagegen ist der sehr begabte Pfarrer. Allerdings macht ihn seine Religiosität zu einer leichten Beute des Gaunerpaares. Ungewollt wird er zu ihrem Komplizen. Von zwei Männern, einem Nachbarn und einem Taxifahrer, habe ich am Rande merkwürdige Informationen über den Ehemann bekommen. Ich habe sie im Protokoll markiert. Vielleicht könnten deine Assistenten hier weiter nachforschen. Der Ehemann ist ein Spieler und hat erhebliche Schulden.«

»Und Bischof Tabbich?«

»Er hat das Gespräch wegen eines anderen Termins abgesagt.«

»Ach, wie seltsam. Und waren viele Anhänger der Wunderheilerin da?«

»Nein, nur ein paar armselige Gestalten. Anscheinend ist sie für die große Masse uninteressant geworden. Ich hatte fast den Eindruck, dass man die Leute eigens herbeigerufen hat. Wie ich der Broschüre entnehmen konnte, hat das letzte Gespräch mit der heiligen Maria im Jahr 2003 stattgefunden, und Jesus hat sich seit 1993 nicht mehr bei der Frau gemeldet.«

»Ich dachte, sie würde ihre ganze Sippe herholen«, entgegnete Barudi, »wenn ein bedeutender Journalist aus Italien kommt. Sie hat zwei Brüder, die unterschiedlicher nicht sein könnten. Der eine ist ein stadtbekannter Schläger, mit vierzig hat er bereits über zehnmal im Gefängnis gesessen, und immer wegen Gewalttätigkeit. Der andere ist ein bekannter Schönheitschirurg. Er hat die Hälfte aller Frauennasen in Damaskus verkleinert. Aber noch einmal kurz zurück zu unserem Thema. Mir kommt dieser Pfarrer Gabriel sehr merkwürdig vor, irgendwie kann ich ihn noch nicht einordnen. Aber wie dem auch sei. Ich möchte dir gratulieren. Mein Chef hat mir gestern mitgeteilt, dass der italienische Außenminister angeordnet hat, mit keinem Verdacht an die Öffentlichkeit zu gehen, solange du deine Ermittlungen nicht abgeschlossen hast. Unser Außenminister, der in einer Woche nach Rom fliegt, hat dem Innenminister ans Ohr gefasst und dieser kuschte – zur Freude meines Chefs, der ihn nicht ausstehen kann. Also, wir haben grünes Licht weiterzumachen, und du kannst noch ein paar Wochen Falafel und Hummus genießen.«

»Danke«, erwiderte Mancini und lachte. Er war glücklich, wieder mit Barudi zusammen zu sein.

Sie fuhren zurück zur Autobahn. Von da waren es nur noch etwa dreißig Kilometer nach Al Nabk, doch nach knapp fünf Minuten schnarchte Mancini bereits neben Barudi, während dieser verzweifelt gegen den Sekundenschlaf ankämpfte. Er sang und öffnete das Fenster, bis seine linke Schulter eiskalt war. Der Italiener neben ihm schlief weiter so friedlich, als läge er in einem weichen Bett.

Plötzlich fiel ihm Nariman wieder ein. Wie schnell waren seine Sperren und Barrikaden vor ihr in sich zusammengefallen!

Hellwach und ohne Probleme fand Barudi die kleine Pension in Al Nabk, in der er zwei Zimmer reserviert hatte.

Mancini und Barudi ließen sich von einem Restaurant das Abendessen liefern. Dazu tranken sie eine Flasche Rotwein. Danach war Barudi wie erschlagen vor Müdigkeit. Dennoch gingen sie gemeinsam den Bericht der Spurensicherung und den Obduktionsbericht durch. Sie lasen auch noch das, was die Assistenten über die Zeit des Kardinals als Gast in der vatikanischen Botschaft in Erfahrung gebracht hatten. Als sie jedoch bei der Symbolik der Gegenstände ankamen, mit denen man den Ermordeten in seinem Fass ausgestattet hatte, nickte Barudi ein. Mancini ließ ihn schlafen und blieb sitzen. Er betrachtete seinen Kollegen, fest davon überzeugt, dass Schlaf eine der besten Erfindungen Gottes war.

Als Barudi nach einer halben Stunde zu sich kam, schämte er sich.

Er lächelte Mancini an und gähnte herzhaft. »Wenn ich dir sage, was ich letzte Nacht gemacht habe, wirst du mich auslachen«, sagte er und gähnte erneut. Mancini schaute ihn gespannt an.

»Ich saß über fünf Stunden lang mit einer Frau im Treppenhaus.«

»Im Treppenhaus? Warum? Habt ihr euch ausgesperrt?«

»Nein, nein, wir saßen auf den Stufen und erzählten uns bis drei Uhr morgens unser Leben, wie zwei Schüler«, erwiderte Barudi, insgeheim ein wenig besorgt, ob er dem Kollegen mit seiner Geschichte auf den Geist ging. Aber sein Bedürfnis, jemandem davon zu erzählen, war stärker.

»Das ist ja wunderbar. Ich glaube, die Liebe klopft an die Tür deines Herzens. Du gefällst mir, alle Achtung. Und morgen, mein Freund, haben wir noch genug Zeit für die Arbeit«, sagte Mancini ernst. Barudi war erleichtert und schlich sich in sein Zimmer.

Dort holte er einen Zettel aus seinem Portemonnaie und wählte die darauf notierte Nummer. Es klingelte nur dreimal.

»Ich bin es, ich wollte dir eine gute Nacht wünschen, und ich wollte dir sagen, dass ich mich freuen würde, wenn wir uns bald wiedersehen.«

Nariman erzählte ihm, dass sie trotz ihrer großen Müdigkeit nicht hatte schlafen wollen, bevor sie nicht hörte, dass er gut angekommen sei. Sie schickte ihm einen Kuss durch die Leitung, und Barudi schlief so gut wie schon seit langem nicht mehr.

Als er um sieben die Augen aufmachte, galt sein erster Gedanke Nariman, und er hoffte, dass auch sie an ihn dachte. Er rasierte sich und ging ins Frühstückszimmer. Die Besitzerin der Pension, Witwe Asisa, bereitete ihren Gästen ein herrliches Frühstück. Mancini war bester Laune und erzählte, er habe die Frühnachrichten gehört. Es werde ein trockener Tag mit Temperaturen um zehn Grad.

»Oben auf dem Berg wird es bestimmt kälter sein«, sagte die Witwe und stellte die große Teekanne auf den Tisch, um sofort wieder in die Küche zu verschwinden.

Sie waren allein in dem geräumigen Frühstücksraum, dennoch mussten sie leise sprechen, denn die Wirtin kam immer wieder aus der Küche und erkundigte sich nach ihren Wünschen.

Mancini und Barudi spielten alle Möglichkeiten durch. Mancini war überzeugt, dass die Heilerin, ihr Mann und Pfarrer Gabriel harmlose Spinner waren. Barudi misstraute Gabriel etwas mehr als Mancini, dieser hielt dafür Scheich Farcha für einen gerissenen Mann mit undurchsichtigen Beziehungen zu den Fundamentalisten. Als Barudi die Frage stellte, ob Papst Benedikt den kritischen Kardinal Cornaro letztlich auf diese gefährliche Mission geschickt haben könnte, um ihn loszuwerden, widersprach Mancini vehement.

»Das ist unvorstellbar«, sagte er. »Ich glaube sogar, und ich erzähle dir gleich auch warum, dass sich Papst Benedikt durch Cornaro eine Entlastung versprach. Er wollte abgesehen von der seines Mentors und Vorgängers Johannes Paul II. keine Heiligsprechungen und damit verbundene Wunder mehr. Er wusste, Cornaro war Wundern gegenüber ebenfalls sehr skeptisch. Aber der Papst fürchtete sich vor der starken Fraktion um Kardinal Buri.«

Die beiden genossen ihr Frühstück und verließen die Pension gegen acht Uhr. Da sie im Kloster nicht übernachten wollten, ließen sie die Koffer in ihren Zimmern. Sie waren leger gekleidet, in Jeans und Rollkragenpullovern. Barudi trug seinen olivgrünen Parka und Mancini eine gefütterte blaue Jacke mit Kapuze. In einem kleinen Rucksack verstaute Mancini seine Kamera, den Laptop und das Smartphone. Barudi hatte in seiner Schultertasche sein Notizheft, mehrere Kugelschreiber und das Handy.

Barudis Auto startete ohne Probleme. »Sensationell«, sagte er und dachte voller Dankbarkeit an den Automechaniker. Sie fuhren gen Osten. Der Himmel war bedeckt, nur für kurze Zeit zeigte er schüchtern sein blaues Gesicht.

»Wir brauchen etwa eine halbe Stunde. Die letzte Hürde sind die dreihundertdreißig Stufen zum Kloster, das wie ein Adlernest über allem thront«, sagte Barudi.

»Da bleibt uns ja noch genügend Zeit, uns alles noch einmal durch den Kopf gehen zu lassen und zu besprechen«, ergänzte Mancini.

»Ich wäre gern die ganze Strecke zu Fuß gegangen, aber es dauert gut vier Stunden, und so viel Zeit haben wir nicht.«

»Ich denke über heikle Dinge auch am liebsten im Gehen nach. Man reinigt den Kopf von bitteren Gedanken. Ich muss dir ja außerdem noch von meiner Begegnung mit der Heilerin erzählen.«

»Ja, genau, und ich erzähle dir von meinen Eindrücken bei Scheich Farcha.«

Nach weniger als fünf Kilometern hielt Barudi an. Die Stille, die sie umgab, war makellos. Rechts und links der asphaltierten Straße gab es nur Geröll und Sand. Scharfkantig, fast bedrohlich ragten Felsen über dem Tal in die Höhe. Mancini war fasziniert von der Landschaft. Auf einem Felsvorsprung lag das Kloster Musa al-Habaschi.

»Ich habe noch nie erlebt«, begann er, »dass sich jemand für eine Sache so aufopfert, ohne selbst etwas davon zu haben. Ich meine diesen Pfarrer Gabriel. Er wirkte auf mich wie ein heiliger Narr. Er ist so ein begabter Mensch und zugleich unglaublich einfältig. Ein herzensguter, genialer Spinner. Anders als der eitle Bischof und das primitive Ehepaar ist Gabriel völlig selbstlos. Besessen von der Idee, diesem Wunder und der Wunderheilerin Dumia kirchliche Anerkennung zu verschaffen. Obwohl er mehrmals gescheitert ist, wurde er immer eifriger. Die Sache lässt ihm keine Ruhe.

Wenn man in seinem Werk nur blättert, merkt man schon, dass er das ganze Geschehen komponiert und dirigiert hat. Seine Auftritte mit den Zeugen des Wunders und ihre Bekenntnisse sind lachhaft. Es kommt einem vor wie billiges Boulevardtheater, aber er merkt es nicht, weil er jedem Beweis hinterherhechelt, nicht ahnend, dass der Vatikan mit jedem weiteren Beweis noch misstrauischer wird. Er kennt den Vatikan nicht und handelt deshalb naiv.

Ehrlich gesagt, rund 1400 Seiten kannst du mit gutem Gewissen überspringen, aber die Darlegung von Gabriels eigenen Ansichten muss man sehr genau lesen, denn dann erkennt man, warum er gescheitert ist.

Er weiß es auch, und das ist das Irre an seinen Schriften. Er schildert das Hoffnungslose an der Sache präzise und macht dennoch weiter.

Von einigen Leuten habe ich gehört, dass Gabriel andere Termine vernachlässigt, selten den Gottesdienst besucht und kaum noch Reden für den Patriarchen schreibt. Obwohl das ja seine offizielle Aufgabe ist. Wie mir ein junger Pfarrer erzählte, betrachtet man seine Position in der Zentrale der katholischen Kirche als eine Art Gnadenbrot. Patriarch Bessra hat inzwischen einen jungen Theologen, der ihm die Reden und Predigten schreibt, und lässt Gabriel in Ruhe. Der Patriarch ist, nach meinen Recherchen, ein ausgekochter Diplomat, will aber von einer Heiligsprechung nichts wissen und weigert sich nach anfänglicher Begeisterung, die Frau zu empfangen. Triebfeder der ganzen Bemühungen ist Bischof Tabbich. Das kann man auch in den Schriften erkennen.

Das Ehepaar erscheint mir merkwürdig. Sie sind beide ziemlich einfältig. Der Mann ist etwas schlauer, die Frau sehr emotional und immer den Tränen nahe. Sie weint aus dem geringsten Anlass. Wie du weißt, hat sie zwei Brüder. Wenn du mich fragst, ich habe es dir gestern schon gesagt: Die Heilerin, der Ehemann und der Pate sind harmlos, aber wer weiß, ob irgendein fanatischer Anhänger hier seine kriminelle Hand im Spiel hat. Deine Mitarbeiter sollten das Umfeld dieser Familie durchforsten«, schloss Mancini seinen Bericht.

Barudi nickte dankbar für die gründliche Übersicht, so zusammengefasst war die Sache griffiger geworden. Sie fuhren weiter, Barudi fragte nach Details und bewunderte die solide Recherche seines italienischen Kollegen. Als sie schließlich den Parkplatz am Fuße des Klosters erreicht hatten, schaltete Barudi den Motor aus, zog sein Handy aus der Tasche und rief Ali an.

»Ali, mein Guter, wir sind auf dem Weg zum Kloster. Aber außer Major Suleiman soll niemand etwas davon erfahren … Ja, ich weiß, und ich schätze deine verschwiegene Art, aber es schadet nicht, die Gläubigen an das Gebet zu erinnern … Schon gut, schon gut. Hör zu, ich möchte alles über die Familie der Heilerin Dumia wissen und ob es unter ihren Anhängern Fanatiker gibt. Du leitest die Beschattung durch zuverlässige

Kollegen und hältst mich auf dem Laufenden, was ihr erreicht habt …
Nein, das wäre es für heute … Wem? … Ich kenne keinen Kommissar
Mancini«, sagte er und lachte. Dann legte er auf. »Ali lässt dich grüßen«,
sagte er.

»Er ist ein guter Mann. Klar und entschlossen«, erwiderte Mancini.

»Ja, manchmal zu entschlossen«, relativierte Barudi das Lob und begann dann, ausführlich von seiner Begegnung mit Scheich Farcha zu erzählen. Mancini staunte nicht wenig über den anonymen Brief, den der
Scheich bekommen und der ihn angeblich über die geheime Mission des
Kardinals informiert hatte.

Der Italiener hörte konzentriert zu. »Ich glaube diesem Scheich kein
Wort«, sagte er, als Barudi zum Ende gekommen war. »Dieser Brief ist
fingiert und nichts als eine raffinierte Finte. Er wusste, dass man ihn
fragen würde, wie er von der Ankunft des Kardinals erfahren hatte. Und
das hast du getan. Ich bin fest davon überzeugt, dass er mit den Islamisten zusammenarbeitet. Die verfügen auch über einen Nachrichtendienst. Wenn du mich fragst …«

»Ja, ich denke auch, wir sollten ihn überwachen«, lachte Barudi und
zückte wieder sein Handy. Dieses Mal rief er Nabil an.

»Na, wie geht's? Langweilst du dich? … Ach, wirklich? Ich vermisse
euch auch. Mein Lieber, könntest du über deine guten Beziehungen an
Scheich Farcha herankommen? Ich möchte genau wissen, mit wem er
Verbindung hält … Ja, auch sein Telefon, aber geh zu Suleiman und sag
ihm, dass wir es brauchen und ich das wünsche. Er ist der Chef, und
das ist auch für dich gut. Wenn herauskommt, dass du den Scheich ausgehorcht hast, lässt er dich nicht fallen. Du kannst auch Farchas Sekretärin unter die Lupe nehmen, aber verrate ihr nicht, dass du ein Alawit
bist, sonst gibt sie dir nicht die Hand … Nein, nein. Das reicht für heute … Bitte, bitte, gern geschehen. Für solche Tipps bin ich immer zu
haben … Ja, gern, mache ich sofort. Er sitzt hier neben mir im Garten
Eden«, schloss Barudi und lachte wieder.

»Nabil lässt dich grüßen. Er wird den Scheich rund um die Uhr überwachen. Das kann er. Er hat mehrere Cousins im Geheimdienst.«

»Ich finde ihn zu charmant«, sagte Mancini giftig.

Nachdem für den Augenblick alles besprochen war, stiegen sie aus dem Wagen und bereiteten sich auf den Aufstieg vor.

Barudi hatte nicht übertrieben. Endlos war die Treppe, die sich wie eine riesige Schlange um den Berg wand. Bei Stufe zweihundertfünfzig hörte Mancini auf zu zählen.

29.

Pater Josés
nicht erfüllter Wunsch

Der Empfang war überaus freundlich. Ein junger Mönch überreichte ihnen ein Glas frisches Wasser. Barudi hatte Mancini erzählt, dass dieses Kloster neben den beiden christlichen Elementen Gebet und Arbeit auch die arabischen Prinzipien Gastfreundschaft und Dialog pflegte. An diesem Wintertag waren nur wenige Besucher da, zwei Touristen machten noch einige Fotos, bevor sie den Rückweg antraten.

Pater Paolo Siriano kam mit ausgebreiteten Armen aus dem Tor. Stürmisch umarmte er Barudi. »Willkommen, mein Bruder Zakaria«, rief er lachend.

»Du hast meinen Vornamen nicht vergessen!«, staunte Barudi, der vor einiger Zeit einen Monat in diesem Kloster verbracht hatte. Damals ging es ihm sehr schlecht. Nachdem sein hervorragender Assistent Elias Barkil bei der Verfolgung eines gefürchteten Mörders ums Leben gekommen war, hatte sich Barudi große Vorwürfe gemacht.

Die Ruhe im Kloster hatte ihm geholfen, zu sich selbst zu finden. Er hatte wie ein Mönch gedient und gearbeitet. Der Aufenthalt hatte ihm wieder Lebensmut geschenkt.

Dann begrüßte Pater Paolo den Italiener, der sich vorsichtshalber als Reporter Roberto Mastroianni vorstellte. Paolo Siriano bat die beiden hereinzukommen, da es trotz des inzwischen sonnigen Wetters auf der Höhe von über 1300 Metern eiskalt war. Er führte sie in die Kirche und zeigte ihnen Wandfresken aus dem 11. Jahrhundert. Zum ersten Mal in seinem Leben musste Mancini beim Eintreten in eine Kirche die Schuhe ausziehen. Nachdem sie sich ein wenig umgesehen hatten, erklärte Siriano die Bilder an der westlichen Kirchenwand. Besonders ein gewaltiges

Gemälde faszinierte die beiden Männer, auf dem das Jüngste Gericht, der Himmel und die Hölle dargestellt waren. Mancini lachte, als Siriano mit seinem direkten, aber doppelbödigen Humor betonte, die damaligen Maler seien sehr mutig gewesen und hätten auch Bischöfe und diverse Kirchenmänner als Insassen der Hölle dargestellt.

»Ein Freund«, fuhr er fort, »der Kunstgeschichte studiert hat, erzählte mir: Das waren meistens nicht die Maler selbst, sondern ihre Gesellen, die Bischöfe als Sünder oder Fratzen irgendwo in dem riesigen Gemälde versteckten, oft aus Rache, weil sie nicht gut bezahlt wurden.«

Als sie die Kirche wieder verließen, kam ihnen ein junger Mann entgegen und begrüßte sie. Barudi erkannte ihn wieder. »Pater Jack, wenn ich mich richtig erinnere?«

Der Pater nickte lächelnd. »Wir haben vor ein paar Tagen telefoniert«, sagte er.

»Bruder Jack Farhat«, stellte ihn Pater Paolo dem italienischen Gast vor, und an diesen gewandt: »Roberto Mastroianni, Journalist. Er spricht besser Arabisch als ich.«

Mancini winkte ab, denn Pater Paolo sprach akzentfrei.

Auf dem Weg durch das Kloster wunderte sich Mancini, auch Nonnen zu sehen, was nicht einmal in Italien möglich war. Barudi erklärte ihm, es sei ein einzigartiges Experiment, von Pater Paolo ins Leben gerufen. »Aber sie übernachten in getrennten Häusern«, bemerkte er ironisch.

Nach einem kurzen Besuch in dem kleinen Museum und der beachtlichen Bibliothek verließ Pater Paolo die drei Männer. Er musste sich mit seinem Mitarbeiter Abu Riad um die Ziegen kümmern.

Barudi und Mancini begleiteten Pater Jack in das schlichte, aber geschmackvoll eingerichtete Wohnzimmer, wo sich alle Gäste trafen. Der Boden war mit einfachen Bauernteppichen belegt. Ein Ofen in der Mitte des Raumes spendete reichlich Wärme.

Tee wurde gereicht. Mancini spürte eine eigenartige Ruhe.

»Sie kannten Pater José recht gut, nicht wahr?«, fragte Barudi, nachdem sie in bequemen Sesseln Platz genommen hatten. »Ich hätte gern gewusst, ob er Ihnen irgendetwas erzählt hat, ob Sie irgendetwas bemerkt haben, was uns bei der Untersuchung helfen könnte. Wir gehen davon aus, dass er und Kardinal Cornaro von denselben Tätern umgebracht wurden. Die Leiche des Kardinals haben wir bekommen, die des Paters nicht. Roberto soll der italienischen Presse aus erster Hand berichten. So entstehen keine Missverständnisse.«

Pater Jack nickte und begann zu erzählen. »Unser Bruder, Pater José, war müde und ausgelaugt, als er hier ankam. Ihn plagten Zweifel, ob er für den Weg eines Jesuiten, der reichen Kindern und Jugendlichen Sprachunterricht gibt, geeignet war. Sie wissen vielleicht, er beherrschte genau wie unser Bruder Paolo verschiedene Sprachen. Und er bewunderte Paolos Initiative, mit dem Dialog der Religionen einen wichtigen Beitrag zum Frieden zu leisten. José lebte hier bei uns und teilte alles mit uns. Er arbeitete, diskutierte mit Besuchern, hielt Gottesdienste und forschte in der Bibliothek nach den Anfängen der Sprachen. Langsam erholte er sich. Und wir erlebten ihn als lebendigen, temperamentvollen, tatkräftigen Bruder. Wir hätten uns gefreut, wenn er bei uns geblieben wäre. Da kam der Anruf aus Damaskus. Er sollte den Kardinal auf einer Reise nach Derkas begleiten. Ich muss sagen, er schwankte sehr zwischen seiner Neugier auf die Reise und der Angst, dass er nur als Dolmetscher gebraucht würde. Paolo sprach lange mit ihm und beriet ihn ...«

»Aber im Jesuitenzentrum von Damaskus hieß es, er sei begeistert gewesen und begierig darauf, den Kardinal zu begleiten«, warf Barudi dazwischen, und Mancini bewunderte sein gutes Gedächtnis.

»Nein, von Begeisterung keine Spur«, widersprach Pater Jack, »er wollte hierbleiben. Er suchte nicht nur meinen Rat, sondern auch den von Bruder Paolo, und dieser sagte ihm – ich war dabei und werde es nie vergessen –, niemand könne für ihn, Bruder José, entscheiden.

Bruder Paolo erzählte ihm auch, wie unsicher er sich damals, 1982, gefühlt hatte, als er beschloss, diese Ruine hier wiederaufzubauen. Er wäre um ein Haar aus dem Orden ausgeschlossen worden, weil die Leitung in Rom nicht wollte, dass er hierblieb. Er sollte sofort nach Rom zurückkehren. Paolo aber kämpfte, und am Ende überzeugte er die Kirchenleitung«, führte Pater Jack aus.

»Wurde Bruder José also gezwungen, den Kardinal zu begleiten?«, fragte Mancini.

»Nein, er hat die Entscheidung, mit dem Kardinal zu fahren, selbst gefällt. Auf der Fahrt wollte er sich auch endgültig darüber klar werden, was er in Zukunft machen würde«, erzählte Jack. »Also fuhr er zuerst nach Damaskus und von dort mit dem Kardinal nach Derkas. Er rief mich fast täglich an, erzählte, was für eine Freude es sei, in Gesellschaft des Kardinals zu sein. Dann kam der dritte oder vierte Tag, der Tag, an dem sie den Bergheiligen trafen. Sie waren bei ihm in seiner Höhle oder Zelle, die hinter dem Altar in den Felsen gemeißelt ist, wenn ich das richtig verstanden habe.

Er behauptete allen Ernstes, der Bergheilige habe dem Kardinal nur einmal über den Kopf gestrichen, und schon habe dieser Arabisch gesprochen«, Pater Jack stockte und nahm einen Schluck Tee, um seine trockene Kehle zu befeuchten. »Ich dachte, Bruder José ist verrückt geworden. Mehrfach habe ich ihn gefragt, ob alles in Ordnung sei. Er sagte mir, es sei ihm noch nie so gut gegangen. Die Anhänger des Bergheiligen verwöhnten sie wie zwei Himmelsgesandte. Er wiederholte, der Kardinal spreche jetzt fließend Arabisch, und damit ich es glaubte, gab er den Hörer an den Kardinal weiter. Ich hörte eine ältere Stimme: ›Guten Tag, Bruder Jack, ich bin Kardinal Cornaro. Wie geht es Ihnen?‹, sagte er freundlich. Ich bin fast in Ohnmacht gefallen. José nahm den Hörer wieder. ›Na? Habe ich übertrieben? Glaubst du es jetzt?‹, fragte er.

›Und was hast du jetzt vor?‹ fragte ich. Bruder José zögerte, er habe in Damaskus im Jesuitenzentrum angerufen und gefragt, ob er zu uns zurückkehren dürfe, da der Kardinal ihn als Dolmetscher nicht mehr brauche. Er bekam jedoch den Auftrag zu bleiben, da der Kardinal, auch wenn er jetzt Arabisch spreche, immer noch ein alter Mann und noch dazu ein Fremder in einer gefährlichen Gegend sei.«

»Gefährlich? Ich dachte, die Anhänger des Bergheiligen kontrollieren die Gegend? Warum also gefährlich?«, fragte Mancini erstaunt.

Jack schaute unsicher um sich, als wolle er erst klären, ob er weitererzählen könne, denn der Raum füllte sich. Pater Paolo, der sich inzwischen leise und fast unbemerkt zu ihnen gesetzt hatte, nickte ihm auf-
munternd zu.

»Früher war der ganze Berg bis zu den Autobahnzufahrten in der
Hand der Anhänger des Bergheiligen, die das Gebiet mit Unterstützung
der Regierung kontrollierten. Das hieß, man war in Sicherheit, sobald
man die Autobahn verließ. Aber dann kamen die Islamisten. Sie waren
bis 2008 in mehreren von der Regierung kontrollierten Trainingslagern
untergebracht. Ich weiß nicht, warum und in welchen Lagern Islamisten trainiert wurden, aber soweit ich José verstanden habe, hatten sie
Schwierigkeiten mit der Regierung in Damaskus, die sie bis dahin fi-
nanziell wie logistisch unterstützte. Die Islamisten eroberten mehrere
kleine und mittlere Städte im Norden des Landes und vor etwa einem
halben Jahr auch die Berge. Das ganze Gebiet bis auf die Stadt Derkas,
das Zentrum der Bewegung und Zufluchtsort aller Anhänger des Bergheiligen. Früher zählte die Stadt zwanzigtausend Einwohner, heute sind
es über achtzigtausend. Deshalb wagen es die Islamisten nicht, die Stadt
anzugreifen. Die Anhänger des Bergheiligen werden bis zum letzten
Mann kämpfen.« Pater Jack nahm wieder einen kräftigen Schluck Tee.

Barudi fühlte sich elend. Niemand hatte ihm auch nur ein einziges
Wort über diese gewalttätige und gefährliche Entwicklung gesagt. Man
hatte ihn und seinen italienischen Kollegen der Lebensgefahr ausgesetzt.
Er warf Mancini einen Blick zu, aber dieser schien nicht beunruhigt zu
sein.

»Deshalb blieb José beim Kardinal«, fuhr Pater Jack fort. »Wie er mir
sagte, rechnete er damit, dass die Mission noch zwei Wochen dauert,
weil sich der Kardinal mit dem Bergheiligen blendend verstand. Und er
freute sich sehr, weil er zur Belohnung die Zusage bekam, ein Jahr bei
uns dienen zu dürfen. Das war sein Wunsch, aber er blieb unerfüllt.«

Tränen rannen über Pater Jacks Wangen. Mancini stand auf und ging
vor ihm in die Hocke, umfasste seine Hand und tröstete ihn.

»Der Arme, der Arme«, sagte Pater Jack leise schluchzend. Auch Pater Paolo kam dazu und sprach liebevolle Worte zu seinem treuen Bruder. Er reichte ihm ein Glas frisches Wasser. Pater Jack bedankte sich und trank, und allmählich beruhigte er sich wieder.

Barudi und Mancini sahen einander fragend an, als wollten sie auf diese Weise beraten, ob sie Pater Jack noch etwas fragen dürften. Dann warf Barudi Pater Paolo einen Blick zu, und dieser nickte, als hätte er Barudis Gedanken gelesen.

»Darf ich Ihnen eine letzte Frage stellen? Der Kardinal hat sich also blendend mit dem Bergheiligen verstanden? Wie das?«

»Ja«, antwortete Pater Jack. »Der Kardinal hat José anvertraut, wenn in diesem Land jemals ein Heiliger gelebt habe, dann sei es der Bergheilige. Das waren seine Worte.«

Pater Jack schwieg und schien in einem See der Trauer zu versinken.

»Und dann?«, drängte Barudi.

»Nichts. Das war unser letztes Telefongespräch«, sagte er kaum hörbar.

Barudi war maßlos enttäuscht. Auf dem Rückweg schwieg er. Mancini spürte seine Bedrückung und ließ ihn in Ruhe.

Am Auto angekommen, löste sich Barudi aus der Erstarrung. »Es tut mir leid«, sagte er, »man hat uns hereingelegt. Man hätte uns sagen können, dass Islamisten und Anhänger des Bergheiligen Krieg gegeneinander geführt haben und womöglich noch führen, dann hätte ich den Fall zurückgewiesen und dich gebeten, gesund und munter nach Italien zurückzukehren. Ich kann hier keinen Schritt mehr gehen. Es ist lebensgefährlich.« Barudis Stimme bebte vor Zorn. Er beschuldigte alle Welt, auch seinen Chef, ihm diese Information vorenthalten zu haben. Alles Mögliche hätte er daraufhin erwartet, nicht aber Mancinis Antwort.

»Na, und? Jetzt wird es doch erst richtig spannend«, sagte dieser.

»Und wenn es dich beruhigt, schreibe ich eine Erklärung, dass ich dich gezwungen habe, mit mir hierherzukommen. Beruhige dich und lass uns irgendwo in der Stadt etwas essen. Mir ist schlecht von dem vielen Tee.«

»Du bist verrückt!« Barudi mimte den Entsetzten, aber er konnte seine Freude kaum verbergen.

30.

Von ungewöhnlichen Menschen

Kommissar Barudis Tagebuch

Ich bin seit meiner Jugend ein Kurzschläfer, fünf bis höchstens sechs Stunden reichen mir. Mancini ist unter acht Stunden nicht ansprechbar. Was für ungewöhnliche Menschen habe ich in den letzten drei, vier Tagen erlebt, und alle sind auf eine Weise mutig, die ich sehr schätze: Nariman sagte gestern am Telefon etwas, das ich auch für sie fühle und nicht zu sagen wagte. Wir sprachen über eine Stunde, und zum Schluss meinte sie:»Ich weiß, dass ich zu schnell bin, ja fast leichtsinnig, aber ich bin mir hundertprozentig sicher, dass ich dich liebe und dich immer gesucht habe, seit meinem siebzehnten Lebensjahr ... und ich weiß, dass ich nur mit dir leben will.«

Ich war sprachlos. Nariman dachte schon, sie hätte mich erschreckt, aber ich habe sie beruhigt. Ich liebe sie auch, hatte nur nicht den Mut, ihr das so klar zu sagen. Ich bin sicher, es wird ein wunderbares Leben mit ihr.

Sie erzählte mir offen vom Leben mit ihrem Mann.»So, wie manche den Gürtel enger schnallen, um keinen Hunger zu haben, so schnallte ich mein Herz enger, damit es nicht nach Liebe hungerte.« Als sie sich entschlossen hatte, ihren Mann zu verlassen, tauchte das zweite Problem auf.»Ich entfesselte mein Herz und suchte einen Retter, doch ich traf nur Ertrinkende, die selbst kaum noch zu retten waren. Erst als ich aufgehört habe zu suchen, sah ich dich, du warst verschlossen, aber ich wusste, dass hinter diesem großen Tor ein zärtlicher Mensch wartet.«

Wie schön sie sprach!

Ich habe ihr gestanden, dass ich hart mit mir ins Gericht gegangen bin, seit ich ihr begegnet bin. Es gab schon zuvor einige Andeutungen von Freunden, aber sie drangen nicht zu mir. Mir wurde klar, dass ich mein Scheitern bei Frauen selbst zu verantworten hatte. Ich habe für Basma einen Tempel in meinem Herzen errichtet und sie angebetet. Sicher hat sie allen Respekt verdient. Aber solange dieser Tempel existiert, hat keine andere Frau eine Chance. Wer soll im Alltag gegen eine Heilige bestehen?

Ich habe im Gespräch mit Nariman kein Blatt vor den Mund genommen. Halb im Scherz habe ich früher Sätze gesagt wie: Ich habe die Frau meines Lebens bereits gefunden, oder pathetisch: Nicht einmal der Tod kann mich von Basma trennen. Ich heischte Mitleid und Bewunderung für meine Treue. Jeden Morgen fing ich mit ihr an: Guten Morgen, Basma. Jede Nacht flüsterte ich vor dem Einschlafen: Gute Nacht, Basma.

Basma kann immer in meinem Herzen bleiben, aber der Tempel muss verschwinden. Die Kraft der Verliebtheit hilft mir, den Tempel zu zerstören. Entweder jetzt, oder ich werde nie frei! Ich will Nariman lieben, so wie sie ist, und ohne sie zu vergleichen.

Pater Paolo Siriano ist einer der ungewöhnlichsten Menschen, denen ich je begegnet bin. Ein Fremder, der ein Dialogzentrum für Einheimische gegründet hat. Ein Brückenbauer, der am Anfang belächelt und bedroht wurde und sich mit großem Mut gegen alle Zweifler durchgesetzt hat.

Ich wusste aus der Presse, dass die Islamisten ihn bedrohen, denn wenn er von Abrahams Kindern spricht und die Muslime den Christen und Juden gleichstellt, macht er ihre ganze Ideologie zunichte, der zufolge die Muslime die einzigen wahren Gläubigen sind.

Schukri sagte mir vor ein paar Tagen, ein vernünftiger Feind sei ihm lieber als ein dummer Freund, aber gibt es etwas Schlimmeres als einen dummen Feind?! Das sind die religiösen Fanatiker. Und sie bringen Pater Paolo in Lebensgefahr.

Mancini ist ebenfalls ein ungewöhnlicher Mensch. Ich schildere ihm die lebensbedrohenden Gefahren, und was sagt er: Jetzt wird es doch erst richtig spannend oder so ähnlich. Aber es kommt noch besser. Auf der Rückfahrt zur Pension hat er mir im Vertrauen gesagt, dass er oft auf geheimen Einsätzen im Ausland war, um Verbrechen und illegale Geschäfte der italienischen Mafia aufzudecken. Nicht selten musste er in Kampfgebieten ermitteln. Er war in Algerien, Nigeria und Libyen, im Kongo, im Libanon, in Nicaragua und Argentinien. Dreimal wurde er angeschossen (er spricht von Souvenirs), einmal am Arm, einmal in der linken Schulter und einmal am rechten Bein. Gott sei Dank keine schweren Verletzungen.

»Das sind meine Orden. Alles andere blieb geheim. Wir konnten durch diese Einsätze mehrere Banker, Waffenhändler und über achtzig Mafiosi verhaften. Sie sitzen lebenslänglich hinter Gittern!«

Ein mutiger Kerl. Ich kann mein Glück kaum fassen. Wie auch immer der aktuelle Fall zu Ende geht, es ist eine unschätzbare Freude, mit diesem Kerl zusammenzuarbeiten.

*

31.

Eine neue Fährte und
ein abruptes Ende

Beim Abendessen im Restaurant überkam Barudi plötzlich ein merkwürdiges Gefühl, ein seltsamer Verdacht: Der Kardinal war womöglich
weder wegen einer Heiligsprechung noch wegen einer anderen religiösen Angelegenheit in den Norden gefahren. Er hatte sogar vor Pater José
geschauspielert. Am Ende konnte er perfekt Arabisch und tat nur so, als
hätte das Handauflegen etwas bewirkt. Er brauchte Pater José nur als
Zeugen für etwas, das er beweisen wollte, sei es dem Vatikan oder dem
Teufel.

Mancini bemerkte seine Unruhe. »Was auch immer du gerade aus-
brütest – ich schwöre, ich war es nicht«, sagte er und hob in gespielter
Unschuld die Hände.

»Konnte der Kardinal vielleicht schon zuvor Arabisch?«, fragte Barudi.

»Wie kommst du denn darauf?«, fragte der Italiener zurück.

»Damit würde die Behauptung, er habe Pater José als Dolmetscher
mitgenommen, ad absurdum geführt. Und wir wären die ganze Zeit auf
dem Holzweg, der gar nicht zum Täter führen kann. Wir verhören die
falschen Leute, weil wir von falschen Voraussetzungen ausgehen. Womöglich hat der Kardinal im Norden etwas ganz anderes gesucht, etwas,
wovon nicht einmal der Vatikanbotschafter wusste. Etwas sehr Gefähr-
liches, was letztendlich zu seiner Ermordung führte.«

»Mein Gott, das ist …« Mancini stockte. »Warte, ich werde gleich
noch einmal nachhören.« Er wählte die Privatnummer des Nuntius.

Barudi merkte, wie erregt Mancini war, zwischendurch wurde er sogar richtig zornig, aber Barudi verstand kein Wort von dem Gespräch.

Der Nuntius war offenbar ein Schleimer auch gegenüber Mancini, was diesen sehr zornig machte. Zwei der wichtigsten Fragen wich er zunächst gekonnt aus: ob der Kardinal Arabisch konnte und was der eigentliche Zweck seiner Reise in den Norden war.

Mancini aber setzte den Nuntius unter Druck und erfuhr, dass der Kardinal sehr wohl bereits Arabisch konnte.

»Damit war der ganze Humbug mit dem Wunder des Bergheiligen, das den Kardinal Arabisch sprechen ließ, nur ein Nebel, eine Tarnung, verstehst du? ... Pater José sollte als Zeuge für etwas anderes beim Kardinal bleiben ... Der Nuntius versprach, er werde sich höchstvertraulich an den Vatikan wenden, um in Erfahrung zu bringen, ob der Kardial im Norden außer der Einweihung der Kirche in Derkas und dem Wunsch, den Bergheiligen kennenzulernen, noch ein uns bisher unbekanntes Anliegen hatte.«

»Und womit hast du ihn erpresst?«, fragte Barudi.

»Ich habe ihm klipp und klar erklärt, dass der Kardinal und auch er, der Botschafter, die Verantwortung für die Ermordung des armen Paters José tragen, wenn er nicht zur Aufklärung beiträgt. Wenn mir der Vatikan nicht binnen vierundzwanzig Stunden alle Informationen vorlegt, würde ich mich an den italienischen Innenminister wenden. Dann allerdings ist ein Skandal nicht mehr zu verhindern.«

»Glaubst du, er wird die Antwort vom Vatikan bekommen?«

»Nein, vom Vatikan nicht. Vermutlich weiß man dort gar nicht, was der Kardinal im Sinn hatte, aber der Botschafter kennt die Antwort schon. Den Vatikan habe ich nur ins Spiel gebracht, damit er sein Gesicht wahren und so tun kann, als hätte er nichts von einer geheimen Mission des Kardinals gewusst.«

Barudi konnte sich nicht bremsen und küsste Mancini auf die Stirn. »Gesegnet sei die Milch deiner Mutter. Sie hat ihren Zweck erfüllt«, sagte er.

Mancini lachte Tränen.

Zu später Stunde kehrten sie in die Pension zurück. Mancini erzählte Barudi bei einem guten trockenen Wein, den ihnen die Wirtin besorgt hatte, dass es in Europa und vor allem in Italien mehrere Kirchen gab, die den Kot des Esels verehrten, auf dem Jesus am Palmsonntag angeblich in Jerusalem eingezogen ist. Andere Kirchen behaupteten, sie würden die einzige Reliquie vom Körper Jesu Christi bewahren: seine Vorhaut. Als jüdisches Kind wurde er ja beschnitten. Da Jesus wegen seiner Himmelfahrt keine Knochen oder Haare zurückgelassen hat, wurde seine Vorhaut zum Heiligtum erklärt. Jahrhundertelang schrieb man ihr eine magische Wirkung während Schwangerschaft und Geburt zu. Heute schweigt die katholische Kirche dazu.

An anderen Orten bewahrten die Leute kleine Fläschchen mit der Milch der heiligen Maria auf. Die zwei Kommissare lachten so laut, dass ihr Nachbar in der Pension gegen die Wand hämmerte.

Am nächsten Morgen erwachte Mancini erst um zehn Uhr. Er hatte bis drei Uhr morgens gearbeitet. Trotz Wein und Lachen mit Barudi hatte ihn das Gespräch mit dem Vatikanbotschafter so aufgewühlt, dass er nicht schlafen konnte.

Barudi hatte bereits mit Nariman telefoniert und auch mit seinem Chef und seinen Assistenten gesprochen.

Bei einer Tasse Kaffee besprachen sie die Route und verstauten danach alle wichtigen Dinge in einem Geheimfach, das Barudi schon vor Jahren unter dem Rücksitz seines Wagens hatte einbauen lassen. Es war aus Stahlblech und konnte nur durch einen unauffälligen Hebel unter der Motorhaube geöffnet werden. Die Laptops, Barudis noch fast leeres neues Tagebuch, alle wichtigen Papiere bis auf Barudis Dienstausweis und Mancinis Presseausweis und die Kamera fanden darin Platz.

»Und deine Pistole?«, fragte Mancini.

»Die unterstreicht meine Behauptung, dass ich ein Kriminalpolizist bin, der mit Politik und Glauben nichts zu tun hat.«

Sie schlenderten durch die kleine Stadt. Kurz nach zwölf klingelte Mancinis Handy.

»Buongiorno, Eccellenza«, sagte er, und nach einer Weile zwinkerte er Barudi zu und hob den Daumen seiner rechten Hand gen Himmel. »Come? Un attimo.«

Barudi blieb in seiner Nähe, verstand aber außer den Namen, die Mancini wiederholte, nichts.

Dann jedoch wurde Mancinis Stimme brüchig, er wirkte sehr bewegt, schien den Tränen nahe. Unwillkürlich legte Barudi seinem Kollegen die Hand auf die Schulter.

Schließlich bedankte sich Mancini beim Botschafter und beendete das Gespräch. Schweigend gingen sie nebeneinander her. Barudi ließ Mancini Zeit.

»Barudi, dein Einfall war genial«, sagte dieser nach einer Weile. »Der Kardinal war auf einer geheimen Mission unterwegs. Sein Erzfeind in Rom ist Kardinal Buri. Dieser unterhält enge Beziehungen zur italienischen Mafia, das vermuten alle, aber niemand weiß Genaueres. Ein Journalist hat vor etwa einem Jahr eine Verbindung zwischen der italienischen Mafia, dem Vatikan und den Drogenbaronen in Nordsyrien aufgedeckt. Er hat offen gefragt, ob der Buri-Clan mit dem Drogenhandel hier zu tun habe. Einen Tag später war er tot. Der Kardinal wollte, getarnt durch die offizielle Mission, in den Norden fahren, um vor Ort zu erfahren, wie weit Kardinal Buri in die Zusammenarbeit zwischen seinem Clan und der italienischen Mafia verwickelt ist. Der arme Pater José hatte damit nichts zu tun und musste doch sein Leben lassen.«

Sie sprachen noch eine ganze Weile miteinander, trösteten sich gegenseitig und schworen sich, alles zu tun, um die Mörder zur Rechenschaft zu ziehen. Ein Schwur, der ihnen eine fast kindliche Hoffnung gab.

»Moment mal«, sagte Barudi plötzlich, weil ihm etwas eingefallen war. »Ich muss alles über diesen Clan wissen, bevor wir auch nur ein Wort mit einem seiner Mitglieder wechseln«, sagte er und rief unverzüglich seinen Assistenten Ali an.

»Na, hast du mich schon vermisst?«, fragte er, und Mancini lachte. Er wusste, dass der arme Assistent noch mit der Beobachtung der Familie und der Anhänger der Heilerin Dumia beschäftigt war. »Hör zu«, sagte Barudi, »ich wollte dich nicht hetzen, aber wir benötigen dringend einen Bericht über die Familie Buri … Was? … Ja, der Clan, und zwar nur über die Familie des Kardinals Buri. Wir sind auf neue Informationen gestoßen, die den Clan in den Mittelpunkt unserer Ermittlungen rücken … Wie? … Wer ist Abdullah? … Ach so! Na, gut, dann soll er das für dich herausfinden, aber ich brauche den Bericht rasch … Wer ist hier ein Sklaventreiber? Du meinst doch nicht etwa Mancini? … Dann ist alles in Ordnung.«

Nach einem deftigen Essen in einem kleinen Restaurant stiegen sie ins Auto und fuhren auf der Autobahn Richtung Aleppo.

»Erzähl mir ein wenig über die Stadt Derkas«, sagte Mancini.

»Da gibt es nicht viel zu erzählen«, erwiderte Barudi. »Sie liegt in einer gebirgigen Region, etwa vierzig Kilometer von Aleppo entfernt. Sie gehört zum Bezirk Idlib. Die ganze Region lebt vom Olivenöl. Die türkische Grenze ist nur achtzig Kilometer entfernt. Wir brauchen schätzungsweise drei Stunden, wenn wir nicht von islamistischen Kämpfern aufgehalten werden.«

Nach etwa zweieinhalb Stunden verließen sie die Autobahn und kamen auf eine gut ausgebaute Landstraße Richtung Westen. In der Ferne tauchten die Berge auf. So weit das Auge reichte, gab es Olivenhaine.

»Und ich dachte, Italien hätte die meisten Olivenbäume«, staunte Mancini.

»Klar, aber Syrien steht bei der Olivenölproduktion weltweit immerhin an sechster Stelle«, erwiderte Barudi, »und ich schätze das Olivenöl aus dieser Region besonders. Es schmeckt nach Erde, nach den Bergen und dem Mittelmeer, das Luftlinie nicht einmal siebzig Kilometer entfernt ist.«

Barudi und Mancini genossen den sonnigen Tag und die Landschaft. Nichts deutete auf Kontrollpunkte, Schlagbäume, Panzer oder Polizeipatrouillen hin. Doch plötzlich, hinter einer Kurve, stand ein schwarz gekleideter, vermummter Mann mitten auf der Straße. Seine Kalaschnikow vor sich hob er die Hand. Barudi bremste und hielt an. Noch bevor er das Fenster heruntergekurbelt hatte, war der Wagen auf allen Seiten von vermummten, bewaffneten Männern umzingelt.

»Was wollt ihr hier?«, fragte ein wie aus dem Nichts aufgetauchter Bärtiger. Er war nicht vermummt, schien der Anführer der Truppe zu sein.

»Ich bin Kriminalhauptkommissar Barudi aus Damaskus, und das hier ist der Journalist Roberto Mastroianni. Wir sind unterwegs, um die Ermordung des Kardinals Cornaro aufzuklären. Wir wollen nach Derkas, denn der Kardinal wurde zuletzt lebend bei dem Bergheiligen gesehen.«

»Und warum seid ihr mit dieser alten Kiste unterwegs und nicht im Polizeiwagen?«, fragte der Mann misstrauisch.

»Wir dachten, dass wir so unsere Arbeit besser tun können«, antwortete Barudi gelassen, weil es der Wahrheit entsprach.

»Ihr seid Spione«, widersprach der Mann barsch, als hätte er kein Wort verstanden.

»Erschießen wir sie?«, fragte einer der Vermummten und entsicherte sein Gewehr. Seine Stimme war jung, vibrierte vor Aufregung.

Der Anführer hob abwehrend die Hand.

Barudi warf rasch ein: »Spione? Für wen denn? Ich bitte Sie, ich stehe kurz vor der Pensionierung, und dieser Mann kehrt in einer Woche nach Rom zurück. Wenn möglich, soll er einen guten Eindruck von unserem Land mitnehmen.« Barudis Stimme war laut und herrisch, aber sie hatte einen bittenden Beiklang.

»Ich scheiße auf den Eindruck eines Kreuzzüglers. Ihr seid Spione! Aussteigen, langsam aussteigen! Bloß keine Dummheiten!«, sagte der Bärtige im Befehlston.

Barudi und Mancini stiegen aus, legten die Arme ausgestreckt auf das Wagendach und spreizten die Beine. Barudi lachte innerlich, zum ersten Mal in seinem Leben war er nun auf der anderen Seite, war er der Verdächtige, musste erfahren, was er anderen zugemutet hatte. Zwei Männer tasteten ihn ab, nahmen ihm Handy, Dienstpistole, Portemonnaie, Dienstausweis, Führerschein und Autoschlüssel ab. Auch von Mancini beschlagnahmten sie alles, was er bei sich trug.

Einer der Vermummten telefonierte laut »Ja, Spione … Wie? Zwei, ja, nur zwei … Ja, sage ich ihm.«

Er ging zu dem Anführer, flüsterte ihm etwas zu und deutete auf Barudi und Mancini.

Sie wurden an den Händen gefesselt und in einen kleinen Transporter geschoben. Rechts und links saßen zwei Männer mit schwarzen Sturmhauben und Kalaschnikows. Der Mann neben Barudi stank nach Zigaretten und Schweiß.

»Ismail wartet auf euch. Bau keinen Unfall, die Spione sind wertvoll«, wies der Bärtige den Fahrer knapp an und entfernte sich.

Das Auto raste davon, durch die wunderschöne Landschaft. An jedem der vielen Kontrollpunkte, die der Transporter passierte, das gleiche Spiel. Ein einzelner Mann stand vor dem Kontrollpunkt, die anderen mit ihren furchterregenden großen Gewehren versteckten sich in den Olivenhainen.

Was ist los in diesem Land? Wo stehen wir? Ist das noch Syrien oder sind wir, ohne es zu wissen, in ein feindliches Land geraten?, fragte sich Barudi und fand keine Antwort. Diese Leute sprechen Arabisch, aber sie gehen mit uns um, als kämen sie von einem anderen Planeten. Spione! Es hört sich lächerlich an, aber es ist lebensgefährlich.

»Wer hat euch geschickt?«, fragte der Mann rechts von Mancini.

»Meine Schwiegermutter«, sagte Mancini und handelte sich eine Ohrfeige ein.

»Hey, was soll das?«, schrie Barudi. »Wir sind Ihre Gefangenen, und der Prophet hat die Quälerei von Gefangenen ausdrücklich verboten.« Er wusste nicht, ob der Prophet so etwas je gesagt hatte, aber er merkte, dass die Begleiter ziemlich primitiv waren und sich leicht beeindrucken ließen. Der Mann neben ihm ermahnte den anderen, sich zu beherrschen.

»Und ich sage dir noch eins«, fügte Barudi hinzu, »es ist feige, einen gefesselten Mann zu schlagen.«

Mancini warf Barudi einen dankbaren Blick zu.

Die Fahrt dauerte nicht lang. Den Straßenschildern konnte Barudi entnehmen, dass sie etwa zehn Kilometer von Derkas entfernt waren. Schließlich fuhr das Auto durch ein kleines Dorf und hielt vor einem großen Haus. Islamische Sprüche flatterten auf schwarzen Fahnen vor dem Gebäude.

Barudi und Mancini wurden bei den Wächtern am Eingang gemeldet und hineingeführt.

»Sie werden getrennt verhört«, sagte ein Mann mit langem pechschwarzem Bart. Barudi wurde in einen Gang im Erdgeschoss gebracht, Mancini folgte seinen Bewachern in den Keller.

Der Raum war kahl. In der Mitte saß ein Mann im Tarnanzug an einem Tisch. Der Wächter führte Barudi zu dem freien Stuhl gegenüber.

Ein langes Verhör folgte, das protokolliert wurde. Der Mann drohte zwischendurch mit Folter, falls sich herausstellen sollte, dass Barudi log, darüber hinaus aber blieb er zu Barudis Erstaunen höflich. Irgendwann erkundigte er sich nach Mancini: Name, Vorname, Geburtsjahr, Nationalität, was und wo er arbeitete, wo er wohnte und vieles mehr. Darauf hatten sich Barudi und Mancini gut vorbereitet. Sie hatten alle Fakten auswendig gelernt und verinnerlicht und konnten sie selbst in betrunkenem Zustand noch aufsagen.

»Wir sind fertig«, sagte der Mann und stand auf.

»Mein Herr«, setzte Barudi an, »bitte sagen Sie Ihren Männern, sie dürfen mich quälen, aber nicht unseren Gast. Er kam, um einen Artikel zu schreiben, damit die Italiener uns besser achten. Sie sollen erfahren, dass wir Syrer die Ermordung eines Gastes niemals hinnehmen. Ich flehe Sie an.«

Der Mann, der im Begriff war, den Raum zu verlassen, hielt inne. Dann machte er einen Schritt auf Barudi zu, blieb stehen, drehte sich um und ging.

Zwei vermummte Männer betraten den Raum, nahmen Barudi die Fesseln ab und führten ihn in den Keller, in eine provisorisch eingerichtete Zelle. Zwei Pritschen standen entlang der Wände. Das Fenster war mit einem notdürftig zusammengeschweißten Gitter gesichert. Eine nackte Glühbirne baumelte von der Decke.

Barudi setzte sich auf die schmutzige Matratze und rieb sich die Handgelenke. Die Kunststofffesseln hatten schmerzhafte Striemen zurückgelassen.

Er ging auf und ab, das Fenster erlaubte keinen weiten Blick. Die Betonmauer des Nachbargebäudes versperrte die Sicht.

Nach etwa einer halbe Stunde hörte er, wie geräuschvoll die Tür aufgeschlossen wurde. Mancini kam herein.

Der Wärter reichte Barudi zwei große Flaschen Wasser. »Essen gibt es nach dem Abendgebet«, sagte er und verschwand.

Barudi legte den Zeigefinger auf die Lippen, als der Wärter die Tür hinter sich schloss. Mancini verstand. Und so beteuerten sie sich gegenseitig ihre Unschuld und zollten der Behandlung durch die Männer Respekt und Lob.

Der Wärter brachte einen Topf Linsensuppe und einen dicken Laib Brot. Außerdem teilte er ihnen mit, dass das Urteil erst morgen früh gefällt werden würde, da der große Führer und zugleich Richter derzeit bei einer Militäroperation sei.

Die Suppe schmeckte erstaunlich gut. Linsen und Zwiebeln, mit Kumin, Pfeffer, Oregano und Olivenöl gewürzt. Das Brot war frisch und knusprig, das Innere war locker und luftig, wie Barudi es mochte.

»Das Essen schmeckt besser als in so manchem Restaurant«, sagte Mancini.

»Aber Roberto«, sagte Barudi absichtlich laut und heuchlerisch, »der Islam pflegt mehr als das Christentum die Gastfreundschaft.« Dabei verdrehte er die Augen, so dass Mancini lachen musste.

Die Matratze stank fürchterlich, aber Barudi war todmüde. Er ignorierte den Geruch, und bald hörte er Mancini schnarchen. Er empfand Mitleid mit dem armen Italiener, der nun in diese lebensgefährliche Falle geraten war. Warum hatte ihm Major Suleiman das alles verschwiegen? Plötzlich aber kam ihm eine grundsätzliche Frage: Hatte sein Chef überhaupt eine Ahnung von der Entwicklung der letzten Monate in diesem Gebiet? Verschwieg der Geheimdienst vielleicht auch vor ihm die Rebellion der Islamisten, die er nicht mehr unter Kontrolle hatte? Hier war ein Staat im Staat entstanden, wie die Hisbollah im Libanon.

Als ihm schließlich die Augen zufielen, war Barudi überzeugt, dass nur wenige Personen in Damaskus eine Ahnung von der sich hier anbahnenden Katastrophe hatten, und er versöhnte sich im Stillen wieder mit seinem Chef.

32.

Glück im Unglück

Gegen sieben Uhr klopfte es, und ein Wärter öffnete die Tür. »Guten Morgen. Ihr müsst aufstehen und euch frischmachen. In einer halben Stunde bringe ich euch zu unserem Emir und Richter.« Er ging und ließ die Tür offen.

Barudi richtete sich auf. Für einen Augenblick wusste er nicht, wo er war. Er ging barfuß bis zur Tür, ein kleiner Korridor verband die Zelle mit einem Bad und einer Toilette. Er drehte sich um, Mancini richtete sich gerade auf.

»Wir müssen zum Richter«, sagte Barudi leise.

Als der Wärter wieder kam, waren sie angezogen und gekämmt. »Gehen wir«, sagte der Mann. Mancini und Barudi gingen ohne Handfesseln hinter ihm her. Barudi war verwundert, dass man sie als verdächtigte Spione einfach so einem unbewaffneten Wärter überließ.

»Ich glaube, es sieht gut aus«, flüsterte Mancini.

Vor der Tür eines Gebäudes auf der anderen Straßenseite standen zwei schwarzgekleidete Wächter mit Kalaschnikows. An der Fassade wehte eine schwarze Fahne. Die Wächter waren informiert, nickten dezent und machten den Eingang frei.

Barudi und Mancini wurden in ein großes Büro im ersten Stock gebracht. Außer dem Schreibtisch standen drei Pritschen an der Wand. Der Raum sah aus wie eine Feldzentrale. In der Mitte stand ein athletischer bärtiger Mann an einem Tisch und lächelte. Der Tisch war für drei Personen gedeckt. Es gab ein bescheidenes Frühstück mit Schafskäse, Oliven, Kräuterquark und Brot.

Der Mann hatte ein feines Gesicht und Hände wie ein Klavierspieler. Er sah trotz des Bartes eher wie ein braver Jesuitenpater aus und nicht

wie ein Anführer terroristischer Islamisten, der Tag für Tag Todesurteile
spricht.

Er grüßte sie höflich und bat sie, Platz zu nehmen. Barudi und Mancini erstarrten fast vor Überraschung. Mancini dachte einen Moment
lang, ob dies hier seine Henkersmahlzeit werden würde, und Barudi
wunderte sich, dass auf dem Tisch sein Lieblingsfrühstück stand. Im
Sommer wären noch frische kleine Gurken und reife Tomaten dazuge-
kommen.

Ein weiterer bärtiger Mann in schwarzen Kleidern brachte eine große
Kanne Tee, füllte die Gläser und stellte die Kanne dann in die Tisch-
mitte. Er trat zwei Schritte zurück, salutierte theatralisch streng. »Mein
Emir, wünscht Ihr noch etwas?«, fragte er mit gekünstelter Stimme und
in veralteter Sprache. Der Gastgeber antwortete hoheitsvoll: »Nein, mein
Getreuer, Gott segne dich und deine Hände.«

Der Mann drehte sich um und ging.

Der Gastgeber sprach eine religiöse Formel und wünschte seinen
Gästen guten Appetit. Langsam aß Barudi und noch langsamer Mancini. »Hast du mich nicht erkannt, Zakaria?«, fragte der Bärtige dann und
lächelte Barudi an. Barudi hätte sich fast an seinem Bissen verschluckt.
Er starrte auf den Mann, der ihn noch immer anlächelte. Mancini wirkte
wie eine Gipsfigur.

»Nein, leider nicht«, sagte Barudi, nachdem er das Stück Brot hinun-
tergewürgt und einen kräftigen Schluck Tee hinterhergeschickt hatte.

»Ich bin Scharif. Erinnerst du dich nicht mehr an mich? Basma wird
sich bestimmt an mich erinnern. Sie sagte, Gott hat mich zu ihr geschickt.«

Barudi blieb vor Schreck fast das Herz stehen. »Scharif, nein! Scharif,
du bist Scharif?«

»Ja, als ich gestern spät in der Nacht zurückkehrte – wir haben drei
Angriffe im Osten abgewehrt und die Regierungstruppen zurückgewor-
fen –, erzählte man mir, dass die Soldaten zwei Spione gefasst hätten.
Und da der eine Italiener war, brauchten sie meine Zustimmung. In
letzter Zeit ist mit den Ausländern allerlei schiefgelaufen. Unter meiner

Führung darf hier in den Bergen keinem Unschuldigen etwas passieren. Wir müssen auf unseren Ruf achten. Und wir wollen alles überprüfen, bevor wir ein Urteil fällen.

Ich erkundigte mich, wer der andere sei, und er nannte mir deinen Namen, Zakaria Barudi. Man zeigte mir deine Papiere und deinen Dienstausweis, und da war ich mir ganz sicher, dass du es bist. Ich versicherte den Männern, dass ihr keine Spione seid, dass man euch ausschlafen lassen soll und dass ihr unter meinem besonderen Schutz steht. Sie mussten mir versprechen, dass keiner euch quält.« Scharif hielt kurz inne.»Und wie geht es meiner Mutter Basma?«, fragte er dann. Mancinis Mund stand offen. Wie? Seine Mutter? Erst allmählich erinnerte sich der Italiener an die fehlgeschlagene Adoption eines kleinen Jungen namens Scharif, von der ihm Barudi erzählt hatte.

In diesem Moment begann Barudi zu weinen. Mancini erhob sich und legte seinem Freund beide Hände auf die Schultern.»Sie hat das Leben ohne dich nicht verkraftet. Ich habe alles versucht, aber ihr Herz war gebrochen«, sagte Barudi und weinte wie ein Kind.

»Nein«, rief Scharif,»nein, das hat sie nicht verdient«, sagte er und stand ebenfalls auf. Er ging zu Barudi, hockte sich neben seinen Stuhl und nahm seine rechte Hand in seine Hände.»Nein, das hast auch du nicht verdient.«

Langsam fing sich Barudi. Er strich über Scharifs schönen Kopf wie ein Vater, der seinen verlorenen Sohn wiedergefunden hat.

»Was ist mit dir passiert, was tust du?«, fragte er verwirrt, obwohl er eigentlich wissen wollte, wie Scharif zum Terroristen geworden war. Aber seine Worte schienen seine wirren Gedanken widerzuspiegeln.

»Lasst uns erst noch zu Ende essen, dann erzählen wir einander alles, ja? Bitte«, erwiderte Scharif.

33.

Der Werdegang
eines Gotteskriegers

Nach dem Tee räumten die Männer den Tisch ab und schoben ihn an die eine Wand. Dafür brachten sie einen kleinen runden Bistrotisch und drei bequeme Stühle, auf denen Scharif und seine beiden Gäste Platz nahmen. Ruhe kehrte ein.

Scharif saß still und in sich versunken da.

»Erzähl mir von deinem Leben«, sagte Barudi, der das Schweigen kaum aushalten konnte.

»Da gibt es nicht viel zu erzählen«, begann Scharif. »Die Zeit bei dir und Basma war ein Vorgeschmack auf das Paradies, in das ich einkehren werde, sollte ich tatsächlich als Märtyrer sterben. Aber danach habe ich die Hölle auf Erden erlebt. Der Halbbruder meines Vaters, ein erfolgreicher Bauunternehmer, hat mich zwar offiziell adoptiert, aber ich war drei hasserfüllten Frauen und fünfundzwanzig gehässigen Kindern ausgeliefert, an denen er selbst kaum Interesse hatte. Die Woche fängt in Saudi-Arabien am Samstag an. Die eine Frau nannte er Saso, weil er bei ihr am Samstag und Sonntag war, die zweite hieß Modi und die dritte Mido. Am Freitag wollte er niemanden ficken. Ich weiß nicht, wie viele Kinder er später insgesamt hatte. Sie haben den Hass ihrer Mütter auf mich gelenkt.

Als ich neunzehn wurde, habe ich mich grenzenlos in die Tochter eines Nachbarn verliebt. Sie hieß Dalia, und wir trafen uns heimlich. Immer in der Nacht, wenn die ganze Welt schlief. Ich stand damals vor der Abiturprüfung. Ich wollte Medizin studieren und, wie es uns Gott befohlen hat, den Armen dienen.

Eines Tages sah uns eine der Frauen meines Adoptivvaters. Dalia und ich erfuhren das erst nach Wochen, als es bereits zu spät war. Mein

Adoptivvater wurde von seinen drei Frauen regelrecht dazu getrieben, Dalia als vierte Frau zu nehmen, was die Scharia ja erlaubt. Tag und Nacht erzählten sie, sogar vor uns Kindern, was für ein unersättlicher Stier er sei und welche Entlastung sie sich durch die vierte Frau erhofften. Mein Adoptivvater führte sich auf wie ein eitler Gockel. Nach einiger Zeit ging er zum Nachbarn und hielt um Dalias Hand an. Ihr armer Vater, ein kleiner Beamter, war begeistert angesichts der hohen Summe, die er als Brautgeld kassierte. Dalia flehte mich an, mit ihr zu fliehen oder gemeinsam Selbstmord zu begehen. Aber wie und wohin sollten wir fliehen? Ich besaß keinen Piaster. Und sterben wollte ich nicht.

»Dann wirst du Feigling jeden Tag hundertmal sterben«, sagte Dalia. Aber ich verstand nicht, was sie meinte. Mein Adoptivvater heiratete sie, und die drei Frauen machten das Stockwerk über meinem Zimmer frei für die neue Frau. Sie nannten sie »Jeta«, was so viel bedeutete wie »für jeden Tag«. Er übernachtete also jede Nacht bei ihr, und die Decke über mir bebte und das Geschrei quälte mich. Erst da habe ich verstanden, was Dalia gemeint hatte.

Ich wünschte mir den Tod.

Die drei Frauen lachten über mich und meine Blässe, und Dalia machte mit. Sie quälte mich und schrie absichtlich laut vor Lust. Es hat mich so weit gebracht, dass ich eines Nachts hinaufstieg und beide umbrachte.

Erst später sollte ich erfahren, dass wir beide, Dalia und ich, nur Schachfiguren in der Hand der drei raffinierten Frauen waren, die den Mann loswerden wollten, aber da war ich längst in Afghanistan.

In jener Nacht versteckte ich mich bei Scheich Omar, meinem Lehrer und Vorbild. Er unterrichtete Scharia und war einer der besten Freitagsredner. Er hatte Tausende von Anhängern. In seiner Moschee hatte ich schon immer Trost gesucht, dort las ich stundenlang und vergaß über den himmlischen Texten meine irdische Hölle. Scheich Omar wurde zu meinem besten und treusten väterlichen Freund. Er war es, der meine Augen reinigte und meinen Blick auf das Wesentliche öffnete. Er verstand mich sofort und vermittelte meine Flucht nach Afghanistan, zusammen mit ein paar anderen Kämpfern, um die Taliban zu unterstützen.

Das war im Jahre 2000. Im September 2001 verschlechterte sich unsere Lage in Afghanistan, und beim Angriff der Amerikaner auf Tora Bora im Winter 2001 entkam ich nur knapp den Bomben. Ich flüchtete nach Pakistan und Iran. Dort geriet ich in Gefangenschaft. Zwei Jahre lang hat man mich im Gefängnis schmoren lassen, ohne Anklage, ohne Folter, einfach so. Ich wunderte mich darüber, aber später verstand ich, warum. Iraner sind seit Beginn der Zivilisation Teppichweber, und diese Kunst lehrt Geduld und Ausdauer. Als die Amerikaner 2003 in den Irak einmarschierten und auch den Iran und Syrien bedrohten, war es endlich so weit. Der Geheimdienst entließ uns aus den Gefängnissen, brachte Tausende Gläubige mit falschen irakischen Papieren an die irakische Grenze und schleuste sie im entstandenen Chaos gut bewaffnet in das Land ein. Mich wählten sie als Gruppenführer. Im Gefängnis hatten sie jeden Einzelnen von uns beobachtet und nach seinen Fähigkeiten beurteilt. Teppichweber überstürzen nichts. Am Ende der zwei Jahre wussten sie genauestens über uns Bescheid. Der Offizier sagte vor dem Abflug zu mir, ich sei imstande, große Einheiten zu führen. Aber ich solle Befehle besser befolgen und nicht so widerspenstig sein, das sei meine Schwäche. Er hatte recht. Mit weiteren siebzig Experten stieg ich ins Flugzeug nach Teheran. Von dort aus brachten sie uns direkt nach Damaskus, wo wir feierlich empfangen wurden. Man hat uns die Aufgabe erklärt. Weit weg von der irakischen Grenze, hier in dieser Region südwestlich von Aleppo, sollten wir irakische Kämpfer trainieren, um gegen die Amerikaner zu kämpfen. Natürlich waren wir alle misstrauisch, da das Regime in Damaskus aus ungläubigen Alawiten besteht. Aber uns wurde der Grund bald klar: George W. Bush hatte verkündet, sein Kreuzzug, so nannte er seinen Einmarsch in den Irak, sei noch nicht zu Ende. Als nächsten Schritt wolle er das Regime in Damaskus stürzen, um den Nahen Osten neu zu ordnen. Der syrische Plan hingegen war, die Amerikaner im Irak so erfolgreich zu bekämpfen, dass sie in einem blutigen Sumpf versinken und nicht mehr an Syrien denken würden. Ein genialer Plan.

Bereits ab 2003 wurden uns junge Iraker und auch Syrer anvertraut, und wir bildeten sie zu großartigen Guerillakämpfern aus. Als immer mehr Iraker begriffen, dass aus ihrem Land eine amerikanische Kolonie geworden war, konnten wir uns vor Kandidaten kaum noch retten.«

»Wann war das genau?«, fragte Mancini.

»Das war im Jahr 2004. Ich erinnere mich genau daran, wie die Amis eine neue irakische Fahne vorstellten. Es war eine Kopie der israelischen Fahne, in Blau und Weiß, aber statt dem Davidstern zeigte sie in der Mitte den Halbmond. Der neue Nahe Osten à la Bush sollte nach Religionen geordnet werden. Das war empörend. Tausende Iraker wollten nun gegen die Amerikaner kämpfen. Alle Bewerber mussten in Damaskus eine strenge Prüfung durchlaufen. Man wollte unbedingt verhindern, dass Spione unsere Truppe unterwanderten.«

»Und bist du je in den Irak gegangen?«, fragte Barudi neugierig.

»Natürlich. Nach zwei Jahren war ich Emir, verantwortlich für vier Trainingslager. Nicht nur als Emir, auch als Trainer musste man einmal im Jahr einen Monat lang im Irak kämpfen. Ich war in Bagdad, Falludscha und Basra.

Der syrische Plan ging auf. Bushs Mission wurde zum Desaster. Unter Obama war es endgültig aus. Da aber zeigte das syrische Regime sein wahres, hässliches Gesicht. Wir waren nur da gewesen, um die Herrschaft des Präsidenten zu schützen, und nun brauchte er uns nicht mehr. Nach dem Motto: Der Mohr hat seine Schuldigkeit getan, der Mohr kann gehen. Tausende von Kämpfern wurden weggeschickt. Wichtige Emire aber wollte der Geheimdienst, ganz nach dem iranischen Vorbild, als privilegierte Gefangene behalten, damit sie später Kämpfer aller Couleur trainieren konnten. Diese Kämpfer will das Regime gezielt einsetzen, um seine Herrschaft in Damaskus zu schützen. Emire und wichtige Kämpfer werden als Geheimnisträger also nicht freigelassen. Wer zustimmt, kommt in ein vornehmes Gefängnis und wartet dort auf seinen Einsatz. Wer ablehnt, wird umgebracht. Wir aber lehnten jede Verhandlung mit den ungläubigen Betrügern ab. Wir waren der Geist, den sie aus der Flasche geholt hatten, und nun wollten wir nicht mehr zurück.

Wir rebellierten zusammen mit den wenigen Männern, die noch in den Trainingslagern waren. Bald hatten wir viele arme enttäuschte Bauern auf unserer Seite, die sich zum wahren Weg des Glaubens bekannten. Und nach und nach vertrieben wir die syrische Armee und die Anhänger des Bergscharlatans aus unserem Gebiet. Die wollten wir nicht töten, wir haben nur einen Gegner: das Regime in Damaskus.«

»Und die Bauern hier lassen sich von der Scharia regieren? Sie lassen sich bei einem Diebstahl die Hand abhacken und bei einem Seitensprung steinigen? Auch die Christen?«, fragte Barudi und konnte seine Wut kaum verbergen.

»Langsam, langsam«, antwortete Scharif, »niemand hackt hier etwas ab und keiner fasst einen Christen auch nur an. Wir wollen eine islamische Republik mit gerechten Gesetzen, die Christen, die Christen … sie sind alle in Derkas, und wir haben sie bis jetzt verschont …«

»… bis jetzt! Wie großzügig«, empörte sich Barudi und achtete nicht auf Mancini, der ihm mit Gesten bedeutete, den Mann nicht zu beleidigen. Immerhin waren sie ihm ausgeliefert. Barudi aber, der nie einen Sohn hatte, redete mit Scharif, als wäre er sein Kind. Mancinis Staunen kannte keine Grenzen, als Scharif überhaupt nicht wütend wurde, sondern mit Milde fortfuhr:

»Nein, lieber Zakaria, nicht großzügig, sondern selbstverständlich. Vergiss nie, dass ich dir und Basma mein Leben verdanke. Mein Leben lang werde ich meine Anhänger daran erinnern, dass wir alle, auch die Christen und Juden, Kinder Abrahams sind. Du kannst es in unserer kleinen Broschüre lesen.« Damit erhob er sich, ging zu einem Tisch mit Stapeln von Broschüren und brachte zwei Exemplare mit.

Mancini nutzte die Gelegenheit. »Kannst du dich nicht ein wenig beherrschen? Vergiss nicht, wofür wir in dieser gottverdammten Gegend sind«, knurrte er Barudi leise an und grinste dabei.

Barudi nahm die Broschüre nachdenklich entgegen, begann aber nicht zu lesen. »Lieber Scharif, du weißt, dass ich dich liebe, als wärst du mein Sohn. Ich wollte dich nur daran erinnern, was die anderen Islamisten im Namen des Islams tun.«

»Das weiß ich doch«, erwiderte Scharif, und Mancini atmete erleichtert auf.

34.

Unverhoffte Helfer

Nachdem Barudi sich beruhigt und selbst ermahnt hatte, dass er herge-
kommen war, um einen Mord aufzuklären, und nicht, um Machtspiele
zu korrigieren, wurde ihm klar, dass er und Mancini in der Nähe des intelligenten und dankbaren Scharif bestens geschützt waren. Dieser wollte Genaueres über ihre Mission wissen, und so erzählte ihm Barudi, weshalb er und der Journalist Roberto in den Bergen waren. Scharif hörte
konzentriert zu, fragte zwischendurch nach Details und sah Barudi dann
eindringlich an.
»Lieber Zakaria, ich verdanke dir mein Leben. Das weißt du. Aber
noch mehr verdanke ich Basma, sie hat mir so viel Liebe geschenkt, wie
ich sie von niemandem sonst je erfahren habe. Aber jetzt will ich euch
meinen Plan darlegen. Die ganze Bergregion steht unter unserer Kontrolle, bis auf die Stadt Derkas, die letzte Bastion des Bergheiligen. Ich
werde euch gleich noch erklären, warum wir die Stadt nicht erobern
wollen. Aber jetzt geht es um eine andere Frage: Wer hat den Kardinal entführt und ermordet und wo ist sein Begleiter? Ihr könnt euch
hier nicht frei bewegen, es sei denn, ihr seid lebensmüde. Hier im Zentrum unserer befreiten islamischen Republik gibt es besonnene Kämpfer, die einem Fremden, sei er Christ, Polizist oder italienischer Tourist,
nicht sofort den Garaus machen. Im Landesinneren aber kann es passieren, dass irgendein Bandit euch etwas antut oder dass ein primitiver,
unerfahrener oder nervöser Anhänger unserer Republik losballert, um
dann die Leichen zu fragen, was sie hier zu suchen haben.« Scharif lächelte, während Mancini laut lachte. Er kannte diesen Spruch aus einer
billigen italienischen Krimisatire.
»Nein, ihr bleibt erst einmal hier. Ihr könnt bei mir wohnen, über

meiner Wohnung gibt es eine freie Etage. Ihr könnt telefonieren, schreiben und seid geschützt, so wie ich geschützt bin. Ich werde die Mörder finden.«

»Wie willst du das anstellen?«

»Nach allem, was ihr erzählt habt, müssen die Mörder Profis sein. Zunächst werde ich überprüfen, ob einer von unseren Leuten etwas damit zu tun hatte. Ich glaube es allerdings nicht, denn davon hätte ich erfahren. Immerhin war der Ermordete ein Kardinal. Aber das lässt sich schnell klären. Es gibt eine Spur, die vielversprechender ist. Hier ziehen marodierende Banden durch die Gegend, die ausnutzen, dass es noch keinen Staat gibt. Wir sind noch dabei, unsere Freiheit nach außen zu verteidigen. Die islamische Republik hat keine Chance, wenn die Gläubigen nicht aufstehen und dem Regime in vielen Städten den Krieg erklären. Unterdessen plündern die Kriminellen, vergewaltigen und entführen wichtige Persönlichkeiten, ob diese politisch aktiv waren oder nicht. Hauptsache, das Lösegeld stimmt. Deshalb gibt es zwischen den Kriminellen und unseren Revolutionären aktive Kontakte. Es ist eine Art Grauzone. Manchmal liefern sie uns einen Feind aus, ohne dass ein einziger Schuss fällt, oder sie übergeben uns einen Entführten, weil sie feststellen, dass er eine Nummer zu groß für sie ist. Wir zahlen ihnen eine gute Belohnung und tauschen den Entführten, wenn er zum Kreis der Herrschersippe gehört, gegen unsere Kämpfer aus. Für den Schwager des Präsidenten haben wir sage und schreibe hundert Gefangene freibekommen. Bedingung war, dass wir weder die Entführung noch den Deal öffentlich machen, und daran haben wir uns gehalten.

Wir sind die besseren Taktiker und Strategen, aber die Kriminellen sind besser vernetzt als wir. Sie stammen aus den Dörfern und Städten der Gegend. Sie kennen jeden Kieselstein und jedes Mauseloch. Wir sind hier fremd. Ich bin erst seit sechs, sieben Jahren da. Die meiste Zeit habe ich im Untergrund oder im Trainingslager gearbeitet, aber die Menschen hier kenne ich nicht, und ich spreche auch nicht ihren Dialekt. Ich denke, wir können genauere Informationen über den Fall bekommen, wenn wir die Kriminellen kontaktieren«, schloss Scharif. Er ging zur Tür, öffnete sie und sprach mit jemandem auf dem Korridor. Dann kehrte er zurück. »Ich habe nach unserem Geheimdienstchef und dem Operationskommandanten geschickt«, sagte er.

»Weißt du etwas über den Buri-Clan?«, fragte Mancini.

»Klar, aber die sind alle in Derkas. Was ist mit denen?«, erwiderte Scharif.

»Es kann sein, dass sie die Drahtzieher sind. Der ermordete Kardinal war ein Feind ihres Bruders in Rom«, antwortete Barudi.

»Und der Bruder in Italien ist möglicherweise die Verbindung zwischen dem Clan und der Mafia«, ergänzte Mancini.

»Das kann ich mir sehr gut vorstellen. Sie sind hier die Drogenbarone gewesen, aber bei uns wird das nicht geduldet, auf Drogenhandel steht die Todesstrafe. Deshalb ist der Clan mit seinem Schützling, dem Bergscharlatan, nach Derkas gezogen. Dennoch: Wer auch immer den Befehl gegeben hat, wir haben gute Chancen, die Täter zu erwischen.«

In diesem Moment klingelte sein Handy, und Scharif trat ans Fenster, um ungestört zu telefonieren.

Es vergingen keine fünf Minuten, und zwei Herren, beide um die vierzig, betraten den Raum. Sie waren wie die anderen schwarz gekleidet und trugen lange Bärte.

»Al Salam alaikum«, sagte der etwas Beleibtere.

Scharif beendete sein Telefonat, steckte das Handy in die Brusttasche und stieß wieder zu ihnen. »Unser Bruder, Kommandant Muhssin, der Führer aller militärischen Operationen«, stellte er den einen vor. Dann wandte er sich dem rothaarigen hageren Mann zu, der mit seinen Sommersprossen eher wie ein Ire aussah. »Und das ist Bruder Ismail, der Chef unseres Geheimdienstes. Unser unsichtbarer Geist.«

Die Männer setzten sich, und Scharif bat Barudi, ihnen alles über die Ermordung des Kardinals und seines Begleiters zu erzählen.

»Eines kann ich Ihnen schon jetzt garantieren«, sagte der Geheimdienstchef ruhig, nachdem Barudi geendet hatte, »keiner unserer Männer hat den Kardinal auch nur angefasst. Tatsächlich hatte ein Emir im Süden vorgeschlagen, ihn zu entführen und dafür zehn unserer Kämpfer freizupressen, aber wir wussten, die gesamte westliche Welt würde gegen uns aufstehen. Mir war bekannt, dass dieser Kardinal dem Islam besonders fair gegenüberstand. Deshalb habe ich streng verboten, ihn zu entführen. Aber ich verspreche Ihnen, binnen achtundvierzig Stunden haben Sie die Aufklärung.« Der Mann klang fast wie ein sanfter Prediger, das sollte Barudi in den nächsten Tagen immer wieder in Erstaunen versetzen. Er schien sich durch nichts aus der Ruhe bringen zu lassen.

Barudi war sprachlos. Er schaute Mancini an und versuchte ihn mit Blicken dazu zu animieren, Fragen zu stellen. Aber Mancini war vollkommen steif.

»Bruder«, sagte der General zu Scharif, »wir müssen bald aufbrechen.«

Scharif stand auf und schulterte seine Kalaschnikow. Die beiden Männer verabschiedeten sich von Barudi und Mancini mit einem beherzten Händedruck, salutierten vor ihrem Emir Scharif und verließen den Raum.

»Die Front im Süden ist kompliziert geworden, nachdem sich eine Gruppe – aus welchen Gründen auch immer – abgespalten hat. Ich muss alles versuchen, die Sache in den Griff zu bekommen.

Ihr habt im zweiten Stock eure Wohnung, in die ihr euch zurückziehen könnt. Wenn ihr die Gegend erkunden wollt, geht bitte nicht allein. Zwei Begleiter stehen euch rund um die Uhr zur Verfügung. Wir herrschen hier, aber es gibt immer wieder kleine feindliche Gruppen, die trotz aller Sicherheitsmaßnahmen an der Grenze durchschlüpfen. Sie sind sehr gefährlich.«

Als er sich von Mancini mit Handschlag verabschiedete, streckte auch Barudi seine Hand aus, aber Scharif schloss ihn fest in seine Arme. »Ich weiß nie, ob ich lebend wieder zurückkehre«, flüsterte er und ging dann zur Tür hinaus.

Noch bevor Barudi und Mancini sich gefasst hatten, stand ein junger Mann in der Tür. »Darf ich euch die Wohnung zeigen? Ich heiße Mufid und bin mit meinem Bruder Ahmad für euer Wohl verantwortlich. Ihr müsst nur rufen, und schon bin ich bei euch.«

Das war nicht übertrieben. An der Treppe in den zweiten Stock gab es eine Wächterkabine. Dort saß der andere junge Mann, und sobald Barudi in den Korridor trat, stand er stramm und wartete auf einen Befehl.

Zwei helle Zimmer, ein Bad und eine Toilette, alles spartanisch eingerichtet, aber sauber. Barudis und Mancinis Sachen lagen säuberlich geordnet auf dem Tisch, zwei Handys, zwei Laptops, Autoschlüssel, zwei Portemonnaies, Papiere und Barudis neues Tagebuch. Ihre Koffer standen neben dem Tisch. Nur Barudis Dienstpistole und Mancinis Fotoapparat waren nicht dabei.

»Sie haben das geheime Fach im Auto geöffnet und uns die Sachen hierhergebracht«, sagte Barudi erstaunt.

»Sie müssen das Auto auseinandergenommen haben«, erwiderte Mancini, der bei beschlagnahmten Mafia-Autos mehrere solche Aktionen geleitet hatte. Oft waren die Untersuchungen sehr ergiebig gewesen.

»Und das Erstaunliche«, sagte Barudi und streichelte mit der Hand das Tagebuch, »sie haben meine Notizen gelesen und die Seiten nicht herausgerissen … Aber irgendwie gefällt mir das Ganze trotzdem nicht …«

Als hätte Mancini Barudis Gedanken gelesen, klopfte er ihm freundlich auf die Schulter. »Mach dir keine Vorwürfe. In einem Verbrecherstaat darf auch die Polizei auf die Hilfe von zweifelhaften Verbündeten zurückgreifen«, sagte er.

»Aber …«, wollte Barudi seine Bedenken anmelden.

»Kein Aber. Wir stehen vor einem kaltblütigen Verbrechen und müssen es aufklären. Leider kann ich dir weder ein paar Jesuitenzöglinge noch Mutter Theresa als Helfer anbieten. Scharif will uns aus Dankbarkeit dir und Basma gegenüber helfen. Also, was tun? Wir nehmen seine Hilfe an und geben ihm nichts zurück. So habe ich im Falle von Mafiosi immer gehandelt.«

Barudi lachte dankbar. Er merkte, welcher rigiden Moral er sein Leben lang gefolgt war.

Nach einer erfrischenden Dusche telefonierte Barudi lange mit Nariman und kurz mit seinem Chef und seinen Mitarbeitern. Mancini besprach wie in jeder Woche die Lage mit dem Leiter der Gruppe »Comando Damasco« in Rom. Wie Barudi verlor er kein Wort darüber, dass er nun Gast bei den Islamisten war.

Als die beiden etwas frische Luft schnappen wollten, waren sofort vier Kämpfer um sie. Nur einer hatte einen syrischen Dialekt, zwei sprachen ein fast unverständliches Arabisch, und der vierte, ein Mann mit brauner Haut und toten Augen, sprach nur Englisch. Sie behinderten Barudi und seinen Freund zwar nicht, bildeten aber eine Art Ring um sie, der sich mit ihnen fortbewegte.

Auf dem Parkplatz vor dem Gebäude parkte Barudis Auto.

»Was soll das werden?«, fragte Barudi einen der Wächter.

»Unser geliebte Emir wünschen das. Dann euch nix passiert. Wir nicht stören euch, ihr gehen, wo ihr wollen, aber wir immer dabei.«

»Woher kommst du?«, erkundigte sich Barudi.

»Ich Pakistan«, antwortete der Mann, und ein stolzes Lächeln umspielte seinen Mund.

»Findest du es nicht seltsam, wenn ein Pakistaner in unserem Land Syrer tötet, egal was sie glauben oder nicht, egal was sie getan haben oder nicht?«

Mancini zog Barudi am Ärmel. Der Pakistaner verstand die Frage nicht. Der syrische Islamist kam ihm zu Hilfe.

»Mein Herr, Syrien, Libanon, Irak, Sudan, Pakistan – das ist eine Erfindung der europäischen Kolonialisten. Sie gilt für uns nicht. Wir sind alle Brüder im Islam.«

Mancini zerrte Barudi so heftig am Arm, dass dieser seine Entgegnung im letzten Augenblick hinunterschluckte.

»Wir gehen zurück, ich habe keine Lust mehr«, sagte Mancini. »Ich habe ein paar gute Filmklassiker auf dem Laptop. Hast du Lust?«

»Oh ja, ein paar Stunden Entspannung tun mir gut. Was für Filme?«

»Fellini, Visconti, Rossellini, Pasolini und …«

»Fellini habe ich immer gemocht. Was hast du von ihm?«

»Vier, fünf Filme.«

»Auch *La dolce vita*?«

»Aber sicher«, erwiderte Mancini.

In der Wohnung angekommen, bestellte Barudi eine Kanne Tee. Nachdem ein junger Mann sie gebracht hatte, schloss Barudi die Wohnung von innen ab. Er wusste, dass Liebesfilme bei den Islamisten verboten waren. Der Film – Mancini hatte für seinen Kollegen die arabischen Untertitel eingeblendet – war für beide eine große Erholung. Als er zu Ende war, rief Barudi noch einmal bei Nariman an.

»Ach, wie ich mich freue. Ich will am liebsten dauernd mit dir reden, aber ich weiß, je weniger ich telefoniere, umso schneller kommst du zurück«, sagte sie und lachte.

»Sobald diese schreckliche Zeit vorbei ist, möchte ich mit dir für einen Monat nach Rom fliegen. Wir haben einen exzellenten Touristenführer, der glaubt, ein Journalist zu sein.«

»Und er kann besser kochen als dein Freund«, rief Mancini so laut, dass Nariman es hören konnte.

Nach einem kurzen Schläfchen trafen sich Barudi und Mancini wieder und gingen alle Unterlagen noch einmal Punkt für Punkt durch. Ab und zu telefonierte Barudi mit seinen Kollegen in Damaskus, um nach Indizien und Details zu fragen, die ihm wichtig erschienen.

Tee und Kekse ließen sie den Hunger vergessen.

Es war bereits dunkel, als ein Klopfen ertönte. Barudi eilte zur Tür und schloss auf. Ein bärtiger Kämpfer grüßte höflich und forderte sie auf, zu Scharif zu kommen.

»Alles in Ordnung?«, fragte Barudi.

»Gott sein Dank, ja. Er kam erschöpft zurück, aber nun, nachdem er sich erfrischt und das Abendgebet verrichtet hat, ist er wie neugeboren. Das ist der Lohn der Gläubigen«, antwortete der Mann mit einer sichtlichen Freude, die sich Barudi nicht erklären konnte.

»Woher kommen Sie?«, fragte ihn Barudi, da ihm der Akzent sehr fremd vorkam.

»Von den Philippinen, aber ich habe zehn Jahre in Saudi-Arabien gelebt und kann den Koran auswendig rezitieren«, erzählte er stolz.

Der Raum, in dem Scharif residierte, glich einem Bienenstock. In der Mitte stand ein großer, langer Tisch. Scharif saß am Kopfende. Um den Tisch herum hatten etwa zwanzig Männer Platz genommen. Genauso viele standen hinter ihnen.

»Willkommen«, rief Scharif laut. Die Männer verstummten augenblicklich. Es war eine beängstigende Ruhe. Albtraumhaft, genau wie der Anblick dieser hässlichen Männer, dachte Mancini. Lieber sündige ich Tag und Nacht auf Erden, als dass ich in einen Himmel komme, der von solchen Männern bevölkert ist. Als Barudi leise »Al Salam alaikum« sagte, riefen die Männer im Chor: »Wa alaikum al Salam.«

Die beiden Männer rechts von Scharif erhoben sich und boten Barudi und Mancini ihre Plätze an. Essen wurde aufgetragen. Zu trinken gab es nur Wasser.

»Wie war deine Mission?«, erkundigte sich Barudi leise.

»Anstrengend, aber wir haben die Kämpfer wieder eingegliedert, und die Front im Süden ist nun dicht.«

Barudi und Mancini genossen das Reisgericht mit Hühnerfleisch. Sie unterhielten sich kaum, weil der Lärm der anderen, die sehr laut sprachen, alles übertönte. Einige der Männer beäugten Mancini neugierig, bewunderten sein Arabisch und bombardierten ihn mit Fragen nach dem Leben in Italien. Ob es möglich wäre, neben dem Vatikan eine große Moschee zu errichten? Mancini lachte nur.

»Ja«, sagte er, »es wäre ganz leicht möglich, so leicht, wie in Mekka eine Kirche zu bauen.«

Einige lachten, andere schauten ihn schräg und zornig an.

Dann wandte sich das Interesse dem Leben von Männern und Frauen in Italien zu. Mancini wurde vorsichtiger. Er versuchte den Männern zu verdeutlichen, dass die Moral in Italien nicht schlechter und nicht besser war als in den arabischen Ländern. Die Männer lächelten ihn freundlich an, aber er sah in ihren Augen ihre traurige Einsamkeit. Manche waren fast vierzig und hatten noch nie eine Frau berührt.

35.

Von der Wahrscheinlichkeit des Unmöglichen

Kommissar Barudis Tagebuch

Ich will versuchen, noch einiges aufzuschreiben, bevor mich die Ermittlung wieder völlig in Beschlag nimmt. Manches aber kann ich nicht festhalten, weil keine Worte der Welt es erfassen könnten.

Nariman überrascht mich in jeder Hinsicht. Wie stürmisch diese Liebe mein Herz erobert hat – nie hätte ich das für möglich gehalten. Ich muss mehrmals am Tag mit ihr telefonieren, ihre warme Stimme hören. Sie klingt immer ein bisschen, als wäre sie erkältet. Ihr Lachen ähnelt dem arglosen Lachen von Kindern.

Mich fasziniert Nariman, weil sie aus ihren Niederlagen gelernt hat. Neunzig Prozent der Menschen tun das nicht. Wie nebenbei sagte sie einmal, sie gebe nichts auf die Urteile anderer. Ich fragte sie ironisch, ob sie lebensmüde sei. Nein, erwiderte sie, man soll seine Mitmenschen nicht provozieren, aber man soll sein Leben ehrenhaft und aufrecht führen. Voraussetzung dafür ist allerdings, eigenständig zu sein und sich von der Meinung der anderen unabhängig zu machen. Oft gibt ja jemand, sei es ein einfacher oder ein gelehrter Mensch, nicht seine eigene Meinung wieder, sondern bezieht sich auf uralte traditionelle Ideen. Viele Menschen sind in einem Netz von Konventionen und vererbten Regeln gefangen. So wird dafür gesorgt, die Sippe zu erhalten, nicht aber die Würde der Menschen.

Ich habe in meinem Leben so viel erlebt, dass ich manchmal denke: Mich wird nichts mehr überraschen. Und dann gibt mir das Leben eine Kopfnuss, indem ich etwas erlebe, das ich für unmöglich gehalten hatte. Scharif, der zarte, sensible Junge als Emir einer Terrororganisation, die der Zentralmacht mehrere Städte und Dörfer entrissen und sie zur *Islamischen Republik* proklamiert hat!

Er ist ein bezaubernder junger Athlet mit schönem Gesicht und feinen Händen. Diese Hände, die Basma immer geküsst hat ... Ich weine wieder beim Schreiben und hasse mich dafür.

Er träumt von einer islamischen Weltrepublik und wird dabei im Spiel der lokalen und internationalen Mächte aufgerieben werden. Er träumt von Aufständen in allen arabischen und islamischen Ländern: gegen das Elend, gegen die Korruption und gegen die Diktaturen. Sein Traum ist eine Illusion, die vor ihm schon französische, russische und kubanische Revolutionäre ins Verderben gestürzt hat. Seine Soldaten sind Treibgut, Halbanalphabeten, manche haben durch das Elend Fantasien entwickelt, aber sie können kaum genug Arabisch, um den Koran zu verstehen. Scharifs Führung besteht aus klugen Männern – Ingenieure, Rechtsanwälte, Philologen, Theologen, junge Leute, die mit dem Internet groß geworden sind. Aber wie lange kann das helfen gegen eine supermoderne Armee, die vom Iran unterstützt wird?

Wenn mir früher jemand gesagt hätte, Verbrecher werden dir helfen, ein Verbrechen aufzudecken, dann hätte ich nicht einmal gelacht. So unmöglich wäre mir das erschienen. Heute schreibe ich es schwarz auf weiß: Ich arbeite mit Verbrechern zusammen, um zwei Morde aufzuklären. Würden wir weiter auf eigene Faust vorgehen, würden wir sterben, ohne etwas erreicht zu haben. Oder wir würden von Scharifs Männern bis zur Autobahn begleitet und mit einem Fußtritt zurück nach Damaskus geschickt – mit leeren Händen.

Mancini ist viel nüchterner und dynamischer als ich. Er sagt, in einem Verbrecherstaat darf die Polizei jede Hilfe annehmen, um ein Verbrechen aufzudecken. Für ihn ist Scharif ein edler Verbrecher, im Gegensatz zu so manchem Staatsverbrecher mit Krawatte, der von den Leuten bejubelt wird. Er hat recht, aber ich kann es schwer verdauen, mir von Mördern und Entführern helfen zu lassen.

Aber was hätte ich für eine Alternative!!!

Mancini hat mir viel von Italien erzählt. Heute sprachen wir noch einmal über den Aberglauben. »Barudi«, sagte er, »als Jugendlicher habe ich meine Großeltern ausgelacht, weil sie so abergläubisch waren. Ihre Wohnung war voller Amulette gegen Neid und böse Blicke. Wenn ein leerer Leichenwagen vorbeifuhr, fassten sie schnell Eisen an. Sie glaubten an Magie und Zauber.

Aber wenn ich mich heute in Italien umsehe, blüht der Aberglaube noch viel mehr als damals. In Italien gibt es über hunderttausend Männer und Frauen, die als Wahrsager, Astrologen, Kartenleger, Gesundbeter, Handleser bestens leben. Und die Medien befördern den Boom dieser Scharlatane noch. Dagegen kommen auch hundert Gerichtsurteile wegen Betrug, krimineller Handlungen, Vergewaltigung, Irreführung der Behörden und Steuerhinterziehung nicht an. Nie zuvor sind so viele Italiener zu Magiern gerannt. Und sei es nur, um die Gewinnzahlen im Lotto im Voraus zu erfahren.

Die katholische Kirche leidet unter der schwindenden Zahl von Gläubigen, gleichzeitig sind Scharlatane beliebter als die heilige Maria oder Jesus. Daran trägt die katholische Kirche selbst Schuld, denn jahrhundertelang hat sie Verbrecher und Betrüger zu Heiligen erklärt.

Kannst du dir vorstellen, dass die Italiener im einundzwanzigsten Jahrhundert immer noch die Zahl siebzehn fürchten?«, fragte Mancini.

»Warum die Siebzehn? Bei uns ist es die Dreizehn«, erwiderte ich.

»Weil die Siebzehn angeblich Unheil bringt. Ein Anagramm der römischen Zahl XVII ergibt das Wort VIXI, was auf Latein bedeutet: Ich habe gelebt. Das heißt, ich bin tot.

Der französische *Renault 17* heißt deshalb in Italien *Renault 177*. In Hotels gibt es weder Zimmer 17 noch 117 oder 217.

Hellseher bekommen prominente Plätze im Fernsehen und in der

Regenbogenpresse. Sie prophezeien die Lottozahlen, Erfolg oder Misserfolg, Ehekrach oder Versöhnung mit Geliebten und Verwandten. Einer hat einem Klienten für viel Geld sogar eine Wohnung im Paradies reserviert. Als er eine Woche später von der Polizei verhaftet wurde, versagte seine Hellseherei. Er wurde zu einer langjährigen Haft verurteilt. Meine Tante behauptet, Gott hat ihm wegen unerlaubter Wohnungsvermittlung im Paradies den Beistand gekündigt.«

Das Thema Aberglaube begleitet mich seit meiner Geburt. Nicht meine Mutter, aber meine Großeltern und die Nachbarn waren alle abergläubisch. Sie nähten mal sichtbar, mal unsichtbar blaue Glasperlen an die Kleider eines neugeborenen Babys, um es vor Neidaugen zu schützen.

Manche Eltern kleiden ihre Jungen wie Mädchen und lassen ihnen die Haare wachsen, um den Teufel zu täuschen, weil er gern Jungen umbringt.

Meine Großmutter pflegte eine Wasserkanne aus Ton zu zerbrechen, wenn lästige Gäste das Haus verlassen hatten, damit die Geister dafür sorgten, dass diese Gäste nie wieder zu Besuch kamen. Nie in der Nacht den Boden kehren, mahnte sie, weil das die Engel in ihrem Schlaf stört und sie dann das Haus verlassen.

Bevor wir das ABC und die Summe aus vier plus drei lernten, wussten wir, dass schwarze Katzen Teufelstöchter sind, die man meiden soll.

Am meisten Angst hatte ich als Kind vor dem Plumpsklo, das in einer dunklen Ecke des Hofes lag. Es wurde von mehreren armen Familien benutzt. In der Grube wohnten, wie unsere Nachbarin immer erzählte, die bösesten Geister. Eines Nachts musste ich dringend aufs Klo. Meine Öllampe beleuchtete mir spärlich den Weg. Ich hockte über dem Loch, die Grube darunter war düster und stank, und ich hörte Geräusche, als würde sich jemand bewegen. Und plötzlich berührte mich etwas am nackten Hintern. Später wusste ich, es war ein verwirrter Falter, damals aber schrie ich laut auf und rannte davon.

Ich war fasziniert von jeder abergläubischen Handlung. Wenn ein

Trauerzug an einem Haus vorbeiging, schüttete man Salzwasser vor die Tür. Es hieß, dass sich Tote in der ersten Nacht unter der Erde sehr einsam fühlen, und deshalb kommen die Seelen zurück, um jemanden zu holen, der ihnen Gesellschaft leistet. Das Salzwasser aber hindert sie daran. Bis heute kriege ich Gänsehaut bei der Vorstellung der ersten Nacht unter der Erde.

Das alles bestimmte unser Leben und Denken in einem Dorf am Ende der Welt vor sechzig Jahren, aber was ist mit dem Aberglauben heute? Heute bietet ein Scharlatan seine Dienste auf höchstem technischen Niveau an. Er betreut seine abergläubische Kundschaft über Facebook und Twitter. Man findet die Preisliste auf seiner Internetseite: Je nach Position zahlt man zwischen 10 und 100 Dollar, für den ersehnten Ehemann 100 Dollar, garantierte Potenz in der Hochzeitsnacht 200 Dollar, absolute Herrschaft über den Ehemann 300 Dollar. Ein Imam schämte sich vor ein paar Wochen nicht einmal, im Radio zu behaupten, im Paradies spreche man Arabisch.

*

Schukri hat mir vor ein paar Wochen von einem raffinierten Trick eines Scharlatans berichtet. Eine wohlhabende Frau wollte unbedingt ein Kind. Nach vielen Ehejahren und zahllosen Medikamenten war sie sehr verzweifelt. Sie suchte einen Scheich auf, den ihre Nachbarin empfohlen hatte.

Der Scheich war ein athletischer junger Mann. Er fragte sie nach Namen, Alter und auch nach ihrer Adresse und schickte sie dann höflich weg, da er sich mit den Geistern beraten wollte. Sie sollte nach einer Woche wiederkommen. Sie kam und war erstaunt, wie viel er inzwischen über sie wusste. Er fragte nach ihrer kranken Mutter und ob sie wisse, dass ihr Mann mehrere Geliebte habe. Das wusste die Frau, aber sie erschrak, als der Scheich ihr auch die Namen ihrer Freundinnen und Feindinnen nennen konnte.

Sie wusste nicht, dass der Scheich einen befreundeten Privatdetektiv beauftragt hatte, sie auszuspionieren.

Die Frau war ihm nun vollkommen hörig und ergeben. Er verlangte eine große Summe Geld und empfahl ihr, vor dem Sexualverkehr mit ihrem Mann bestimmte Sprüche aufzusagen. Als das nichts half, behauptete der Scharlatan, er müsse ihr Inneres erkunden und es den Geistern vermitteln. Sie solle am Freitag gegen elf Uhr kommen, dann sei seine Seele nach dem Freitagsgebet rein und er könne diese heikle Aufgabe erfolgreich lösen. Die Frau kam am Freitag schon um viertel vor elf. Sie solle sich im Nebenraum ausziehen und auf das Bett legen, befahl ihr der Scheich fast unbeteiligt und kehrte zu seinem Gebet zurück. Der Nebenraum war dunkel. Eine kleine Lampe zeigte ihr den Weg zum Bett. Weihrauch stieg von einer großen kupfernen Schale auf. Die Glut zischte. Die Frau war wie benommen, als der Scheich nackt hereinkam. Er beruhigte sie, dass er nur der Vermittler zwischen den Geistern und ihrem Inneren sei. Dann drang er in sie ein und führte mit den Geistern ein Gespräch in einer Sprache, die sie nicht verstand. Sie spürte ihre Lust, denn anders als ihr Mann war der Scheich raffiniert zärtlich und rücksichtvoll. Sie genoss den Orgasmus.

»Mein Herr, wenn ein primitiver Mensch uns beobachtet hätte, würde er Ihre Vermittlung zwischen den Geistern und meinem Innern Ficken nennen«, sagte sie fast schüchtern.

»Das sah nur so aus. Denn in Wirklichkeit haben die Geister mit dir geschlafen. Sie haben jede meiner Bewegungen und Handlungen dirigiert. Ich bin nur ihr Instrument.«

Und siehe da, die Frau wurde schwanger. Bald machte sie unter ihren wohlhabenden Freundinnen Werbung für den Scharlatan, und der Scheich konnte sich vor Anfragen kaum noch retten.

Als ich diese Geschichte Mancini erzählte, lachte er herzlich und konnte gar nicht mehr aufhören.

*

Ich rief Nariman heute an, nur um ihr Lachen zu hören. So ein Lachen gibt es nur einmal auf der Welt. Und wenn sie lacht, fühle ich Kraft in mir aufsteigen. Narimans Liebe ist meine Tankstelle. Sie füllt mich mit Hoffnung.

*

Man hat uns alle unsere Sachen zurückgebracht, bis auf meine Dienstpistole und Mancinis Fotoapparat. Mancini fragte Scharif in scheinbar gleichgültigem Tonfall nach dem Grund. Scharif antwortete – wie immer – sehr direkt. Die Pistole habe er aufbewahren lassen aus Sorge um meine Sicherheit. Er kenne meine Wutanfälle und fürchte, dass ich in einem unbedeutenden Streit die Nerven verlieren, zur Pistole greifen und so mein Leben gefährden könne. Der Fotoapparat werde auf Geheiß des Geheimdienstchefs aufbewahrt, bis wir das Gebiet verlassen. Dies sei notwendig für die Sicherheit der Kämpfer. Fotografieren ist strengstens verboten.

Ich habe mit Major Suleiman telefoniert, ohne auch nur ein Wort über unsere Festnahme und Scharifs Gastfreundschaft zu verlieren. Nach ein paar Sätzen bemerkte ich Atifs schlechte Laune. Ich fragte ihn nach dem Grund. Er erzählte, dass der Präsident dafür gesorgt hatte, seinen, Atifs, Bruder aus dem Gefängnis freizulassen. Aber am selben Abend noch sei dieser in einem Nachtlokal gewalttätig geworden. Er hatte eine Tänzerin niedergeschlagen, die ihn nicht begleiten wollte, und den Barkeeper lebensgefährlich verletzt, der ihr zu Hilfe eilte.

»Willst du auf mich hören?«, fragte ich.

»Ja, gern«, antwortete Suleiman. Seine Stimme klang müde.

»Geh in die Offensive, suche den Präsidenten auf und bitte ihn, deinen Bruder im Gefängnis schmoren zu lassen, bis er sein verdientes Urteil bekommt. Geh persönlich zu der Tänzerin und zur Familie des verletzten Barkeepers und bitte sie, mithilfe eines guten Anwalts Anzeige gegen deinen Bruder zu erheben. Von sich aus werden sie den Bruder von Major Suleiman, einen Cousin des Präsidenten, nicht anklagen. Niemand wird es ohne deine Unterstützung wagen.«

»Mensch, Barudi, den ersten Gedanken habe ich auch schon gehabt, und der zweite ist genial. Ich werde deinen Rat befolgen, ich werde ihnen sogar meinen Anwalt empfehlen. Er ist ebenfalls ein Cousin des Präsidenten und kann meinen Bruder nicht ausstehen. Ich muss diesen Mistkerl stoppen, sonst wird er mich noch ruinieren. Ich danke dir. Viel Spaß in den Olivenhainen des Nordens«, fügte er noch hinzu. Ich grinste.

Ich rief meinen Assistenten Nabil an. Dieser berichtete, die Rund-um-die-Uhr-Überwachung des Scheichs habe noch keine nützlichen Hinweise ergeben. Nur, dass er ein Verhältnis mit seiner Sekretärin hat.

Das interessiert mich aber nicht.

Nabils neuerliche Recherchen zu Bischof Tabbich und sein Gespräch mit ihm haben nichts anderes ergeben, als dass der Bischof ein sanfter Mann ist, der zwar dem Besuch des Kardinals sehr kritisch gegenüberstand, ihn aber dennoch sehr schätzte.

*

Beinahe hätte ich es vergessen. Wir, Scharif, Mancini und ich, debattierten lange über die Entwicklung im Orient. Ich kann nicht mehr alle Argumente wiedergeben, aber es kristallisierte sich ein Bild heraus, das mir die Entwicklung in dieser Region erklärt: Der Ausverkauf der arabischen Länder durch einige wenige, die verantwortungslos alle Ressourcen verkaufen, egal an wen, Hauptsache der Betrag für die eigene Tasche stimmt. Eine unvorstellbare Menge Geld wurde für Prachtpaläste und Prestigeprojekte aus dem Fenster geworfen. Gaddafi hat in der Wüste Tomaten anbauen lassen, von denen das Kilo etwa fünfzig Dollar kostete. Die arabischen Herrscher haben eine unsagbare Menge an Gold und Juwelen auf ihren Konten und in ihren Depots im europäischen Ausland liegen, und das Volk lebt in bitterem Elend. Eines Tages werden diese Konten von den Amerikanern oder Europäern beschlagnahmt werden. Gründe dafür wird man immer finden.

Vernünftige und tapfere Reformer haben angesichts der Ungeduld und Rachefantasien der Elenden keine Chance. Und genau hier kommen die Waffen ins Spiel: Waffen wirken auf die Jugend wie ein Allheilmittel, deshalb schließen sich massenhaft junge Menschen den Kämpfern an. Sie wollen alles verändern, mit Gewalt und schnell. Deshalb scheitern sie. Die Strukturen innerhalb und außerhalb einer Kampfgruppe sind die gleichen. Sie sind menschenverachtend und reaktionär. Scharifs »Islamische Republik« ist keinen Deut besser oder menschenwürdiger als das Regime in Damaskus oder Kairo oder Riad.

Mancini sagte vorhin zu mir: »Fanatiker kennen keinen Zweifel, deshalb sollte man Kindern in der Schule von der ersten Klasse an die Philosophie des Zweifelns beibringen.«

*

36.

Die Versklavung der Befreiten

Als Barudi am frühen Morgen aufwachte, war Scharif nach Aussage des Wächters schon auf eine Mission in den Westen gefahren. Mehr erfuhr er nicht. Er fühlte, er brauchte frische Luft, und nahm es in Kauf, unter Bewachung spazieren zu gehen. Allerdings stellte er die Bedingung, dass ihn nur Syrer begleiteten. Der Emir der Wächter war ein Damaszener aus dem Midan-Viertel. Er lächelte Barudi an. »Herr Nachbar, Ihr Wunsch ist mir Befehl«, heuchelte er untertänig.

Barudi ging raschen Schrittes, und je weiter er sich von dem Gebäudekomplex entfernte, desto friedlicher wurde die Umgebung. Die Luft war an diesem sonnigen Wintertag erfüllt von einem seltsam aromatischen Duft nach Thymian, wilder Minze und Harz, der Barudi an seine früheren Besuche vor über vierzig Jahren in der Gegend erinnerte, als er noch in Aleppo Jura studiert hatte. In der Ferne lagen Olivenhaine, so weit das Auge reichte, ein grünsilbernes Meer, und dazwischen verstreut kleine, leuchtend grüne Pinieninseln.

Die Gegend wurde seit dem dritten Jahrtausend vor Christus erwähnt, weil die berühmte Seidenstraße hindurchführte. Nicht nur die Handelskarawanen, sondern auch alle Eroberer aus dem Norden kamen durch diese Region und gründeten kleine Städte oder Dörfer, die zum Teil noch heute bestehen. Hier haben Archäologen aus Rom unter Leitung von Paolo Matthiae die legendäre Stadt Ebla entdeckt, die im dritten Jahrtausend vor Christus ein mächtiger Stadtstaat war und das Gebiet zwischen Euphrat und Mittelmeer beherrschte. In einem Archiv lagern zwanzigtausend Tontafeln mit Keilschrift, Zeugen einer hochentwickelten Kultur.

Barudi ging fast eine Stunde und erreichte das Dorf Kulmakan. Er freute sich, dass am Dorfplatz bereits ein Café geöffnet hatte. Er bestellte ein Käsesandwich und Tee für sich und die drei Wächter, die an einem Tisch einige Meter weiter Platz nahmen. Gemächlich aß er sein Brot. Kurz darauf war Lärm zu vernehmen. Schwarzgekleidete Soldaten führten drei Gefangene zum Dorfplatz, gefolgt von schreienden Frauen und Kindern. Die Soldaten bildeten einen Kreis, in dessen Mitte ein Mann vor den knienden Gefangenen ein Urteil verlas, das Barudi wegen des Lärms kaum verstand. Soweit er es sich zusammenreimen konnte, ging es bei zwei Bauern ums Rauchen und beim dritten um eine Flasche Wein, die man bei einer Durchsuchung in seinem Haus gefunden hatte. Der Richter hob genervt die Hand, und seine Soldaten brüllten die Zuschauer an, endlich ruhig zu sein. Eine bedrückende Stille trat ein.

Barudi sprang auf, ihm folgten wie ein Schatten die drei Wächter.

»Was machen Sie da?«, rief er dem Richter zu. Dieser beachtete ihn nicht, gab stattdessen einem großen Mann mit Peitsche ein Zeichen. Dieser begann daraufhin, die Männer, einen nach dem anderen, auszupeitschen.

»Was machen Sie da?«, schrie Barudi erneut und schob sich durch die versammelten Menschen.

Als er den ersten Soldaten erreichte, richtete dieser sein Gewehr auf ihn. »Noch einen Schritt und du bist tot«, sagte er mit unbewegtem Gesicht. Die drei Wächter, die Barudi gefolgt waren, zerrten ihn zurück. In diesem Augenblick schrie einer der Gepeitschten in die bedrückende Stille hinein: »Das soll eine Befreiung sein?« Seine Stimme klang bitter. »Der Diktator«, rief er nach zwei weiteren Hieben, »hat uns gequält und ihr quält uns, wohin sollen wir fliehen? Gott soll euch bestrafen.« Er weinte laut.

»Halt den Mund, Sünder«, rief der Richter kalt.

Die Wächter hatten Barudi inzwischen von der Menge entfernt. »Entschuldigen Sie«, sagte einer der drei, »aber die Situation war lebensgefährlich, und das dürfen wir nicht zulassen. Befehl unseres Emirs.«

Barudi betrachtete das Gesicht des Mannes, ein blasser Schuljunge mit zu viel Bart, dachte er und verließ mit seinen Wächtern den Dorfplatz.

Als er zum Haus zurückkehrte, frühstückte Mancini bereits. »Wo warst du?«

»In der Hölle«, sagte Barudi und nahm das Teeglas entgegen, das ihm Mancini reichte.

»Iss was«, ermunterte Mancini ihn.

»Mir ist nicht danach zumute.«

Barudis Handy klingelte. Es war Major Suleiman. Der Privatsender Dunia hatte ein zweites Bekennerschreiben der Islamisten gemeldet, in dem wiederum genaue Informationen über die Leiche des Kardinals erwähnt wurden. Die konnte nur ein kleines Team in der Kriminalpolizei kennen, meinte der Major.

»Das stimmt nicht«, widersprach Barudi, »inzwischen wissen alle, die mit dem Fall zu tun hatten, Bescheid. Wo das Leck ist, kann man kaum feststellen. Es kann bei uns, in der Gerichtsmedizin, im Geheimdienst, im Innen- wie im Außenministerium, in der italienischen oder vatikanischen Botschaft sein. Am besten ignorieren wir die Mitteilung und arbeiten weiter«, sagte Barudi. Zu seiner Überraschung aber war sein Chef gänzlich anderer Meinung.

»Ja, du machst mit deinem Kollegen weiter wie bisher und wie es dir gefällt. Ich aber werde hier eine Untersuchung in Richtung Islamisten durchführen. Eine gemischte Truppe wird mir direkt unterstellt und soll sich ausschließlich mit den Islamisten beschäftigen. Gemischte Truppe bedeutet, drei der Männer sind vom Geheimdienst, Abteilung Islamisten, und drei Assistenten hat mir der Innenminister aus der Abteilung »Bekämpfung krimineller Gruppen« zugeteilt. Übrigens, der Italiener darf davon nichts wissen, damit wir uns verstehen. Das kam von oben.«

»Meinst du von Gott?«, fragte Barudi giftig.

»Barudi, mein lieber Freund. Es ist mir nicht nach Scherzen zumute. Eines Tages kann ich dir alles erzählen, aber vertraulich.«

Barudi war sprachlos. All das hatte Suleiman heimlich hinter seinem Rücken eingefädelt, er hatte sich sogar mit dem Geheimdienst und mit dem Innenminister verschworen, den er angeblich nicht ausstehen kann!

Wahrscheinlich fügte und krümmte er sich vor dem Geheimdienst aus purem Opportunismus. Barudi verabschiedete sich förmlich und legte auf.

Sein erster Gedanke war, das Handtuch zu werfen. Er verfluchte sich, Suleiman, das Land und den Himmel, dann aber beruhigte er sich. Ein anderer Gedanke war ihm gekommen, und er wollte offen mit Mancini darüber reden. Wenn dieser beschloss, Syrien auf der Stelle zu verlassen, war der Fall erledigt.

»Warum ärgerst du dich? Das ist doch gut«, sagte Mancini, nachdem Barudi ihm von seinem Verdacht erzählt hatte. »Für uns beide ist es schwer, in die geheimen Islamistengruppen vorzudringen. Lass ihn ruhig zusammen mit dem Geheimdienst im Sumpf der Politik, der Mafia und der Sippen wühlen. Es kann uns nicht schaden, wenn wir neue Erkenntnisse bekommen. Ich muss sagen, auch ich habe einen gewissen Verdacht. Nicht gerade Scharif, aber eine andere rivalisierende islamistische Gruppe versucht vielleicht, durch solch spektakuläre Aktionen bekannt zu werden.« Mancini dachte kurz nach. »Und es besteht auch die Möglichkeit, dass Suleiman unter Druck steht und aus Solidarität zu dir die Führung dieser bescheuerten Truppe an sich gezogen hat, damit der Geheimdienst oder sein Intimfeind, der Innenminister, keine Lügen verbreiten kann. So gesehen wäre sein Handeln lobenswert. Das kenne ich aus Italien. Seine Entscheidung, dieser Truppe vorzustehen und uns Rückendeckung und freie Hand zu geben, ist lebensgefährlich. Auch das kenne ich aus Italien.«

Barudi war sprachlos und nickte nur. Er musste zugeben, dass seine Reaktion gegen Suleiman eher seiner Abneigung gegen den Geheimdienst und die herrschende Partei entsprang als seiner Erfahrung als Kriminalist.

»Du bist ein kluger Teufel«, sagte er, und in seiner Stimme lag tiefe Dankbarkeit.

»Und du bist ein Heiliger, bald besetzen deine Anhänger einen Berg für dich, und ich kassiere von den armen Seelen, die dich aufsuchen, das Geld. Und jetzt iss was, sonst werde ich sauer.«

Barudi lachte und spürte plötzlich seinen Hunger. Er griff nach einem Brot, und Mancini grinste.

Und dennoch, wie die Borsten eines Igels stachen Barudis üble Vorahnungen gegen seine Schädeldecke.

37.

Alis Berichte

Gegen elf Uhr setzten sich Barudi und Mancini an Barudis Laptop. Assistent Ali hatte sich per E-Mail gemeldet: *Ich habe bei Gott eine Verlängerung des Tages auf 36 Stunden beantragt. Antrag wurde abgelehnt. Liebe Grüße, Ali.*

Der Anhang enthielt zwei separate Berichte:»Die Familie der Heilerin Dumia« und»Die Familie des Kardinals Buri«.

»Ali ist ein tüchtiger und zuverlässiger Kerl«, sagte Mancini anerkennend.

Barudi nickte und war so von Dankbarkeit erfüllt, dass er sein Handy nahm und seinen Assistenten anrief.»Ich wollte dir danken … Nein, noch nicht, wir wollen gerade anfangen, aber ich dachte, bevor mich der Tag auffrisst, sage ich dir ein freundliches Wort … Ja, der Italiener bringt mir Benehmen bei«, schloss er lachend.

»Womit sollen wir anfangen?«, fragte Mancini.

»Mit dem Bericht über den Buri-Clan«, antwortete Barudi und begann vorzulesen:»Der Berater und langjährige Freund des Papstes, Kardinal Buri, ist Halbsyrer. Sein Vater stammt aus Derkas, seine Mutter war Deutsche. Buris Vater studierte Ende der zwanziger Jahre Medizin in Paris und heiratete dort die deutsche Medizinstudentin Marianne Förster, die schwanger von ihm war. Gemeinsam kehrten sie nach Syrien zurück. Marianne brach ihr Studium ab. Sie wurde von der Familie Buri nie akzeptiert. Sie brachte drei Kinder zur Welt: Georg, Samia und Theophil. Ein Jahr nach Theophils Geburt, 1946, starb sein Vater bei einem Autounfall. Der Hass der Familie wurde für Marianne unerträglich. Anlässlich eines Besuchs bei ihrer Familie in Hamburg wollte sie mit den Kindern flüchten, aber die Sippe erlaubte ihr nur, das Baby Theophil mitzunehmen. Georg und das kleine Mädchen Samia sollten in Syrien bleiben. Marianne kehrte nie zurück. In Deutschland nahm sie ihr Studium wieder auf und wurde Ärztin, hatte aber immer Pech mit Männern. Theophil wuchs in einer gestörten Beziehung zu seiner Mutter auf. Er schämte sich für ihren flatterhaften Lebenswandel und ihre Affären und hatte zugleich Mitleid mit ihr. Mit neunzehn begann er, in Münster Theologie und Philosophie zu studieren. Er war einer der wenigen deutschen Theologen, die sich mit dem Islam beschäftigten. In Münster freundete er sich mit Josef Ratzinger an, den späteren Papst. Buri wurde Berater des Papstes in Sachen arabische und islamische Welt.

Nach dem Tod seiner Mutter suchte er Kontakt zu seiner Sippe in Derkas. Dort war man sehr stolz auf ihn. Sein Bruder Georg war ein Angeber und Freund der Mächtigen. Bald waren die beiden ein Herz und eine Seele. Nicht so mit der Schwester Samia. Sie schlug nach der Mutter und lebte sehr bescheiden in Damaskus. Von der Sippe wurde sie boykottiert. Auch Theophil brach seine Beziehungen zu ihr ab.

Theophil Buri ging mit Josef Ratzinger nach Rom und wurde schnell sehr mächtig im Vatikan, weil er klug und ungeheuer wendig war. Bereits nach kurzer Zeit hatte er eine starke Lobby oder, wie seine Feinde sagen: eine Hydra aus Kardinälen, Experten, Bankern, Militärs, Politikern und Journalisten um sich geschart. Dabei half ihm, dass Ratzinger eine schwache Persönlichkeit war.

Er sah zu, wie Buri immer mächtiger wurde, und statt ihm die Flügel zu stutzen, hatte er zunehmend Angst vor ihm.

In Derkas war Theophils Bruder Georg inzwischen seinerseits reich und mächtig geworden. Er beherrschte zusammen mit einem Cousin des Präsidenten die halbe Wirtschaft des Nordens. Nicht nur seine Schwester, sondern auch der katholische Patriarch in Damaskus äußerte Bedenken gegenüber dem Buri-Clan. Hinter vorgehaltener Hand sagte der Patriarch, der Handel mit Drogen und Waffen gehe zu einem guten Teil auf Georgs Konto. Offiziell wollte er sich dazu nicht äußern.«

Als Barudi zu Ende gelesen hat, klingelte sein Handy. Es war Scharif, der mit ihm reden wollte.

»Geh ruhig«, sagte Mancini, als Barudi zögerte, »vielleicht geht es um etwas Privates. Ich überfliege inzwischen den zweiten Bericht über die Familie der Heilerin.«

Als Barudi zwei Stunden später zurückkehrte, hatte Mancini bereits den Laptop ausgemacht und las eine Zeitschrift, die er sich von einem der Wächter geliehen hatte.

»Lass uns zwei Schritte ins Freie tun, ich brauche frische Luft«, schlug Barudi vor. Mancini verstand sofort und sprang auf. Am Ende des Gangs gab er dem Wächter die Zeitschrift zurück und informierte ihn, dass sie nur ein bisschen frische Luft schnappen wollten. Der Wächter nickte und zückte gleich sein Smartphone.

Sie hatten noch keine zwei Schritten ins Freie getan, da tauchten zwei bewaffnete Wächter auf, winkten freundlich und folgten Barudi und Mancini in einigem Abstand.

»Deine Ahnung war richtig«, begann Barudi. »Scharif hatte tatsächlich das Bedürfnis, privat mit mir zu sprechen.«

»Du musst es mir nicht erzählen, wenn es sehr intim ist. Fühle dich bitte nicht verpflichtet.«

»Mein lieber Freund«, fuhr Barudi sehr leise fort, »ich möchte dich nicht beunruhigen. Wir beide haben die moralische Pflicht, ein Verbrechen aufzuklären, mehr nicht. Allerdings schweben wir dabei in Lebensgefahr. In solchen Augenblicken fühle ich mich dir so nahe wie keinem anderen Menschen ... bis auf Nariman. Also teile ich alles mit dir.«

»Danke, ich fühle dir gegenüber genauso, und ich spüre die Gefahr, die von jedem dieser Fanatiker ausgeht. Scharif ist unser Schutzengel, aber was passiert, wenn er im Kampf fällt? Werden sie uns nicht binnen kürzester Zeit abmurksen?«

»Hör zu, Scharif hatte das Bedürfnis, mit mir über Basma, meine verstorbene Frau, zu reden. Er fragte mich eine Stunde lang über sie aus und bekam nicht genug. Zwischendurch weinte er wie ein Kind, dann wieder lachte er herzlich, wenn ich ihn an eine lustige Begebenheit erinnerte. Ist das nicht irre, ein kaltblütiger Stratege und Emir einer ganzen Region verwandelt sich in ein Kind, das gern an die glücklichen Tage mit seiner

Pflegemutter zurückdenkt? Aber dann kam der Hammer«, Barudi legte absichtlich eine Pause ein, weil einer der Wächter näher kam.

»Entschuldigen Sie«, fragte dieser höflich, »stimmt es, dass Sie mit unserem Emir verwandt sind?«

»Ja«, sagte Barudi und lächelte.

»Und wie ist es möglich, dass Sie Christ sind und er Sunnit ist?«

»Ich bin sunnitischer Christ«, sagte Barudi ernst, »und nun lassen Sie uns in Ruhe, wir müssen etwas Wichtiges besprechen.« Barudis Stimme hatte Befehlston angenommen.

Kopfschüttelnd ging der junge Islamist davon.

»Scharif hat vier Frauen, und er fühlt sich mit keiner von ihnen wohl.«

»Vier Frauen?«, wunderte sich Mancini.

»Ja, in vier Dörfern, und er hat über zwanzig Kinder. Aber er würde sie am liebsten alle verlassen, obwohl sie bildhübsch und ihm ergeben sind.«

»Warum denn das?«

»Er sucht verzweifelt nach der großen Liebe, nach einer Frau, die seine Basma werden könnte.«

»Armer Trottel«, sagte Mancini.

»Trottel hin oder her. Aber du siehst, welche Heuchelei hier herrscht. Enthaltsamkeit predigen und wie ein Hase ficken.«

»Nur Männer, wohin der Blick reicht«, sagte Mancini. »Die Maßnahmen der Islamisten zielen darauf ab, alles Weibliche aus der Öffentlichkeit, aus der Gesellschaft verschwinden zu lassen. Frauen dienen nur der Befriedigung der Männer und werden dazu hinter Mauern gefangen gehalten. So eine Gesellschaft muss am Ende scheitern, weil sie mit halber Kraft Probleme zu stemmen versucht, die wir in Europa mit Frauen und Männern gerade eben bewältigen können.«

Sie machten kehrt, und nach einer Teepause lasen sie gemeinsam Alis Bericht zu Ende.

38.

Die Farben eines Chamäleons

Noch gab es kaum Informationen über die Suche nach den Mördern in dem Gebiet, in dem der Kardinal und sein Begleiter verschwunden waren. Nach vier Tagen ließ Scharif die beiden wissen, seine Männer hätten jetzt eine Fährte aufgenommen, die sie verfolgen wollten.

Barudi und Mancini telefonierten oft mit ihren Kollegen in Rom und Damaskus. Immer wieder hatte Barudi das Gefühl, sich trotz all seiner Erfahrung in einer Sackgasse zu befinden. Er konnte nur hoffen, dass der oder die Täter irgendwann einen Fehler begingen und die Mauer, vor der er und Mancini standen, in sich zusammenfiele.

Am Morgen des sechsten Tages bat Barudi Scharif um die Erlaubnis, nach Derkas zu fahren, um den Bergheiligen zu sprechen. Scharif stutzte. »Du willst zu diesem Halunken?«

»Ja, weil er der Letzte war, der den Kardinal und seinen Begleiter gesehen hat. Ich vermute, dass der Mord vom Buri-Clan beauftragt wurde, der dort residiert und für den, wie ich dir erzählt habe, der Kardinal ein Erzfeind war.«

»Ich hasse den Buri-Clan«, führte Scharif jetzt aus. »Er hat uns bei der Befreiung dieses Gebietes mehr Probleme gemacht als das Regime, aber wir haben ihn und seine Söldner besiegt. Darauf zog er sich mit diesem angeblichen Heiligen nach Derkas zurück.

Ich stelle euch einen zuverlässigen Mann an die Seite. Er wird euch begleiten und am ersten Kontrollpunkt, zwei Kilometer vor Derkas, auf euch warten, während ihr bei den Bergscharlatanen seid. Dann wird er euch wieder hierher zurückbegleiten. Ich lasse nach dem Bruder schicken. Es kann etwas dauern. Bitte wartet auf ihn.« Mit diesen Worten ging Scharif.

Barudi und Mancini warteten lange. Sie brüteten über den bisherigen Ergebnissen der Ermittlungen und vielen offenen Fragen. Zur Mittagszeit brachten zwei Männer ein großes Tablett mit Essen. Reis, Gemüse und Fleischbällchen und eine Orange zum Nachtisch. Nach dem Essen diskutierten sie wieder, aber sie kamen nicht vom Fleck.

Plötzlich sprang Mancini auf und schlug sich mit der flachen Hand an die Stirn. »Sind wir denn die ganze Zeit blind gewesen!«, rief er laut.

Barudi lachte. »Nein, ich bin es jedenfalls nicht. Ich sehe einen völlig ausgeflippten Italiener vor mir.«

Mancini überhörte die Bemerkung. »Hier steht es doch, in Alis zweitem Bericht. Ich wollte vorhin schon mit dir darüber sprechen, und dann habe ich es vergessen«, sagte Mancini aufgeregt. »Die Leiche ... die Leiche des Kardinals war doch professionell wieder zusammengenäht, oder? Hier steht es.« Er wies auf den Bericht der Gerichtsmedizin. Barudi musste nicht nachlesen, er kannte den Text fast auswendig. »Dumias Bruder«, fuhr Mancini fort, »ist ein bekannter Schönheitschirurg. Das stand in Alis Bericht. Er war es ... er war es, der die Leiche perfekt wieder zugenäht hat.«

»Ja, er ist Chirurg. Aber erstens ist er ein Angsthase, das steht auch in dem Bericht, und zweitens beherrscht so einen Eingriff jeder durchschnittliche Chirurg, wie mir Professor Amjad, der Chef der Unfallchirurgie in Damaskus, versichert hat. Aber ...«, Barudi hielt einen Moment lang inne, »wenn du meinst, können wir hier noch etwas tiefer schürfen ...«

Barudi rief Nabil an und trug ihm auf, herauszufinden, ob Dumias Bruder, der Chirurg, in der ersten Novemberhälfte Damaskus für längere Zeit verlassen habe. Er solle aber nicht bei dessen Sekretariat anfragen, um keine schlafenden Hunde zu wecken. »Was meinst du? Gibt es andere Wege?«, fragte Barudi scheinheilig und grinste dabei Mancini an.

»Ich würde mit einem Freund in die Praxis gehen und den Terminkalender kopieren«, antwortete Nabil, und man merkte, dass er sich Mühe gab, cool zu wirken. Genau das hatte Barudi erreichen wollen, ohne die strafbare Handlung aber direkt in Auftrag zu geben. Er wusste, Nabil konnte auf jedes Gesetz pfeifen und agieren, wie es ihm beliebte, ohne dass er eine Strafe zu befürchten hatte.

»Und wie lange brauchst du dafür?«, erkundigte sich Barudi.

»Acht bis zehn Tage, schätze ich«, antwortete Nabil.

»Was?! Gott hat die Erde in sieben Tagen geschaffen.«

»Meinetwegen«, sagte Nabil, »aber er war nicht auf die Hilfe meiner unzuverlässigen Verwandten angewiesen.«

Barudi legte lachend auf und erzählte Mancini, was Nabil gesagt hatte.

»Mein lieber Freund«, erwiderte Mancini, »du lernst sehr schnell, verbrecherische Methoden anzuwenden. Und dabei bist du der best-getarnte Fuchs, dem ich je begegnet bin. Wenn man dich sieht, denkt man, du seist im Kloster aufgewachsen …«

»Im Kloster!«, rief Barudi und mimte den Beleidigten. »Um Gottes willen, so schlimm ist es?«, fügte er hinzu und lachte. »Aber um ehrlich zu sein, wir müssen wirklich in alle Richtungen stochern.«

Barudi und Mancini waren sehr angetan von ihrem Begleiter. Der Mann, Mitte sechzig, grauhaarig, ebenfalls schwarz gekleidet und mit der obligatorischen Kalaschnikow ausgerüstet, stellte sich als Bruder Kassim vor und begrüßte sie freundlich. Sein Dialekt war eindeutig: Der Mann stammte aus dem Süden wie Barudi.

»Unser geliebter Emir Scharif hat mich auserwählt, euch zu begleiten, weil ich den Scharlatan vom Berg seit über vierzig Jahre kenne. Ich war bisher an der Front im Norden, aber Scharifs Wunsch ist mir Befehl. Darf ich euch beide zu einem Tee einladen? Ich habe noch nichts gegessen. Unten in der Kantine haben sie gerade das Mittagessen beendet. Es ist bestimmt noch etwas übrig.«

Sie folgten dem Mann und betraten zum ersten Mal die Kantine im Keller. Ein großer Saal mit glänzendem Boden und großen Tischen. Auch die Theke sah appetitlich aus, nicht aber die bärtigen Männer, die dahinterstanden und bedienten. Sie wirkten verschwitzt und ungepflegt. Barudi und Mancini nahmen an einem Tisch Platz, während ihr Begleiter zur Theke ging.

»Weit und breit keine Frau, langsam verzweifle ich an der Schöpfung Gottes. Hat er in dieser Gegend nur Adams produziert?«, giftete Mancini, während ihr Begleiter etwas zu essen für sich und Tee für Barudi brachte. Mancini enthielt sich.

Nach dem Essen fuhren sie mit Barudis Auto los.

»Du sagtest, du kennst den Bergheiligen« begann Barudi.

»Und ob ich ihn kenne«, antwortete Kassim und lachte. »Ich habe den Scharlatan vor etwa vierzig Jahren hier in den Bergen kennengelernt. Ich komme aus einem Dorf bei Daraa im Süden und war mit fünfzehn bereits in der kommunistischen Jugend. Die Zeit bei den Gottlosen war langweilig, immerzu sollten wir irgendwelche Errungenschaften der Sowjetunion wiederkäuen. Danach bin ich einer Gruppe von Maoisten beigetreten. Wir waren nur neun Mitglieder, wir hassten die Russen. Und wir bekämpften den Papiertiger, wie Mao die Amerikaner nannte, mit Papier. Das hat mich eine Weile amüsiert, aber dann spaltete sich die Gruppe in zwei verfeindete ›Parteien‹. Die einen nannten sich Marxisten. Das waren die vier Söhne der Sippe Schahin. Die anderen nannten sich Marxisten/ Leninisten. Das waren die vier Jungs von der Sippe Badran. Ich gehörte keiner der Sippen an und hatte keinen richtigen Platz mehr. Mit zwanzig schloss ich mich in Damaskus der ›Roten Freiheit‹ an, einer Gruppe, die unsere Misere begriffen hatte und die einzige Lösung darin sah, das Regime mit der Waffe zu stürzen. Hier lernte ich den Scharlatan kennen. Er war jung, aber er hatte bereits eine führende Position in der Organisation inne. Und er besaß Charisma. Es wurde allerdings viel über seine sexuellen Abenteuer erzählt. Als der Geheimdienst Ende der achtziger Jahre die ›Rote Freiheit‹ zerschlug, flüchtete ich nach Jordanien zu den Palästinensern und von dort nach Afghanistan, wo ich unter der Führung von Osama bin Laden gegen die Russen gekämpft habe. Fast ein Jahrzehnt später lernte ich Scharif kennen, der bald zu einem der führenden Emire im Kampf für den Islam wurde. Gott hat ihn mit einer besonderen Begabung ausgestattet, Menschen zu führen. Inzwischen sind wir unzertrennlich.«

»Und was weißt du nun über den Bergheiligen?«, unterbrach ihn Barudi.

»Wie ich erst spät erkannt habe, war der Scharlatan kein Revolutionär, sondern ein Krämer, ein Bauchladenhändler, der immer das verkauft hat, was sich schnell und gut verkaufen ließ. Er behauptete, Revolutionär zu sein, als es in der Dritten Welt Mode war, alles mit der Waffe zu regeln, Meister der Selbstlosigkeit, als der Diktator selbstherrlich triumphierte, Heiler, als viele erkrankt waren, und gar Heiliger, als die Gesellschaft krank wurde. Besser als ein Chamäleon ist er in der Lage, sich seiner Umgebung anzupassen, er ist ein Meister der Verwandlung. Zwar wurde er immer wieder verhaftet, aber er kam jedes Mal mit einem blauen Auge davon.

Eine Zeit lang war er revolutionärer Sufi und hatte eine riesige Zahl von Anhängern, die sich ›die Selbstlosen‹ nannten. Sie vertreten einen ursprünglichen, primitiven Sozialismus ohne Führung und ohne Partei, der auf der Überzeugung aufbaut, dass nur Verzicht die Menschheit rettet. Nur Verzicht ermöglicht Gerechtigkeit. Kein schlechter Gedanke, muss ich sagen. Aber unser Scharlatan verließ plötzlich die Gemeinde, die ihn bis heute verehrt und nach wie vor glaubt, er sei umgebracht worden. Er aber verpuppte sich wie eine Raupe. Ein bunter Schmetterling namens ›Der Erleuchtete‹ kam zu Vorschein, dessen Lehre vor allem von der Befriedigung der animalischen Lust handelt. Ein Flickwerk aus chinesischer, indischer, altpersischer, arabischer und griechischer Lebensweisheit. Der Körper gilt als wichtigster Teil der Seele und nicht nur als ihr Träger oder Haus. Hier gibt es Massage statt Lehre, Sex statt Gebet, Alkohol- und Drogenrausch statt philosophischer Erkenntnis. Die Reinigung der Seele wird nicht mehr durch Reue oder Buße vollzogen, sondern durch feine Kleidung und luxuriöse Parfums. Auch hier hinterließ der Scharlatan, als er ging, ein Heer zerstörter Seelen.

Bei seiner dritten Wiedergeburt an einem anderen Ort war er ein Meister der inneren Werte. Die äußere Welt interessierte ihn nicht mehr. Das Paradies lag nicht mehr im Jenseits oder in einer gerechten diesseitigen Gesellschaft, sondern einzig und allein im Innern eines jeden Menschen. Eine dubiose Einstellung, die sogar vom Diktator begrüßt wurde. Der Körper war nun verpönt, war er doch Kerker für die unsterbliche Seele und ihre Wiedergeburt.

Um solche Verwandlungen zu bestehen, muss man ein Gewissen aus Teflon oder Keramik besitzen, an dem alles abperlt. Es machte dem Kerl gar nichts aus, das gestern Gesagte heute auf den Kopf zu stellen. Und jetzt begann er auch mit der Magie und der Heilung von Kranken. Bald war er so berühmt, dass er selbst im Mittelpunkt stand, nicht mehr eine Bewegung oder eine Philosophie oder irgendwelche Ideale. Für mich ist diese Stufe die raffinierteste Wiedergeburt. Er und nur er war das Zentrum des Universums. Aber er verschwand erneut und ließ seine Anhänger in ihrem inneren Paradies Qualen leiden.

Um das Jahr 2005 tauchte er hier in einem Bergdorf als Heiliger auf und wurde von nun an Bergheiliger genannt. Bald besetzten seine Anhänger alle Ämter in den Dörfern ringsum. Er brachte es fertig, die zwei mächtigsten Clans zu versöhnen, die sich in einem jahrzehntelangen Krieg befanden, den Buri-Clan und den Ismail-Clan. Er überzeugte sie, ihre Geschäfte gemeinsam zu betreiben. So regulierte er den Handel mit Drogen, Waffen, Olivenöl und Wein, was beiden Clans Milliarden einbrachte. Sie beschützten ihn im Gegenzug und machten Propaganda für ihn.

Heilig ist er nicht, aber man muss fairerweise sagen, dass er tatsächlich eine geheimnisvolle Kraft, magisch heilende Hände besitzt.«

»Wirklich?«, vergewisserte sich Mancini.

»Ja, in der Tat. Er hat meine Cousine von einem Gehirntumor geheilt, obwohl sie Atheistin ist«, antwortete Kassim. Barudi nickte, er erinnerte sich an die Fernsehsendung.

»Aber inzwischen hat er eine andere Dimension erreicht. Er hat ein kleines Buch geschrieben. Ich habe es gelesen. Nichts stammt von ihm. Es ist eine Mischung aus den Weisheiten und Sprüchen der Philosophen, Propheten und Reformer der Welt. Man findet darin Einstein neben Buddha, Muhammad, Jesus oder Sokrates.

Auch von der Regierung bekam er Rückhalt, denn der Heuchler betont stets aufs Neue, dass der Diktator kein gewöhnlicher Herrscher sei, sondern von Gott auf diesen Posten gesetzt. Manchmal denke ich, der Mann hat recht, denn Gott hat nicht nur einen guten, sondern auch einen bitterbösen Willen. Habt ihr eure Bibel gelesen? Darin steht wie in unserem Koran auch einiges über den hasserfüllten Gott, der ganze Völker mitsamt den Kindern vernichtete, nur weil Hunderte oder meinetwegen auch Tausende gesündigt haben.«

»Das ist aber das Alte Testament.« Barudi wollte sich als Christ distanzieren.

»Hör mal, und was steht im Neuen Testament, eurem Evangelium? Hat Gott nicht seinen eigenen Sohn fallen, quälen und kreuzigen lassen? Er muss den Sohn so sehr gehasst haben, dass er den Römern erlaubt hat, ihn zu töten, obwohl er mit seinem kleinen Finger das Römische Reich in einer Sekunde in ein Sumpfgebiet und alle Römer in Ameisen hätte verwandeln können. Deshalb glauben wir Muslime, dass Gott Jesus im letzten Augenblick gerettet und lebend zu sich in den Himmel geholt hat. An seiner Stelle wurde ein ihm ähnlich sehender Mann gekreuzigt, ohne dass jemand den Unterschied merkte.«

»Sagenhaft«, sagte Mancini beeindruckt.

»Und heute«, setzte Kassim seine Rede fort, »ist der Scharlatan ein Heiliger, dem die Menschen wie eine Herde Schafe folgen. Ihr werdet euren Augen nicht trauen. Er verkauft sogar seine Fürze.«

»Jetzt übertreibst du aber«, sagte Mancini und machte eine abwinkende Handbewegung.

»Nein, überhaupt nicht. Der Bergheilige hat Probleme mit der Verdauung, täglich suchen ihn Blähungen heim. Aber, göttliche Ironie, der Heiler kann sich selbst nicht heilen. Da es in seiner Höhle, seinem Audienzzimmer, bald ekelhaft stank, haben tüchtige Ingenieure eine lautlose Maschine eingebaut, die den Geruch aus dem Raum saugt. Ein Chemiker kam auf eine schlaue Idee. Fürze haben zwar stets eine fast ähnliche chemische Zusammensetzung, aber sie sind nie vollkommen gleich. Jeder Furz hat seine eigene Geräusch- und Geruchsnote. Mittels einer Gaschromatographie hat man für jeden Furz ein Kurvendiagramm erstellt, das die Konzentration der einzelnen Bestandteile des Furzes aufzeigt. Nach einem Monat gab es schon über fünfhundert Diagramme, und keines war identisch mit den anderen. Auf diese Weise konnte man Amulette für jeden Zweck herstellen. Wenn ein Besucher ein Schutzamulett gegen Unfälle kaufen will, bekommt er ein kleines zugenähtes Stofftäschchen von nicht mehr als zwei mal zwei Zentimetern. Der Käufer wird ermahnt, das Täschchen nie aufzumachen, weil es sonst seine Schutzkraft verliert.

Einige Neugierige aber haben das Täschchen klopfenden Herzens geöffnet und fanden darin ein gefaltetes Papier mit einer merkwürdigen Kurve. Manch einer behauptete, er konnte spüren, wie sich der Schutzengel in diesem Moment zurückzog. Manche hörten gar das Flattern seiner Flügel.«

Als Kassim seine Geschichte zu Ende erzählt hatte, lachte er und zeigte auf den Schlagbaum. Er ließ Barudi anhalten und stieg aus dem Auto. »Ich warte hier bei unserem letzten Kontrollpunkt auf euch«, sagte er und winkte ihnen lange nach.

»Ein kluger Mann«, sagte Mancini.

»Ja, aber auch ein unbelehrbarer Fanatiker. Bei ihm erkennst du, dass großes Wissen den Menschen nicht besser macht. Schade.« Barudi dachte kurz nach. »Sobald Fanatismus die Seele erobert, verkommt das Wissen zur toten Information, die keinen Einfluss mehr auf die Seele hat.«

»So ist es auch mit dem Wohlstand«, ergänzte Mancini. »Sobald er eine gewisse Grenze überschreitet, macht er die Menschen dumm. Da kannst du manchen von ihnen im Fernsehen Gurken oder leidende Kinder zeigen, sie reagieren immer gleichgültig.«

Der Kontrollpunkt bestand aus einigen schweren Betonklötzen, die den Autofahrer zwangen, anzuhalten. Ein bewaffneter, vermummter Zivilist kam näher. Er trug wie die anderen drei Männer im Hintergrund eine braune Uniform. Auf seiner Brust baumelte ein großes silbernes Kreuz.

»Wohin?«, fragte er ohne Gruß.

»Al Salam alaikum«, erwiderte Barudi. Der Mann murmelte etwas, das sich nach Ausweis anhörte. Barudi reichte ihm seinen Dienstausweis und den Presseausweis von Mancini.

»Du bist also einer von uns, willkommen, Bruder«, sagte der Mann jetzt freundlich. »Ein Christ!«, fügte er hinzu. Barudi reagierte nicht. »Und was führt dich zu uns, Bruder?«

»Ich möchte den Bergheiligen sprechen, und der Kollege Roberto will in Rom über ihn berichten.«

»Versteht er Arabisch?«, erkundigte sich der Mann.

»Ja, sogar besser als ich. So sind die Italiener. Schon bei der Geburt sprechen sie drei, vier Sprachen«, erwiderte Barudi. Mancini lachte, und der Mann lachte auch.

»Du fährst bis zum Zentrum, schon von weitem siehst du den Kirchturm. Dort in der Kirche lebt er in seiner bescheidenen Höhle. Gute Fahrt. Ciao«, erklärte er, gab die Ausweise zurück und machte einen Schritt rückwärts. Er winkte seinen Kollegen zu, und diese öffneten die Schranke. Barudi fuhr langsam davon.

Die Kirche kam bald in Sicht, ein Schild zeigte den Weg zu einem großen Parkplatz. Von dort gingen sie die knapp fünfhundert Meter bis zur Kirche zu Fuß. Es war sonnig, aber eiskalt. Barudis und Mancinis heitere Stimmung nahm vor der Kirche ein jähes Ende. Der Platz war weiträumig abgesperrt. Über zwanzig braununiformierte Männer, alle mit dem silbernen Kreuz um den Hals, hielten eine gewaltige Masse von Gläubigen und Anhängern in Schach. Frauen kreischten, jemand schrie, seine Frau sei in Ohnmacht gefallen und der Heilige solle sie berühren. Mit Mühe erreichten Barudi und Mancini, die sich gut durchzudrängeln wussten, den Offizier an der Sperre.

Barudi musste brüllen, um sich Gehör zu verschaffen. »Ich habe einen Termin beim Heiligen. Wir müssen ein Gespräch mit ihm führen, der italienische Kollege soll in Rom über ihn berichten«, ließ er lautstark vernehmen und zeigte seinen Ausweis.

Der Offizier lachte. »Auf was die Leute alles kommen«, sagte er zu seinem Kollegen, einem stämmigen Unteroffizier.

»Dieser Idiot hat keine Ahnung, wo Italien liegt«, flüsterte Mancini Barudi zu.

»Hören Sie«, nahm Barudi einen zweiten Anlauf, »wir müssen den Heiligen sprechen, der Kollege ist extra aus Rom gekommen, verstehen Sie, Papst Benedikt, verstehen Sie. Rufen Sie Ihren Chef, es eilt.«

Ein anderer Offizier kam, musterte erst Mancini, dann dessen Presseausweis. Er überlegte kurz. »Warten Sie hier«, sagte er dann und verschwand in der Kirche. Die wartenden Gläubigen riefen, beteten, sangen und schrien in einem fort. So etwas hatte Barudi in seinem ganzen Leben noch nicht gesehen. Tausende harrten in der Kälte aus. Sie bildeten ein buntes Meer, das die Kircheninsel von allen Seiten umgab. Die Luft über den Köpfen waberte, und die Erde schien zu beben.

»Kein Wunder«, sagte Mancini, »dass einer, der so geliebt wird, abhebt und sich wie ein Gott fühlt.«

Es dauerte eine knappe Viertelstunde, bis der Offizier von einem Mann in Weiß begleitet zurückkam. In der Zwischenzeit hatte Barudi von einem der Wartenden erfahren, dass der Bergheilige vor kurzem von einem fanatischen Anhänger mit einem Messer angegriffen worden war. »Nur durch ein Wunder hat unser Heiliger den Mordanschlag überlebt«, sagte der Mann mit Tränen in den Augen.

»Und was ist mit dem Attentäter geschehen?«, fragte Barudi, doch er konnte die Antwort nicht mehr abwarten, denn der Offizier zog ihn am Ärmel.

»Doktor Bulos Musa«, stellte er den Mann vor. »Erster Sekretär seiner Heiligkeit«, fügte er hinzu. Der Mann in Weiß lächelte sanft und gelassen.

»Leider wird der Heilige heute niemanden sprechen können. Er ist in eine göttliche Sphäre eingetreten. Das kann bis zu einer Woche dauern. Wenn er zurückkommt, hat er eine Botschaft. Aber so lange müssen Sie nicht warten. Ich kann als Erster Sekretär seiner Heiligkeit Ihre Fragen beantworten, und Fotomaterial über den Heiligen haben wir genug. Lassen Sie uns in mein Büro gehen. Dort können wir ungestört reden. Es ist nicht weit.«

Barudi folgte dem Sekretär, dem die Masse aus Respekt einen Korridor öffnete.

»Wie Moses, der das Meer teilte. Es ist kein Zufall, dass der Herr Doktor Musa, also Moses, mit Nachnamen heißt«, witzelte Mancini. Barudi lächelte.

In seinem Büro angekommen, fing der Erste Sekretär ausschweifend an zu erzählen. Sobald Barudi ihn aber nach dem Kardinal fragte, bekam er enttäuschend wenig zu hören. Nur dass er, der Erste Sekretär, sicher sei, die Islamisten hätten den Kardinal umgebracht, weil er einen Muslim zu einem christlichen Heiligen erklären wollte. Aber das hatten sie selbst schon in Damaskus vermutet. Doktor Musa, der in Psychologie und Philosophie promoviert hatte, war ein geübter Diplomat, er umging eloquent die Fragen, die den Heiligen betrafen, und erzeugte nur einen wabernden Nebel aus Wörtern.

Nach einer Stunde schauten sich Barudi und Mancini an. Ohne ein Wort zu verlieren, waren sich beide einig, dass sie hier ihre Zeit vergeudeten.

»Grüßen Sie Seine Heiligkeit, wir werden so lange im Hotel bleiben, bis er von seinem Besuch im Himmel zurückkehrt«, sagte Barudi schmallippig, und Musa verstand ihn.

»Ich werde es versuchen«, sagte er, »aber versprechen kann ich Ihnen nichts.«

Unverrichteter Dinge brachen sie also auf. Es dauerte eine ganze Stunde, bis sie eine schöne Pension gefunden hatten.

»Du wirst sehen, wir werden schnell einen Gesprächstermin bei dem Scharlatan bekommen«, machte Barudi sich und seinem italienischen Freund Mut.

»Das glaube ich nicht«, erwiderte Mancini, der die Kälte des Sekretärs noch in allen Gliedern zu spüren meinte.

39.

Die Überraschung

Die beiden Zimmer waren ziemlich klein. Alles in dieser Pension war klein, die Wirtin, ihr Hund, die Tische, die Treppe, das Waschbecken und auch das Frühstück, wie sich herausstellen sollte.

Barudi war früh aufgewacht. Er hatte einen seltsamen Traum gehabt, aber beim Aufwachen wusste er nur, dass Nariman darin vorgekommen war. Er rief sie an. Sie lachte und erwiderte, sie habe gerade darüber nachgedacht, unter welchem Vorwand sie ihn anrufen könnte.

Vergnügt ging er vom ersten Stock in den Frühstücksraum im Erdgeschoss. Er war gerammelt voll. Mancini winkte ihm aus einer Ecke zu, er saß an einem winzigen Tisch mit zwei Stühlen nahe dem Fenster zur Straße.

»Guten Morgen«, grüßte Barudi ihn, »hast du gut geschlafen?«

»Wie eine Murmeltier«, antwortete Mancini. Sie aßen schweigend. Bei dem Lärm der Gäste, die über ihre eigenen Sorgen oder über den Bergheiligen sprachen, war es fast unmöglich, sich zu unterhalten.

»Lass uns nach dem Frühstück einen kleinen Spaziergang machen, vielleicht finden wir ein ruhiges Café.«

Das Auto ließen sie vor der Pension stehen und gingen zu Fuß in die Altstadt, vorbei an der Kirche. Bereits aus der Ferne sahen sie die vielen Menschen auf dem Platz. Dann aber erblickte Mancini mehrere Läden. Er fasste Barudi am Arm. »Komm, ich will ein Amulett mit dem Furzdiagramm kaufen«, sagte er.

Barudi stutzte. »Im Souvenirladen?«

»Ja, was glaubst du, was solche Läden um die Kirche herum sonst verkaufen? Postkarten von diesem hässlichen Ort? Komm schon.«

Tatsächlich bot der Laden Amulette an sowie diverse Heilmittel in dunklen Gläsern und kleinen Flaschen. Ein Regal voll mit Büchern und gerahmten Bildern des Bergheiligen. Eine Frau bediente an der Theke mit den Amuletten. Ein Mann beriet eine andere Kundschaft bei den heilenden Pulvern und Tinkturen.

»Haben Sie ein Amulett zum Schutz vor Gefahren und Unfällen?«, fragte Mancini die hübsche Verkäuferin.

Die Frau griff routiniert zu einem Ständer mit gelben Stofftäschchen.

»Zehn Dollar«, sagte sie so tonlos wie ein Roboter.

»Wieso Dollar? Geht es nicht mit syrischen Lira?«

»Nein, leider nicht.« Aber von Bedauern war in der Stimme der Frau nichts zu hören.

»Haben Sie auch ein Amulett gegen Neid?«

»Selbstverständlich«, erwiderte die Frau und griff hinter sich nach einem blauen dreieckigen Stofftäschchen.

In diesem Augenblick war der Verkäufer frei. Barudi bemühte sich, seriös zu wirken. »Haben Sie ein Mittel gegen Potenz?«, fragte er leise.

»Selbstverständlich«, sagte der Mann und brachte ein kleines Porzellandöschen, das er sogleich öffnete. Darin befand sich ein gelbes Pulver, das nach Erdnuss und Kurkuma roch.

»Damit haben Männer mit sechzig ganz wunderbare Erfahrungen gemacht. Nach drei Wochen war ihre Manneskraft wie die eines Neunzehnjährigen.«

»Sie haben mich missverstanden, mein Herr. Ich brauche ein Mittel zur Reduzierung der Potenz, quasi zur Kühlung. Mein Bruder, der gerade mit Ihrer Mitarbeiterin spricht, bespringt alles, was ein Loch hat. Er macht mir große Sorgen.«

»Kühlen, mit Eiswürfeln in einer …«

»Das haben wir versucht«, unterbrach Barudi den Mann. »Eine Einkaufstüte voller Eiswürfel, fünf Minuten später konnten wir mit dem heißen Wasser Tee zubereiten.«

Der Mann warf einen gierigen Blick auf Mancini, dann einen besorgten auf die hübsche junge Frau, deren Hand Mancini wie zufällig streichelte.

»Nein, dagegen gibt es kein Mittel, mein Herr«, sagte er, ließ Barudi stehen und ging schnell zu seiner Mitarbeiterin hinüber.

Da hatte Mancini gerade bezahlt.

»Was ist mit dem Mann? Er hat mich so ängstlich angeglotzt«, fragte Mancini, als sie wieder auf der Straße waren.

»Er hatte Angst vor dir«, antwortete Barudi und musste so sehr lachen, dass er sich verschluckte und anfing zu husten.

Inzwischen hatten sich auf dem Platz vor der Kirche doppelt so viele Menschen eingefunden wie am Vortag. Die beiden Kommissare blieben stehen und beobachteten ein seltsames Schauspiel.

Ein großer roter Kran mit einem Korb, ähnlich dem der Feuerwehr, war vor der Kirche aufgestellt, und oben im Korb stand ein Mann in brauner Uniform. Er warf Taschentücher herunter, die er aus einem Karton nahm. So manches Tüchlein segelte eine Weile über die Köpfe und zog die Aufmerksamkeit der Versammelten auf sich. Hände streckten sich danach aus, das eine oder andere fiel aber auch plump zu Boden. Barudi erkannte den Grund. Es war nass. Und wo immer diese Tücher landeten, entstanden Tumult und Geschrei, und das schien den Mann im Korb zu amüsieren. Er wartete, bis Ruhe eintrat, und warf das nächste Tüchlein herunter.

»Was ist das?«, fragte Barudi einen dürren Mann, der weiter hinten stand und nervös rauchte.

»Das sind die Taschentücher, die Seine Heiligkeit am gestrigen Tag gebraucht hat. Sie tragen seinen Schweiß, seinen Urin und seinen Speichel. Und sie heilen alle Krankheiten.«

Das Meer der Menschen schlug Wellen, die der Mann im Korb mit seinen Würfen dirigierte. Angewidert eilten Barudi und Mancini davon.

Da erblickte Barudi ein Schild mit der Aufschrift *Hallen der Umarmung*. Mancini lächelte. »Mal sehen, was damit gemeint ist«, sagte er, und sie folgten den Schildern. Etwa fünfhundert Meter entfernt waren schon aus der Ferne drei neue Hallen zu sehen. Sie bestanden aus hellem Kunststoff und Aluminium und sahen aus wie Messehallen. Auf den Dächern glänzten moderne Klimaanlagen. Als die beiden Kommissare sich der ersten Halle näherten, entdeckten sie über dem Eingang eine breite Tafel. *Liebe ist deine Heilerin* stand darauf. Die Halle war bis auf den letzten Platz besetzt. Vorn saß ein Mann mit weißem Kleid im Schneidersitz auf einer etwas erhöhten, mit Teppichen ausgelegten Bühne, zu der man über eine Rampe gelangte. Rechts von der Bühne drängten sich unter den strengen Blicken der braungekleideten Wächter die Wartenden. Bevor sie auf Knien zu dem Mann auf die Bühne kriechen durften, mussten sie eine strenge Leibesvisitation über sich ergehen lassen. Sogar den Mund mussten sie aufsperren. Die Wächter leuchteten hinein, als ließe sich darin eine Waffe verstecken. Oben auf der Bühne umarmte der Mann in Weiß jeden der knienden Menschen etwa eine Minute lang und hieß ihn dann aufstehen und links von der Bühne über einige Stufen wieder hinuntersteigen. Vor dem rechten Flügel der Halle saßen zwei Frauen und kassierten zwanzig Dollar pro Umarmung. Der linke, etwas schmalere Flügel der Halle war als Ausgang für die Umarmten gedacht. Diese tanzten wie versunken in einer anderen Welt. Aus den Lautsprechern rieselte sanfte Musik, und die Halle duftete stark nach Weihrauch, der hinter der Bühne in Schwaden zur Decke aufstieg.

Barudi und Mancini gingen zum linken Flügel der Halle. Mehrere Wächter achteten darauf, dass keiner von dort aus zur Bühne gelangen konnte.

»Wer ist der Mann auf der Bühne?«, fragte Mancini eine Frau, die gerade wieder zu sich kam.

»Ein auserwählter Jünger des Bergheiligen«, erklärte die Frau.

»Und wieso kommt der Heilige nicht persönlich?«, fragte Barudi.

»Er ist mit wichtigen Gebeten beschäftigt. Er umarmt die Jünger am frühen Morgen, und sie übertragen seine Kraft der Liebe auf uns«, sagte die Frau und schwebte davon.

»Was sind Sie von Beruf?«, fragte Barudi einen Mann, der gerade aufhörte, sich im Kreis zu drehen.

»Informatiker«, sagte der Mann, und Barudi verschlug es die Sprache.

»Was hat Ihnen der Jünger bei der Umarmung gesagt?«, wollte Mancini wissen.

»Dass er mich liebt, und ich soll mich selber lieben«, antwortete der etwa Dreißigjährige. »Ach, wie glücklich ich bin!«

Die beiden anderen Hallen waren wie Kopien der ersten. Dort erfuhren die Kommissare, dass keiner der Bediensteten einen Lohn bekam. »Aber«, sagte eine Kassiererin, »ich bin glücklich, endlich eine sinnvolle Arbeit zu tun.«

»Lass uns hier weggehen, bevor ich den Verstand verliere«, sagte Barudi. Nichts anderes wollte Mancini.

Bald fanden sie in einer Seitengasse ein kleines Café. Der Wirt bediente selbst. Sie setzten sich und bestellten zwei Tassen Kaffee.

»Ich merke, wie mich der Bergheilige beschäftigt«, setzte Mancini an. »Ich habe alle Unterlagen und Recherchen über ihn gelesen, die mir deine tüchtigen Mitarbeiter zur Verfügung gestellt haben. Tatsächlich gibt es einige richtige Heiler, denen die Natur, Gott oder der Satan magische Kräfte geschenkt haben. Es gab sie schon immer. Überhaupt setzt das Christentum auf Heilung. Jesus war ein Revolutionär, vor allem aber war er einer dieser seltenen exzellenten Heiler. Nur wenige aber konnten oder können wirklich heilen. Ihnen steht ein Heer von falschen Heilern und Quacksalbern gegenüber, die mit ihren Taschenspielertricks und Versprechen törichte Menschen verführen und ihnen das Geld aus der Tasche ziehen. Das ist Gaunerei der billigsten Art. Und dann gibt es noch die ganz Gefährlichen, die von dem Irrglauben durchdrungen sind, sie hätten eine Mission, die sie als Auserwählte verfolgen müssen. Manche fangen als Gauner an und enden als fanatische Missionare. Hier wird die Grenze zwischen Lüge und Selbstbetrug überschritten. Der Bergheilige gehört dazu, wenn er seinen Urin und seine Spucke auf die Massen werfen lässt. Das zeigt, was er von diesen Menschen hält. Du hast bestimmt gelesen, was er mit den Frauen gemacht hat, oder?«

»Nein. Was?«, fragte Barudi zurück.

»Bis vor drei, vier Jahren etwa hat er sich das Recht auf die erste Nacht vorbehalten, das heißt, er hat die Bräute entjungfert. Um das Innere der Frauen zu reinigen, behauptete er. So ein Schweinehund! Hör dir das an: zu reinigen. Das Recht nahmen sich vor Jahrhunderten die

Feudalherren. Sie machten damals mit ihren Leibeigenen, was sie wollten, aber heute? Im einundzwanzigsten Jahrhundert? Was sind das für Frauen und Männer, die das mit sich machen lassen?«, empörte sich Mancini.

»Kein Wunder, dass sich jemand wie der Bergheilige oder wie Bhagwan Osho oder weiß der Teufel wer beim Anblick seiner Sklaven wie Gott fühlt. Als ich in Aleppo studierte, habe ich einen Historiker kennengelernt. Er erzählte mir Erstaunliches über die früheren Heiligen und Mönche, die Einsiedler in der Wüste und die Säulenheiligen.«

»Jetzt bin ich gespannt.«

»Dieser Historiker hat meine Vorstellungen aus dem Religionsunterricht korrigiert: Einsiedler würden in der Wüste sitzen, allein in Höhlen leben und Tag und Nacht bei Wasser, trockenem Brot, Wurzeln, wildem Honig und Kaktusfeigen beten. Nichts davon stimmt. Sie wurden – wie der Bergheilige – von Menschenmassen aufgesucht, und bald tätigte man hier und da ein lukratives Geschäft. Gauner wurden magnetisch angezogen. Es entstanden Kolonien von fetten Saufköpfen. Von Einsiedelei und Einsamkeit keine Rede mehr.

Die Massen der Leichtgläubigen belagerten manch einen Mönch und wurden nicht selten übergriffig. Damit zwangen sie ihn, sich auf eine Säule zu erheben, um den Menschen fern und dem Himmel nahe zu sein. Vor allem im Norden Syriens kamen die ›Säulenheiligen‹, die man auch Styliten nannte, in Mode.

Anfänglich waren die Säulen zwei bis drei Meter hoch. Die Heiligen lebten auf einer Platte über dem Kapitell, nicht größer als zwei mal zwei Meter. Das Publikum tobte und bewarf sie mit Gaben, da baten die Heiligen um höhere Säulen. So ging es langsam in die Höhe, bis die Säulen zwanzig Meter hoch wurden. Dort oben lebten die Heiligen. Manch einem wurde schwindlig, und er ließ ein schützendes Geländer um die Plattform anbringen. Essen und Wasser wurde mit Seilen und Winden hinaufbefördert. Die Anhänger waren oft mehrere Hundert Kilometer gereist. Manchmal mussten sie Urin und Fäkalien ertragen, die es von oben herabregnete. Den Säulenheiligen setzten Wind und Wetter dort oben zu, und so manch einer stürzte sich hirnverbrannt in den Tod. Der berühmteste Säulenheilige war der heilige Symeon der Ältere.«

Mancini hörte zu und schlitzte dabei das Amulett zum Schutz vor Unfällen vorsichtig mit seinem Taschenmesser auf. Darin befand sich, genau wie es Kassim beschrieben hatte, ein gefaltetes Papier mit einem bunten Diagramm. Das zweite Amulett enthielt eine blaue Perle und ein gefaltetes Papier, auf dem eine Hand und ein Koranspruch gegen den Neid prangten. Die Hand sollte die Neidaugen stoppen, die blaue Perle gilt in ganz Arabien als Mittel gegen Neid.

»Alles industriell hergestellt«, sagte Mancini.

»Womöglich in China«, erwiderte Barudi giftig.

Als der Wirt die zweite Runde Kaffee brachte, klingelte Barudis Handy. Er schaute auf das Display. »Keine Ahnung«, beantwortete er Mancinis fragenden Blick, bevor er das Gespräch entgegennahm. »Ja, bitte«, sagte er trocken.

»Guten Tag, spreche ich mit Kommissar Barudi?«, meldete sich ein Fremder.

»Ja, bitte, wer ist da?«, fragte Barudi.

»Ich bin Josef Katib, der Sekretär von Herrn Georg Buri. Er wünscht Sie zu sprechen.«

»Ja, bitte«, sagte Barudi.

»Nein, nicht am Telefon. Er lädt Sie zum Mittagessen ein, damit Sie sich in aller Ruhe mit ihm unterhalten können.«

»Ich komme gern, aber in Begleitung des Journalisten Roberto Mastroianni.«

»Selbstverständlich ist auch er eingeladen, entschuldigen Sie. Ich bin so ungeschickt. Herr Buri möchte Sie beide einladen. Er weiß von Herrn Mastroianni.«

»Und wie kommen wir zu Ihnen?«

»Unser Chauffeur wartet bereits vor der Pension, in der Sie übernachtet haben. Bis gleich also«, antwortete der Mann und legte auf. Barudi fiel vor Schreck fast das Handy aus der Hand.

»Was ist los?«, fragte Mancini.

»Der Bruder von Kardinal Buri kennt nicht nur meine Handynummer, sondern weiß auch, wo wir übernachten.«

»Ja, und? Wir leben noch, das zeugt von seiner Gastfreundschaft. Er hätte uns erledigen können. Bei diesem Chaos hier wäre es kaum jemandem aufgefallen. Aber vielleicht braucht er uns.«

»Ich glaube, sein Bruder, Kardinal Buri, hatte Kontakt mit deinem Freund in Rom, dem Journalisten. Wie hieß er noch?«

»Du meinst Giuliano von *Il Giornale*?«

»Ja, genau der. Er hat doch den Kardinal scharfgemacht auf die Reportage, die du angeblich über die Heilerin schreiben willst. Und so achtet der große Boss darauf, dass uns nichts zustößt.« Barudi dachte kurz nach, als würde er mit einem Gedanken kämpfen. »Trotzdem«, fuhr er fort, »möchte ich eine kleine Maßnahme zu unserer Sicherheit treffen.«

Er rief Ali an. »Ali, ich werde zu einem Treffen mit Georg Buri gefahren ... Ja, genau, aber ich weiß nicht einmal, wo das sein soll. Es kann sich um ein harmloses Mittagessen handeln, aber sollte ich mich in einer Stunde nicht bei dir melden, setz bitte alles daran, uns zu finden. Sei bis dahin so gut und lass meine Fahrt verfolgen und das Reiseziel orten. Ich nehme mein Smartphone mit ... Danke, ja, alles in Ordnung.«

»Diese misstrauischen Syrer!«, rief Mancini, nachdem Barudi aufgelegt hatte. »Man kann sie nicht einmal zum Essen einladen, und schon ortet die Kriminalpolizei den Suppentopf.«

Als sie sich der Pension näherten, sahen sie bereits die schwarze Limousine.

Sie stiegen ein. Eine Viertelstunde später hielt der Chauffeur vor einer weißen Villa. »Wir sind da, meine Herren«, sagte er.

Direkt hinter dem eisernen Tor führte eine Treppe zu dem höher liegenden Gebäude. Vorgelagert war eine gewaltige Terrasse mit arabischen Bögen, die dem Ganzen einen orientalisch-kitschigen Charakter verlieh. Ein Mann in blauem Anzug schien auf sie gewartet zu haben. Er beeilte sich, ihnen entgegenzukommen.

»Seien Sie willkommen. Herr Buri erwartet Sie schon«, sagte er und begrüßte Barudi und Mancini per Handschlag. Dann führte er sie in den Salon.

Dieser war geschmacklos, protzig, überladen mit kitschigen Porzellanfiguren, die hier alle deplaziert schienen. Was hatte eine Balletttänzerin auf dem einen Ende des gewaltigen Tisches zu suchen, die auf einen scheußlichen Jaguar am anderen Ende starrte? Krummschwerter hingen neben Reproduktionen europäischer Gemälde. Das alles ergab keinen schönen Anblick, sondern sollte nur zeigen: Ich bin reich.

Georg Buri war ein kraftstrotzender Achtzigjähriger, der zwanzig Jahre jünger wirkte. Er hatte das Gehabe eines Grandseigneurs. Sein Auftreten erinnerte an einen Mafiapaten: jovial und vollkommen von sich überzeugt. Zweimal wiederholte er, er sei der Taufpate von mehr als einem Dutzend Kindern, deren Eltern ihr Brot bei ihm verdienen. Das erinnerte Mancini an die Clan- und Mafiabosse in Kalabrien.

Auch das Mittagessen, das er auffahren ließ, war herrschaftlich. Er war der generöse Spender, die Gäste waren die Bittsteller. Das verdarb Barudi und Mancini jeglichen Appetit.

Doch es kam noch ärger. Der Hausherr erklärte Barudi von oben herab, dass keiner in dieser Stadt irgendetwas ohne seine Genehmigung unternehmen dürfe. Das war offenbar der Zweck der Einladung gewesen. »Auch der Bergheilige nicht«, setzte er nach.

Barudi kochte vor Wut, doch er beherrschte sich, in der Hoffnung, den arroganten alten Herrn in eine Falle locken zu können.

»Wenn Sie so mächtig sind, wie konnten Sie es als Katholik zulassen, dass in Ihrem Machtbereich ein Kardinal bestialisch ermordet wurde, und außerdem noch ein gutherziger Jesuit, der Begleiter des Kardinals? Ich weiß nicht, wie Ihr Bruder reagiert, wenn bekannt wird, dass Sie diesen Mord genehmigt haben.«

Der alte Herr schlug mit der Faust auf den Tisch. »Ich habe nichts genehmigt«, schrie er. Mancini spürte eine lähmende Angst.

»Beruhigen Sie sich. Gerade haben Sie gesagt, in dieser Stadt geschehe nichts ohne Ihre Genehmigung«, sagte Barudi mit fester, fast arroganter Stimme. Mancini schaute ihn bewundernd an.

»Der Kardinal wurde hier verwöhnt und gut behandelt. Er hat sich sogar mit dem Bergheiligen angefreundet.«

»Ihr Bruder, Kardinal Buri, wäre davon vermutlich nicht gerade begeistert, er konnte Kardinal Cornaro nicht ausstehen.«

»Das weiß ich«, sagte der alte Herr mit beherrschter Stimme. »Ich auch nicht, aber er war ein Gast in meinem Gebiet. Ich bin altmodisch und achte meine Gäste und ihr Recht auf Sicherheit.«

»Auch wenn sie Ihre Feinde sind?«, hakte Barudi provozierend nach und übersah, dass Mancini ihn mit einer kleinen Handbewegung zur Mäßigung mahnte.

»Auch Feinde haben als Gäste ein heiliges Recht auf Schutz. Aber sie haben kein Recht auf Schnüffelei. Der Kardinal wollte Informationen über meine Geschäfte sammeln. Das wurde uns sehr schnell klar, und da habe ich eine totale Informationssperre verhängt. Vom Restaurantdiener bis zum Bergheiligen durfte keiner auch nur ein Wort über mich und meine Familie verlieren. Ist das nicht tausendmal effektiver, als ihn zu ermorden? Ihn mit leeren Händen zurückzuschicken? Ich verachte diese primitiven Mörder, die ihn zum Märtyrer gemacht haben – und aus dem Mord eine politische Affäre. Dabei war er ein arroganter Kolonialist.«

Barudi war beeindruckt von der Offenheit des Gastgebers. »Haben Sie vielleicht eine Idee, wer so einen barbarischen Mord begangen haben könnte?«, fragte er nun etwas respektvoller.

»Leider nein. Seit die Terroristen uns aus der Region vertrieben haben, kann ich dort nicht mehr agieren. Wenn Sie mich fragen, ich glaube, es war ein Islamist, denn die Islamisten hassen den Bergheiligen. Der Kardinal hat in ihren Augen eine Todsünde begangen. Mit seinem Besuch hat er dem Bergheiligen Anerkennung gezollt. Der Bergheilige ist in seinem Tun Jesus näher als Muhammad, auch was die Heilung von Kranken angeht. Der Prophet Muhammad war ein genialer Staatsmann, aber kein Heiler.«

Als die Bediensteten den Tisch abräumten, trat Barudi kurz auf die Terrasse hinaus und rief Ali an, um ihn zu beruhigen.

Sein Assistent wartete mit einer Überraschung auf: »Wusstest du, dass Bischof Tabbich, der die Heilerin Dumia unter seine Fittiche genommen hat, auch aus Derkas stammt?«

»Nein«, sagte Barudi. »Aber das ist im Moment wenig interessant« fügte er hinzu, weil er mit dieser Information nichts anfangen konnte.

Als er zu den anderen zurückkehrte, verkündete Mancini gerade, er betrachtete die Heilerin Dumia als eine Heilige, über die er gern einen Artikel schreiben wolle. Barudi lächelte und wusste, dass diese Falschinformation noch am Abend nach Rom weitergeleitet und dass sich Kardinal Buri über den dummen Journalisten freuen würde.

Nach dem Kaffee verabschiedeten die Kommissare sich und baten den Chauffeur, sie zu ihrer Pension zurückzufahren. Dort angekommen, rief Barudi Kassim an, der immer noch am Kontrollpunkt der Islamisten auf sie wartete, und teilte ihm mit, dass sie in einer halben Stunde bei ihm wären.

Die Wirtin wollte sie nur für eine Übernachtung bezahlen lassen, aber Barudi ließ das nicht zu und erklärte, dass sie die Zimmer ja bis zum Nachmittag des zweiten Tages in Anspruch genommen hätten.

Auf dem Parkplatz vor der Pension versuchte Barudi Nariman anzurufen. Vergeblich. Dann fuhren sie los.

Kassim lachte breit, als Barudi und Mancini aus dem Auto stiegen und ihn herzlich begrüßten. »Das war aber ein kurzer Besuch«, meinte er. Er habe mit mehreren Tagen gerechnet.

»Er war lang genug«, antwortete Barudi trocken. Noch einmal versuchte er, Nariman zu erreichen. Nur die Mailbox sprang an. Er schwieg auf der ganzen Rückfahrt, während sich Mancini mit Kassim über kuriose Fälle von Aberglauben amüsierte.

Barudi fuhr langsam, blickte düster in die Ferne und verfluchte sein Pech. Hätte er gewusst, was ihn an diesem Abend erwartete, er hätte nicht geflucht, sondern Gas gegeben.

40.

Hoffnung und Verdacht

Kommissar Barudis Tagebuch

Die Fahrt war kurz. Endlich habe ich Nariman erreicht. Gott sei Dank war alles in Ordnung. Ihr Smartphone ist kaputtgegangen und sie musste ein neues kaufen. Die paar Stunden ohne sie kamen mir wie eine Ewigkeit vor. Nariman schenkt mir so viel Hoffnung. Sie strahlt eine Ruhe aus, die für mich eine große Kraftquelle ist.

Scharif ist noch nicht zurückgekehrt, und Mancini ist todmüde. Ich aber bin nach dem Gespräch mit Nariman ganz frisch.

Ich habe seit einer Ewigkeit nicht mehr Tagebuch geschrieben. Es passiert jeden Tag so viel, dass mir die Augen zufallen, sobald ich mich hinsetze. Was wir, Mancini und ich, in den letzten Tagen erlebt haben, war für mich kaum vorstellbar. Oft frage ich mich: Sind wir überhaupt noch in Syrien oder in einem fremden Land?

Bis Scharif zurückkommt, will ich ein paar Dinge festhalten, bevor sie in den Abgrund des Vergessens fallen.

Alles ist unwirklich: der Bergheilige, Sippenchef. Scharif, die islamische Republik. Allmächtiger Gott, wie soll das enden?

Heute habe ich meinen Chef angerufen. Und zum ersten Mal hatte ich das Gefühl, dass er mich und Mancini im Stich lassen wird.

Ich habe Mancini darüber informiert. Er war von meinem Vertrauen gerührt. Und wir haben beschlossen, alle Untersuchungsergebnisse und Dokumente möglichst unauffällig in der italienischen Botschaft zu deponieren.

Sollten Major Suleiman und seine Herren die Ergebnisse der Ermittlung manipulieren, hat Mancini die Möglichkeit, die italienische Öffentlichkeit und vor allem den Vatikan zu informieren. Dann hat sich die Vorsicht gelohnt.

Heute sagte er mir so nebenbei, wie es seine Art ist, er würde sich freuen, mir und Nariman Rom zu zeigen. Seine Wohnung sei viel zu klein und chaotisch. Er werde in einem romantischen Viertel namens Trastevere eine günstige Wohnung für uns finden. Rom sei sehr schön im Frühjahr und Herbst.

Während ich heute auf der Rückfahrt voller Sorge um Nariman war, weil ich sie nicht erreichen konnte, und mir schreckliche Dinge ausmalte, hörte ich, wie Mancini sich über den Aberglauben lustig machte. Kassim lachte herzlich, als Mancini ihm von den kuriosen Reliquien erzählte, die in italienischen Kirchen aufbewahrt und für heilig erachtet werden. Sogar die Windeln Jesu Christi und seine Sandalen und der Stein, auf dem sich die heilige Maria bei der Flucht nach Ägypten ausgeruht haben soll, werden verehrt. Ich habe gelesen, dass man in einer deutschen Stadt die Knochen der Heiligen Drei Könige – oder was man dafür hält – als Reliquie verehrt. In einem anderen Land behauptet man, das Tuch zu besitzen, das auf dem Tisch lag, an dem Jesus mit seinen Jüngern das letzte Mahl nahm.

Kassim erzählte von der Angst der Araber vor Friedhöfen. Ein Aberglaube besagt, manche Ermordeten oder zu Unrecht zum Tode Verurteilten stiegen in der Nacht aus ihren Gräbern und rächten sich an den Menschen, die den Friedhof besuchen. Er erzählte viele Anekdoten. Bei einer Mutprobe sollte ein Cousin von ihm des Nachts auf einer Grabplatte ein gegrilltes Hähnchen essen. Wenn er das wagte und die blanken Hühnerknochen mitbrächte, sollte er hundert Dollar bekommen. Der Cousin, ein armer Teufel, setzte sich auf die Grabplatte und begann zu essen, als er hinter sich eine eiskalte Stimme flüstern hörte: »Ich nehme das Hähnchen und die Innereien des Mannes und du kriegst alles andere.« Die Stimme schien zu einem anderen Dämon zu sprechen. Natürlich hatte sich einer seiner Freunde einen Scherz erlaubt. Der Cousin sprang auf und rannte um sein Leben. Als er den Friseursalon erreichte, wo die Freunde auf ihn warteten, wunderte man sich sehr über seine Frisur. Sein Kraushaar war wie mit dem Lineal in zwei Hälften geteilt: Die linke Seite war schneeweiß, die rechte blieb schwarz.

Ich selbst hatte auch immer Angst vor Friedhöfen. Als ich in London ein Jahr bei Scotland Yard war, wunderte ich mich über die Briten, die an sonnigen Tagen gern auf Friedhöfen spazieren gehen. Es gibt dort viele berühmte Friedhöfe.

Ich wurde neugierig und ging auf den schönsten Londoner Friedhof: Highgate Cemetery, im Norden der britischen Hauptstadt. Aus Feigheit und Aberglaube ließ ich mich von einem englischen Kollegen begleiten. Man muss sich das vorstellen, der Besuch dort kostet sogar Eintritt! Es ist ein wunderschöner Park. Hier liegen einige Berühmtheiten wie der deutsche Philosoph Karl Marx. Und bei uns? Um Gottes willen! Auf den Friedhof, sagte Major Suleiman zu mir, als ich ihm von den Londoner Friedhöfen vorschwärmte, gehe er nur einmal, und zwar ohne Rückfahrtkarte.

Schukri, der sonst so mutige Kerl, verträgt nicht einmal lustige Friedhofsgeschichten beim Abendessen. Er bekomme davon Albträume. Deshalb stand er neulich auf, als ich Mancini vom Londoner Friedhof erzählte, und streute Salz auf den Boden hinter der Eingangstür seiner Wohnung. Salz verhindere den Eintritt der toten Seelen, erzählte er mir. Das wusste ich bereits als Kind.

*

Nach einem Gespräch mit Scharif dachte ich: Fordere niemanden heraus, der nichts zu verlieren hat. Und bedrohe niemanden, der mit einem Fuß bereits im Paradies steht. Er fürchtet sich nicht nur nicht vor dem Tod. Er sehnt sich sogar nach ihm.

Wenn Scharif uns so schwärmerisch von seiner islamischen Republik erzählt, denke ich, er ist bereits verloren. Scharif will für seinen Islamismus sterben. Was aber ist der Islamismus anderes als ein Aberglaube, an dem Millionen heimlich oder offen hängen? Sie wollen die Religion zur

Politik machen und mit ihr die Probleme der Gesellschaft lösen. Diese »islamische Republik« wird kein einziges Problem lösen. Sie ist selbst ein Problem.

Das Gefährliche aber ist, dass diese Abergläubischen über Milliardensummen und über Waffen verfügen.

*

41.

Erstes Licht im Dunkeln

Es war bereits Frühabend. Ein Wächter teilte Barudi und Mancini mit, dass Scharif zurückgekehrt war. Sie liefen hinaus, und da stand er am großen Eingangstor. Zwei schwarzgekleidete Leibwächter kreisten um ihn wie Satelliten um einen Planeten. Er strahlte Barudi an.

»Wir haben sie«, sagte er statt einer Begrüßung.

»Wen habt ihr?«, fragten Barudi und Mancini wie im Chor.

»Die Banditen, die den Kardinal und seinen Begleiter entführt haben. Es war leichter, als wir dachten. Sie sind auf Entführungen spezialisiert.«

»Wie? Wer ist auf Entführungen spezialisiert?«, fragte Barudi weiter. Mancini wirkte nachdenklich. War das wirklich die Lösung, oder beglichen hier rivalisierende Gruppen alte Rechnungen?

»Lasst uns bei mir einen Tee trinken, und dann erzähle ich euch alles der Reihe nach. Und danach könnt ihr sie haben«, schlug Scharif vor.

»Wie ich euch erzählt habe, gibt es hier in den Bergen zwei kriminelle Organisationen«, begann Scharif, als sie zusammen in der Wärme saßen, »die sich im Irak auf Entführungen spezialisiert haben. 2003 fingen sie dort an, wahllos Amerikaner und deren irakische Freunde zu entführen und Lösegelder zu fordern. Bald aber haben sie gemerkt, dass nicht jeder Entführte automatisch Geld einbringt, und so spezialisierten sie sich, verbesserten ihre Taktik und ihre Beobachtung, weshalb sie von da an wesentlich häufiger und zielgenau gute Beute machten. Und sie begannen, Entführungen auch im Auftrag anderer vorzunehmen. Ich gebe euch ein Beispiel: Eine politische Organisation will auf sich aufmerksam machen, will Geld oder die Freilassung inhaftierter Mitglieder erpressen. Sie beauftragt diese verwegenen Profis, einen wichtigen Politiker zu entführen. Sie bezahlt dafür gutes Geld und bekommt den Gefangenen. Die Entführer selbst drehen sich um und erledigen den nächsten Auftrag. Sie sind unpolitisch und arbeiten wie die Waffenhändler für jeden. Ihre Moral ist das Geld. Sie betrachten eine Entführung als einen Job. In ihren toten Herzen gibt es keinen Platz für Mitleid. Den gefährlichsten Teil der Arbeit, die zähen Verhandlungen um den Preis und die Modalitäten der Freilassung, überlassen sie ihren Auftraggebern.

Unsere Brüder vom Überwachungsdienst haben beide kriminelle Gruppen ins Visier genommen. Wir erlauben ihnen keine Entführungen in unserem Gebiet. Sie erledigen Aufträge für uns in den Städten, die wir noch nicht befreit haben. Letzten Monat haben wir mit ihrer Hilfe einen Onkel des Präsidenten entführt. Das ist wirklich ein dicker Fisch. Er hockt in einem Keller in Aleppo und wird von einer geheimen Zelle unserer Organisation bewacht. Wir halten ihn in Gefangenschaft für den Fall, dass ein wichtiger Emir unserer Armee in die Hände des Geheimdienstes gerät. Die Zusammenarbeit funktioniert.«

»Und wie habt ihr die Entführer gefasst?«, fragte Mancini.

»Verschiedene Zeugen haben uns unabhängig voneinander sichere Hinweise auf Personen gegeben, die mit der einen Bande zusammenarbeiten. Wir haben den Anführern dieser Bande befohlen, uns die Entführer des Kardinals auszuliefern. Sie haben ohne unsere Genehmigung agiert und den Kardinal in den Tod geschickt, obwohl er dem Islam gegenüber freundlich gesinnt war. So etwas ist schädlich für uns, deshalb müssen sie uns die Täter überstellen. Ich habe den Anführer gewarnt, mir ja keine Strohmänner zu übergeben. Ich will die Täter. Und ich habe ihm gesagt, dass die Angelegenheit Chefsache ist. Er ist ein kluger Mann und war selber verärgert über die Entführer, weil sie – angeblich – ohne seine Genehmigung gehandelt haben. Deshalb wird er die Männer ohne jedwede Bedingung und so schnell wie möglich ausliefern. Er ist zuverlässig, aber sicherheitshalber habe ich sein einziges Kind, einen zehnjährigen Sohn, an dem er sehr hängt, gefangen genommen. Nun sind sie da. Meine Männer haben sie verhört. Sie sind es. Ihr könntet euch selbst davon überzeugen.«

»Wo sind sie jetzt?«

»Im Gefängnis, in Einzelhaft. Wir bringen sie euch hierher. Ihr könnt sie hier verhören. Ich habe jetzt gleich eine wichtige Versammlung aller Emire der islamische Republik unten in der Kantine.«

Es waren drei an den Händen gefesselte Männer zwischen zwanzig und dreißig. Sie wurden Barudi und Mancini in ihrer Wohnung vorgeführt. Barudi musterte sie kurz und forderte, ihnen die Fesseln abzunehmen. Sie sollten isoliert bleiben und kein Wort miteinander wechseln oder über die Wächter weiterleiten können. Er wollte jeden der drei separat verhören. Zwei der Entführer wurden zurück in ihre Zellen gebracht, der dritte, angeblich der Anführer dieses Entführungskommandos, blieb. Fünf Stunden dauerte seine Vernehmung, bis kurz vor Mitternacht. Danach waren Barudi und Mancini zwar erschöpft, aber sicher, dass der Mann die Wahrheit gesagt hatte. Die Lässigkeit jedoch, mit der er sich zu der Entführung bekannte, kam Barudi verdächtig vor. Hatte der Mann seine Rolle mit allen Details einstudiert? Vor zwanzig Jahren hatte Barudi einen solchen Fall gehabt. Ein Mann bekannte sich zu einem Mord, um den prominenten Auftraggeber zu decken. Er kannte alle Details vom Tatort, der Waffe, dem Opfer. Erst als er müde wurde, brachte er alles durcheinander. Barudi beherrschte diese entnervende Zermürbung durch scheinbar dumme Fragen exzellent. Schob er dann eine wichtige, gut getarnte Frage dazwischen, erwischte er den müden Verdächtigen kalt.

Auch der Entführer war erschöpft. Barudi zeigte ihm auf dem Laptop manipulierte Fotos von etwa dreißig Männern. Nur das Gesicht war echt, der Körper darunter war bei allen Kandidaten gleich. Der Mann erkannte Kardinal Cornaro und seinen Begleiter Pater José Camiliero sofort.

»Ich habe etliche Tage mit ihnen verbracht. Sie sind in der Tat markante Typen«, sagte er. Er erwähnte auch eine Hütte, wo er die »bestellten Entführungsopfer« hingebracht habe. Sie lag südlich von einem winzigen Dorf namens Saitunia. Die Gegend war bekannt für ihre Olivenhaine.

»Warum gerade dorthin?«, fragte Mancini.

»Weil die Hütte geschützt in einem kleinen Wäldchen liegt und über einen Landwirtschaftsweg gut erreichbar ist. Außerdem ist die Autobahn Damaskus–Aleppo nicht weit. Die Autobahnausfahrt heißt ebenfalls Saitunia.«

»Wer hat den Ort der Übergabe bestimmt?«

»Der Auftraggeber, wie üblich.«

Barudi wollte noch nicht nach dem Auftraggeber fragen. Aber er musste sich wegen der Spurensicherung beeilen, bevor irgendjemand Wind von der Sache bekam und die Spuren manipulierte oder zerstörte.

Er rief Schukri an, »Ich weiß, es ist unverschämt spät, aber meine Sehnsucht nach dir ...«, begann Barudi, dann musste er selbst lachen.

Auch Schukri lachte. »Ich bin sicher, nach dieser Schmeichelei kommt jetzt gleich ein Hammer. Mein Herr, ich bin Ihr Amboss und stehe Ihnen zur Verfügung, allerdings im Pyjama, wenn das in Ordnung ist.«

»Solange er züchtig geschlossen ist! Hör mal, wir sind einen gewaltigen Schritt vorangekommen. Das behältst du bitte für dich, die Sache ist noch nicht ganz geklärt. Wir haben wahrscheinlich die Hütte, in die man den Kardinal und seinen Begleiter noch lebend gebracht hat. Kannst du deine Männer dort hinschicken, ohne dass der Chef was mitkriegt? Wahrscheinlich ist das auch der Tatort.«

»Warum so aufwendig und umständlich? Mein Freund Mitri, der Chef der Spurensicherung in Aleppo, schuldet mir noch etwas. Ich habe ihm letztes Jahr dreimal aus der Patsche geholfen. Er soll dir eine fähige Truppe schicken. Sie sind in einer halben Stunde bei euch. Von hier aus brauchen wir drei, vier Stunden. Und die in Aleppo sind supermodern ausgestattet. Mit einigen Geräten sogar besser als wir.«

»Das klingt vernünftig«, sagte Barudi, »gib ihm meine Handynummer. Ich informiere mich bei den Ortsansässigen und sage ihm dann, wie er und seine Leute am besten zu der Hütte kommen.«

»Wird gemacht, Chef. Und pass auf dich auf.«

»Danke, mach ich«, sagte Barudi. Dann bat er den Mann, der im ersten Stock Wache schob, Scharif auszurichten, dass er ihn kurz sprechen müsse. Er warte unten vor dem Haus auf ihn.

Der Wächter machte sich auf den Weg, und Barudi ging langsamen Schrittes hinunter. Mancini sollte unterdessen weitere Informationen aus dem Entführer herauskitzeln.

Scharif kam eiligen Schritts aus dem Keller nach oben. Als Barudi ihm von der Hütte erzählte, wusste Scharif genau, wo diese lag, und versprach, sie sofort bewachen zu lassen. Er würde auch Männer schicken, die die Spurensicherung begleiten sollten.

»Danke dir, mein Lieber«, sagte Barudi und drückte Scharifs Hand. Dieser erwiderte den Händedruck.

Barudi war noch im Treppenhaus auf dem Weg zurück, da klingelte sein Handy. Es war Mitri, der ihm versicherte, er werde ihm gern zur Seite stehen. Barudi sei sein Vorbild und einer der Gründe, weshalb er zur Kriminalpolizei gegangen sei. Schukri habe ihn nicht wirklich bitten müssen. Barudi war gerührt. Sein Leben und seine Arbeit waren doch nicht umsonst.

»Sie sind sehr freundlich, wir haben hier eine delikate Situation. Endlich kennen wir den Tatort, und deshalb brauchen wir die Spurensicherung. Können Sie morgen früh gleich kommen? Und bitte, absolute Diskretion. Ist das möglich?«

Mitri stimmte in allem zu. Als Barudi ihm die Ausfahrt nannte, stutzte der Mann am Telefon. »Keine Angst«, fuhr Barudi fort, »die islamistische Führung ermöglicht uns, die Untersuchung ungestört durchzuführen. Wir haben ja mit Politik nichts zu tun. Zwei Männer werden euch bis zur Hütte eskortieren. Sie müssen mir nur sagen, wann sie kommen sollen, dann gebe ich den Leuten hier Bescheid.«

Mitri schlug als Treffpunkt die Autobahnausfahrt Saitunia vor, um acht Uhr morgens.

»In Ordnung. Bis morgen, und danke«, sagte Barudi und rief sogleich Scharif an. Dieser sagte zu, dass die Spurensicherung aus Aleppo freundlich empfangen und begleitet würde.

Am nächsten Morgen um sechs schlich Barudi aus der Wohnung, während Mancini noch schlief. Kaum hatte er einen Schritt gemacht, waren die Wächter schon da. Er teilte ihnen mit, er müsse zu einer Hütte in der Nähe von Saitunia fahren. Die Männer waren freundlich, aber sie bestanden darauf, dass jemand ihn begleitete. »Wenn Ihnen etwas zustößt, wird uns das unser geliebter Emir nie verzeihen. Sie können sicher sein, in Begleitung von Hamad kann Ihnen nichts passieren.« Barudi ließ sich den Weg zur Hütte beschreiben und fuhr dann los. Neben ihm saß der wie eine Sphinx schweigende Hamad, der mit einer Kalaschnikow auf dem Schoß steif und misstrauisch die Umgebung beäugte.

Um neun Uhr kehrte Barudi zurück. Mancini war gerade aufgewacht. »Wir haben die Hütte. Wenn das Ganze nicht ein großes Theater ist, bei dem wir nur als Statisten auftreten, dann können wir bald unseren Urlaub genießen. Die Kleider des ermordeten Kardinals liegen dort, graue Cordhose, Pullover, Jacke und auch seine Unterwäsche. Die Spurensicherung aus Aleppo ist sehr fleißig und gründlich. Was sie bereits jetzt mit Sicherheit sagen können, ist, dass die Operation dort durchgeführt wurde. Die Innereien des Kardinals, die in einem rostigen Eimer liegen, und die Blutspuren konnten die Täter nicht mehr beseitigen. Die Eiseskälte hat alles gerettet.«

Auch die Vernehmung des zweiten Mannes verlief zufriedenstellend. Er konnte den Kardinal und seinen Begleiter identifizieren und auch den Ort der Hütte auf einer Karte zeigen. Allerdings wusste er genauso wenig wie der erste Entführer, was in der Hütte vor sich gegangen war.

Das dritte und jüngste Mitglied der Bande geriet ins Stottern, verfing sich in Widersprüchen, behauptete, die Ermordeten seien keine Kirchenmänner gewesen, sondern Touristen. Barudi sah seine Chance gekommen, über diesen Mann die ganze Entführungsgeschichte zu kippen. Er schrie den jungen Entführer an: »Ich glaube dir kein Wort«, und nannte ihn einen Lügner. Er solle nicht darauf hoffen, dass seine Freunde ihn freipressen würden. Der Anführer seiner Organisation hätte Scharif sein Wort gegeben, die drei Täter niemals auszuliefern. Deshalb würde er wahrscheinlich zum Tode verurteilt. Und das wäre schade. Er solle also lieber die Wahrheit sagen. Er, Barudi, würde ihm Schutz gewähren und für eine neue Identität sorgen.

Der junge Mann schaute Barudi kurz an. »Wenn ich stottere, dann hat das mit meiner Kindheit zu tun, und wenn ich manchmal alles durcheinanderbringe, dann geht das auf den Unfall zurück, den ich vor einem Jahr hatte. Ich habe nichts erfunden. Ich war dabei, und ich kann es belegen.«

»Und zwar wie?«, fragte Mancini.

»Ich habe dem älteren Herrn eine teure Armbanduhr und ein schönes kleines Heft weggenommen. Es ist in Leder gebunden. Ich schreibe von Zeit zu Zeit Gedichte hinein. Beides liegt in meiner Wohnung, unter der Wäsche im Kleiderschrank. Das Heftchen war zur Hälfte mit Notizen in lateinischer Schrift vollgeschrieben. Sehr schönes Papier.«

Der Mann nannte seine Adresse, und innerhalb von zehn Minuten war ein Mann auf dem Motorrad unterwegs zu dem Dorf, in dem der Entführer unter falscher Identität eine winzige Wohnung gemietet hatte.

Barudi provozierte ihn noch einmal und sagte, er sei dumm, denn nun würde er umsonst sterben. Wäre er ein Islamist, so hätte er die Chance, ins Paradies zu kommen, so aber werde er in der Hölle schmoren. Da lachte der Mann. »Ich mache mir nichts aus dem Paradies. Ich verlasse mich lieber auf meine Organisation. Sie hat der Witwe oder den Eltern eines getöteten Mitglieds bisher immer mit einer großen Geldsumme geholfen.«

»Das ist ja wie bei der italienischen Mafia, die Renten dort funktionieren zuverlässiger als im italienischen Staat«, sagte Mancini. Damit war das Verhör abgeschlossen.

Noch einmal vernahmen Barudi und Mancini die ersten beiden Entführer getrennt voneinander. Sie versuchten, ihnen viele Fallen zu stellen, doch keine dieser Fallen funktionierte.

Es war bereits dunkel, als Barudi und Mancini das letzte Verhör abgeschlossen hatten. Da klopfte es an der Tür. Ein Wächter streckte den

Kopf herein und überreichte ihnen das kleine Heft des Kardinals und die teure Armbanduhr.

Es waren erdrückende Beweise. Trotzdem kam Barudi alles zu glatt vor. Hatte man die drei Verbrecher fallengelassen, waren sie Bauernopfer auf einem Schachbrett? Und wenn ja, wer hatte sie fallengelassen? Wer hatte ihnen den Auftrag gegeben? Dieser Frage wollte Mancini erst nachgehen, wenn sie mit Sicherheit wussten, dass die drei Männer die Entführer waren.

Nun aber galt es, die entscheidende Frage zu beantworten: Wer hatte den Kardinal umgebracht und warum? Barudi und Mancini sprachen lange miteinander und beschlossen am Ende, vorläufig weder Damaskus noch Rom über diesen gewaltigen Fortschritt ihrer Ermittlung zu informieren. Vielleicht handelte es sich ja doch um eine Finte und sie könnten sich blamieren.

42.

Eine dunkle Vergangenheit

Am nächsten Morgen telefonierte Barudi schon in aller Frühe mit seinem Assistenten Ali und bombardierte ihn mit Fragen und Eilaufträgen.

»Je nördlicher du kommst, umso härter wirst du, Chef«, sagte Ali.

Danach wollte er Nabil anrufen. Da klingelte sein Smartphone, und Nabil war dran.

»Guten Morgen, gerade wollte ich dich überfallen«, sagte Barudi und lachte. Nabil sollte recherchieren, welche Termine Scheich Farcha im Monat November wahrgenommen hatte.

»Leider«, hauchte dieser mit trauriger Stimme in den Hörer, »ist Scheich Farcha samt Sekretärin abgehauen, womöglich nach Saudi-Arabien. Das hat mir einer meiner Verwandten erzählt. Farcha hat seit Jahren ein Verhältnis mit seiner Sekretärin.«

»Und seine Termine?«

»Sie haben vor ihrer Flucht sauber aufgeräumt. Im Computer gibt es nur wissenschaftliche Dokumente. Da war der Scheich immer vorsichtig.«

»Mist«, sagte Barudi und legte auf, um augenblicklich wieder Ali anzurufen und ihn der Familie der Heilerin auf den Hals zu hetzen.

Ali lachte. »Aus purer Langeweile habe ich mich in der Nachbarschaft erkundigt«, erzählte er. »Eine Nachbarin der Heilerin hat gesagt: ›Nur Idioten glauben, dass sie eine Heilige ist. Ich glaube nicht einmal, dass sie eine Heilerin ist, denn sonst hätte sie ja ihren Mann heilen können. Er ist brutal und ein im Viertel bekannter Hurenbock. Das erinnert mich an den Hellseher, der für viel Geld den Einfältigen ihre Zukunft vorhersagte, und dann rutschte er auf einer Bananenschale aus und brach sich an der Bürgersteigkante das Genick. Erinnerst du dich?«, fragte er und lachte wieder.

Barudi erinnerte sich sehr wohl an den Scharlatan. Er fragte seinen treuen Assistenten, ob Major Suleiman bei seinen Untersuchungen mithilfe des Geheimdienstes etwas erreicht hatte.

»Ja, dass wir zum Gespött der anderen Abteilungen geworden sind«, kam die Antwort.

»Ach, Ali, wir ziehen doch alle am selben Strang. Lassen wir uns von den tüchtigen Geheimdienstlern überraschen. Und seien wir realistisch: Die meisten Morde bleiben überall auf der Welt unaufgeklärt.«

Ali lächelte, denn er wusste, dass Barudi nicht zu ihm, sondern zu den Lauschern gesprochen hatte.

»Gut, Chef. Pass auf dich auf, dass du dich in den Bergen nicht erkältest. Es ist eiskalt da oben, jeden Tag höre ich den Wetterbericht für den Norden«, sagte Ali und legte auf, bevor sich Barudi für diese Fürsorge bedanken konnte.

Es war zwar kalt, aber die Sonne schien. Barudi setzte sich auf einen alten Stuhl vor dem Eingang und genoss die warmen Strahlen.

Dann rief er Nariman an. Sie erkundigte sich, wann seine Dienstreise zu Ende sei, sie brenne nach ihm. Aber er durfte ihr nicht verraten, wo er war, und musste sie zudem vertrösten, er werde wohl erst am zweiten oder dritten Januar zurückkommen.

»Schade, ich wollte mit dir das neue Jahr beginnen«, sagte sie traurig, und Barudi hatte wie so oft das Gefühl, der Beruf mache ihn zu einem asozialen Wesen. Er schluckte schwer. »Nariman«, sagte er dann, »ich muss zugeben, dass ich mich auch sehr nach dir sehne. Ende Januar gehe ich in Rente, und dann habe ich alle Zeit der Welt nur für dich. Gedulde dich ein wenig. Ich bin schon auf der Zielgeraden.«

»Pass auf dich auf, ich brauche dich«, erwiderte sie.

»Mach ich, nicht nur für dich, sondern ganz egoistisch auch für mich. Mein italienischer Freund hat uns nach Rom eingeladen. Das wäre doch was, oder?«

Gegen zehn Uhr war auch Mancini aufgestanden und kam zu ihm heraus, er sah übernächtigt aus. Barudi erzählte ihm von der Flucht des verdächtigen Scheichs Farcha, aber das ließ Mancini kalt. »Ich habe heute Nacht alle Notizen des Kardinals aus dem Italienischen übersetzt«, berichtete er. »Es sind kuriose Gedanken über den Bergheiligen, den der Kardinal tatsächlich bewundert hat, und auch über die Machenschaften des Buri-Clans. Soll ich dir ein paar vorlesen?«

»Ja, bitte«, sagte Barudi, »aber lass uns in unsere Wohnung gehen, dort ist es ruhiger«, sagte er und folgte Mancini ins Haus. Sie saßen noch nicht richtig, als es an der Tür klopfte.

»Unser Emir bittet euch in einer halben Stunde zu sich«, sagte einer der Wächter.

»Wir kommen«, sagte Barudi. Und dann zu Mancini: »Lies bitte weiter. Ich bin ganz gesprunt.«

»*Notiz 1: Meine Recherche über den Buri-Clan habe ich leider aufgegeben*«, begann Mancini. »*Es war verlorene Zeit. Der Clan ist korrupt wie alle hier und dazu mit dem Herrscher des Landes eng verbunden. Licht in die dunklen Machenschaften des Kardinals Buri und in die Zusammenarbeit der italienischen Mafia mit dem Buri-Clan zu bringen, ist hier noch aussichtsloser als in Italien. Die Leute haben Angst vor Georg Buri, dem ältesten Bruder des Kardinals. Sobald ich auch nur zu einer Frage ansetze, verstummen die Leute. Sogar der Bergheilige. Er winkte nur ab. Wenn er von Georg Buri, dem Boss des Clans, spricht, hat man den Eindruck, er spricht von Gott. Deshalb muss ich das alles fallenlassen. Ich beschäftige mich lieber mit diesem einzigartigen Bergheiligen. Mit meiner Mission bin ich leider gescheitert.*

Notiz 2: Die Religion, zu der sich der Bergheilige bekennt, ist die Liebe. Der Kern seiner Botschaft ist: Wartet nicht auf den Himmel, bereitet ihn schon im Hier und Jetzt. Sein Himmel auf Erden ist die Gerechtigkeit. Der Bergheilige erinnert mich im Guten an die frühen Christen und im Schlechten an alle religiösen und politischen Fanatiker in der Geschichte. Ich fragte ihn im Scherz, ob er auch am Kreuz enden wolle. Er lächelte. Bin ich etwa besser als Jesus?, fragte er sanft.

Etwas später sagte er so nebenbei: Liebe vereint, Religion trennt. Dieser Satz machte mich schlaflos. Leider stimmt er.

Notiz 3: Er wiederholte heute dreimal: Wer nichts besitzt, wird von nichts besessen. Ehrlich gesagt ist das eine gute Werbung. Seine Anhänger glauben, ihr Prophet sei arm und besitze nichts. In meinen Augen heuchelt er. Er besitzt sehr viel und braucht nur mit dem kleinen Finger zu winken, schon bekommt er alles, was er sich wünscht. Das ist Macht, und Macht ist Besitz.«

»Das erinnert mich«, unterbrach Barudi, »an die Sultane und Kalifen. Von deren Bescheidenheit haben wir in der Schule gelesen. Angeblich hatten sie beim Sterben nur einen Dinar in der Tasche. Wenn sie aber flüsternd andeuteten, sie hätten Sehnsucht nach Damaszener Aprikosen, ließ man dreihundert Brieftauben von Damaskus zum Kalifen nach Bagdad oder Kairo fliegen, und jede Taube trug ein Netz mit zwei Aprikosen.«

Mancini lachte. »*Notiz 4*«, las er weiter vor. »*Eine kuriose Erklärung des Bergheiligen zu der Frage: Was hat Jesus unter der Liebe zum Feind verstanden?*

Wenn du deinen Feind liebevoll und fest umarmst, lähmst du ihn. Als die Römer das verstanden hatten, beschlossen sie, Jesus zu töten. Es ist Jesu Tragödie, dass ihn die Römer schneller verstanden als sein Volk.

Notiz 5: Kürzlich habe ich eine kluge Bemerkung über die Stigmata gelesen, die Frau Dumia aufweist, und nicht nur sie, alle Scharlatane weltweit zeigen diese Stigmata. Auch unser berühmter Padre Pio. Sie stammt von dem irischen Autor Oscar Wilde, der geschrieben hat: Das Leben ahmt die Kunst mehr nach als die Kunst das Leben. Die Scharlatane ritzen sich Male so in die Handflächen, wie sie die Künstler aus ästhetischen Gründen dargestellt haben.

Der Bergheilige sagte zu mir, dieses Spiel mit den Stigmata sei ein Taschenspielertrick vor einem dümmlichen Publikum. Die indischen Fakire, die er auf seinen Reisen erlebt habe, zeigten für ein paar Piaster viel bessere Tricks. Wir debattierten über die Wunderheilungen, und er lachte darüber.

Das habe mit Heiligkeit nicht das Geringste zu tun, entweder verfügt je-
mand über die Naturkräfte, die einen Kranken heilen, oder nicht. Er selbst
besitzt sie. Ich habe in drei Tagen zehn Fälle erlebt.

Notiz 6: Wir sprachen über die Harmonie, und der Bergheilige sagte
einen weisen Satz. Nur in der Freiheit ist Harmonie möglich, denn sie
lebt vom Unterschied. Die Komposition dieser Unterschiede erzeugt eine
lebendige Harmonie. Die Diktatur duldet keine Unterschiede, geschweige
denn Gegensätze. Sie erzwingt die Gleichmacherei, um Harmonie vorzu-
gaukeln, aber was dabei entsteht, ist nicht Harmonie, sondern Monotonie,
ödes Einerlei, Langeweile.

Hätte ich nichts von den Verbindungen des Bergheiligen mit den Mäch-
tigen gewusst, so hätte ich seine Aussagen für die Weisheit eines absolut
freien Menschen gehalten. Aber es ist wie bei uns in Italien und womöglich
auf der ganzen Welt: Die eine Hälfte des Geistes schwebt in den Sphären
des Anstands und der Humanität, und die andere Hälfte sättigt ihre Bos-
heit und Gier in den Niederungen der Gesellschaft. Ich kenne einen Kar-
dinal, der nach außen asketisch wie der heilige Franziskus lebt und im
Geheimen ein unverbesserlicher Casanova ist. Mein Cousin Carlo ist ein
radikaler Kommunist, aber zugleich auch ein Rassist und Antisemit. Frü-
her dachte ich, das sei eine Verkleidung, heute halte ich es für viel schlim-
mer. Es ist die Spaltung der Seele kluger Menschen.

Notiz 7: Der Bergheilige predigte heute vor seinen versammelten An-
hängern: Betet zu Gott nicht aus Angst vor der Strafe oder der Hölle, das
tun nur Sklaven und Feiglinge. Betet nicht aus Begier auf das diesseitige
oder jenseitige Paradies, das machen Krämer und Händler. Betet, als wür-
det ihr zu einem geliebten Freund sprechen. Bisweilen dürft ihr ihn auch
tadeln, so wie man einem guten Freund hin und wieder ehrlich die Mei-
nung sagen muss.

Wenn es einen syrischen Heiligen gibt, dann ist es dieser Bergheilige,
doch ich werde dem Rat des italienischen Botschafters folgen und dazu
keinen offiziellen Kommentar abgeben, bis ich wieder in Rom bin.«

Barudi und Mancini waren in ihre Gedanken vertieft und schraken
auf, als es klopfte. Sie liefen hinunter in den ersten Stock. Auf der Treppe

hielt Mancini Barudi am Arm zurück. »Das Wichtigste habe ich dir noch nicht vorgelesen«, sagte er.

»Und das ist?«, fragte Barudi und setzte seinen Weg fort.

»Eine Notiz über den Bischof von Damaskus«, antwortete Mancini.

»Was? Auch ein Heiliger?«, lachte Barudi und klopfte an Scharifs Tür.

»Nein, nein, ganz im Gegenteil«, sagte Mancini, aber Barudi war bereits im Zimmer und hörte ihn nicht mehr.

Scharif sprach über seinen Traum von einer vereinten islamischen Welt. Weder Barudi noch Mancini hörten ihm wirklich zu. Sie nickten nur gelegentlich höflich. Aber als Scharif begann, vom Märtyrertod zu schwärmen, hörte Barudi konzentriert hin.

»Wunderbar, wunderbar«, giftete er gegen Scharifs Schwärmerei vom Paradies, wo Flüsse aus Milch, Honig und sogar Wein fließen und wo jeder Märtyrer bis zu zweiundsiebzig Jungfrauen bekommt. »Entschuldige bitte, aber ihr stellt euch Gott vor wie einen Kuppler, der eure Männer unentwegt mit einem Heer von Frauen versorgt. Andererseits sterben die meisten Männer in deiner Truppe, ohne je einer Frau ein Liebeswort gesagt, geschweige denn sie angefasst zu haben. Wie sollen sie mit zweiundsiebzig Frauen umgehen?« Scharif wurde sichtlich zornig, aber Barudi setzte nach: »Und kannst du mir vielleicht verraten, was eine Märtyrerin im Himmel bekommt? Siebzig Männer?«

Mancinis Herz klopfte vor Angst, deshalb hielt er sich mit Kommentaren zurück. Er hätte allerdings auch gerne gefragt, warum die gläubigen Muslime im Paradies Wein trinken dürfen, auf Erden aber nicht.

Als Scharif sich wieder beruhigt hatte und weiter über das Paradies erzählte, begnügten sich die beiden mit einem dezenten Nicken ab und zu und schalteten auf Durchzug. Nachdem sie den Tee ausgetrunken hatten, verabschiedete sich Scharif und fuhr wieder zur Front.

Auf der Treppe hielt Mancini Barudi erneut am Arm fest. »Ich habe dir das Wichtigste noch nicht erzählt«, sagte er wieder. »Ein weiterer Eintrag im Notizheft des Kardinals. Sein Urteil über Bischof Tabbich.«

»Über den Bischof? Ach, ja, er hat den Kardinal zweimal, glaube ich, besucht und sich mit ihm gestritten.«

»Ja, genau. Das Seltsame ist, auch der Kardinal sieht in Pfarrer Gabriel, den ich, bevor ich ihm begegnet bin, als Drahtzieher hinter der Heilerin vermutete, ein Opfer. Er bedauert sogar, dass so ein sensibler, intelligenter Mann es mit solchen Halunken zu tun bekam und sich von ihnen missbrauchen lässt. Einzig der Bischof ist nach Meinung des Kardinals ein Krimineller.«

»Ein Krimineller? Bist du sicher, dass er dieses Wort benutzt hat?«

»Ja, er gebraucht es an zwei Stellen, einmal schreibt er *criminale* und einmal *penale,* und beides bedeutet Verbrecher.«

»Sagenhaft, an den habe ich nicht einmal fünf Minuten gedacht. Gabriel habe ich für einen Fanatiker gehalten, der wie Scheich Farcha zu allem fähig ist, Pfarrer hin Scheich her. Alis Mitteilung, dass der Bischof aus Derkas stammt, habe ich keine besondere Bedeutung zugemessen.«

»Wo steht das? In Alis Bericht? Ich kann mich gar nicht erinnern«, wunderte sich Mancini.

»Das steht nirgends. Als ich bei Georg Buri auf die Terrasse ging, habe ich Ali angerufen, um ihm zu sagen, dass bei uns alles in Ordnung ist. Wie nebenbei erwähnte er, dass der Bischof aus Derkas stammt. Mich hat das nicht weiter interessiert.«

»Aber das ist doch überaus wichtig! Vielleicht hat Buri seine Hand ja indirekt im Spiel. Der Bischof wird mir langsam unheimlich.«

Mancini ging nachdenklich hinter Barudi in die Wohnung. Als sie sich an den Tisch setzten, sagte Barudi: »Lass mich bei Georg Buri anrufen. Ich schalte das Telefongerät wieder auf Lautsprecher.« Er wählte die Nummer. »Guten Abend«, sagte er, als Georg Buri sich meldete.

»Störe ich gerade?«, fragte Barudi.

»Nein, überhaupt nicht. Sie haben mich vor einem langweiligen Film gerettet. Ich schalte den Fernseher aus. So. Bitte schön?«

»Ich habe gerade erfahren, dass Bischof Tabbich aus Derkas stammt. Kennen Sie ihn?«

»Oh ja, ich kannte ihn schon, als er noch ein armer junger Mann war. Er hat damals immer sehr schnell die Nerven verloren, und eines Tages hat er den Verlobten seiner Schwester Theresa erstochen.«

»Erstochen?«, fragte Barudi bestürzt.

»Ja, erstochen. Der Verlobte hatte Theresa geküsst und ihre Beine gestreichelt. Der Bruder hat die beiden aus einem Versteck beobachtet, und dann ging alles ganz schnell. So etwas passiert in diesen ungebildeten Schichten. Sein Vater hat bei mir im Weinberg gearbeitet, er war ein einfacher, gläubiger und treuer Mann. Ich habe einen guten Anwalt eingeschaltet, der die Geschichte als Unfall darstellte. Die Schwester konnte ich überreden, als einzige Zeugin ihren Bruder zu entlasten. Ihr Verlobter würde ja, egal, was sie sagte, nicht wieder lebendig. Sie war knochenhart und verlangte dafür, dass ich ihr die Auswanderung nach Kanada ermöglichte. Das war damals nicht schwer. Sie lebt noch immer dort und ist sehr glücklich. Aber mit ihrem Bruder will sie nach wie vor kein Wort sprechen.

Ich mochte den jungen Tabbich überhaupt nicht und bestand darauf, dass er unser Gebiet verlässt und in ein Kloster geht, um seine Todsünde zu sühnen.

Er willigte ein, und von da an hatte ich kein Interesse mehr an einem Kontakt mit ihm. Er hat in der Kirche eine steile Karriere gemacht, aber das interessierte mich nicht.«

»Ihr Bruder, Kardinal Theophil Buri, hat dagegen eine sehr enge Beziehung zu dem Bischof«, bohrte Barudi nach.

»Mag sein, aber mein Bruder und ich sind in vielerlei Hinsicht nicht der gleichen Meinung.«

»Ich danke Ihnen für die Information und Ihre Geduld mit mir«, sagte Barudi und meinte es ernst.

»Gern, jederzeit wieder. Sie gefallen mir«, sagte Georg Buri. »Vor allem, weil Sie so naiv an das Gute glauben.« Und er lachte und legte auf.

»Er lügt nicht. Seine Überheblichkeit hat den Bischof viele Sympathien gekostet. Das eröffnet uns eine bisher verschlossene Tür«, sagte Mancini in die eingetretene Stille hinein.

Barudi reagierte nicht.

Sie saßen eine Weile schweigend da. Jeder tastete sich durch das Labyrinth der Möglichkeiten.

»Ich rufe Ali an«, sagte Barudi dann. »Er soll den Bischof durchleuchten. Nabil ist an ihm gescheitert. Er kam mit leeren Händen zurück und lobte den Bischof sogar. Ali soll herausfinden, ob Bischof Tabbich im November in den Norden gefahren ist. Kaltblütige Rache wird nicht delegiert. Bei allen Rachemorden, die ich aufgeklärt habe, waren die Mörder darauf erpicht, bei der Folter, beim letzten Schuss oder Messerstich selber Hand anzulegen.«

»Ali soll aber äußerst vorsichtig sein. Wir können alles verlieren, wenn wir jetzt einen Fehler machen. Es geht um einen Bischof, und da bewegt man sich auf einem Minenfeld«, sagte Mancini.

»Ich werde es ihm ans Herz legen«, sagte Barudi und rief Ali an. Er bat ihn darum, alle anderen Aufträge zu delegieren und die Überprüfung des Bischofs in die Hand zu nehmen.

Ali wiederum berichtete, dass in der Familie der Heilerin Dumia etwas nicht stimme. Bischof Tabbich sei oft mit dem Ehemann verabredet, und am gestrigen Tag habe er sich mit ihm und dem Bruder der Heilerin inkognito getroffen. Ali habe den Bischof kaum erkannt, weil er in Zivil gekommen sei. Es war ein schäbiges Café am Rande der Stadt. Dort wartete der Ehemann, an dessen Fersen sich Ali und seine Männer geheftet hatten. Der Bischof und der Ehemann hätten eine Weile miteinander gescherzt und seien in bester Stimmung gewesen, dann sei Dumias Bruder aufgetaucht.

»Welcher Bruder? Der Schläger?«, fragte Barudi.

»Nein, der Chirurg. Der Schläger kann Dumia nicht ausstehen, und er macht Witze über den impotenten Ehemann. Das sei kein Mann, sondern eine Klette, hat er an der Theke der Venus-Bar zu mir und allen anderen gesagt, nachdem ich ihm ein Glas Arak spendiert hatte. Seine Schwester sei eine Betrügerin, schon als kleines Mädchen habe sie versucht, Ohnmachtsanfälle vorzutäuschen, um mehr Taschengeld zu bekommen. Und er bezeichnete Pater Gabriel und den Bischof als Dumias Drahtzieher. Nein, dieser Bruder hat keine Geheimnisse, der andere, der Schönheitschirurg, schon. Er ist ein merkwürdiger Typ«, sagte Ali.

»Zwei meiner Männer haben in Arbeiterkluft nicht weit von dem Tisch

Platz genommen, an dem die drei Männer miteinander sprachen. Sie aßen in aller Ruhe ihr Bohnengericht, aber sie fuhren ihre Antennen aus. Zwar konnten sie nicht viel verstehen, aber sie bestätigten, was ich aus der Ferne den Gesten und der Mimik entnommen hatte. Der Ehemann stritt mit seinem Schwager und nannte ihn einen Feigling, und der Bischof versuchte, die Streithähne zu versöhnen. Nach etwa einer Stunde fuhr der Ehemann von Dumia wütend davon. Der Bischof begleitete deren Bruder mit väterlicher Fürsorge bis zu seinem Sportwagen.«

Barudi staunte.

»Wie gehen wir jetzt weiter vor? Ich würde dem Bischof auf der Spur bleiben. Sollen wir auch den Schönheitschirurgen und den Ehemann beschatten?«, fragte Ali.

»Gib mir ein wenig Zeit. Ich melde mich wieder bei dir«, erwiderte Barudi. Er wollte sich mit Mancini besprechen.

Als Ali ihm zum Abschied schöne Weihnachten wünschte, erschrak Barudi. Hier in dieser gottverdammten Gegend war von Weihnachten nichts zu spüren.

43.

Die Übergabe

Marco Mancini wachte am nächsten Tag ausnahmsweise sehr früh auf, obwohl er spät ins Bett gegangen war. Ob Barudis flammendes Glück mit Nariman oder seine eigene Einsamkeit der Grund war, konnte er nicht sagen. Er blieb im Bett liegen und versank in seinen Erinnerungen. Warum scheiterte er immer wieder dabei, eine Frau auf Dauer zu lieben? Warum gab es keine Frau, die ihn, so wie er war, mit all seinen Macken ins Herz schloss?

Als er seine dritte Frau Alessia, eine intelligente Lehrerin, kennenlernte, hegte er die Hoffnung, die Liebe fürs Leben gefunden zu haben. Aber sein Beruf zerstörte die Liebe. Es waren Zeichen der Ermüdung bei Alessia, die er übersah, Andeutungen, die er überhörte, Sticheleien, die er nicht ernst nahm. Am Ende wollte er nur noch den Sex mit ihr retten und verlor alles. Und dann kam jene Nacht, die er nie vergessen würde. Er kehrte von einem lebensgefährlichen Einsatz gegen die Mafia in Kalabrien zurück. Er war drei Wochen höchst angespannt und dem Tode so nahe wie nie zuvor gewesen. Sein Kollege Luca war neben ihm bei einem Schusswechsel ums Leben gekommen. Er kam spät nach Hause und war voller Sehnsucht nach Alessia. Sie aber war müde, hatte einen besonders anstrengenden Tag hinter sich und hätte ihm gern davon erzählt. Er aber bestürmte sie, noch in den Kleidern, rücksichtslos. Sie wollte nicht, wehrte sich, er aber verstand ihren Widerstand als Aufforderung, sie mit Gewalt zu nehmen. Sie weinte. Am nächsten Morgen musste er zurück nach Kalabrien. Als er eine Woche später wiederkam, überraschte ihn das Vorhängeschloss an der Tür. Er klingelte. Alessia öffnete einen Spaltbreit, schaute ihn mit toten Augen an. »Was willst du hier?«, fragte sie und knallte die Tür zu. Sie nahm das Telefon nicht ab. Er ging in sein

Büro, dort standen vier große Kartons mit all seinen Sachen. In einem Umschlag fand er eine Nachricht. Er solle den Schlüssel in den Briefkasten legen. Ihr Rechtsanwalt werde ihn wegen der Scheidung kontaktieren. Punkt. Ende.

Sein Vater schonte ihn nicht. »Die Ehe ist entweder für Wesen mit großer Intelligenz und edlen Herzen oder für Stumpfsinnige geeignet, und du bist weder das eine noch das andere.«

Aber warum, dachte Mancini und richtete sich auf, bleiben einem nur die schrecklichsten Erinnerungen so lebendig vor Augen? So viele glückliche Momente mit Frauen, die er gekannt hatte, verschwanden im Nebel der Zeit. Hervor stachen nur die schroffen Felsen seiner Niederlagen.

Er wusste keine Antwort.

Nach dem Frühstück schlug Barudi vor, sie sollten sich, getrennt voneinander, zunächst noch einmal die beiden älteren Entführer vornehmen und dann gemeinsam das schwächste Glied, den jungen Entführer, verhören. Es galt, die genaue Situation der Übergabe, den Ort, die Umstände, die beteiligten Personen in Erfahrung zu bringen.

Doch bevor sie sich trennten, klingelte Barudis Handy. Mitri, der Chef der Spurensicherung aus Aleppo, der die Hütte unter die Lupe genommen hatte, war am Apparat.

»Guten Tag, lieber Barudi, hier ist Mitri, ich möchte dir die gute Nachricht nicht lange vorenthalten. Anscheinend haben die Mörder Panik bekommen und die Hütte überstürzt verlassen. Sie haben jede Menge Spuren hinterlassen: gebrauchte Einweghandschuhe, Einwegspritzen, deutliche Fingerabdrücke, Giftreste in den Spritzen und anderes mehr. Wir haben die Spuren gesichert und sehr viel Material. Ich überprüfe alles und melde mich dann wieder bei dir«, sagte er.

»Vielen Dank«, erwiderte Barudi und legte auf. »Das Glück beginnt, sich uns zuzuwenden«, sagte er dann zu Mancini.

Jeweils etwa eine Stunde verbrachten Barudi und Mancini mit den beiden älteren Entführern, dann sprachen sie zwei Stunden mit dem jüngeren. Sie ließen ihn am Tisch platznehmen und traktierten ihn mit ihren Fragen. Sie spielten die Ungeduldigen und ließen ihn nicht zur Ruhe kommen, aber der junge Mann behielt die Nerven. Seine Darstellung stimmte noch im kleinsten Detail mit den Beschreibungen der beiden anderen überein. Drei Männer aus Damaskus hatten den Auftrag erteilt, der über eine Vertrauensperson an ihren Chef weitergeleitet worden war. Wie viel Geld bezahlt wurde, war den Entführern nicht bekannt, vermutlich keine allzu große Summe, da die Entführung nicht besonders kompliziert gewesen war. Die Opfer waren unbewaffnet und gingen ohne Schutz spazieren.

Die Übergabe fand an der Hütte statt. Die Entführer übergaben die gefesselten Männer an die Auftraggeber. Sie kannten die Identität der Opfer nicht, wussten nur, dass es sich um einen Racheakt handelte. Das war alles.

Die Auftraggeber fuhren in einem gemieteten weißen Transporter mit Hecktüren vor. Diese Beschreibung stimmte mit der überein, die der Lastenträger in Damaskus gegeben hatte. Jener Mann, der sich Abu Ali nannte, hatte zu Beginn der Ermittlungen ausgesagt, dass ein eleganter Herr mit einem weißen Transporter, möglicherweise einem Mercedes Sprinter jemanden suchte, der das Fass an die italienische Botschaft lieferte. Es sollte eine Überraschung für den Botschafter sein.

»Und weißt du, von welcher Marke der weiße Transporter war?«, fragte Barudi.

»Klar weiß ich das«, antwortete der junge Entführer, »es war ein Mercedes Sprinter. Eines Tages möchte ich mir auch so einen kaufen und ein Transportunternehmen gründen.«

»Oh, viel Erfolg.« Barudi schlug einen freundlichen Ton an.

»Und noch etwas«, fügte der junge Entführer prompt hinzu. »Während meine beiden Kameraden in den Wald verschwanden, habe ich mich in der Nähe der Hütte versteckt. Ich kenne die Gegend besser als sie. Mein Lieblingsonkel mütterlicherseits lebt in Saitunia und hat dort einen kleinen Olivenhain, nicht einmal fünfhundert Meter von der Hütte entfernt. Ich war neugierig, was weiter geschehen würde.

Nach einiger Zeit hörte ich einen Streit, und kurz darauf kamen die drei Auftraggeber aus der Hütte. Der eine schien irgendwie beleidigt und setzte sich auf den Beifahrersitz. Die anderen beiden trugen die Leiche des jüngeren Entführten, warfen sie ins Wageninnere und kehrten in die Hütte zurück. Dann rollten sie ein großes Fass heraus, hievten es mühsam in den Transporter und befestigten es mit Gurten und Seilen. Ununterbrochen fluchend holte einer der Männer einen kleinen Kanister und goss dessen Inhalt hastig entlang der Hütte aus. Er warf etliche brennende Streichhölzer darauf und sprang in den Transporter. Der Motor lief bereits, und sie brausten davon. Ich hatte Angst, das Feuer könnte den nahen Olivenhain meines Onkels erreichen, kam rasch aus meinem Versteck und trat die Flammenherde aus. Gott sei Dank war die Erde so feucht, dass sich die Flämmchen leicht löschen ließen. Dann ergriff mich Panik, und ich rannte so schnell wie möglich davon.«

Barudi war diesem kleinen Verbrecher dankbar für den Bericht, aber er durfte ihm seine Dankbarkeit nicht zeigen. Also rief er einen der Wächter, der den Mann in seine Zelle zurückbrachte.

»Langsam schließt sich der Kreis«, sinnierte Mancini. »Und was dieser junge Mann getan hat, war unendlich wichtig. Stell dir vor, die Hütte wäre niedergebrannt.«

»Der Kreis wird sich erst schließen, wenn die Täter identifiziert sind. Ich rufe Nabil an. Er soll rasch die Fotos organisieren«, sagte Barudi mit all der Skepsis, die sich über vier Jahrzehnte hinweg bei ihm eingenistet hatte.

44.

Der Wahrheitsfindung dienlich

Hundertneununddreißig Fotos ließ Nabil seinem Chef auf elektronischem Wege zukommen. Islamisten, gemeine Verbrecher, Gewalttäter, aber auch unbekannte Schauspieler waren darunter. Dazwischen platzierte Barudi Fotos von Georg Buri, Scheich Farcha, Pfarrer Gabriel und Bischof Tabbich. Außerdem den italienischen und den vatikanischen Botschafter, Dumias Brüder und ihren Ehemann.

Mancini und Barudi zeigten die Fotos den Entführern getrennt voneinander, und alle drei identifizierten ohne zu zögern den Bischof, Dumias Ehemann und einen ihrer Brüder, den Schönheitschirurgen. Bei Letzterem fügte der junge Entführer hinzu: »Das ist der Typ, der am Ende beleidigt auf dem Beifahrersitz saß und den anderen nicht geholfen hat.«

»Wir haben sie«, sagte Mancini nach der Vernehmung.

»Noch nicht. Wir wissen, dass die drei höchstwahrscheinlich den Kardinal umgebracht haben. Sobald uns Mitri die Daten schickt … Apropos … warte mal«, unterbrach sich Barudi, als wäre ihm ein wichtiger, unaufschiebbarer Gedanke gekommen. Er rief Mitri an.

»Ja, mein Lieber, kommst du voran? … Ja, das ist gut. Darf ich dich darum bitten, das Ergebnis deiner Untersuchungen an unseren gemeinsamen Freund Schukri und an mich zu schicken? … Ja, genau, sicherheitshalber. Danke … Doch, doch, das reicht vollkommen, hetze dich nicht. Danke.«

Er legte auf. »Ich wollte sichergehen, dass die Daten nicht verschwinden. Ich leite die Mail selbstverständlich an dich weiter. Und was ich vorhin noch sagen wollte: Alle Beweise müssen hundertprozentig dicht sein, denn es handelt sich um einen Bischof, um den Ehemann einer angeblichen Heilerin und um einen berühmten Schönheitschirurgen.«

In diesem Moment rief Nabil an und berichtete, er sei mit einem Verwandten in die Praxis des Schönheitschirurgen eingebrochen und habe in aller Seelenruhe dessen Terminkalender fotokopiert und dabei mit seinem Cousin zwei Gläser edlen Rotwein getrunken, den sie in einem temperierten Weinschrank mit teuren Weinen gefunden hatten. Barudi lächelte. Immer wieder schlug dieser Assistent bei aller Professionalität ein wenig nach James Bond. Nabil kündigte an, Barudi die Kopien per E-Mail zu schicken.

»Und was hast du gefunden? Mach es nicht spannender, als es ohnehin ist«, sagte Barudi und wusste, dass Nabil nun grinste, weil er Spannung erzeugt hatte.

»Der Chirurg war in der betreffenden Zeit verreist. Er ließ Termine für große Operationen verschieben. Kleinere Eingriffe wurden von seiner Assistentin Frau Dr. Seinab erledigt. Grund: dringende Familienangelegenheiten. Er war vier Tage weg, und an den drei darauffolgenden Tagen vermerkte die Sekretärin, der Chirurg sei von seiner Reise zurück, aber krank und nicht zu sprechen.«

»Das hast du gut gemacht, Nabil. Sag deinem Cousin ein herzliches Dankeschön von mir«, sagte Barudi und legte auf.

»Wenn man nur mit kriminellen Mitteln an die Wahrheit kommt, dann solltest du Nabil vielleicht auch noch bitten, die Fingerabdrücke der drei aufzutreiben. Schukri könnte sie dann mit denen in der Hütte vergleichen«, schlug Mancini vor.

»Was würde ich ohne dich tun? Mir fehlt einfach die kriminelle Ader«, sagte Barudi und lachte. Er wählte Nabils Nummer.

»Mein lieber Einbrecher, könntest du uns vielleicht auch noch die Fingerabdrücke des Chirurgen und des Ehemannes zukommen lassen? Wie du das machst, sei dir überlassen. Sollte etwas schiefgehen, stehe ich zu dir. Nur deine eigenen Fingerabdrücke sollten nicht dabei sein, sonst müssen wir dich verhaften«, scherzte Barudi.

Am Nachmittag rief Ali an. Er hatte sich, wie er berichtete, über eine

Bekannte, die als Köchin im Patriarchensitz arbeitete, Zugang zum Sekretariat verschaffen können. Auf diese Weise war er an alle Termine dort gekommen.

Pfarrer Gabriel hatte Damaskus im November kein einziges Mal verlassen und dort eine Menge anderer Termine gehabt. Patriarch Bessra war eine Woche nach Beirut geflogen und drei Wochen nach Alexandria. Bischof Tabbich dagegen hatte Damaskus einen Tag nach Abreise des Patriarchen in Richtung Aleppo verlassen. Wegen familiärer Angelegenheiten, wie es hieß.

Barudi notierte sich alles.

»Sollen wir seinen Chauffeur verhören?«, erkundigte sich Ali.

»Nein, das wirbelt zu viel Staub auf. Erst wenn wir zuschlagen, wird er als einer von vielen Zeugen vernommen werden. Aber sag deiner Bekannten, ich bewundere Köchinnen.« Ali lachte. »Übrigens«, fügte Barudi hinzu, »könntest du sie vielleicht bitten, dir in den nächsten Tagen ein paar Gegenstände, die der Bischof benutzt hat, auszuhändigen. Die bringst du zu Schukri. Mit aller gebotenen Vorsicht. Das wäre für den Vergleich der Fingerabdrücke ganz toll.«

»Und ich dachte mir gerade, warum lobt er die Köchin. Aber der Hammer ließ nicht lange auf sich warten. Klar, das mache ich.«

Als Barudi nach einer kurzen Siesta bei Mancini klopfte, rief dieser: »Einen Moment bitte.« Dann hörte Barudi feierliche Musik. »Jetzt kannst du reinkommen.«

Barudi trat ein. Auf dem kleinen Tisch standen Kerzen, ein Kuchen und eine Kanne dampfender Kaffee. Aus dem Laptop auf dem Nachttisch plärrten italienische Lieder.

»Heute ist Silvester«, sagte Mancini. Das war Barudi gleichgültig, aber der Kuchen schmeckte exzellent. Wo Mancini das alles aufgetrieben hatte, ohne dass er, Barudi, etwas davon mitbekam, blieb sein Geheimnis.

Noch einmal wollte Barudi, der ewige Skeptiker, sich absichern. Noch einmal ging er zusammen mit Mancini die Verhöre durch. In einem der Verhöre mit dem Anführer der Entführer entdeckten sie in einem Nebensatz, dass der Mann, der ihm das Geld aushändigte, eine Narbe unter dem Ohr gehabt habe.

»Hat nicht irgendjemand die Narbe unter dem Ohr bereits in Damaskus erwähnt? Wer war das gleich?«, fragte Mancini.

Barudi schlug sich mit der Hand gegen die Stirn. »Das war der Transporteur. Ich zeige dir die Stelle im Protokoll.« Er schaltete seinen Laptop ein und suchte im Dokument »Kardinal« nach dem Begriff »Narbe«. Er fand zwei Stellen, einmal in seinem kurzen Bericht über das Gespräch mit dem Transporteur und einmal in dem Bericht der Kollegen, die dessen Zeugenaussage zu Protokoll genommen hatten.

Barudi und Mancini ließen sich den Anführer der Entführer sicherheitshalber noch einmal bringen, zeigten ihm die Fotos der drei Verdächtigen und fragten, welche Person die Narbe unter dem Ohr hätte. Er zeigte auf den Bischof: »Der war es.«

Barudi hieß den Gefangenen in seine Zelle zurückzubringen. Nach einer kurzen Beratung mit Mancini beschloss er zu handeln. Er rief seinen Chef an und erzählte ihm von dem dringenden Verdacht gegen den Bischof, den Ehemann und den Schönheitschirurgen. Man müsse den Staatsanwalt und den Richter einschalten und drei Haftbefehle erlassen wegen des dringenden Verdachts, dass die drei Männer an der Ermordung des Kardinals und des Jesuiten beteiligt waren. Absolute Isolation in der U-Haft, keine Anwälte. Er werde sofort nach Damaskus zurückkommen.

»Was habe ich doch für ein Glück mit dir!«, rief Suleiman. »Ich werde alles in die Wege leiten. Schick mir die Entführer mit sicherem Begleitschutz, Blaulicht und Musik und komm selbst nach, so schnell es deine Rostlaube erlaubt.« Er lachte und legte auf.

Scharif organisierte umgehend einen Polizeitransporter, und in Begleitung von drei stämmigen Polizisten wurden die Gefangenen mit Blaulicht und Sirene nach Damaskus gefahren.

»Du solltest Suleiman noch einmal anrufen«, sagte Mancini nachdenklich, nachdem sich der Trubel gelegt hatte. »Er muss auf eine mögliche Überreaktion des Patriarchen gefasst sein, wenn die Kriminalpolizei eingreift. Suleiman soll zum Patriarchen gehen und ihn auf diplomatische Weise informieren, dass der Bischof in einem vornehmen Haus unter Beobachtung bleibt, bis die Beweise offiziell vorliegen. Auch die Presse bleibt außen vor. Nur weil ein Krimineller beim Bischof eingebrochen hat, wird das Ansehen der Kirche nicht geschädigt.«

»Du bist wirklich gut. Darauf hätte ich auch selber kommen können«, sagte Barudi und rief Major Suleiman erneut an.

Der Abschied am 2. Januar war bewegend. Scharif schickte alle seine Männer aus seinem Büro. Er gab Mancini seine Kamera zurück und schenkte ihm seine eigene Armbanduhr, eine teure Schweizer Marke. Barudi übergab er seine Dienstpistole und einen dicken großen Umschlag.

»Was ist das?«, fragte Barudi.

»All meine Briefe, die ich an Basma geschrieben habe, aber nie absenden konnte«, sagte er. Dann zögerte er einen Augenblick. »Und ein wenig Geld für Rosen zu ihrem Geburtstag.«

Sie umarmten sich und weinten beide. Barudi küsste Scharif auf die Augen. »So hat sie dich immer geküsst«, sagte er unter Tränen. »Pass auf dich auf!«, rief er dann und ging davon.

Auch Mancini umarmte Scharif. »Du bist ein feiner Mensch«, sagte er und ließ sich von Scharif auf die Wangen küssen.

Barudi und Mancini fuhren los. Bis zum letzten Kontrollpunkt vor der Autobahn wurden sie von einer Motorradeskorte begleitet. Barudi drehte das Fenster herunter und winkte zum Dank, Mancini tat es ihm auf dem Beifahrersitz gleich.

Auf der Autobahn schwiegen sie lange. Barudi rannen immer noch Tränen über die Wangen.

»Kein Wunder«, unterbrach Mancini die Stille, »dass Basma den Kerl so geliebt hat. Auch wenn er ein Terrorist ist, bin ich doch von seiner

Persönlichkeit beeindruckt. Ich teile keine seiner Vorstellungen, und trotzdem muss ich anerkennen, dass er ein aufrichtiger Mann ist. Schade, dass er auf der falschen Seite steht«, sagte Mancini und hielt einen Moment lang inne. »Wollen wir uns nicht kurz an einer Raststätte mit etwas Kaffee und einem deftigen Essen belohnen, so richtig mit Schweinefleisch und Rotwein? Ich möchte dich gern einladen. Bitte!« Mancinis Stimme war sanft. Er war besorgt wegen Barudis Fahrstil, denn dieser fuhr ziemlich unkonzentriert und viel zu schnell, überholte aggressiv, meist ohne Blick in den Rückspiegel, ob sich ein anderes Auto näherte. Einmal war es knapp gewesen. Der andere Fahrer hatte wie verrückt gehupt.

»Ja, gern«, erwiderte Barudi mit erstickter Stimme.

Nach einer Stunde Pause und einem guten Essen, ohne Wein, fuhren sie weiter. Barudi war jetzt ruhiger und konzentrierter. Er weinte nicht mehr. Mancini hatte ihm ein paar heitere Geschichten erzählt, aber auch von seiner Traurigkeit und wie sehr er sich manchmal den Tod herbeiwünschte.

»Nein, nur das nicht«, erwiderte Barudi. »Du wirst bestimmt noch eine nette Italienerin kennenlernen, die wie du nicht an Gott glaubt und das Leben liebt.«

Kurz vor Damaskus war die Autobahn in der Gegenrichtung ziemlich verstopft, große Militärtransporter mit schwerer Ladung fuhren gen Norden. Panzer, Raketenwerfer, Lastwagen und anderes Kriegsgerät. Busse voller jubelnder Soldaten und Jeeps mit Offizieren überholten die Transporter auf der linken Spur.

»Sie greifen bestimmt die Islamisten an«, sagte Barudi. Seine Stimme wurde übertönt vom Lärm der Kampfflugzeuge, die ebenfalls gen Norden flogen.

Die Nachrichten brachten kein Wort darüber.

Eine kalte Hand drückte Barudis Herz zusammen. Er fürchtete, Scharif würde den Kampf nicht überleben. Dann schüttelte er den Kopf, um die düsteren Gedanken zu vertreiben.

45.

Zwischen Himmel und Hölle

Kommissar Barudis Tagebuch

Seit drei Tagen zurück. Ich schwebe zwischen Himmel und Hölle. Nariman empfing mich mit einer solchen Sehnsucht, mit einer so sinnlichen Freude, wie ich sie noch nie erlebt habe. Ich rief sie kurz vor Damaskus an, brachte Mancini nach Hause und kam dann zu ihr. Sie lachte und weinte in einem und küsste mich so, dass meine erotischen Nerven mit einem Schlag wieder blank lagen. Wir liebten uns noch auf dem Gang zum Schlafzimmer. Danach trug ich sie ins Bett und liebte sie erneut mit jeder Faser meiner Seele. Erst nach Stunden merkte ich, wie erschöpft und hungrig ich war. Nariman hatte bereits etwas zu essen vorbereitet, Lammfilet mit Basmatireis und Salat, dazu Rotwein.

Sie ist eine feine Frau und mutig wie eine Löwin. Als ich sie einmal am Telefon fragte, ob sie keine Einwände von ihrer Sippe befürchtet, weil sie mit einem Christen zusammen sein will, lachte sie wie so oft. »Meine Sippe«, rief sie, »hat mir mein halbes Leben versaut. Sie soll froh sein, dass ich sie nicht auf Schmerzensgeld verklage. Die andere Hälfte meines Lebens möchte ich mit dir verbringen.«

Inzwischen ist sie offiziell geschieden. Die Papiere kommen in den nächsten Wochen.

Nariman zeigte mir einen Zeitungsbericht über eine Ausstellung: »Die Kunst der Sumerer«. Auf einem Foto sieht man eine fünftausend Jahre alte Tonfigur, eine Frau lenkt einen Pferderennwagen. »Das ist Zivilisation«, sagte sie. »Bei uns ist es den Frauen nicht einmal erlaubt, Fahrrad zu fahren.«

*

Mit Genuss habe ich eine Menge Kalendertage durchgestrichen. Ich bin bereits auf der Zielgeraden. Ich freue mich unendlich auf die Zeit der Pension mit Nariman.

*

Mancini hat gestern einen präzisen langen Bericht über den bisherigen Stand der Ermittlungen geschrieben. Ich las ihn, korrigierte ein paar Kleinigkeiten, auch ein paar Sprachfehler, und schickte eine Kopie an meinen Chef. Inzwischen hat Mancini alle Dokumente und den Bericht in der italienischen Botschaft deponiert.

*

Vier Kommissare waren bei der heutigen Morgenbesprechung zugegen. Ein nationalistischer Kollege gab in der Kaffeepause damit an, dass alle Propheten aus dem Orient kämen. Ali, mein Assistent, mehr dem Wein als den heiligen Büchern zugeneigt, hat ihm eine geniale Antwort gegeben: »Das kommt daher, dass wir so schlecht und unverbesserlich sind. Und was haben wir mit den Propheten gemacht? Sie verfolgt, verraten, für verrückt erklärt, und wenn das noch nicht genügte, sogar gekreuzigt oder gesteinigt. Andere Völker sind allein vom Hörensagen gläubig geworden.«

Wie wahr! Wir, und ich nehme mich da selbst nicht aus, schieben alles Schlechte gern unseren Herrschern in die Schuhe. Das ist bequem. Unsere Herrscher sind dumm und sadistisch. Sie sind korrupte Verräter. Das ist wahr. Aber was sind wir? Wir sehen uns gern in der Rolle der Opfer, aber wir verkörpern das Schlechte in reinster Form. Ich auch. Was hat uns dazu gemacht? Der Herrscher bestimmt nicht. Er nutzt es nur aus und überlässt uns dem Morast unserer Unzulänglichkeiten.

*

Nariman äußert sich oft nur vorsichtig. Wie viele Frauen hier hat sie Angst vor Männern. Heute hat sie etwas gesagt, das mir, wenn ich darüber nachdenke, sehr weise erscheint. Ich kann mich nicht erinnern, so etwas schon in einem Zeitungsartikel oder in einem Buch gelesen zu haben. Sie sagte: Die alten Diktaturen haben die Leuten stumm gemacht, die neuen zwingen sie, dauernd zu reden, aber gezielt nur dummes, oberflächliches Zeug, so dass das Hirn zu einer Müllhalde wird. Sie brabbeln und lärmen, um zu überdecken, dass sie das Wesentliche verschweigen.

Wie recht sie hat! Wenn ich nicht nur Talkrunden im Fernsehen, sondern das Heer der Smartphone-Telefonierer sehe, deren Gespräche ich mit anhören muss, wird mir schlecht.

*

Der Bischof, der Ehemann und der Schönheitschirurg sitzen in Isolationshaft. Major Suleiman hat meinem Wunsch entsprochen. Der Bischof ist offiziell verreist. Das ist ein Kompromiss, den Major Suleiman mit dem Patriarchen ausgehandelt hat, so dass die christliche Gemeinde nicht beunruhigt wird, bevor das Urteil feststeht. Aber er sitzt nicht in einem bequemen Haus, sondern in einer Gefängniszelle.

Ich habe den katholischen Patriarchen angerufen, um ihn höflich, aber genau zu informieren. Ich dachte, er wäre vielleicht sauer auf mich, doch da hatte ich mich vollkommen geirrt.

Er lud mich zu einem vertraulichen Gespräch ein. Bei der Begrüßung strahlte er und bestellte eine Kanne Kaffee. Ich versicherte ihm, dass ich als Privatperson da sei und alles, was er mir erzählen wird, für mich behalten werde, aus Dankbarkeit für seine Offenheit.

»Es tut mir leid«, sagte er, »es tut mir wirklich leid, dass ich so lange gebraucht habe, um diesen üblen Typen zu durchschauen. Major Suleiman hat mir alles dargelegt. Er ist zweifellos schuldig. Ich möchte Ihre Arbeit mit meinen Mutmaßungen nicht stören und werde jede Stellungnahme verweigern. Aber ich habe die Nase voll. Vor etwa vier Jahren hat er uns in eine äußerst peinliche Situation gebracht, die den Ruf der katholischen Kirche beinahe ruiniert hätte, wenn die betroffene Familie nicht so großartig reagiert hätte. Er hat das Beichtgeheimnis nicht gehalten und bei einem Fest die heimliche Affäre eines Mannes ausgeplaudert, so dass sich die Ehefrau von ihm trennen wollte. In fünf ausführlichen Gesprächen haben wir die Ehe gerettet und erreicht, dass die Sache nicht an die Öffentlichkeit gelangte. Bischof Tabbich schwor mir, dass er nicht der Verräter war. Mein Herz aber sagte mir, dass er log. Nur konnte es niemand beweisen.

Nun aber will ich ihn keinen Tag länger mehr hier dulden. Ich werde seiner Heiligkeit, Papst Benedikt, vertraulich berichten und, sobald das Urteil feststeht, fällt auch unsere Entscheidung. Übrigens habe ich das höfliche Angebot deines Chefs abgelehnt, den Bischof in einem Haus am Rande der Stadt unter Bewachung zu setzen. Er ist ein Krimineller und soll wie alle Kriminellen ins Gefängnis.«

Ich bedankte mich und wollte aufbrechen, da hielt der Patriarch meine Hand fest. »Ich werde für Sie beten, dass Sie diese Schande aufklären. Ich schäme mich so sehr, dass ein Gast bei uns ermordet wurde!«

»Sie können mir glauben, Exzellenz, das ist der Motor meines Handelns«, erwiderte ich. »Sonst hätte ich den Fall längst aufgegeben.«

Nach dem Treffen informierte ich Mancini, dass der Patriarch auf unserer Seite steht. Ich war verwundert, dass Mancini nicht begeistert reagierte, sondern dem Patriarchen gegenüber immer noch skeptisch blieb.

*

Mancini und ich haben unabhängig voneinander festgestellt, das schwache Glied dieser Verbrecherbande ist der Schönheitschirurg. Also werden wir beim Verhör zu einer List greifen: Wir werden ihm zunächst zu verstehen geben, dass er als Täter eigentlich nicht infrage kommt und dass chirurgische Eingriffe an einer Leiche nicht strafbar sind. Vielleicht wird er uns dann den Mörder nennen und als Zeuge aussagen.

Mancini hat beschlossen, bei der Vernehmung nicht dabei zu sein. Ich soll die mutmaßlichen Mörder allein verhören. Mancini soll für sie weiterhin der Journalist bleiben. Wenn sie herausfinden, dass er Kriminalkommissar ist, meinte er, würden sie das Verhör durch einen Ausländer als verletzend empfinden. Recht hat er.

*

Ich schlafe schlecht, weil ich das Gefühl nicht loswerde, dass Major Suleiman nicht mit offenen Karten spielt. Bei der Morgenbesprechungen und auch in den Gesprächen unter vier Augen hat er die Kooperation mit dem Geheimdienst kein einziges Mal mehr erwähnt, und als ich ihn danach fragte, meinte er nur knapp:»Nimmt alles seinen Gang.«

Wir haben die Mörder, und seine Arbeitsgruppe sucht noch!!!

Ich habe Mancini unter vier Augen gesagt, dass wir ein Maximum an Informationen bekommen werden, je schneller wir handeln. Der Geheimdienst ist ein großer, träger Apparat. Wenn wir ihm irgendwann in die Quere kommen, wird er uns sofort ausbremsen. Das geschieht, sobald Zeugen eine oder mehrere Personen der obersten Kaste nennen, die von uns vernommen werden müssten. Mancini lachte und meinte, Syrien käme ihm italienisch vor.

*

Den Mord haben die Verbrecher nicht nur aus Hass begangen. Dann hätte man den Kardinal für immer und ewig verschwinden lassen, man hätte ihn tief begraben oder im nahen Meer versenken können. Nein, die Mörder wollten Rom eine unmissverständliche Botschaft zukommen lassen. Sogar an das Detail, den Kardinalsring als Zeichen der Degradierung vom rechten auf den linken Ringfinger zu stecken, haben die Täter gedacht.

*

Merkwürdig, wie Erinnerungen funktionieren. Ich habe dieser Tage viel nachgedacht, und plötzlich stieg die Erinnerung an eine Geschichte auf, die mir Schukri vor Monaten über die Heilerin Dumia erzählt hat. Ich habe sie auch Nariman erzählt, und wir haben viel gelacht.

Schukri erzählte, dass der ehemalige Verteidigungsminister Yasser Ballas ein Verhältnis mit der Heilerin hatte. Einmal, sie war noch sehr berühmt, standen die Menschen wieder Schlange, als eine Armada von Staatskarossen angefahren kam. Und wer stieg aus der großen schwarzen Limousine? Yasser Ballas mitsamt seiner ganzen Militärführung. Die wartende Menge erstarrte vor Furcht. Ballas trat ins Haus, begrüßte die Heilerin und bat laut lachend, mit dem heiligen Öl gesalbt zu werden. Er kniete vor ihr nieder, und die gesamte Generalität tat es ihm gleich. Die Heilerin Dumia ölte einen nach dem anderen, fast geistesabwesend, als stünde sie unter Drogen. Giftzahn Schukri hat damals dreckig gelacht: Jetzt müsse sich Israels Armee warm anziehen. Sie habe es mit einer gesalbten feindlichen Armeeführung zu tun.« Und er lachte so laut, dass sich mehrere Gäste im Café zu uns umdrehten.

46.

Eine unheilige Allianz

Der Chirurg saß elend in seiner Gefängniszelle herum und wartete. Er litt unter den Bedingungen der Untersuchungshaft. Der Richter hatte für die Dauer der Untersuchung eine absolute Kontaktsperre angeordnet.

»Sie heißen Doktor Bulos Sargi?«, begann Barudi seine Vernehmung.

»Ja«, antwortete der Mann mit gebrochener Stimme.

Der Kommissar fragte ihn, ob Dumia und Josef Sargi seine Geschwister seien. Der Mann bejahte, schüttelte aber gleichzeitig den Kopf.

Barudi wartete eine Weile. Seine langjährige Erfahrung hatte ihn gelehrt, dass der Verhörte in der Stille das Bedürfnis bekommt, zu reden. Das war bei dem Chirurgen nicht anders.

»Nur auf dem Papier. Ich will mit ihnen nichts mehr zu tun haben«, sagte er.

»Hören Sie, Sie sind ein intelligenter Mensch, deshalb möchte ich nicht zu viel erklären. Wir haben Ihre Fingerabdrücke und die DNA-Analyse. Die Beweise sind eindeutig. Einer von Ihnen hat versucht, die Hütte anzuzünden. Sie brannte nur deshalb nicht nieder, weil ein Zeuge den Brand gelöscht hat.«

»Der Bischof hat …«, flüsterte der Chirurg kaum hörbar.

»Wir haben genug Beweise«, unterbrach Barudi ihn, »dass Sie bei der Ermordung der Entführten in der Hütte nahe der Autobahnausfahrt Saitunia zugegen waren. Ich empfehle Ihnen, offen mit mir zu sprechen. Ich bin mir sicher, dass Sie den Mord nicht begangen, sondern nur die Leiche präpariert haben. Das ist keine schöne Tat, aber nach dem Gesetz bekommen Sie dafür höchstens ein paar Monate auf Bewährung. Wir wissen jedoch bisher nicht genau, wer der Mörder ist, Ihr Schwager oder

der Bischof. Wer hat die beiden ermordet?« Barudi war immer lauter geworden.

Bulos, der Schönheitschirurg, begann zu weinen. »Ich wollte es nicht, und ich wusste nicht, warum sie es getan haben.« Er redete so leise, dass man ihn kaum verstand. Barudi bat ihn, deutlich zu sprechen, da er später ein Protokoll anfertigen musste.

»Ich lasse Ihnen einen Kaffee bringen«, sagte er väterlich, fast fürsorglich.

»Und ein Wasser, bitte«, bat Bulos. Der Kommissar sprach mit dem Wärter an der Tür, und dieser eilte davon.

»Der Bischof hat es getan. Mein Schwager ermunterte ihn dazu. Er hat den Kardinal zweimal ins Gesicht geschlagen und bespuckt. Der Bischof spritzte den Opfern hochdosiertes Gift. Ich war sehr erschrocken, aber zu feige, um wegzulaufen.«

»Und wo ist die zweite Leiche? Der Kardinal steckte in dem Ölfass, aber wo ist die Leiche seines Begleiters?«

»Kurz vor der Autobahnauffahrt Saitunia haben sie die Leiche aus dem Wagen gezerrt und in eine Grube geworfen. Sie ist von der Landstraße aus durch eine Böschung verdeckt. Dann haben sie Zweige abgerissen und darübergelegt.«

»Und das haben Sie alles geschehen lassen, ohne auf die Idee zu kommen, zur Polizei zu gehen? Wie weit von der Auffahrt entfernt?«, fragte Barudi wütend.

»Mein Schwager hat gedroht, mich und meine Schwester umzubringen. Nicht weit, vielleicht hundert Meter«, antwortete der Chirurg.

Der Kommissar stand auf und wählte Schukris Nummer. »Mein Lieber, es ist dringend«, sagte er ernst. »Die Leiche des ermordeten Jesuiten liegt etwa hundert Meter vor der Auffahrt Saitunia … Nein, nein. Sie liegt neben der Landstraße in einer Grube hinter einer Böschung … Ja, genau, an der Straße, die von Derkas zur Autobahn Richtung Süden führt … Wie bitte? … Ja, etwa hundert Meter … Nein, nicht Mitri, sondern du. Das ist überaus wichtig. Keiner kann ein Indiz besser in einen sicheren Beweis verwandeln als du … Danke. Bitte ruf mich an, sobald du die Leiche gefunden hast. Und schärf deinen Mitarbeitern ein: noch kein Wort an die Presse. Wir sind auf der Zielgeraden. Durch einen leichtsinnigen Fehler kann alles kippen.«

Nachdem er Kaffee und Wasser getrunken hatte, redete der Chirurg wie ein Fluss. Er erzählte wie einer, der sich von einer Last befreien will. Das Problem war nicht, ihn zum Sprechen zu animieren, sondern ihn zum Schweigen zu bringen.

Er beschuldigte seinen Schwager und den Bischof, den Racheplan ausgeheckt zu haben. Pater Gabriel hatte von der Sache keine Ahnung gehabt. Die beiden Verbrecher machten sich über seine schwachen Nerven lustig.

Für den erfahrenen Kommissar stand fest: Der Schönheitschirurg hatte »Täterwissen«. Er kannte kleine Details, die nur der oder die Täter wissen konnten. Barudi und Mancini waren nun sicher, dass das Ziel bald erreicht sei.

Vier Stunden später rief Schukri Kommissar Barudi an und teilte ihm mit, dass sie die Leiche des Jesuitenpaters gefunden hätten. Wegen der eisigen Kälte sei sie sehr gut erhalten.

Barudi rief sofort Mancini an und sagte ihm, die Leiche sei genau an dem Ort gefunden worden, den der verdächtige Chirurg bei der Vernehmung beschrieben habe. Das allein würde zu seiner Überführung reichen, meinte Mancini, aber er sei gespannt, wie die Vernehmung der anderen verlaufen würde.

Am nächsten Tag vernahm Barudi den Bischof und den Ehemann getrennt voneinander. Beide leugneten die Tat, obwohl die Beweise erdrückend waren. Darüber hinaus verweigerten sie jegliche Aussage. Als hätten sie alles im Voraus besprochen und eine geheime Allianz gebildet.

Barudi versuchte es mal mit höflichen, mal mit drohenden Worten oder mit gespieltem Zorn, aber die beiden blieben davon unbeeindruckt. Schließlich kam er auf die Idee, den Patriarchen hinzuzuziehen. Er hoffte, dass der Bischof dann sprechen würde. Der Patriarch war zunächst eher abgeneigt, aber als Barudi ihn anflehte, willigte er ein. Mancini verfolgte die Beharrlichkeit seines syrischen Kollegen voller Bewunderung.

Barudi dankte dem Patriarchen für sein Kommen. Er bat ihn, seinen Zorn zu verbergen und dem Bischof klarzumachen, dass er mit seinem Schweigen die Ermittlungen nur behindere. Die Beweise dafür, dass er und der Ehemann die beiden Entführungsopfer umgebracht hätten, seien eindeutig.

Patriarch Bessra versuchte, väterlich auf den Bischof einzuwirken. Er sprach lange von der christlichen Pflicht, bei der Wahrheit zu bleiben. Und er teilte ihm unverhohlen mit, dass seine DNA und die Fingerabdrücke identisch mit denen des Täters seien. Die Hütte sei eben nicht, wie geplant, niedergebrannt.

»Auch die DNA-Spuren auf dem Hetzbrief, den Professor Farcha bekommen hat, stammen von Ihnen«, sagte Barudi. Es fiel ihm nicht leicht, höflich zu bleiben. Die Ergebnisse der DNA-Analyse hatte Schukri ihm am Vorabend mitgeteilt.

Der Bischof hörte gar nicht zu, sondern starrte unbeteiligt vor sich hin. Erst als der Patriarch zum Ende gekommen war, sagte er arrogant, ja fast aggressiv: »Sie mögen mich nicht und sähen mich gern im Knast. Aber Sie irren sich, ich komme hier raus, und zwar als Unschuldiger. Dann werden Sie sich gemeinsam mit diesem unfähigen Kommissar bei mir entschuldigen müssen. Und jetzt lassen Sie mich in Ruhe«, sagte er und drehte dem Patriarchen den Rücken zu.

In diesem Augenblick wünschte sich Barudi auf einen anderen Planeten. Kaum hatten sie dem Bischof den Rücken gekehrt, entschuldigte er sich beim Patriarchen und begleitete ihn dann zu seiner Limousine. Der Chauffeur sprang aus dem Wagen, hielt die hintere Tür auf und warf Barudi einen vernichtenden Blick zu, als wäre er dabei gewesen.

Der Patriarch ließ das Fenster herunter und schaute Barudi mitleidvoll an. »Sprechen Sie mit Pater Gabriel. Er steht dem Bischof nahe.«

»Danke, ich … Danke … das ist eine gute Idee«, stotterte Barudi, der in diesem Augenblick alles für den Patriarchen getan hätte.

Barudi rief Pfarrer Gabriel an und bat um einen Termin. Dieser wirkte wie abwesend. Er verstehe nicht, warum der Kommissar mit ihm reden wolle.

»Weil ich Ihre Hilfe brauche«, heuchelte Barudi.

Mancini, der dabeisaß, grinste. »Man kann von dir eine Menge lernen, wie man über Umwege zum Zentrum vordringt«, sagte er, als Barudi aufgelegt hatte und sich zum Gehen wandte.

Nach vier Stunden kehrte Barudi frustriert von Pfarrer Gabriel zurück. »Er ist völlig am Boden zerstört«, erzählte er Mancini. »Er will nicht einmal mehr seinen Schützling, die Heilerin Dumia, sehen. Zweimal hat sie ihn während meines Gesprächs angerufen, und zweimal hat er sie angeknurrt, er brauche seine Ruhe. Sein Alibi ist dicht, aber ich glaube, er ist zutiefst entsetzt. Nur äußert er sich mit keinem Wort zu dem Mord oder den Verdächtigen.«

Die beiden Männer sprachen darüber, welche Hemmungen Menschen haben, die Wahrheit auszusprechen, wenn sie nahestehenden Personen schadet. Nach wie vor waren sie der Meinung, dass es besser wäre, wenn Mancini allen noch ausstehenden wichtigen Verhören fernblieb. Sie würden sich nach jedem Verhör treffen und austauschen. Mancini sollte sich die Aufzeichnungen anhören und sie abtippen.

Barudi war dem italienischen Kollegen dankbar. Er nahm seinen Assistenten Ali mit zum erneuten Verhör des Ehemannes und des Bischofs. Sie brachten seit Jahren eine Taktik zum Einsatz, die an Erpressung grenzte. Ali übernahm den ungeduldigen, drohenden Part und Barudi den beruhigenden, väterlichen Teil. Diese klassische Guter-Bulle-böser-Bulle-Strategie aus den amerikanischen Kriminalfilmen fruchtete auf der Leinwand immer, aber selten in der Realität. Sie ist mittlerweile so bekannt, dass sowohl der Bischof als auch der Ehemann sie sofort durchschauten.

Auch weitere Verhöre mit dem Bischof und dem Ehemann blieben ergebnislos.

47.

Gabriels letzter Auftritt

Es war ein eiskalter, aber herrlich sonniger Tag. Barudi und Mancini fuhren in die Stadt. Beide waren erschöpft von der Arbeit der letzten Tage und wollten sich einen halben Tag Ruhe gönnen. Sie genehmigten sich eine Stunde in einem Café in der Port-Said-Straße, danach wollten sie zum Qasiunberg fahren und von oben das herrliche Panorama der Stadt genießen. Da hörten sie über den Polizeifunk die Aufforderung an alle Polizeistreifen, sich eiligst zum Cham-Palace-Hotel zu begeben. Dort versuche ein Mann, Selbstmord zu begehen. Er wolle von einem der obersten Stockwerke springen. Es bestünde Lebensgefahr auch für die Schaulustigen.

Barudi und Mancini schauten sich an und beschlossen wortlos, sofort zum Ort des Geschehens zu fahren, um dort zu helfen. Sie stiegen ins Auto. Barudi fuhr Richtung Yusef-Al-Azme-Platz, bog nach links in die Maysalun-Straße ab. Bereits auf der Höhe des Nachtclubs »Jet-Set« sahen sie eine riesige Menschensammlung vor dem bekannten Fünf-Sterne-Hotel Cham Palace. Drei Polizisten versuchten, die Neugierigen vom Eingang des Hotels fernzuhalten.

Barudi parkte auf dem Bürgersteig, steckte das Schild »Kriminalpolizei« unter die Windschutzscheibe und lief mit Mancini in Richtung Hotel.

Eine riesige Ansammlung von Menschen stand in drei, vier Reihen dicht gedrängt vor dem Hoteleingang.

»Weiß man, wer der Selbstmörder ist?«, fragte Mancini einen Mann in der hintersten Reihe.

»Ein Pfarrer, heißt es«, sagte der Mann und richtete seinen Blick wieder nach oben.

Drei hilflose Polizisten versuchten, die Leute zu überzeugen, Abstand zu halten. Gerade als Barudi und Mancini ankamen, stürzten sich zehn muskulöse Hotelangestellte auf die Menge und drängten sie unsanft zurück. Erst jetzt entstand ein großer Halbkreis um den Eingang. In diesem Moment stürmte eine schreiende Frau in die freie Mitte, sie wollte dort niederknien und beten. Es war niemand anderes als Dumia. »Heilige Maria, bitte rette Pfarrer Gabriel, bitte rette Pfarrer Gabriel!«, schrie sie mit heiserer Stimme.

Einige der Versammelten sprachen ihr nach, die meisten aber schienen weder den Pfarrer noch Dumia zu kennen. Die moderne Stadt ließ wie die Wüste niemanden Wurzeln schlagen. Hier gab es Geschäfte, Hotels und Ämter aller Art. Und die Leute waren als Kunden, Touristen, Fremde, Tagelöhner zumeist aus fernen Dörfern gekommen.

Inzwischen waren vier weitere Polizisten aufgetaucht. Sie berieten sich kurz, dann zerrten sie Dumia davon. »Sonst wird sie platt gemacht wie eine Pizza«, hörte Mancini einen Mann höhnen. Einige Zuschauer lachten.

Barudi verdrehte die Augen. »Die Menschen werden immer ordinärer. Nicht einmal ein Selbstmörder holt sie aus ihrer Gleichgültigkeit«, sagte er leise.

»Der arme Gabriel, schade um ihn«, hörte er Mancini flüstern.

»Lasst mich mit der heiligen Maria reden«, schrie Dumia in diesem Moment und wehrte sich mit Händen und Füßen gegen die Polizisten. Da drehte ihr einer den Arm auf den Rücken und führte sie ab. Unsanft wurde sie in einen VW-Bus geschubst.

Erst jetzt wandten Barudi und Mancini den Blick nach oben. Pfarrer Gabriel stand auf dem Dachsims des elfstöckigen Hotels. Er schleuderte Manuskriptseiten herunter, die vom Wind davongetragen wurden. Gabriel schaute ihnen nach. Erst später las man die Blätter auf. Sie stammten aus Theaterstücken, die, so auseinandergerissen, keinen Sinn ergaben.

Er stand in seiner schwarzen Soutane auf dem höchsten Sims des Hotels unmittelbar unter dem berühmten Drehrestaurant. Der Drehmechanismus war angehalten worden. Über hundert Gäste und das Personal pressten die Gesichter an die Fenster. Wäre das Restaurant ein Schiff gewesen, wäre es gekentert. Manche gestikulierten und klopften gegen die Glasscheibe, aber der Mann auf dem Sims befand sich bereits in einer anderen Welt. Er verfluchte laut die Kirche, die ihn seit seiner Kindheit quälte. Er beschimpfte Dumia, die seinen Glauben und sein Vertrauen mit Füßen getreten habe. Blind und taub sei er gewesen und habe zu spät begriffen, dass sie eine primitive Pfuscherin sei. Er beobachtete sie von oben wie ein Adler, er warf seine Brille weg, um sie und ihr billiges Schauspiel nicht mehr sehen zu müssen. Und dennoch sah er sie so nahe, als ob er sie berühren könnte. Sie ging in die Mitte des Halbkreises und kniete mit gefalteten Händen nieder. Gabriel lachte laut. »Schon wieder das Öl aus der Pumpe unter der Achsel«, brüllte er. »Geh weg, du verdammte Hure! Geh weg!« Doch nur die Zuschauer im Drehrestaurant hinter ihm konnten ihn hören. Seine Stimme wurde vom ungeheuren Lärm der belebten Verkehrsstraßen geschluckt. Er sah, wie Hotelmitarbeiter den Kreis der Gaffer erweiterten und Polizisten Dumia abführten.

»Vorhang!«, rief Gabriel und sprang ...

Seine Soutane flatterte im Wind, halb Fahne, halb Totenhemd.

Fassaden und Fenster sausten immer schneller an ihm vorbei, er sah nur noch ihre schemenhaften Konturen und die Andeutungen von Menschen.

Pflastersteine kamen ihm entgegen, »Vorhang!«, schrie er. Dunkelheit umfing seinen Schrei.

48.

Ein unwürdiger Abschied

»Der Bischof und der Ehemann haben mit der Sache nichts zu tun«, sagte Major Suleiman, ohne Barudi anzublicken, »und der Chirurg hat seine Aussage vor mir und dem Staatsanwalt zurückgenommen. Du hättest ihn erpresst, sagte er. Du würdest, wenn er nicht gesteht, publik machen, dass er schwul ist. In der Nacht darauf hat er sich erhängt.«

Barudi hatte selten in seinem Leben einen derart bitteren Geschmack im Mund wie in diesen Minuten. Er hatte nicht einmal gewusst, dass der Chirurg homosexuell war, und es war ihm vollkommen gleichgültig. Er wusste allerdings, dass der Staatsanwalt ein charakterloser notorischer Lügner war, auch deshalb konnte Barudi ihn nicht ausstehen.

»Du schickst mich und meinen italienischen Kollegen in das umkämpfte Gebiet«, sagte er vor Zorn bebend, »ohne mich über die Lage dort zu informieren. Wir haben uns in Lebensgefahr begeben, und jetzt am Ende willst du den Drahtzieher freilassen. Das kann doch nicht dein Ernst sein.«

Bis zum Ende des Korridors war Barudis Stimme zu hören.

»Ich habe damit nichts zu tun«, erwiderte Suleiman seinerseits erregt. »Der Staatsanwalt hat sie vernommen, und der Richter hat sie bereits freigelassen. Der wahre Täter ist ein Islamist, und er hat das Verbrechen vor laufender Kamera zugegeben. Was willst du noch? Unsere Arbeit ist beendet. Du hast ab heute zwei Wochen Urlaub. Ab Februar bist du ohnehin Rentner. Du kannst Beschwerde einlegen gegen den Staatsanwalt und den Richter. Aber ich an deiner Stelle ...«

Barudi stand auf und ging, ohne Abschied. Zum ersten Mal seit Jahrzehnten würdigte er Frau Malik keines Blicks. In seinem Büro wartete Mancini auf ihn.

»Die Hurensöhne haben den Bischof und den Ehemann freigelassen. Das ist unsere Justiz. So war sie vor vierzig Jahren, als ich anfing, und so ist sie heute am Ende meiner Dienstjahre. Wir sind draußen. Offiziell haben sie einen geständigen Täter, aber du kannst Gift darauf nehmen, dass er den Tag nicht überlebt. Und wir, du und ich, dürfen uns an unserer Wut vergiften. Man hat mich nach Hause geschickt!«

Mancini schluckte wortlos. In den nächsten Minuten wurde er unfreiwillig Zeuge von Barudis letzten Amtshandlungen. Dieser begann, den Inhalt seiner Schubladen in einen Karton zu räumen. Dann griff er unvermittelt zum Telefon. »Ali, kannst du kurz zu mir kommen«, sagte er den Tränen nahe.

Er übergab dem treuen Assistenten seine Papiere, seine Dienstpistole und seinen Dienstausweis. »Kannst du die Rückgabe für mich erledigen?«

»Klar, Chef«, sagte Ali bewegt. Er hatte von Frau Malik erfahren, was geschehen war.

Dann klopfte es, und Nabil kam herein. »Wir werden dich sehr vermissen«, sagte er förmlich.

»Ich will hier nur noch weg«, sagte Barudi und schob Nabil hinaus. Er bat Ali, vor der Tür zu bleiben und alle Kollegen fortzuschicken. Es sei für ihn ohnehin schwer genug, er könne sich nicht von jedem Einzelnen verabschieden.

Ali hielt tapfer draußen auf dem Korridor Wache, und man hörte ihn debattieren und versichern, er handle auf Barudis Wunsch. Er schickte alle Kollegen weg. Nur bei Frau Malik wurde er schwach.

»Mein armer Zakaria«, rief sie, als sie ins Zimmer gestürmt kam. »Wie sehr ich dein Lächeln vermissen werde. Wer wird sich um dich kümmern?« Sie umarmte ihn fest und begann zu weinen. Barudi fühlte keine Trauer. Seine Wut hatte sie erstickt.

Barudi strich ihr über den Rücken. »Nariman. Sie heißt Nariman«, sagte er.

Frau Malik schaute überrascht auf. »Ist es wahr? Du hast jetzt eine Frau?«

»Sagen wir lieber, eine Freundin, jedenfalls mag sie mich«, erwiderte er und küsste Frau Malik auf die Stirn. »Und ich liebe sie.«

Mit schnellen Schritten verließ Barudi dann zusammen mit Mancini, jeder einen großen Karton tragend, das Gebäude. Er verstaute die Kartons in seinem Wagen, sie stiegen ein und brausten davon.

»Jetzt genehmigen wir uns ein deftiges Essen, mein erstes in Freiheit«, sagte Barudi und fuhr auf die Autobahn Richtung Beirut. Nach einer halben Stunde fuhr er von der Autobahn ab und parkte kurz darauf vor einem großen Restaurant am Fluss. Barudi kannte den Wirt, der es sich nicht nehmen ließ, die beiden mit dem Besten zu verwöhnen, was er in der Küche hatte und was nicht einmal auf der Karte stand. Sie saßen im warmen Lokal und sahen durch das Fenster auf den Fluss, der in dieser Jahreszeit ein reißender brauner Strom war. Am anderen Ufer erhob sich der legendäre Felsen mit dem Namen »Vergiss mich nicht«.

»Von dort oben hat sich einmal ein Unglücklicher in den Tod gestürzt. Er soll seiner Geliebten im fernen Damaskus ›Vergiss mich nicht‹ zugerufen haben, seitdem heißt dieser Felsen so.« Barudi räusperte sich. »Ich möchte mich bei dir für die gute gemeinsame Zeit bedanken. Ich schäme mich dafür, dass die Täter bei uns von höchster Stelle in Schutz genommen werden.«

»Mach dir keine Gedanken, du hast fabelhaft gearbeitet. Und solche Einmischungen kenne ich zur Genüge.«

Sie stießen mit einem Glas Wein auf ihre Zusammenarbeit an und ließen sich all die Köstlichkeiten, die der Wirt persönlich servierte, schmecken.

»Du kannst dich auf mich verlassen, ich werde keine Ruhe geben, bis der Bischof bestraft wird«, versicherte Mancini.

Barudi freute sich über so viel freundliche Solidarität, nicht ahnend, dass Mancini es ernst meinte und sein Versprechen wahr machen würde.

Drei Monate später, am 7. März 2011, schrieb Papst Benedikt XVI. einen unmissverständlichen, harten Brief an den katholischen Patriarchen von Damaskus, dessen Inhalt nicht öffentlich bekannt, dessen Wirkung aber sehr schnell sichtbar wurde. Es erging ein Erlass der Glaubenskongregation, mit dem sie nach katholischem kanonischen Strafrecht Bischof Tabbich wegen schwerer Straftaten seines Amtes enthob und ihn aus dem Priesterstand entließ. Das Schreiben schloss mit der knappen Bemerkung: Bei sofortiger Umsetzung wird der Vatikan auf eine öffentliche Bekanntmachung verzichten.

Der katholische Patriarch fügte sich erleichtert, und Bischof Tabbich erklärte öffentlich, er wolle sich aus persönlichen Gründen zurückziehen und meditieren.

Als der Patriarch, um die Wogen zu glätten und den gemeinen Gerüchten entgegenzutreten, eine Erwähnung des meditierenden ehemaligen Bischofs in seine Ostersonntagspredigt einfließen ließ, brach unter den versammelten Gläubigen wildes Gelächter aus. Der Patriarch erschrak. Er musste dreimal um Ruhe bitten, um den Gottesdienst fortsetzen zu können. Seine abgebrochene Predigt blieb als Torso zurück. Von Bischof Tabbich sprach er nie wieder.

Was im Schreiben des Papstes nicht stand, weil es sich dabei um eine rein vatikanische Angelegenheit handelte, war, dass Kardinal Buri »aus Altersgründen« alle Ämter niederlegen und sich ebenfalls zurückziehen musste. Nie wieder wechselte dieser mit Papst Benedikt auch nur ein Wort.

49.

Eine Tochter der Freiheit

Kommissar Barudis Tagebuch

Samstag, den 15. Januar 2011
Ich bin ab heute bis Ende Januar beurlaubt und ab dem 1. Februar Rentner. Ich habe mit Freude alle übriggebliebenen Diensttage im Kalender durchgestrichen.

Heute schreibe ich meine letzten Notizen über meine Arbeit als Kommissar.

Es fällt mir schwer, aber ich muss es mir einmal ganz offen eingestehen: Ich bin gescheitert. Ich beende meine Laufbahn mit einer Niederlage, so wie ich sie 1970 mit einer Niederlage begonnen habe. Nariman tröstet mich, und sie hat recht: Es ist nicht mein persönliches Scheitern. In einer hochmodernen, aber unfreien Gesellschaft ist die Wahrheitsfindung aussichtslos.

Mir ist es egal, wen das Regime auswählt, diese hässliche Täterrolle zu spielen. Wie ich hörte, ist es ein Islamist, der bereits zum Tode verurteilt wurde, weil er einen alawitischen Offizier erschossen hat. Ein idiotischer, brutaler Mord. Idiotisch, weil der Islamist den Geheimdienstchef mit dessen gleichnamigem Neffen verwechselt hat, der ein einfacher Offizier der Luftwaffe war, und barbarisch, weil hier nach fanatischer Selektion gemordet wird. Ich erinnere mich an den Bürgerkrieg im Libanon, wo Männer an einigen Kontrollpunkten aufgefordert wurden, die Hosen herunterzulassen, um sie nach Beschnittenen (Muslimen) und nicht Beschnittenen (Christen) zu sortieren. Je nach religiöser Zugehörigkeit der bewaffneten Kontrolleure wurden die einen oder die anderen erschossen, ohne nachzufragen, grund- und hemmungslos. Waren die Steinzeitmenschen wirklich primitiver?

Solche bereits verurteilten Mörder hält der Geheimdienst für besondere Anlässe zurück, so wie jetzt, um die wahren Mörder des Kardinals zu decken. Entweder wurde der Mann unter Drogen gesetzt (Alis Auffassung), oder er wurde erpresst (Schukri weiß Genaueres darüber). Auf jeden Fall hat man ihn weichgeklopft, so dass er den Mord zugibt und auch einige Details benennt, die seine Glaubwürdigkeit untermauern. Diese Details, die aus unseren Ermittlungen stammen, hat mein Chef dem Geheimdienst zur Verfügung gestellt. Er hat mich, Mancini und all meine Mitarbeiter kaltblütig verraten, dieser miese Opportunist.

Ich kann nichts daran ändern. Trotzdem war ich so wütend, dass ich in sein Büro gegangen bin und ihm ins Gesicht gesagt habe, dass er uns verarscht und unsere Arbeit torpediert hat. Er lächelte blass und verlegen.

»Ich konnte nicht anders, mein lieber Freund, ich konnte nicht anders«, sagte er und machte mit der Hand Zeichen, dass wir abgehört werden.

In diesem Land geht nichts ohne die Zustimmung des Geheimdienstes.

»Aber ...«, wollte ich protestieren.

»Kein Aber ... Der Bischof und der Ehemann der Heilerin sind unschuldig ...«, sagte er laut, um vor den Aushorchern gut dazustehen.

In den letzten Tagen vor meinem Abschied war Major Suleiman sehr zynisch, um seine Unsicherheit und seinen Verrat zu verbergen. »Barudi, Barudi«, rief er mir in meiner letzten Morgenbesprechung zu. »Aufwachen! Du bist nicht in Schweden geboren, oder? Wir leben in einem wunderschönen Land, und wir dürfen machen, was wir wollen, aber ab und zu geht das Ansehen des Staates über die Gerechtigkeit.«

Ich könnte heulen vor Scham über diesen Mann, dessen einziges Interesse es ist, durch unsere oft lebensgefährliche Arbeit gute Bewertungen vom Geheimdienst zu bekommen. Er strahlte wie der Mond – nicht durch sein eigenes Licht.

Ich ging, und noch bevor ich die Tür erreicht hatte, fügte er hinzu: »Du und Mancini, ihr werdet eine hohe Auszeichnung bekommen. Dafür habe *ich* gesorgt.«

Vor vier Tagen haben wir, Schukri, Mancini und ich, einen Ausflug ins Kalamungebirge unternommen. Fünfzig Kilometer nördlich von Damaskus, und man ist in einer völlig anderen Welt. Karge Landschaft, hohe Felsen, fast wie im berühmten amerikanischen Grand Canyon. Absolute Ruhe. Hier konnte man uns nicht abhören. Wir ließen die Smartphones im Auto. Bald stießen wir bei unserer Wanderung auf ein winzig kleines Lokal, mitten in der herrlichen Landschaft. Der Wirt bot uns ein bescheidenes Frühstück an und den besten Tee, den ich je getrunken habe. Allein, wie er den Tee zubereitet und serviert hat, war eine beeindruckende Zeremonie.

Schukri berichtete von den vielen Toten im Gebiet um Derkas, auf die er stieß, als er mit seinen Kollegen die Leiche des Jesuiten geborgen hat. Die Regierungstruppen hatten, wie ein Bauer ihm erzählte, unter den Islamisten keine Gefangenen gemacht, sondern alle umgebracht und alles niedergebrannt. Das war ein Befehl der Zentralmacht in Damaskus. Verkohlte Olivenbäume streckten ihre Äste gen Himmel, als würden sie um Gnade bitten. Häuser waren nur noch Schutt und Asche, weil die Truppen dort Islamisten vermutet hatten. Vor Hunger weinende Kinder ließen sie einfach zurück. Schukri und seine Mitarbeiter haben alles Geld, das sie dabeihatten, den armen Eltern gegeben, damit sie für ihre Familien Brot kaufen konnten.

Dann kamen wir wieder auf die Ermordung des Kardinals und des Jesuiten. Schukri meinte, wenn man die Schriften liest, die die Paten der Heilerin Dumia verbreitet haben, und die Aussagen der heiligen Maria analysiert, so stellt man fest: Sie sind eine Aufforderung an die Christen, dem Regime gegenüber gehorsam zu sein. Die heilige Maria taucht immer auf, wenn es Krisen oder Skandale gibt, und was sagt sie? Meine Kinder, seid friedlich und zweifelt nicht an eurem Herrscher, seid nicht neidisch, sondern seid dies und seid das. So steht es in den Broschüren, die der Bischof kostenlos verbreitet, und so ist es auch auf YouTube zu sehen, wenn diese angebliche Heilerin zu Wort kommt …« Schukris Blick schweifte in die Ferne: »Ist euch aufgefallen, dass der Aberglaube am besten in zwei Arten der Gesellschaft gedeiht?«

»In welchen denn? Der Mensch ist doch seit seinen ersten Tagen abergläubisch. Bei jedem Blitz vermutete er eine Götterstrafe«, erwiderte Mancini.

»Das schon, aber Aberglaube als Massenerscheinung gedeiht am besten in elenden oder übersättigten Gesellschaften. In unserer Gesellschaft, in der die Entrechteten das nackte Leben zu retten versuchen, suchen die Menschen Halt, und sei es an einem Spinnenfaden, den sie für ein Rettungsseil halten.«

»Das stimmt, aber warum gedeiht der Aberglaube in übersättigten Gesellschaften? Das verstehe ich nicht« sagte ich.

»Weil die Menschen dort durch nichts mehr Befriedigung finden. Unerträgliche Leere breitet sich in ihrer Seele aus. Deshalb suchen die Menschen in fernen Welten oder Sphären Befriedigung«, erwiderte Schukri. Mancini nickte zustimmend.

Stille trat zwischen uns ein. Wir gingen eine Weile schweigsam nebeneinander her. Ich staunte nicht wenig über Schukris Gedanken. Er ist Atheist, deshalb haben ihn der Humbug mit den Stigmata und dem Öl und die Anerkennung durch den Vatikan nie interessiert. Er kümmert sich um die Hintergründe wie ein professioneller Spurensucher, der er ja ist. Wir, Mancini und ich, waren zu sehr mit der religiösen Ursache der Morde beschäftigt. »Es war kein Witz, wie ich zuerst gedacht habe«, fuhr Schukri fort, »dass sich der Verteidigungsminister und seine Generalität von der Betrügerin vor aller Augen salben ließen, sondern eine Aufwertung dieser Frau gegenüber der christlichen Gemeinde. Damals habe ich mich darüber lustig gemacht. Als der Minister sie noch einmal zehn Jahre später – wieder mit seinen Generalen – aufsuchte und sie bat, mit dem Öl gesalbt zu werden, war es inzwischen einfach zu ruhig um die Heilerin geworden. Sein Ziel war es, aus der Gemeinde eine brave, abergläubische Schafherde zu machen und die kritischen Stimmen gegen die

Heuchlerin zu ersticken. Und deshalb werden sie und ihre Helfer vom Geheimdienst gedeckt.«

»Du hast recht«, sagte Mancini, »Im Grunde ist es eine Beleidigung der heiligen Maria, die anscheinend nichts anderes zu tun hat, als die Schweinereien dieses Regimes zu decken und billiges Olivenöl aus ihren Bildern fließen zu lassen.«

… Ich muss aufhören. Nariman rief mich an, ich soll endlich zum Essen kommen.

*

Ich blieb über Nacht bei Nariman. Jetzt schreibe ich meine letzten Notizen, Erlebnisse und Gedanken als Kommissar zu Ende.

Mich hat es heute kalt erwischt. Schukri rief mich an, ich solle sofort das Fernsehen einschalten. Eine Stellungnahme der religiösen Oberhäupter zu den Kämpfen im Norden sei angekündigt. Ich wartete fast eine Viertelstunde. Dann berichtete die Nachrichtensprecherin kurz von der Zerschlagung der Terroristen im Norden. Danach erschien der Mufti der syrischen Republik und zitierte den Koran, um zu beweisen, dass der Staatspräsident recht hat, die Islamisten zu bekämpfen. Sodann tauchte das Bild des Bergheiligen in seiner Felsenhöhle auf. Er sah aus wie ein indischer Guru, wirkte sehr alt und fahrig. Er segnete die Befreiung der Umgebung seiner Stadt von den Islamisten und nannte den Präsidenten die sanfte Hand Gottes. Dann aber kam der Schock. Patriarch Bessra segnete in einer Ansprache die syrische Armee und bezeichnete ihre Aktion im Norden als human und zivilisiert. Er lobte die tapferen Soldaten, die unser Land von den Terroristen befreit hätten.

Dreimal wählte ich seine Nummer, dann legte ich auf. »Was hat es für einen Sinn?«, sagte Nariman. »Außer dass du dich gefährdest. Patriarch Bessra ist vor dem Regime in die Knie gegangen, genau wie unser sunnitischer Scheich Fassian, Mufti der Republik, der einfach alle Gegner der Diktatur als Gottesfeinde bezeichnet hat.«

Eigentlich sollte die Kriminalpolizei zeigen, dass sich Verbrechen nicht lohnt. Die Strafe sollte eine Erziehungsmaßnahme gegen den Wildwuchs der Gier sein! Der Gesetzgeber aber hält das Volk für dumm, naiv und einfältig. Man braucht sich nur mit offenen Augen und ein wenig Verstand umzuschauen, um zu begreifen, dass sich Verbrechen ab einer bestimmten Größe lohnt.

Es war wie bei meinem ersten Fall, wie bei den meisten Fällen ein Puzzle, und wir, Mancini und ich, haben mühselig und unter Einsatz unseres Lebens die Teilchen gesucht und zusammengelegt, so dass ein genaues Bild entstand. Und nun? Sie schleudern das Bild in die Luft, die Puzzleteile fallen in alle Himmelsrichtungen, und die Hälfte davon findet man nie mehr.

Mancinis Leben ist nun nicht mehr in Gefahr. Der Fall ist abgeschlossen. Und er ist klug und tut so, als wäre er mit dem offiziellen Ergebnis zufrieden. Gestern reiste er ab. Ich werde ihn vermissen. Er ist witzig und aufrichtig, mutig und umsichtig zugleich. Mancini ist der Freund, den man sich wünscht. Aber das ist mein Pech. Er lebt in Rom und ich hier. Die Distanz ist für jede so junge Freundschaft gefährlich.

Das Material unserer Ermittlungen wird er dem italienischen Innenminister und dem Vatikan zur Verfügung stellen.

Ich war in Sorge, dass der Geheimdienst mich umbringen lässt, weil ich zu viel weiß. Ich habe mit Nariman darüber gesprochen, weil ich sie liebe. Sie beruhigte mich, der Geheimdienst weiß, dass ich bald Rentner bin und mein Wort kein Gewicht mehr hat. So dumm sind sie bei der Ermordung von Gegnern nicht. Und was Mancini in Italien veröffentlicht, interessiert hier keinen. Sie strich sie mir über das Gesicht. »Solche Helden wie du, mein liebster Kommissar, sind Dinosaurier. Eine liebenswerte Gattung, die ausstirbt«, sagte sie und küsste mich innig.

Sie hat recht. Die Illusion, durch die Arbeit bei der Kriminalpolizei der Wahrheit oder der Gerechtigkeit dienlich zu sein, hat mich mein Leben lang begleitet. Ich finde es immer noch seltsam, dass meine naiven

Vorstellungen als Jugendlicher identisch waren mit den Lehren, die man mir an der Polizeiakademie eingetrichtert hat. Als würde die Befreiung der Gesellschaft von den kleinen Verbrechern die Gesellschaft sicherer machen, die Ordnung wiederherstellen. Welche Ordnung denn?

Etwa zweihundert Seiten hat unsere Schrift zur Aufklärung des Doppelmordes: Alle Indizien und Beweise sind detailliert aufgeführt. Mancini hat die Dokumentation dem italienischen Botschafter in Damaskus übergeben, aber sie auf einem USB-Stick auch selbst nach Italien mitgenommen.

»Ich wette mit dir, die Dokumente werden auf dem Weg nach Italien verschwinden, deshalb habe ich mir eine Kopie gezogen.«

Sollte der italienische Innenminister aus diplomatischen Erwägungen die Dokumente verschweigen oder vernichten lassen, weil der Vatikan die Veröffentlichung verhindern möchte, wird Mancini die Geschichte mithilfe seines Freundes Giuliano Conte in dessen Zeitung veröffentlichen. Die Quelle wird anonym bleiben. Man wird lediglich andeuten, dass sie in der italienischen Botschaft in Damaskus zu suchen ist.

Ich gebe zu, dass ich am Anfang nicht verstanden habe, warum Mancini vom Innenminister die vergoldete Pistole, den Preis für besondere Verdienste, mit einem derart strahlenden Lächeln entgegengenommen hat.

Ich habe Mancini unterschätzt. Der Italiener gab sich naiv, um gestern mit seinen Dokumenten unkontrolliert durchzukommen ...und das hat er geschafft...

Der Abschied fiel mir schwer. Auch Mancini war sehr bewegt, so bewegt, dass er weinen musste. Nariman umarmte ihn und küsste ihn herzlich auf die Augen. Ich tat es ihr gleich.

»Vergesst nicht, nach Rom zu kommen. Ich warte auf euch. Der Botschafter hat mir versichert, dass ihr sofort ein Visum bekommt. Bis dahin habe ich hoffentlich wieder eine Freundin«, fügte er hinzu.

»Das verspreche ich dir, und wenn mein Liebster nicht mitkommen will, komme ich allein. Ich will endlich Rom kennenlernen«, erwiderte Nariman.

Wir lachten, obwohl uns allen dreien zum Weinen zumute war.

Mancini passierte die Schleuse am Flughafen ohne jedwede Kontrolle, winkte ein letztes Mal und verschwand.

Ein Prachtkerl.

Man soll den Geheimdienst nicht unterschätzen. Mit einem Schlag hat er unsere Arbeit zunichtegemacht: Die drei Entführer sind angeblich bei dem Versuch, aus dem Gefängnis auszubrechen, erschossen worden, und Dr. Bulos Sargi, der Schönheitschirurg und Kronzeuge, soll sich mit seinem Gürtel in seiner Zelle erhängt haben. In der Untersuchungshaft darf ein Gefangener in der Zelle keinen Gürtel haben, und sowieso gibt es keine Möglichkeit, sich irgendwo zu erhängen. Das allerdings wissen neunundneunzig Prozent der Syrer nicht.

Ein paar Tage nach dem letzten Verhör wurden der Ehemann und der Bischof auf richterliche Anordnung freigelassen. Der Patriarch hat den Bischof inoffiziell abgesetzt. Er lebt nun in einem Kloster in Damaskus. Angeblich, um sich zu erholen. Sein Nachfolger wurde ein junger Bischof aus Homs.

Ich erhielt ein offizielles Schreiben des Innenministeriums, in dem mir mitgeteilt wird, dass ich die Ehrenmedaille vom Rang eines Ritters bekomme. Nariman hat dafür eine kluge Erklärung. »Früher haben die Diktatoren ihre Gegner umgebracht, jetzt lassen sie sie zwar am Leben, aber sie machen sie lächerlich.«

Mein letzter Widerstand ist, den Festakt mit der Überreichung zu boykottieren. Das habe ich ihr auch gesagt. Sie küsste mich. »Mein Held«, sagte sie, »das ist meine Medaille für dich.«

Auf der Straße traf ich einen Kollegen. Er heuchelte Mitgefühl. »Aber immerhin«, sagte er, »ein wenig Wahrheit kam ans Licht.« Er irrt sich gewaltig: Ein wenig Wahrheit ist zu viel Lüge.

Schon eine Ewigkeit war ich nicht mehr bei meinem Friseur. Nariman sagt, es sei höchstens zehn Tage her. Sie hat recht. Ich sehne mich richtig nach der Atmosphäre in seinem Salon. Die Sehnsucht nach dem, was wir lieben, vervielfacht die Zeit der Trennung in unserem Gedächtnis.

Ein junger Mann erzählte uns, was für eine Katastrophe seine Schwester erlebt hat. Wir hörten gespannt zu. »Sie war mit einem reichen Mann verheiratet. Meine Schwester ist eine hübsche dreißigjährige Frau, Mutter von drei Kindern. Mehrere Freundinnen haben ihr zugeflüstert, dass ihr Mann, dieser Gockel, eine zwanzigjährige Geliebte hat, mit der er sich inzwischen in aller Öffentlichkeit zeigt.

Verzweifelt suchte meine Schwester im Internet nach einem Zauberer, den sie zu Rate ziehen könnte. Endlich fand sie einen. Der Scharlatan erkannte ihre Schwäche: Angst vor dem Verlust des Ehemannes. Er lud sie zu einer kostenlosen »Sitzung« mit Weihrauch, Musik und Dämmerlicht und überzeugte sie, dass die Geliebte durch einen Zauber die Augen des Mannes manipuliert habe, so dass er seine Frau immer als hässliches Wesen sehe. Er gab ihr eine kleine Stofftüte mit. Sie sollte all ihre Juwelen und ihren Goldschmuck in die Tüte packen. Dann sollte sie diese Tüte drei Tage unter das Kopfkissen ihres Mannes legen, warten, bis er schlief, und leise den Satz sprechen: »Ich bin dein Schatz, dein Juwel und dein Gold.« Erst dann sollte sie mit der Tüte zu ihm kommen, damit er einen Zauber darauf sprechen konnte.

Meine Schwester tat wie geheißen und kam mit der gefüllten Tüte zurück. Der Zauberer bat nun drei gütige Geister um Hilfe, die Augen des Mannes zu heilen. Außerdem bat er einen bösen Geist, das Gesicht der jungen Geliebten mit Warzen zu übersäen. Meine Schwester fühlte eine tiefe Befriedigung. Dann führte er sie in einen von Weihrauch dicht vernebelten Raum und befahl ihr, sich dreimal um sich selbst zu drehen und dabei die Tüte fest an ihre Brust zu drücken. Er würde dreimal den Zauberspruch sprechen. Sie tat erneut, wie ihr geheißen. Dann sagte der Zauberer, jetzt sei es an ihr, den Zauber zu aktivieren. Die Geister im Raum müssten dazu ihre Stimme hören. Er drückte die Tüte an die Brust, drehte sich dreimal um sich selbst, und sie sagte den Zauberspruch auf. Als er wieder vor meiner Schwester stand, gab er ihr die Tüte zurück, mit dem Auftrag, sie erneut unter das Kissen ihres Ehemanns zu legen. Und ein drittes Mal tat sie, wie ihr geheißen. Am vierten Tag holte sie die Tüte unter dem Kopfkissen hervor und stellte zu ihrem Schrecken fest, dass darin nur Blech und billige falsche Juwelen waren. Der Zauberer aber hatte sich aus dem Staub gemacht. Und die Frau verlor nicht nur Geld, Gold und Juwelen. Auch ihr Mann verließ sie.«

Als der junge Mann zu Ende erzählt hatte, fielen uns noch jede Menge Geschichten über Scharlatane ein. Wir lachten viel über die einfältigen Opfer, aber im Grunde sollten wir über uns weinen.

*

Gestern klingelte Nariman bei mir. Ich war überrascht, da ich erst zum Abendessen mit ihr verabredet war. Es sollte gefüllte Weinblätter geben, einige mit Fleischfüllung und einige vegetarisch, daher hatte ich gedacht, sie sei auf dem Markt. Atemlos betrat sie meine Wohnung. Sie strahlte. »So etwas habe ich noch nie erlebt: Ein Geheimdienstler beleidigt eine Frau, und als sie ihm ein paar klare Worte zurückgibt, hebt er die Hand, um sie zu ohrfeigen. Aber sie ist schneller und tritt ihm in den Schritt und nennt ihn einen Hund der Diktatur. Auf dem Boden liegend, versucht er seine Pistole zu ziehen, aber zwei junge Männer sind schneller und entwenden ihm die Pistole. ›Es lebe die Freiheit und die Würde‹, rufen sie und rennen davon. Auch die Frau ist blitzschnell verschwunden, aber die Rufe hallten auf dem Markt nach. Ich schwöre, ich habe es gehört, wie ein Echo wiederholten sich die Worte Freiheit und Würde über den Köpfen. Glaubst du, es wird einen Aufstand geben wie im letzten Dezember in Tunesien?«, fragte Nariman, und in ihren Augen lag eine kindliche Hoffnung.

»Ich glaube«, sagte ich und strich ihr über den Kopf, »bei uns ist es schwerer. Diese Herrschaft hat sich raffinierter als alle anderen Diktaturen in vierzig Jahren stark gefestigt. Wir sind bis in die kleinste Zelle der Gesellschaft hinein terrorisiert oder korrumpiert.«

Sie schaute mich enttäuscht an.

*

50.

Eine lange Nacht

Seit seiner Jugend schlief Barudi schlecht, aber diese Nacht erschien ihm besonders lang. Er machte sich, auch wenn es ihm selber verrückt vorkam, Sorgen um Mancinis Sicherheit in Italien, dachte über die Feigheit seines Chefs nach und über die täglichen Lügen der Medien. Bei dem Stichwort Lügen fiel ihm ein Gespräch mit Schukri ein. Barudi hatte das Sprichwort zitiert, Lügen hätten kurze Beine. Schukri, der Fußball liebte, lachte. »Kurze Beine schon, aber das heißt nicht, dass sie nicht laufen können. Wenn ich mir die Fußballer so ansehe, weiß ich: Kurze Beine sind kräftig und verdammt schnell.«

Seine Wohnung hatte dünne Wände. Über ihm sang der Nachbar so falsch, dass Barudi zuerst dachte, er wolle den Sänger des Liedes parodieren, aber wenn man seine leidenschaftliche Bemühung hörte, bekam man trotz Ohrenschmerzen und Würgereiz Mitleid mit ihm.

Nebenan quälte der Mann seine Frau wieder beim Sex. Da war keine Spur von Erotik. Barudi fühlte keine Erregung, sondern Zorn in sich aufsteigen. Die Frau war zierlich und schön wie eine Lilie, der Mann zwanzig Jahre älter, drahtig und kräftig. Er war Wirt und kam oft betrunken nach Hause, war ein Sadist und genoss es, wenn er seine Frau zum Weinen bringen konnte. Er wieherte beim Orgasmus wie ein Pferd. Barudi stand auf. Er schenkte sich einen Wein ein und ging zum Fenster. Dort stand er still und schaute den dunklen Himmel an, das Glas in der Hand und Empörung im Herzen.

Als Barudi Nariman davon berichtete, erzählte sie ihm von ihrem Nachbarn, der im selben Stock neben ihr wohnt. »Der Mann ist ein armer, aufrichtiger Teufel. Ich kenne ihn und seine Frau seit drei Jahren. Sie ist doppelt so groß wie er. Mein Nachbar wäre nicht so schlecht gelaunt, wenn er nicht als Buchhalter in einer Zementfabrik täglich die Zahlen fälschen müsste. Das quält ihn seit Jahren. Er kann nicht protestieren, weil der Chef der Fabrik mehr Zement klaut, als die Fabrik verkauft. Der Chef ist aber ein Neffe vierten Grades des Präsidenten, und so macht die Fabrik, obwohl sie drei Schichten fährt, Verluste. Trotzdem hätte mein Nachbar seine Frau bestimmt nicht geschlagen, wenn er auf dem Nachhauseweg von der Arbeit nicht im Bus mit einem bärtigen Mann in Streit geraten wäre, der Christen »Schweinefresser« und »Holzanbeter« nannte. Mein Nachbar ist ein gläubiger Christ. Er ließ sich das nicht gefallen, aber der Koloss mit dem Bart schlug ihn nieder. Keiner kam ihm zu Hilfe. Also kam er nach Hause und brauchte jemanden, den er ungestraft quälen konnte. Das war seine Frau.« Nariman hielt kurz inne und schaute in die Ferne. Traurigkeit lag in ihrem Blick. Barudi streichelte ihre Hand. »Was uns fehlt«, fuhr sie fort, »ist die Würde, aber Würde ohne Freiheit? Ein wenig Freiheit hätte genügt. Es hätte gereicht, wenn sich die große Nachbarin auf seine Brust gesetzt hätte. Dann hätte man ein leichtes Knacken gehört, ein paar Rippen wären geprellt, und der Mann gibt für eine Weile Ruhe. Und danach sucht er einen anderen Weg, um seinen Frust loszuwerden.«

Was uns fehlt ist die Würde ... Barudi schaute auf die Uhr, es war drei Uhr morgens, er stand auf und trank in der Küche ein Glas Wasser, dann kehrte er ins Bett zurück. Das Bild seines Unfalls tauchte vor ihm auf, bei dem er lebensgefährlich verletzt wurde. Es war im Jahre 2005 gewesen, bei einer Verfolgungsjagd. Sein Auto hatte sich überschlagen. Seitdem waren alle Tage wie ein Geschenk. Leben hieß in erster Linie den Tod verstehen. Nicht dauernd an ihn denken und über ihn jammern, sondern die Weisheit verstehen, die der Tod unter seinem Mantel versteckt, nämlich dass er für uns nur aufgeschoben ist. Das fängt schon bei der Geburt an. Klug ist ein Mensch, wenn er jeden Augenblick genießt, den er dem Tod entreißen kann. Das größte Rätsel jedoch war für Barudi: Warum vergaß er das immer wieder?

Gegen fünf Uhr schlief er ein. Sein Schlaf war traumlos, der Traumzug war längst abgefahren. Der Wecker scheuchte ihn um halb sieben auf.

51.

Die Rache eines Verlierers

Es regnete stark. Barudis Plan, mit Nariman in einem neuen, sehr vornehmen Restaurant essen zu gehen, fiel ins Wasser, zu Narimans Freude. Sie mochte Restaurants nicht. Sie werde ihn so bekochen, so dass er jedes Essen im Restaurant vergessen würde, sagte sie und strahlte.

Barudi stand vor dem Spiegel in seinem Badezimmer. Er wollte sich nur kurz frischmachen, bevor er zu Nariman ging. Immer wieder kehrten seine Gedanken zu Mancini zurück.

Der Italiener hatte sich wie ein Kind über ihr Geschenk gefreut, ein Kilo Sa'tar aus Aleppo, eine berühmte Gewürzmischung, die den Appetit anregt. Man tunkt ein Stück warmes, knuspriges Brot in Olivenöl und drückt es in eine Schale mit Sa'tar. Nariman wusste von Barudi, dass Mancini diese Mischung am liebsten jeden Tag zum Frühstück gegessen hätte.

Die Niederlage am Ende seiner beruflichen Laufbahn war für Barudi verheerend. Aber mit einer Sache war er sehr zufrieden: Die Gerüchteküche in Damaskus hatte hervorragend funktioniert. Von Mund zu Mund sprang die Nachricht, dass der Bischof seit Jahrzehnten mit dem Geheimdienst zusammengearbeitet hatte und deshalb trotz seiner Unfähigkeit all die Jahre protegiert wurde. Und nun hatte man ihn auch noch, obwohl er einen Mord begangen hatte, freigelassen. Es rumorte unter den Christen. Barudi lebte aufmerksam in Damaskus, und er wusste, dass die christliche Gemeinde noch nie zuvor von einem solchen Unmut erfasst worden war. Mehrfach meldeten sich Männer und Frauen beim Patriarchen und behaupteten, Tabbich habe sie oder ihre Geschwister an den Geheimdienst ausgeliefert und ein vertrauliches Gespräch – zweimal sogar ein Beichtgeheimnis – verraten. Die ersten von ihnen wurden verhaftet, aber schnell wieder freigelassen, als sich noch mehr Unmut zusammenbraute. Der Patriarch saß die Dinge aus. Er würde erst nach einem harten Brief aus dem Vatikan reagieren.

Barudi dachte zurück an all die Jahre, die er im Dienst gewesen war. Wie oft war es vorgekommen, dass ein Verbrecher aus dem Innenkreis der Macht nicht einmal verhört werden durfte. Und er? Er hatte mitgemacht, sich blind gestellt und machtlose kleine Gauner gejagt. Er erinnerte sich an einen Fall, bei dem es um einen Brudermord aus Gier ging. Das war im Jahr 1985 gewesen. Die Zeugenaussagen und Indizien sprachen eine deutliche Sprache. Aber der reiche Juwelier, der bis dahin keine Beziehung zur Macht hatte, konnte sich für eine Million Dollar beim Bruder des damaligen Präsidenten und Führer der »Spezialeinheiten« freikaufen.

Um nicht wieder in eine staubige Grenzgarnison versetzt zu werden, hielt Barudi den Mund. Er verfluchte das Regime, aber er schwieg wie Tausende, wie Millionen.

Jetzt wurde Barudi auch in der offiziellen Presse als Held, als der syrische Sherlock Holmes gefeiert und fühlte sich geschmeichelt. Ja, auch mit Ruhm kann man bestechen. Aber er würde sich nicht mehr einlullen lassen.

Vor dem Spiegel stehend hörte Barudi sich sagen: »Die Diktatur ist ein verseuchter Fluss, er kontaminiert jeden, auch diejenigen, die gegen den Strom schwimmen, weil sie zur Quelle gelangen wollen.«

Nariman war seine Rettung. Er lebte jetzt mit ihr. Ihre Scheidung war vollzogen. Und sie wollten bald eine Wohnung in einem anderen Viertel kaufen und zusammenziehen. Im neuen Viertel würden sie sich als verheiratet ausgeben und niemandem erzählen, dass Barudi Christ und Nariman Muslimin war. In einem modernen Viertel war Anonymität im Preis der Wohnung inbegriffen.

Gegen drei Uhr nahm er die Flasche Wein und die Rosen und machte sich auf den Weg zu Nariman. Im Treppenhaus traf er auf die Witwe Salime. »Kommst du zu mir?«, fragte sie und lachte laut. Das Lachen entblößte eine furchterregende Höhle in ihrem Mund.

»Ein andermal«, sagte Barudi und beeilte sich wegzukommen. Er wusste aus Erfahrung, dass die Witwe sehr ausschweifend erzählen konnte. Erst kürzlich hatte sie ihn zuerst beim Bäcker und dann noch beim Metzger erwischt. Das reichte für die nächsten sechs Monate.

Nur Narimans Haut und ihr Duft umgaben Barudi. Sie lagen noch im Bett, die Dunkelheit hatte ihren eisigen Mantel über Damaskus gelegt. Der Regen draußen ging in Schnee über. Eine kostbare Rarität. Nariman stand auf, zog den Vorhang zurück und kehrte schnell ins Bett zurück. Und beide freuten sich wie Kinder über die Schneeflocken, die wie Schmetterlinge aus dem Dunkeln kamen und sich ans Fenster setzten, um kurz darauf wieder zu verschwinden.

In einem anderen Stadtviertel, weit entfernt, saß zur gleichen Zeit Major Atif Suleiman in der ersten Reihe des Festsaals im Polizeipräsidium. Über tausend geladene Gäste hörten mit ihm die Eröffnungsmusik, die Nationalhymne. Er schaute zur Tür. Sein Mitarbeiter Nabil schüttelte dezent den Kopf.

»Wo bleibt der alte Trottel?«, fragte er sich laut. Seine Frau neben ihm wusste, wen er meinte: Barudi, der mit vier anderen Offizieren der Polizei und der Armee den höchsten Orden des Landes erhalten sollte: die Ehrenmedaille vom Rang eines Ritters mit Adler und Stern. Der Innenminister persönlich wollte ihn überreichen.

Er rief auf Barudis Handy an, aber es war ausgeschaltet. Auch in seiner Wohnung war er nicht. Die Zettel, die seine Mitarbeiter an Barudis Wohnungstür angebracht hatten, klebten immer noch.

Der Moderator trat besorgt zu ihm, aber Atif Suleiman beruhigte ihn mit einer Notlüge. Barudi sei erkrankt. Er würde ihn vertreten und Urkunde und Medaille entgegennehmen. Dreißig hohe Beamte aus den unterschiedlichsten Ministerien wurden auf die Bühne gebeten. Nur vier von ihnen erhielten die höchste Auszeichnung. Bevor Suleiman die Bühne bestieg, schaute er ein letztes Mal auf die Eingangstür, als erwarte er eine Erlösung. Nabil schüttelte noch einmal den Kopf und nahm in den hinteren Reihen neben seiner Verlobten Platz. Sein Kollege Ali war ebenfalls seit drei Tagen krank.

Barudi küsste Nariman lange. »Du hast Hunger«, sagte sie atemlos und lachte.

»Ja, woher weißt du das?«

»Weil du mich fast auffrisst. Lass noch etwas von mir übrig«, sagte sie und richtete sich auf.

Auch sie spürte einen unbändigen Hunger.